40A/43

Für Stella ist es wie ein Sechser im Lotto, als sie an den Comer See geschickt wird, um eine Familienchronik über die angesehene Familie di Vaira zu verfassen. Nicht nur, dass damit für Monate ihr Auskommen gesichert ist – obendrein darf sie während ihrer Recherchen in einem luxuriösen Apartment des Palazzos leben, dessen prunkvolle Ausstattung bis heute vom Reichtum der Familie kündet.

Mit Feuereifer stürzt sich Stella in die Arbeit, erst recht, als sie den attraktiven Matteo, letzter Erbe des Familienbesitzes, kennenlernt. Sofort fühlen sich die beiden zueinander hingezogen. Doch dann stößt sie bei ihren Recherchen auf eine Tragödie: Eine Legende besagt, dass die Familie di Vaira im 12. Jahrhundert verflucht wurde. In all den Jahrhunderten, die folgten, kam der Erstgeborene meist noch als Kind ums Leben.

Auch die schöne, weltgewandte Tizia Massina scheint zu Beginn des 20. Jahrhunderts Opfer dieses Fluchs geworden zu sein: Während eines Bootsausflugs ertranken Mann und Sohn. Stella ist tief bewegt von dieser traurigen Geschichte. An einen Fluch will sie jedoch nicht glauben – und als sie auf das Tagebuch von Tizias Zofe Bérénice stößt, hofft sie, die Hintergründe des tragischen Unfalls zu erfahren. Doch als sie knapp einem Anschlag auf sich selbst entgeht, stellt sie fest, dass es jemanden gibt, der entschieden etwas dagegen hat …

Sophia Cronberg wurde 1975 in Linz (Österreich) geboren. Fast ebenso alt ist ihre Leidenschaft, Geschichten zu erzählen. Mit vierzehn Jahren schrieb sie ihren ersten abgeschlossenen Roman. Seit einigen Jahren ist sie hauptberuflich Schriftstellerin. Sie spielt gern Klavier und liebt das Reisen. Sophia Cronberg ist Mutter einer kleinen Tochter und lebt abwechselnd in Frankfurt am Main und in Österreich. Bei FTV ist von ihr »Das Efeuhaus« und »Die Lilieninsel« erschienen.

SOPHIA CRONBERG

DER PALAZZO AM SEE

Roman

FISCHER Taschenbuch

Originalausgabe
Erschienen bei FISCHER Taschenbuch
Frankfurt am Main, Mai 2015

© S. Fischer Verlag GmbH, Frankfurt am Main 2015
Satz: Pinkuin Satz und Datentechnik, Berlin
Druck und Bindung: CPI books GmbH, Leck
Printed in Germany
ISBN 978-3-596-19851-1

*»Der Pfau hat die Federn eines Engels,
die Stimme eines Teufels
und den Tritt eines Meuchelmörders.«*

Altes italienisches Sprichwort

Der Palazzo
am See

Prolog

Comer See, 1925

Der See, in dem sich eben noch der strahlend blaue Himmel gespiegelt hatte, verdunkelte sich, als würden die mächtigen Berge wachsen und ihn, dicken Mauern gleich, einschließen. Die satten Wiesen färbten sich grau, der aufziehende Wind bewegte die Knospen der vielen Blumen. Nur in das Turmzimmer fielen durch die hohen, bogenförmigen Fenster ein paar rötliche Sonnenstrahlen. Trotz des matten Glases blendeten sie die junge Frau, doch während sie vergebens an der Tür klopfte, trommelte, schließlich so heftig schlug, dass ihr die Handflächen brannten, wurde auch das bronzene Licht immer trüber.

Kraftlos sank die Frau auf ihre Knie. Ihre Lage war auch bei Sonnenschein verzweifelt, und dennoch wurde sie erst jetzt, als die Wolken den Himmel verdunkelten, von ihrer Hoffnungslosigkeit übermannt. Anstatt weiter vergeblich an die Tür zu hämmern oder zu rütteln, trat sie zum Fenster. Vorhin hatte sie geschrien, jetzt blieb sie stumm. Ein Kreischen ertönte gleichwohl, hoch wie das einer Frau, aber nicht so melodisch, sondern unangenehm und schrill.

Wenn ich hier noch lange gefangen bin und immer wieder um Hilfe schreie, wird meine Stimme auch so klingen ... so durchdringend ... so hässlich ...

Die junge Frau beugte sich vor, erblickte die beiden Pfauen, die diese Schreie ausstießen – ein lautes, kurzes *Jack* oder *Jouhp*, das von Gefahr kündete –, und legte sich unwillkürlich die Hände auf die Ohren. Die Federn der Pfauen waren wunderschön: Sämtliche Farben des Regenbogens schillerten darin und ließen selbst den größten Zweifler an einen Gott glauben, weil nur dieser etwas so Schönes erschaffen konnte. Hörte man allerdings ihr Kreischen, so vermeinte man, die Stimme des Teufels zu vernehmen.

Teuflisch ist es auch, mit Schönheit zu täuschen, dachte die Frau. Und ich ... ich bin all die Zeit dieser Täuschung aufgesessen.

Nicht nur, dass das Kreischen der Tiere so hässlich klang. Die Farbe ihres Gefieders veränderte sich, je nachdem, aus welcher Richtung das Licht darauf fiel – ebenso wie die Wahrheit Dutzende Masken zu tragen schien, anstatt sich auf den ersten Blick zu offenbaren. Zu spät hatte sie die Wahrheit begriffen. Zu spät das nahende Unheil erkannt.

Die junge Frau ertrug den Anblick der Pfauen nicht länger. Ihr Blick ging zum See, der mittlerweile schwarz wie Pech war, dann zum Dach des Palazzos, der das schwindende Licht widerspiegelte und dessen Rotton sie an Blut denken ließ, schließlich zu den akkurat beschnittenen Büschen, die verzauberten Gestalten glichen und dazu verdammt waren, nur zu beobachten, nicht einzugreifen.

Als sie vom Fenster wegtrat, um erneut an die Tür zu hämmern und um Hilfe zu schreien, wurde das, was sie all die Monate geahnt hatte, zur Gewissheit.

Der Palazzo war verflucht.

Erster Teil

BÉRÉNICE

I

Der Palazzo war ein Traum.

Alles, was Stella vor dem Antritt ihrer Reise über das Anwesen der Familie di Vaira in Erfahrung gebracht hatte, hatte zwar bereits hohe Erwartungen geweckt, doch diese wurden bei weitem übertroffen.

Schon die Anfahrt war ein Genuss – sah man von dem wackligen Flug von Frankfurt nach Zürich und dem noch wackligeren Flug über die Schweizer Bergwelt nach Lugano ab. Aber dass ein Chauffeur, der Goldknöpfe an der dunklen Uniform trug, sie persönlich abholte, ihren Rollkoffer entgegennahm und sie zum Wagen brachte, auf dessen Rückbank bereits diverse Tageszeitungen – italienische ebenso wie deutsche – bereitlagen, hob ihre Laune und vertrieb die Übelkeit und die aufziehenden Kopfschmerzen. Schon während der Fahrt entlang des Luganersees entspannte sie sich deutlich, und ein regelrechtes Triumphgefühl erfasste sie, als sich vor ihnen der Comer See in seiner ganzen Pracht präsentierte: Sein strahlendes Blau reflektierte die Bergspitzen, die jetzt im Frühling noch weiß verschneit waren. Von Cadenabbia ging es mit der Fähre nach Bellagio – was zugegebenermaßen wieder eine etwas wackelige Angelegenheit war –, doch Stella staunte wie die zwei Touristen neben ihnen, die sofort ihre Kameras zückten. Sie konnte es sich nur schwer verkneifen, es ihnen gleichzutun, ahnte sie doch, dass sie dadurch in der Achtung des Chauffeurs deutlich sinken würde. Der war bis jetzt zwar ausnehmend höflich gewesen, aber etwas schmallippig und wortkarg, und sie wusste nicht, wie sie ihn aus der

Reserve locken sollte. Während der Überfahrt versuchte sie zwar, mit ihm ein Gespräch anzufangen, aber mehr als seinen Namen – Fabrizio Gossini – und die Tatsache, dass er seit über dreißig Jahren in den Diensten von Flavia di Vaira stand, konnte sie nicht aus ihm herausbekommen. Er stellte seinerseits keine Frage – vielleicht galt Neugierde für Vertreter seines Berufsstandes als Todsünde, vielleicht war er mit dem Grund ihres Aufenthalts nicht einverstanden.

Unsinn!, schalt Stella sich. Lass dir von so einem Miesepeter nicht die Laune verderben!

Immerhin, nachdem die Fähre angelegt hatte und sie durch die pittoreske »Perle des Comer Sees« mit ihren prächtigen Grandhotels und den verwinkelten, schmalen Gassen fuhren, was ihr begeisterte Ausrufe entlockte, erschien die Andeutung eines Lächelns auf seinen Lippen. Und als sie mit dem Auto weiterfuhren und an der Villa Melzi vorbeikamen, deren strahlendes Weiß sich vom dunkeln Grün des Gartens abhob, ließ er sich sogar zu dem Hinweis herab, dass sie bald da wären.

Stella hatte sich bereits dank Google Streetview mit der Lage des Palazzos vertraut gemacht. Bellaggio lag an der Spitze einer Halbinsel, die den See in zwei Arme teilt – den Lecco-Arm und den Como-Arm. Fuhr man von dort auf der westlichen Seite etwa vier oder fünf Kilometer Richtung Como, erreichte man eine weitere Halbinsel, die deutlich kleiner war, und auf dieser befand sich ihr künftiger Arbeitsplatz.

Stella deutete aus dem Fenster. »Da drüben ist die berühmte Villa Balbianello, nicht wahr? Und natürlich auch die Villa Carlotta.«

»Sie können kaum mit dem Palazzo di Vaira mithalten«, antwortete Fabrizio.

Aus dem Mund eines jeden anderen hätte das wie eine schamlose Übertreibung geklungen, doch Fabrizio sagte es so ernsthaft, dass sie es ihm glaubte. Ihre Vorfreude wuchs, als sie wenig später vom Auto in ein kleines Boot umstiegen.

»Der Palazzo ist selbstverständlich auch mit dem Wagen zu erreichen, doch tagsüber bleibt das schmiedeeiserne Tor meist verschlossen. Die Touristen ... Sie wissen schon.«

Stella beglückwünschte sich insgeheim, vorhin nicht die Kamera gezückt zu haben.

Das Boot lag im Schatten zweier Statuen, die Stella auf das 16. Jahrhundert datierte und die, wie sie mit einem Blick ausmachte, Apollo und Meleagros darstellten. Um Eindruck zu schinden, sagte sie das auch laut, und tatsächlich zog Fabrizio anerkennend die Augenbrauen hoch.

Das Wasser schien ihr moosgrün und schlickig, doch sobald Fabrizio den Motor startete und sie losfuhren, zog sich eine weiße, schäumende Spur hinter ihnen her. Stella hielt den Atem an, als sich der Wald aus Pinien und Eichen, Kastanienbäumen und Haselnussstauden, der die Halbinsel vom Festland abschottete, lichtete und der Palazzo sichtbar wurde.

Schon der Triumphbogen mit den eingeritzten Dekorationen, der den Bootsanlegesteg vom Grundstück abgrenzte, war imposant. Noch beeindruckender waren der Palazzo und der Garten im italienischen Stil mit seinen unzähligen Statuen und Brunnen.

Die Fassade des Gebäudes war mit einer zweiläufigen Treppe sehr einfach und symmetrisch angelegt – typisch für den neoklassischen Stil, der auf Nüchternheit und Eleganz, einfache Linien und Ausgewogenheit setzte. Doch hinzu kamen – offenbar im Zuge späterer Umbauten – viele spielerische Elemente im Art Nouveau Stil, wie er zu Beginn des 20. Jahrhunderts in Mode war: Die Dekorierung der Fassade mit steinernen Seidenwürmern und Blättern des Maulbeerbaums verriet, wie die Besitzer ihren Reichtum erworben hatten – nämlich durch die Seidenindustrie –, und das Motiv der Metamorphose des Seidenwurms von der Raupe zum Schmetterling kehrte auch auf einzelnen Ziegeln wieder.

Derart in diesem Anblick versunken, bemerkte Stella kaum, dass

Fabrizio bereits aus dem Boot gestiegen war und ungeduldig darauf wartete, dass sie seine Hand ergriff und sich beim Aussteigen helfen ließ. Erst als er erklärte, dass er ihr jetzt ihre Unterkunft zeigen wollte, gab sie sich einen Ruck, kletterte aus dem Boot und folgte ihm über den schmalen Kiesweg, der den Bootssteg mit dem Haupteingang verband.

»Wann werde ich Flavia di Vaira kennenlernen?«, fragte sie.

»Es ist ihr ein Vergnügen, heute Abend mit Ihnen zu speisen.«

Ihnen hingegen, dachte Stella unwillkürlich, scheint nichts und niemand ein Vergnügen zu bereiten ...

Im Schatten des Palazzos wirkte Fabrizios Sprache noch antiquierter und seine Haltung noch steifer. Die dunkle Uniform musste bei den frühlingshaften Temperaturen eigentlich schrecklich heiß sein, aber ein Mann wie er hatte sich wohl irgendwann abgewöhnt zu schwitzen. Bei seinem Anblick überkam Stella das Gefühl, dass er nicht erst seit dreißig Jahren hier arbeitete, sondern seit jeher zum Inventar des Hauses gehörte und als Geist einer längst vergangenen Epoche jeder noch so kleinen Neuerung feindselig gegenüberstand.

Das Licht blendete sie, als sie an den vier Löwenstatuen vorbeikamen, die den Eingangsbereich bewachten, doch kaum traten sie durch das breite Eingangsportal, wurde es so dunkel, dass sie keine Details mehr erkennen konnte. Sie nahm nur wahr, dass eine große Halle das Zentrum des Gebäudes ausmachte, von der rechts und links die Treppenaufgänge abgingen, die in die zwei Stockwerke der beiden Seitenflügel führten. Ehe sich Stellas Augen an das trübe Licht gewöhnt hatten und sie die Fresken der Halle und den schachbrettartigen Boden ausführlich bewundern konnte, dessen Marmor, wie Stella vermutete, aus der Gegend stammte – der berühmte schwarze aus Varenna und der weiße aus Musso –, öffnete Fabrizio schon die Tür zum Ostflügel, und sie folgte ihm rasch eine schwindelerregende runde Treppe nach oben.

Fabrizio schwitzte immer noch nicht, doch bei ihr machten sich die lange Anreise und das frühe Aufstehen bemerkbar. Sie konzentrierte sich darauf, nicht zu stolpern, und hob den Blick erst wieder, als sie das Gästezimmer im Dachgeschoss erreichten.

»Wir haben uns erlaubt, diese Unterkunft für Sie auszuwählen. Von hier aus haben Sie einen herrlichen Blick auf den See.«

Dieser Blick war wahrscheinlich eine Wucht, aber Stella sah gar nicht erst aus dem Fenster – war sie doch zu sehr von dem Anblick des Zimmers – oder eher der Suite – gefangen. Augenblicklich fühlte sie sich wie in einem Luxushotel aus den 20er Jahren.

Über einen schmalen Gang mit Mosaikboden betrat sie einen großen Wohnbereich mit Kamin, Parkettboden und dunklen Kassettendecken, vor dessen dunkelvioletten Seidentapeten sich die cremefarbenen Möbeln deutlich abhoben: Die Vitrine, der Couchtisch und das Bücherregal, die mit Hochglanzlackierung und Goldapplikationen versehen waren, und nicht zuletzt das weiße Ledersofa. Eine Flügeltür stand weit offen und führte zum Schlafzimmer. Auch dort war es der Kontrast von den dunklen Holzbalken an der Decke und den schweren Pfosten des Himmelbetts zum weißen Marmorboden und der seidigen Bettwäsche, die den Raum überaus elegant wirken ließ.

Fabrizio deutete auf die Anrichte, auf der frisches Obst und ein Teller mit kleinen Sandwiches standen.

»Wenn Sie wollen, kann ich Ihnen gerne Kaffee servieren.«

Stella war auch ohne Koffein viel zu aufgedreht und lehnte dankend ab. Erst jetzt fiel ihr auf, dass sie auf dem Weg ins Gästezimmer keinen Dienstboten begegnet waren, aber wahrscheinlich waren diese auf Diskretion geeicht.

»Wenn Sie sonst noch etwas brauchen ...«

»Danke, ich würde nur gerne in Ruhe auspacken.«

»Dann erlauben Sie mir, Sie später zum Abendessen abzuholen.«

Nachdem er gegangen war, schob Stella den Koffer zur Seite,

um sich ein paarmal ausgelassen im Wohnzimmer zu drehen, sich später auf die Ledercouch fallen zu lassen und hingerissen die vielen Vasen und Uhren, Tischläufer, Wandgemälde und das Keramikgeschirr in der Vitrine zu betrachten.

Ihre Finger waren so klebrig, dass sie aus Angst, etwas schmutzig zu machen, nichts anzufassen wagte, und schließlich erhob sie sich wieder und suchte das Bad. Dieses befand sich gleich neben dem Schlafzimmer und war fast so groß wie ihre ganze Wohnung in Frankfurt. Es war ein Traum aus grauem Marmor, goldenen Armaturen sowie einer riesigen Eckbadewanne, die für eine morgendliche Schwimmrunde angelegt zu sein schien. Außerdem gab es eine Dusche, ein Bidet und zwei Waschbecken, neben denen diverse Kosmetikartikel und flauschige Handtücher lagen. Stella wusch sich Hände und Gesicht, fühlte sich danach immer noch euphorisch, aber auch etwas schwindlig.

Anstatt auszupacken, ließ sie sich auf das Himmelbett fallen, das mindestens zwei Meter breit war, und sog den eigentümlichen Geruch nach Bergamotte ein, den die Bettwäsche ausströmte. Sie hätte sofort einschlafen können, hielt aber krampfhaft die Augen offen, weil sie keine Sekunde versäumen wollte.

Ein Traum ... ein Traum ... es ist einfach ein Traum ...

Bis jetzt hatte sie befürchtet, dass dieses ungewöhnliche Jobangebot irgendeinen Haken hatte. Doch langsam begann sie, ihrem Glück zu trauen. Sie hatte tatsächlich einen Sechser im Lotto gewonnen. Die nächsten drei Monate würden die schönsten und aufregendsten ihres bisherigen Lebens werden.

Einige Wochen zuvor hätte Stella nicht gewagt, von so einem Glück auch nur zu träumen. Damals hatte sie in einem Café am Frankfurter Opernplatz gearbeitet und damit gekämpft, Milchschaum in der richtigen Konsistenz zu produzieren.

Wie so oft war es ein ungleicher Kampf. Die Kaffeemaschine

führte ihn mit lautem Zischen und heißem Wasser, sie mit zusammengekniffenen Lippen und bösen Flüchen, letztere gerne auf Italienisch, was die Situation noch grotesker machte, sagte man doch gerade Italienern nach, Meister im Kaffeekochen zu sein. Sie war das auf jeden Fall nicht. Ihr Milchschaum wurde entweder so stocksteif, dass der Löffel steckenblieb, oder so flüssig, dass er nur ein paar Blasen warf. Wenn sie Glück hatte, genügte ein freundliches Lächeln, um die Gäste damit zu versöhnen. Doch heute fragte einer der schwarzen Anzugträger, der wohl bei einer Bank oder der Börse arbeitete, schroff: »Und das soll ein Espresso macchiato sein?«

Er hatte ja recht, genau genommen war es ein Milchkaffee, der sich aus Versehen in die kleinste Tasse verirrt hatte.

»Ich bringe Ihnen einen neuen«, sagte sie schnell.

»*Porca miseria!*«, stöhnte sie wenig später.

Ihr Fluch wurde von ungeduldigen Rufen übertönt.

»Können Sie mich endlich bedienen, meine Mittagspause ist bald vorbei!«

»Wir wollen bitte zahlen!«

»Dann nehme ich den Espresso eben ohne Milchschaum!«

Die Stimmen klangen immerhin nicht so bösartig wie das Zischen der Maschine – wobei es auch nicht gerade ein gutes Zeichen war, als dieses plötzlich abriss.

»Sternchen, Sternchen«, murmelte Bruno, ihr Kollege, als er schulterzuckend zu ihr trat.

Eigentlich hasste sie es, wenn er sie Sternchen nannte, aber heute ertrug sie es mit einem flehentlichen Lächeln.

»Kannst du mir helfen?«

Einige wenige geübte Handgriffe genügten, und schon war die Kanne mit cremigstem Milchschaum gefüllt. Noch neidischer machte Stella die Tatsache, dass Bruno mit der anderen Hand zwei Espressi heruntergelassen und sogar noch einen Rooibos-Sahne-Tee vorbereitet hatte.

»Kassier erst mal ab!«, meinte er.

Als die Gäste zufriedengestellt waren, schlich Stella kleinlaut zu Bruno zurück.

»Wie machst du das nur?«

»Ich frage mich eher, wie du es anstellst, die Maschine fast jedes Mal zu ruinieren? So schwer kann das doch nicht sein. Obwohl man so was natürlich nicht an der Uni lernt ...«

Es war nicht das erste Mal, dass er gutmütig über ihre akademische Laufbahn spottete. An deren Ende standen trotz zweier Doktorate – in Geschichte und Kunstgeschichte – nur unbezahlte Praktika. Um ihre Miete zahlen zu können, musste sie an vier Tagen die Woche im Café jobben.

»Zeig's mir noch mal.«

»Es ist ganz einfach, Sternchen. Milch einschenken, aber nicht zu viel, es muss ja noch ein wenig Platz für den Schaum bleiben. Dann die Dampfdüse rein und los geht's. Schau dir mal diesen prächtigen Schaum an! Da möchte man ja fast darin baden. Hat nicht auch Kleopatra in Milch gebadet? Nachdem sie Cäsar im Teppich vor die Füße gerollt ist?«

Er klopfte ihr gönnerhaft auf die Schultern.

Stella war erleichtert, von einem Gast gerufen zu werden. Auf dem Weg zum Tisch stieß sie ein Stoßgebet aus: Bitte nichts mit Milchschaum!

Zumindest dieser Wunsch wurde ihr erfüllt – bestellt wurde eine Apfelsaftschorle –, doch dafür wartete eine andere Prüfung. Es war ausgerechnet ihre Tante Patrizia, die auf einem der roten Samtstühle in der Ecke Platz genommen hatte.

»Was machst du denn hier?«, fragte Stella erstaunt. »Ich dachte, du ziehst heute um.«

»Die Möbelpacker kommen erst morgen. Und ich brauchte mal ein Stündchen Abstand vom Kistenpacken.«

Tante Patrizia murmelte etwas von einem Kosmetikstudio in der

Fressgass, wo sie schon immer mal hin wollte, und vom Demeterladen gleich nebenan, wo sie ihre getrockneten Aprikosen bekam, aber Stella hätte schwören können, dass ihr eigentliches Ziel dieses Café gewesen war, um wieder mal ihre Nichte zu kontrollieren. Gott sei Dank hatte Patrizia vorhin nicht mitbekommen, wie überfordert sie gewesen war.

»Kannst du dich nicht ein wenig zu mir setzen?«, fragte ihre Tante, als sie ihr die Apfelschorle brachte.

»Das geht leider nicht.«

»Im Moment ist doch nichts los.«

Bruno zwinkerte ihr vom Tresen aus zu. »Kein Problem, ich übernehme gerne. Wenn du willst, bringe ich dir einen Cappuccino.« Sein Zwinkern wurde anzüglich, und Stella bereute, ihm jemals mehr über ihr kompliziertes Verhältnis zu ihrer Tante erzählt zu haben.

Nach dem frühen Tod ihrer alleinerziehenden Mutter war sie bei ihr aufgewachsen, und genau betrachtet hätte sie es übler treffen können: Patrizia war eine humorvolle, etwas exzentrische Frau, die einem Kind Wärme gab, ohne es zu erdrücken. Ihren wechselnden Herrenbesuche gab sie immer Phantasienamen – am beliebtesten waren Papageno oder Vivaldi –, um damit deutlich zu machen, dass all diese Affären nichts Ernstes waren. Die einzige langlebige Partnerschaft, so betonte sie oft, führe sie mit ihrer Nichte, aber so augenzwinkernd wie sie das sagte, verbarg sich dahinter kein Besitzanspruch, im Gegenteil: Sie ließ Stella alle Freiheiten oder vielmehr fast alle. In einer Sache war die lockere Patrizia nämlich stockkonservativ: Von klein auf trichterte sie Stella ein, dass sie etwas Anständiges lernen sollte.

Nun erfüllten zwei abgeschlossene geisteswissenschaftliche Studien samt Doktorat durchaus diesen Anspruch, aber seitdem ihre Assistentenstelle an der Uni aufgrund von Einsparungen nicht verlängert worden war, lag sie ihr hartnäckig in den Ohren, dass sie ihr

Leben nicht den Bach runtergehen lassen dürfte. Wie Stella diese Vorträge hasste, wonach die Geisteswissenschaft eine brotlose Kunst sei, sie doch wenigstens Lehrerin hätte werden sollen oder Journalistin! Aber »wissenschaftlich Arbeiten« – was war das denn?

»So eine graue Maus bist du doch gar nicht!«, pflegte Tante Patrizia kopfschüttelnd auszurufen.

Ständig kam sie mit neuen Vorschlägen, wie sie ihre umfassende Bildung zu Geld machen könnte. Der letzte war, einen Bestseller zu schreiben und damit in sämtlichen Talkshows zu landen. Als ob man einen Bestseller im Handumdrehen schriebe, wandte sie ein.

»Na ja, es muss eben das richtige Thema sein, natürlich nichts Verkopftes.«

Eine Biographie über Kleopatra würde dieses Kriterium wohl nicht erfüllen ...

Zu Stellas Erstaunen war ihre Tante heute jedoch erstaunlich wortkarg. Sie trank ihre Apfelsaftschorle in kleinen Schlucken und wirkte ungewohnt erschöpft.

»Was denn?«, fragte Stella kämpferisch. »Keine Kritik, dass ich hier mein Leben verschwende? Dass das nicht mein Ernst sein kann? Dass ich endlich eine Zusatzausbildung machen soll, am besten was mit Computern? Oder noch besser: Dass ich lieber in deiner Boutique aushelfen sollte, anstatt in einem Café zu arbeiten?«

Tante Patrizia besaß ein Geschäft für italienische Designermode in der Goethestraße und wohnte zwei Stockwerke darüber in einer traumhaften Altbauwohnung. Diese war ihr unerwartet wegen Eigenbedarf gekündigt worden, und obwohl sie stets betonte, dass sie ohnehin schon seit längerem eine kleinere Wohnung suchte, nachdem Stella ausgezogen war, wusste diese, wie sehr sie der Umzug schmerzte. Heute war davon jedoch keine Rede.

»Meine Freundin Charlie ...«, begann Patrizia zögernd, »du weißt schon, die, die in der Stadtbibliothek arbeitet ... Sie hat gemeint, sie könnte dir etwas beschaffen, zum Beispiel im Archiv.

Natürlich nicht für lange, es wäre auf ein halbes Jahr befristet, aber du würdest ein anständiges Gehalt bekommen.«

»Ein anständiges Gehalt?«, fragte Stella zynisch. »Etwa fünfhundert Euro?«

»So viel mehr verdienst du hier auch nicht.«

»Ich bitte dich, allein das Trinkgeld!«

Dass dieses aufgrund ihrer missratenen Cappuccini manchmal ausblieb, erwähnte sie lieber nicht.

Tante Patrizias Lächeln wurde schmallippig. »Ich wollte ja nur helfen.«

Stella seufzte, während Bruno, der das Gespräch belauschte, feixte. Sie war sich nicht sicher, was er so lustig fand, war aber dankbar, dass er einen Teller mit Cantuccini brachte. Stella biss krachend in eines hinein und genoss den süßen, nussigen Geschmack.

»Ich lass es mir durch den Kopf gehen«, lenkte sie ein.

Kurz sah sie sich unter einer Neonlampe irgendwo in einem staubigen Keller stehen, Bücher einbinden und nummerieren. Sie war nicht sicher, ob das besser war, als mit einer Kaffeemaschine zu kämpfen …

»Charlie braucht bis nächste Woche eine Rückmeldung.«

»Gut, ich melde mich.« Stella erhob sich. »Die Schorle geht auf mich.«

»Kommt nicht in Frage, ich zahle.«

Patrizia legte einen Zwanzig-Euro-Schein auf den Tisch und verweigerte das Rückgeld, was Stella sehr erboste. Dafür, dass ihre wissenschaftliche Karriere nicht so verlief wie erhofft, brauchte sie kein Mitleid und schon gar keine Almosen. Doch ehe sie ihr das Geld zurückgeben konnte, hatte ihre Tante das Café schon verlassen.

In den nächsten zwei Stunden war Stella damit beschäftigt, mehrere Reisegruppen von Japanern zu bedienen, die Gottlob nicht sehr anspruchsvoll waren, was den Milchschaum anbelangte, und großteils Jasmintee oder Grünen Tee tranken.

Als es wieder ruhiger wurde, lehnte sich Bruno neben sie an den Tresen.

»Na, Sternchen, muss ich bald auf dich verzichten?«

»Ich glaube nicht, dass ich das Angebot von dieser Charlie annehme.«

»Denk lieber noch mal drüber nach. Das hier ist nicht das Richtige für dich ...«

»Na, vielen Dank auch.«

Stella flüchtete auf die Toilette und nutzte die kurze Pause, um ihr iPhone zu checken. Sarah, eine befreundete Archäologin, schickte eine SMS von einer Ausgrabung in Tunesien und schwärmte von Land und Leuten. Obwohl Stella ihr nur das Beste wünschte, erwachte sofort ein Neidgefühl in ihr.

Mit voller Leidenschaft bei dem zu sein, was man tat ...

Doch da war noch eine zweite Nachricht. Von Professor Conrad Ahrens, ihrem Doktorvater. Er hatte sich seit Monaten nicht mehr gemeldet, ihr aber versprochen, sofort Bescheid zu geben, wenn eine freie Stelle in Sicht wäre.

Jemand rüttelte an der Tür, aber Stella achtete nicht darauf. Conrad bat in seiner SMS um ihren baldmöglichsten Rückruf, und sie wählte hastig seine Nummer. Natürlich hatte sie keine Ahnung, was er ihr anbieten wollte, aber plötzlich war sie sich sicher: In der nächsten Zeit würde sie weder Milchschaum zubereiten noch Bücher einbinden.

Am Ende schlief Stella doch noch kurz auf dem Himmelbett ein und erwachte eine halbe Stunde später mit leichten Kopfschmerzen. In einem kleinen Kühlschrank im Wohnzimmer, der sich hinter einer der weiß lackierten Türen befand, fand sie eine Flasche San Pellegrino, und nach zwei Gläsern fühlte sie sich etwas frischer und genoss endlich den Ausblick über den See. Die Villa Carlotta war – anders als vermutet – von hier aus nicht zu sehen, weil sie von der

Halbinsel verborgen war, an deren Spitze die gelbe Villa Balbianello stand. Dafür erblickte sie die Isola Comacina gegenüber von Ossuccio – die einzige Insel des Comer Sees. Sie beschloss, unbedingt einmal dorthin zu fahren, hatte sie doch gelesen, dass regelmäßig Boote dorthin ablegten und an manchen Tagen auch der Landweg offen war. Dann aber sagte sie sich, dass sie hier schließlich nicht auf Urlaub war, sondern zum Arbeiten, und verschob diesen Plan auf später.

Sie war unglaublich neugierig darauf, was für eine Arbeit auf sie zukommen würde, weswegen sie in Windeseile den Koffer auspackte, unter die Dusche sprang und sich umzog. Diesen edlen Palazzo konnte sie unmöglich mit T-Shirt und Jeans in Augenschein nehmen; stattdessen entschied sie sich für ein geblümtes Seidenkleid, das sie sich für einen besonderen Anlass mitgenommen hatte und wohl die richtige Garderobe für ein Abendessen mit Flavia di Vaira war. Zuletzt warf sie einen prüfenden Blick in den opulenten Spiegel im Vorraum, der von einem antiken Rahmen aus Holz eingefasst und mit kleinen Kristallblüten aus feinstem Muranoglas verziert war.

Stella war nach der langen Reise etwas blass, aber der dunkle Pagenkopf hatte unter dem kurzen Schläfchen kaum gelitten, und das Violett der Blumen auf ihrem Kleid passte zu ihren blauen Augen. Sie schlüpfte in cremefarbene Ballerinas, ehe sie nach draußen trat.

Fabrizio hatte zwar angekündigt, sie zum Abendessen abzuholen, aber die zwei, drei Stunden bis dahin wollte sie nicht ungenützt verstreichen lassen. Obwohl ihr der Palazzo fremd war, hatte sie in den Unterlagen, die ihr Conrad übermittelt hatte, gelesen, dass die Bibliothek samt Familienarchiv direkt unter dem Dach lag. Da auch ihr Apartment im obersten Stockwerk lag, musste sie sich also in unmittelbarer Nähe der Bibliothek befinden. Die Tür direkt neben ihrem Zimmer war zwar abgeschlossen, aber es gab eine weitere, die vom Treppenhaus zur Balustrade führte, welche einen Flügel des Gebäudes mit dem anderen verband. Der Blick auf die Halle, den man von dort aus hatte, war schwindelerregend, so dass Stella sich rasch abwandte und lieber das Fresko an der Wand musterte, das sich bei genauerer Betrachtung als riesiger Familienstammbaum herausstellte.

Stella zwang sich, ihn nur flüchtig zu überfliegen. Wenn sie sich ihm mit der ihr eigenen Gründlichkeit gewidmet hätte, wäre sie bis zum Abendessen nicht von hier weggekommen. So blieb ihr Blick nur an ein paar Namen hängen – Flavio, Quirino, Tizia –, ehe sie sich losriss und eine weißlackierte Flügeltür im Art Nouveau Stil erreichte. Sie war zwar schwer zu öffnen, aber nicht verschlossen, und dahinter befand sich wie erhofft die Bibliothek. Am liebsten hätte Stella einen kleinen Tanz aufgeführt, wie vorhin im Apartment.

Jemand anderes hätte diesen Raum mit seinen Bücherregalen, dem alten Globus und den schweren Teppichen, in denen sich der Staub von Jahrhunderten gesammelt hatte, bedrückend und miefig gefunden. Für sie, die leidenschaftliche Historikerin, die nichts so sehr liebte, als in der Vergangenheit zu wühlen, war es ein Paradies. Aus den Unterlagen wusste sie, dass hier etwa viertausend Bücher aufbewahrt wurden. Außerdem entdeckte sie nun eine Sammlung alter und neuer Landkarten, historische Drucke vom Comer See, Reiseausrüstungen und Fotografien aus dem letzten Jahrhundert.

Sie trat zum ersten Bücherregal, wo römische Klassiker wie Bertonis »Geschichte der Völker und Staaten« standen, außerdem diverse geographische und ethnographische Lexika, eine Einführung in die Archäologie sowie monumentale Architekturwerke, ganz zu schweigen von den Monographien über diverse italienische Paläste und Kathedralen. Erst als sie eines der Bücher herauszog, sah sie, dass die Wände nicht tapeziert waren, sondern wie der Fußboden unter dem Teppich und die Fensterbänke aus Stein bestanden. Vermutlich hatte dieser Raum ursprünglich nicht als Bibliothek, sondern als Musiksaal gedient.

Am liebsten hätte sie noch mehr Bücher aus dem Regal gezogen, verkniff es sich aber und trat zu dem großen Schreibtisch aus Kirschbaumholz, dessen Tischplatte mit rotem Leder bezogen war.

Flavia di Vaira hatte offensichtlich schon die eine oder andere Quelle für sie herausgesucht: ein paar Bücher, deren brüchige Ledereinbände ihr hohes Alter verrieten, Urkunden aus Pergament, die sie kaum zu berühren wagte, und mehrere Pappschachteln voller Fotos. Ihr Herz klopfte aufgeregt, obwohl ihr klar war, dass diese Quellen für sie vor allem jede Menge Arbeit bedeuteten. Schließlich blieben ihr nur drei Monate, um eine Familienchronik der di Vairas zu verfassen, und die Familie war alt. Ihre Ursprünge reichten bis zurück ins Mittelalter. Wie sie aus den Unterlagen erfahren hatte, kam Quirino di Vaira, der Stammvater, schon im 12. Jahrhundert in den Besitz der Halbinsel. Er ließ ein erstes Gebäude errichten, benutzte es jedoch nicht, sondern vertraute es dem religiösen Orden der Humiliati an, der dort eine kleine Kirche und ein Hospital gründete. Letzteres wurde im späten 16. Jahrhundert Rückzugsort für die Opfer der Pest, und auch die Familie di Vaira flüchtete in dieser Zeit aus Como auf die Insel und entschied sich später zu bleiben. Auf den Grundmauern des ersten Gebäudes sollte ein Renaissance-Palast errichtet werden, aber Geldsorgen vereitelten diese Pläne – was genau dahinter steckte, musste Stella noch herausfinden –, weswegen erst zu Beginn des 19. Jahrhunderts das Hospital niedergerissen und der Palazzo errichtet worden war. Zunächst diente er nur als Sommerresidenz der Familie, deren Vermögen aus der Seidenproduktion stammte, später wurde er Hauptwohnsitz. Jetzt lebte nur mehr Flavia di Vaira hier, die, als Stella mit ihr telefoniert hatte, keinen weiteren Familienangehörigen erwähnt hatte.

Überhaupt war sie relativ wortkarg gewesen, hatte sich jedoch von Stellas zwei Doktoraten ebenso beeindruckt gezeigt wie von der Tatsache, dass sie dank etlicher Auslandssemester in Perugia fließend Italienisch sprach, und ihr zugesagt.

Stella strich über ein paar Bücher. Angesichts der Fülle von Unterlagen, aus denen sie eine möglichst unterhaltsame Geschichte machen sollte, musste sie sich ranhalten, aber heute wollte sie einfach nur die Vorfreude genießen.

Flüchtig überflog sie weitere Quellen, die offenbar aus der Seidenmanufaktur stammten – ein Rundschreiben an Mitarbeiter sowie Fracht- und Lieferscheine –, doch als sie die Zettel zur Seite schob, entdeckte sie darunter unerwartet einen Obduktionsbericht. Stella hatte die Papiere schon wieder weglegen wollen, setzte sich nun aber und las. »Der Ertrinkungstod im Speziellen ist, physiologisch betrachtet, derselbe wie der Erstickungstod. Er führt zum Aufheben des zum Fortleben notwendigen respiratorischen Reflexes ...«

Na danke, da konnte sie sich ein erfreulicheres Thema vorstellen. Sie schob die Papiere zurück und entdeckte dabei ein kleines Büchlein mit dunklem Ledereinband, das ihr bis jetzt noch nicht aufgefallen war. Die spitze Handschrift war fast schon verblasst, doch das Datum des ersten Eintrags war gut zu erkennen. Offenbar handelte es sich um ein Tagebuch aus dem Jahr 1924, und sie konnte es sich nur schwer verkneifen, nicht darin zu lesen. Lediglich bei einem Namen blieb ihr Blick hängen.

Tizia.

Der gleiche Name, den sie vorhin schon auf dem Stammbaum entdeckt hatte.

Entschlossen legte sie das Büchlein weg, ehe die Neugierde überhandnahm. Sie stand auf und trat zum raumhohen Fenster. Anders als ihr Apartment bot es keinen Blick auf den See, sondern auf den Garten hinter dem Palazzo. Sie entdeckte einen eleganten Laubengang, der von der Rückseite des Hauptgebäudes zu einer Loggia und von dort weiter zu einem Turm führte.

Der Turm musste ein Überbleibsel der alten Befestigung sein, die Quirino di Valra einst hier errichten ließ. Die Grundmauern waren aus grauem Stein, die später offenbar mit rötlichem Granit aufgestockt worden waren. Durch den Wechsel des Materials ergab sich ein faszinierendes Farbenspiel, und nicht minder beeindruckend war die Bauweise: Gegen oben hin wurde er breiter und mündete in einem Turmzimmer, dessen Fenster auf der Vorderfront im normannischen Stil gebaut waren – länglich und hoch, mit Rundbögen und schmalen Säulen.

Ob er wohl offen stand und sie ins Turmzimmer hochsteigen konnte?

Sosehr sie all die Quellen faszinierten, so groß bekam sie Sehnsucht nach einer Brise frischer Luft. Die Sonne fiel bereits schräg durch die Fenster, bald würde die Dämmerung einsetzen. Aber jetzt waren Garten und Turm noch in ein weiches Licht getaucht.

Wenig später stieg sie die schwindelerregende Treppe nach unten. Als sie die Halle durchquerte, erblickte sie wieder keine Dienstboten. Das Hallen ihrer Schritte war das einzige Geräusch, und für einen kurzen Moment hatte sie das Gefühl, dass in diesem Palazzo die Zeit stehengeblieben war und sie sich in einer längst vergangenen Epoche befand.

Sobald sie ins Freie trat, kam ihr der Gedanke lächerlich vor. Die Sonne war stark genug, um sie zu blenden, weswegen sie mit gesenktem Blick über den Kiesweg ging. Dann hatte sie schon die Loggia erreicht, umrundete sie und kam zum Turm.

Er wirkte noch höher als von der Bibliothek aus, fast ein bisschen feindselig, als wollte er ihr sagen: Komm mir bloß nicht zu nahe! Das Tor war aus verwittertem, rötlichem Holz, und die runde Türklinke mit Grünspan überzogen. Sie versuchte, sie zu drehen. Nichts. Doch als sie mit dem Fuß gegen das Holz stieß, öffnete sich die Tür quietschend. Dahinter befand sich eine Treppe, deren Stufen schief und ungleich waren. Dort hochzusteigen war sicher ziemlich anstrengend. Während Stella noch überlegte, ob sie sich wirklich an diesen Aufstieg machen sollte, an dessen Ende ihr Blumenkleid wohl schweißnass wäre, ertönte eine Stimme.

»Betreten Sie ihn lieber nicht. Es sei denn, Sie sind lebensmüde. Der Turm ist sehr baufällig.«

Stella fuhr herum.

Hinter ihr stand ein junger Mann – zumindest vermutete sie aufgrund seiner Stimme, dass er jung war, denn die Sonne blendete sie zu stark, um mehr als seine Umrisse wahrzunehmen. Schon diese verrieten, dass er groß und schlank war, weiches, gelocktes Haar hatte, das gerade lang genug war, um die Ohren zu bedecken, und als sie die Augen mit ihren Händen abschirmte, sah sie genug, um festzustellen, dass er attraktiv war, wenn auch nicht auf diese aufdringliche Weise von männlichen Models oder Hollywood-Stars. Nein, ein junger George Clooney war er nicht, aber seine markanten Züge ließen an einen römischen Herrscher denken (natürlich nicht an die wahnsinnigen unter ihnen), wenngleich seine dunklen, blitzenden Augen nichts von deren Strenge hatten. Erst als er grinste, bemerkte sie, dass sie ihn angestarrt hatte, als wäre er eine Erscheinung.

»Der Turm ... ach so ... ja«, stammelte sie. »Ich dachte, man hätte von dort oben einen guten Ausblick.«

»Was in der Tat ein Grund wäre, den Tod in Kauf zu nehmen, das gebe ich zu. Aber an Ihrer Stelle würde ich mich überdies davor fürchten, zur Strafe dort eingesperrt zu werden.«

Sie sah in fragend an.

»Fabrizio hat doch sicher vorgesehen, dass Sie in Ihrem Zimmer warten, bis er sie abholt«, fügte er augenzwinkernd hinzu.

»Und Sie denken, auf Zuwiderhandeln steht Kerkerhaft?«

»Na ja, ich möchte nicht wissen, welchem Zweck dieser Turm früher gedient hat. Sie werden das ja bald herausfinden, nicht wahr? Ich habe gehört, dass sie eine Familienchronik über die di Vairas verfassen werden. Als meine Großmutter mir das erzählt hatte, hatte sie einen leichten Tadel in ihrer Stimme. Insgeheim ist sie wohl davon überzeugt, dass diese Pflicht eigentlich mir zukommt –

als einzigem noch lebenden Nachfahren. Aber ich fürchte, ich bin diesbezüglich völlig ungeeignet.«

Der junge Mann war also Flavia di Vairas Enkel. Bevor Stella nach seinem Namen fragen konnte, stellte er sich vor: »Ich bin übrigens Matteo und verbringe hier meine Wochenenden. Ansonsten lebe ich in Mailand, wo ich einer ungleich profaneren Tätigkeit nachgehe als Sie. Vom Erben eines solchen Anwesens wird eigentlich etwas anderes erwartet, aber ich nehme an, dass meine ach so säkular eingestellte Mutter daran schuld ist. Die war nämlich Britin, allerdings keine mit dem Königshaus verwandte, was meine Großmutter ein wenig versöhnlicher gestimmt hätte.«

»Das Vermögen der di Vairas ist ja auch nicht vom Himmel gefallen. Ich habe gehört, dass sie es mit dem Seidenhandel gemacht haben.«

»Seide ist etwas sehr Edles. Ich hingegen verdiene mein Geld mit ... Schuhen.«

Stella nickte.

»Wie? Kein Kommentar?«, spottete Matteo. »Normalerweise leuchten bei jeder Frau, der ich das anvertraue, die Augen, weil sie sich Manolo Blahniks mit Sonderrabatt erhoffen.«

Unmerklich ging ihr Blick zu den beigen Ballerinas, die sie bei Deichmann für fünfzehn Euro gekauft hatte. »Ich fürchte, dass ich Sie enttäuschen muss. Meine Tante hat mir mal einen Gutschein für irgendeine Schuhboutique gekauft. Ich habe ihn gegen Geld eingetauscht und dafür eine uralte Ausgabe von Dante Alighieri erstanden.«

Matteo tat, als würde er sich über die Stirn wischen. »Puh, da habe ich ja Glück gehabt. Manolo Blahniks kann ich nämlich nicht bieten – nur Sportschuhe. Und was für meine Großmutter noch peinlicher ist – ich führe nicht mal ein eigenes Unternehmen, sondern bin lediglich Manager bei einer internationalen Kette. Aber da Sie von Dante sprechen, werden Erinnerungen an meine Schulzeit wach. Ich wurde in ein britisches Internat verfrachtet und als Italiener und Exot konnte ich dort die Mädchen reihenweise verführen, indem ich Dante zitierte.« Er fuhr sich durch das Haar. »Leider ist nicht viel hängengeblieben. Zumindest nicht genug, um jemanden wie Sie zu beeindrucken.«

Die Augen funkelten, doch zu ihrer Überraschung las Stella keinen Spott darin, nur ehrliche Anerkennung. Sie kam unerwartet, hatte sie doch oft erlebt, dass man ihre Leidenschaft für die Geschichtswissenschaft als Spleen abtat.

»Wenn ich ehrlich bin, habe ich auch keinen Vers von Dante parat«, gab sie zu. »Sie wiederum könnten mir einen anderen Gefallen tun, als aus seinem Werk zu zitieren – mir nämlich den Garten zeigen. So groß wie er ist, würde ich mich wohl verlaufen.«

»Ob Fabrizio mir das wohl gestattet?«, fragte er humorvoll.

»Nun, falls er Sie dafür einsperrt, sind wir immerhin schon zu zweit.«

»Diese Vorstellung ist eher romantisch als furchterregend, nicht wahr?«

Stella lächelte, aber als ihr Blick hoch zum Turm ging und sie sich kurz vorstellte, im Turmzimmer eingesperrt zu sein, überkam sie ein Frösteln.

»Sie hätten sich etwas Wärmeres anziehen sollen. Die Abende sind jetzt im Mai noch sehr kühl.«

»Es geht schon, danke.«

Schweigend zog er seine eigene Strickjacke aus und legte sie ihr um die Schultern. Wieder erschauderte sie, wenngleich es diesmal nicht an der Kälte lag.

Wenig später machten sie sich auf einen Rundgang durch den Garten, und Stella kam gar nicht hinterher, die vielen Eindrücke in sich aufzusaugen.

Der Garten bestand aus mehreren Terrassen und Brüstungen. An einigen Punkten erhoben sich steinerne Mauern, die verschiedene

Ebenen auf unterschiedlichem Niveau erzeugten. Dort wechselten sich englischer Rasen, sorgsam beschnittene Lorbeerhecken und Zypressen, Myrten, Magnolien und Palmen ab – ganz zu schweigen von großen, als Kandelaber geschnittenen Platanen, den Glyzinien und dem Kletterefeu. Zum See hin lief – ausgehend von einem Wandbrunnen mit Medusenköpfen – ein kleiner Bach, der von Olivenbäumen begrenzt war. Die schmalen Kieswege wurden wiederum von diversen Statuen umsäumt, manche moosbedeckt und verwittert, andere deutlicher zu erkennen.

Stella blieb vor zweien stehen. »Da haben wir sie ja.«

»Wen?«

»Nun, Dante und Beatrice.«

»Wie kommen Sie denn da drauf?«

»Nun, der Lorbeerkranz, den Dante trägt, ist eine klassische Auszeichnung für Dichter. Auf dem berühmten Gemälde von Botticelli wird er auch damit gezeigt – und die Statue in Florenz trägt ihn ebenso. Beatrice wiederum, von der man nicht weiß, ob sie nun tatsächlich seine früh verstorbene Jugendliebe war oder bloß eine literarische Gestalt, begegnet ihm bei seiner Reise durchs Jenseits im irdischen Paradies. Sie schwebt in einer Wolke von Blumen herab – und schauen Sie, die Blumen sieht man auch hier.«

Sie deutete auf den Stein, woraufhin Matteo di Vaira sich zu ihr beugte. »Beatrice, das Blumenmädchen also ...«

»Na ja, falls Sie jetzt wieder auf romantische Gedanke kommen ... Beatrice hält Dante seine vergangenen Verfehlungen vor und ruft ihn zur Buße auf, ehe sie wieder entschwebt. Neben den Blumen ist die Wolke ein typisches Attribut von ihr – und diese wiederum symbolisiert Christi Wiederkehr beim Weltgericht.«

»Wir reden hier also von stacheligen Blumen«, sagte Matteo amüsiert. »Ich muss zugeben, dass ich mir keine dieser Figuren jemals genauer angeschaut habe. Als Kind habe ich gerne verstecken gespielt, wobei die Statuen genau genommen kein wirklich gutes Versteck boten. Kommen Sie mit, dann zeige ich Ihnen den Ort, wo man mich nie gefunden hat.

Er führte sie zur Orangerie, die früher offenbar benutzt worden war, um während der kalten Monate die Zitronenbäume zu überwintern.

Stella deutete auf das Blätterdach. »Und da drunter haben Sie sich versteckt?«

»Nein, aber da drin.«

Neben der Orangerie standen mehrere eisenvergitterte Käfige. Die Zwischenräume waren verglast, aber mittlerweile so grau beschlagen, dass man kaum hindurchsehen konnte.

»Hier könnte uns Fabrizio eventuell auch einsperren«, meinte Stella spöttisch.

»Na ja, anders als das Turmzimmer war das hier ein Gefängnis für Ziervögel, nicht für Menschen. Pfauen, genauer gesagt – wenn ich es recht in Erinnerung habe, indische Pfauen, also eine ganz besondere Rasse, die auf Sankt Helena gezüchtet wurde.«

»Ich wusste bis jetzt nur, dass Napoleon dort im Exil lebte, nicht, dass dort auch Pfauen gezüchtet wurden.«

Er schlug sich stolz auf die Brust. »Kaum zu glauben, dass Sie von mir etwas lernen können!« Er lächelte. »Eigentlich sollten Pfauen nachts ja in Ställen untergebracht werden, nicht in Käfigen, aber offenbar war Tizia der Meinung, dass solche Ställe den Garten verschandeln würden. Sonderlich begeistert zeigten sich die Pfauen von den Käfigen nicht. Ich glaube, die Dienerschaft war damals ziemlich genervt wegen des ständigen Gekreischs. Haben Sie schon mal einen Pfau schreien gehört?«

Stella nickte gedankenverloren. »Sie erwähnen eine Tizia«, murmelte sie.

»Die Pfauen waren ihr ganzer Stolz.«

Zweimal war Stella dem Namen schon begegnet – einmal auf dem Stammbaum und einmal in diesem ledernen Büchlein.

»Tizia di Vaira«, sinnierte sie, »was für ein klangvoller Name!«

»Haben Sie noch nie von ihr gehört? Ihr Mädchenname war Tizia Massina – unter dem war sie besser bekannt.«

Stella zuckte die Schultern. »Ich fürchte, auch hier muss ich passen.«

»Nun, Sie sind ja auch aus Deutschland, und Tizia hat Italien meines Wissens nie verlassen.« Er beugte sich so nahe zu ihr, dass sie seinen warmen Atem spüren konnte. »Schon bevor sie Gaetano di Vaira geheiratet hat, war sie hier eine Berühmtheit – einer der ganz großen italienischen Stars der Stummfilm-Zeit.«

2

1923

Das Erste, was Bérénice wahrnahm, als sie Tizia Massina gegenübertrat, war der Duft. Später erfuhr sie, dass Tizia nur *Crêpe de Chine* trug, ein Parfüm, das Gaetano di Vaira ihr geschenkt hatte, doch in diesem Augenblick dachte sie nur, dass sie nie zuvor etwas so Köstliches gerochen hatte. Sie nahm eine Note von Bergamotte, Orange und Vanille wahr und schloss unwillkürlich die Augen. Ewig hätte sie so dastehen können und diesen Duft in sich einsaugen, doch da ertönte ein glockenhelles Gelächter.

»Wie willst du mich denn frisieren, wenn du es kaum wagst, mich anzusehen?«

Bérénice hob kurz den Blick, senkte ihn aber sofort wieder. Sie arbeitete mittlerweile seit einigen Wochen im Hotel d'Este als Zimmermädchen, und man hatte ihr strikt eingebläut, keinen der Gäste jemals anzustarren. Am besten sollte sie sich sofort zurückziehen, wann immer Schritte ertönten – Mädchen wie sie wären bestenfalls lautlose Schatten. Und da Bérénice in ihrem kurzen Leben die Erfahrung gemacht hatte, dass es sich als solcher Schatten recht gut lebte, hatte sie sich bislang bereitwillig danach gerichtet. Natürlich hatte sich auch bis zu ihr herumgesprochen, dass sich der berühmte Stummfilmstar Tizia Massina im Hotel aufhielt – nicht nur, um hier zu residieren, sondern um im Garten und ihrer Suite ein paar Szenen für den neuen Film zu drehen, in dem es gerüchteweise um ein Brüderpaar ging, das sich über eine ebenso rätselhafte wie gefährliche Frau entzweite –, doch während die anderen Angestellten sich darum rissen, einen verbotenen Blick durch den Türspalt oder die Fensterritze zu ergattern, hatte Bérénice bis jetzt strikt Distanz gewahrt.

Heute Morgen aber hatte Tizia Massina sie zu sich in ihr Zimmer rufen lassen, genauer gesagt in die große Suite mit dem prachtvollen Kamin, den weißen Säulen, die den Wohn- und den Schlafraum voneinander abgrenzten, und dem erlesenen Mobiliar: runde Tische mit Aschenbechern, mehrere Stühle und Stehlampen sowie Fauteuils, die mit einem gestreiften, golddurchwirkten Stoff bezogen waren. Die Räumlichkeiten kannte Bérénice mittlerweile – die Frau hingegen nicht. Als sie zögernd hochsah, blieb ihr Blick auf den fremdartigen Vögeln mit langen Federn und rosafarbenen Blumen hängen, mit denen der seidene Morgenmantel bestickt war. Der helle Stoff reflektierte das Sonnenlicht, aber anstatt instinktiv die Augen zusammenzukneifen und sich wieder zu ducken, sah Bérénice noch höher und erwiderte Tizias Blick.

»Also gut«, erklärte diese und lachte wieder glockenhell, »du bist ja doch kein Angsthase. Nachdem du mich mittlerweile anzusehen traust – verrätst du mir auch deinen Namen?«

Zu sprechen war fast noch schwerer, als Tizias Blick zu erwidern, doch schließlich presste sie hervor: »Bérénice.«

»Was für ein hübscher Name.«

Ihre Wangen wurden glühend heiß, und sie konnte nur nicken.

»Das klingt französisch, stammst du etwa nicht von hier?«

»Doch, doch, aber meine Mutter ... sie ... sie kam aus der Schweiz ...« Nach den wenigen geflüsterten Worten war Bérénice ganz außer Atem.

»Ich verstehe. Lebt deine Mutter noch?«

Bérénice schüttelte den Kopf.

»Aber von ihr hast du wahrscheinlich gelernt, diese wunderschönen Frisuren zu machen, oder?«

Bérénice' Augen weiteten sich überrascht. Schon vorhin war sie überzeugt gewesen, dass es sich um einen Irrtum handeln musste, als ausgerechnet sie zu Tizia Massina gerufen wurde, um diese zu frisieren. Noch mehr misstraute sie den Worten, dass es irgendetwas gab, das sie gut – geschweige denn wunderschön – konnte. Das hatte noch nie jemand zu ihr gesagt. Unter wessen Aufsicht sie auch immer gearbeitet hatte – bestenfalls bekam sie ein Nörgeln zu hören, schlimmstenfalls Geschimpfe. Sie sei zu langsam, zu faul, zu verträumt. Die höchste Form der Anerkennung war ein stummes Nicken, das sie stets mit großer Erleichterung erfüllte, ihr aber nie das Gefühl gab, sie wäre in irgendeiner Sache besonders gut.

Und nun ... *wunderschön?*

In ihrem Leben gab es nichts Wunderschönes. Ausgenommen diese elegante Frau, vor der sie nun stand und die einer fernen, unerreichbaren Welt zu entstammen schien.

Unwillkürlich ging Bérénice' Hand hoch zu ihrem Kopf, um ihre Frisur zu betasten: Sie hatte heute früh aus ihren dunklen Haaren viele kleine Zöpfe geflochten, die sie sich auf jeder Seite zu einem schneckenhausförmigen Knoten aufgesteckt hatte. Auf der Stirn kringelten sich wie immer ein paar Locken.

Tizias Haare – diese kastanienbraune, dichte Flut – fielen hingegen lang und offen über ihren Rücken. Sie waren dicker und glänzender als Bérénice' Locken und umrahmten ein ebenmäßiges Gesicht, das eher an eine Statue im Park des Hotels als an einen Menschen aus Fleisch und Blut denken ließ. Sie war stark geschminkt – hatte dunkle Ränder um die Augen, ganz schmal gezupfte und mit einem Kohlestift nachgezogene Augenbrauen, außerdem einen kleinen, dunklen Schönheitsfleck. Die Form des Mundes war mit Puder und kirschfarbenem Lippenstift so betont worden, dass er wie ein Herz aussah.

Tizia schwieg, war sie es doch offenbar gewohnt, von Menschen gemustert zu werden.

»Du bist also einverstanden und wirst mich frisieren«, stellte sie nach einer Weile fest, »das ist gut. Du weißt, was wir hier tun, nicht wahr?«

Bérénice nickte und ließ ihren Blick kurz schweifen. Auch wenn die Suite ihr vertraut war, war sie doch deutlich verändert. Auf dem Bett lagen nicht die üblichen Seidenlaken, sondern türmten sich viele Felle, dicke Decken und Kissen. Offenbar wurde hier eine Szene für den Film gedreht, in der Tizia eine Kranke spielte. Viele zusätzliche Lampen waren aufgestellt worden, und Bérénice hatte beim Hereinkommen darauf achten müssen, nicht über eines der Kabel zu stolpern. Außerdem standen hier einige dieser Ungetüme, die man Kameras nannte – riesige schwarze Kästen, aus denen ein Rohr mit einer gläsernen Scheibe am Ende ragte und die auf drei Füßen standen. Über dem Kasten befand sich eine kreisrunde Scheibe, auf der ein breites, schwarzes Band aufgespult wurde. Das dürfte man, so war ihr eingebleut worden, keinesfalls berühren.

»Hier ... hier wird ein Film gedreht«, sagte sie.

»Genau«, erwiderte Tizia, »und die Frau, die meine Haare frisiert, ist heute leider unpässlich ... Da dachte ich mir, dass du meine Haare aufstecken kannst, zuerst für den Film, und später ...«

Obwohl weiterhin nur Anerkennung durch die Stimme schwang, schlug Bérénice wieder den Blick nieder. Sie hörte ein leises Rascheln, als Tizia sich erhob, und eine neue Woge des Parfüms hüllte sie ein. Es roch fast zu gut, um den Duft zu ertragen, so wie Tizia zu schön war, um sie länger als ein paar Minuten anzustarren. »Heute Abend werde ich Gast im Palazzo di Vaira sein. Auch für diesen Anlass kannst du mich frisieren, nicht wahr? Es wird ein ganz besonderer Abend werden, ich muss schöner sein denn je.«

Bérénice lag es auf den Lippen zu sagen, dass sie unmöglich noch schöner sein konnte als im Moment, schon gar nicht durch ihre Hilfe, aber sie nickte tonlos.

»Das freut mich. Am besten wartest du in der Schminkstube auf mich, ich komme gleich nach.«

Die Schminkstube war eigentlich das Boudoir und so klein, dass Bérénice zwischen den Schränken und Tischchen kaum Platz fand. Jede freie Fläche war mit Tiegeln und Döschen vollgestellt. Der Geruch, der in der Luft hing, war ebenso durchdringend wie der von Tizias Parfüm, wenngleich nicht so betörend. Regelrecht unangenehm war die Stimme der Frau, die offenbar dafür zuständig war, Tizia das Make-up aufzutragen. Aus schrägen Augen starrte sie Bérénice eine Weile verächtlich an, ehe sie verkündete: »Was für ein blasses Geschöpf du bist! Du bist ja weiß wie die Wand.«

Bérénice wäre am liebsten sofort geflohen, doch das war nicht möglich, stand hinter ihr doch – elegant an den Türrahmen gelehnt – Tizia.

»Aber, aber«, meinte diese spöttisch, »Bérénice muss schließlich nicht vor der Kamera stehen. Und außerdem – sagst du nicht selber oft, dass man Make-up sparsam einsetzen muss und nichts so billig wirkt wie allzu rote Wangen? Bérénice wird mich frisieren.«

Was die Dame davon hielt, sagte sie nicht, aber die zusammengekniffenen Lippen und hochgezogenen Augenbrauen ließen nichts Gutes vermuten. Immerhin wurde ihre Miene zunehmend gleichgültig, als sie sich schweigend ans Werk machte und Tizias Make-up auffrischte. Nicht, dass das in Bérénice' Augen notwendig gewesen wäre.

Nachdem Tizia einen prüfenden Blick in den ovalen Spiegel geworfen hatte, winkte sie Bérénice zu sich. Nebst den Tiegeln und Döschen lagen auf dem Tischchen auch jede Menge Kämme und Haarnadeln, Lockenpapier und Lockenwickler. Bérénice wagte sie ebenso wenig anzufassen wie den Haarkräusler, der offenbar warm gemacht wurde und unangenehm roch. Nicht auszudenken, wenn sie damit Tizias Haare versengen, gar die alabasterne Haut verbrennen würde! Eher wie Folterinstrumente erschienen ihr der schwere Eisenföhn und die Trockenhaube, die dem Helm einer Ritterrüstung glich. Außerdem war da ein weiteres Gerät, ebenfalls aus Eisen, vielleicht auch aus Zink, an dem diverse Lockenwickler angebracht waren. Lieber Himmel, es musste schrecklich unbequem sein, die Haare damit aufzurollen und womöglich eine Weile darunter sitzenzubleiben!

Was sie ebenfalls noch nie gesehen hatte, war ein Fläschchen Shampoo, auf dem der Name »Schwarzkopf« stand. Dass es so etwas wie Shampoo gab – eine spezielle Seife, die gut duftete und nur dem Haarewaschen diente –, wusste sie zwar, aber sie hätte es nie gewagt, es für die eigenen braunen Krausen zu nutzen. Für Tizias Haare schien ihr hingegen das Beste gerade gut genug – wobei sie deren Haare ja nicht waschen, sondern lediglich aufstecken sollte.

»Nun, du kannst loslegen«, forderte Tizia sie auf, sobald die Dame fürs Make-up den Raum verlassen hatte. Zögernd trat Bérénice zu ihr. Unter mehreren Kämmen sah sie einige maschinenbeschriebene Seiten. Sofort senkte sie ihren Blick, doch Tizia war ihre Neugierde nicht entgangen.

»Das ist das Skript«, erklärte sie bereitwillig, »eigentlich sollte ich es auswendig lernen, aber erfahrungsgemäß hat das nicht viel Sinn. Der Regisseur lässt sich ohnehin immer wieder neue Anweisungen einfallen.

Obwohl Bérénice' Kehle trocken war, stammelte sie: »Es ist bestimmt sehr aufregend, einen Film zu drehen.«

»Aufregend? Ach du lieber Himmel!«, stöhnte Tizia, aber das Lächeln schwand nicht von den Lippen. »Eine Sklavenarbeit – das ist es. Wenn wir draußen drehen, herrscht ständig große Hast, weil es schließlich gilt, das ›saubere‹ Vormittagslicht zu nutzen. Und in den Ateliers ist es nicht besser. Manchmal habe ich das Gefühl, taub zu werden. Ständig surrt die Kamera, ständig brüllt der Regisseur Anweisungen in das Megaphon – selbst, wenn wir gleich daneben stehen. Wenn er wenigstens der Einzige wäre, der redet, aber nein, alle schwatzen sie durcheinander, vom Kameramann bis zum Beleuchter, vom Operateur bis zum Hilfsregisseur. Ach, wenn sie nur reden würden. Aber nein, sie schimpfen und fluchen, kommandieren und witzeln – und glaub mir, diese Witze sind selten komisch –, und am schlimmsten ist, dass sie ständig mit Fachausdrücken um sich werfen, um zu beweisen, wie viel sie von ihrem Gewerbe verstehen. Angeber, pah!« Tizia seufzte. »Von morgens bis abends muss man sich umkleiden. Unaufhörlich rasseln die Lampen, kreischen die Statistinnen und kochen die Scheinwerfer, und habe ich einmal fünf Minuten Pause und ziehe ich mich aus den Lichtkegeln der Projektionsapparate zurück, kann ich sicher sein, von einem Dutzend Menschen belagert zu werden, denen ich irgendwelche Rollen beschaffen soll. Herrje, eine grässliche Arbeit ist das Schauspielern. Sie bringt einem nichts anderes ein als müde Glieder, zerrissene Nerven und schmerzende Augen.« Geistesabwesend griff sie nach einem feuchten Lappen. »Damit sollte ich eigentlich meine Augen kühlen, sonst entzünden sie sich. Die Atelierlampen sind so stark, es ist kaum auszuhalten, aber jetzt bin ich ja schon geschminkt.« Sie legte den Lappen wieder zurück. »Und nicht nur, dass man beim Drehen halbblind wird. Es wird bis zu vierzig Grad heiß. Glaub mir, das ist kein Vergnügen.«

Obwohl sie so viele Strapazen heraufbeschwor, klang ihre Stimme glockenhell, und man sah ihr die Knochenarbeit mitnichten an. Ein himmlisches Geschöpf schien sie zu sein, dem nichts und niemand etwas anhaben konnte, das nie müde, erschöpft oder gar krank wurde.

Und dennoch, als Bérénice ihre Hände hob, begann sie nicht mit dem Frisieren, sondern massierte Tizia ganz sanft die Schläfen. Nicht, dass es ihr leichtfiel, die Schauspielerin zu berühren, doch als diese wohlig aufseufzte, wuchs der Wunsch in Bérénice, ihr etwas Gutes zu tun und ihr eine unsichtbare Last abzunehmen.

»Du bist ein Engel, kleine Bérénice, weißt du das?«

Sie – ein Engel? Bis jetzt hatte sie nur zu hören bekommen, dass sie ein Trampel sei. Nein, Tizia war ein Engel, und im Schatten ihres unsichtbaren Flügelschlags schien die Luft aus Silber zu sein.

Nach einer Weile begann Bérénice doch noch, sie zu kämmen, ganz behutsamen, damit es nicht ziepte. Hinterher wusste sie nicht, wie sie es geschafft hatte, ohne dass ihre Hände feucht wurden oder, was noch schlimmer gewesen wäre, zu zittern begonnen hätten –, aber am Ende hatte sie die lange, glänzende Mähne zu einem kunstvollen Knoten geschlungen.

Tizia betrachtete das Ergebnis verzückt. »In deinen Händen müssen Zauberkräfte wohnen.«

Bérénice starrte auf ihre Finger. Sie waren rot, weil sie ständig fror, außerdem trocken und rissig, weil sie so oft in ihrem Leben mit scharfer Lauge und kaltem Wasser Wäsche gewaschen hatte. Nein, diese Hände sahen nicht aus, als könnten sie jemals Wunder wirken, und dennoch …

»Nach dem Dreh wirst du mich also noch einmal frisieren, nicht wahr?«

Bérénice nickte.

»Ich bin schon so aufgeregt, wenn ich an das Fest denke. Gaetano di Vaira ist ein vollendeter Gastgeber, musst du wissen.«

Die Aufregung sah man ihr nicht an, so gesetzt, wie jede ihrer Gesten ausfiel, und so gelassen, wie sie sprach.

»Du kennst doch Gaetano di Vaira?«

»Ich … ich glaube, ich habe schon einmal seinen Namen gehört.«

Mehr als diesen wusste sie nicht. Menschen wie er lebten in Spähren, die Bérénice nie betrat.

Tizia erhob sich. »Schau, ich zeige dir das Kleid, das ich heute tragen werde.«

Bérénice war zerrissen – einerseits voller Stolz, die andere zufriedengestellt zu haben, andererseits voller Furcht, dass man sie später dafür maßregeln würde, weil sie nicht die angebrachte Distanz gewahrt hatte.

Ehe sie ablehnen konnte, hatte Tizia aber bereits einen der Schränke geöffnet und das Kleid herausgenommen. Noch war es unter einer Hülle verborgen, die es vor Motten schützte, aber seine Schönheit und Eleganz war trotzdem deutlich zu erkennen: Es war ein Traum aus türkisgrüner Seide, weit geschnitten, so dass es eher einer Bluse glich, jedoch mit raffinierten Details ausgestattet, unter anderem einem Schleier, der an der Hüfte angenäht war und den man sich über den Kopf legen konnte. Die blassgoldenen Samtapplikationen fingen das Licht ein, so dass die Trägerin des Kleides stets von der Sonne geneckt zu werden schien. Bei genauerem Hinsehen erkannte Bérénice, dass sich hinter den Mustern Bäume und Vögel verbargen, letztere sehr exotisch anmutend und mit ausgestreckten Flügeln, als würden sie sogleich fortfliegen wollen.

»Es … es ist wunderschön«, stammelte Bérénice.

»Nicht wahr?«

»Der Stoff schimmert wie eine Pfauenfeder …«

Nachdenklich betrachtete Tizia das Kleid noch einmal. »Da bringst du mich auf eine Idee. Ich … ich glaube, ich habe noch eine Pfauenfeder. Du kannst sie mir doch in meine Haare flechten, nicht wahr?«

Bérénice war sich dessen nicht sicher, aber vorhin hätte sie sich auch nicht zugetraut, Tizia zu frisieren und hatte es doch geschafft.

Die Schauspielerin wandte sich ab, hängte das Kleid wieder auf und zog ein zweites aus dem Schrank. Es war etwas schlichter als das andere, aber trotzdem hübsch anzusehen. Bis auf den elfenbeinfarbenen Spitzenkragen war es blau wie der See bei Sonne, fiel bis zur Hüfte in geraden Bahnen und ging dort in einen weiten, sanft gefalteten Rock über.

»Haben Sie sich anders entschieden?«, fragte Bérénice. »Werden Sie doch lieber dieses Kleid tragen?«

»O nein! Ich dachte nur, dass es dir ganz gut stehen würde.«

»Mir? Aber ich kann doch nicht ...«

»Du hast gute Arbeit geleistet, lass mich dir doch dankbar erweisen.«

»Aber ich kann doch nicht ...«, setzte Bérénice wieder an.

»Du musst sogar!«

»Es ist so ... elegant.«

»Und deswegen genau das Richtige, wenn du mich in den Palazzo di Vaira begleitest.«

»Ich ... soll ... Sie ... begleiten?«

Bérénice war so fassungslos, dass sie kein weiteres Wort hervorbringen konnte. Kurz überkam sie der schlimme Verdacht, dass sie bloß träumte, oder – was noch schlimmer wäre – Tizia sich einen Spaß mit ihr machte. Aber Engel logen nicht.

»Natürlich kommst du mit mir. Ich werde dich dort als meine Zofe vorstellen. Falls du hier im Hotel arbeiten musst, sorge ich dafür, dass du freibekommst. Du ... du tust mir doch diesen Gefallen?«

Sie klang flehentlich, als wäre es Bérénice, die ihr einen Herzenswunsch erfüllte – nicht umgekehrt.

Bérénice nickte benommen.

»Tizia Massina!«, rief jemand.

Das Lächeln verschwand von Tizias Lippen, aber sie beugte sich verschwörerisch zu ihr. »Ich fürchte, ich muss jetzt wieder in die Rolle einer Schwindsüchtigen schlüpfen. Wenn ich den ganzen Tag husten soll wie gestern, werde ich am Abend keine Stimme mehr haben.«

Bérénice starrte ihr nach. Sie konnte sich nicht vorstellen, dass dieses glockenhelle Lachen jemals verstummte.

Der Duft des Gartens, der den Palazzo di Vaira umgab, war fast so köstlich wie der von Tizias Parfüm. Als Bérénice unter das Blätterdach einer Laube trat, hatte sie das Gefühl, eine fremde Welt zu betreten – eine Welt ohne Schmutz und Armut, eine Welt voller Farben und Musik. Wobei genau genommen diese Welt ihr nicht erst dort ihre Pforten geöffnet hatte. Der ganze Tag schien ihr wie ein Traum, umso mehr, als sie das wunderschöne Kleid trug, das Tizia ihr geschenkt hatte und das wie angegossen passte. Als sie sich im Spiegel gemustert hatte, hatte sie sich selbst nicht wiedererkannt: Ihre Augen glänzten ebenso wie das ansonsten so stumpfe Haar, ihre blassen Wangen hatten einen Pfirsichton angenommen, die geröteten Hände schienen weicher zu werden.

Und dann erst die Fahrt zum Palazzo di Vaira! Vom Hotel Villa d'Este bei Cernobbio aus waren sie von einer Barke zu einem großen Dampfschiff gebracht worden, befanden sich die Straßen doch in einem zu schlechten Zustand, um sie freiwillig zu befahren. Obwohl Bérénice am Comer See aufgewachsen war, vermeinte sie, ihn zum ersten Mal richtig zu sehen, wie sie am Bug des Schiffes stand und dessen stählerner Körper die Fluten teilte. Wie prachtvoll erhoben sich auf den steilen Berghängen Gärten und Villen!

Kleine Ruderboote schwebten förmlich auf den grünen Wellen; blassgraue Schleier legten sich über das zarte Blau des Sees, nur die Berghäupter waren wolkenfrei und erhoben sich in strahlendem Weiß vor dem violetten Himmel.

Auf der Höhe der Villa Balbianello glänzte das felsige Vorgebirge im Abendlicht fast silbrig. Andere Orte lagen im Schatten einer Bucht, wo riesige alte Bäume die Magnolien, Oleanderbüsche und Rhododendren überragten, aber deren Farbenpracht und vor allem deren Düfte, die über den See zogen, nicht mindern konnten. Selbst die kleinen weißgrauen Möwen, die das Schiff begleiteten, schienen sich daran zu erfreuen, denn sie schossen durch die Luft, als gäbe es kein Halten mehr, und ihr Kreischen klang vergnügt wie nie.

Auf der Höhe der Villa Carlotta setzten sie über in Richtung Bellagio. Mittlerweile waren am Himmel Mond und Sterne aufgegangen, und ihr freundliches Licht vermischte sich mit den Lampions der sanft dahingleitenden Gondeln, die aus der Ferne betrachtet einem Schwarm Glühwürmchen glichen. Hinzu kam das flammende Strahlen der Hotelbeleuchtung und der Promenaden in allen Regenbogenfarben. Die Pfauenfeder, die Bérénice in Tizias Haar geflochten hatte, schien dieses zu reflektieren und schimmerte noch durchdringender.

Sie war so schön, so wunderschön, kein Wunder, dass Gaetano di Vaira sie zu seinem Fest eingeladen hatte. Auf der Fahrt zu dem Palazzo hatte Tizia ihr mehr von ihm erzählt, so auch, dass seine Familie wie viele in der Region ihr Vermögen mit der Seidenproduktion gemacht hatte. Er besaß mehrere Maulbeerbaumplantagen in der Brianza – jenem Gebiet, das bis zu den Toren Mailands reichte –, und außerdem zwei Manufakturen in der Nähe von Como und Lecco. In der einen wurde der Seidenspinner gezüchtet – jener Schmetterling, dessen Raupe mit den Maulbeerblättern gefüttert wurde und den Seidenfaden lieferte. In der anderen wurde die Rohseide zu Stoffen verarbeitet.

»Außerdem«, schloss Tizia, »will er sich zunehmend auf das Färben der Stoffe mit sogenannten Anilinfarben verlegen. Nur auf diese Weise kann sich das Unternehmen gegen die Konkurrenz aus China behaupten.«

So melodisch, wie ihre Stimme klang, schien sie keine nüchternen Geschäftsüberlegungen wiederzugeben, sondern ein Märchen zu erzählen. Tizia schien Gaetano restlos dafür zu bewundern, dass er das Familienunternehmen trotz des großen Krieges, der den Handel unterbrochen hatte, diverse Rückschläge wegen Schädlingsbefall und der schwindenden Nachfrage nach Seide sicher in die neue Zeit geführt hatte – ein Umstand, der Bérénice fast ein wenig befremdete.

Die Welt sollte dir zu Füßen liegen, aber du musst niemanden bewundern ...

Doch dann kam Tizia auf Maddalena zu sprechen, Gaetanos Frau und Mutter seines Sohns Aurelio, die vor einem Jahr einer Krankheit erlegen war. »Der arme Gaetano ist seitdem so einsam«, schloss sie, »er hat sich ganz in die Arbeit gestürzt. Du musst wissen, dass er ein Mann ist, der sich ohnehin gerne verschließt, der sich des Lebens kaum erfreuen kann, sondern seinen düsteren, melancholischen Gedanken nachhängt ... Gottlob ist es mir in den letzten Wochen gelungen, ihn ein wenig aufzuheitern.«

Und plötzlich glaubte Bérénice, ihn vor sich zu sehen – diesen Mann, der in einer schwarzen Wolke aus Trauer und Pflicht feststeckte, für den die bunte, duftende Welt so unerreichbar war wie für sie und der dann unverhofft diesem engelsgleichen Wesen begegnet war.

Gaetanos Herz musste genauso warm und weit geworden sein wie ihres, als Tizia in sein Leben trat, wenngleich sie nicht genau wusste, welcher Natur ihre Beziehung war. Tizia nannte ihn nur bei seinem Namen, sprach weder von einem Freund noch einem Verlobten, doch dass er schon auf sie gewartet hatte und ihr entgegentrat, als die Gondel anlegte, war ein Zeichen, dass sie sich nahestanden. Er reichte Tizia die Hand und hauchte einen Kuss darauf.

Bérénice sah nicht viel vom Palazzo. Sie war von den vielen edel gekleideten Menschen so überwältigt, dass sie den Blick starr auf den Kieselweg richtete. Noch nicht einmal Gaetano wagte sie ausführlich zu betrachten. Nur aus den Augenwinkel nahm sie wahr, dass seine schwarzen Haare mit Pomade zurückgekämmt waren, und dass er zu dunklen Hosen einen weißen Frack trug, in dessen Brusttasche ein schwarzes Taschentuch steckte. Es bildete einen ähnlichen Kontrast wie die gleichfalls schwarzen Augen zu der blassen Haut seines Gesichts. In den letzten Monaten schien er selten in die Sonne, ja überhaupt ins Freie gekommen zu sein, doch so kränklich er zunächst wirkte – der sehnsüchtige Blick und das Lächeln der schmalen Lippen erfüllten seine Miene mit Leben. Er sagte etwas zu Tizia, und diese erwiderte ihm mit ihrer glockenhellen Stimme, doch Bérénice verstand vor Aufregung den Sinn der Worte gar nicht.

Sie hatte erwartet, an Tizias Seite den Palazzo zu betreten, doch das Fest fand im Garten statt, im Halbkreis hoher Myrthenhecken, die ihrerseits von Lorbeer, Magnolien und Zypressen umgrenzt waren. In jedem der Beete, die sich daran anschlossen und die von schmalen Kieselwegen geteilt wurden, wuchsen andere Blumen – in allen Farben blühende Rosen, Passionsblumen, die sich im Purpur entfalteten, oder schwertförmige Lilien. Ihre Blüten erzitterten sanft im Wind, der auch die Oberfläche eines Brunnen kräuselte. Der feine Wasserstrahl ergoss sich aus der Muschel eines Neptuns in das Marmorbecken, in dem Goldfische schwammen. Während Tizia noch angeregt mit Gaetano plauderte, der ihr schließlich ein paar Gäste vorstellte, versteckte sich Bérénice im Schatten einer Limonenlaube.

So überwältigend die vielen Eindrücke waren, so inständig wünschte sie sich, die Hecken würden noch dichter wachsen und sich zu einem unentrinnbaren Labyrinth verbinden. Dann müsste sie für immer hier leben und diesen Duft einatmen, dann wäre sie für alle Zeiten mit Tizia zusammen. Dass sie auch den dunklen, steifen Gaetano nicht aus dieser kleinen Welt verbannen könnte, wollte sie gerne hinnehmen, solange der so selig lächelte wie jetzt, und auch dieser kleine Junge mit den bräunlichen Locken, der eben, von seiner Kinderfrau begleitet, in den Garten kam, wollte sie gerne willkommen heißen. Es war wohl Aurelio, der Sohn von Gaetano und der verstorbenen Maddalena. Als er der vielen Fremden ansichtig wurde, wirkte er verschüchtert wie Bérénice, aber als er Tizia erblickte, lächelte auch er. Zwanglos eilte sie auf ihn zu, umarmte ihn und hauchte ihm einen Kuss auf die Wangen.

Wieder wurde Bérénice ganz warm ums Herz, wenngleich sie kurz dachte, das Tizia doch niemanden küssen durfte, ihr Lippenstift würde verblassen, das schöne Gesicht einen Makel bekommen, ganz zu schweigen, dass sich durch die abrupten Bewegungen der Haarknoten lösen konnte. Doch die Pfauenfeder wogte nur ein bisschen, dann ging Aurelio schon weiter, und Tizia trat mit immer noch roten Lippen zu ihr in den Schatten der Laube.

»Du musst keine Angst vor all den Gästen haben«, sagte sie augenzwinkernd, »glaub mir, jeder von ihnen hat ein dunkles Geheimnis.«

Bérénice hob vorsichtig den Blick. Sie nahm kein bestimmtes Gesicht wahr, nur ein Meer aus edlen Gewändern und Schmuck: rücken- oder schulterfreie Kleider aus schwarzem Samt, gelber Seide oder Silberlamé. Capes und Stolen mit Hermelin, Fuchspelz oder Chinchillabesatz. Lange, mehrreihige Perlenketten, die bis über den Nabel reichten, gefärbte Straußenfedern, die man an Röcke genäht hatte oder sich in Form von Federboas um den Hals legte, exzentrische Fächer und perlenbesetzte Haarnetze, die tief in die Stirn gezogen wurden. Manche Frauen trugen die Haare kunstvoll aufgesteckt, andere so kurz, wie Bérénice es noch nie gesehen hatte – glatt oder in kleine Locken gelegt, reichte das Haar nur bis zum Kinn.

Zwischen den Gästen huschten Dienstboten, die in dunkles Grau gekleidet waren, und reichten unauffällig Erfrischungen: Campari, Absinth oder Schaumwein, Liköre, Eiswasser oder Zitronenlimonade, außerdem kandierte Mandeln, Datteln und Maronen, und Brötchen mit Kaviar, Krabben oder Räucherlachs.

»Bist du hungrig?«, fragte Tizia.

Bérénice schüttelte den Kopf. Obwohl sie sich nicht erinnern konnte, wann sie zum letzten Mal etwas gegessen hatte, hätte sie keinen Bissen heruntergebracht.

»Du musst wirklich keine Angst haben«, Tizia nahm ihre Hand

und deutete mit dem Kinn recht unverfroren auf einen Mann. »Das ist Mario Grassini, ein hoher Polizeibeamter aus Menaggio. Er ist so steif, als hätte er einen Stock verschluckt, unmöglich, dass er jemals in seinem Leben etwas Verbotenes getan hat. Nun, wahrscheinlich ist seine Weste tatsächlich weiß, aber seine Frau ... denk dir, seine Frau ist Kleptomanin.«

Bérénice sah sie verwirrt an.

»Du weißt nicht, was das nicht? O, liebe, kleine Bérénice, bewahre dir deine Unschuld so lange wie möglich! Sie stiehlt alles, was nicht niet- und nagelfest ist, ich bin sicher, sie lässt heute mindestens einen goldenen Aschenbecher oder eine Porzellanfigur mitgehen. Der arme Grassini ist völlig zerrissen: Er weiß nicht, ob er die Gattin auffliegen lassen und verhaften soll, wie es seinem Ehrgefühl entspräche, oder besser vertuschen, was sie treibt, wie es ihm der Wunsch nach Diskretion, vielleicht aber auch die Liebe aufnötigen. Ach herrje, Liebe macht so verletzlich.« Sie lächelte geheimnisvoll, und Bérénice konnte nicht sagen, ob sich dahinter Spott oder Schmerz versteckte. Doch da zeigte Tizia schon auf den nächsten Gast. »Das ist Walther Morton, ein enger Freund von Butler Ames, der wiederum der Besitzer der Villa Balbianello ist. Wie Ames stammt auch Walther aus Amerika und war dort Kongressabgeordneter. Er ist mit Hugh Johnstone befreundet, der gleich neben ihm steht, einem unglaublich eingebildeten Diplomaten. Im Grunde fühlen sie sich alle als etwas Besseres, doch wenn ich da an ihre Töchter denke ... Walther hat eine, Florence, und Hugh zwei, Morgan und Hattie, und eine ist verruchter als die andere. Statt das edle Internat in der Schweiz zu besuchen, wie es die Väter vorgesehen haben, kommen sie so oft wie möglich an den Comer See und feiern skandalöse Partys. Florence, die übrigens nach der Stadt Florenz benannt wurde, hatte eine Affäre mit einem Gondoliere. Später hat sie sich offiziell zur Kur zurückgezogen, aber jeder wusste, dass sie schwanger war.«

»Und was ist mit dem Kind passiert?«

»Ach, das wird irgendwo unter falschem Namen erzogen. Es hat Florence auf jeden Fall nicht davon abgehalten, weiter ihre wilden Partys zu feiern.«

Bérénice hatte keine Ahnung, was »wilde Partys« waren, aber sie lauschte Tizia gebannt, als die nun über einen Erzpriester von Tremezzo lästerte – einem sehr gebildeten Mann, dem irgendwann die Affäre mit einem jungen Botschaftssekretär zum Verhängnis werden würde. Bérénice wollte schon ausrufen, dass doch unmöglich zwei Männer eine Affäre haben konnten, biss sich dann aber auf die Lippen. Dinge, von denen sie nichts verstand, sollte sie lieber nicht hinterfragen. Außerdem spottete Tizia eine Weile über einen französischen Archäologen, der sich von einem reichen Mäzen aushalten ließ, obwohl er noch nie einen bahnbrechenden Fund gemacht hatte.

»Und das dort hinten – das ist Bruder Ettore, Gaetanos Bruder.«

Bérénice folgte ihrem Blick: Bruder Ettore war mit seiner braunen Kutte aus grobem Stoff von allen am schlichtesten gekleidet. Seine hagere Erscheinung erinnerte ein wenig an Gaetano, aber seine Haare waren nicht schwarz, sondern mausgrau und schütterer, das Gesicht trotz des dürren Körpers rundlicher und die Wangen rötlicher.

»Und welches Geheimnis hat er?«

»Oh, gar keines. Bruder Ettore taugt für keinen Skandal. Aber seine Bruderschaft ist sehr unergründlich und hat, wie ich finde, auch etwas Verruchtes. Er gehört nämlich der ›Scuola di Santa Marta‹ an.«

Bérénice konnte sich vage erinnern, den Namen schon einmal gehört zu haben.

»Dahinter verbirgt sich die ›Erzbruderschaft des Guten Todes und des Gebets‹«, fuhr Tizia fort und senkte unwillkürlich die Stimme. »Zu besonderen Anlässen legen die Brüder eine Kutte aus grobem weißem Stoff mit Gürtel an. Außerdem tragen sie eine Kapuze, die das Gesicht verhüllt und lediglich zwei Löcher für die Augen freilässt.«

»Zu welchen Anlässen denn?«

»Oh, ich bin mir gar nicht so sicher, ob das heute noch der Fall ist, aber in früheren Jahren war die wichtigste Aufgabe dieser Bruderschaft, dass sie die zum Tode Verurteilten zur Richtstätte begleiteten. Zuvor bereiteten sie sie drei Tage lang auf den Tod vor, beteten mit ihnen und spendeten ihnen Trost. Und hinterher feierten sie für den Hingerichteten eine Messe und sorgten für seine Beerdigung. Noch heute tragen sie die Kutten bei feierlichen Prozessionen.«

Bérénice erschauderte. »Hat Bruder Ettore auch schon mal einen Verurteilten begleitet?«

Tizia zuckte die Schultern. »Das weiß ich nicht so genau. Mittlerweile widmen sich die meisten Mönche anderen wohltätigen Werken. Bruder Ettore gibt sich gerne als Tugendwächter, aber ich denke – und das ist wohl sein größtes Laster –, dass er es insgeheim genießt, dann und wann den Palazzo di Vaira zu besuchen und an Festen wie diesem teilzunehmen.«

Tizia lachte, doch ehe sie anfangen konnte, noch weitere Geschichten von den Anwesenden zu erzählen, trat Gaetano zu ihnen.

»Hier bist du!«

Prompt schlug Bérénice wieder ihren Blick nieder. So gebannt sie Tizia auch zugehört hatte, so verwirrt war sie, dass diese derart lange mit ihr im Schatten stand und plauderte. Warum unterhielt sie sich nicht mit den Gästen oder mit Gaetano? Warum mit ihr, die sie doch ein Niemand war?

Obwohl sie ihre Gesellschaft genoss, war sie fast ein wenig erleichtert, als sich Gaetano vorbeugte, Tizia etwas ins Ohr flüsterte und sie ihm folgte.

Aus den Augen lassen wollte sie sie gleichwohl nicht, als nun ein kleines Orchester aufspielte, die Gäste zurückwichen, einen Kreis bildeten und Gaetano und Tizia zu tanzen begannen. Später erfuhr Bérénice, dass es ein amerikanischer Tanz – der Foxtrott – war, doch in diesem Augenblick war sie einfach nur hingerissen von den geschmeidigen Bewegungen.

Gaetano blieb zwar etwas steif, aber Tizia tanzte so, wie man es von einem Engel erwartete – leichtfüßig und elegant, als würde sie schweben, ja fliegen, als wäre sie nicht aus Fleisch und Blut, sondern aus Seide, kühler, glatter, im Abendwind flatternder Seide.

Tränen traten Bérénice in die Augen, als sie ihr zusah. Sie wurde blind für die anderen Gäste, selbst Gaetano verblasste zum Schatten, der unmöglich neben dieser Göttin bestehen konnte, einer lächelnden Göttin, die sie, Bérénice, aus der Weite mit einem freundlichen Blick bedachte.

Just in diesem Augenblick geschah es. Vielleicht war die abrupte Kopfbewegung daran schuld, vielleicht einfach nur der Abendwind. Jedenfalls begann sich Tizias kunstvolle Frisur zu lösen. Eine Haarsträhne stahl sich aus dem Knoten und fiel auf die Schulter, und weitere folgten ihr. Binnen weniger Sekunden wurde aus der eleganten Frisur eine wilde, ungezähmte Mähne, und dann ... dann erfasste der Wind sogar die Pfauenfeder, riss sie ihr vom Kopf, spielte ein wenig damit, ehe sie langsam Richtung Boden segelte.

Dreckig, dachte Bérénice entsetzt, die Feder wird dreckig werden ... so dreckig wie ich Zeit meines Lebens war ...

Man sah es ihren Händen nicht an, aber diesen Händen war es nicht gelungen, die wichtigste Pflicht, die ihr je zugekommen war, zu erfüllen.

Die Musik spielte weiter, natürlich, kein Musiker ließ sich davon abhalten, nur weil sich ein Haarknoten auflöste. Bérénice konnte dennoch einen Laut ganz deutlich hören – ein Kichern. Vielleicht stieß es eine der durchtriebenen Amerikanerinnen aus, vielleicht eine ehrwürdige alte Contessa. Spöttisch, nahezu hämisch war es. Neid klang durch – was maßte sich diese Schauspielerin an, mit

Gaetano di Vaira zu tanzen! –, aber auch Verachtung – was hatte ein Filmstar überhaupt hier zu suchen?

Tizias Miene blieb gelassen, doch Bérénice' Wangen brannten, als hätte sie eine Ohrfeige erhalten. Um mit der tiefsten Scham, die sie erfüllte, fertig zu werden, genügte es nicht, den Blick niederzuschlagen. Am liebsten wäre sie im Erdboden versunken.

Versagt ... ich habe schrecklich versagt ...

Wieder ertönte Gelächter, diesmal nicht hämisch, sondern glockenhell. Aus den Augenwinkeln sah Bérénice, dass Tizia ihren Kopf in den Nacken geworfen und ihr Haar, diese glänzende, lockige Mähne, schüttelte. Verspätet gewahrte sie, dass Tizia die Pfauenfeder aufgefangen hatte, ehe sie auf den Boden gesegelt war. Sie wedelte damit ein paarmal lasziv in der Luft, ehe sie Gaetano am Kinn kitzelte. Er lächelte amüsiert, und dann tanzten sie beide mit der Pfauenfeder in der Hand weiter.

Es war nicht so schlimm ...

Doch, es war schlimm!

Tizia, dieses überirdische Geschöpft, war über einen kleinen, dunklen Kobold wie sie schlichtweg erhaben. Man konnte ihr nicht so einfach schaden. Doch dass sie aus der peinlichen Situation eine amüsante gemacht hatte, war allein ihr Verdienst, der Bérénice' Versagen als noch bitterer herausstellte.

Ihr Gesicht war nicht mehr brennend heiß vor Scham, sondern eiskalt. Sie spürte ihre Lippen kaum, als sie darauf kaute. Tränen verschleierten den Blick, aber sie sah genug, um an den Blumenbeeten entlangzulaufen.

Weg ... einfach nur weg ...

»Wohin des Weges, Signorina?«

Die tanzende Tizia hatte nicht bemerkt, dass sie sich fortgestohlen hatte, aber auf dem Weg zum Bootssteg lief Bérénice in einen Mann ... nein, keinen Mann, sondern einen Priester, dessen Kutte sich tatsächlich so rau anfühlte, wie sie aussah. Bruder Ettore, der

Mönch, dessen Orden zum Tode Verurteilte auf den Weg zur Hinrichtung begleitete. Bérénice fühlte sich mindestens so verzweifelt wie diese, während Bruder Ettore freundlich lächelte.

»Du zitterst ja am ganzen Leib, was ist denn passiert?«

Das fragte er noch?

»Ich ... versagt ... Schande ...«, stammelte sie.

»Nun, erklär mir doch in Ruhe ...« Beschwichtigend legte er seine Hand auf ihre Schultern.

»Ich habe sie bloßgestellt!«

Der Priester schwieg, betrachtete sie nachdenklich und sagte schließlich: »Der Mensch sieht, was vor den Augen ist, Gott der Herr aber sieht in das Herz hinein.«

Ihre Wut erlahmte. »Was meinen Sie?«

»Ich meine, dass ein guter Mensch seine Haare kurz geschoren tragen könnte, und es würde seinen Tugenden nicht abträglich sein. Bei einem bösen aber täuscht die königlichste Frisur über seine vielen Verfehlungen nicht hinweg.«

Er begriff es einfach nicht! Natürlich würde Tizia auch kurzgeschorene Haare mit Würde tragen und wunderschön sein! Aber das änderte nichts daran, dass sie, Bérénice, nachlässig gewesen war ...

»Ich muss nun gehen.«

Tizia konnte ihr vielleicht verzeihen – sie selbst sich nicht. Nie wieder würde sie einen Schritt ins Hotel Villa d'Este setzen und dem Engel ihren Anblick zumuten.

Es gab nur einen Ort, wo Bérénice sich verkriechen konnte, obwohl sie sich vor einigen Wochen geschworen hatte, nie wieder zurückzukehren. Dorthin zu gelangen war allerdings nicht so einfach. Am Bootsanlegesteg vor dem Palazzo di Vuila warteten zwar jede Menge Barken und Gondeln, aber die waren für die feinen Gäste bestimmt – nicht für einen Nichtsnutz wie sie. Sie machte kehrt, lief an den Hecken vorbei, umrundete schließlich den Palazzo und erreichte das große schmiedeeiserne Tor, das die Halbinsel von der breiten Straße trennte. Diese führte nach Bellagio, wohin Bérénice sich nun zu Fuß aufmachte.

Sie war völlig außer Atem, als sie endlich ankam – und vor dem gleichen Problem stand wie zuvor. Auch hier standen viele Boote bereit – das Geschrei der Bootsmänner, die um den besten Anlegeplatz stritten, war schon von weitem zu hören –, doch um über den See gerudert zu werden, musste man bezahlen, und der spärliche Lohn, den Bérénice in den letzten Wochen angespart hatte, lag unter einer Diele im Dienstbotenzimmer der Villa d'Este. Ansonsten hatte sie nur ein flehentliches Lächeln, zerzauste Haare und rotverweinte Augen zu bieten – und nichts davon, da war sie sich sicher, würde die Gondoliere milde stimmen. Kraftlos wollte sie sich auf eine der Bänke fallen lassen, als ihr eine Idee kam.

Sie strich sich die Haare zurück und ging auf eines der Boote zu. Der Gondoliere machte zwar ein mürrisches Gesicht, beteiligte sich aber nicht am Streit, was ihn als friedfertigeren Mann als die anderen auswies.

»Wenn Sie mich ans andere Ufer bringen, bekommen Sie mein Kleid«, sagte Bérénice, »es ist sehr kostbar.«

Eine Weile starrte er sie nur misstrauisch an, dann lachte er. »So, so, dein Kleid ... Soll ich dich etwa nackt dorthin bringen?«

Bérénice geriet ins Zaudern. »Sie bekommen das Kleid, wenn wir da sind ...« Die letzten Schritte konnten sie auch in Unterwäsche zurücklegen. Blieb nur zu hoffen, dass ihr Vater nicht all ihre Kleider verbrannt hatte und sie zu Hause noch etwas zum Anziehen fand ...

»Und woher weiß ich, dass du mich nicht um meinen Lohn betrügen wirst?«

»Bitte ... bitte, ich muss fort von hier!«

Die Not war ihr wohl deutlich anzusehen, denn er nickte – vielleicht nicht nur, weil er ein gutes Herz hatte, sondern den festen

Willen, ihr das Kleid notfalls vom Körper zu reißen. In jedem Fall wies er sie an, einzusteigen, und ruderte zum Westufer des Sees – an Menaggio vorbei Richtung Santa Maria Rezzonico.

Mittlerweile war der Himmel tiefschwarz und der hohe Kirchenturm von Santa Maria Assunta kaum zu erkennen. Fern der größeren Städte wurde an der Beleuchtung gespart, und noch dunkler als das Ufer war der See. So glatt wie er vor ihnen lag, glich er einem schweren Tuch, und in Bérénice erwachte die Sehnsucht, sich einfach fallen zu lassen und darin zu versinken. Was sie am Ende davon abhielt – der finstere Blick des Gondoliere oder die eigene Starre –, wusste sie nicht. Nachdem sie angelegt hatten und Bérénice ihr Kleid ausgezogen hatte, trieb sie jedenfalls kein anderer Gedanke mehr, als so schnell wie möglich ins Warme zu kommen.

Zitternd eilte sie die schmalen Gässchen hinauf und erreichte schließlich eine kleine Anhöhe, wo das Haus ihrer Familie stand – ganz aus Holz und sehr schief. Sand knirschte unter ihren Füßen, als sie es betrat. Ihre beiden Brüder Guido und Vasco arbeiteten in einem der Steinbrüche in Novate, wo man Sanfedelino Granit abbaute, der wiederum für den Bau von Straßen und Gehsteigen in Como und Mailand, Piacenza und Modena verwendet wurde. Wenn sie dann und wann nach Hause kamen, waren sie stets über und über mit grauem Staub und Sand bedeckt und glichen mehr Statuen aus Stein als Menschen aus Fleisch und Blut. Meist betraten sie das Haus, ohne sich zu waschen, und verteilten überall den Dreck. Doch als Bérénice einmal eingewendet hatte, dass sie ihr armseliges Heim so unmöglich sauber halten könnten, hatten sie ihr Ohrfeigen verpasst.

Die beiden älteren Brüder schlugen sie oft und gedankenlos, waren sie doch damit aufgewachsen, dass auch ihr Vater ständig auf die Mutter einprügelte – nicht einmal besonders hasserfüllt oder verächtlich, eher so, als gelte es eine lästige Fliege zu verscheuchen. Die Schwester hatte ihnen nichts zu sagen, basta, und der

Vater wollte sich erst recht nichts sagen oder erklären lassen und ohrfeigte sie, weil alles verstaubt war.

Früher hatte er auch die Brüder geschlagen, aber seit diese größer waren als er und zurückschlugen, wagte er es nicht mehr. Er hatte noch nicht einmal Widerstand an den Tag gelegt, als sie verkündeten, lieber im Steinbruch als wie bisher als Fischer arbeiten zu wollen. Sie würden dort mehr Geld verdienen, behaupteten sie. Nicht, dass Bérénice jemals etwas von dem Geld zu sehen bekam. Steine zu schlagen mochte vielleicht besser entlohnt werden, als Fische zu fangen, aber es war auch anstrengender, und es bedurfte mehr Wein, diese Anstrengung wieder zu vergessen. Guidos und Vascos Gesichter wurden mit der Zeit grauer, die Herzen bitterer, und ihre leeren Augen, die durch sie hindurchsahen, als gäbe es sie nicht, waren fast noch schlimmer als ihre Faustschläge.

In diesem Haus wurden alle Hoffnungen und Sehnsüchte zu Stein oder – schlimmer noch – zu Staub, doch hatte dieser Gedanke sie vor einigen Wochen zur Flucht getrieben, machte er ihr heute keine Angst mehr. Wäre sie aus Stein, müsste sie schließlich die Schande nicht mehr fühlen ...

Bérénice huschte über einen kleinen Korridor, ging über eine windschiefe Treppe nach oben in eine der beiden Kammern unter dem Giebeldach, hielt dort inne und lauschte. Nur das Schnarchen des Vaters war zu hören, nicht das der Brüder. Da war immer noch die Truhe mit ihren zwei Leinenkleidern, obwohl der Vater ihr verboten hatte, jemals wieder zurückzukommen.

Hastig schlüpfte sie in eines der Kleider, doch es reichte nicht, um die Kälte aus den Gliedern zu vertreiben. Sie rollte sich auf einem Strohsack zusammen, der – mit Maisblättern gefüllt – härter als die Matratze im Dienstbotenzimmer der Villa d'Este war, doch es war nicht nur die unbequeme Bettstatt, die sie wachhielt, sondern Erinnerungen. Nicht länger galten sie Tizia und deren offenen Haaren, sondern ihrer Mutter, jener sanften, stillen Frau, die diese herrlich duftenden Wachskerzen hergestellt hatte. Als Bérénice die Augen schloss, hatte sie den Geruch immer noch in der Nase ... genauso wie Tizias Parfüm. Beides roch köstlich, beide Frauen schienen nicht von dieser Welt zu sein, wobei Hélène nicht so selbstbewusst und so schön wie Tizia gewesen war ...

Versagt hatte Bérénice beiden gegenüber.

Ich schaffe es, Mama, ich lass mich nicht totschlagen von ihnen, ich will ein besseres Leben führen, hatte Bérénice beschlossen, als sie vor einigen Wochen ihr Elternhaus verlassen hatte. Doch nun war sie schmählich zurückgekehrt.

Im Morgengrauen wurde sie doch noch vom Schlaf überwältigt. Wirre Träume quälten sie, in denen Pfauenfedern auf sie fielen, aber nicht kitzelnd leicht, sondern schwer wie Granit. Ehe sie von dem Stein erdrückt wurde, schreckte sie hoch. Noch im Erwachen biss sie sich auf die Lippen, um keinen Schrei von sich zu geben und ihren Vater auf sich aufmerksam zu machen. Wenn er sie im Bett fand, würde er sie als Faulenzerin beschimpfen und sofort wieder verjagen. Ihre einzige Chance war, sich durch fleißige Arbeit unentbehrlich zu machen. Nur dann konnte sie hoffen, dass er sich mit einem mürrischen Grummeln begnügen würde, anstatt ihr sofort die Tür zu weisen.

Sie lugte durchs Fenster, konnte aber nicht sehen, ob das Boot da war. Leise schlich sie die Holztreppe hinunter, zuckte bei jedem Knarzen der Balken zusammen, vernahm aber kein anderes Geräusch. Die Küche war leer – und völlig verdreckt. Nicht nur, dass eine dicke Staub- und Sandschicht den Tisch und die Stühle überzog – im Kupferkessel über dem steinernen Herd klebten noch die verbrannten Reste von Polenta. Ein Maisbrot lag halb verschimmelt auf dem Boden, war es doch offenbar zu hart geworden, um es zu essen. Vielleicht war es auch gar nicht aus Mais gebacken, sondern aus dem noch billigeren Eichelmehl. Saure Milch war aus einem umgekippten Krug geflossen, die Wände waren rußgeschwärzt, und in der zum Schneiden dicken Luft lag der Gestank von faulem Fisch.

Bérénice schüttelte sich. Bis jetzt hatte sie jeden Gedanken an das Geschehene verbannt, doch nun konnte sie die Sehnsucht nicht bezwingen ... nach dem blauen Kleid, nach dem Palazzo di Vaira, nach Tizia ...

Aber nein! Sie hatte ja nicht verdient, dort zu sein!

Sie trat nach draußen, wo die grelle Morgensonne sie blendete, sah nun, dass der Vater tatsächlich das Boot losgebunden und damit zeitig am Morgen ausgerückt war. Das bedeutete, dass er wahrscheinlich erst zu Mittag wieder zurück sein würde und sie sich bis dahin nützlich machen konnte.

Obwohl es das Klügste gewesen wäre, brachte Bérénice es nicht über sich, zurück in die Küche zu gehen und mit dem Putzen zu beginnen. Stattdessen betrat sie den hölzernen Verschlag neben dem Haus, in welchem der Gestank nach Fisch noch durchdringender hing.

Von einem Holzständer baumelten tatsächlich ein paar Fische. Ihr Vater hatte sie ausgenommen und auf eine Schnur aufgefädelt, dabei aber einen Fehler gemacht: Wenn man die Innereien entfernte, musste man sorgfältig darauf achten, dass auch wirklich alle über den Kiemen austraten, sonst begann der Fisch zu faulen. Noch üblerer Gestank entströmte dem Fass, in das der Vater die Fische sternenförmig eingelegt hatte. Nicht nur, dass er die Innereien nicht ausreichend entfernt hatte – überdies hatte er vergessen, zwischen jeden der Fische ein Lorbeerblatt zu legen.

Verdorben ... Es ist alles verdorben ...

Erst erwachte nur Ekel in ihr, dann diese merkwürdige Lust, die Fische von dem Holz zu reißen, in den See zu werfen und zuzusehen, wie sie mit dem Bauch nach oben wegtrieben. Als nächstes würde sie sich das Fass vornehmen, und wenn erst einmal der Fischgestank weg war, könnte sie wieder freier atmen.

So ungeheuerlich zunächst diese Vorstellung war, so schnell war sie in die Tat umgesetzt.

Sie konnte das Fass zwar nicht hochheben, weil es zu schwer war, aber verschließen und über den unebenen Weg rollen. Sehr weit kam sie damit nicht. Nach nur wenigen Schritten brachte ein Fuß das Fass zum Stehen.

»Willst du mich etwa bestehlen?«

Die Sonne blendete sie so stark, dass sie dem Vater, der viel früher als erhofft vom Fischfang zurückgekehrt war, nicht ins Gesicht schauen konnte. Das brauchte sie auch gar nicht, um sich seine verächtliche Miene vorzustellen. Seine gegerbte Haut war sicherlich rotfleckig, der Mund stand ihm vor Empörung offen, so dass man seine schlechten Zähne sehen könnte, die Augen waren zusammengekniffen. Was immer seine Laune verdorben hatte – ob eine schlechte Ausbeute beim Fischen, ihre Rückkehr oder ein Streit mit den Brüdern –, sie wusste, dass es am besten war zu schweigen. Früher hätte sie das auch getan. Hätte sich geduckt, wäre weggelaufen. Doch jetzt erkannte sie, dass sie nicht bloß gescheitert war, sondern sich verändert hatte.

»Die Fische stinken«, sagte sie leise.

»So, so«, knurrte Alfredo. »Die Fische stinken ... Wer sein Näschen so hoch trägt und seinen armen Vater im Stich lässt, wird empfindlich, nicht wahr?«

Dass er nicht gleich auf sie losging, war kein gutes Zeichen. Wenn er aus einer plötzlich Zornesregung heraus zudrosch, war es immer schnell zu Ende. Falls er aber bewusst entschied, dass sie eine Züchtigung verdient hatte, schlug er sie so lange, bis sie fast das Bewusstsein verlor. Einmal hatte sie einen halben Tag lang ohnmächtig auf der Straße gelegen, ehe eine Nachbarin ihr einen feuchten Lappen auf den Kopf gelegt und sie zu sich ins Haus gezerrt hatte.

»Schau, dass du vor ihm fliehst«, hatte Elena gesagt, »irgendwann schlägt er dich sonst tot.«

Nun, geflohen war sie, aber vergebens. Und er würde sie nicht irgendwann totschlagen, sondern ... heute.

Angst machte ihr das aber keine, im Gegenteil. Das Einzige, was sie fühlte, war Schadenfreude. Wenn du mich totschlägst, kannst du deinen faulen Fisch alleine entsorgen. Kannst in der dreckigen Küche hocken, bis du an den Stühlen kleben bleibst. Kannst dich über den Staub ärgern, den Vasco und Guido im ganzen Haus verteilen.

Anstatt sich zu ducken, starrte sie ihn herausfordernd an. Sie lächelte.

»Die Fische stinken«, wiederholte sie.

Die Welt schien zu Stein zu werden, als kurz alle erstarrten: Bérénice zwar mit eingezogenen Schultern und geducktem Rücken, aber mit stolz erhobenem Kopf. Der Vater, der die Hand, nein, die Pranke erhoben hatte, um sie zu schlagen, aber noch zögerte. Die Nachbarinnen, die aus den Fenstern lugten, um zu wissen, wer da schrie. Andere Fischer, deren Boote eben anlegten. Sie alle konnten der Welt nicht befehlen, sich wieder weiterzudrehen ... nur eine konnte das ... *sie* ...

Tizia stand an der Spitze einer Barke, die die glatten Fluten durchschnitt und auf dem moosigen Grün des Wassers eine weiße Spur hinterließ. Sie hatte keine Schwierigkeiten, das Gleichgewicht zu halten, obwohl sie sich nirgendwo festhielt. Und da das dunkle Holz des Bootes fast mit dem See verschmolz, erschien es einen Moment, als würde sie fliegen. Das Kleid von gestern Abend hatte sie abgelegt, aber sie trug ein nicht minder elegantes aus einem taubengrauen Stoff, das mit winzigen, perlmuttschimmernden Steinen bestickt und am Saum mit einer altrosa Samtbordüre eingefasst war. Eine Nuance dunkler als diese war das breite Band, das ihre Haare bändigte; etwas heller wiederum die Seidenstrümpfe, die sie trug, dezent und matt im Vergleich zu den silbrigen Schuhen. So grazil und vornehm ihre Erscheinung war, so dunkel und tief geriet ihre Stimme, als sie laut rief: »Halt!«

Es war dieser Befehl, der das Leben in Bérénice' erstarre Glieder zurückbrachte. Als der Vater seine Faust niederdonnern ließ, duckte sie sich, und ehe er ein zweites Mal die Pranke hob, hatte die Barke schon angelegt und Tizia machte Anstalten herauszuspringen.

»Nicht!«, schrie Bérénice nahezu flehentlich. »Der Fisch stinkt doch so sehr!«

Tizia lachte. »An Gestank allein ist noch niemand zugrunde gegangen ...«

Doch, dachte Bérénice, meine Seele schon, wenn auch nicht nur am Gestank, sondern am Dreck, an der Gewalt, an harter Arbeit ...

Immerhin tat Tizia ihr den Gefallen und blieb im Boot. Das hielt sie jedoch nicht davon ab, Alfredos Blick zu suchen und streng zu sagen: »Wagen Sie es nicht, Hand an meine Zofe zu legen!«

Ein Teil von Bérénice' Seele musste überlebt haben, sonst wäre dieser jetzt nicht aufgeblüht, erstarkt. Sie sog den Duft des Parfüms ein, der stärker war als der Fischgestank, und dann war sie schon zum See gelaufen, hatte Tizias Hand ergriffen, die sie ihr reichte, und sprang ins Boot. Sie drehte sich nicht einmal um, um zu sehen, was der verwirrte Vater nun tat. Sie wusste, dass er zwar schnell bereit war, die Fäuste sprechen zu lassen, aber ein zu großer Feigling, um es mit einer so schönen, edlen Signora aufzunehmen.

»Das Kleid ...«, stammelte Bérénice, »ich habe das schöne Kleid verloren ... oder nein ... nicht verloren ... ich habe es dem Gondoliere gegeben ... damit er mich nach Hause bringt ...«

Tizia setzte sich auf die schmale Bank der Barke, legte den Kopf zurück und lachte. Mit einer Handbewegung forderte sie sie auf, neben ihr Platz zu nehmen. »Wenn du weiter so zappelst, bringst du noch das Boot zum Kentern. Und es wäre schade, müsste ich ausgerechnet jetzt ertrinken, da ich dich gefunden habe. Es war gar nicht so leicht, herauszufinden, woher du stammst. Aber das ist jetzt nicht so wichtig. Erzähl mir lieber in Ruhe, warum du gestern einfach vorm Fest geflohen bist.«

Das fragte sie noch?

Bérénice schloss kurz die Augen und öffnete sie dann wieder. Sie war immer noch bei Tizia im Boot, und anstatt einen Blick zurück aufs Ufer zu riskieren, blickte sie auf den See, den die kühle, morgendliche Brise kräuselte. Sonnenstrahlen tanzten auf den kleinen Wellen und ließen ein wenig von ihrem Gold zurück; die fernen Bergspitzen hingegen standen im strahlenden Weiß. Da war kein grauer Stein, der sie beschmutzte ... so wie es in diesem Boot keinen Staub und Dreck und Gestank gab.

Bérénice vermied, ihr Versagen zu erwähnen, und wiederholte stattdessen, dass sie das Kleid verloren hatte. Sie stammelte noch mehr als zuvor, und obwohl sich Tizia aus den wirren Wörtern keinen Reim machen konnte, lachte sie.

»Du kriegst natürlich ein neues Kleid! Oder nein, nicht nur eines – sondern so viele du willst. Wenn wir erst einmal im Palazzo di Vaira leben ...«

Bérénice konnte sie nur mit trockenem Mund anstarren.

»Ja doch!«, rief Tizia. »Die Pfauenfeder, die du mir ins Haar gesteckt hast, hat mir Glück gebracht. Noch gestern Abend hat Gaetano di Vaira um meine Hand angehalten.«

»Aber ... aber ... Sie sind doch Schauspielerin?«

Tizia legte den Kopf etwas schief. »Dafür bin ich bald nicht mehr jung und schön genug.«

Bérénice konnte sich nicht vorstellen, dass jemand wie Tizia alt und hässlich werden konnte.

»Aber ...«, setzte sie an.

»Du bist doch bereit, meine Zofe zu werden, oder? Du wirst mich auch künftig frisieren.«

Bérénice wollte einwenden, dass sie gestern doch versagt hatte, aber offenbar sah Tizia das anders.

»Dass Sie gekommen sind, um mich zu holen …«

Kurz tönte das glockenhelle Lachen über den See, als wäre das nicht der Rede wert. Danach war eine Weile lang nur das Klatschen der Ruder zu vernehmen, mit denen der Bootsmann die Barke zugleich lenkte und vorantrieb.

»Wie es scheint, bin ich gerade rechtzeitig gekommen«, sagte Tizia und wurde wieder ernst. »Es sah so aus, als ginge es um Leben und Tod.«

Bérénice nickte. »Ich bin sicher, mein Vater hätte mich erschlagen, wenn Sie nicht gekommen wären.«

Tizia legte den Kopf noch schiefer, und ihr Lächeln wurde rätselhaft wie nie. »Wenn ich ehrlich bin, habe ich nur in deinen Augen Mordlust gelesen. Wie du da gestanden und ihm getrotzt hast … Beinahe hätte ich Angst um ihn gekriegt. Ich habe nie daran geglaubt, dass Blicke töten können. Aber in diesem Augenblick hätte ich mich nicht gewundert, wenn dieser grobe, riesige Mann allein kraft deines stummen Befehls zu Staub zerfallen wäre.«

Bérénice war verwirrt. Doch sie sagte nichts mehr, schwor sich vielmehr, dass sie weder an ihren Vater noch an ihre Brüder je wieder einen Gedanken verschwenden würde. Ihr Leben hatte künftig nur einen Zweck: Tizia zu dienen, dem Engel, der sie vor dem Elend gerettet hatte und dem sie dafür ewig dankbar sein würde.

3

»Wow!«, rief Stella, »Tizia war also ein erfolgreicher Filmstar?«

»So, wie Sie das sagen, klingt das toll. Aber man darf nicht vergessen, dass Schauspielerinnen damals oft für kaum was Besseres als Prostituierte gehalten wurden – gerade in den feinen Kreisen. Ich glaube, meine Großmutter denkt das immer noch. Eine meiner Ex-Freundinnen war Schauspielerin, und wenn ich an ihre Blicke denke ...«

Stella ertappte sich bei dem Gedanken, wie viele Ex-Freundinnen es wohl gab – und ob Matteo zum jetzigen Zeitpunkt in einer Beziehung lebte. Rasch sagte sie sich, dass sie das nichts anging. »Und trotzdem gab's ein Happy End mit Gaetano di Vaira.«

»Ob von Tizias Seite Liebe oder Berechnung im Spiel war, wer weiß ...«

»Jetzt sind Sie doch nicht so unromantisch! Haben Sie mir nicht vorhin erzählt, dass Sie früher Dante-Verse rezitiert haben?«

»Also meinetwegen. Wir wollen die Hoffnung auf die wahre Liebe nicht begraben.«

Er zwinkerte ihr zu, und trotz der deutlich kühleren Luft wurde sie rot im Gesicht. Nicht, dass sie den Gefühlen, die sie übermannten, traute. Vor der traumhaften Kulisse des Palazzos mochte es zwar wie eine Schicksalsfügung erscheinen, dass ihr dieser gutaussehende Italiener aus bester Familie über den Weg lief – sozusagen als Zusatzzahl zum Lottosechser –, aber wenn sie ihm im normalen Leben auf der Straße begegnet wäre, hätte sie ihn vielleicht gar nicht weiter bemerkt. Sie durfte sich von der Euphorie der Ankunft nicht hinreißen lassen. Wenn die erst einmal verpufft war, zählte vor allem die Arbeit, die sie zu erledigen hatte – und mit der hätte sie am liebsten sofort begonnen, um mehr über Tizia Massina und Gaetano di Vaira herauszufinden.

»Signorina Vogt«, riss sie eine Stimme aus den Gedanken.

Fabrizio kam auf sie zugeeilt. Sein rechtes Bein war etwas steif, denn er zog es beim Gehen nach, und in seinem Gesichtsausdruck stand Tadel. »Ich suche Sie seit geraumer Zeit …«

Als er Matteo an ihrer Seite erblickte, runzelte er die Stirn. Stella wusste nicht, was ihn mehr störte – dass sie mit Matteo plauderte oder dass sie seine Jacke um die Schultern trug. »Ich wusste gar nicht, dass der junge Herr auch hier ist … Wenn es gewünscht wird, lasse ich selbstverständlich ein zusätzliches Gedeck auflegen.«

Matteo beugte sich verschwörerisch zu Stella und flüsterte ihr ins Ohr: »Wenn er mich mal ›alter Herr‹ nennt, ist das mein Ende.« Zu Fabrizio sagte er laut: »Nur keine Mühe. Ich bin verabredet und fahre gleich mit dem Boot weg.«

Wieder überlegte Stella, ob er wohl seine Freundin treffen würde. Sie konnte sich nicht vorstellen, dass der gutaussehende Erbe der di Vairas einen Mangel an Verehrerinnen hatte.

Sie gab ihm die Jacke zurück. »Ihretwegen wurde ich weder von einem halbzerfallenen Turm begraben, noch bin ich erfroren. Ich stehe in Ihrer Schuld.«

»Mir wird schon was einfallen, um sie einzulösen. Vielleicht machen wir mal einen Bootsausflug auf dem See.«

Stella hoffte, dass ihr Grinsen nicht allzu breit ausfiel, zumal die Miene von Fabrizio immer finsterer wurde.

Matteo ließ sich nicht davon irritieren. »Es tut mir leid, dass Sie allein in die Höhle des Löwen müssen«, sagte er, »um Sie zu trösten: Großmutter reißt niemandem den Kopf ab, auch wenn sie manchmal so aussieht, als würde sie das gerne tun. Selbst, als ich in den Handel mit Sportschuhen eingestiegen bin, hat sie die Axt nur drohend geschwungen.«

»In den nächsten Wochen werde ich mich ja ausführlich mit der Familiengeschichte beschäftigen«, sagte Stella. »Vielleicht werde ich einige Leichen im Keller finden und Skandale aufdecken, die Ihr Vergehen zum Kavaliersdelikt machen.«

Fabrizios Lippen wurden noch schmäler, was Matteo nicht davon abhielt zu scherzen: »Sie wissen aber schon – wer Schande über die di Vairas bringt, wird in den Turm gesperrt!«

Fabrizio räusperte sich. »Die Contessa erwartet Sie.«

Was er wohl insgeheim meinte, war: »Eine Contessa lässt man nicht warten.«

Nachdem sie Matteo ein letztes verschwörerisches Grinsen zugeworfen hatte, folgte Stella Fabrizio zum Palazzo. Der Turm warf einen breiten Schatten auf das Gelände. Trotz der Hochstimmung, in die die Begegnung mit Matteo sie versetzt hatte, musste sie unwillkürlich frösteln, als sie an seine letzten Worte dachte.

Sie betraten den Palazzo über den Hintereingang und durchquerten die Halle, um zum Westflügel zu gelangen, in dem sich auch die Bibliothek befand. Anders als vorhin nutzte Stella die Gelegenheit, die Einrichtung und Ausstattung zu mustern. Das Hallen ihrer Schritte auf dem Marmorfußboden wurde von den wertvollen Wandteppichen etwas gedämpft. Offenbar stammten sie von prestigeträchtigen Reisen in den Orient, mit denen im 19. Jahrhundert nicht nur die Abenteuerlust befriedigt, sondern auch der Reichtum zur Schau gestellt werden sollte. Neben dem riesigen Kronleuchter an der Decke beleuchteten viele kleine Lampen die Gemälde und die Vitrinen. In letzteren befanden sich neben teurer Keramik auch diverse Masken. Unter jene im venezianischen Stil mischte sich eine, die offenbar aus Afrika kam und aufgrund der Kopfbedeckung, die einem Hahnenkamm glich, nahezu grotesk wirkte.

Stella musste unwillkürlich schmunzeln, was ihr einen weiteren finsteren Blick von Fabrizio eintrug, der offenbar in seinem Besitzer- oder vielmehr Dienerstolz verletzt war.

Stella wurde wieder ernst und suchte nach einer Möglichkeit, ihn gnädig zu stimmen: »Die Fresken erinnern mich an Andrea Appiani.«

Fabrizio blieb verwundert stehen. »Sie *sind* von Andrea Appiani.«

»Nein! Wusste ich's doch!«, rief sie, wenngleich sie damit weniger Andrea Appiani meinte, als ihre Einschätzung, wie man Fabrizio am leichtesten beeindrucken konnte.

Sie blickte sich um. »Der Stuck und die Verzierungen dürften von Giocondo Albertolli sein, die Skulpturen von Giambattiste Comolli und diese Bronzestatue von Luigi Manfredini.«

Zugegeben, das war großteils geraten, aber Fabrizio hob die Augenbrauen diesmal nicht verächtlich, sondern anerkennend. »Im Grünen Salon hängen überdies Meisterwerke von Canova, Thorvaldsen und Hayez«, sagte er.

»Ich bin sehr gespannt, sie zu sehen.«

Als sie an der Statue einer Nymphe vorbeikamen, blieb Stella wieder stehen. »Das könnte die Nymphe Lara sein, nicht wahr? Manche vermuten ja, dass der Lario, wie der Comer See eigentlich heißt, von ihr seinen Namen bekommen hat. Dieser könnte sich allerdings auch von *laurus* ableiten, was in der Sprach der Umbrier Lorbeerbaum heißt, oder von *larius*, was wiederum Fürst bedeutet.«

Fabrizio schenkte ihr nun fast schon ein Lächeln, und Stella nutzte sein Wohlwollen, um eine Frage zu stellen, die ihr schon die ganze Zeit auf den Lippen lag.

»Ich wundere mich, dass in diesem riesigen Palazzo nicht mehr Personal anzutreffen ist.«

Und warum Sie, der Chauffeur, mich zum Abendessen bringen, fügte sie in Gedanken hinzu. Laut aussprechen wollte sie das nicht, um in kein Fettnäpfchen zu treten. Wie es aussah, war er ja weit mehr als ein Chauffeur.

»Flavia di Vaira ist ihre Privatsphäre heilig«, erklärte Fabrizio. »Nur Clara Pella, die Haushälterin, und ich leben hier. Wir bewohnen zwei Apartments im Westflügel. Das übrige Personal kommt nur stundenweise in die Villa.«

Sein Lächeln war wieder verschwunden und der Blick ausdruckslos geworden, umso mehr, da sie nun den großen Speisesaal erreicht hatten und laute Stimmen vernahmen, ehe sie die Schwelle übertraten. Es waren zwei Frauenstimmen – die eine klang dunkel, die andere aufgebracht.

»Ich verstehe es nicht! Ich verstehe es einfach nicht! Warum machen Sie ihr die Bibliothek und sämtliche Quellen der di Vairas zugänglich? Das ... das ist einfach nicht richtig.«

»Ich weiß schon, was ich tue.«

»Aber haben Sie darüber nachgedacht ...?«

»Sie kennen mich jetzt schon seit Jahrzehnten, Clara. Habe ich jemals etwas getan, ohne darüber nachzudenken?«

»Trotzdem.«

»Ich habe Ihre Bedenken zur Kenntnis genommen. Aber diese Familienchronik ist mir ein großes Anliegen. Und Signorina Vogt wird sie verfassen.«

Fabrizio hatte sich mehrmals geräuspert, ohne Gehör zu finden. Erst das Quietschen der Tür ließ die beiden Frauen innehalten. Die eine saß am Kopfende des Tisches – oder vielmehr thronte sie dort – und erinnerte Stella auf den ersten flüchtigen Blick an die afrikanische Maske. Zumindest was die Frisur anbelangte, stimmte das, waren die dunklen Haare mit dem weißen Ansatz doch so hoch toupiert, dass Stella kurz vermutete, sie trüge einen Hut. Die ohnehin dichten Augenbrauen waren mit einem Stift nachgezogen worden, die Lippen grellrosa geschminkt und das weinrote Kostüm mit einem schimmernden goldenen Saum eingefasst. Eine andere hätte in diesem Aufzug wie verkleidet gewirkt, doch Flavia di Vaira strahlte eine solche Würde aus, dass sogar die vielen Armreifen und Ringe, die bei jeder Bewegung ein leises Scheppern verursachten, keinen geschmacklosen, sondern edlen Eindruck gaben.

Die andere Frau, ganz offensichtlich die Haushälterin Clara Pella, war zusammengezuckt, als sie den Raum betraten. Sie schien nicht viel jünger als Flavia di Varia zu sein, war aber mit ihrem grauen Kleid wesentlich einfacher gekleidet. Anders als bei der Hausherrin gingen ihre Bewegungen ungleich schneller; wenn sie lächelte, würde sie wahrscheinlich sogar sympathisch wirken, doch ihr Blick war irritiert, als er auf Stella fiel, und wurde regelrecht feindselig, als ihr aufging, wen sie vor sich hatte.

Stella lief es eiskalt den Rücken herunter.

Lieber Himmel, was hat sie bloß gegen mich?

Doch bald hatte sich Clara wieder unter Kontrolle.

»Wie Sie meinen«, sagte sie zu Flavia. »Ich werde nun auftragen.«

Sie rauschte an Stella vorbei, ohne sie noch eines Blickes zu würdigen. Flavia starrte sie wiederum wortlos an, ehe sie ihr mit einer hoheitsvollen Geste den Platz auf der anderen Seite der Tafel zuwies.

Stella verstand jetzt, warum Matteo keine Lust hatte, hier zu essen. Wenn sie sich über den Tisch hinweg, der mindestens dreißig Personen Platz bot, unterhalten würden, musste sie ja regelrecht schreien. Und auch wenn man von der räumlichen Distanz absah, machte sich Stella darauf gefasst, dass die Unterhaltung eine ziemlich zähe Angelegenheit werden würde.

In den nächsten fünf Minuten wechselten die beiden Frauen kein Wort. Das einzige Geräusch waren Claras Schritte, als sie einige Platten mit Vorspeisen auftrug. Sie hätten gereicht, um ein Dutzend Gäste satt zu machen, und bei ihrem Anblick lief Stella das Wasser im Mund zusammen. Sie hatte den Obstkorb, der in ihrem

Apartment bereitgestanden hatte, verschmäht, und die einzige Mahlzeit, die sie heute zu sich genommen hatte, eine überteuerte, wenngleich köstliche Focaccia bei Marché am Flughafen von Zürich, lag mehr als einen halben Tag zurück. Mit diesen Antipasti konnte natürlich keine Focaccia der Welt mithalten: Es gab gefüllte *pomodori* und *melanzane*, gebratene Artischocken, grünen Spargel mit Parmesan und Parmaschinken, weiße Bohnen mit Fenchel, mit Ziegenkäse überbackene Feigen, außerdem mit Knoblauch und Thymian gefüllte Champignons. Dazu wurde knuspriges Ciabatta gereicht sowie Olivenöl in zarten, grünen Phiolen aus Muranoglas.

Leider machte Clara keine Anstalten, die einzelnen Gerichte auf ihren Tellern anzurichten, ehe sie sich zurückzog, und Flavia ihrerseits nahm weder selbst etwas, noch forderte sie Stella dazu auf, sich zu bedienen. Sie taxierte sie lediglich mit ihren Augen, und aus der Entfernung ließ sich nicht sagen, ob diese starr und misstrauisch oder einfach nur müde waren.

Als ihr Magen hörbar knurrte, wandte Stella ihren Blick von den Speisen ab und musterte den Speisesaal mit seinen dunkelroten Wänden, samtbezogenen Stühlen, Tischchen auf kunstvoll gedrechselten Beinen und mächtigen Kommoden – allesamt englisches und französisches Mobiliar aus dem 18. und 19. Jahrhundert. Am wertvollsten war sicherlich die Holzvertäfelung, von der Stella vermutete, dass sie einige Jahrhunderte alt war.

Als sie es wieder wagte, vorsichtig in Flavias Richtung zu blicken, machte diese endlich den Mund auf. »Ich hoffe, Sie haben sich schon eingelebt.«

»Das Apartment ist ein Traum.«

Wieder folgte Schweigen. Stella leckte sich über die Lippen, überlegte, ob sie sich wenigstens Wasser einschenken sollte, aber die Karaffe stand außerhalb ihrer Reichweite.

»Ich war bereits in der Bibliothek. Es scheint eine Fülle an Quellenmaterial vorhanden zu sein.«

Flavia nickte, aber ihr Gesichtsausdruck blieb düster. »Fabrizio hat mir geholfen, alles zusammenzusuchen. Gott sei Dank ist in all den Jahren nichts verlorengegangen, die Bücher und Dokumente haben nur ein wenig Staub angesetzt. Oft werden aus solchen alten Gebäuden ja prachtvolle Hotels errichtet, und bei dieser Gelegenheit wird alles weggeworfen, was an die Familie erinnert. Es ist eine Schande!«

»Warum wollen Sie, dass ausgerechnet jetzt die Familienchronik verfasst wird?«, fragte Stella vorsichtig.

Flavia atmete hörbar aus. »Schauen Sie mich an. Ich bin alt. Mein Sohn wiederum zieht es vor, im Ausland zu leben.«

»Aber Sie haben ja auch noch einen Enkel, der hier lebt.«

»Richtig, Matteo ...« Flavia hob die Braue, und ihre Stimme verhieß nicht gerade Stolz, als sie fortfuhr. »Ich fürchte nur, er gehört zu denen, die solch kostbare Quellen dem Altpapier übergeben würde. Deswegen ist es mir wichtig, dass sie jetzt gesichtet und geordnet werden ... Ich will, dass etwas von all den Erinnerungen bleibt ...«

Stella hatte zwar einen anderen Eindruck von Matteo bekommen, sagte aber nichts dazu – genauso wenig, wie sie die Frage stellte, wem denn die bleibenden Erinnerungen dienen, ja, wer die geplante Chronik überhaupt lesen sollte. Bis jetzt war noch nicht von einer Veröffentlichung die Rede gewesen, um sie einem breiteren Publikum zugänglich zu machen.

»Die Familie ist leider geschrumpft«, fuhr Flavia fort. »Mein Vater Flavio entstammt genau genommen einer Seitenlinie. Er hat seinen Cousin damals nur beerbt, weil es keine anderen Nachkommen gab, und ist erst als Erwachsener in den Palazzo gezogen, während ich hier aufgewachsen bin.«

Stella rechnete nach. Sie schätzte Flavia auf um die siebzig Jahre, vielleicht etwas älter, was bedeutete, dass sie zwischen 1930 und 1940 geboren sein musste. Wenn ihr Vater das Vermögen als Erwachsener geerbt hatte, war sein Cousin – der letzte di Vaira aus der Stammlinie – in den 20ern oder Anfang der 30er Jahre gestorben. Was wiederum bedeutete, dass das wohl Gaetano gewesen sein musste – Tizias Mann – und dass dieser keine Kinder oder nur früh verstorbene gehabt hat.

»Nehmen Sie sich doch!«, forderte Flavia sie endlich auf.

Stella stand auf und richtete sich etwas vom Spargel und den Champignons an, während Flavia keine Anstalten machte, es ihr gleichzutun. Trotz des Bärenhungers versuchte Stella, ihre Gier zu bezähmen und möglichst langsam zu essen. Zwischen zwei Bissen sprach sie Flavia auf ihre Vermutung an: »Der letzte di Vaira aus der Stammlinie war Gaetano die Vaira, nicht wahr? Und seine Frau war der gefeierte Filmstar!«

Falls das überhaupt möglich war, versteinerte Flavias Miene noch mehr.

»Die Menschen sind zu allen Zeiten bereit, Nichtstuern und Nichtskönnern zu applaudieren.«

Ihr Tonfall war so scharf, geradezu giftig, dass Stella zusammenzuckte und eine Olive verschluckte. Sie hustete eine Weile, ehe sie heiser hervorbrachte: »Nun, der Beruf eines Schauspielers kann durchaus anspruchsvoll sein.«

»Ich bitte Sie! Tizia Massina hat in Stummfilmen mitgewirkt. Sie musste sich noch nicht mal Texte merken.«

»Wie ist sie denn später ihrer Rolle als Signora di Vaira gerecht geworden? Als Ehefrau von Gaetano konnte sie schließlich nicht stumm sein.«

Flavia beugte sich vor, und ihr hochtoupiertes Haar erzitterte leicht. »Das interessiert mich nicht«, sagte sie streng. »Tizia di Vaira ist nicht weiter von Belang. Wissen Sie, wie alt die Familie di Vaira ist?«

»Natürlich. Der erste di Vaira, Quirino, hat im Mittelalter gelebt. Damals gehörte diese Halbinsel noch zur Isola Comacina.«

»So ist es. Sie wissen ja wahrscheinlich auch um das Ende der Comacina. Ihre Herren wollten sich Como nicht beugen, während Quirino di Vaira klüger war und eine Allianz mit den Herren der Stadt einging.«

Obwohl ihr Blutzuckerspiegel langsam stieg, lahmten Stellas Gedanken. Richtig, die Isola Comacina geriet im Dauerkrieg zwischen Mailand und Como mehr als einmal zwischen die Fronten, profitierte entweder davon oder erfuhr massiven Schaden – je nachdem, welche Stadt gerade siegreich war. Am Ende wurde die Insel von Como verwüstet, und falls Quirino es geschafft hatte, sich rechtzeitig auf die richtige Seite zu schlagen, war er entweder Pragmatiker oder ein Verräter, je nachdem, welchen Blickwinkel man einnahm. Als Historikerin versuchte sie immer, diese Fakten aus möglichst vielen Blickwinkeln zu betrachten, während Flavia augenscheinlich nicht so flexibel war. Für sie war Quirino der Stammvater einer ehrwürdigen Familie und Tizia ein Flittchen.

Flavia erhob sich, aber nicht etwa, um sich zu bedienen, sondern um ein antiquiert anmutendes Glöckchen zu läuten. Wenig später brachte Clara die Vorspeise – Gnocchi fiorentini mit Butter und Parmesan überbacken.

Die großteils noch unberührten Platten mit den Antipasti räumte sie wieder ab, und Stella fragte sich, was mit dem Essen geschah und ob es womöglich weggeworfen wurde. Es war schade drum – auch, dass ihr in der Gesellschaft dieser strengen, alten Frau zunehmend der Appetit verging. Plötzlich fragte sie sich, wie in früheren Zeiten die Abendessen hier verlaufen waren. Gewiss waren mehr Plätze besetzt gewesen, es war kräftig zugelangt und gestenreich geplaudert worden. Und ohne dass sie es wollte, stieg plötzlich ein Bild von Tizia di Vaira vor ihr auf, wie sie sich gutgelaunt unterhielt und aus ganzem Herzen lachte, ihre Haare zurückwarf, ihrem Mann zuprostete und den Raum mit Leben erfüllte.

Stella war erleichtert, dass sich Flavia sofort nach Beendigung des Abendessens zurückzog. Nur zu gerne wünschte sie der steifen Dame eine gute Nacht und flüchtete in den gegenüberliegenden Trakt. Erst als sie die runde Treppe nach oben stieg, merkte sie, dass sie gar nicht so müde war, wie sie gedacht hatte, sondern vielmehr aufgedreht, als hätte sie zu viel Kaffee getrunken. So verführerisch die Aussicht war, es sich im Apartment gemütlich zu machen, zog es sie ungleich mehr in die Bibliothek. Auf dem Weg über die Balustrade kam sie erneut am Stammbaum vorbei, und als sie den Lichtschalter drückte, richtete sich der warme, rötliche Schein von zwei Lampen darauf. Beim ersten Mal hatte sie nur flüchtig einige der Namen gelesen, jetzt nahm sie auch die kunstvolle Ausgestaltung des Stammbaums wahr. Es war das Fresko eines richtigen Baums, mit einem dicken Stamm und phantasievollen Blättern, die eher grünen Blumen glichen. Bei den wichtigsten Mitgliedern der Familie waren sie voll entfaltet, bei den jung verstorbenen zur Knospe verschlossen – ein Anblick, der Stella traurig stimmte, nicht zuletzt, weil sich eine solche Knospe auch über den Namen von Tizia und Gaetano befand. »Aurelio« stand da in sehr dünner, kaum lesbarer Schrift, als lohnte es sich bei einem Jungen, der offenbar früh gestorben war, nicht, dunkle, breite Lettern zu benutzen. Warum war er bloß so früh gestorben? Und woran? An einer Kinderkrankheit? Bei einem Unfall?

Stella dachte an Flavias Mahnung, nicht zu viel Augenmerk auf Tizia zu verwenden, und betrachtete pflichtschuldigst den ganzen Stammbaum.

Der erste di Vaira – Quirino, der von Como mit der Halbinsel bedacht worden war – war auch nicht alt geworden, wobei vierzig Jahre im Mittelalter durchaus eine stattliche Zahl war. Danach wurde der Stammbaum etwas wirr, hatte Quirino doch mehrere Söhne gehabt, die sich offenbar untereinander beerbten, ehe der Besitz auf ihre Kinder überging. Im 15. Jahrhundert hatten drei Brüder relativ knapp hintereinander den Tod gefunden, was Stella vermuten ließ, dass sie sich an den blutigen Kämpfen beteiligt hatten, die damals in der Region tobten. Wenn sie sich recht erinnerte, war der Ort Ossuccio 1416 von den Truppen Lotario Ruscas, dem Tyrann von Como, niedergebrannt worden. Es war die Folge einer Fehde, die sich die Ruscas mit den Vittanis lieferten. Und es gab noch mehr Adelsfamilien, die miteinander im Streit lagen und die Region in Unfrieden stürzten, wie die Viscontis und die Sforzas. Fast immer entzündete sich der Konflikt vorrangig daran, dass die einen Guelfen und die anderen Ghibellinen waren – Parteigänger oder Gegner des deutschen Kaisers. Doch der wahre Grund war wohl eher die Gier nach Macht. So oder so starben viele Familien nach jahrelangen Kämpfen aus.

Der Turm, so mutmaßte Stella, war vielleicht Teil einer Befestigung, die damals der Verteidigung gedient hatte. Als sie einen Blick aus dem Fenster warf, stieg – ähnlich wie vorhin – wieder ein lebhaftes Bild vor ihren Augen auf, diesmal von einer Schlacht, von Verletzten und Toten, von Männern, die um ihr Leben kämpften …

Jetzt lass nicht schon wieder die Phantasie mit dir durchgehen!, rief sich Stella sogleich zur Räson.

Sie wusste ja noch nicht mal, woran jene drei Brüder wirklich gestorben waren. Gut möglich auch, dass sie keiner Fehde zum Opfer gefallen waren, sondern den Piraten, die im 16. Jahrhundert ihr Unwesen auf dem Comer See trieben. Sie überfielen einmal auch die berühmte Villa Serbelloni in Bellagio – es war denkbar, dass der Palazzo di Vaira ein ähnliches Schicksal erlitten hatte. Hundert Jahre später ging die größte Gefahr von der Pest aus. Etliche Familien flohen damals an den See, brachten die Krankheit aber oft mit.

Doch nicht nur die frühen Todesfälle weckten Stellas Interesse. Ein Papst des 17. Jahrhunderts, Innozenz XI., stammte aus Como, und ein di Vaira war mit einer seiner Verwandten, Melania Odescalchi, verheiratet – eine Verbindung, auf die Flavia wahrscheinlich ungleich stolzer war als auf die zur Filmbranche.

Stella trat einen Schritt zurück, um den Stammbaum als ganzen auf sich wirken zu lassen. Kurz überkam sie eine Ahnung, warum Flavia so großen Wert auf eine Chronik legte. Nicht *obwohl*, sondern eben *weil* die Familie so geschrumpft war, wollte sie die Erinnerung an Tage aufrecht erhalten, als die di Vairas hier am See großen Einfluss besessen hatten.

Wie Matteo sich wohl fühlte, wenn er vor diesem Stammbaum stand? Fühlte er sich davon erdrückt oder ermutigt?

Stellas eigene Familiengeschichte ließ sich in zwei, drei Sätzen zusammenfassen – eine Tatsache, die sie als Historikerin immer enttäuscht hatte. Als kleines Mädchen hatte sie zwar noch ihre Großeltern kennengelernt, aber ihre Erinnerungen an sie blieben vage, und von deren Eltern wusste sie kaum mehr, als dass sie Eisenbahner gewesen waren und den Frankfurter Stadtteil Nied kaum je verlassen hatten. Ansonsten gab es nur ihre Tante Patrizia und ihre Mutter Bianca, und letztere war gestorben, als Stella sechs war. Die Erinnerungen an sie verblassten immer mehr.

»Was hat man schon von einer großen Familie außer öde Weihnachtsfeiern und Erbstreitigkeiten?«, sagte Tante Patrizia oft, »da ist mir ein großer Freundeskreis wichtiger ...«

Den pflegte Patrizia tatsächlich, während sie, Stella, zwar einen großen Kreis von Kollegen hatte, mit dem sie sich gerne über Fachliches austauschte, aber kaum jemanden, mit dem sie auch Persönliches besprach.

Unwillkürlich glitt ihre Hand zum Hals, befühlte die dünne Goldkette, die sie trug, und den Ring, der sich daran befand. Die Kette hatte früher ihre Mutter getragen, und während Stella sie zunächst für ein altes Erbstück gehalten hatte, hatte ihr Tante Patrizia später erklärt, dass ihr Vater sie Bianca geschenkt hatte – der Vater, von dem sie nichts weiter wusste, als dass er aus Italien stammte.

»Aber sie hatten nur eine kurze Affäre, nichts Dauerhaftes«, sagte Tante Patrizia, wann immer Stella sie danach fragte. Warum ihr Vater Bianca dann immerhin einen Ring geschenkt hatte, konnte sie nicht erklären. Auch nicht, was die Worte bedeuteten, die darin eingeritzt waren: *Ama et fac quod vis*.

Als Kind hatte sie immer gedacht, dahinter verberge sich ein Zauberspruch, der unverwundbar machte – was natürlich Unsinn war, weil ihre Mutter trotzdem so früh gestorben war. Erst während ihres Studiums hatte sie herausgefunden, dass die Worte offenbar einem lateinischen Text des heiligen Augustinus entstammen: *Ama et fac quod vis*! Liebe, und mach, was du willst!

Als sie Tante Patrizia darauf angesprochen hatte, hatte diese nur trocken gelacht.

»Das ist ja eine schöne Auffassung von Liebe! Liebe, und mach was du willst, ha! Schwängere eine Frau und lass sie dann sitzen! Schwör jemandem die Treue, und verschwinde dann aus seinem Leben!«

Sie klang derart verbittert, dass Stella vermutete, es war weniger Biancas Verhältnis mit dem unbekannten Vater, an das sie dachte, als an eigene Enttäuschungen.

In jedem Fall bedauerte es Stella, ihre Mutter nicht mehr fragen zu können, was sie wirklich mit ihrem Vater verbunden hatte, warum sich der nie für sie interessiert hatte und welche Bedeutung der lateinische Spruch für ihn gehabt hatte.

Sie ließ den Ring los, ging es doch hier und heute nicht um ihre Geschichte.

Das Beleuchtungssystem in der Bibliothek war derart raffiniert, dass die Wände regelrecht zu brennen schienen, als sie den Lichtschalter betätigte. Nur der Schreibtisch lag im Schatten, was sie nicht davon abhielt, sich trotzdem zu setzen. Sie war nicht sicher, was sie dazu trieb – einfach nur Neugierde oder der Wunsch, sich von den Gedanken an ihre Eltern abzulenken. In jedem Fall griff sie nach dem erstbesten Buch und hatte prompt das Tagebuch in der Hand, in dem sie vorhin Tizias Namen gelesen hatte. Trotz Flavias ausdrücklichen Worten konnte sie gar nicht anders, als es aufzuschlagen, über die erste, etwas wellige Seite zu streicheln und einen weiteren Namen zu entziffern, der gleich dort geschrieben war und verriet, wem das Tagebuch gehört hatte.

Bérénice

Die Buchstaben waren so winzig, als würden sie sich ducken, und wieder stieg ein Bild vor Stella auf, diesmal von einem kleinen, zarten Mädchen, das den Kopf meist gesenkt hielt und kaum wagte, dem Gegenüber ins Gesicht zu schauen.

Bérénice. Ein ungewöhnlicher, gleichwohl hübscher Name. Nicht nur ihre Körperhaltung, auch ihr Gesicht vermeinte Stella zu erahnen, ein mädchenhaftes, nahezu kindlich anmutendes Antlitz mit runden Wangen, feiner Nase und Lippen, riesigen Augen, die immer ein wenig erschrocken blickten, einer herzförmigen Stirn und dunklen, gekräuselten Haaren …

Jetzt gingen ja schon wieder die Pferde mit ihr durch! Als ob sie nicht oft genug gehört hatte, dass die Phantasie die natürliche Feindin jeder ernstzunehmenden Historikerin war! Wenn das so weiterging, würde sie am Ende noch einen Roman schreiben, keine Familienchronik.

Aber dann sagte sie sich, dass das, was sie heute Abend trieb, ja noch nicht wirklich Arbeit war, sondern unter ihr ganz persönliches Freizeitvergnügen fiel. Sie blätterte weiter und vertiefte sich in Bérénice' Tagebuch.

4

1924

Bei ihrer Hochzeit trug Tizia ein Kleid, das als skandalös kurz galt. Bérénice fand es jedoch einfach nur wunderschön, und jeder, der etwas anderes behauptete, erntete ihren kalten Blick. Nicht, dass eine besondere Macht darin lag, wie Tizia behauptet, aber sie brachte doch jeden – von der Köchin bis zum Gärtner – damit zum Verstummen.

Das Kleid bestand genauer betrachtet aus einem Rock, der gerade noch über die Knie reichte, einer weißen Seidenbluse mit eng anliegenden Schultern und einem breiten Gürtel, der Tizias schmale Taille betonte, und skandalös hin oder her – der ganze Haushalt schien sich zu freuen, dass die Zeit der Trauer vorbei war und eine junge Frau im Palazzo Einzug hielt, die die Düsternis und das Schweigen bannen und mit ihrem charmanten Lächeln jeden für sich gewinnen konnte. Niemand sprach es aus, aber Bérénice las an den Blicken, dass man Tizia für die perfekte Ergänzung zum unnahbaren, steifen, strengen Gaetano hielt, der nur dann lächelte, wenn Tizia in der Nähe war, ansonsten aber seine Gefühle hinter einer starren Miene verbarg.

Zu dem kurzen Hochzeitskleid trug Tizia aus Seide gearbeitete Schuhe, die mit kleinen Perlen und Stoffblumen bestickt waren, außerdem einen mehrere Meter langen Schleier, der – an einem Blumenkranz befestigt den Kopf einhüllte, über die Taille bis zum Boden fiel und dort weiche Falten warf. An diesem Schleier blieben nach der Trauung jede Menge *confetti* hängen, die typischen italienischen Bonbons, die nach jeder Hochzeitsfeier ausgeteilt wurden – Mandeln, Pistazien, Zimtspäne und Korianderkörner, die in flüssigen Zucker getaucht worden waren. Als das Paar den Dom von Como verließ, sollten ihm eigentlich nur kleine Körbe mit diesen gereicht werden, doch Aurelio, obwohl ansonsten so schüchtern und zurückhaltend, ließ sich von Tizias guter Laune mitreißen, nahm eine Handvoll und ließ sie über den Vater und die neue Stiefmutter regnen. Sogar in Gaetanos schwarzem Haar blieben welche hängen, doch wie er es aufnahm, sah Bérénice nicht, war sie doch vor allem besorgt, dass Tizias Hochzeitskleid keine Flecken abbekam.

Obwohl sie ansonsten in der Öffentlichkeit strikte Distanz wahrte – sie vergaß nie, dass sie nur eine Zofe war –, stürzte sie auf Tizia zu, um die *confetti* zu beseitigen. Doch diese lachte nur einmal mehr auf ihre glockenhelle Art.

»Warum sorgst du dich? Der Zucker ist doch genauso weiß wie mein Kleid, man sieht ihn kaum.«

Dann wandte sie sich an Aurelio, nahm einige *confetti* und steckte sie ihm in den Mund. Und ob es nun ihr Lächeln war oder der süße Geschmack – unwillkürlich schmiegte er sich an sie und murmelte: »Ich freue mich, dass Papa Sie geheiratet hat.«

Bérénice wusste nicht genau, zu welchem Zeitpunkt Tizia das Herz ihres Stiefsohns erobert hatte, war in jedem Fall aber beglückt darüber, dass er ihr genauso ergeben war wie sein Vater.

Verwunderlich war es natürlich nicht. Wer erlag Tizias Charme nicht? Wer scharrte sich nicht um sie, auf allen Festen und Partys im Palazzo, die in den Sommermonaten stattfanden und bei denen die neue Signora di Vaira jedes Mal der strahlende Mittelpunkt war?

Stundenlang dauerte es, sie darauf vorzubereiten, doch Tizia genoss diese Prozedur ebenso wie Bérénice selbst. Am Vorabend eines Festes machte Bérénice ihr meist Gesichtsmasken aus Wasser und Mandelkleie, die sie ihr sanft einmassierte. War die Haut gründlich gereinigt, wurde eine weitere Maske aufgelegt – diesmal aus Leder –, mit der Tizia schlafen musste und die, wie es hieß, verhindern sollte, dass das Kinn erschlaffte oder sich dunkle Ringe unter den Augen bildeten. Bevor sie sie am nächsten Tag schminkte, legte sie Cremes auf, die aus Frankreich oder Amerika kamen, sündhaft teuer waren und fast noch besser rochen als ihr Parfüm. Was das Make-up anbelangte, wurde Bérénice bald eine Meisterin darin, Tizia die hohen Bögen ihrer Brauen nachzuziehen, mit einer Zange die Wimpern hochzubiegen und den Mund herzförmig nachzuziehen. Am Ende trug sie mit einer Quaste das Puder auf, das sich in einem ganz besonderen Tiegel befand: Dieser hatte das Aussehen eines Büchleins, doch wenn man es öffnete, so fand man nicht einzelne Seiten, sondern einen Taschenspiegel und das Puder.

Was die Frisuren anbelangte, hatte Bérénice anfangs große Angst, erneut zu versagen, doch Tizia verlangte kaum Hochsteckfrisuren, sondern trug die Haare lieber offen. Bérénice kämmte die kräftigen Strähnen, bis sie glänzten, half ihr dann, eine Samtkappe schräg darüber zu setzen, die Strähnen mit Hilfe eines Diadems aus der Stirn zu halten oder einen Turban um den Kopf zu wickeln, in den eine Pfauenfeder gesteckt wurde – ohne Zweifel die exzentrischste Frisur von allen.

Und erst die Kleider! Jedem einzelnen schien Tizia regelrecht Leben einzuhauchen, und es war ein magischer Moment, wenn Bérénice sie aus dem *Tessilsacco* zog – einer Hülle, in der die Kleider aus Schutz vor Motten aufbewahrt wurden – und Tizia hineinschlüpfte. Jedes Kleid schien eine andere Facette ihrer Persönlichkeit zu unterstreichen. In schwarzem Samt war sie vornehm und unnahbar, im zitronengelben Seidenkleid glich sie einem fröhlich umherflatternden Schmetterling, der die Sonne und den Blütenduft genoss. Sehr modern war es, zwei kontrastierende Farben zu tragen – schwarz und weiß oder rosa und schwarz –, und Tizia wirkte in Kleidern mit sehr schlichten, nahezu strengen Schnitten ebenso elegant wie in den extravaganten, an deren Saum Federn und Fransen genäht oder die mit dem hellen Pelz des Schneehasen verbrämt waren. Selbst in Kleidung, die eher der eines Mannes glich – weite Pluderhosen, lange Jacken, die wie ein Frack aussahen und fast bis zum Knie reichten, und einer Krawatte – wirkte sie weiblich, und noch mit den wuchtigsten Lederstiefeln machte sie grazile, elegante Schritte. Noch besser standen ihr bestickte Damenschuhe aus feingewebtem Stoff oder Gold- und Silberleder, die mit Metallfäden, Strass und bunten Perlen bestickt und mit zarten Riemchen geschlossen wurden. In die Stiefeletten, deren Schnürsenkel mit kleinen silbernen Haken in die Ösen gezogen wurden, kam sie nur mit Bérénice' Unterstützung und dank einer speziellen Einschlüpfhilfe, die in einer ebenso edlen Schatulle verpackt wurde wie Schmuck.

Und dann, wenn sie fertig angezogen, frisiert und geschminkt war, kam jener besondere Moment, da sie sich schweigend im Spiegel betrachtete, sich einmal nach rechts, dann nach links drehte, zufrieden lächelte und Bérénice dankbar zunickte. Nicht, dass sie ein besonderes Zeichen der Zustimmung erwartete. Tizia zuschauen zu dürfen, wie sie später die breite Treppe hinunterstieg, war ihr Lohn genug.

Eines Abends trat Tizia die Treppe herunter, ihr Gang geschmeidig wie nie, und sie schien mit ihrem Kleid regelrecht zu verschmelzen. Ausnahmsweise war es bodenlang, von einem leuchtenden Grün und endete in einer dünnen Schleppe, die man entweder hinter sich schleifen lassen oder über die Schulter legen konnte wie eine Stola. Der Kragen war eng, und den Stoff, der daran genäht war, hatte Tizia schlangenartig um den Kopf gewickelt.

Gaetano, der sie am Fuße der Treppe erwartete, betrachtete sie so verzückt wie Bérénice. Während sich diese ansonsten meist zurückzog, konnte sie heute nicht anders, als ihr zu folgen, sich im Schatten der Treppe zu verstecken und von dort zuzusehen, wie sie an Gaetanos Seite erst die Gäste begrüßte und später im zum Ballsaal umgewidmeten Speisesaal mit Gaetano Walzer, den Kontretanz und einmal mehr den Boston Foxtrott tanzte.

Bérénice lächelte glücklich. Trotz des engen Kleides schien sich Tizia mitnichten anzustrengen, noch nicht einmal, als sie zum schnelleren »Pfauentanz« wechselten, der gerade in Mode war. Kein Schweißtropfen stand auf ihrer Stirn, keine Rötung verunstaltete das alabasterne Gesicht.

Unwillkürlich schloss Bérénice die Augen, lauschte auf die Musik, die klappernden Absätze, glaubte kurz, sich mit Tizia zu drehen, nein, zu fliegen.

Doch plötzlich wurde der Zauber von einer penetranten Stimme gestört.

»Sie gebärdet sich wie eine Königin, aber in Wahrheit ist sie doch nur ein einfaches Mädchen aus Lecco.«

Bérénice schlich aus dem Schatten der Treppe. Trotz der Empörung fiel jede ihrer Bewegungen leise und bedächtig aus. Sie hielt den Kopf ebenso starr gesenkt wie die Dienstboten, die Getränke servierten, und obwohl sie kein Tablett trug, fiel auch sie nicht weiter auf, als sie sich in die Nähe der beiden Gäste stellte, die über Tizia lästerten.

Wobei genauer gesagt der eine nicht lästerte, vielmehr der anderen widersprach. Es war Bruder Ettore, der Mönch, der dann und wann Gaetano besuchte. Wenn er Bérénice sah, lächelte er ihr stets aufmunternd zu, doch obwohl sie fühlte, dass seine Freundlichkeit ehrlich war, erinnerte sie sich bei seinem Anblick doch immer nur an den Moment ihrer größten Schmach.

Heute bemerkte er sie gar nicht erst. »Sie würden gut daran tun, die Menschen nach ihren Taten, nicht nach ihrem Namen zu beurteilen«, sagte er, doch auch wenn seine Worte von Tadel kündeten, fehlte seiner Stimme zu Bérénice' Bedauern jegliche Schärfe. Ob er einfach nur diplomatisch war oder feige, wusste sie nicht, aber sie hätte gehofft, er würde der anderen stärker widersprechen, umso mehr, als diese nur ein verächtliches Zischen ausstieß. »Welche Taten, ich bitte Sie! Was hat diese Frau schon zustande gebracht, außer dass sie sich von Gaetano di Vaira heiraten ließ?«

»Sie hat mehrere Filme gedreht. Die Kritiker bezeichneten sie gerne als ›die Göttliche‹.«

»Sie erwarten doch nicht, dass ich mich dem Urteil von diesen Tintenklecksern anschließe? Eine *attrice* ... jeder weiß doch, was das für Frauen sind.«

»Was denn für welche?«, fragte Bruder Ettore naiv.

Wieder ertönte dieses Zischen. »Schauen sie sich die Damen an hier, Diplomatentöchter, Contessen, reiche Amerikanerinnen ... Sie alle hätte Gaetano heiraten können ... Ich verstehe nicht, warum er sich von dem Mädchen aus Lecco um den Finger hat wickeln lassen.«

»Sie macht ihn glücklich.«

»Man heiratet doch nicht, um glücklich zu sein!«

Nein, dachte Bérénice, du böse alte Vettel hast das bestimmt nicht getan!

Jetzt fiel ihr der Name der Matrone ein, die über Tizia lästerte: Eugenia di Contarini. Vage erinnerte sie sich daran, dass Tizia einmal über sie gespottet hatte. Seit Jahrzehnten war sie Witwe und trug seitdem ein altmodisches schwarzes Kleid, dessen Unterrock aus Taft war und bei jedem Schritt ein lautes Rascheln von sich gab. Über dem Kopf trug sie eine Mantille aus feinster schwarzer Spitze, und ihr einziger Schmuck war eine zweireihige Perlenkette. Das Parfüm, das sie trug, roch wie verwelkte Blumen, wobei es vielleicht gar nicht das Parfüm war, sondern das Puder, mit dem sie sich ihre ohnehin grauen Haare einstäubte. Diese wuchsen ungewöhnlich kräftig für eine Frau ihres Alters, und als Bérénice sich noch einen Schritt näher wagte und es genauer betrachtete, kam ihr eine Idee.

Lautlos drehte sie sich um und ging davon, doch schon nach wenigen Schritten rief Bruder Ettore ihren Namen.

Für gewöhnlich wäre sie zusammengezuckt und hätte eine Fluchtmöglichkeit gesucht, doch heute zwang Bérénice sich dazu, hochzublicken und sein Lächeln zu erwidern. Bruder Ettore ließ Contessa Eugenia einfach stehen und trat zu ihr.

»Sie haben meiner Schwägerin heute wieder eine wunderbare Frisur gezaubert«, sagte er.

Angesichts dessen, dass Tizias Kopf weitgehend von dem Schleier bedeckt war und sich nur ein paar Locken hervorstahlen, waren seine Worte eine maßlose Übertreibung. Aber Bérénice tat sie nicht ab, sondern nickte nur dankbar.

Wenn du wüsstest, was ich mit Haaren noch alles anstellen kann ..., dachte sie.

Eine Weile hörte sie ihm zu, wie er bewundernd über das Fest sprach, dann nickte sie wieder, diesmal, um sich von ihm zu verabschieden, und ging zu Contessa Eugenia.

»Ich habe die Ehre, Sie zu Ihrem Platz zu begleiten«, erklärte sie.

Die Contessa zog verwundert die Augenbrauen hoch. »Das Dinner ist doch schon vorbei.«

»Signore di Vaira wünscht, dass seine Gäste sich wohl fühlen. Dort hinten gibt es mehrere Sitzmöglichkeiten.«

»Meine Knochen sind noch nicht so weich, dass ich nicht auch ein Weilchen stehen kann«, murrte die Alte.

Aber deine Haare sind so dünn, dass du eine Perücke trägst, dachte Bérénice.

Sie ließ sich allerdings nichts von ihren Gedanken anmerken, sondern lächelte nur, und schließlich folgte Contessa Eugenia ihr grummelnd in den hinteren Teil der Halle, wo rund um kleine Tischchen mehrere Stühle standen. Vor allem ältere Damen saßen dort, fast alle schwarz gekleidet wie Contessa Eugenia, einem Schwarm Krähen gleichend.

Doch diese Krähen würden Tizia nicht die Augen aushacken, und wenn sie noch so missbilligend die Gesichter verzogen, als ihr Lachen von der Tanzfläche schallte!

»Bitte sehr«, Bérénice zog den Stuhl aus weißem Holz zurück, der mit rotem Samt bezogen war. Harte Knochen hin oder her, Contessa Eugenia stieß ein wohliges Seufzen aus, als sie sich setzte. Während sie ihr Kleid zurechtrückte und wieder das Rascheln das Taftunterrocks erklang, merkte sie gar nicht, dass Bérénice länger als notwendig hinter ihr stehen blieb, sich unauffällig an ihren Haaren zu schaffen machte und eine einzelne Strähne aus dem Haarknoten zog.

Die anderen Damen achteten erst recht nicht auf sie, waren doch Dienstboten für sie bloß graue Schatten. Nach getanem Werk zog sich Bérénice wieder in den Schatten der Treppe zurück.

In der kommenden Stunde hatte sie kaum Blicke für Tizia, die nun auch mit anderen Gästen tanzte, sondern starrte nur auf Contessa Eugenia. Nicht, dass es zunächst viel zu sehen gab. Die Contessa saß ganz steif und betrachtete die Gäste mit dem misstrauischen Gesicht von alten Menschen, die auf alles neidisch sind, was Jugend und Lebensfreude verheißt.

Zunächst wartete Bérénice voll diebischer Vorfreude, später mit wachsender Ungeduld. Wann würde sich die Contessa endlich erheben? Am besten geschah das in einem Augenblick, wo möglichst viele ihr Missgeschick bemerkten! Bérénice überlegte bereits fieberhaft, wie sie eine entsprechende Gelegenheit schaffen könnte, doch schließlich war es Gaetano selbst, der dem kleinen Orchester ein Zeichen gab und – sobald die Musik verstummte – die Gäste dazu einlud, ihm in den Garten zu folgen, wo ein kleines Feuerwerk vorbereitet war.

Begeisterte Rufe bekundeten die Zustimmung allerseits, nur die alten Frauen blieben entweder gleichgültig oder misstrauisch, hielten sie ein Feuerwerk offenbar für ein zu lautes, unnützes

Spektakel. Zu Bérénice' Bedauern machte Contessa Eugenia keine Anstalten, sich zu erheben, um nach draußen zu gehen. Doch ausgerechnet Tizia kam mit ihrem engelsgleichen Lächeln auf sie zu.

»Gewähren Sie mir die Ehre, Sie hinauszubegleiten?«, fragte sie und reichte ihr die Hand.

Eugenias Blick wurde immer stechender. Diese bösartige alte Vettel suchte wohl eine Ausrede, das Mädchen von Lecco nicht berühren zu müssen! Doch Tizia zog ihre Hand nicht zurück, und anstatt einen Affront zu riskieren, begnügte sich Eugenia mit einem missmutigen Zischen, nahm die Hand und erhob sich.

In diesem Augenblick geschah es: Eine Strähne ihres Haars blieb an der Stuhllehne hängen, und obwohl Contessa Eugenia den Widerstand merkte, konnte sie ihn nicht recht einordnen. Sie machte eine ruckartige Bewegung, und diese genügte, ihr die Perücke vom Kopf zu ziehen. Darunter war sie zwar nicht so kahl, wie Bérénice gehofft hatte – einen lächerlichen Anblick bot sie gleichwohl, standen die wenigen Haare doch nicht in einem vornehmen Weiß, sondern in einem schmutzigen Grau nach allen Seiten ab und gaben ihr das Aussehen eines gerupften Huhns.

Am lustigsten aber war mitzuerleben, wie ihr die Züge entglitten, während sie japste, als machte sie ihren letzten Atemzug, und sich die schreckgeweiteten Augen halb ärgerlich, halb ängstlich auf Tizia richteten, als hätte diese einen bösen Zauber bewirkt.

Deren Lächeln spiegelte ehrliches Mitleid wieder, was sie umso erhabener wirken ließ. Während Getuschel aufbrandete, einige sich ein Kichern nicht verkneifen konnten und andere den Blick verschämt abwandten, beugte Tizia sich vor, löste die Perücke entschlossen vom Stuhl und setzte sie der Alten unversehens wieder auf den Kopf. So hastig, wie sie dabei vorging, saß die Perücke allerdings etwas schief.

Tizia lächelte in einem fort, als wäre nichts Ungewöhnliches geschehen, hakte sich bei Eugenia unter und zog sie mit sich. Die

Alte wiederum schien erleichtert, nicht allein den Spießrutenlauf an der gaffenden Menge vorbeimachen zu müssen, und stützte sich schwer auf Tizias Arm.

Das wird dich lehren, noch einmal über die *attrice* zu spotten, das Mädchen von Lecco …

Bérénice schlug zwar wieder die Augen nieder, lächelte aber im Schatten der Treppe breit. Das Lächeln verschwand erst, als plötzlich eine Stimme ertönte.

»So geschickte Hände habe ich bis jetzt nur an Taschendiebinnen gesehen.«

Bérénice fuhr herum. Ein junger Mann lehnte am Geländer. Vage erinnerte sie sich, ihn schon einmal gesehen zu haben, aber sie war sich nicht sicher, wo und bei welchem Anlass. Ein Gast war er offenbar nicht, trug er doch weder Frack noch Fliege oder einen eleganten Anzug. Die grauen Hosen waren zwar aus feinem Stoff, wiesen aber ein paar Flicken auf, die rostrote Jacke war an den Ellbogen etwas fadenscheinig. Ein Dienstbote konnte er allerdings auch nicht sein, huschten diese doch umtriebig herum, während er so lässig dastand, als hätte er alle Zeit der Welt. Auch, als sich die Halle geleert hatte, von draußen das Knallen der Feuerwerkskörper und begeisterte Ausrufe zu hören waren, blieb er an ihrer Seite und zog eine Zigarettenschachtel hervor. Diese wiederum – aus Blech und mit dem Bild von zwei Palmen bedruckt – wirkte so teuer, dass sie sich wohl kein einfacher Angestellter leisten konnte.

Er öffnete die Schachtel seelenruhig und hielt ihr die Zigaretten vor die Nase.

»Willst du eine? Ich meine, zur Feier des Tages …«

Bérénice hatte noch nie geraucht und schüttelte den Kopf.

Der junge Mann beförderte nun auch ein Feuerzeug aus seiner Tasche, zündete die Zigarette mit einer höchst elegant anmutenden

Geste an und machte einen tiefen Zug. Als er ausatmete, lachte er laut.

»Warum siehst du mich so entgeistert an? Du glaubst doch nicht, dass ich dich verpetzen werde! Ein gelungener Streich war das, meine Hochachtung! Wie ist dir nur gelungen, so schnell die Haare am Stuhl zu befestigen?«

»Sie haben mich beobachtet ...«

»Aber, aber, nicht so förmlich. Sag Tamino zu mir.«

Tamino.

Tamino Carnezzi.

Jetzt fiel ihr ein, woher sie ihn kannte. Er war der Verwalter der Palazzos, wenngleich sie nicht wusste, was er genau zu tun hatte – ob nur über den Garten zu wachen, die Haushaltsführung oder auch über Gaetanos Geschäfte. Vielleicht war es von allem ein wenig – so oder so machte ihn dieses Amt ziemlich selbstbewusst.

In seinen Augen blitzte es – dunkle Augen, die vom Farbton her denen von Gaetano glichen, aber in denen viel mehr Leben wohnte. Bei den Haaren war es ähnlich: Schwarz waren sie bei beiden, doch während Gaetano sie mit Pomade straff nach hinten kämmte, fielen sie bei Tamino in weichen Locken bis zum Kinn. Er trug keinen Schnurrbart, sondern glatt rasierte Wangen, die ihn noch jünger wirken ließen, als er wahrscheinlich war.

Wie wurde man in diesem Alter bloß Verwalter eines so großen Besitzes?

Tamino rauchte lässig die Zigarette. »Nun, Bérénice – du heißt doch Bérénice, wenn ich es recht in Erinnerung habe, oder? Was hat die Alte denn eigentlich angestellt, um dich so gegen sie aufzubringen?«

Mit der freien Hand klopfte er ihr halb aufmunternd, halb lobend auf die Schultern.

Bis jetzt war Bérénice auf der Hut gewesen. Trotz aller vertraulichen Worte verdächtige sie ihn, ihr nur ein Geständnis abringen zu wollen, um hinterher dafür zu sorgen, dass sie sofort entlassen wurde. Sie hatte Männern noch nie über den Weg getraut. Männer waren entweder wie ihr Vater oder ihre Brüder – wortkarg und brutal –, oder so wie Gaetano – höflich, aber unnahbar. Doch die Berührung seiner Hände schien einen Stromschlag durch ihren Körper zu jagen, und das war nicht unangenehm, nur belebend, genauso wie das Kribbeln in ihrem Magen sie zwar etwas befremdete, ihr zugleich aber ein Kichern entlockte.

Sie konnte sich nicht erinnern, je so gelacht zu haben. »Haben Sie ... hast du ihre verdatterte Miene gesehen?«, rief sie.

Tamino nickte. »Ich kann mich gar nicht entscheiden, ob sie eher wie ein aufgespießter Frosch oder wie ein gackerndes Huhn aussah.«

»Ich dachte, sie trifft der Schlag!«

»Ach, Matronen wie sie sind robust. Aber warum hast du denn nun ...?«

Bérénice wurde wieder ernst. Dieses absonderliche Kribbeln hin oder her – ihre unabdingbare Treue zu Tizia war etwas, was ihn nichts anging.

»Sie hat ein paar abfällige Bemerkungen gemacht ...«, murmelte sie.

Tamino schien zu wittern, dass sie ihm etwas verschwieg und sichtlich versteifte, aber er bohrte nicht nach.

»Nun denn«, wieder klopfte er ihr auf die Schultern, und wieder durchzuckte es sie wohlig. »Falls ich mich einmal an einem Feind rächen will, darf ich doch mit deiner Hilfe rechnen, oder?«

Er wartete ihre Entgegnung nicht ab, sondern schlenderte davon. Fasziniert starrte sie ihm nach. Seine Bewegungen fielen so gesetzt und beherrscht aus wie die der eleganten Herren, und doch strahlten seine muskulösen Schultern ungleich mehr Kraft und Entschlossenheit aus. Es fiel ihr schwer, sich ihn in einem Büro oder über Bücher gebeugt vorzustellen. Ein Mensch wie er brauchte die

Sonne, und unwillkürlich sah sie ihn vor sich, wie er auf einem der Segelboote, die oft den See durchkreuzten, das Segel hisste – so weiß wie seine blitzenden Zähne – und der Wind durch die dunklen Locken fuhr. Noch als er längst ihren Blicken entschwunden war, waren ihre Wangen heiß und rot. Sie hob ihre Hände, um sie zu kühlen, und merkte erst jetzt, dass sie zitterten.

Als sie in die Küche eilte, stolperte sie fast über ihre eigenen Füße. Nach dem Feuerwerk würden die Gäste bald aufbrechen, und nach einem langen Abend wie diesem liebte Tizia es, im Bett eine Tasse heiße Schokolade zu trinken.

Wie immer rührte sie in die Milch eine Brise Zimt und Muskat sowie einen Löffel Mandellikör und zog, als sie nach oben zu Tizias Zimmer ging, eine Duftspur hinter sich her. Bérénice gefiel die Vorstellung, dass dieser Geruch ebenso untrüglich zu ihr gehörte wie der von *Crêpe de Chine* zu Tizia. Der eine war betörend, wild, aufregend, der andere süß, beruhigend, geheimnisvoll.

Als sie den Raum betrat, hielt sie kurz inne. Jedes Mal hatte sie das Gefühl, ein von der Welt abgeschottetes Reich zu betreten, das dem Paradies zu nahe kam, um hier hastig oder gedankenlos einzudringen.

Die Wände waren in einem hellen Roséton tapeziert, der im Kontrast zum dunklen Boden aus Eichendielen stand; das Gemälde einer Rokoko-Dame an der Wand war im gleichen dunklen Goldton eingerahmt, in dem auch die Blumen auf dem Paravent gemalt waren. Dahinter befand sich eine altmodische Waschschüssel auf einem Schrank mit Elfenbeinintarsien, obwohl es längst ein Bad mit fließendem Wasser gab. Vor Tizias Eheschließung hatte Bérénice nicht gewusst, dass in feinen Kreisen Mann und Frau nicht zusammen in einem Raum schliefen. Sie hätte sich auf den Mund schlagen können, als sie gedankenlos danach gefragt und Tizia mit ihrem glockenhellen Gelächter geantwortet hatte. Mittlerweile verkniff sie sich Bemerkungen zu Dingen, die sie nicht verstand, und war insgeheim dankbar, dass Tizias Schlafzimmer eher ihr selbst und der Herrin gehörte, als dieser und dem Ehemann. Zu dessen Schlafzimmer führte vom Boudoir aus zwar eine Verbindungstür, doch weder hatte Bérénice Gaetano je hier angetroffen noch gesehen, dass Tizia zu ihm ging.

»Bérénice, wie köstlich das duftet!«

Erst jetzt sah sie, dass sich Tizia noch mit dem grünen funkelnden Kleid bekleidet aufs Bett hatte sinken lassen und lediglich die Kopfbedeckung abgenommen hatte. Von einem stattlichen Baldachin fiel ein samtroter, mit Fransen umfasster Bettvorhang. Die viereckigen Daunenkissen waren mit Seide bezogen, und die ebenfalls aus diesem edlen Stoff gefertigten Laken raschelten, als Tizia sich aufsetzte.

»Soll ich den Kamin einheizen?«, fragte Bérénice.

Genau betrachtet war der Eisenofen ein Ungetüm, der kaum Wärme, aber viel Rauch spendete, und dessen einziger Zweck der Aufputz zu sein schien, auf dem man Uhren und Vasen abstellen konnte, so wie es in Tizias Welt vieles gab, das nur der Schönheit diente. Bérénice wusste jedoch, dass der Anblick der zuckenden Flammen Tizia beruhigte.

»Heute nicht.«

»Wollen Sie vielleicht eine Wärmflasche?«

»Ach, in dem engen Kleid ist mir heiß genug. Nein, du musst nichts für mich tun ... Setz dich einfach nur kurz zu mir.«

Dieses Ansinnen war ebenso unerwartet wie befremdlich. Tizia scheute sich zwar nicht, sich von Bérénice berühren zu lassen – beim Schminken, Frisieren und auch beim Baden war das unvermeidlich –, aber ansonsten hielt sie strikte Distanz.

Bérénice trat zögernd näher. Sie stellte die heiße Schokolade ab, machte aber keine Anstalten, dem Befehl Folge zu leisten.

»Ach, jetzt gibst du dich also wieder schüchtern!« Tizia lachte.

Sie stand auf und drückte Bérénice etwas unsanft aufs Bett, während sie selber das Kleid gegen einen Morgenmantel tauschte und zum Waschtisch ging, um sich die Zähne zu reinigen. Dabei nutzte sie eine Neuheit – eine sündhaft teure Zahnpasta, die in ihren Kreisen einen langsamen, aber sicheren Siegeszug über das Kalkpulver oder Zahnstocher aus Lindenholz angetreten hatte.

Während sie die Pasta auf die Bürste auftrug, meinte sie: »Ich weiß, dass du es warst.«

Bérénice zuckte zusammen.

»Niemand hat so geschickte Hände wie du«, fuhr Tizia nuschelnd fort, während sie die Bürste in den Mund steckte. »Oh, jemanden wie dich möchte ich wahrlich nicht zur Feindin haben.« Ihr Lachen vermischte sich mit einem gurgelnden Geräusch.

Bérénice starrte verlegen auf die viel beschworenen Hände.

Meine Mutter hatte auch geschickte Hände ... Sie hat damit aber nur Kerzen gezogen ... keine Adeligen beschämt ... Wenn sie davon wüsste, würde sie vor Scham in Grund und Boden versinken ...

Der süßliche Geruch der Schokolade stieg Bérénice in die Nase und war ihr plötzlich unangenehm.

Tizia spülte sich den Mund aus. »Wir wollen nicht wieder darüber reden. Vorausgesetzt du sagst mir, warum du das getan hast, und dass du mir versprichst, es nie wieder zu tun.«

Ersteres fiel Bérénice leicht. Trotz ihrer Verlegenheit klang ihre Stimme zischend, als sie rief: »Sie ... sie hat Sie beleidigt!«

Tizia schien weder überrascht noch verletzt. Sie nahm die knappen Worte mit einem Nicken auf, ohne nachzufragen, wie und auf welche Weise Contessa Eugenia über sie gelästert hatte.

»Gut, und jetzt versprichst du mir ...«

»Nein!«, fiel Bérénice ihr ungewohnt heftig ins Wort. Unter anderen Umständen hätte sie niemals so mit Tizia gesprochen, aber die Empörung saß zu tief. Sie sprang so ungestüm auf, dass die Tasse klapperte. »Wenn sie Sie wieder beleidigt, dann wird sie wieder ihre gerechte Strafe erhalten – so wie jeder, der es wagt, über Sie zu lästern.«

Tizias Blick war nachdenklich wie nie. Eine Weile starrte sie Bérénice an, doch während diese ansonsten rasch zu Boden sah, hielt sie dem Blick stand. Schließlich war es Tizia, die sich abwandte, ihre Haarbürste ergriff und sich zu kämmen begann. Schnell trat Bérénice näher, um ihr die Bürste abzunehmen und ihr selbst über das Haar zu streichen.

»Wie ich schon sagte«, murmelte Tizia, »dich möchte ich nicht zur Feindin haben.«

Sie klang nicht spöttisch wie vorhin, sondern ... traurig.

Ehe Bérénice diesen Ton erkunden konnte, erklang von draußen ein ungewohntes Geräusch – ein ebenso durchdringendes wie schrilles Kreischen. Es klang ein wenig so, als würde der Teufel selbst lachen, und vor Schreck ließ Bérénice fast die Bürste fallen.

»Du nimmst es mit Contessa Eugenia auf und fürchtest dich vor Pfauen?«, spottete Tizia.

Das Kreischen verstummte kurz, ehe es noch lauter erklang. »Das sind ... Pfauen?«

Bérénice hatte bislang nur die Federn dieser Tiere gesehen, nie aber eines selbst. Schön anzuschauen mochten sie gewiss sein, aber dieses Gekreisch war einfach nur ... hässlich.

»Am Tag meiner Verlobung mit Gaetano habe ich doch diese Pfauenfeder getragen«, sagte Tizia, »und deswegen habe ich mir zur Hochzeit Pfauen gewünscht. Es hat eine Weile gedauert, sie hierher zu bringen. Der neue Verwalter hat sich darum gekümmert.«

Das Gekreisch war verstummt, doch bei der Erwähnung des Verwalters versetzte es Bérénice einen Stich in den Magen. Damit konnte nur Tamino gemeint sein. Tamino Carnezzi.

Kurz lag es ihr auf den Lippen, nach ihm zu fragen und mehr

über den Mann mit den blitzenden Augen, den weichen Locken und dem Schalk in der Stimme herauszufinden, der zwar elegant Zigarette rauchte, aber sonst nichts mit den steifen, blutleeren Herren gemein hatte. Doch sie verkniff es sich.

Sie war hier, um Tizia zu dienen. In ihren Gedanken war schlichtweg kein Platz für Männer jeder Art.

In den nächsten Wochen beschwerten sich die Dienstboten häufig über die Pfauen. Ihr Gekreisch sei unerträglich, vor allem nachts, warum könnte man sie nicht wenigstens bei Einbruch der Dunkelheit in Ställe sperren, möglichst weit vom Palazzo entfernt. Tizia weigerte sich jedoch beharrlich. Sie ließ für die Pfauen kostbare Käfige bauen und verglasen, so dass die Tiere, selbst wenn sie darin eingesperrt waren, noch nach draußen auf den See blicken konnten.

Bérénice zweifelte, dass den Pfauen an einem Blick auf den See gelegen war, aber da Tizia sich nicht an dem Gekreisch störte, tat sie es auch nicht, erkor die Pfauen vielmehr zu ihren Lieblingsvögeln.

Es schien kaum etwas Prächtigeres als ihr Gefieder zu geben. Als sie eines Tages durch den Garten ging, schlug das Männchen ein Rad vor ihr, und sie blieb wie angewurzelt stehen. Irgendjemand hatte behauptet, es brächte Unglück, aber Tizia hatte erklärt, es sei ein Zeichen besonderer Zuneigung. Zwar mochte Bérénice nicht so recht daran glauben, da die kleinen Augen des Pfaus sie ziemlich feindselig anstarrten, doch sie empfand es als Auszeichnung, die Schwanzfedern deutlich mustern zu können, hieß es doch, dass Pfauen sich zu nichts zwingen ließen, erst recht nicht dazu, ein Rad zu schlagen. Bérénice betrachtete das Tier fasziniert; Kopf, Hals und Vorderbrust waren von einem prachtvollen Purpurblau mit goldenem Schimmer; der Rücken glänzte grün wie der See, jede Schwanzfeder war kupferfarbig gerändert, und die dunklen Augenflecken, zwanzig bis vierundzwanzig an der Zahl, ließen die Farben noch durchdringender erscheinen.

»Er beschützt die Weibchen«, ertönte hinter ihr eine Stimme.

Bérénice drehte sich um. Aurelio, Gaetanos Sohn, trat aus dem Schatten einer Zypresse heraus. Sie wusste, dass Tizia manche Stunde in seinem Spielzimmer verbrachte und hingebungsvoll mit ihm spielte – ob mit einem Kaufladen, Zinnsoldaten, Puzzles oder Marionetten –, und manchmal war er auch beim festlichen Dinner dabei. Er siezte seinen Vater und auch Tizia, wenngleich diese meinte, es sei nicht notwendig. Bérénice selbst hatte den Jungen stets nur flüchtig wahrgenommen – und wenn sie ihn bei diesen wenigen Gelegenheiten mit Wohlwollen betrachtete, lag es weniger daran, dass er ein hübscher, wenngleich schmaler Junge war, sondern weil Tizia ihren Stiefsohn offenbar sehr liebte und er auch ihr ergeben war.

Jetzt war sie sich nicht sicher, ob und über was sie mit ihm reden sollte, doch ehe sie weitereilen konnte, erklärte er: »Wenn man Pfauen hält, muss man immer auch drei, vier Weibchen erwerben. Sie sind bei weitem nicht so schön, aber die Männchen brauchen sie, um sich wohlzufühlen. Sie schlafen dicht aneinandergepresst.« Er machte eine Pause. »Pfauen sind nicht gern allein.«

Obwohl es ein sonniger Tag war, überlief Bérénice ein Frösteln. Sie betrachtete Aurelio genauer, dachte kurz, dass sein Gesicht – mit den feinen Zügen, das von dunklen Locken umrahmt war – dem eines Mädchens glich, und glaubte, einen dunklen Schatten wahrzunehmen, der ihn begleitete. Es war der Schatten der Einsamkeit und ihr nur allzu vertraut, weil er früher auch an ihr gehangen hatte. In ihren Träumen fühlte sie sich manchmal noch so trostlos wie in der Stunde, da ihre Mutter gestorben und sie allein der Willkür des Vaters und der älteren Brüder ausgeliefert war. Seit damals wusste sie, dass man sich auch inmitten von Menschen schrecklich verlassen fühlen konnte.

Aurelio mochte von liebevolleren Menschen umgeben sein, als sie damals, aber sie konnte sich nicht erinnern, ihn jemals mit seinesgleichen spielen gesehen zu haben.

Der Pfau klappte sein Gefieder wieder zusammen.

»Sollen wir ihn füttern?«, fragte sie. »Allerdings weiß ich gar nicht, was sie fressen.«

»Aber ich«, sagte Aurelio. »Ich habe es in der Botanikstunde gelernt. Pfauen sind Allesfresser wie Hühner. Sie fressen Pflanzen, Beeren, Fallobst, eingeweichtes Brot, aber auch Würmer.« Er beugte sich vor und flüsterte nur, als er fortfuhr: »Unlängst hat der da sogar eine Schlange verschlungen.«

Bérénice fragte sich, ob Aurelio das selber gesehen oder nur davon gehört hatte. Kurz überkam sie Ekel, aber zugleich auch Faszination.

Wenn die Pfauen stärker als Schlangen waren … dann bin ich stärker als mein Schatten …

»Wahrscheinlich musst du viel lernen«, stellte sie fest.

Tizia hatte einmal erwähnt, dass der Junge Privatunterricht bekam, obwohl Kinder seines Alters eigentlich die Schule besuchen mussten. Gaetano hatte dafür gesorgt, dass sein Sohn von dieser Pflicht befreit wurde und es mit der abgeschiedenen Lage am See begründet, wenngleich in Wahrheit wohl Standesdünkel dahinter steckten. Sein Privatlehrer war ein Absolvent von Oxford, ein gewisser Alexander Everdeen. Bérénice war sich nicht sicher, wo Oxford genau lag, sie wusste nur, dass Mr. Everdeen mit einem starken Akzent sprach.

Aurelio nickte düster. »Von morgens früh um acht bis zum späten Nachmittag. Es … es ist so langweilig.«

Wie er da stand, fühlte sie Trotz in ihm – und der war ihr nicht minder vertraut wie das Gefühl von Einsamkeit.

»Wenn wir Exkursionen machen, so wie letztens zum Castello di Vezio in Varenna, ist das schön«, fuhr Aurelio fort. »Insektenkunde mag ich auch. Aber es ist so öde, alle englischen Könige aufzählen zu müssen, und am allerschlimmsten ist der Lateinunterricht.«

Er verdrehte die Augen, und obwohl Bérénice nur drei Jahre zur Schule gegangen war, wo sie notdürftig lesen und schreiben gelernt hatte, konnte sie ihm nachfühlen, wie es ihm gehen musste.

Die Pfauen dürfen den ganzen Tag im Freien sein und müssen erst nachts in ihre gläsernen Käfige, aber der Junge ist den ganzen Tag über eingesperrt, ging es Bérénice durch den Kopf.

Nicht, dass sie Tizia die Schuld daran gab, sie tat ja alles für den Jungen, und dennoch ...

»Aurelio!«, ertönte eine Stimme.

Das Gesicht des Knaben verzog sich halb ängstlich, halb ärgerlich. »Mr. Everdeen!«, stöhnte er. »Vorhin hat er mir eine Aufgabe gegeben und mich allein gelassen. Ich bin einfach nach draußen gelaufen. Wenn er mich erwischt ...«

»Aber er muss dich doch gar nicht erwischen. Komm los! Wir verstecken uns!«

»Aber wo denn?«

»Hier gibt es doch genügend Möglichkeiten.«

Am Ende verbargen sie sich im Schatten einer der Terracottastatuen, die den Weg säumten – der, die einen Pharao zeigte. Es hieß, dass Hieroglyphen in den Sockel eingeritzt waren, von denen Bérénice allerdings nicht wusste, was es sein sollte.

Aurelio indessen deutete fasziniert auf die Zeichen. »Was das wohl heißt?«

Bérénice konnte sich nicht vorstellen, dass es irgendeine Bedeutung hatte.

»Eine fremde Sprache, die kaum ein Mensch versteht, würde ich so viel lieber lernen als Latein.«

»Psst, er kommt!«

Noch mehrmals rief Mr. Everdeen nach Aurelio, doch er entdeckte sie nicht, waren sie doch beide schmal und klein genug, im Schatten der Statue Platz zu finden. Der Pfau kreischte, worauf Mr. Everdeen kopfschüttelnd zurückwich und wieder Richtung Palazzo ging.

»Geschafft!«, rief Bérénice triumphierend.

Kurz erwiderte Aurelio ihr breites Lächeln, wurde aber rasch wieder ernst. »Ich kann mich nicht ewig verstecken, irgendwann muss ich ja doch zurück und alles nachholen, was ich jetzt versäume. Besser, ich mache es jetzt sofort.«

»Ich habe eine Idee«, sagte Bérénice. »Gib einfach mir die Schuld dafür, dass du in den Garten gegangen bist. Sag, ich hätte die Pfauen füttern müssen, jedoch nicht gewusst, womit, und du hättest mir geholfen.«

Wieder lächelte Aurelio und nickte ihr verschwörerisch zu. Doch als er zurück zum Palazzo ging, hingen seine Schultern so tief, als laste ein unsichtbares Gewicht auf ihnen.

Er war unglücklich ... so wie sie als Kind schrecklich unglücklich gewesen war ...

Aber das konnte nicht sein, das durfte nicht sein! Er lebte doch in so einem schönen Palazzo, umgeben von Reichtum, Düften und Kunst, er hatte genug zu essen, zu spielen, ein weiches Bett! Und er hatte Gaetano, und vor allem Tizia ... Wer, wenn nicht er, musste glücklich sein?

»Der arme Mr. Everdeen«, hörte sie jemanden neben sich sagen.

Bérénice zuckte zusammen. Die Stimme war ihr sofort vertraut, aber erst als sie hochblickte, fuhr jenes Kribbeln in ihren Bauch. Tamino Carnezzi. Heute trug er schwarze Hosen und ein weißes Hemd, nicht hochgeschlossen und eng am Kragen, wie bei den feinen Herren, sondern so weit geöffnet, dass man einen Blick auf die nackte, glatte Brust erhaschen konnte. Der Wind fuhr durch sein dunkles Haar.

»Warum ist Mr. Everdeen denn arm?«, fragte sie verdutzt.

Tamino lachte. »Nun, dafür, dass er den Kleinen drangsaliert, wirst du ihm doch gewiss einen Streich spielen, nicht wahr? Was heckst du diesmal aus?«

Bérénice war peinlich berührt bei dem Gedanken, dass er sie die ganze Zeit über beobachtet und belauscht hatte.

»Mr. Everdeen tut doch nur seine Pflicht«, sagte sie schnell.

»Oh, wie gnädig du bist. Der Kleine ist trotzdem einsam.«

Wieder versetzte es ihr einen Stich, diesmal einen schmerzlichen. Sie musterte Tamino genauer, fragte sich unwillkürlich, woher er wohl stammte und wie er zum Verwalter dieses Anwesens geworden war. Ob er wie sie und Aurelio wusste, wie sich Einsamkeit anfühlte?

Mit einem gutmütigen Lächeln zog er wieder seine Zigarettenschachtel hervor. »Ich nehme an, du rauchst immer noch nicht.«

Kurz war sie geneigt zu verneinen und die Zigarette anzunehmen. Kurz stellte sie sich auch vor, wie sie beide hier standen, mit dem Blick auf den See und die Berge, gemeinsam rauchten und sich aus ihrem Leben erzählten. Allerdings ... sie wollte ihm nichts erzählen, sie wollte ja vergessen, was hinter ihr lag, das Leben vor Tizia zählte nicht ... Tizia ... für die sie einige Blumen schneiden und in eine Vase hatte stellen wollen.

»Ich muss nun wieder hinein ...«

»Ach, wie schade!«

Sie wusste nicht, ob er es ernst meinte oder über sie spottete.

Während sie ging, fühlte sie seinen Blick auf ihrem Rücken, und als sie die Tür erreichte und sich umdrehte, winkte er ihr zu. Das Glück, das sie durchfuhr, war heißer, belebender und aufregender als jene Erleichterung, die sie empfunden hatte, als Tizia sie vor ihrem Vater gerettet hatte. Doch weder wollte sie sich das selbst eingestehen noch ihm dieses Gefühl zeigen. Sie wich Taminos Blick aus und tat so, als hätte sie nur den Pfau gemustert, der eben wieder ein Rad schlug.

Der Sommer ging zur Neige.

Im Schatten der Olivenbäume, die am Rand des Sees standen, glänzte das Wasser nicht mehr silbergrün, sondern wirkte schwarz und ölig wie Pech. Die Berge, deren Spitzen in den heißen Monaten grau geworden waren, standen wieder in strahlendem Weiß. Bérénice mochte ihren Anblick, schienen die Felsen ihr doch so erhaben wie Tizia: So wenig der Dreck der Niederungen zu ihnen hochdringen konnte, so wenig bekümmerte es Tizia, wenn andere über sie tuschelten. Wobei Bérénice genau betrachtet während all der Partys nie wieder ein offenes Lästern wie das von Contessa Eugenia vernommen, höchstens neiderfüllte, etwas verächtliche Blicke bemerkt hatte. Glänzende, rauschende Nächte lagen hinter ihnen, außerdem viele Tage in den Strandbädern großer Hotels und auf Tennis-, Cricket- oder Golfplätzen in Tremezzo. Wie immer war Tizia zu jedem Anlass perfekt gekleidet und frisiert gewesen. Bérénice, die glücklich war, sie stets fröhlich zu erleben, erlaubte sich weder einen Gedanken an Aurelio noch an Tamino. Nicht, dass ihr Herz nicht höher und schneller schlug, wenn sie Letzterem zufällig über den Weg lief, aber sie vermied es, absichtlich eine Begegnung mit ihm herbeizuführen.

Eines Tages wirkte Tizia jedoch gar nicht fröhlich. Bérénice suchte sie im Garten, wo trotz des nahenden Herbstes noch viele Blumen blühten: die rosigen Riesenmagnolien oder die bunten Kaskaden der Kamelien, die zum Ufer hinabstürzten, dort aber von rosenüberwucherten Terrassen aufgefangen wurden. Zedern und Palmen warfen ihren Schatten, und wie immer lag ein durchdringender Geruch in der Luft – nach Azaleen, Orchideen und Rhododendren –, durchsetzt von einer Note Rosmarin. Tizia saß im Schatten der großen Zypressen an einem Wasserlilienteich.

Selten hatte Bérénice sie so ruhig sitzen gesehen. Wenn Tizia durch den Garten spazierte, blieb sie kaum je stehen, ausgenommen sie betrachtete die Pfauen, aber selbst dann lachte sie meist und gestikulierte lebhaft. Heute blickte sie starr auf ihre Hände. Ihr Gesicht war nicht so stark geschminkt wie sonst: Die Form der Lippen war zwar mit einem rosigen Stift nachgezeichnet, aber die Augen wiesen nicht die dunklen Ränder auf und leuchteten nicht.

»Bald ist es Winter«, murmelte Tizia, »von November bis März werden wir im Stadthaus in Como leben.« So trostlos, wie sie es sagte, klang es wie ein Todesurteil.

Bérénice blieb neben der Bank stehen. »Ich habe gehört, dort ist es sehr warm, weil eine Zentralheizung eingebaut wurde …«

Diese war für Bérénice der größte erdenkliche Luxus, aber obwohl Tizia nun doch lächelte, blieb ihr Blick traurig. »Ich fürchte nicht die Kälte, sondern die … Dunkelheit.« Sie seufzte, ehe sie fortfuhr: »Die Gassen in Como sind so schmal. Nur kurz scheint dort die Sonne, dann senken sich tiefe Schatten über das Haus.«

Bis jetzt kannte Bérénice das Stadthaus nicht, war aber überzeugt davon, dass die Räume so großzügig und luxuriös waren wie hier. Unmöglich, dass es dort ständig dunkel war – es gab doch gewiss riesige Kronleuchter!

Wenn du echte Dunkelheit erleben willst, dann komm zu mir nach Hause, ging es ihr durch den Kopf.

Früher, als ihre Mutter noch lebte, hatten dort ständig Wachskerzen gebrannt, doch nach ihrem Tod hatte Finsternis Einzug gehalten. Erschreckend war diese allerdings nie, denn so musste sie nicht in die Gesichter ihrer Brüder und ihres Vaters blicken …

»Ich werde alles tun, damit Sie sich in Como trotzdem wohl fühlen!«, sagte sie schnell.

»Ach Bérénice …«, Tizia blickte sie lange an. »Du bist so gut zu mir.«

»Nein«, beeilte sie sich zu widersprechen. »Sie sind gut zu mir! Ich werde nie vergessen, wie Sie …«

Mit einer Handbewegung brachte Tizia sie zum Schweigen. »Es ist ja gar nicht so sehr der Winter, der mir Angst macht«, begann sie.

»Aber was denn dann? Wovor haben Sie Angst?«, fragte Bérénice ungeduldig.

Tizia schwieg. Die Blüten erzitterten im Wind. Sie schienen nicht zu tanzen wie im Sommer, sondern zu frösteln, und das reine Weiß der fernen Berge unterstrich nicht mehr deren Erhabenheit, sondern ließ sie Lanzen gleichen, die den Himmel zu zerschneiden drohten, bis all sein Blau in den See geflossen und von dessen Schwärze verschluckt worden war.

»Wovor haben Sie Angst?«, fragte Bérénice wieder.

Tizia schwieg lange, fuhr sich mehrmals mit der Zunge über die Lippen, schien zu ringen, ob sie den Grund ihrer Sorgen aussprechen sollte, ja durfte.

»Hast du schon von dem Fluch gehört, der auf der Familie di Vaira lasten soll?«, presste sie schließlich hervor.

5

Eine Woche war seit Stellas Ankunft im Palazzo di Vaira vergangen.

Wenn sie morgens erwachte, ihr Blick erst auf die Holzsäulen des Himmelbetts fiel und später hinaus zum See, glaubte sie immer noch, dass sie träumte. Die Zeit, den Ausblick zu genießen oder sich gemütlich in die Laken zu kuscheln, nahm sie sich allerdings nicht. Nach einem kleinen Frühstück, meist ein Cappuccino und ein Cornetto, das ihr Clara – immer sehr wortkarg, aber zumindest nicht so feindselig wie am ersten Abend – servierte, stürzte sie sich sofort auf die Arbeit.

In den ersten zwei Tagen hatte sie das vorliegende Material gesichtet und sortiert. Danach hatte sie begonnen, sich Notizen zu machen und die Chronik zu strukturieren. Mittlerweile hatte sie einen Überblick über die wichtigsten Persönlichkeiten der Familie und die prägendsten Ereignisse gewonnen. Nun galt es, das Wissen darüber zu vertiefen, indem sie sich weitere Quellen beschaffte. Einen ganzen Tag verbrachte sie beim Durchwühlen von Kisten in einem Raum über der Bibliothek, den man als Dachboden hätte bezeichnen können, wäre er nicht so edel ausgestattet gewesen – mit schweren Vorhängen, Holzdielen und Kassettendecken. Am Nachmittag stahl sie sich regelmäßig ein Stündchen aus der Bibliothek fort. Ausflüge verschob sie zwar noch, aber sie genoss es, durch den Garten zu spazieren, jedes Eckchen kennenzulernen und über den roten Faden ihrer Chronik nachzudenken.

Bérénice' Tagebuch hatte sie schweren Herzens wieder zur Seite gelegt. Nicht, dass sie nicht neugierig gewesen wäre, doch am ersten Abend war sie – nach zwei mühsam entzifferten Seiten – zu müde gewesen, um weiterzumachen, und am nächsten Morgen hatte sie beschlossen, dass vor der Kür die Pflicht zu kommen hatte. Und es war ja nicht so, dass die Familiengeschichte der di Vairas nicht mit manch anderer faszinierenden Episode aufwartete: Ein gewisser Achille war im 18. Jahrhundert an Syphilis erkrankt – zumindest ließ sich das aufgrund seiner Briefe so deuten. Wenn man zwischen den Zeilen las, erfuhr man auch, wie er sich angesteckt hatte, nämlich bei einer Prostituierten namens Flora de la Luna aus Bergamo, die ihn jede Woche in ihren schwülstig ausgestatteten Gemächern empfing. Kräftezehrende, schmerzhafte Quecksilberkuren sollten Linderung verschaffen, führten aber erst recht zu einem frühen Tod. Stella hätte gerne mehr über Flora de la Luna gewusst, sagte sich dann aber, dass Flavia gewiss keine Details aus deren Leben erfahren wollte, wenn sie doch bereits über den Filmstar Tizia Massina eine so schlechte Meinung hatte.

Auf Tizia stieß sie durch Zufall wieder. Unter einem Berg von Fotografien aus dem 19. Jahrhundert fiel ihr plötzlich eine deutlich neuere Aufnahme in die Hände, die eine kleine Familie – ein Mann, eine Frau und ein Junge – zeigte. Auf der Rückseite suchte Stella vergebens nach einem Datum, las jedoch den Namen des Fotografen, der das Bild gemacht hatte, ein gewisser G. Thanhoffer aus Bellagio.

Der Knabe fiel ihr zunächst nur aufgrund seiner grotesken Kleidung – einem Spitzenhemd, das fast so lang wie ein Kleid war, und Ziegenlederstiefeln – auf. Auch seine schönen Locken – die Schwarz-Weiß-Aufnahme erlaubte keine Rückschlüsse auf die Haarfarbe, aber sie vermutete ein sattes Kastanienbraun – ließen sie zunächst eher an ein Mädchen denken. Doch als sie eine zweite Aufnahme von der gleichen Familie entdeckte und diesmal auf der Rückseite die Namen standen, begriff sie, dass es sich um Gaetano, Tizia und Aurelio handelte.

Dieses Foto war im Freien aufgenommen worden und wirkte viel unbeschwerter. Aurelio trug ein Matrosenhemd und kurze Hosen, aus denen seine dürren Beine hervorragten, Gaetano einen schwarzen Anzug ohne Krawatte und Tizia ein mit Perlen besticktes Kleid, das in der Sonne funkelte. Sie warf den Kopf in den Nacken, entweder, weil sie lachte, oder weil sie die Sonne genießen wollte, und Gaetanos Blick war halb bewundernd, halb sehnsüchtig auf sie gerichtet, die schmalen Lippen zu einem Lächeln verzogen. Aurelio lächelte nicht, sah aber auch nicht so schreckensstarr in die Kamera wie auf der anderen Aufnahme. Sein Blick wirkte eher verschmitzt.

Eine glückliche Familie, ging es Stella durch den Kopf.

Mittlerweile hatte sie zwar herausgefunden, dass Tizia nicht Aurelios leibliche Mutter war, sondern dieser aus Gaetanos Ehe mit der früh verstorbenen Maddalena stammte, doch das hatte einem warmen, innerlichen Verhältnis der beiden offenbar keinen Abbruch getan.

Stella bekam einen Kloß im Hals. Unwillkürlich musste sie an die wenigen Fotos denken, die sie mit ihrer Mutter Bianca zeigten. Gewiss, ein Vater fehlte darauf, aber beide machten sie einen vertrauten, zufriedenen Eindruck und ahnten nicht, wie wenig Zeit ihnen bleiben würde. Es war nicht nur der viel zu frühe Tod der Mutter, der Stella schmerzte, sondern auch die Tatsache, dass die Frau, an deren Brust sie sich als Kleinkind schmiegte, ihr heute wie eine Fremde erschien. Die wenigen Erinnerungen an die ersten Lebensjahre wurden mit der Zeit immer vager, erst recht, wenn sie sie mit aller Macht heraufbeschwören wollte. Nur im Traum erschien ihr Bianca manchmal ganz deutlich, und dann war ihr die Stimme ebenso vertraut wie ihr Geruch und die Berührung ihrer Hände. Wenn sie von ihrem unbekannten Vater träumte, erschien dieser ihr hingegen in der Gestalt eines fernen, dunklen Schattens, dem sie nachlief, den sie aber nie einholen konnte und der in ihr so viele widersprüchliche Gefühle auslöste: Wut, weil er sich aus dem

Staub gemacht hatte, als Bianca schwanger war. Trotz, weil sie auf so einen Drückeberger gerne verzichten konnte, aber zugleich eine vage Sehnsucht nach einem Menschen, der ihr Leben erst komplett machen würde.

Stella zwinkerte eine Träne fort. Je länger sie Aurelio musterte, desto vertrauter erschien er ihr. Aber sie konnte sich nicht erinnern, schon vorher ein Foto von ihm in Händen gehalten zu haben. War es möglich, dass irgendwo ein Gemälde von ihm hing, an dem sie vorbeigegangen war?

Die, die sie bewusst wahrgenommen und betrachtet hatte, waren jedenfalls alle älter gewesen – darunter auch das Bildnis von Achille di Vaira, als er noch nicht von der Syphilis geplagt wurde, sondern noch vor Kraft strotzte.

»Ein unlösbares Problem?«, riss eine Stimme sie aus den Gedanken.

»Bitte?«

»Diese Falte auf der Stirn verheißt doch nichts Gutes … Sind Sie vielleicht auf ein dunkles Geheimnis gestoßen?«

Stella lachte und konnte gleich wieder befreiter atmen.

Matteo lehnte an der Tür, ganz leger mit Jeans und T-Shirt bekleidet und mit einem Tablett, auf dem zwei Kaffeetassen standen. Gekonnt vollführte er eine Verbeugung, ohne etwas zu verschütten, und stellte das Tablett mit einer nicht minder eleganten Bewegung auf einen kleinen Tisch.

»Selbst Fabrizio wäre begeistert«, sagte sie anerkennend. »Sie machen das ziemlich stilsicher.«

»Zum einen sollten wir die Förmlichkeit lassen und uns duzen. Die einzigen jungen Leute in diesem Greisenhaushalt müssen sich schließlich verbrüdern. Zum anderen würde Fabrizio der Schlag treffen, wenn er irgendeine Form von Flüssigkeit hier in der Bibliothek sehen würde.«

»O weh! Ich habe schon mal eine Wasserflasche bei mir gehabt.«

»Na, na!« Drohend hob er den Zeigefinger.

Beim Anblick des Milchschaums musste sie unwillkürlich an ihre Arbeit im Café denken, aber sie verdrängte die Erinnerung rasch. Der Kaffee war eine Offenbarung – selbst Bruno würde ihn nicht so hinbekommen –, doch es war nicht nur das Koffein, das sie belebte, sondern auch Matteos Gesellschaft. Die letzte Woche hatte sie ihn zu ihrem Bedauern nicht mehr gesehen und vermutet, dass er die Zeit in Mailand verbracht hatte.

Matteo beugte sich vor und warf einen Blick auf das Foto. »Also, was ist nun mit dem dunklen Familiengeheimnis?«

Stella schob das Foto von Gaetano, Aurelio und Tizia zurück in den Stapel. »Bis jetzt habe ich leider keine Leiche im Keller gefunden ... oder besser: Gott sei Dank nicht. Je nachdem, wie man es betrachtet.«

»Wie schade. Meine Kollegen, denen ich von der geplanten Chronik erzählt habe, sind auf Skandale aus!«

Matteo trat zurück, lehnte sich an eines der Bücherregale und ließ den Globus kreisen. Stella überlegte kurz, ob sie Achilles Syphiliserkrankung und Flora de la Luna erwähnen sollte, doch ehe sie etwas sagte, flüsterte er plötzlich mit verstellter Stimme: »Aber mittlerweile hast du vom Fluch gehört, der auf der Familie di Vaira lastet, oder?«

Stella sah ihn verwirrt an. Sie wusste nicht, ob er bloß scherzte oder das ernst meine. »Ein Fluch? Muss ich etwa Angst vor Gespenstern haben?«

»Wenn du dich fürchtest, kannst du gern bei mir Schutz suchen.«

»Auch mitten in der Nacht?« Stella errötete, weil sie sonst nicht so draufgängerisch war. Matteo grinste nur, und sie trank schnell ihren Kaffee. Er war so heiß, das sie sich die Zunge verbrannte, aber als sie die Tasse sinken ließ, war die Röte wieder aus ihrem Gesicht gewichen. »Was hat es nun mit diesem Fluch auf sich?«

Matteo hob vielsagend die Augenbrauen: »Ich denke, davon sollte ich dir am richtigen Ort erzählen.«

Wenig später hatten sie den Palazzo über den Hintereingang verlassen und gingen wie beim letzten Mal am Turm vorbei zur Orangerie. Heute war es nicht so sonnig wie am Tag ihrer Ankunft. Der Dunst hing so dicht über dem See, dass man das blau-grüne Wasser kaum vom Festland unterscheiden konnte. Als Stella sich kurz umdrehte, glaubte sie, eine Bewegung hinter einem der Fenster wahrzunehmen. Es lag im zweiten Stock über dem Speisesaal, und wenn sie sich nicht irrte, befanden sich dort Flavias Wohnräume. Doch vielleicht war es nicht diese, die sie beobachtete, sondern Clara, die gerade saubermachte. Den anderen Dienstboten war Stella noch nie begegnet, was allerdings kein Wunder war, weil diese schließlich nur stundenweise hier arbeiteten und Stella die meiste Zeit in der Bibliothek verbrachte.

Auch hier im Garten war im Moment niemand dabei, die Hecken zu stutzen und den Rasen zu mähen, obwohl letzteres dringend nötig schien, wenn man genau hinsah. Die Blumenbeete quollen über vor Unkraut, und die ansonsten so akkurat gezogenen Kieselsteinwege waren voller Blätter und Ästchen. Flavia würde das wahrscheinlich nicht gefallen, aber Stella fand, dass der Garten dadurch noch mehr Charme bekam. Ihr missfielen jene perfekten Parks, wo die Natur regelrecht kastriert wurde und sich ihre Schönheit nicht entfalten konnte.

Matteo blieb vor den leeren Pfauenkäfigen stehen. Beim letzten Mal hatte Stella auf dem Weg hierher die Orientierung verloren und gar nicht darauf geachtet, dass sie fast unmittelbar auf der Rückseite des Turms standen. Nun blickte sie an dem Bauwerk hoch. Im trüben Licht wirkte er deutlich heruntergekommener: Zwischen den Steinen klafften etliche Löcher, welkes Efeu kroch die Wände hoch und auch der rötliche Sandstein wurde von einer grauen Schicht überzogen. Der Anblick der leeren Käfige war nicht weniger trostlos.

»Hat deine Familie nie überlegt, wieder Pfauen zu halten?«, fragte sie.

Matteo lächelte. »Lustig, du bist nicht die Erste, die so etwas vorschlägt. Mir sind Pfauen ja immer ein wenig dekadent vorgekommen ... Ich meine, welchen Nutzen haben diese Tiere?«

»Na ja, man könnte auch fragen, welchen Nutzen all die Blumen haben, wenn nicht, um das Auge zu erfreuen.«

»Das ist auch wieder wahr.«

»Und welchen Nutzen hat diese Familienchronik, wenn die Familie doch fast auf null geschrumpft ist ...«

Matteo lachte auf. »Und du denkst, dass es für mich allein zu viel Arbeit ist.«

»Ich mache sie gerne. Ich bin sehr dankbar für diese Gelegenheit. Ich frage mich nur ...«

»... warum Flavia diese Chronik schreiben lässt?«, schloss Matteo den Satz. »Ich glaube nicht, dass meine Großmutter noch ernsthaft darauf hofft, mir einen Sinn für die Vergangenheit einzubläuen. Ich denke, sie will vielmehr bei ihren Freunden und Bekannten Neid erregen. Hier am See leben etliche Familien, deren Stammbäume Jahrhunderte zurückreichen. Und darauf bilden sie sich was ein, grenzen sie sich dadurch doch von den neureichen Schnöseln, also den George Clooneys dieser Welt ab, die die ehrwürdigen Palazzi aufkaufen, ohne einen Sinn für deren Geschichte zu haben.«

»Zur Geschichte der di Vairas gehört also dieser Fluch ...«

»Richtig, deswegen habe ich dich von der Arbeit abgehalten.«

»Genau genommen ist das hier Teil meiner Arbeit ...«

»Wobei ich mir nicht sicher bin, ob meine Großmutter es schätzt, wenn der Fluch in der Chronik erwähnt wird ... Er ist übrigens auch der Grund, warum keine Pfauen mehr gehalten werden.«

Ein kühler Luftzug erfasste Stella. Das Grau des Dunstes lichtete sich, als würde eine unsichtbare Gestalt über den See streichen und den Nebel vertreiben. Ein Quietschen ertönte, von dem Stella nicht sicher war, woher es kam. Die Pfauenkäfige waren geschlossen, das Tor zum Garten zu weit entfernt. Unwillkürlich blickte sie zum Turm hoch und fühlte sich wieder einmal beobachtet, obwohl das Unsinn war, da niemand dieses baufällige Gebäude betreten würde.

»Du zitterst ja schon, bevor ich überhaupt anfange zu erzählen«, spottete Matteo.

Sie schlang ihre Hände um die Arme.

»Was haben die Pfauen denn mit dem Fluch zu tun?«, fragte sie schnell.

»Man sollte vielleicht weniger von Pfauen als von Unglücksraben sprechen.«

»Wieso das?«

»Nun, es war Tizias Idee, die Pfauen zu halten.«

Sie blickte ihn erstaunt an. »Und warum sind sie dann Unglücksraben?«

»Hast du etwa noch nicht mehr über sie herausgefunden?«

»Ich habe mich vor allem aufs Mittelalter beschränkt, die Renaissance, das 18. Jahrhundert.« Jetzt bereute sie es, das Tagebuch dieser Bérénice – offenbar eine enge Vertraute Tizias – nicht weitergelesen zu haben.

»Ihr Ende ist wirklich traurig … Der Fluch hat sie besonders schlimm getroffen.«

»Ist sie jung gestorben?«

»Sterben ist doch oft das Leichtere. Viel schlimmer ist es weiterzuleben, nachdem man alles verloren hat …«

Er brach ab. Nun hatte auch er dieses Geräusch gehört, nicht länger ein Quietschen, sondern ein Kratzen, als würde etwas über Stein geschoben werden. Stella legte den Kopf in den Nacken und sah etwas Dunkles auf der steinernen Brüstung, so, als würde sich jemand vorbeugen und nach unten zu ihnen blicken.

»Ich dachte, niemand ...«

Wieder ertönte dieses Kratzen. Das Dunkel begann, sich zu bewegen. Erst, als es von der Brüstung rutschte, erkannte Stella, dass es kein Kopf war, der sich vorbeugte, sondern ein Blumentopf. Rasend schnell flog er auf sie zu.

6

1924

Nach dem Tag, als Bérénice sie nachdenklich im Garten angetroffen hatte, erwähnte Tizia den Fluch nicht wieder. Es war der letzte schöne Tag des Jahres gewesen. Danach folgte erst Nebel, dann Regen. Tizias Stimmung blieb düster und hob sich erst recht nicht, als sie wenig später ins Stadthaus übersiedelten. Tagelang war Bérénice damit beschäftigt, alle Kleider ein- und später wieder auszupacken; jeder Falte rückte sie mit dem Bügeleisen zu Leibe, jeden abgerissenen Knopf nähte sie an. Sie sorgte dafür, dass frische Blumen auf dem Kaminsims standen, die Eichendielen noch einmal gewienert und der dicke dunkelgrüne Samtvorhang mit Lavendelparfüm eingesprüht wurde. Auch wenn die Räume ziemlich dunkel waren, roch es auf diese Weise immer nach Frühling, sagte sie später zu Tizia. Diese lächelte, aber es erreichte ihre Augen nicht, und Bérénice fiel wieder ein, was sie ihr über den Fluch erzählt hatte.

Genau genommen war es nicht viel gewesen. Der Stammvater der di Vairas, ein gewisser Quirino, der im 12. Jahrhundert gelebt hatte, hatte demnach etwas furchtbar Böses getan, weswegen nicht nur er, sondern jede weitere Generation dafür bitter bestraft wurde. Was genau das bedeutete, hatte Tizia nicht erwähnt, desgleichen nicht, was denn nun Quirinos unaussprechlich böse Tat gewesen war.

Bérénice vermutete, dass Quirino di Vaira einen Mord begangen hatte, behaupteten die Priester doch – auch jener, bei dem sie einst die Erstkommunion empfangen hatte –, dass das neben Unzucht oder Gotteslästerung die schlimmste aller Sünden war. Tizia danach zu fragen, wagte sie jedoch nicht, und sonst gab es niemanden, an den sie sich wenden konnte. Gaetano hatte sie noch nie von sich aus angesprochen, Aurelio schien ihr zu jung zu sein, um von dem Fluch zu wissen, und Tamino Carnezzi blieb den Winter über im Palazzo und kümmerte sich dort um Renovierungsarbeiten.

Etliches musste modernisiert, und einige Geräte, die aus dem fernen Amerika kamen, eingebaut werden, hatte Tizia ihr erklärt. Wenn sie im Frühling wiederkämen, würde es fließendes Wasser in allen Bädern geben, Toilettenspülungen und Elektrizität, und in der Küche stünde dann ein großer Kühlschrank. Tizia klang traurig, nicht begeistert, als sie das erwähnte, der Frühling schien noch so fern, und der Kühlschrank war wohl eher ein Gewinn für die Köchin, nicht für sie. Bérénice wusste nicht, wie sie sie trösten sollte, geschweige denn, wie sie noch mehr vom Fluch erfahren könnte. Sie hatte keine Vertrauten, war sie mit den anderen Dienstboten doch nie warm geworden: Weder fühlte sie sich als eine von ihnen, noch hatten diese sie als solche aufgenommen.

Eines Tages betrat Bérénice schließlich die große Bibliothek des Stadthauses mit den dunklen Holzvertäfelungen, den fast schwarzen Vorhängen und dem Billardtisch. Mehr noch als dieser, schüchterte sie der Anblick der vielen Bücher ein. Sie musste wieder an den Priester denken, der ihr einst nicht nur die Erstkommunion erteilt, sondern in der Schule Religion unterrichtet und seine Schüler vorzugsweise aus dem Alten Testament hatte vorlesen lassen. Dieses war voller Geschichten, in denen geraubt, geschlagen, betrogen und Kriege geführt wurden, und wenn sie sich Gott vorstellte, der die Menschen häufiger heimsuchte, als dass er sich ihnen gnädig erwies, sah sie immer ihren Vater und dessen rohe Pranken vor sich. Der Pfarrer hatte keine Pranken, aber wenn sie beim Vorlesen einen Fehler machte, zog er sie an den zwei Zöpfen so hoch, dass ihre

Füße den Boden nicht mehr berührten. Bis zu dem Augenblick, da die Zehenspitzen wieder Halt auf dem Lehmboden fanden, hatte sie immer Angst, dass die Zöpfe abreißen und eine blutige Fleischwunde hinterlassen würden, auf der nie wieder ein Haar sprießen könnte.

In der Bibliothek war allerdings niemand, der prüfen würde, ob sie des Lesens mächtig war. Sie zog ein paar Bücher heraus, vertiefte sich darin, war eine Stunde später schweißgebadet, aber nicht viel klüger. In manchen Büchern wurde dieser Quirino di Vaira erwähnt, jedoch nicht, was er an Schlimmem verbrochen hatte. Ansonsten fielen jede Menge Namen, mit denen sie nichts anfangen konnte.

Nun gut, sie wusste, wo die Isola Comacina lag – die einzige Insel im Comer See –, nämlich am Ufer gegenüber des Palazzos. Und sie begriff, dass jene Insel früh besiedelt worden war: Vor vielen hunderten Jahren hatten sich etliche reiche Familien aus Como dort angesiedelt, der Bischof von Como hatte dort sogar eine Kirche bauen lassen, Sant'Eufemia, und später residierten etliche Bischöfe aus Como im Bischofshaus, das gleich daneben stand. Aber Bérénice hatte keine Ahnung, was das mit Quirino zu tun hatte. Und erst recht kompliziert wurde es, als von einem großen Krieg die Rede war, den Mailand und Como und ein Kaiser namens Friedrich Barbarossa geführt hatten. Von Schlachten und Zerstörungen war die Rede, und es wurde sogar ein Fluch erwähnt – allerdings einer, der auf der Isola Comacina lastete, nicht über Quirino di Vaira. Oder war es womöglich derselbe?

Das Lesen wurde anstrengend. Die Buchstaben schienen sich in kleine Tiere zu verwandeln, die über das Papier krabbelten. Doch nicht nur ihre Erschöpfung wuchs, auch ihre Angst. Wenn sie nicht herausfand, was es mit dem Fluch auf sich hatte, der Tizias Stimmung trübte, konnte sie nichts dagegen tun, um Tizia die Sorgen zu nehmen! Nein, sie durfte nicht aufgeben!

Als sie das nächste Buch aus dem Regal zog, fielen etliche andere um, und kaum war der Knall verklungen, ertönte ein Räuspern hinter ihr.

Bérénice zuckte zusammen, als hätte sie sich die Hände an den Büchern verbrannt.

»Es tut mir leid!«, rief sie flehentlich und senkte ihren Blick.

»Oh, mir tut es vielmehr leid, dass ich dich erschreckt habe. Ich habe nicht damit gerechnet, in der Bibliothek jemanden anzutreffen. Mein Bruder beschränkt seine Lektüre auf Geschäftsbücher und Tageszeitungen, hier hingegen habe ich ihn noch nie gesehen. Ein Jammer, dass der Raum nicht beheizt ist!«

Bruder Ettore trat langsam näher und lächelte Bérénice freundlich an. Das letzte Mal hatte sie ihn im Sommer gesehen, doch niemand hatte ihr gegenüber erwähnt, dass er auch im Stadthaus zu Como manchmal Gast war. Genau betrachtet wusste sie nicht einmal, wo er eigentlich lebte. Sein Orden hatte seinen Sitz in Paradiso beim Luganer See, doch vielleicht stand er anderswo einer Pfarrei vor oder kümmerte sich um wohltätige Vereine.

Bérénice suchte einen Vorwand, um zu fliehen, doch ehe sie etwas hervorbrachte, sagte Bruder Ettore: »Du solltest dir etwas umlegen, du zitterst ja.«

Der Blick seiner Augen war so gütig, dass sie nicht länger schweigen konnte. »Aber ich zittere doch nicht vor Kälte!«, platzte es aus ihr heraus.

Bruder Ettore war nicht nur ein kluger Mann, sondern entstammte der Familie di Vaira, ging Bérénice plötzlich auf. Wer, wenn nicht er, könnte ihr mehr über den Fluch verraten? Und tatsächlich, als sie in einigen wirren Sätzen erklärte, was sie hierhertrieb und so sehr beunruhigte, nickte er nachdenklich.

»Der Fluch, der über den di Vairas lastet ... Ja, das ist eine dunkle Geschichte. Als Kind hat sie mich in Angst und Schrecken versetzt ...«

»Was hat Quirino denn Schreckliches getan?«, rief sie atemlos. »Und welchen Preis mussten seine Nachfahren dafür zahlen?«

Bruder Ettore ließ sich auf einem der samtbezogenen Sofas nieder und winkte sie zu sich. Als Bérénice jedoch steif stehenblieb, forderte er sie kein zweites Mal dazu auf, sich zu ihm zu setzen.

»Zunächst will ich dir sagen, dass dieser Fluch nur Aberglaube ist. Niemand ist verflucht, weder die Isola Comacina noch Quirino di Vaira. Solche Geschichten werden von mächtigen Männern in die Welt gesetzt, damit diese ihre Feinde erschrecken.«

»Welche mächtigen Männer? Dieser Kaiser ... Friedrich Barbar ... Barbar ...«

»Barbarossa? Ja, der spielt auch eine Rolle. Aber wenn du wirklich mehr wissen willst, dann muss ich dir alles der Reihe nach erzählen.« Er lehnte sich zurück und fuhr sich mit der Zunge über die trockenen Lippen.

»Im 12. Jahrhundert nannte man die Isola Comacina auch Christopolis, das ist Griechisch und heißt übersetzt ›Goldene Stadt‹. Die einen behaupten, dass der Name von den vielen verfolgten Christen herrührt, die einst dorthin geflohen sind; andere sagen, er verweise auf die vielen Menschen königlichen Geblüts, die auf der Insel lebten. In jedem Fall war die Bevölkerung sehr reich. Ihr Einfluss ging weit über die Insel hinaus. Die ist ja eigentlich winzig, aber ihre Bewohner besaßen mächtige Ländereien im Umland, auch Teile des Veltlins und von Como. Und weil die Menschen reich waren, konnten sie sich gute Waffen leisten, und weil sie schwer bewaffnet waren, hielten sie sich für unbesiegbar. Sie waren sehr stolz ... vielmehr voller Überheblichkeit, und dies ist eine Eigenschaft, die von Gott oft bestraft wird.« Er nickte wieder nachdenklich.

»Und Quirino di Vaira? Lebte er auch dort? Machte er sich auch dieser ... Überheblichkeit schuldig?«

»Nein, Quirino wurde zum Verräter ... aber bevor, ich beginne am Anfang. Die Bewohner der Isola Comacina wähnten sich also unbesiegbar und mindestens so stark wie Como. Als es zwischen Como und Mailand zum Krieg kam – ich weiß nicht mehr, warum –, schlugen sie sich auf Mailands Seite. Die Menschen von Como waren schrecklich wütend darüber und belagerten die Insel, doch sie schafften es nicht, sie zu erobern – im Gegenteil: In der Zwischenzeit wurde ihre Stadt von Mailand verwüstet. Oh, war das ein Heulen und Zähneklappern! Vom mächtigen Como blieben nur Schutt und Asche! Während die Häuser mühsam wiederaufgebaut wurden, wuchs der Stolz der Bevölkerung von Comacina. Jetzt glaubten sie sich erst recht allen Feinden überlegen. Doch dann geschah es, dass Mailand in einen weiteren Krieg trat, diesmal nicht gegen Como, sondern gegen besagten Kaiser Friedrich Barbarossa. Etliche Städte hatten sich nämlich geweigert, sich dem kaiserlichen Gericht zu stellen, und ihr Ungehorsam musste bestraft werden. Wie auch immer: Barbarossa war siegreich, zerstörte erst Tortona, dann Mailand und beabsichtigte, die Königsherrschaft im *Regnum Italicum* neu zu ordnen. Die Isola Comacina behelligte er nicht, aber diese hatte mit Mailand ihren mächtigsten Verbündeten verloren. Und ihr Stolz, ihr Reichtum, ihre Waffen bewahrten sie nun nicht länger vor einem grausamen Schicksal.«

»Was ist geschehen?« Obwohl sie immer noch keine Ahnung hatte, was diese Geschichte mit Tizia zu tun hatte, lief es Bérénice kalt den Rücken herunter, als Bruder Ettore mit heiserer Stimme fortfuhr: »Es war an einem kalten Januar-Tag im Jahr des Herrn 1169. Die Soldaten von Como überfielen des Nachts die Insel. Wer nicht rechtzeitig fliehen konnte, den schlugen sie nieder, Frauen wurden geschändet, Kinder in den See geworfen. Alle Häuser brannten, selbst die Kirche ging in Flammen auf. Einige wenige konnten sich in Boote retten, nach Varenna fliehen und sich dort niederlassen. Doch auch wenn sie mit dem Leben davongekommen waren, wurden sie den Rest ihres Lebens von Albträumen an die grauenhafte Nacht begleitet. Sie gelangten zu neuem Besitz, aber die Zeit, da die Isola Comacina stolz und stark, ja vermeintlich unbesiegbar war, war für immer vorbei. Gott übt manchmal auf eine sehr grausame Art Rache.«

Bérénice dachte an die Geschichten aus dem Alten Testament und nickte.

»Manchmal muss der Allmächtige das auch tun«, sagte Bruder Ettore nachdenklich. »Anders könnte er den Menschen keine Demut lehren.«

»Aber in jener Nacht sind doch auch Unschuldige gestorben!«

»Kennst du die Geschichte von Lot und seiner Familie ...«

»Was ist denn nun mit Quirino di Vaira?«, fiel Bérénice ihm ins Wort, weil sie sich nicht für Gott und seine Motive interessierte. »Warum wurde er zum Verräter? Und warum wurde er verflucht?«

»Nun ...«, einmal mehr fuhr sich Bruder Ettore über die Lippen. »Quirino ist auf der Isola Comacina groß geworden, als Sohn eines mächtigen Mannes. Aber er bemerkte wohl früher als die anderen, dass die Comacina ihre Vormachtstellung nicht für immer behaupten würde, dass die Zukunft in Como liegt, dessen strategische Lage ungleich mehr Vorteile brachte. Also bot er den mächtigen Männern dort seine Hilfe an und hat jede Menge Geheimnisse ausgeplaudert. Es heißt, nur seinetwegen waren die Soldaten von Como überhaupt fähig, die Insel zu stürmen.«

»Und deswegen wurde er verflucht?«

»Zunächst einmal wurde die Insel Comacina verflucht ...«

Bérénice sah ihn fragend an.

»Wie ich schon sagte ... Nicht alle Bewohner sind dem Schwert zum Opfer gefallen, und die Stadt Como wollte verhindern, dass sie auf die Insel zurückkehrten und wieder an Macht gewannen. Deswegen sprach ein Bischof namens Vidulfo einen Fluch aus: Es würden niemals mehr die Glocken auf der Isola Comacina läuten, verkündete er, und niemand würde dort einen Stein auf den anderen setzen. Falls doch, dann würde seine Strafe ein qualvoller Tod sein.«

»Und dieser Fluch ist wahr geworden?«

»Nun, er hatte zumindest die Macht, die Bewohner tatsächlich von der Insel fernzuhalten. Niemand wagte es, sich wieder dort anzusiedeln. Nur einmal im Jahr, am Gedenktag des Heiligen Johannes, brachten die Bewohner die Reliquien des Heiligen zurück auf die Insel, die bis zu der schrecklichen Nacht dort aufbewahrt wurden. Häuser aber errichteten sie keine mehr.«

»Dann ist dieser Fluch doch nicht nur Aberglaube …«

»Aberglaube ist vielleicht das falsche Wort. Es hat mit Politik zu tun. Gleiches gilt übrigens auch für den Fluch, der über den di Vairas lasten soll. Quirino wurde für seinen Verrat reich entlohnt: Die Stadt Como schenkte ihm die Landzunge gegenüber der Insel, dort, wo heute der Palazzo steht, und natürlich waren die Überlebenden des Massakers auf der Comacina zutiefst verbittert darüber. Sie wagten nicht, ihm nach dem Leben zu trachten, aber ein junger Priester, der hatte zusehen müssen, wie seine Kirche verbrannte, dachte sich wohl: Wenn der Bischof Vidulfo meine Insel verflucht, dann kann ich denselben Fluch über Quirino di Vaira aussprechen.«

»Und das hat er getan.«

»So ist es. Aber auch das hatte mit Politik zu tun. Er wollte ein Zeichen setzen, dass die Comacinienser nicht sämtliche Macht verloren hatten …«

»Aber gerade das haben Sie doch selbst gesagt: dass Gott ein grausamer Rächer ist. Er, nicht etwa dieser junge Priester, hat Quirino für den Verrat büßen lassen, nicht wahr? Wie hat er das getan?«

»Ach, kleine Bérénice …« Bruder Ettore erhob sich und strich seine Kutte glatt. »Diese Geschichte ist uralt, und die Familie di Vaira besteht immer noch … Gott hatte in diesem Fall offenbar kein Interesse, irgendjemanden zu strafen.«

»Was war die Folge des Fluchs?«, fragte Bérénice ungeduldig.

Bruder Ettore kniff die Augen ein wenig zusammen, als hätte er Kopfschmerzen. »Wenn ich ehrlich bin, weiß ich es nicht mehr so genau ... Ich glaube, der junge Priester prophezeite ihr baldiges Aussterben. Aber wie ich schon sagte: Dass es die di Vairas immer noch gibt, ist ein Zeichen, dass dieser Fluch keine Macht über sie hatte.« Er lächelte. »Jetzt aber ab ins Warme, deine Lippen sind ja schon ganz blau.«

Wieder wollte Bérénice abstreiten, dass es die Kälte war, die sie zum Zittern brachte, doch stattdessen schwieg sie. Sie ahnte, dass der Mönch mehr wusste, als er zugab, es ihr aber verschwieg, weil er ihr keine Furcht einjagen wollte. Schon ging er zur Tür, und ihr blieb nichts anderes übrig, als ihm zu folgen.

»Ich finde es übrigens gut, wenn du Zeit in der Bibliothek verbringst. Es ist so wichtig zu lesen ... Leider gibt es immer noch so viele junge Menschen, die es nicht können ... Aber das nächste Mal solltest du dich schöneren Geschichten widmen.«

Bérénice konnte sich nicht vorstellen, dass es in diesem dunklen, düsteren Raum auch schöne Geschichten zu lesen gab. Aber sie entschloss sich tatsächlich, manches Buch zu lesen – und sei es nur, um Tizia irgendwann fehlerfrei die Zeitung vorzulesen. Und auch das Schreiben wollte sie üben: Künftig würde sie regelmäßig die Erlebnisse des Tages, vor allem aber ihre Sorgen, in einem Tagebuch festhalten, um ihnen auf diese Weise die Macht zu nehmen.

Hin und wieder ging Bérénice im Verlauf des Winters in die Bibliothek, zog das eine oder andere Buch aus dem Regal und vertiefte sich darin. Die vielen Jahresdaten und Namen konnte sie sich nie merken, aber dafür interessierte sie sich auch nicht – sie wollte einzig wissen, welche Folgen der Fluch hatte. Dass dieser nie erwähnt wurde, erleichterte sie, war es doch ein Zeichen, dass Quirinos Nachfahren davon tatsächlich kaum behelligt wurden. Doch ein vages Unbehagen blieb und ließ sich einfach nicht abschütteln.

Von ein paar rauschenden Empfängen und einem großen Weihnachtsfest abgesehen, war es ein stiller Winter, den Tizia größtenteils im Bett verbrachte. Bérénice bereitete ihr heiße Schokolade, kämmte ihr die Haare oder massierte ihr die Schultern, und sie sprachen ausführlich über die Garderobe für die kommenden Feste. Manchmal war eine Schneiderin da, um neue Kleidern anzupassen, und wenn Tizia sich lachend vor dem Spiegel drehte, war Bérénice glücklich.

Das größte Glück war es jedoch, als sie die Tage des Exils, wie Tizia den Aufenthalt im Stadthaus bezeichnete, beendeten und im März wieder zum Palazzo aufbrachen. Die Landschaft zeigte sich in ihrem allerschönsten Frühlingskleid: Alles, was vor dem Frost in die dunkle Erde geflohen war und später unter der weißen Decke geschlafen hatte, strebte nun wieder den Sonnenstrahlen und dem blauen Himmel entgegen. Knospen sprangen auf und leuchteten in allen Farben, die Wiesen standen in jenem satten, jungen Grün, das die Augen streichelte, die Bäume wogten im Wind, als würden sie tanzen. Nicht lange hielt es Tizia im Salon des Dampfschiffs auf, sondern sie eilte an Deck. Doch ihr Lachen verstummte, als sie an der Villa d'Este vorbeifuhren. Nachdenklich starrte sie hinüber und vergaß sogar, ihren Sonnenschirm festzuhalten, an dem eine Böe zerrte. Bérénice nahm ihn rasch an sich, ehe er vom Wind mit sich gerissen wurde.

»Ein amerikanischer Regisseur ...«, murmelte Tizia. »Er wird dort demnächst einen Film drehen. Einzelne Szenen sind auch auf der Isola Comacina geplant. Er heißt Alfred Hitchcock.« Ihre Stimme klang sehnsüchtig und traurig zugleich.

»Vermissen Sie die Schauspielerei?«, fragte Bérénice verwundert, die Tizia einst doch so sehr über diese Arbeit hatte klagen gehört.

Da lachte Tizia fast so kreischend wie die Pfauen. »Aber nein, was für ein Unsinn!«

Bérénice war erleichtert. Doch zugleich regte sich tief in ihr wieder Unbehagen.

Sie ist nicht glücklich, ging es ihr durch den Kopf, vielleicht ging so der Fluch in Erfüllung ... Die di Vairas konnten nicht glücklich werden ...

Die frische Brise vertrieb die Sorgen, doch bald kehrten sie wieder. Auf die ersten sonnigen Frühlingstage folgte Regen, der sie alle im Palazzo gefangenhielt. Erneut zog sich Tizia ins Bett zurück, nur, dass sie nicht mehr über ihre Garderobe sprechen wollte, sondern lethargisch vor sich hin starrte. Bérénice heiterte es noch nicht einmal auf, als sie eines Tages in der Ferne Tamino sah.

Der Fluch, ging es ihr immer wieder durch den Kopf, der Fluch wurde von dem jungen Priester erst ausgesprochen, nachdem Quirino dieses Land erhalten hatte. Vielleicht hatte der Fluch gar keine Macht in Como ... vielleicht entfaltete er diese erst hier.

Bis jetzt hatte Bérénice die Bibliothek unter dem Dach des Palazzos erst einmal betreten. Jetzt wollte sie es wieder tun, blieb dann aber wie angewurzelt vor der verschlossenen Tür stehen: Sie hatte den Stammbaum entdeckt, der an die Wand gemalt war. Der Platz, wo Tizias Name stehen müsste, war noch leer, jedoch war bereits eingezeichnet worden, wann Gaetanos erste Frau Maddalena gestorben war.

Woran sie wohl gestorben ist?, fragte Bérénice sich. Konnte es sein, dass der Fluch auf den Frauen lastete und der Tod sie in jungen Jahren holte?

Aber nein, wenn es so wäre, wäre eine gewisse Vittoria im 18. Jahrhundert keine achtzig Jahre alt geworden oder eine Giulia im 16. Jahrhundert einundsechzig.

Und die Männer ...

Ehe sie weitere Lebensdaten studieren konnte, ertönte eine Stimme neben ihr.

»Mr. Everdeen fragt mich nicht länger nur die Namen der englischen Könige ab. Er will auch, dass ich unseren Stammbaum auswendig lerne.«

Aurelio hatte sich unbemerkt genähert. In den letzten Monaten war er deutlich in die Höhe geschossen, aber mager geblieben. Einen Moment lang dachte sie, dass es für ihn gesünder wäre, im Freien herumzutollen, als einen Stammbaum auswendig zu lernen. Aber dann sagte sie sich, dass es draußen regnete und es nicht ihre Aufgabe war, über seine Erziehung zu bestimmen.

»Und?«, fragte sie. »Wie weit bist du mittlerweile gekommen?«

Aurelio deutete auf den Stammbaum. »Quirino ist der Stammvater, der die Halbinsel einst von Como erhalten hat. Er starb schon nach wenigen Jahren, wurde von dem Angehörigen einer Familie aus Bellagio erschlagen, mit der sich die di Vairas befehdeten. Sein Urenkelsohn Giulio starb in einer Auseinandersetzung mit Lotario Rusca – dem Oberhaupt jener Familie, die Ende des 13. Jahrhunderts erbittert um die Macht in Como kämpfte. Einige Generationen später hieß das Familienoberhaupt Gaetano – nach ihm ist mein Vater benannt. Seine Familie wurde fast vollständig von der Pest ausgerottet. Die Seuche hat in Como gewütet, und sie sind hierher geflohen, doch eine Magd war bereits erkrankt und hat alle angesteckt. Nur der jüngste Sohn überlebte, weil seine Amme mit ihm über den See geflohen ist. Hätte sie sich nicht als so umsichtig erwiesen, wäre die Familie damals ausgestorben.«

Bérénice bekam eine Gänsehaut, während die Stimme des Jungen gleichgültig klang.

»Früher ...«, stammelte sie, »früher gab es so viele Kriege, Hungersnöte, Krankheiten ...«

»Aber es ist doch merkwürdig, dass so viele di Vairas jung gestorben sind, oder? Mein Großvater – er hieß Aurelio wie ich – starb bei einem Zugunglück auf der Strecke von Como noch Menaggio. Und Giulio, sein Vater, ist bei einer großen Flut ertrunken.«

Bérénice suchte die erwähnten Namen auf dem Stammbaum und wurde rasch fündig. Tatsächlich, Giulio war kaum zwanzig gewesen, als er starb ... ebenso jung wie ein Aureliano, ein Ettore und ein Quirino, die im 19. Jahrhundert gelebt hatten.

Kurz verstummten alle Geräusche um sie herum, sie wurde blind für Aurelio, gefangen in einer düsteren Ahnung. Der Stammbaum schien vor ihren Augen größer zu werden, die vielen verworrenen Äste drohten, sie zu umschlingen und ihr den Atem zu nehmen, aber die Wahrheit konnten sie nicht verbergen.

Ich weiß jetzt, was der Fluch bedeutet ...

Ein Kreischen riss sie aus den Gedanken.

»Die Pfauen!«, rief Aurelio, »die Pfauen waren den Winter über im Stall, jetzt endlich werden sie wieder herausgelassen.«

Bérénice' Lippen wurden so taub wie ihre Hände, als sie das Geländer umklammerte.

Tizia wird sich freuen ..., dachte sie, aber sie selbst hatte das Gefühl, sich nie wieder über etwas freuen zu können.

In den nächsten Wochen hielt sich Bérénice nicht mehr wie früher vom Personal fern. Sie suchte das Gespräch mit den Menschen, die sie bislang meist ignoriert hatte, um eine Bestätigung für ihren Verdacht zu finden. Sie plauderte mit der Köchin, die ein strenges Regiment in der Küche führte und wie ein General gefürchtet war, aber zugleich für ihre Cassoeula gerühmt wurde – einem Eintopf aus Wirsing, Schweinefleisch und Wurst. Nicht minder köstlich schmeckte ihr Pilzrisotto.

Die alte Carlotta suchte Bérénice ebenfalls auf – die Frau, die für die Wäsche zuständig war und stets behauptete, dass die modernste Waschmaschine aus Amerika die Wäsche nicht so glänzend weiß machte, als wenn man sie im See wusch, ganz so, als steckte ein Zaubermittel in den grünlich-blauen Fluten. Und auch den Chauffeur sprach Bérénice auf den Fluch an, den Gärtner, selbst den Knaben, der zwei Mal täglich die Zeitung für Gaetano und Tizia brachte – morgens das *Giornale d'Italia* und abends die *Sera.*

Anfangs starrte sie meist in verwunderte Gesichter, später, als sich die Geschichte vom Fluch herumgesprochen hatte, in halb erschrockene, halb sensationslüsterne. Fast jeder wollte mehr darüber erfahren – doch niemand hatte selbst etwas beizusteuern.

Manchmal redete Bérénice sich ein, dass das alles gar nicht stimmen konnte, wenn doch niemand davon etwas wusste. Dann wiederum sah sie ein, dass sich das, was der Stammbaum so deutlich verkündete, nicht einfach leugnen ließ.

In Gefahr, sie schwebten in Gefahr …

Tizia genoss den Frühling, trug leuchtende Kleider, kunstvollen Haarschmuck und kostbare Schuhe; sie nahm das Leben wieder so leicht wie die Schmetterlinge, die über die Blumen flatterten. Doch anders als früher genügte ihr Anblick und ihre gute Laune nicht, um Bérénice glücklich zu machen. Wie sollte sie auch glücklich sein, wenn über Tizia ein dunkler, bedrohlicher Schatten lag?

Einen hatte Bérénice bislang nicht nach dem Fluch gefragt, weil sie sich beharrlich von ihm fernhielt. Doch eines Tages lief sie ihm über den Weg. Sie brachte gerade frisch gewaschene Kleider nach oben, als sich der Faden eines der Kleider löste und mehrere Glasperlen auf den Boden fielen. Schnell bückte sie sich, doch die Perlen rollten bereits über die Treppen, und obwohl das kein Unglück war, wertete sie es als böses Omen und brach in Tränen aus.

»Aber, aber, das war doch gewiss nicht deine Schuld«, rief Tamino lachend. »Seide ist ein edler Stoff, aber die Fäden sind so dünn, dass sie rasch reißen können. Du kannst doch nichts dafür.«

Bérénice wischte sich verstohlen die Tränen ab, wenngleich ihr seine Worte kein Trost waren. Nicht nur, dass er sich irrte und sie sich gar nicht die Schuld für das Missgeschick gab – nein, seine Worte über die Seide gemahnten sie daran, dass Reichtum und Schönheit kein Schutzschild gegen die Bedrohung war, die in der Luft lag.

Tamino bückte sich, sammelte alle Perlen ein und reichte sie ihr. Als ihre Finger sich berührten, war sie kurz von ihrem Kummer abgelenkt, aber rasch ergriff die Verzagtheit wieder Besitz von ihr.

»Du bist doch sicher geschickt genug, um die Perlen wieder anzunähen«, sagte Tamino freundlich.

Ja, dachte Bérénice, aber ob ich auch geschickt genug bin, Tizias Glück zu retten?

»Der Fluch«, sagte sie unwillkürlich, »hast du jemals etwas über den Fluch gehört, der über den di Vairas lastet?«

Tamino trat einen Schritt zurück und steckte die Hände lässig in die Hosentasche. Kurz schien ihr, dass sich sein Blick umwölkte, aber dann lächelte er breit. »Wie hätte ich nicht davon hören sollen, wenn du doch alle Menschen danach befragst? Seit Tagen wird im Palazzo di Vaira über nichts anderes gesprochen.«

Bérénice biss sich auf die Lippen. Was hatte sie nur getan? Was, wenn sie durch all ihr Nachbohren dem Fluch neue Macht gegeben hatte?

»Ich wollte doch nicht ...«

»Ach, Bérénice ... liebe, kleine Bérénice ... Hat dir jemals einer gesagt, dass du zu gut für diese Welt bist?«

Was für eine merkwürdige Frage! Bérénice hatte keine Ahnung, was das mit dem Fluch zu tun hatte. Doch im nächsten Augenblick war ihr gleichgültig, was er sagte und warum. Er eilte zu ihr, zog sie an sich, barg ihren Kopf an seiner Brust. Und diese Brust war breit, muskulös und dennoch warm. Ein Geruch ging von ihr aus, der nichts mit einem Parfüm gemein hatte und doch ungleich köstlicher war. So rochen die Sonne, der Wind, der See, die schneebedeckten Berge ...

Schmerz und Sorgen fielen von ihr ab. Wenn sie nur an ihn gedrückt stehenblieb, seinen Geruch einsog, spürte, wie seine Hände über ihren Rücken strichen, dann konnte kein Schatten auf ihr Leben fallen ...

Abrupt löste sie sich wieder von ihm.

Genau genommen lag der Schatten ja gar nicht über ihrem Leben, sondern über dem Tizias.

»Ich … ich muss … die Perlen … wieder annähen …«

Tamino lächelte, diesmal spöttisch, trat wieder zurück, und steckte die Hände erneut in die Taschen. »Brave, pflichtbewusste Bérénice …«

Er blieb stehen, während sie die Treppe hochlief, und obwohl sie seinen Blick ganz deutlich spürte, wagte sie es nicht, sich umzudrehen.

Hoffentlich lasse ich keine weitere Perle fallen, dachte sie.

Nachdem sie die Perlen angenäht hatte, hängte sie das Kleid in den Schrank, und als sie sich wieder umdrehte, lag Tizia malerisch auf der Chaiselongue. Völlig lautlos hatte sie den Raum betreten und sah Bérénice nun rätselhaft an.

»Du hast mittlerweile herausgefunden, was der Fluch bedeutet, nicht wahr?«, fragte sie leise.

Bérénice dachte an Taminos Worte – dass im Palazzo über nichts anderes geredet wurde …

»Es tut mir leid, ich wollte nicht …«

Tizia hob gebieterisch die Hand. »Sag es! Sprich es ruhig aus!«

Sie deutete nicht an, ob sie es selber bereits wusste und nur Bestätigung suchte, oder ob sie bislang völlig ahnungslos war.

Bérénice atmete tief durch. »Die Erstgeborenen jeder Generation sterben einen frühen Tod, viele schon als Kinder. Dass die Familie dennoch all die Jahrhunderte überdauerte, verdankt sie der Tatsache, dass es meist jüngere Brüder gab, die das Erbe übernahmen. Ich glaube, dass der Fluch, der auf Quirino di Vaira lastet, nicht auf die ganze Familie, sondern nur auf die ältesten Söhne überging.«

Bérénice hatte ihren Blick gesenkt, und als sie den Mut fand, wieder hochzublicken, hatte sich Tizia abgewendet und starrte aus dem Fenster. »Das würde bedeuten, dass es auch Gaetano treffen würde«, sagte sie leise, »und Aurelio …«

Obwohl damit Bérénice' schlimmste Sorgen ausgesprochen wurden, schüttelte sie vehement den Kopf. »Aber das ist doch alles nur eine Legende! Bruder Ettore hat gesagt, dass dahinter Politik und Berechnung stecken. Es ging darum, sich an Quirino zu rächen ... all die frühen Todesfälle ... sie sind nichts als ein Zufall ...«

Ihre Worte schienen Tizia nicht zu erreichen. »Als Gaetanos Vater starb, war er gerade auf einem Schweizer Internat«, erzählte sie leise. »Gaetano hat es bitter bereut, dass er nicht mehr Abschied von ihm nehmen konnte. Nach dem Zugunglück war er schwerverletzt, musst du wissen, aber er hat noch zwei, drei Tage gelebt ... leider nicht mehr lange genug ...«

Bérénice wurde der Mund trocken. »Bitte, ich will nicht, dass Sie sich Sorgen machen, ich will ...«

Tizia fuhr ruckartig zu ihr herum. Kurz war ihr Mund verzerrt, dann verzog sie die Lippen zum üblichen engelhaften Lächeln. »Ich mache mir keine Sorgen ... Über so vieles im Leben hat man nun mal keine Macht. Was immer das Schicksal bereit hält – man kann es ja doch nicht ändern.«

Sie erhob sich, blickte auf Bérénice herab, legte ihr die Hand auf die Schulter. »Nein, über das Schicksal haben wir keine Macht, es entscheidet über uns. Worüber wir selbst entscheiden können, ist, welchen Menschen wir vertrauen und von welchen wir uns besser fernhalten ...«

Bérénice fuhr sich mit der Zunge über die rauen Lippen. »Ich bin Ihnen treu ergeben, Sie können auf mich zählen, ich werde immer ...«

»Es geht nicht um dich und mich«, fiel Tizia ihr ins Wort. »Es geht um dich und Tamino.«

Bérénice brachte kein Wort hervor. Hatte Tizia etwa gesehen, wie er sie umarmte?

»Wenn Sie wollen, werde ich nie wieder ...«, setzte sie an.

Wieder fiel Tizia ihr ins Wort, weiterhin lächelnd, aber mit harter Stimme. »Es geht nicht darum, was ich will, sondern was gut für dich ist. Tamino Carnezzi ist es nicht.«

»Aber ...«
»Was weißt du eigentlich über ihn?«
»Er ist der Verwalter ...«
»Richtig. Aber ansonsten weißt du gar nichts. Lass mich dir einen Rat geben: Vertraue niemandem, den du nicht kennst.«

Bérénice war so erstaunt, dass sie zum ersten Mal seit Wochen nicht an den Fluch dachte. Selbst, als sie den Raum verließ, war da ein vages Unbehagen, das nicht vom Schicksal der Erstgeborenen der di Vairas oder Tizias Warnung vor Tamino herrührte, sondern von einem verstörenden, eigentlich verbotenen Gedanken: Ich weiß doch auch kaum etwas von *Ihnen* ... Im Grunde kenne ich *Sie* nicht besser als Tamino ...

7

Stella stand wie erstarrt. Hinterher konnte sie nicht sagen, wie lange der Moment dauerte, in dem der Blumentopf über die Brüstung rutschte und auf dem Boden aufprallte. Wahrscheinlich waren es nur zwei, drei Sekunden, doch ihr erschien es wie eine Ewigkeit. Sie konnte nicht atmen, ihr Herzschlag schien auszusetzen, anstatt zur Seite zu springen, war sie wie gelähmt. Der Blumentopf wäre auf ihrem Kopf zerschellt, wenn Matteo sie nicht gepackt und mit sich gerissen hätte – und das so heftig, dass sie beide ins Stolpern gerieten. Zuerst ging sie zu Boden, dann fiel Matteo auf sie. Sie fühlte einen stechenden Schmerz im Knie, als sich Kieselsteine in ihre Unterschenkel bohrten, und kurz ging ihr ein banaler Gedanke durch den Kopf: Hoffentlich ist die Strumpfhose nicht zerrissen, eine Laufmasche fehlt mir gerade noch. Erst dann fiel ihr Blick auf das terrakottafarbene Scherbenmeer, und der Schock setzte ein.

So knapp ...

»Mama mia!« Matteo atmete schwer. »Das habe ich nun davon, dass ich dir von dem Fluch erzählt habe.«

Er machte keine Anstalten, sich zu erheben – und sie machte keine Anstalten, ihn dazu zu drängen. Solange sie sein Gewicht spürte und sich seine Wärme über ihren Körper ausbreitete, konnte sie verdrängen, dass eben ihr Leben in höchster Gefahr geschwebt hatte. Eine Strähne seines Haars kitzelte sie an der Stirn. Seine Lippen waren so nahe, und erst von dieser Perspektive aus ging ihr auf, wie weich sie sein mussten ... wunderbar weich.

»Hast du dir weh getan?«

Sie nickte, aber der Schmerz ließ nach. Sie hätte ewig in dem warmen dunklen Braun seiner Augen versinken können.

Leider rappelte er sich viel zu schnell wieder hoch, Stella fühlte wieder das Stechen im Knie, und ja, die Strumpfhose war völlig zerrissen.

Matteo starrte auf den Scherbenhaufen. »Das wäre doch ein groteskes Ende der Familienchronik gewesen ... letzter männlicher Erbe von Blumentopf erschlagen!«

Er grinste, obwohl ihr nicht entging, dass er um die Nasenspitze blass geworden war. Nun, da sie nicht mehr unter ihm lag, überkam sie ein Frösteln. Sie spähte nach oben, nahm aber keine Bewegung war.

»Wie ... wie konnte das passieren?«

»Ich nehme mal an, das war der Wind. Ich weiß nicht, welcher Idiot auf die Idee kam, einen Blumentopf auf die Brüstung zu stellen. Wobei ... er ist leer gewesen. Schau nur, nicht mal Erde war drin, wahrscheinlich steht er dort schon seit Tizias Zeiten. Aber dass da keiner mal nachgeschaut hat ... wenn Fabrizio das erfährt ...«

Wie aufs Stichwort ertönte dessen Stimme. »Signore di Vaira?« Ungewohnt schnell eilte Fabrizio auf sie zu. Er musste das Zersplittern des Blumentopfs gehört haben, und Stella fragte sich unwillkürlich, ob er auch gesehen hatte, wie Matteo auf ihr lag ... und etliche Sekunden länger als notwendig dort verharrt hatte.

»Ich ... ich glaube ... etwas Neues anziehen ... muss jetzt hochgehen ...« Das Zittern, das sie immer heftiger überkam, zerhackte ihre Wörter.

Matteo legte unwillkürlich seinen Arm über ihre Schultern. »Tief durchatmen!«

So tröstlich seine Nähe war – sie wollte nicht, dass Fabrizio sie so sah, und machte sich los, ehe dieser sie erreichte.

»Ich ... ich muss jetzt wirklich ...«

»Aber der Fluch! Ich wollte dir doch gerade alles darüber erzählen.«

»Später ...«, sagte sie nur leise, und dann war Fabrizio bei ihnen. Falls er gesehen hatte, wie Matteo sie umarmt hatte und es missbilligte, zeigte er es nicht. Zu groß war sein Entsetzen, ja, seine Empörung, über den Blumentopf.

»Haben Sie eine Idee, was der da oben gemacht hat?«, fragte Matteo.

Fabrizio schüttelte den Kopf und wurde ganz schmallippig. »Im letzten Herbst war ich mit einigen Handwerkern auf dem Turm. Sie wissen ja, er muss dringend renoviert werden. An einen Blumentopf kann ich mich allerdings nicht erinnern.«

»Vielleicht war es ja Tizias Geist?«, schlug Matteo vor.

Stella entging nicht, dass sein Lächeln nicht ganz so breit war wie sonst. Ehe Matteo weitere Mutmaßungen anstellen konnte, zog sie sich zurück.

Am Ende eines arbeitsreichen Nachmittags traf Stella Matteo am frühen Abend wieder, als sie einen kleinen Spaziergang durch den Park machte. Wohlweislich hielt sie sich vom Turm fern und ging stattdessen am Seeufer entlang. Sie war nicht sicher, ob ihre Begegnung ein Zufall war oder ob er sie abgepasst hatte, versuchte sich auf jeden Fall, nicht zu augenscheinlich darüber zu freuen. Er begann sogleich, ihr nun alles über den Fluch zu erzählen.

»Alle männlichen Erstgeborenen kamen also früh ums Leben«, fasste sie zusammen, nachdem er geendet hatte.

»Tja, an meiner Stelle sollte ich das wohl vor jeder Lebensversicherung geheim halten ...«

Stella dachte nach. »Mir ist schon aufgefallen, dass viele di Vairas sehr jung gestorben sind ... Aber dass sich das durch alle Jahrhunderte zieht ... und ein System dahintersteckt ...«

»Na ja, die Lebenserwartung war früher nicht sehr hoch. Ein

paar Seuchen und Kriege, ganz zu schweigen von den Familienfehden und den Piraten, die den See unsicher machten – und schon ist die Mär vom Fluch entkräftet.«

»Nun, dass Tizia sich verflucht gefühlt hat, kann ich mir gut vorstellen. Sie hat wirklich an ein und demselben Tag ihren Mann und ihren Stiefsohn verloren?«

Matteo hatte vom Fluch erzählt, als machte er sich darüber lustig, als nähme er ihn nicht wirklich ernst. Erst, als er auf Tizia zu sprechen kam, wirkte er wieder nachdenklich. Fluch hin oder her – ihre Geschichte war einfach nur traurig. Ganz deutlich sah Stella das Foto mit der kleinen, glücklichen Familie vor sich und schluckte schwer.

»Es ist während einer Bootsfahrt passiert«, sagte Matteo. »Damals waren die Straßen in einem noch schlechteren Zustand als heute, die konnte man im Dunkeln kaum befahren. Jede Menge Gondoliere haben die Anwohner auf dem Wasserweg von einem Ort zum anderen gebracht, in mondhellen Nächten war es eine beliebte Art, einen Ausflug zu unternehmen. Die Gondeln waren bequem gepolstert, manchmal sangen die Gondoliere auch oder spielten ein Instrument. Wie auch immer: Anscheinend ist Aurelio aus dem Boot gefallen, und Gaetano ist ihm nachgesprungen. Er konnte ihn nicht retten, sondern ist mit ihm ertrunken.«

»Wie schrecklich!«

»Es heißt, dass Tizia ganz blass und still geworden ist, als sie davon hörte. Sie ist in den Garten gegangen, hat jeden Pfau eigenhändig getötet und die Federn in den See geworfen.« Matteo schwieg kurz. »Ich glaube ja, dass das nur eine Legende ist ... aber eine filmreife Szene gäbe das auf jeden Fall. Da hat sie ihrer Vergangenheit als Schauspielerin alle Ehre gemacht.«

Stella sah ihn streng an. »Ich kann mir nicht vorstellen, dass sie sich ausgerechnet darüber Gedanken gemacht hat.«

»Da hast du auch wieder recht. Ich glaube, sie hatte in diesem

Moment auch andere Probleme, als die Pfauen zu töten. Vielleicht hat der Gärtner diese Geschichte in die Welt gesetzt, weil er selbst die Vögel geschlachtet und sich einen leckeren Braten gemacht hat.«

Sie hob nur tadelnd die Augenbraue.

»In jedem Fall hat Tizia den Verstand verloren und sich völlig zurückgezogen. Anstatt weiter im Palazzo zu leben, hat sie sich im Turmzimmer verschanzt.« Matteo beugte sich vor und raunte: »Es heißt, dass man in Mondnächten auch heute noch ihr Weinen hören kann.«

Sein Gesicht war so knapp vor ihrem, dass jeder Gedanke an Tizia verblasste. Heiß stieg es ihr in die Wangen, umso mehr, als sie daran denken musste, wie er am Morgen auf ihr gelegen hatte. Warum musste sie sich aber auch immer im unpassendsten Augenblick vorstellen, ihn zu küssen – heute früh, als sie gerade mit dem Leben davongekommen war, und jetzt, nachdem sie diese traurige Geschichte gehört hatte?

Sie zwang sich, ein paar Schritte weiterzugehen. »Und Bérénice?«, wollte sie wissen. »Was ist aus ihr geworden?«

Matteo starrte sie fragend an.

»Ich habe Unterlagen gefunden ... Bérénice war offenbar die Zofe von Tizia, ja, weitaus mehr als das, ihre Vertraute ... Sie war ihr restlos ergeben, wäre für sie durchs Feuer gegangen. Weißt du, was aus ihr geworden ist?«

»Wenn ich ehrlich bin, habe ich diesen Namen noch nie gehört. Was sind denn das für Unterlagen?«

»Es ist ein Tagebuch.«

»Und darin steht nichts über Tizias Tod?«

»So weit habe ich noch nicht gelesen.«

Er stemmte die Hände in die Hüften und gab sich empört »Aber, aber, Frau Historikerin, da waren Sie aber nicht sehr gründlich.«

»Mit Gründlichkeit hat das gar nichts zu tun, sondern mit deiner

Großmutter. Sie wäre nicht begeistert, wenn ich mich die ganze Zeit über ausschließlich mit Tizia beschäftigte. Im Übrigen ist die Schrift der Zofe fast unlesbar, es dauert ewig, sie zu entziffern.«

»Nun, dann gebe ich dir jetzt qua Autorität als männlicher Erbe den Auftrag, das Tagebuch zu Ende zu lesen und mir alles darüber zu berichten.«

Stella wurde aus Matteos Worten nicht recht schlau. War er wirklich neugierig auf Tizia? Machte er sich insgeheim über ihre Arbeit hier lustig? Oder suchte er einfach nur einen Vorwand, um mehr Zeit mit ihr zu verbringen?

Stella überlegte kurz, ihn zu bitten, sie in die Bibliothek zu begleiten und sich das Tagebuch anzusehen, verkniff es sich aber dann. Sie warf einen Blick auf die Uhr. »Ich denke mal, da muss ich noch eine Arbeitsschicht einlegen, um den jungen Herrn zufriedenzustellen.«

Matteo hob bedauernd die Hände.

Kurz darauf stieg Stella die Treppe so schnell wie noch nie nach oben, aufgedreht und beflügelt … ja, von was eigentlich? Die traurige Geschichte von Tizia konnte es ja wohl nicht sein.

Nein, du bist nicht verliebt, das ist nur ein Flirt, bleib professionell!, sagte sie sich streng.

Doch ihr zufriedenes Grinsen schwand erst, als sie Bibliothek betrat, den Lichtschalter betätigte und sich umsah. Ein erschrockener Aufschrei entfuhr ihr.

Das … das durfte doch nicht wahr sein!

Stella war kein sonderlich pedantischer Mensch. Wenn sie sich in die Arbeit vertiefte, konnte es schon mal vorkommen, dass sie diverse Kopien, Ordner und Bücher ohne System übereinanderstapelte, und mancher Arbeitstag hatte begonnen, dass sie unter Fluchen alles wieder ordnen musste, nachdem sie diesen Turm versehentlich umgestoßen hatte. Als sie an ihrer Dissertation in Geschichte geschrieben hatte, hatte sie einmal den ganzen Fußboden mit Post-its ausgelegt, um eine Struktur in das Thema zu bringen, doch als Tante Patrizia schwungvoll die Tür geöffnet hatte, war es mit der Ordnung natürlich vorbei gewesen.

Patrizia hatte nicht einmal sonderlich schuldbewusst reagiert. »Warum kannst du nicht einfach mit Excel arbeiten?«, hatte sie gefragt. »Oder ist es für eine Historikerin verpönt, mit einem Computer zu arbeiten?«

Das Chaos von damals ließ sich nicht mit dem heutigen vergleichen. Die Bibliothek sah aus, als hätte ein Tornado in ihr gewütet. Da Stella nicht davon ausging, dass Tizias Geist oder der eines syphilitischen di Vaira am Werk gewesen war, vermutete sie, das hier jemand in Windeseile und ohne Rücksicht auf Verluste alle Unterlagen durchsucht hatte.

Etliche Lexika lagen aufgeschlagen auf dem Boden, diverse Zettel waren im ganzen Raum verteilt, einige Bücher, die sie noch gar nicht gesichtet hatte, waren aus den Regalen gerissen und wie die alten Urkunden und Kopien im ganzen Raum zerstreut worden.

Stella musste auf Zehenspitzen gehen, um den Schreibtisch zu erreichen. Sie bückte sich mehrmals, um die kostbarsten Quellen zu retten, gab es aber bald auf, so etwas wie Ordnung in das Chaos zu bringen. Bis sie alles wieder aufgeräumt hatte und weiterarbeiten konnte, würden Tage vergehen!

Doch nicht nur das verursachte ein nagendes Unbehagen, sondern vielmehr die Frage, wer das hier angerichtet hatte! Und wer sich – wie sie wenig später feststellte – nicht einfach damit begnügt hatte, das größtmögliche Chaos anzurichten. Während sie die Unterlagen ordnete, wurde nämlich offensichtlich, dass manche fehlten, wie zum Beispiel einige Quellen aus der Firmengeschichte: Berichte über Preisschwankungen, Schiffsnachrichten, in denen der Transport von Waren bestätigt wurde, oder diverse Telegramme.

Ein kalter Hauch streifte sie, und erst jetzt bemerkte sie, dass das Fenster der Bibliothek offen stand. Stella konnte schwören, es vorhin nicht geöffnet zu haben. Hatte derjenige, der das Chaos angerichtet hatte, etwa gehofft, sie würde dem Durchzug die Schuld an dem Durcheinander geben?

Erschrocken zuckte sie zusammen, als ein Quietschen hinter ihr erklang, doch da war niemand, nur der Globus, der umgekippt war und sich kaum merklich drehte. Daran mochte vielleicht der Wind schuld sein ... aber nicht am Rest ... genauso wenig, wie der Wind die Schuld daran trug, dass der Blumentopf auf sie gefallen war ...

Stella war sich plötzlich sicher, dass jemand ihre Arbeit boykottieren wollte. Und da sie sich nicht vorstellen konnte, dass ein Fremder das Gebäude ungesehen betreten hatte, musste es eine von den vier Personen sein, die hier im Palazzo lebten: Fabrizio schied für sie sofort aus. Selbst wenn er nach irgendwelchen Unterlagen gesucht und diese entwendet hätte – sie schätzte ihn so ein, dass er hinterher wieder alles in Ordnung gebracht, wahrscheinlich millimetergenau übereinander geschichtet hätte. Mit Matteo hatte sie eben die ganze Zeit im Garten verbracht – und als der Blumentopf auf sie gekracht war, hatte er neben ihr gestanden. Flavia wiederum hatte sie höchstpersönlich eingestellt – falls diese sie wieder loswerden wollte, hätte sie den Arbeitsvertrag einfach kündigen können. Blieb nur noch – sah man mal von dem Personal ab, das nur stundenweise hier arbeitete – Clara Pella. Auch deren Motiv blieb rätselhaft, aber Stella hatte noch deutlich die missbilligende Worte vom Tag ihrer Ankunft im Ohr, ganz zu schweigen von ihrem feindseligen Blick. Grund genug, um mit Flavia das Gespräch zu suchen.

In der letzten Woche hatte Stella Flavia nur zweimal gesehen: Während eines weiteren Abendessens, bei dem Flavia erneut kaum zulangte, hatte sie ihr von der geplanten Gliederung der Chronik berichtet, was Flavia mit einem stummen Nicken aufgenommen hatte. Und vor zwei Tagen hatte sie Stella in der Bibliothek besucht. Sie war im Türrahmen stehengeblieben, als wäre dieser Raum vorübergehend nicht in ihrem, sondern Stellas Besitz und sie darum nicht befugt, ihn zu betreten.

Flavias Apartment hatte Stella noch nie betreten, und als sie vor der geschlossenen Eichentür stand, zögerte sie kurz. Dann aber dachte sie an das Chaos und klopfte umso beherrschter. Der Löwenkopf auf der Türklinke schien sie höhnisch anzugrinsen, umso mehr, da auch nach mehrmaligem Klopfen niemand antwortete.

Stella warf einen Blick auf die Armbanduhr. Neun Uhr. War es möglich, dass Flavia so spät noch unterwegs war? Oder schlief sie etwa schon? Bis jetzt hatte sie noch nie darüber nachgedacht, wie diese sich die Tage vertrieb.

»Signora di Vaira?«

Sie sagte es einmal leise, dann laut, und endlich tat sich etwas. Rückartig wurde die Tür geöffnet, doch Stella sah sich nicht etwa Flavia gegenüber, sondern Clara. Ihr Gesicht war gerötet, als hätte sie eine große körperliche Anstrengung hinter sich.

Na, so anstrengend kann es auch wieder nicht gewesen sein, die Bibliothek zu verwüsten ...

»Warum machen Sie denn so einen Lärm?«, fragte Clara streng.

Stella hatte eigentlich zuerst mit Flavia sprechen wollen, entschied nun aber, dass sie die Delinquentin auch direkt mit ihrem Verdacht konfrontieren konnte, heizte deren kühler Blick ihren Zorn doch nur an.

»Kommen Sie mit!«, befahl sie knapp.

Zu ihrem Erstaunen fügte sich Clara sofort. Noch verwunderter war Stella wenig später, als Clara beim Anblick des Chaos in der Bibliothek die Hände über dem Kopf zusammenschlug.

»Ich war nur kurz draußen im Park, eine Stunde, vielleicht anderthalb. Als ich wiederkam, fand ich den Raum so vor«, sagte Stella vorwurfsvoll.

Clara schüttelte entgeistert den Kopf, und Stella hätte plötzlich schwören können, dass ihre Bestürzung echt war.

»Ich will sofort mit Signora di Vaira sprechen«, verlangte Stella.

Mühsam rang Clara um Fassung. »Sie ... Sie dürfen sie nicht stören.«

Was hatte denn das schon wieder zu bedeuten? Dass sie schon schlief ... oder dass sie einer geheimnisvollen Tätigkeit nachging, bei der sie absolute Ruhe brauchte?

»Ich muss aber darauf bestehen. Ich möchte unbedingt wissen ...«

Stella schrie fast auf, als Clara sie unerwartet fest am Arm packte. Ihr Griff lockerte sich bald, aber Claras Blick blieb unverwandt auf sie gerichtet.

»Beseitigen Sie lieber das Chaos ... Und vergessen Sie künftig nicht, die Fenster zu schließen, ehe Sie die Bibliothek verlassen.«

Stella riss sich los. »Ich habe das Fenster nicht geöffnet. Und das hier war ganz sicher nicht der Wind. Wichtige Dokumente sind verschwunden!«

»Aber Sie sind doch auch ohne sie in der Lage, die Familienchronik zu schreiben, oder?«

»Dennoch will ich Signora di Vaira in Kenntnis setzen, dass jemand ...«

»Ich werde mit ihr darüber sprechen, aber jetzt ... jetzt ist das unmöglich ...«

Stella war sich sicher, dass die Angestellte Flavias Gemächer notfalls wie ein Zerberus mit Schwert verteidigen würde. Doch was ihre Wut wirklich verrauchen ließ, war der flehentliche Ton in Claras Stimme. War Flavia vielleicht krank? Brauchte sie darum ihre Ruhe? Ließ sie sie nur darum die Familienchronik verfassen, weil sie mit ihrem baldigen Tod rechnete?

Das erklärte allerdings nicht, wer dieses Chaos verursacht hatte. Wer den Blumentopf vom Turm geworfen hatte.

Und wer sie vom Palazzo aus beobachtet hatte, als sie mit Matteo beim Pfauenkäfig stand.

»Ich weiß, dass Sie mich nicht hier haben wollen«, entfuhr es Stella. »Aber ob Sie das nun waren oder jemand anderer ... So leicht lasse ich mich nicht vertreiben.«

Clara blickte sie nur rätselhaft an. »Sie glauben, dass Sie die Geschichte der Familie di Vaira kennen, aber Sie wissen nichts, rein gar nichts. Es ist alles anders, als es scheint. Die Frauen, die hier lebten, waren Meisterinnen der Täuschung.«

Ihre Stimme klang weder feindselig noch flehentlich, sondern einfach nur traurig. Stellas Neugierde war geweckt. Sie war größer als ihre Empörung.

»Spielen Sie auf Tizia an? Eine sehr tragische Geschichte. Ich habe erst heute erfahren, wie sie ausgegangen ist.«

»Sie liebte Pfauen ... und Pfauen sind wunderschön. Aber ihr Geschrei klingt grässlich.« Die Haushälterin flüsterte nur noch.

»Was soll das heißen?«

Clara trat zurück. »Ich werden Ihnen einen Schlüssel zur Bibliothek geben. Sperren Sie sie künftig ab, dann kann so etwas nicht wieder passieren.«

Ohne ein weiteres Wort ließ sie sie stehen. Stella überlegte kurz, ihr nachzulaufen, ahnte aber, dass das keinen Sinn hatte.

Bis Mitternacht war es ihr gelungen, das größte Chaos zu beseitigen. Sie war müde, und ihr Rücken schmerzte, aber immerhin hatte sie das Gefühl, dass die Bibliothek wieder ihr Reich war. Nicht, dass der Gedanke an den Eindringling sie nicht mehr beunruhigte und sie sich nicht darüber ärgerte, dass manche Quelle fehlte, doch zu ihrer Erleichterung hatte sie unter einem Bücherstapel Bérénice' Tagebuch gefunden.

Sie war ebenso erfreut wie erstaunt, hatte sie doch insgeheim vermutet, dass es dieses Tagebuch war, auf das der Eindringling es abgesehen hatte. Doch dann sagte sie sich, dass derjenige sie wohl nur verunsichern wollte, an Tizias Schicksal aber keinerlei Interesse hatte.

Sie nahm das Tagebuch mit in ihr Zimmer und sperrte die Bibliothek vorsorglich zweimal ab. Als sie am Stammbaum vorbeiging, fühlte sie sich von Blicken verfolgt, ganz so, als wären statt der Namen Gesichter auf die Wand gemalt worden, die sich nun nach ihr umdrehten ...

Die verfluchten Erstgeborenen ...

Stella beschleunigte den Schritt und war erleichtert, als sie ihr Zimmer betrat und das Licht anmachte. Sie streifte die Schuhe ab, ließ sich auf die helle Couch fallen und begann, das Tagebuch zu entziffern. Doch anstatt ihr Klarheit zu bringen, wuchs mit jeder Zeile ihre Verwirrung.

8

1925

Auf den Frühling folgte ein Sommer mit prächtigen Festen, schönen Kleidern und mondänen Vergnügungen. Fast jeden Abend verwandelte sich der Palazzo erneut in ein Meer von Farben, Düften und Lichtern. Doch ob es nun an ihren Sorgen lag oder schlichtweg daran, dass alles den Reiz des Neuen verloren hatte – Bérénice konnte sich an nichts mehr erfreuen.

Manchmal schreckte sie nachts hoch, weil dunkle Träume vom Vater und den Brüdern sie plagten. Fast noch schlimmer war es, wenn ihr im Schlaf die Mutter erschien – nicht in Gestalt der warmen, gütigen Frau, die nach Honigwachs duftete, sondern ein bleicher, schmaler Schatten, der Bérénice nachjagte, wenn sie vor ihm davonlief. Bleischwer wurden ihre Schritte, und Hélènes Stimme entkam sie erst recht nicht: »Du hast es gewusst«, sagte diese wieder und wieder.

Zunächst konnte Bérénice diese Worte nicht deuten, später enthüllte sich ihr der Sinn der Botschaft. Nach Hélènes Tod hatte ihr Vater behauptet, sie wäre ganz plötzlich gestorben, doch jetzt erinnerte sich Bérénice an ihren Husten noch deutlicher als an ihre schwache Stimme. Obwohl sie damals noch ein kleines Kind gewesen war, hatte sie genau gewusst, wie krank sie war und dass sie sterben würde.

Genau wie sie jetzt ahnte, nein wusste, dass Unheil in der Luft lag.

Über den Fluch sprach sie zwar nicht wieder, hatte sie doch Angst, das Unheil damit regelrecht heraufzubeschwören, doch sie war jedes Mal erleichtert, wenn ein Tag vorübergegangen war und Gaetano und Aurelio wohlbehalten in ihren Betten schliefen. Unerträglich war es ihr hingegen, wenn sie unterwegs waren und Bérénice über Stunden auf ihre Rückkehr warten musste.

So auch eines Tages, als Tizia und Gaetano eine Autofahrt unternahmen. Manchmal saß Tizia selbst am Lenkrad – sie trug eigens zu diesem Zweck angefertigte Kleidung –, doch heute fuhr Gaetano den Wagen. Wegen des schönen Wetters hatte man das Dach abgenommen, und als sie zurückkehrten, waren seine Haare völlig zerzaust.

»Ich habe gedacht, dass wir nicht fahren, sondern fliegen!«, rief Tizia lachend, als Bérénice ihr ein feuchtes Tuch zur Erfrischung reichte. Bérénice sah sie fragend an.

»So schnell sind wir schließlich noch nie gefahren«, erklärte Tizia. »Bis vor kurzem gab es Tempobegrenzungen – vierzig Stundenkilometer in unbewohnten Gegenden –, doch diese wurden nun abgeschafft. Auf einer so großartigen Straße wie der Autostrada nach Como wäre es ja eine Sünde, absichtlich das Tempo zu drosseln.«

Bérénice hatte keine Ahnung, wie schnell vierzig Stundenkilometer waren, aber plötzlich hatte sie die Geschichten von Autounfällen im Ohr, die die älteren Matronen gerne erzählten – nicht selten sensationsheischend oder mit einer gewissen Befriedigung, weil es in ihren Augen nicht gottgewollt war, schneller zu fahren, als Pferde laufen konnten.

Von nun an waren Bérénice' Ängste noch größer, wenn Gaetano und Tizia mit dem Auto aufbrachen. Meist hielt sie es in diesen Stunden nicht im Palazzo aus, sondern ging im Garten auf und ab, bis diese wiederkehrten.

Eines Tages lief sie zufällig Aurelio über den Weg. Er stand vor dem alten Turm, von dem Bérénice nicht recht wusste, welchen

Zweck er einst erfüllt und warum man ihn später nicht einfach abgerissen hatte, und betrachtete ihn aufmerksam.

»Na?«, fragte sie und versuchte, das Zittern in ihrer Stimme zu verbergen. »Schwänzt du wieder mal den Unterricht bei Mr. Everdeen?«

Er zuckte zusammen, als schämte er sich, weil sie ihn an vergangenes Fehlverhalten erinnerte. Schnell sagte er: »Nein, aber wir beschäftigen uns gerade mit Archäologie.«

»Das bedeutet doch, alte Gegenstände auszugraben, oder?«

»Nicht nur. Man beschäftigt sich generell mit alten Gebäuden, versucht, die unterschiedlichen Stadien ihres Baus zu rekonstruieren. Dieser Turm wird bereits in mittelalterlichen Quellen erwähnt.«

Eine vage Erinnerung stieg in ihr auf. Als sie mehr über die frühen Todesfälle der Erstgeborenen der di Vairas hatte herausfinden wollen, war sie auf die Geschichte eines jungen Mannes gestoßen, der im Alter von nur siebzehn Jahren aus unerklärlichen Gründen vom Turm gestürzt war. Unwillkürlich zog sie Aurelio zurück, als er einen Schritt auf das alte Gebäude zumachte. »Nicht!«, rief sie.

Er gehorchte. »Du hast recht, der Turm ist sehr baufällig. Vater hat mich immer davor gewarnt, ihn zu betreten. Die Wände sind feucht, das Geländer wackelt, die Stufen sind uneben.«

»Vielleicht genügt es, nur die Außenwand in Augenschein zu nehmen.«

Der Knabe nickte. Er machte ein konzentriertes Gesicht, als er den Turm betrachtete, ganz so, als würde er etwas davon ablesen, was ihr verborgen blieb, und obwohl er sich in diesem Augenblick in keiner nennenswerten Gefahr befand, überliefen Bérénice kalte Schauder. Als der Schatten des Turms auf Aurelio fiel, stieg eine jähe Gewissheit in ihr auf.

Es ... es ist meistens hier passiert!

Quirino fiel hier der Fehde zum Opfer, die Pest hatte im Haushalt des Palazzos gewütet, Gaetanos Großvater war während der Flut im hiesigen Keller ertrunken. Nun gut, sein Vater war bei einem Bahnunglück auf der Strecke von Menaggio nach Como ums Leben gekommen, aber trotzdem ...

Sie trat zu Aurelio. »Was weißt du eigentlich über deinen Großvater?«

Er blickte kaum hoch. »Er ist bei einem Bahnunglück gestorben.«

Obwohl sie genau darüber mehr wissen wollte, fand sie es seltsam, dass dem Jungen als erstes sein Tod in den Sinn kam. Lag es in seiner Natur, führte die Beschäftigung mit der Geschichte seiner Familie dazu oder war sie selber daran schuld, weil sie mit so vielen Menschen über den Fluch gesprochen hatte?

»Weißt du mehr über das Eisenbahnunglück?«, fragte sie. »Wie ist es dazu gekommen?«

Er zuckte die Schultern. »Keine Ahnung. Ich weiß nur, dass es direkt gegenüber der Insel passiert ist. Von hier kann man die Gleise nicht sehen ... aber wenn man dort oben im Turmzimmer steht, schon. Die Lok ist auf einem eigentlich ungefährlichen Stück der Strecke entgleist. Mein Großmutter hat später mal behauptet, dass es nicht mit rechten Dingen zuging.«

Er wandte sich ab, zog ein Notizbüchlein hervor und schrieb etwas hinein.

Bérénice ließ ihn stehen, hatte sie doch genug gehört.

Nicht mit rechten Dingen!

Fieberhaft dachte sie nach. Der Fluch war ausgesprochen worden, nachdem Quirino di Vaira das Land erhalten hatte ... Land, das – in den Augen des Priesters – einem Verräter nicht zustand. Vielleicht waren ja gar nicht die Erstgeborenen verflucht, vielleicht war es dieser Ort. Oder vielmehr: Die Erstgeborenen waren nur hier oder im näheren Umkreis des Palazzos in Gefahr, während der Fluch in Como oder anderswo keine Macht über sie hatte.

Nachdenklich ging Bérénice zurück zu dem Gebäude, ohne Gaetanos und Tizias Rückkehr abzuwarten. Sie war nicht sicher, wie sie die Idee umsetzen sollte, die nach und nach Gestalt annahm, aber sie war erleichtert, dass sie den dunklen Ahnungen nicht mehr ohnmächtig gegenüberstand.

Obwohl Bérénice ahnte, dass sie wenig Erfolg haben würde, versuchte sie Tizia in den nächsten Wochen mehrmals, zu einem Urlaub zu überreden. Manche Gäste berichteten während der Feste doch begeistert von ihren Aufenthalten in den Schweizer Bergen, an der französischen Riviera oder in Venedig. Wäre es nicht eine willkommene Abwechslung, einige Wochen dort zu verbringen? Doch nicht nur, dass Tizia betonte, wie schön der Anblick des Sees in den Sommermonaten wäre und dass sie keine lange Fahrt in Kauf nehmen wollte, um in überfüllten Hotels zu sitzen, schon gar nicht in Venedig, was – wenn man sich von der morbiden Schönheit nicht gefangen nehmen ließ – im Grunde ein feuchtes, stinkendes Loch wäre. Außerdem verwies sie auf Gaetano, der zur Zeit viel zu tun hatte, gab es doch eine weitere große Modenschau in Mailand vorzubereiten, und ohne den sie keine Reise unternehmen würde. Das war natürlich auch nicht in Bérénice' Sinn, wollte sie doch schließlich vor allem Gaetano und Aurelio von hier weglotsen, doch auch wenn sie sich einen Augenblick lang mutlos fühlte, brachte sie die erwähnte Modenschau auf eine Idee.

»Das bedeutete doch sicher, dass Ihr Mann in den nächsten Wochen oft in Mailand sein wird«, rief sie. »Wäre es nicht leichter, vom Stadthaus in Como dorthin zu fahren?«

»Gott, hör mir mit diesem finsteren Kasten auf! Gaetano macht die weite Strecke nichts aus. Du weißt doch, er fährt gerne Auto, ich übrigens auch. Stell dir vor, er hat mir versprochen, mir einen Fiat Ardita zu schenken ...«

Noch mehr Autofahrten ...

Bérénice verkniff sich jedes weitere Wort – was nicht bedeutete, dass sie ihren Plan aufgab. Wenn auch Tizia jeden Vorschlag abwies – vielleicht würde sie bei Gaetano ein offeneres Ohr finden. Zu diesem Zweck musste sie ihn allerdings in einem ruhigen Moment abpassen – was nicht so leicht war, so oft wie er unterwegs war. Eines Tages nutzte sie allerdings die Gunst der Stunde, als sie Attilio mit einem Tablett in Richtung Gaetanos Zimmer gehen sah.

Attilio war Gaetanos persönlicher Diener, ein eitler Geck, wie sie fand, aber auch empfänglich für hübsche Mädchen, vor allem, wenn sie lächelten. Gerüchteweise hatte er ein Hausmädchen geschwängert, doch dieses war entlassen worden, ehe der Verdacht bestätigt wurde. So oder so, Bérénice setzte ihr kokettestes Lächeln auf, stellte sich ihm in den Weg und klimperte mit den Augen, wie sie es sich von Tizia abgeschaut hatte. Nicht, dass sie erwartete, auch nur annähernd so verführerisch wie diese zu wirken, doch Attilio blieb immerhin stehen und ließ sich das Tablett von ihr abnehmen, auf dem frischer Kaffee, Limonade und Campari standen.

»Ich darf dir doch helfen?«, fragte sie.

»Aber der Signore ... Er hat Gäste ... Er will nicht gestört werden.«

»Nun, ich bin viel leiser als du.«

»Aber warum willst du denn ...?

Bérénice rang nach einer Ausrede. »Die Signora will ihn mit einem Geschenk überraschen«, flunkerte sie. »Ich muss es heimlich in sein Zimmer bringen und brauche einen Grund, es zu betreten.«

Ehe Attilio etwas sagen konnte, ließ sie ihn stehen.

Gaetanos Zimmer bestand eigentlich aus zwei Räumen, die durch eine große Flügeltür verbunden waren. Als Bérénice eintrat, stand diese weit offen. Das Schlafzimmer wirkte relativ karg, sah man von den dunkelroten Seidentapeten ab: Gaetano schlief nicht unter einem mächtigen Baldachin wie Tizia, sondern in einem schlichten Eisenbett. Wie bei ihr gab es einen Kamin, doch sein Sims war leer, und auf dem Toilettentisch standen anstelle der vielen Döschen und Tiegel nur eine Porzellanschale mit Rasierseife, einer Bartbinde für nachts und einem Rasierer von Mr. Gilette. Der Stuhl davor hatte keine Lehne, und auch eine Chaiselongue wie die, auf der es sich Tizia gern gemütlich machte, fehlte.

Der zweite Raum mit dem Blick auf den See war mit mehreren kleinen Tischchen, Fauteuils und Stühlen deutlich üppiger eingerichtet. Außerdem gab es einen länglichen, schmalen Schreibtisch, hinter dem Gaetano eben saß, während vor ihm zwei Männer standen und auf ihn einredeten. Zwei Mappen lagen geöffnet auf dem Tisch, außerdem mehrere Briefe und Geschäftsbücher.

Bérénice beobachtete die Männer aus dem Augenwinkel und fragte sich, warum Gaetano seine Gäste ausgerechnet in seinen privaten Räumen empfing. Sie wusste, dass er rund um die Uhr arbeitete, oft auch zu Hause, doch Geschäftsbesprechungen könnte er auch in einer seiner beiden Manufakturen abhalten – der einen, die bei Lecco lag und wo die Seide hergestellt wurde, oder der anderen zwischen Como und Mailand, wo man die Seide zu Stoffen und Kleidern weiterverarbeitete. Außerdem gab es hier im Palazzo einen Empfangsraum, der sich für Gespräche wie diese ebenfalls anbot. Und nicht minder merkwürdig, als dass er hier mit den Männern sprach, erschien ihr deren Kleidung.

Während Gaetano einen Gehrock mit zwei Knopfreihen, eine schlichte graue Hose und eine Halsbinde statt einer Krawatte trug – was durchaus elegant wirkte, im Vergleich zu seiner Festtagskleidung aber nahezu leger –, waren die Männer ganz in Schwarz gekleidet. Das Hemd war ebenso dunkel wie die knielange schwarze, weite Hose, die glänzenden Stiefel, der breite Ledergürtel und die Kopfbedeckung, an der eine Art Troddel angebracht war. Umso auffälliger war der Knüppel, den sie am Gürtel trugen. Bérénice konnte sich nicht vorstellen, dass jemand, der so elegant gekleidet war, ein solches Kampfgerät brauchte.

Bis jetzt hatte sie an dem Gemurmel vorbeigehört, nun trat sie unwillkürlich näher und spitzte die Ohren. Doch ehe sie verstehen konnte, worüber gesprochen wurde, blickte Gaetano auf. Wie immer war seine Miene beherrscht, geradezu ausdruckslos, doch in seinen Augen glaubte sie kurz, Ärger, mehr noch, Erschrecken aufblitzen zu sehen. Er hob die Hand, um die anderen zum Schweigen zu bringen, und erst als diese innehielten, erschien das übliche Lächeln auf seinen Lippen – schmal und etwas kühl.

»Bérénice ...«

»Ich bringe ein paar Erfrischungen.«

»Aber warum du?«

Bérénice wurde für die merkwürdigen schwarzen Männer blind. »Ich wollte mit Ihnen über etwas sprechen ... über die Signora ...«

Sein Lächeln blieb, nur die Mundwinkel schienen etwas zu zittern. Gaetano erhob sich auf seine elegante, steife Art und wandte sich an die Herren. »Ich denke, wir haben für heute das Wichtigste besprochen.«

Bérénice konnte nicht länger in ihren Mienen lesen, vernahm aber deutlich ihren Abschiedsgruß. »Eja, eja, Alalà.«

Gaetanos Lippen formten die merkwürdigen Worte nach, aber er sprach sie nicht laut aus. Nachdem sie den Raum verlassen hatten, setzte er sich wieder und verschränkte die Hände über dem Schreibtisch.

»Womit kann ich dir helfen, Bérénice?«

Sie nahm allen Mut zusammen. Schon die Tatsache, dass sie mit Gaetano allein war, war einschüchternd genug. Noch größer war ihre Angst, er würde ihren Vorschlag sofort von sich weisen.

»Der Turm ... der alte Turm ...«, setzte sie an.

»Was ist mit ihm?«

Sie schluckte, ehe sie hastig hinzufügte, dass Tizia ihn oft betrachtete und heimlich davon träumte, dort oben ein Turmzimmer nur für sich allein einzurichten. Leider wäre der Turm so baufällig, es wäre gefährlich, ihn zu betreten.

»Doch die Signora hat im Herbst Geburtstag«, schloss sie, »es ... es wäre doch ein wunderbares Geschenk, wenn Sie den Turm für sie renovieren ließen, nicht wahr?«

Gaetanos Blick wurde abwesend; er schien über etwas nachzudenken, was er eben mit den Männern besprochen hatte. Immerhin wies er ihr Anliegen nicht sogleich zurück, und als sie es erst einmal vorgebracht hatte, schämte sie sich nicht länger der dreisten Lüge.

Wenn der Turm tatsächlich renoviert wurde, wären die Arbeiten schrecklich laut und an einen friedlichen Aufenthalt im Palazzo nicht zu denken. Ob Tizia wollte oder nicht – sie müssten ins Stadthaus ziehen, und dort waren sie in Sicherheit, zumindest fürs Erste. Gewiss, Tizia wäre traurig ... aber das musste sie in Kauf nehmen, um sie noch vor viel größerem Unglück zu bewahren.

Natürlich hatte sie damit kaum mehr als eine Atempause gewonnen, doch in den kommenden Monaten konnte sie sich etwas Neues ausdenken, Hauptsache, dass sie nicht untätig warten musste, bis etwas Schreckliches geschah.

»Was ... was denken Sie?«, fragte sie.

»Wenn ich ehrlich bin, habe ich diesen Turm seit Ewigkeiten nicht mehr betreten. Gewiss, es gibt dort oben ein Turmzimmer, aber ich habe keine Ahnung, in welchem Zustand sich der Raum befindet.«

»Man kann doch sicher prüfen, welche Instandhaltungen notwendig wären ...«

»Dazu bedarf es eines Architekten.«

»Sie könnten doch einen kommen lassen, damit er sich den Turm einmal ansieht ...«

Er beugte sich vor. »Ich habe viel zu tun, Bérénice, aber ich werde darüber nachdenken ... oder eigentlich ... eigentlich ist das Sache unseres Verwalters. Er hat sich im Winter ja auch um die Renovierungsarbeiten im Palazzo gekümmert. Sprich doch mit ihm darüber. Meine Gemahlin muss vorerst nichts davon wissen.«

Bérénice hoffte, dass er ihr das Unbehagen nicht deutlich ansah. Sie war Tamino beharrlich aus dem Weg gegangen, seit Tizia sie vor ihm gewarnt hatte.

Gaetano schob ihr Schweigen auf andere Gründe. »Du kennst doch den Verwalter, oder? Tamino Carnezzi. Und nun lass mich arbeiten.«

Bérénice war schon auf dem Weg zur Tür, als er ihr nachrief: »Das Tablett kannst du natürlich hier lassen.«

»Das Tablett? Ach so, ja ... es tut mir leid ...«

Sie hatte sein Gewicht kaum gespürt. Limonade schwappte aus dem Glas, als sie es ziemlich stürmisch auf eines der Tischchen stellte, ehe sie floh.

Bérénice hatte nicht oft die Unterkünfte der anderen Dienstboten betreten. Obwohl es dort viel sauberer war, erinnerten sie sie an ihr Heim in Santa Maria Rezzonico. Die einfachsten Arbeiter wohnten im ebenso dunklen wie niedrigen Kellerbereich – dort, wo auch die Fässer mit Wein aufbewahrt wurden und die Wäscherinnen aus Asche Seife machten. Etwas annehmlicher hatten es die, die in der Höhe der Küche untergebracht waren. Die Kammern waren einfach, aber hoch genug, um auch als großgewachsener Mann aufrecht darin zu stehen. Auf dem Boden lag manchmal ein Kuhfell, an den Wänden hingen Bilder von Heiligen, und neben einem Bett gab es eine Kiste, um Kleidung darin aufzubewahren. Viel war das nicht, trugen die Dienstmädchen unter ihren weißen Spitzenschürzen doch nur einfache dunkle Kleider. Auch Bérénice lief fast immer mit einem dunkelbraunen herum, obwohl sie selbst weit entfernt von der Küche schlief, in einer Dachkammer nahe Tizias Zimmer.

Als Verwalter lebte Tamino Carnezzi ebenfalls fern der Küche – in einem Zimmer neben den Gästeunterkünften, das allerdings deutlich kleiner als diese war und keinen Blick zum See bot. Bérénice hatte es noch nie zuvor betreten und war nun neugierig, ob es dunkel und schlicht wie die anderen Dienstbotenräume wäre oder jene Eleganz atmen würde, mit der der restliche Palazzo eingerichtet war. Als sie den Gang entlangschlich, stieg ihr einmal mehr ein Bild von Tamino auf, wie er auf einem Boot stand, das Segel hisste und der hölzerne Bug die grünen Fluten durchschnitt, während der Wind ihm das Haar zerzauste. Dieser Tamino war viel zu wild, freiheitsliebend und verwegen, um inmitten von Marmor, Gold und samtenen Tapeten, spitzenverbrämten Vorhängen und Kronleuchtern zu leben.

Ärgerlich schüttelte sie den Kopf. Warum machte sie sich Gedanken über Tamino, was ging es sie an, wie er wohnte, es genügte doch, ihn auf ihre Seite zu ziehen, und …

Sie hatte die Tür seines Apartments erreicht und eben die Hand gehoben, um zu klopfen, als sie die Stimme hörte. Es war eine Stimme, die sie hier nicht erwartet hatte. Die hier nichts verloren hatte.

Ein Irrtum, es musste ein Irrtum sein!

Ganz leise drückte sie die Klinke der Tür hinunter. Hinterher konnte sie sich nicht daran erinnern, wie das Zimmer nun eingerichtet war, aber was die Stimme gesagt hatte, würde für immer in ihrem Gedächtnis bleiben.

Tizias Stimme war ansonsten glockenhell und ließ an einen Schmetterling denken, nicht an einen Adler. Doch solch ein Adler schien nun auf sie zuzustürzen, packte sie und schüttelte so lange, bis ihre Welt zerbrach. Es blieben keine silbrigen oder durchsichtigen Scherben, sondern so dreckige wie die des alten Tonkrugs mit dem ranzigen Olivenöl, den ihr Vater einmal in einem Anfall von Wut zertrümmert hatte.

9

In dieser Nacht wurde Stella von verrückten Träumen gequält, von denen sie nicht sicher war, ob sie auf die Lektüre des Tagebuchs oder die Ereignisse des vergangenen Tages zurückzuführen waren. In einem dieser Träume ging sie durch den Park der di Vairas, nur, dass sowohl Bäume als auch Gras viel höher wuchsen und die Blumen regelrecht aus den Beeten quollen. Sie wogten im Wind, nein, schienen geradezu zum Leben zu erwachen und nach ihr zu greifen, sangen ein Lied, aber kein schönes.

Die Frauen der Familie di Vaira sind Meisterinnen der Täuschung ...

Es war nicht Claras Stimme, die das zu ihr sagte, sondern die einer Fremden. Ihr Säuseln klang vermeintlich sanft, war in Wahrheit aber bedrohlich. Stella fühlte sich immer unbehaglicher, umso mehr, als die Blumen nicht länger wogten. Im Schatten des Turms schienen sie es nicht zu wagen, verloren vielmehr alle Farben. Ein Frösteln überlief Stella, und es verstärkte sich, als sie plötzlich ein kratzendes Geräusch von oben vernahm. Oder nein, das war kein Kratzen ... das war ein Gekicher. Und es war auch kein Blumentopf der dort oben von der Brüstung fiel – eine Frau beugte sich aus dem Fenster und winkte ihr zu.

Pass auf!, wollte Stella schreien. Wenn du das Gleichgewicht verlierst, stürzt du in die Tiefe!

Kurz glaubte sie, eine rotbraune Strähne zu erhaschen, doch ehe sie Tizias Namen aussprechen konnte, erkannte sie Tante Patrizia. Diese kicherte nicht mehr, sondern sagte mit ihrer rauen, nüchternen Stimme: Es ist alles anders, als du denkst ...

Obwohl im Traum gefangen, war Stella noch zu einem vernünftigen Gedanken fähig: Was hat ausgerechnet Tante Patrizia auf dem Turm verloren?

Doch ehe sie sie warnen konnte, sich nicht zu weit aus dem Fenster zu beugen, veränderte sich das Antlitz erneut. Nur schemenhaft konnte sie die Züge erkennen und war doch sicher: Es war ihre Mutter Bianca.

»Was ... was machst du denn hier?«, stieß Stella aus.

Bianca antwortete nicht, doch der Turm begann sich gefährlich zu neigen. Auch wenn Bianca nun zurücktrat, würde sie trotzdem fallen.

Nein, nein, nein!

Doch was schließlich auf sie fiel, war nicht Bianca, sondern eine ... Pfauenfeder ...

Es heißt, sie hat alle Pfauen getötet ...

Obwohl die Feder viel zu leicht war, um sie ernsthaft bedrohen zu können, schrie Stella voller Panik auf. Schweißgebadet fuhr sie hoch und griff sich unwillkürlich ans Gesicht, erleichtert, dass es sich heil anfühlte, sie nichts Schweres getroffen hatte. Morgenlicht floss durch den Vorhangspalt, als sie mit zittriger Hand nach der Nachttischlampe tastete. Sie stieß beinahe das Wasserglas um und trank dann gierig daraus. Die ersten Schlucke schmerzten in der Kehle, doch danach beruhigte sie sich etwas.

Ehe sie sich wieder zurück in die Kissen sinken ließ, fiel ihr Blick auf das Tagebuch. Gestern hatte sie bis spät in der Nacht gelesen – und war enttäuscht worden.

Bevor es mehr über den tragischen Tod von Gaetano und Aurelio verriet, endete das Tagebuch abrupt. Bérénice deutete an, ein Gespräch belauscht zu haben, doch anstelle einer sensationellen Enthüllung folgten nur ... leere Seiten. Als Stella sie durchgeblättert hatte, hatte sie bemerkt, dass etliche offenbar herausgerissen worden waren, und war prompt vor neuen Fragen gestanden: Hatten sie schon die ganze Zeit über gefehlt? Oder hatte derjenige, der das Chaos in der Bibliothek verursacht hatte, danach gesucht und die Seiten verschwinden lassen?

Vielleicht, so sinnierte sie auch jetzt am Morgen, hatte derjenige gar nicht ihre Arbeit boykottieren wollen, wie sie vermutete, sondern verhindern wollen, dass sie zu viel über die Vergangenheit der di Vairas herausfand. Aber was war das? Welches Geheimnis hatte Bérénice ihrem Tagebuch anvertraut?

Die Frauen der di Vaira sind Meisterinnen der Täuschung ...

Stella sprang auf, schlüpfte aus ihrem Pyjama und stellte sich unter die Dusche. In der letzten Minute drehte sie nur kaltes Wasser auf und ließ sich davon berieseln, bis ihre Haut schmerzte. Deutlich belebt, trat sie nur in einem flauschigen Bademantel ans Fenster.

Tizia ... mit den »Frauen der di Vairas« war sicher nicht zuletzt Tizia gemeint ...

»Aber wen hast du getäuscht?«, fragte Stella laut in das Schweigen des Morgens hinein. »Bist du womöglich trotz deines Karriereendes eine Schauspielerin geblieben?«

Ganz gleich, ob es in Flavias Sinn war oder nicht – während sie auf den See starrte, so bleiern grau, als hätte er alle Farben verschluckt, war Stella entschlossen, sich heute mit nichts anderem zu beschäftigen als mit Tizia.

Gegen Mittag wurde sie fündig. Bis dahin hatte sie nichts gegessen, noch nicht einmal Kaffee getrunken. Der Druck auf der Schläfe – die Folge von zu wenig Schlaf – nahm zu, aber sie ignorierte ihn. Anstatt das gestrige Chaos endgültig zu beseitigen, hatte sie ein neues verursacht, indem sie sämtliche Bücher, Aufzeichnungen und Briefe nach neuen Gesichtspunkten sortiert hatte. Alles, was in irgendeiner Weise mit Tizia und Gaetano zu tun hatte, war auf einen eigenen Stapel gekommen. Nachdem sie sich eingehend damit beschäftigte, war sie zunächst auf wenig Erhellendes gestoßen:

Da gab es jede Menge Geschäftsaufzeichnungen, Zeitungsartikel über gesellschaftliche Großereignisse in den 20er Jahren, darunter eine Modenschau in Mailand, diverse Einladungen für Dinnerpartys, Musikabende und Sommerbälle. Als sie sich jedoch schon dazu entschließen wollte, eine Pause zu machen, entdeckte sie eine Schachtel mit Fotos. Keines der Bilder zeigte Tizia, doch ganz unten stieß sie auf eine kleine, in Samt eingebundene Mappe. Als sie sie öffnete, fielen ihr Briefe entgegen. Es waren sehr alte Briefe, mit einer spitz anmutenden Handschrift verfasst – Tizias Handschrift, wie sie frohlockend feststellte, als ihr Blick auf den Namen der Unterzeichnerin fiel.

Ihre Aufregung wuchs, aber hielt nicht lange an. Die Briefe waren großteils von nichtigem Inhalt – Dankschreiben nach Einladungen zu Soireen oder Ausflügen.

Als sie sie jedoch schon wieder zurück in die Mappe legen und diese schließen wollte, fiel ihr ein Couvert in die Hände, das viel kleiner als die anderen und von etlichen Flecken übersät war.

Stella öffnete es. In noch desolaterem Zustand als das Couvert war der Brief selbst. Nicht nur, dass auch er viele bräunlichen Flecken aufwies – die meisten Wörter waren überdies kaum leserlich, weil sie verblasst waren. Selbst als sie sie unter die Schreibtischlampe hielt und eine Lupe benutzte, konnte sie nur jedes dritte oder vierte Wort entziffern. Immerhin wurde klar, an wen Tizia den Brief schrieb, nämlich an einen gewissen Tamino.

Stella überlegte. Wenn sie es richtig im Kopf hatte, hieß der Verwalter von Gaetano Tamino Carnezzi. Sie beugte sich noch tiefer über den Brief.

»Kurz befürchtet ... Bérénice ... die ganze Wahrheit erahnen ... gesprochen ... weiß doch nichts ... keine Ahnung ... Bérénice ... gutes Mädchen unfähig, in die Herzen der Menschen zu schauen. ... denkt ... gute Ehefrau und Mutter ...«

Stella ließ den Brief sinken. Aus den wenigen Zeilen ließen sich ein paar Schlüsse ziehen: Tizia hatte ein Geheimnis – und zwar eines, von dem Tamino wusste. Bérénice war offenbar kurz davor gewesen, es zu enthüllen, doch Tizia war es gelungen, ihren Verdacht zu zerstreuen ... oder zumindest ging sie davon aus, dass sie es geschafft hatte.

Meisterinnern der Täuschung ...

Konnte es sein, dass Bérénice sie nur in Sicherheit gewiegt hatte? Aber noch interessanter war die Frage, was Tizia zu verbergen versucht hatte.

Denkt ... gute Ehefrau und Mutter ...

Auch Stella war davon überzeugt gewesen, als sie auf dem Foto die kleine Familie betrachtet hatte – Gaetano, Aurelio und Tizia –, aber vielleicht war alles eine Lüge ... vielleicht hatte sie sogar bei dem Tod der beiden ihre Hände im Spiel gehabt ... vielleicht ...

Unsinn!, schalt sich Stella, dafür gibt es keine Beweise.

Anstatt wilden Vermutungen nachzugehen und weiterzuforschen, entschied sie erst mal, sich zu stärken. Vor Hunger konnte sie kaum mehr einen klaren Gedanken fassen!

Als sie zurück zu ihrem Zimmer ging, blieb sie einmal mehr vor dem Stammbaum stehen. Im fahlen Licht wirkten die einzelnen Äste nicht kräftig, sondern morsch, und manche Namen waren kaum zu lesen. Ein flüchtiger Gedanke streifte sie, doch ehe sie ihn vertiefte, sagte sie sich, dass ihr der Stammbaum kaum helfen würde, das Rätsel zu lösen und sie ihm, wenn überhaupt, nur mit vollem Magen auf den Grund gehen konnte.

Wenig später brachte ihr ausnahmsweise Fabrizio und nicht Clara einen kleinen Imbiss: Kaffee, ein Panino mit Parmaschinken und Rucola und etwas Obst. Seine Miene war wie immer gleichgültig und ließ nicht erahnen, ob er von dem Chaos in der Bibliothek wusste. Stella aß so schnell, dass sie hinterher das Gefühl hatte, ihr

Magen wäre voller Steine, und mit dem heißen Kaffee verbrannte sie sich die Zunge, doch der Druck auf den Schläfen schwand und sie konnte wieder klarer denken.

Ein weiteres Mal vertiefte sie sich in die Unterlagen, wobei sie diesmal ausschließlich nach einem Hinweis auf Tamino suchte. Tatsächlich gab es ein paar Briefe und Rechnungen, die von ihm unterzeichnet worden waren. Meist ging es dabei um Arbeiten im Garten, den Kauf von Blumensamen und Setzlingen und Renovierungsarbeiten, unter anderem den Einbau moderner Geräte wie einem amerikanischen Kühlschrank – damals offenbar ein Prestigeobjekt ersten Ranges. Einige Stunden später war sie um zwei Erkenntnisse reicher: Tamino war zum einen ein akribischer Mann, der sorgfältig über alle Ausgaben Listen geführt hatte. Zum anderen hatte er nicht wenig Geld für wohltätige Zwecke ausgegeben und zum Beispiel einen Verein für Kriegsversehrte und Witwen von Gefallenen großzügig bedacht.

Er konnte natürlich in Gaetanos Auftrag gehandelt haben, was für dessen Großzügigkeit sprach. Vielleicht hatte Tamino aber auch nur nach einem Vorwand gesucht, um hohe Summen abzuzweigen ...

Nein, nein, nein! Sie durfte sich nicht schon wieder zu irgendwelchen Vermutungen hinreißen lassen! Natürlich war es auch für einen Historiker legitim, Hypothesen aufzustellen, aber der Eifer, sie zu verifizieren, durfte den klaren Blick auf die Faktenlage nicht verschleiern. Und bis jetzt gab es keinen Hinweis darauf, dass Tamino Carnezzi ein Betrüger war.

Sie musste noch mehr Quellen studieren, noch mehr Briefe und Geschäftsunterlagen. Aber als sie nach dem nächsten Stapel greifen wollte, hörte sie, wie ein Auto vorgefahren kam. Sie trat zum Fenster, sah, wie Matteo ausstieg und etwas Richtung Palazzo rief. Auch als sich Stella vorbeugte, konnte sie nicht erkennen, wer im Eingangsbereich auf ihn wartete, ob Fabrizio, Clara oder seine Großmutter. Erstaunlich genug, dass Matteo offenbar jetzt schon aus Mailand zurückkehrte – zu Mittag und unter der Woche. Ob er erfahren hatte, was in der Bibliothek passiert war?

Kurz wurde der Drang übermächtig, hinunterzulaufen und ihm alles zu erzählen, auch über ihre Vermutungen, dass Tizia und Tamino ein Geheimnis hüteten, und dass er ihr vielleicht bei der Aufklärung helfen könnte. Aber dann sah sie, wie ein zweiter Mann aus dem Auto stieg – entweder ein Freund oder Geschäftspartner, den er vielleicht zum Mittagessen eingeladen hatte.

Die beiden Männer verschwanden im Palazzo, und Fabrizio fuhr das Auto zum Parkplatz.

Konzentrier dich, Stella!

Sie atmete tief durch, hatte aber das Gefühl, hier in der Bibliothek nicht weiterzukommen. Jeder Gedanke mündete ja doch in einer Sackgasse. Schnell zog sie sich in ihrem Apartment ihre Jacke an und lief nach unten. Vom Speisesaal her hörte sie gedämpfte Stimmen, aber sie konnte nicht ausmachen, wer da sprach oder worüber.

Die kühle Luft belebte sie, als sie ins Freie trat und ihren Schritt beschleunigte. Erst jetzt gestand sie sich ein, dass sie nicht einfach nur einen Spaziergang machen wollte, sondern mit einem konkreten Ziel den Palazzo verlassen hatte. Sie steuerte auf den Turm zu, der im trüben Licht keinen Schatten warf und einem einsamen, verwunschenen Riesen glich.

Wie verloren und von aller Welt abgeschnitten sich Tizia wohl gefühlt haben musste, als sie nach dem Tod von Mann und Sohn hier oben gelebt und – traute man den Gerüchten – nach und nach den Verstand verloren hatte. Wie hatte sie sich die Zeit vertrieben? Hatte sie wirklich nur in den Mondnächten geweint? Und was war nach Gaetanos und Aurelios Tod aus Tamino Carnezzi geworden?

Stella verkniff sich weitere Mutmaßungen und überlegte stattdessen, was sie wohl gemacht hätte, wenn sich ihr Lebensraum auf einen einzigen Raum beschränkt hätte. Der Blick auf Berge und See war wahrscheinlich rasch eintönig geworden. Abwechslung könnten Bücher bringen, wobei sie natürlich die Vorlieben einer ehemaligen Schauspielerin nicht kannte. Irgendwelche Spuren hatte Tizia wohl dennoch hinterlassen – vielleicht befanden sich im Turmzimmer weitere Briefe, noch mehr Tagebücher oder Lebenserinnerungen, diverse Notizen ...

Stellas Neugierde und Entdeckerlust waren auf jeden Fall so groß, dass sie zwei Gedanken beharrlich verdrängte: Zum einen, dass der Turm womöglich abgesperrt war, zum anderen, dass Matteo sie ausdrücklich davor gewarnt hatte, ihn zu betreten.

So gefährlich kann es auch wieder nicht sein, sagte sie sich. Selbst wenn der Turm baufällig war, würde er nicht einfach über ihr zusammenbrechen wie ein Kartenhaus.

Das Treppengeländer war wahrscheinlich nicht sehr stabil, aber sie musste sich ja nicht daran festhalten. Und mit den rutschigen, schiefen Stufen würde sie auch klarkommen, sie trug schließlich flache, bequeme Schuhe. Die Erinnerung an den zerbrochenen Blumentopf machte ihr erst recht keine Angst. Falls er nicht vom Wind, sondern von Menschenhand in die Tiefe gestoßen worden war, war das ja der beste Beweis, dass jemand unbeschadet ins Turmzimmer hatte gelangen können.

Würde dieser Jemand ihr jetzt vielleicht nachschleichen, wenn sie nach oben stieg?

Egal. Sobald sie einen Blick ins Innere geworfen hatte, konnte sie immer noch entscheiden, was sie als Nächstes tun würde.

Je näher sie dem Turm kam, desto stärker wurde der eigentümliche Sog, der von dem Gebäude ausging, ganz so, als würde eine fremde Kraft ihre Schritte leiten. Sie war gar nicht mal sonderlich überrascht, dass sich die Tür ohne Probleme öffnen ließ und sie nur den etwas morschen Holzriegel zur Seite schieben musste. Im Inneren erwartete sie eine feuchte, modrige Schwärze und die

Kälte einer Gruft. Hier schien nicht nur jahrelang eine trauernde Frau gelebt zu haben, hier musste sie nahezu begraben gewesen sein ...

Als Stella tief durchatmete, schienen sich ihre Lungen mit Staub zu füllen ... und ihre Seele mit Einsamkeit und einem vagen Schmerz. Beides hielt sie nicht davon ab, über die Schwelle zu treten, und auch als die Tür hinter ihr zufiel, die Schwärze noch erstickender wurde und Feuchtigkeit über ihre Füße hochzukriechen schien, dachte sie nicht an Flucht.

Irgendeine Stimme in ihr schalt sie verrückt, ganz ohne Taschenlampe die Treppe hochsteigen zu wollen. Doch durch die schmalen Öffnungen in der Mauer – offenbar Schießscharten – floss genügend Licht, um Konturen zu erkennen, und als sich ihre Augen an das Grau gewöhnt hatten, sah sie die Treppe aus dunklem Holz ganz deutlich vor sich. Die einzelnen Stufen schienen ziemlich morsch zu sein, doch weder ertönte ein Quietschen noch ein Knirschen, als sie vorsichtig hochzusteigen begann.

Den Fehler, zu schnell zu gehen, machte sie trotzdem nicht. Langsam verlagerte sie bei jeder Stufe das Gewicht, um zu prüfen, dass diese nicht unter ihr nachgaben. Mit der linken Hand stützte sie sich vorsorglich an der Mauer ab, die rau und feucht war, aber zumindest frei von Spinnweben. Als sie etwa ein Drittel der Treppe hochgestiegen war, wurde die Luft deutlich kälter und das Licht trüber. Allerdings würde sie sich notfalls auch halbblind vortasten können. Solange sie sich an der steinernen Wand abstützte, konnte nichts passieren. Sie brachte weitere fünf Stufen hinter sich und ließ sich fast hinreißen, den Schritt zu beschleunigen, als plötzlich eine steinerne Wand vor ihr aufragte. Zumindest sah es so aus, als sie darauf zuging. Als sie die Hand dagegendrückte, stellte sie fest, dass es sich nicht um eine Mauer handelte, sondern um eine Tür, die den oberen Teil des Turms vom unteren trennte. Sie war auch nicht aus Stein, sondern aus Holz. Und hier gab es keinen Riegel, den man einfach zurückschieben konnte, sondern ein mächtiges Schloss, das versperrt war.

So ein Mist!, durchfuhr es Stella, als sie vergebens daran rüttelte.

Auch wenn es ihr schwerfiel, das einzugestehen: Ihr Weg war hier zu Ende. Um das Turmzimmer zu erreichen, musste sie sich erst den Schlüssel besorgen, und sie konnte sich nicht vorstellen, dass ihn ihr jemand freiwillig aushändigte.

Der Weg nach unten kam ihr viel länger vor, wahrscheinlich, weil die Enttäuschung schwer auf ihren Schultern lastete. Zugleich fehlte dieser eigentümliche Sog, der vorhin jeden Schritt begleitet hatte, und ihr Vorhaben erschien ihr mit einem Mal nicht nur gefährlich, sondern dumm. Wenn die Luft im Turmzimmer so feucht war wie hier im Treppenhaus, würden irgendwelche Quellen – Briefe oder Aufzeichnungen – die Jahrzehnte seit Tizias Tod kaum überstanden haben. Ganz zu schweigen davon, dass man den Raum nach ihrem Ableben wohl gründlich gereinigt, wenn nicht vielleicht sogar renoviert, und alles, was an Tizia erinnerte, beseitigt hatte.

Je weiter Stella nach unten kam, desto deutlicher erkannte sie die Stufen. Als sie die drei letzten nahm, stützte sie sich nicht mehr an die Mauer. Jetzt konnte es ihr gar nicht schnell genug gehen, den Turm zu verlassen. Regelrecht erleichtert lief sie auf die Tür zu und drückte dagegen.

Es tat sich nichts.

Stella trat zurück und warf sich mit ihrem ganzen Gewicht gegen das Holz. Danach schmerzte ihre Schulter und ihr Ellbogen, aber die Türe hatte sich keinen Zentimeter breit bewegt.

Sie nahm den Fuß zu Hilfe, trat mit aller Kraft dagegen. Wieder nichts. Jemand musste den Riegel von außen vorgeschoben haben. Sie war im Turm gefangen!

Panik stieg in ihr hoch.

Bleib ruhig. Atme tief durch. Dir kann nichts passieren. Irgendjemand wird dich schon hören, wenn du um Hilfe schreist.

Doch ihre nüchternen Gedanken wurden ihrer Angst nicht Herr, und es packte sie ein tiefes, nacktes, blankes Entsetzen.

Gefangen ... Ich bin hier gefangen ... und es ist kein Zufall ... Jemand hat mich eingesperrt ... Was, wenn dieser Jemand sich nicht damit begnügt? Wenn er sich irgendwo in der Dunkelheit verbirgt? Wenn er mich beobachtet?

Sie hielt den Atem an, lauschte. Kein Geräusch war zu vernehmen, und dennoch hatte sie das Gefühl, dass tausend Augen sie beobachteten.

Bleib ruhig, atme tief durch!

Aber sie konnte nicht. In ihrer Kehle schien ein riesiger Knoten zu sitzen. Als sie dagegen anschrie, brachte sie weder einen Hilferuf noch einen Namen hervor, nur einen lauten, schrillen Schrei, in dem so viel Seelenqual mitschwang ... nicht nur ihre eigene, auch die einer anderen ... ganz so, als gäbe sie den Schatten unzähliger Geister eine Stimme. Als der Schrei von den feuchten Wänden widerhallte, klang er noch verzweifelter, und sie glaubte, er würde gar nicht mehr verstummen, sondern immer weiter und weiter hallen.

Endlich war es still. Die Geister waren fürs Erste befriedet, und was die Lebenden anbelangte, so war sie sich immerhin sicher, dass sich niemand unter der Treppe versteckte. Gewiss, ihre Lage war nicht gerade rosig, aber wenn Tizia hier viele Jahre, vielleicht Jahrzehnte gelebt hatte, würde sie auch ein paar Stunden überstehen.

Sie wollte schon erneut schreien, als ihr aufging, dass sie sich dafür vielleicht besser an eine der Schießscharten stellte. Langsam stieg sie die Treppe wieder hoch und musste erneut an Tizia denken. Ob sie sich immer nur im Turmzimmer verschanzt hatte? Oder ob sie auch manchmal die Treppe rauf- und runtergegangen war? Hatte sie von oben den Garten betrachtet, oder hätte das nur schmerzliche Erinnerungen ausgelöst? Welche Erinnerungen wären das gewesen ... an glückliche Tage im Palazzo oder auch an ihre Zeit als Schauspielerin? Sie wusste gar nicht, wie ihre Karriere begonnen hatte, hatte sie doch in den Unterlagen keinerlei Hinweise auf Tizias Herkunft, ihre Kindheit und Jugendzeit gefunden. Irgendwo war lediglich erwähnt worden, dass sie aus Lecco stammte, jener Stadt am äußersten Ende des östlichen Seearms.

Stella hatte eine Schießscharte erreicht, presste ihren Mund gegen die schmale Öffnung und schrie wieder. Es klang nicht ganz so peinvoll wie vorhin, doch als der Schrei verhallt war, stieg neue Panik in ihr hoch.

Und wenn dich niemand hört?

Sie verdrängte ihre Angst, indem sie sich mit weiteren Gedanken an Tizia ablenkte.

Wer bist du gewesen?, dachte sie, ehe sie wieder um Hilfe rief. Woher kanntest du Tamino Carnezzi? Hat dich mit ihm vielleicht eine längere Geschichte verbunden, als alle anderen ahnten?

Zweiter Teil

TIZIA

10

1920

In den großen Holzkisten lagen Tausende von Raupen über- und nebeneinander. Einige waren noch winzig klein: Sie waren gerade erst geschlüpft, und neben ihnen lagen die leeren Eihüllen. Andere waren bereits vierzehn Tage alt, verweigerten die Nahrung, waren gar in Schlaf gesunken und begannen, sich zu häuten. Am hungrigsten waren die, die vor etwa einer Woche geschlüpft waren. Mit großer Gier fielen sie über die Blätter des Maulbeerbaums her – ihre Hauptnahrung. Tizia wusste, dass ihr Appetit ein Zeichen von Gesundheit war und jeden Seidenraupenzüchter glücklich machte, doch sie fühlte sich vom Anblick der gefräßigen Raupen abgestoßen. Und war zugleich unendlich traurig.

Sie fressen, als ob sie viel Kraft für ein langes, erfülltes Leben sammeln müssten, doch in Wahrheit werden sie nur gefüttert, damit sie sterben. Wir ziehen Nutzen aus ihrem Tod, nicht aus ihrem Leben …

Obwohl sie schon seit vielen Jahren in der Seidenraupenzucht von Gaetano di Vaira arbeitete, zig Raupen schlüpfen und sterben gesehen hatte, damit der lange Faden eines Seidenraupenkokons unbeschädigt abgehaspelt werden konnte, bewegte sie dieser Gedanke jedes Mal aufs Neue.

Das Mitleid, das sie noch als Kind gehegt hatte, als ihre Mutter wie viele Frauen die Eier der Seidenraupe wochenlang zwischen den Brüsten trug, damit sie die richtige Temperatur behielten, war ihr mittlerweile fremd, aber das Schicksal der Seidenraupen ließ sie immer öfter an ihr eigenes denken.

Die Raupen mussten sterben, damit sich andere in schöne Stoffe kleiden konnten – Chiffon, Satin und Taft –, und Frauen wie sie schufteten den ganzen Tag, bis ihre Schönheit verblüht war, damit andere reich wurden. Weder die Raupen noch sie erhielten einen gerechten Lohn. Der Unterschied war nur, dass sie das wusste, während die Raupen selbstvergessen fraßen und wohl überzeugt davon waren, alles zu kriegen, was sie nur wollten.

Eben fütterte Tizia sie nicht mit den Blättern des weißen Maulbeerbaums, sondern mit den Früchten des schwarzen: Sie galten als besonders nährreich, die Raupen wurden davon stark und widerstandskräftig, und ihre Kokons lieferten später noch bessere Erträge. Tizia betrachtete die Tiere mit zusammengekniffenen Augen.

Wenn eine von euch Raupen klug genug wäre, sich nicht täuschen zu lassen und sich nicht gierig auf das Futter stürzte – ich würde sie leben lassen.

Doch die Raupen waren nicht klug, sondern gefräßig, und außerdem wusste sie: Selbst wenn man sie aus dem Kokon schlüpfen ließ, verwandelten sie sich nicht in prächtige Schmetterlinge, die die bunten Blumen umflatterten, sondern in braun-graue Tiere mit großen Fühlern, schwarzen Augen und lahmen Flügeln. Sie waren anfällig für Krankheiten, taugten nur für die Nachzucht, nämlich die Eiablage, waren aber unfähig zu fliegen.

Könnte ich noch fliegen, wenn man mich ließe?, ging es Tizia durch den Kopf. Oder bin auch ich längst flügellahm nach all den Jahren hier, nach den vielen Raupen, die ich getötet habe, nach dem Tod meiner Eltern?

Das Bild ihrer Mutter huschte durch ihren Kopf, wie sie sich vor Schmerzen auf ihrem armseligen Bett wand. Ein Geschwür war irgendwo in ihrem Leib gewachsen, bis nur noch Blut und Eiter von ihr übriggeblieben waren. Der Tod, dem sie damals begegnete, war nicht sauber wie der der Seidenraupen. Von ihnen blieb ein weißer Fingerhut, von Tizias Mutter ein so übelriechender Leichnam, dass selbst der Priester die Nase gerümpft hatte, als er über dem Sarg die Gebete gesprochen hatte.

Tizia schüttelte den Kopf und fütterte noch mehr Raupen. Fünfmal am Tag brauchten sie Nachschub, und immer schien es zu wenig zu sein, um sie zu sättigen.

Fresst nur, fresst nur, ihr dummen Viecher! Euer Leben ist trotzdem eine Lüge. Ich zumindest habe mich nie täuschen lassen. Ich wusste immer, dass ich arm bin, dass mir meine Schönheit nichts nutzen wird ...

»Träum nicht, Mädel! Und außerdem, warum fütterst du die Raupen? Sollte nicht längst schon Annarita hier sein?«

Tizia zuckte zusammen, aber trotzdem gelang es ihr, eine gleichmütige Miene aufzusetzen. Der Aufseher war ein verdrießlicher Mann, der noch nie ein freundliches Wort zu ihr gesagt, sie aber immerhin noch nie geschlagen hatte – ganz anders als Annarita, die im Krieg ihren Mann verloren hatte, nun mit sechs Kindern allein dastand und oft zu spät zur Arbeit kam.

»Sie ist doch schon da ...«, log Tizia, »siehst du sie nicht dort drüben ... beim Wasserdampf.«

Sie hoffte, Annarita damit genügend Aufschub verschafft zu haben, und tatsächlich, der Aufseher stemmte nur seine Hände in die Hüften, anstatt sich zu vergewissern, dass sie die Wahrheit sagte. »Dort arbeitest auch du jetzt. Mach schon!«

Er glaubte wohl, dass es ihr schwerer fiel, die Raupen zu töten als sie zu füttern, und dass er sie auf diese Weise bestrafen konnte. Aber er irrte. Das Töten erschien ihr irgendwie ehrlicher.

Bereitwillig durchquerte Tizia die lange, dunkle Halle, wo – vom Direktionspersonal und den Packern abgesehen – nur Frauen und Kinder arbeiteten. Das hieß, man sprach nie von Kindern, weil Kinderarbeit verboten war, und nannte sie junge Frauen, doch das änderte nichts an der Tatsache, dass manche kaum älter als zehn, elf Jahre waren.

So alt wie ich war, als ich hier zu schuften begann, dachte Tizia, als ich zu ahnen begann, dass ich mein Leben nutzlos vergeude, dass ich hier immer nur älter werde, aber nicht reicher, nicht glücklicher, dass ich hier genug verdiene, um nicht zu sterben, aber zu wenig, um auch zu leben ...

Mittlerweile war ihr Blick ähnlich abgestumpft wie der der anderen Frauen.

Die einen waren mit der Nachzucht beschäftigt, die sie auf Flechten ausbreiteten. Die anderen mit dem Abhaspeln, indem sie vier bis zehn Seidenfäden zusammenfassten, auf Haspeln wickelten und trockneten. Wieder andere kochten und bleichten Seide im Seifenwasser, die in der anderen Manufaktur von Gaetano di Vaira zu verschiedenen Stoffarten weiterverarbeitet wurde.

Und etliche machten sich bei den eingemauerten Kesseln zu schaffen, die nun auch Tizia erreichte.

Sie füllte einen Kessel mit Wasser, brachte ihn zum Sieden und prüfte, ob der eiserne Rost darüber stabil war. Dann füllte sie einen Korb mit Kokons, in denen die Raupen schliefen, tauchte Tücher in Wasser und wickelte sie darum. Sie warf einen letzten Blick auf die Kokons, wieder halb angewidert, halb traurig, dann schloss sie ihn mit dem Deckel und stellte ihn auf den Rost.

Damit war ihre Arbeit getan, jetzt war der Tod an der Reihe.

Ihre Mutter hatte ihr als Kind immer erzählt, dass die Raupen keinen Schmerz spürten, wenn sie im Wasserdampf erstickten. Sie würden tief und fest schlafen, und wenn der Tod im Schlaf kam, zeigte er sein gnädigstes Gesicht. Ihre Mutter hatte hingegen in sein grausamstes schauen müssen, und was die Raupen anbelangte, so hatte Tizia einmal gesehen, wie sie sich in den Kokons wanden.

Heute vermied sie einen Blick in den Korb. Nach einer Weile nahm sie ihn vom Rost und schlug die Kokons in ein heißes Tuch ein. Sechs bis sieben Stunden wurde dann gewartet, dass auch wirklich keine Raupe mehr lebte, danach wurden die Raupen in der Sonne getrocknet.

Sechs bis sieben Stunden. Was für ein langer Todeskampf, gemessen an ihrem kurzen Leben!

Wie lange mein Todeskampf schon währt?, dachte Tizia. Wie viele Jahre hoffe ich nun schon vergebens auf ein besseres Leben?

Doch genau betrachtet hatte sie die Hoffnung schon aufgegeben ...

Wütende Stimmen erreichten sie. Offenbar hatte der Aufseher Annarita dabei ertappt, wie sie wieder einmal zu spät gekommen war, und sie brachte weinend Entschuldigungen dafür hervor. Tizia wünschte ihr, dass sie ihre Arbeit behalten durfte, aber echtes Mitleid blieb aus. Die Seidenraupenlarven mochten ihr Schicksal mit tausend anderen teilen, aber jede von ihnen starb für sich allein, so wie ihre Mutter allein gestorben war und sie, Tizia, ihr nicht hatte helfen können. Und die Frauen, die hier arbeiteten, mochten sich manchmal verständnisvolle Blicke zuwerfen, kämpften aber ebenso allein gegen ihre Not.

Nach dem ersten Korb bereitete Tizia noch viele weitere für den Wasserdampf vor, und über dem Töten der Raupen verrann der Tag. Manchmal glich die Zeit einem schnellen Fluss, der sie mitriss, manchmal einem Tümpel, in dem sie langsam unterging. Grau war das Wasser so oder so. Nur der See war nicht grau.

Als Tizias Schicht zu Ende ging, sie ihr Umhangtuch um den Kopf schlug und die Manufaktur verließ, brachen Sonnenstrahlen durch die Wolken und ließen das Wasser glitzern wie Edelsteine. Nicht, dass der Anblick sie sonderlich tröstete.

Auch das ist nur Trug und Lüge, dachte sie, die Edelsteine, auf die es ankommt, tragen die reichen Damen um den Hals. Die Sonnenstrahlen haben hingegen keine Macht, aus der hässlichen Welt eine schönere zu machen. Sie können uns lediglich kurz täuschen.

Dennoch starrte sie weiterhin auf den funkelnden See und machte keine Anstalten, heimzugehen wie alle anderen, die von Kindern, Ehemännern oder Eltern erwartet wurden. Auf sie wartete niemand – bloß eine schäbige Kammer, in der sie zur Untermiete wohnte, wo es ständig feucht war, nach Fisch roch und Mücken sie plagten. Sie schüttelte sich, wenn sie an das dunkle Loch auch nur dachte und entschied, lieber einen Spaziergang zu machen.

Wie so oft am Abend fuhr die Bisa, der Nordwind, durch die zitternden Zypressen und Pinien, doch Tizia machte es nichts aus, dass die Kälte ihr in sämtliche Glieder schnitt. In den Gärten am Seeufer wuchsen noch ein paar bunte Blumen, doch als sie sich immer weiter aus Lecco entfernte und höher stieg, erreichte sie karges, unbewohntes Steinland. Der Pfad war schmal, aber sie hatte keine Angst zu stolpern. Wenn sie in die Tiefe fiele, käme der Tod wohl fast so gnädig wie im Schlaf, oder?

Bald hatte sie eine Felszunge erreicht, von wo aus sie den Seearm überbrücken konnte. Die Weinreben und Olivenpflanzungen, Kastanien- und Nusswälder bildeten am Fuß der Berge einen Kranz, der hier und dort von nackten Felsen, Wasserfällen und Ruinen, Schlössern, hochgelegenen Kirchen und Kapellen, Ortschaften und Villen durchbrochen wurde. Die weißen Schneeberge glichen vor dem dämmergrauen Himmel einem riesigen Bilderrahmen. Obwohl das Wasser des Sees so klar war, dass man in der Nähe des Ufers bis zu seinem Grund sehen konnte, war Tizia zu weit entfernt, um einen Schatten darauf zu werfen oder sich in der Oberfläche zu spiegeln. Dennoch fragte sie sich, was sie wohl zu sehen bekäme, wenn sie es täte: Immer noch ein junges Mädchen mit den kräftigen, gelockten Haaren, funkelnden, dunklen Augen, den feinen Zügen und dem Hunger nach Leben?

»Sie sehen aus wie Parmesan.«

Die Stimme ließ sie zusammenzucken, und fast verlor sie das Gleichgewicht, doch schon packten sie kräftige Hände und zogen sie vom äußersten Rand des Felsvorsprungs zurück. Das Kribbeln im Bauch, das ausgeblieben war, als sie in die Tiefe sah, überkam sie umso heftiger, als sie im Blick des jungen Mannes versank, der sie gerettet hatte.

»Was meinen Sie?«, fragte Tizia.

Er ließ sie wieder los, machte aber keine Anstalten, wieder seines Weges zu gehen.

»Nun, die Berggipfel ... sie sehen aus wie Parmesansplitter.«

Tizia musste lachen. »Ach, Tamino, du bist ein Träumer.«

»Nein, wirklich! Meine Mutter hat mir als Kind immer von der *cuccagna* erzählt – dem Kuchenland, wo die Häuser mit Kuchen gedeckt sind, an den Bäumen Würste hängen und in den Tälern Muskatellertrauben wachsen. Und die Berge bestehen aus geriebenem Parmesan. Von hier oben aus betrachtet sehen die verschneiten Gipfel doch tatsächlich so aus, nicht wahr?«

Tizia schüttelte den Kopf, aber lachte weiterhin. Sie lachte in Taminos Gegenwart oft.

Er war einer der Packer und brachte Seide in die andere Manufaktur, manchmal auch in die großen Modegeschäfte in Mailand, wo sie verarbeitet wurde. Er wirkte energiegeladen, jungenhaft, irgendwie ... hungrig, und er strahlte nicht die Lethargie und den Überdruss aus wie so viele seinesgleichen. Unwillkürlich fragte sie sich, ob der Zufall sie zusammengeführt hatte oder er ihr mit Absicht gefolgt war. Sie hoffte auf Letzeres, und ihr Herz klopfte schneller.

»Hast du mir nicht einmal erzählt, dass deine Mutter früh gestorben ist?«

»Das ändert nichts, dass ihre Geschichten immer noch wahr sind ...«

»Aber es gibt doch kein Kuchenland«, murmelte sie, und dachte still: genauso wenig wie es ein Leben für die Raupen gibt ... und ein Leben für mich.

Er ging nicht darauf ein. »Meine Eltern waren Neapolitaner«, fuhr er fort, »und Teil einer Schauspieltruppe in Bellagio. Jeden Abend spielten sie die Mandoline, schlugen die Castagnetten und tanzten die Tarantella. Und sie haben so viele Geschichten erzählt.«

Aber reich geworden sind sie dabei nicht, dachte Tizia. Der Reichtum der Lieder ist so vergänglich wie das Glitzern der Sonnenstrahlen ...

Schon schluckte sie der graue Himmel, wurde das Wasser farblos, der Wind schärfer.

»Du frierst ja ...«

»Es ist nicht so schlimm ...«, sagte Tizia, obwohl ihr die Zähne klapperten, »ich habe fast den ganzen Tag Raupen getötet ... die Hitze ist gefährlicher als die Kälte.«

»Dennoch bringe ich dich jetzt heim, wenn du es gestattest.«

Tizias Herz pochte noch schneller. Und ob sie es ihm gestattete! Er reichte ihr die Hand, und als sie sie ergriff, dachte sie, dass sie vielleicht doch noch nicht tot war, dass es doch noch Hoffnung in ihr gab ... und Lust aufs Leben.

Diesmal nahm Tizia den Fischgestank kaum wahr, obwohl er schon lange, bevor sie ihr armseliges Heim erreichten, wie eine dicke Wolke in der Luft hing. Ihre Mutter hatte immer behauptet, die große Flut von Lecco wäre daran schuld, weil die Kellergewölbe der Häuser seitdem feucht waren oder dort sogar knietief das Wasser stand. Tizia war während der Flut noch ein kleines Mädchen gewesen, und wenn sie den Worten der Mutter traute, wäre sie damals fast ertrunken, ein Gedanke, der sie manchmal mit Enttäuschung erfüllte, hätte ihr ein früher Tod doch dieses Leben in Armut erspart.

Heute, als sie an Taminos Seite ging, erschien ihr das Leben ja doch nicht als arm, vielmehr befiel sie eine Ahnung, wie sich Glück anfühlte. Obwohl Tamino von Neapolitanern abstammte, war er groß gewachsen und schlank; seine Hände waren schwielig, aber nicht so rissig und rot wie ihre, sein Schritt trotz der muskulösen Beine federnd. Nun ja, er musste ja auch nur Pakete mit Seide schleppen – keine schweren Lasten.

Fast den ganzen Weg hatten sie schweigend zurückgelegt, erst als sie an einigen Frauen vorbeikamen, die im See Wäsche wuschen und dabei sangen, stimmte auch er ein Lied an. Tizia verstand den Text in dem fremden Dialekt kaum, aber die Melodie klang wunderschön.

»Das hat meine Großmutter oft gesungen«, sagte er.

»Hat sie auch hier gelebt?«

»Nein, sie hat Neapel nie verlassen. Aber meine Eltern haben sie alle paar Jahre besucht, und einmal war ich auch dabei. Meine Großmutter hieß Lidia.«

»Und das Lied – handelt es etwa auch vom Kuchenland?«

»Nein, in dem Lied geht es um ein Land, wo viel köstlichere Sachen warten als Kuchen ...«

»Nämlich?«

»Es ist das Land der Liebe! Und es wartet mit Küssen auf uns!«

Tizia errötete, versuchte aber mit einem Lachen darüber hinwegzugehen. »Küsse machen aber nicht satt.«

»Aber sie machen glücklich.«

Wie viele Frauen er wohl schon geküsst hatte? Sie selbst noch niemanden, aber das würde sie nicht zugeben.

»Aber das Glück ist doch flüchtig ...«, murmelte sie.

»Das liegt in seiner Natur. Man würde etwas nicht genießen können, wenn man es für alle Ewigkeit besäße.«

Tizia zuckte die Schultern. Es lag ihr auf der Zunge, dass sie nie so dumm wie die Raupen wäre und sich vom überreichen Angebot an Maulbeerblättern täuschen lassen würde, doch dann fiel ihr Blick auf einen Schwarm Agarigole – kleine, weißgraue Möwen, die die Dampfschiffe oft stundenlang begleiten –, und sie dachte nicht an die Raupen, nur an diese Herren der Lüfte, fühlte, als würde sie wie diese die Flügel ausbreiten und dem eigenen Leben davonfliegen. Es war ihr gleich, dass der Wind die Richtung des Flugs bestimmte, dass er kalt war und sie irgendwann wieder auf dem harten Boden aufprallen würde – für diese wenigen gestohlenen Augenblicke war sie frei.

Atemlos nahm sie Taminos Hand, und als er sie verwundert ansah, umschlang sie seinen Nacken und zog ihn an sich. Er leistete keinen Widerstand, dann lagen schon seine Lippen auf ihren, und wenige Herzschläge später öffneten sich ihre Lippen, und ihre Zungen trafen sich. Sie schmeckten etwas salzig, so wie der Wind schmecken musste ...

Doch ehe sie sich dem köstlichen Gefühl ganz und gar hingab, ging ihr auf, dass der See kein Meer war und sich die Möwen vergebens nach dessen Weite sehnten. Und Tamino war zwar schön und liebenswert, aber nicht reich. An seiner Seite müsste sie vergebens darauf warten, dass sie von der Armut erlöst würde. Sie müsste weiterhin in der Manufaktur schuften, ihre Schönheit würde verblühen, und vergänglich wie diese war wohl auch das Glück mit ihm.

Abrupt löste sie sich von ihm und ging davon.

»Tizia ... was hast du denn ...«

Wieder schmeckte es salzig, diesmal wegen ihrer aufsteigenden Tränen.

»Es war sehr schön ...«, murmelte sie, und an seinem glücklichen Lächeln sah sie, dass er den gemeinsamen Spaziergang genossen hatte, dass er ihr wohl mit Absicht gefolgt war, dass er sich auf weitere Abende wie diesen hier freute.

Sie hingegen beschloss, ihm künftig aus dem Weg zu gehen. Es gab kein Kuchenland ... es gab keine Zukunft für sie beide.

Einige Monate später brach Tizia zum größten Abenteuer ihres jungen Lebens auf. Der Zufall führte dazu – oder vielmehr eine Krankheit, und das war erstaunlich genug, hatten Krankheiten für gewöhnlich doch nur Elend über ihr Leben gebracht. Diese aber erwies sich als Glücksfall.

Paolo war krank geworden, ein Laufbursche, der für gewöhnlich Briefe und Geschäftsunterlagen von einer Manufaktur zur anderen brachte, manchmal auch kleinere Pakete, die man nicht den Packern anvertrauen wollte. An diesem Tag hätte Paolo nach Mailand reisen sollen, um einen besonderen Auftrag zu erfüllen: Das Modehaus Ferrario hatte Rohseideproben angefordert, denn es war mit dem Hochzeitskleid für eine berühmte Frau – gerüchteweise ein Mitglied des Königshauses – beauftragt worden. Am Abend zuvor hatte sich Paolo jedoch mit schlechtem Fisch den Magen verdorben und sich die ganze Nacht über die Seele aus dem Leib gespien. Zur Arbeit war er dennoch erschienen und hatte prompt die letzten Reste seines Mageninhalts auf die Füße des Aufsehers befördert.

Dessen Flüche waren schon von weitem zu hören, ebenso sein Befehl, Paolo solle abhauen – wortwörtlich sagte er, er könne seinetwegen im See ertrinken –, doch als sich Tizia wie alle anderen mit geducktem Kopf fortschleichen wollte, traf sie seine Stimme: »He, du da!«

Tizia brauchte eine Weile, um zu begreifen, dass sie gemeint war, und trat mit weiterhin gesenktem Kopf näher.

»Die Packer brauche ich heute für andere Aufgaben, außerdem kann ich sie mit ihren dreckigen Hosen nicht in ein feines Modegeschäft schicken«, knurrte Andrea. »Hast du genug Grips in der Birne, um in den richtigen Zug einzusteigen und ihn in Mailand wieder zu verlassen?«

Tizia nickte stumm, wagte aber immer noch nicht, den Blick zu heben.

Der Aufseher betrachtete sie nachdenklich. »Was stehst du dann noch rum?«

Er drückte ihr das Paket in die Hand, außerdem zwei Münzen – für die Bahnfahrt und die Kraftdroschke, die sie vom Mailänder Bahnhof zum Modehaus bringen sollte – und nannte ihr dessen Adresse. »Wehe, du verlierst das Geld, und wehe, das Paket kommt nicht heil an.«

Tizia prüfte, ob die Tasche ihres Kleides kein Loch hatte, ehe sie das Geld einsteckte, und klammerte sich regelrecht an das Paket. In den nächsten Stunden ließ sie es kein einziges Mal los, nicht nur, weil es ihre Pflicht war, die Fracht sicher bis ans Ziel zu bringen, sondern auch, um sich dahinter zu verstecken. Ja, es war ein glücklicher Zufall und ein großes Abenteuer, dass sie mit diesem Botengang beauftragt worden war – doch gleichzeitig hatte sie sich noch nie so gefürchtet wie in dem Augenblick, als sie der vertrauten Manufaktur den Rücken zuwandte. In den letzten Wochen war sie Tamino beharrlich aus dem Weg gegangen, doch jetzt blickte sie sich in der Hoffnung auf ein aufmunterndes Lächeln suchend nach ihm um. Leider entdeckte sie ihn nirgendwo, was bedeutete, dass sie ohne seinen Zuspruch zum Bahnhof gehen und dort die erste Zugfahrt ihres Lebens antreten musste.

Früher hatte sie oft davon geträumt, Zug zu fahren, und diesem lauten, dampfenden Ungetüm jedes Mal fasziniert nachgestarrt, wenn sie eines vorbeifahren gesehen hatte. Doch sie hatte nicht damit gerechnet, dass es in den Abteilen und erst recht in den Korridoren so drängend voll sein würde. Sie fürchtete, zerquetscht zu werden, und noch mehr Sorgen als um sich selbst machte sie sich um die Rohseide, die womöglich zerknittern würde. Nur mit Mühe und Not konnte sie noch atmen, doch weil sie sich weiterhin hinter dem Paket versteckte, sah sie kaum, wohin sie trat, und wäre fast über einen ausgestreckten Fuß gestolpert. Ehe sie fiel, fing ein schwarz gekleideter Mann sie auf.

»Platz da für die Signorina!«, schrie er laut und bahnte ihr mit grimmigem Gesicht einen Weg – offenbar bereit, notfalls den

Knüppel zu gebrauchen, den er an seinem Gürtel trug. »Platz da!«, schrie er wieder.

Alle wichen vor seiner bellenden Stimme zurück, und erst als er sich Tizia zuwandte, blickte er etwas freundlicher. »Besser, Sie nehmen in der zweiten Klasse Platz, in der dritten ist es schrecklich schmutzig. Dort reisen nur Bauern, die entweder rauchen oder spucken. Und sie sind in Schafpelze gehüllt, die so stinken, als würden die Tiere noch auf der Weide stehen.«

»Aber ich habe doch nur ein Ticket dritter Klasse ...«

»Lassen Sie das nur meine Sorge sein.«

Wenig später hatte er sie auf einen freien Sitzplatz gedrückt, auf dem ein Rosshaarkissen lag, grüßte knapp und ging wieder davon. Tizia hatte keine Ahnung, warum er ihr geholfen hatte, doch eine ältere Dame, die ihr mit einem Pudel auf dem Schoß gegenübersaß, blickte dem schwarz gekleideten Mann begeistert nach: »Auf die Faschisten kann man sich immer verlassen, nicht wahr? Sie sorgen dafür, dass hier alles seinen geregelten Weg geht. Nur können sie leider nicht verhindern, dass die Züge so überfüllt und dreckig sind.«

Tizia hatte keine Ahnung, wer oder was die Faschisten waren, und was den Dreck anbelangte, war sie Schlimmeres gewohnt. Dem Gedränge wiederum war sie entkommen, und obwohl sie es nicht wagte, einen Blick aus dem Fenster zu werfen – es war zu unheimlich, die Landschaft in diesem höllischen Tempo vorbeirauschen zu sehen –, musterte sie neugierig das Abteil. An den Wänden hingen Reklameschilder, großteils von diversen Modehäusern, unter anderem Ferrario, zu dem sie unterwegs war. Sie boten Konfektionen für Damen an: Spitzen aller Art, Schärpen, Taschentücher und seidene Halstücher. Dazwischen wurden Parfüms, Zigarettenetuis und Rasierpinsel angepriesen.

»Schrecklich, nicht wahr? Überall Reklame!«, lästerte die Pudeldame.

Tizia fand die Produkte nicht schrecklich, sondern wunderschön. Und teuer. Nie würde sie sich dergleichen leisten können. Anstelle von Neugierde und Abenteuerlust fühlte sie sich trostlos und einsam wie nie.

Im Mailänder Bahnhof war das Gedränge noch schlimmer als im Zug, und diesmal war keiner dieser Faschisten zur Stelle, um sie durch die Menschenmassen zu bugsieren. Trotz ihrer Angst schaffte sie es alleine, eine der Kraftdroschken zu erreichen, die vor dem Bahnhof bereitstanden, und so wie der Aufseher es ihr eingebläut hatte, verhandelte sie mit dem Kutscher den Preis, bevor sie einstieg.

Es dauerte eine Weile, bis es losging. Rund um die Droschken boten mehrere Straßenhändler auf um den Bauch gebundenen Laden ihre Waren feil – Kürbiskerne, geröstete Maronen oder Wachsstreichhölzchen –, und das so lautstark, dass Tizia sich die Ohren zugehalten hätte, hätte sie nicht immer noch mit beiden Händen das Paket umklammert. Erst als die noch schrilleren Flüche des Kutschers ertönten, machten sie etwas Platz. Die Stadt blieb laut, doch trotz ihrer Furcht zwang sich Tizia dazu, aus dem Fenster zu sehen und alles in sich aufzunehmen: diese Massen von Menschen und Wagen, Auslagen, die sich an Auslagen reihten, Stadtvillen hinter geschlossenen schmiedeeisernen Gittern, farbenfrohe Gärten mit steinernen Statuen und blassen Säulen hinter dunklen Hecken. In den Cafés am Domplatz wurde Musik gespielt; von allen Seiten tönten Melodien und vermischten sich mit dem Stimmengewirr zur Symphonie aus den schönsten und zugleich hässlichsten Tönen, die Tizia je gehört hatte. Junge Leute flanierten in den Arkaden, prachtvoll gekleidete Damen hatten in Bars Platz genommen, wo man frischen Kaffee aus einer neumodischen Kaffee-Expressmaschine, ein Glas Bier oder ein Frappé trinken konnte. Auch hier waren viele Wände mit Reklame gepflastert, aber auch mit Aufrufen, sich vor Taschendieben zu hüten: *Guardarsi da borsaiuoli!*

Obwohl sie in der Droschke saß, prüfte Tizia immer wieder, ob sie ihr Geld noch bei sich hatte. Als sie anhielten, stieg ihr der herbe Geruch von Pappeln in die Nase, die die breiten Avenuen säumten. Sie genoss ihn nur kurz, dann war sie schon vom Anblick des großen Gebäudes gefesselt, vor dem die Droschke angehalten hatte. Nie hatte sie so große Schaufenster gesehen, hinter denen alle möglichen Menschen zu sehen waren: Die einen saßen beim Tee, andere rüsteten sich zur Jagd, wieder andere machten sich im Boudoir für eine Abendgesellschaft fertig. Nachdem sie geistesabwesend gezahlt hatte, fragte sie sich verblüfft, warum sich all diese Menschen den Blicken der Passanten preisgaben, doch als sie näher trat, sah sie, dass es keine Menschen, sondern riesige Puppen waren, die die feinen Gewänder, die es hier zu kaufen gab, zur Schau stellten.

Eine Weile ging sie vor den Schaufenstern auf und ab, wagte jedoch nicht, durch die große Eingangstür aus Glas zu treten. Da sie aber keinen anderen Eingang entdeckte, fasste sie sich schließlich ein Herz und schritt über die Schwelle. Instinktiv wappnete sie sich gegen eine zänkische Stimme, die sie gleich wieder verjagen würde, traf aber nur auf Stille. Die vielen Kabinen, die mit Vorhängen verschlossen waren und wo wahrscheinlich die Anprobe stattfand, schienen ebenso leer zu sein wie die Stühle davor. Im hinteren Teil entdeckte sie eine junge Frau, vielleicht eine der sogenannten Modehändlerinnen, doch als Tizia näher kam, erkannte sie, dass auch diese eine Wachsfigur war und der Stoff ihres Kleides nur lose um ihren Leib drapiert war. Wunderschön war sie gleichwohl mit den hohen Brauen und dem kurzgeschnittenen Haar, und Tizia konnte gar nicht anders, als sie mehrmals ehrfürchtig zu umrunden und sich jedes Detail einzuprägen.

»Wenn Caterina Sponati stumm ist, bietet sie einen erfreulichen Anblick, nicht wahr? Leider hat ihr Pendant aus Fleisch und Blut eine unangenehme Stimme, das kann ich dir sagen!«

Tizia fuhr herum. Zwischen zwei Kabinen befand sich ein Stück grün tapezierte Wand, und an dieser Wand lehnte ein Mann mit hellgrauem Anzug, rundem Hut und einem Spazierstock, den er so grimmig schwang, als hätte er übel Lust, jemanden damit zu verprügeln.

Tizia vermeinte kurz, er spräche mit ihr, aber sein Blick blieb unverwandt auf die Wachspuppe gerichtet.

»Du glaubst, du bist eine Diva, pah!«, schimpfte er auf sie ein. »Das einzige Göttliche an dir ist das Geld, das ich mit dir verdient habe. Ansonsten bist du nichts weiter als eine läufige Hündin, dumm genug, dich schwängern zu lassen. Und jetzt stehe ich mit einem halbfertigen Film da!«

Tizia stand vor Schreck so stocksteif, als wäre auch sie eine Wachsfigur.

Der Mann hingegen löste sich von der Wand, trat näher und erstmals fiel, wenngleich nur flüchtig, sein Blick auf sie.

»Ich habe sie groß gemacht, musst du wissen. Bevor ich in ihr Leben trat, war Caterina ein einfaches Ballettmädel. Es gibt Tausende davon, und alle träumen von einer großen Karriere, doch Filmstars werden nur ganz wenige. Anstatt mir auf ewig dankbar zu sein, glaubte sie jedoch eines Tages, dass sie mich nicht mehr brauchte. Ha! Was denkt sie eigentlich, wer sie ist?«

Wieder schwang er den Spazierstock, und unwillkürlich duckte sich Tizia. So entging ihr, dass sein Blick nunmehr länger, vor allem aber nachdenklicher auf ihr ruhen blieb.

»Weißt du eigentlich, dass du ihr ähnlich siehst?«

Nach all den bitterbösen Worten war sie überzeugt, dass er sie verhöhnte, doch als sie hochblickte, las sie keinerlei Spott in seiner Miene, nur ... Faszination. Tizia musterte die Wachsfigur erneut. Wenn man von dem herzförmig geschminkten Mund, den hohen Brauen und den kurzen Haaren absah, und natürlich auch dem schönen Stoff, der die schlanke Figur umschmeichelte, hatte der Mann nicht unrecht. Die Wachspuppe hatte eine ebenso hohe Stirn wie sie, weit auseinander stehende Augen, eine schön geformte Nase, etwas zu spitze Wangenknochen und Lippen, die zwar fast zu klein für das große Gesicht, aber immerhin rund und weich waren.

Der Mann ließ den Spazierstock sinken und umkreiste sie. Zum ersten Mal fiel Tizia das Päckchen fast aus der Hand. »Mit dem richtigen Kostüm und viel Make-up könnte es funktionieren ... Jeder Film ist schließlich ein Schwindel, verstehst du? Wir verkaufen den Menschen eine Lüge.«

Plötzlich begriff Tizia, dass er keinen Scherz mit ihr machte. Und plötzlich wusste sie: Wenn sie jetzt vor Angst schlotterte und das schüchterne Mädchen gab, das sich verzweifelt an das Päckchen klammerte, würde dieser zweite große Glücksfall in ihrem Leben ungenutzt vorüberziehen.

Sie legte das Päckchen auf einen Stuhl und straffte ihren Rücken, ehe sie sich wieder dem Mann zuwandte. Blitzartig zogen Bilder ihres Lebens an ihr vorbei ... die gefräßigen Raupen, die sterbende Mutter, Taminos Kuss ... doch sie verdrängte sie. Kurz senkte sie den Blick, um umso koketter die Augen aufzuschlagen, und stützte die Hände wie die Wachsfigur in die Hüfte.

»Mein Name ist Tizia Massina«, sagte sie mit bebender Stimme. »Und wer sind Sie?«

Der Mann zog die Brauen hoch. »Ein so edler Name für so ein einfaches Mädchen? Das passt ja gar nicht zu dir!«

Als er lachte, klang es wie das Bellen des Pudels im Zugabteil.

Tizia schoss die Röte ins Gesicht, aber sie wiederholte standhaft: »Mein Name ist Tizia Massina.«

Sein Lachen erstarb. Wieder zog er einen Kreis um sie, rammte mehrmals im Takt seiner Worte den Spazierstock in den Boden. »Nun«, sagte er, »du magst vielleicht wirklich so heißen, aber du bist keine Tizia ... zumindest noch nicht ... Allerdings kann ich mir gut vorstellen, dass man dich zu einer formen kann. Weißt du, in einer Welt wie dieser, da ein vielversprechender Star zur läufigen Hündin wird, lässt sich auch ein dahergelaufener Straßenköter zur Diva machen.«

11

»Hallo ... ist da jemand?«

Stella fuhr hoch. Etwa eine halbe Stunde lang hatte sie vergeblich um Hilfe geschrien und war schließlich so heiser geworden, dass sie sich resigniert auf eine der Stufen gesetzt hatte. Mit jeder Minute war ihr kälter geworden, und noch mehr lähmte sie die Panik. Sie versuchte, sie zu bezwingen, indem sie den Kopf auf ihre Knie legte und sich Tizias Leben ausmalte, nicht sicher, ob die Bilder, die da vor ihr aufstiegen, von den Quellen, mit denen sie sich beschäftigt hatte, oder ausschließlich von ihrer wilden Phantasie genährt wurden. Tröstlich waren sie auf jeden Fall. Doch dann ertönte wieder diese Stimme.

»Hallo?«

Wie merkwürdig – die Stimme kam nicht von oben oder von draußen, sondern von ... unten.

Stella sprang auf. »Ich bin hier! Ich komme nicht mehr raus!«

Das Gelächter, das folgte, wurde von einer Stahltür gedämpft. Plötzlich ertönte ein Quietschen, und der Boden vor ihr öffnete sich. Vorhin hatte sie nicht bemerkt, dass sie nicht auf festem Grund stand, sondern sich unter dem Turm ein Keller befand, doch jetzt erinnerte sie sich vage daran, von einem Eiskeller gelesen zu haben, in dem man einst – bevor Eis- und Kühlschränke eingebaut worden waren – Nahrungsmittel gelagert hatte.

Der Kopf von Matteo lugte durch den Spalt. »Sind Sie aus Fleisch und Blut, oder sind Sie Tizias Geist?«, fragte er mit verstellter Stimme. »Wenn Letzeres der Fall ist, verschwinde ich lieber. Ich habe nämlich Angst vor Geistern.« Er tat so, als würde er schleunigst die Flucht antreten wollen.

»Untersteh dich!«

Lachend stieg Matteo noch weiter die Treppe hoch, bis sein Oberkörper aus der Öffnung ragte, und sah sie halb fragend, halb kopfschüttelnd an.

»Ja, ja, ich weiß, ich hätte den Turm nicht betreten sollen. Aber ich konnte doch nicht damit rechnen, dass die Tür zufallen würde!«

Matteo kniff die Augen zusammen. »Kann es sein, dass der Geist nicht *im* Turm, sondern *davor* sein Unwesen treibt und dich eingesperrt hat?«

»Keine Ahnung, wie das passieren konnte. In jedem Fall bin ich ... gefangen.«

»Ähnlich wie Tizia ... wobei die ihr Exil ja freiwillig gewählt hat.«

Sie hatte für den leisen Spott in seiner Stimme nichts übrig, dennoch wurde ihr gleich wärmer, als er die restlichen Stufen hochstieg, selber zur Tür ging und daran rüttelte. »Wie merkwürdig«, murmelte er. »Wobei, wenn ich mich recht erinnere, hat Fabrizio mal erwähnt, dass man die Tür nur von außen öffnen kann und man sie deswegen immer mit einem Haken festmachen muss.«

Stella lag die Frage auf den Lippen, warum man in diesem Fall kein Warnschild angebracht hatte, musste sich dann aber eingestehen, dass es ihre eigene Schuld war, den Turm trotz Warnungen einfach betreten zu haben.

»Vielleicht ist es gar kein Wunder, dass man die Tür so konstruiert hat«, sinnierte Matteo. »Auf diese Weise war man vor der wahnsinnigen Tizia sicher.«

»Das ist nicht lustig!«

»Schon gut, schon gut. Was für ein Glück, dass ich dich gehört habe. Ich habe mit einem Geschäftspartner zu Mittag gegessen und wollte eben Wein holen. Der Weinkeller befindet sich im Keller des

Palazzos, und es gibt einen Verbindungsgang zu diesem Eiskeller hier. Ich weiß auch nicht, warum. Vielleicht hat sich Tizia auf diese Weise regelmäßig mit Vorräten eingedeckt.«

Stella schüttelte mahnend den Kopf.

»Na ja, auf jeden Fall habe ich dich rufen hören. Ich hoffe, du leidest nicht unter Klaustrophobie. Wir müssen wieder durch den Tunnel zurückgehen, und der ist nicht sehr hoch. Wenn du willst, kannst du aber auch hier warten, und ich befreie dich von außen.«

Sie schüttelte den Kopf. Allein die Vorstellung, noch länger im Turm festzusitzen, ließ neue Panik in Stella aufsteigen. »Ich komme mit.«

Matteo stieg als erster in den Tunnel und reichte ihr die Hand. Ein runder Raum erwartete sie, von dem aus ein Gang wegführte. Zwei Glühbirnen beleuchteten den steinernen Boden, doch ihr diffuses Licht reichte nicht aus, um auch die Decke und die Wände zu erhellen. Stella stellte sich lieber nicht vor, welche Tiere sich hier in den Winkeln verkriechen mochten – Spinnen, Mäuse oder vielleicht sogar Ratten. Die Luft war noch schwerer und feuchter als im Turm, und der beklemmende Druck in ihrer Brust wuchs, anstatt nun, da sie in Sicherheit war, nachzulassen. Doch während ihr es gar nicht schnell genug gehen konnte, den Weg zurückzulegen, blieb Matteo unwillkürlich stehen.

»Warum ist dir das eigentlich so wichtig?«, fragte er.

»Was?«

»Na, ich habe dich doch ausdrücklich gewarnt, den Turm zu betreten, und du tust es trotzdem. Ist es wegen Tizia?«

Sie nickte.

»Aber die ist doch schon so lange tot. Welche Bedeutung hat sie denn noch, dass du ...«

»Ich bin Historikerin«, unterbrach sie ihn. »Alle Menschen, mit denen ich mich je beschäftigt habe, sind tot. Meine Dissertation habe ich zum Beispiel über Plinius den Jüngeren geschrieben. Ein

Studienkollege hat mal gemeint, wir seien die Pathologen unter den Geisteswissenschaftlern.«

Matteo lachte auf, wurde aber rasch wieder ernst. »Eigentlich ist es ja richtig beneidenswert, sich so in etwas verbeißen zu können ... Ich bin ja quasi an der Quelle aufgewachsen, und doch kennst du unseren Stammbaum wahrscheinlich mittlerweile besser als ich ...«

»Vielleicht liegt es genau daran«, murmelte sie.

»Was meinst du?«

»Du hättest jeden Tag die Gelegenheit gehabt, den Stammbaum zu studieren, doch wir achten oft nicht auf das, was uns am nächsten liegt. Aber ich ... ich weiß gar nichts über meine Vorfahren. Meine Mutter ist sehr früh gestorben, und wenn ich mir Fotos von ihr anschaue, erscheint sie mir völlig fremd. Ich kann mich nur vage an ihre Stimme erinnern. Immerhin hat mir meine Tante viel von ihr erzählt, während ich meinen Vater überhaupt nicht kenne. Ich weiß nicht einmal, wie er heißt. Die Beziehung von ihm und meiner Mutter ging lange vor meiner Geburt in die Brüche – was sage ich Beziehung, es war wohl nur eine Affäre.«

»Hast du denn nie Nachforschungen angestellt?«

»Wie denn, wenn ich doch keinen Namen hatte? Meine Tante hat damals in Paris gelebt und irgendein Praktikum bei einer Modezeitschrift gemacht. Sie hatte damals kaum Kontakt zu meiner Mutter. Der wurde erst wieder enger, als ich auf die Welt kam. Nach dem Tod meiner Mutter lebte ich dann ganz bei ihr.«

»Aber deine Mutter hatte doch sicher Freundinnen, denen sie etwas erzählt hatte.«

»Keine, von denen ich wüsste ...« Erst als sie es aussprach, gestand sie sich ein, dass das nach einer lahmen Ausrede klang. Die Wahrheit war, dass sie, die jede Quelle der di Vairas akribisch prüfte, sich in der Tat nie annähernd die gleiche Mühe gemacht hatte, um mehr über ihren Vater herauszufinden – noch nicht mal in den

Jahren, als sie mehrere Auslandssemester in Perugia verbracht und die Sprache gelernt hatte. Dass ihre Wahl auf Italien fiel, mochte zwar damit zu tun haben, dass sie sich nach ihren Wurzeln sehnte, doch offen zugegeben hatte sie das nie.

Matteo ging weiter, und sie folgte ihm schnell. Bald erreichten sie eine Stahltür, und dahinter befand sich ein Raum mit gewölbter, rötlicher Decke, mehreren Weinregalen aus Holz und einer ziemlich lauten Klimaanlage.

»Früher war der Weinkeller mal prall gefüllt. Jetzt kann ich froh sein, wenn es noch ein paar Flaschen Brunello und Grappa gibt«, sagte Matteo. »Na, eine Stärkung für den restlichen Weg gefällig?«

Sie lächelte. »Ich glaube, das geht auch ohne Alkohol.«

»Ich schlage trotzdem vor, du nimmst jetzt erst mal ein heißes Bad. Du wirkst ziemlich durchgefroren.«

Jetzt erst bemerkte Stella, dass nicht nur eine Gänsehaut ihre Arme überzogen hatte, sondern ihre Zähne klapperten. Fürsorglich legte Matteo den Arm um ihre Schultern und zog sie mit sich. Dankbar ließ sie sich von ihm führen, doch sie übersah die niedrige Stufe, die zum Ausgang führte, stolperte und fiel fast auf die Knie. Matteo zog sie noch fester an sich. »Hoppla!«, sagte er, nicht spöttisch, sondern ungewohnt heiser, und dann war sein Gesicht plötzlich ganz nahe vor ihrem. Sie erinnerte sich an den Moment, als sie vor dem Turm unter ihm zu liegen gekommen war, und das gleiche Bauchkribbeln stieg auch jetzt in ihr hoch. War es die Erleichterung, einer großen Gefahr entronnen zu sein, gepaart mit dem Drang, das jäh so teuer erscheinende Leben voll und ganz auszukosten? Ohne recht zu wissen, was sie tat, nahm sie seinen Kopf in beide Hände, zog ihn zu sich und küsste ihn leidenschaftlich.

Weiche Lippen, die ihre neckten, ein dezenter Geruch nach Deodorant, den sie bis jetzt nicht wahrgenommen hatte, Haare, die vorfielen und sie an der Wange kitzelten, Hände, die über ihren Rücken strichen und das Kribbeln im Bauch verstärkten ... und dann plötzlich ein störendes Klopfen an der Tür.

»Signore di Vaira? Sind Sie noch da?«

Fabrizio! Was für ein Mist!

Stella zuckte zurück, und obwohl die Tür zum Weinkeller geschlossen war und Fabrizio sie nicht sehen konnte, fühlte sie sich ertappt. Sie errötete nur nicht, weil ihr die Kälte immer noch in allen Gliedern steckte und der Kuss leider nicht lange genug gedauert hatte, um sie aufzuwärmen. Matteo fuhr sich linkisch durch sein Haar. »Ja, ja, Fabrizio, wir sind hier! Wir sind nicht verschollen.«

Er öffnete die Tür, und Fabrizio warf Stella einen fragenden Blick zu.

»Ich musste eine kleine Rettungsaktion unternehmen«, erklärte Matteo schnell. »Signorina Stella hat es doch tatsächlich fertiggebracht, sich im Turm einzusperren. Sie müssen mal was wegen des veralteten Schließmechanismus unternehmen. Nicht, dass unsere Familie in Verruf gerät, unsere Angestellten in Kerkerhaft zu halten.«

Seine Stimme ließ nicht erkennen, ob er genauso enttäuscht war wie sie über die Störung. Eben hätte sie schwören können, dass er ihren Kuss leidenschaftlich erwiderte, doch als er sich jetzt verstohlen über die Lippen leckte, fragte sie sich, ob sie ihn nicht einfach überrumpelt hatte und er zu verdattert gewesen war, um sich zu wehren.

Fabrizios Miene wurde ausdruckslos. »Ich werde mich darum kümmern. Kann ich Ihnen bei der Weinauswahl behilflich sein?«

Als Mädchen für alles übernahm er wohl auch dann und wann die Rolle des Sommeliers.

»Ich denke, wir nehmen einen Soave classico«, sagte Matteo und zog zwei Flaschen aus dem Regal.

Als sie den Weinkeller verließen, ließ Matteo ihr den Vortritt. Er lächelte, ließ seinen Blick jedoch nicht lange auf ihr ruhen ... zumindest nicht lange genug, um Stella das Gefühl zu geben, dass sie keinen Fehler gemacht hatte.

Als sie die Treppe hochstiegen, wechselte er ein paar belanglose Sätze mit Fabrizio, und obwohl Stella erleichtert war, dass der Angestellte nichts mitbekommen hatte, irritierte es sie, dass Matteo so selbstverständlich zur Tagesordnung überging, während ihr noch die Knie zitterten.

Oben angekommen, lächelte er wieder, aber sie war sich nicht sicher, was das zu bedeuten hatte. »Ich muss mich nun um meinen Gast kümmern … und wie ich schon sagte, du nimmst am besten ein heißes Bad.«

»Alles klar, das mache ich.«

Stella stand wie erstarrt, obwohl eine eindringliche Stimme in ihr mahnte: Nun geh schon! Doch schließlich war es Matteo, der ihr zunickte und Richtung Speisesaal ging, während sie immer noch wie angewurzelt dastand. Erst als die Tür hinter ihm zufiel, sie gedämpfte Stimmen und Gelächter hörte – vielleicht berichtete Matteo von ihrem Abenteuer –, gab sie sich einen Ruck. Doch kaum hatte sie ihre Fassung wiedergefunden und sich geschworen, dass dieser Kuss eine einmalige Angelegenheit bleiben musste – zumindest, solange sie hier arbeitete –, traf sie eine Stimme: »Mit diesem Hündchenblick werden Sie Matteo nicht für sich einnehmen.«

Stella blickte hoch. Am Geländer der breiten Treppe lehnte eine junge Frau, die wohl schon eine Zeitlang dort gestanden und alles beobachtet haben musste. Ihr Mund war zu einem herablassenden Lächeln verzogen, das jedoch ihre Augen nicht erreichte. Zugegeben, es waren schöne Augen, groß, haselnussbraun und von dichten Wimpern umgeben, und sie boten einen interessanten Kontrast zu der dunkelblonden Mähne der Frau. Da die junge Frau von der erhöhten Position aus auf sie herabblickte, kam sich Stella plötzlich klein und unscheinbar vor.

Was für eine Wahnsinnsfigur!, ging ihr nicht ohne Neid durch den Kopf.

Nicht, dass sich Stella diesbezüglich verstecken musste – Tante Patrizia pflegte zu sagen, dass in ihrem Alter noch nicht jedes Spaghetti einzeln auf die Hüften wanderte und dort unschöne Dellen bildete – und doch, mit ihrer dunklen Hose, die nach ihrem Abenteuer ebenso feucht wie schmutzig war, kam sie sich gegenüber dieser italienischen Schönheit in grauer, hautenger Lederhose, einem raffiniert geschnittenem altrosa Strickpulli und einem paillettenbestickten Schal wie Aschenputtel vor.

Die Frau löste sich vom Geländer und stieg langsam die Treppe herunter. Ihr Lächeln wurde breiter – und falscher. »Ich kenne Matteo schon seit Ewigkeiten, müssen Sie wissen.«

Stella überlegte, ob sie wohl gemeinsam mit dem Geschäftspartner gekommen war, aber da stellte sich die junge Frau schon vor: »Mein Name ist Ester Pella.«

»Pella? Sind Sie mit Clara verwandt?«

»Das ist meine Mutter. Ich besuche sie regelmäßig.« Ihr Blick ging selbstgefällig durch die Halle, als wäre der Palazzo samt seiner Inneneinrichtung ein wenig auch ihr Besitz.

Stella kämpfte darum, das Lächeln zu erwidern und hoffte, dass es nicht gar zu kläglich geriet. »Dr. Dr. Stella Vogt«, sagte sie schnell.

Zugegeben, es war nicht gerade die feine Art, ihre beiden Doktortitel wie Schild und Speer vor sich herzutragen, eigentlich hatte sie sich immer über die akademische Arroganz mancher ihrer Kollegen lustig gemacht. Aber irgendetwas musste sie diesen langen Lederbeinen und den blonden Locken entgegensetzen!

»Ich weiß, Sie sind die Historikerin ...« In Esters Augen blitzte es halb spöttisch, halb feindselig. »Meine Mutter hat mir alles erzählt. Ich weiß genau, warum Sie hier sind.«

Was für eine merkwürdige Formulierung.

»Ja«, sagte Stella schnell, »um eine Familienchronik zu verfassen.«

Ester lachte lange und laut. Es kam Stella so vor, als würde der Wind durch den Kronleuchter fahren und die vielen kleinen Kristallstücke zum Klirren bringen. »Wer will denn hier von *Familie* sprechen? Schauen Sie sich doch um: Der Palazzo ist total verwaist. Wenn Matteo nicht Mitleid mit seiner Großmutter hätte und sie dann und wann besuchen würde, wäre Flavia der einsamste Mensch auf Erden. Will sie sich die Chronik etwa selber vorlesen?«

Stella hatte sich zwar schon oft gefragt, welchem Zweck die Chronik genau diente, wurde nun aber doch von Wut gepackt.

»Viele Familien, die hier am See leben, halten große Stücke auf ihre lange Geschichte.«

»Aber wann wurde Flavia zuletzt von ihnen eingeladen? Wann hat sie denn selber hier Besuch bekommen?«

Ester beugte sich so weit zu ihr, dass Stella ihren warmen Atem spüren konnte. »Sie müssen mir nichts vormachen, ich bin eingeweiht. Dass sie diese Familienchronik schreiben dürfen, verdanken Sie ausschließlichen Ihren Beziehungen zu ...«

»Ester!«

Die Stimme war so schneidend, als gelte es, einen ungehorsamen Hund zurückzurufen, der einen Fasan jagte. Clara stand in der Tür, die zum Seitentrakt führte, und starrte ihre Tochter vorwurfsvoll an. Diese tat, als würde sie das gar nicht bemerken, sondern lächelte nur. »Da bist du ja, Mama.«

Schwungvoll warf sie ihre Mähne zurück, ehe sie auf Clara zuging und sie mit zwei Küssen auf die Wangen begrüßte. Claras Gesichtsausdruck blieb streng, aber sie sagte nichts mehr.

Verdutzt verfolgte Stella, wie Clara ihre Tochter mit sich zog, und hörte bald nur noch das leiser werdende Klappern der Absätze auf dem Marmorboden.

Dass sie diese Familienchronik schreiben dürfen, verdanken Sie ausschließlich Ihren Beziehungen zu ...

Ihr Apartment war ihr immer riesengroß vorgekommen, doch als Stella jetzt unruhig im Kreis ging, wurde es ihr rasch zu klein. Das Frösteln verstärkte sich, aber sie machte keine Anstalten, sich auszuziehen und ein heißes Bad einzulassen.

Beziehungen zu ... wem? War damit ihr Professor Conrad Ahrens gemeint? Oder jemand ganz anderes?

Sie dachte wieder an den Abend nach ihrer Ankunft, Claras empörte Worte und Flavias trotziges Schweigen. Gut vorstellbar, dass Clara mit ihrer Tochter über sie gesprochen hatte, und während Clara ihre Gefühle im Griff hatte, konnte diese ihre Herablassung nicht verbergen. Ging ihre Verachtung womöglich so weit, dass Ester und nicht etwa ihre Mutter das Chaos in der Bibliothek angerichtet hatte? Aber warum?

Stella rieb sich die Schläfen. Der Blumentopf ... ihr heutiges Erlebnis im Turm ... Natürlich, es konnte der veraltete Schließmechanismus schuld daran gewesen sein, dass sich die Tür nicht mehr öffnen ließ. Aber es war nicht auszuschließen, dass irgendjemand die Tür verschlossen hatte. Aber warum?

Um ihr Angst zu machen ... Um sie zu vertreiben ... Um zu verhindern, dass sie etwas herausfand, was ein Geheimnis bleiben sollte.

Nein, nein, nein, das ging zu weit! Durch kein Wort hatte Ester angedeutet, dass sie sie loswerden wollte. Sie hatte nur erklärt, dass sie die Anstellung ihren »Beziehungen« verdankte.

Stella blieb stehen und starrte auf den See. Immer noch hing Dunst darüber, doch die grauen Schwaden lichteten sich an manchen Stellen, und darunter wurde das Wasser sichtbar, nicht grünlich-blau, sondern fast schwarz. Ein Fährschiff zog einen schmalen Streifen, der ebenso schmutzig grau war wie die schneebedeckten Berge. Das leuchtende Gelb der Villa Balbianello gegenüber verkam im diesigen Licht zu einem Ockerton.

Stella hatte eigentlich vorgehabt, gelegentlich einen Ausflug dorthin zu machen, aber bis jetzt hatte sie das Grundstück kein einziges Mal verlassen. Kein Wunder, dass sie hier langsam verrückt wurde. Tizia hatte die Isolation ja auch langsam, aber sicher in den Wahnsinn getrieben. Sie musste hier raus, auf andere Gedanken kommen! Wenn sie erst einmal durch die belebten Gässchen von Bellagio bummelte, in einem der Jugendstilcafés einen Cappuccino trank und einen Spaziergang zur Villa Serbelloni machte, sah die Welt sicher schon anders aus.

In ihrem tiefsten Inneren ahnte sie zwar, dass es nicht so leicht sein würde, ihr Unbehagen abzustreifen, doch sie war jetzt fest entschlossen, sich einen freien Nachmittag zu gönnen. Auf das warme Bad konnte sie verzichten, sie musste sich nur etwas Wärmeres anziehen, um das Zittern in ihren Gliedern zu vertreiben. Schnell schlüpfte sie in graue Jeans, einen weißen Pulli und zog eine Jacke darüber. Gerade, als sie ihren Reißverschluss zuziehen wollte, kam ihr ein Gedanke. Unwillkürlich fuhr ihre Hand zu dem Ring an der Kette.

Ama et fac quod vis.

Ihr Vater ... ihr unbekannter Vater ... ihr *italienischer* Vater.

Konnte es sein, dass ...?

Unsinn! Sie durfte sich nicht wieder in eine haarsträubende Theorie verrennen! Wer immer er war – es war unmöglich, dass er zur Familie di Vaira gehörte. Flavio di Vaira war lange tot, Flavia hatte keine Geschwister, und Matteos Vater lebte in England ...

Dennoch öffnete sie den Reißverschluss wieder, griff zu ihrem iPhone und wählte Tante Patrizias Nummer. Während es läutete, überlegte sie, was sie ihr sagen sollte. Einfach mit der Wahrheit herauszurücken, schien ihr als nicht sehr ratsam. Du, hinter diesem tollen Job, wegen dem ich die schnöde Arbeit in der Stadtbibliothek abgelehnt und damit all deine guten Ratschläge in den Wind geschlagen habe, steckt scheinbar ein Riesenbetrug. Kannst du dir vorstellen, dass mein unbekannter Vater irgendetwas damit zu tun hat?

Allein das zu denken, kam ihr schon lächerlich vor – unmöglich, es laut auszusprechen. Aber es würde sie schon trösten, Tante Patrizias Stimme zu hören, auch wenn keine aufbauenden Worte zu erwarten waren. Die übliche Mischung aus Pragmatismus und Zynismus würde sie wieder auf den Boden der Tatsachen bringen. Sie konnte förmlich hören, was sie sagen würde, wenn sie ihr alles erzählte.

Geh erst mal einen Kaffee trinken oder, noch besser, einen Grappa ... ach ja, so was magst du ja nicht ... na, dann eben einen Limoncello, picksüßes Zeugs, igitt! Und dann arbeitest du ein Stündchen in der Bibliothek, dafür bist du schließlich hier und nicht etwa, um dich von italienischen Tussis anzicken zu lassen oder den Sohn des Hauses zu küssen.

Obwohl Stella nach zehnmaligem Läuten wieder einfiel, dass ihre Tante für die Zeit nach dem Umzug eine Ayurveda-Kur geplant hatte und darum in der nächsten Zeit nicht erreichbar sein würde, fühlte sie, wie sich ihr Pulsschlag beruhigte.

Eigentlich hatte sie gar keine Lust auf einen Limoncello ... Und ausgerechnet an einem grauen Tag wie heute nach Bellagio zu fahren, erschien ihr auch nicht länger als gute Idee.

Sie zog ihre Jacke wieder aus und redete sich ein, dass sie nicht einfach kopflos handelte, als sie schon zum dritten Mal ihre Pläne änderte, sondern vernünftig.

Wenig später hatte sie sich an ihren Schreibtisch in der Bibliothek gesetzt und suchte gezielt nach Hinweisen auf Tizias Herkunft und das Leben, das sie vor ihrer Heirat mit Gaetano die Vaira geführt hatte. Bald wurde sie fündig, fand sie doch in einer der Mappen diverse Zeitungsartikel, in denen es um berühmte di Vairas ging, darunter auch etliche, die von Tizia Massina und ihrer einzigartigen Schauspielkarriere berichteten.

In den Artikeln wurde sowohl über ihre Gagen als auch diverse Stummfilme berichtet, in denen sie mitspielte. Ab 1920 stand sie regelmäßig vor der Kamera. Was sie davor gemacht hatte und woher sie stammte, wurde nirgendwo erwähnt. Die ersten Filme waren großteils auf etwa fünfzehn Minuten gekürzte klassische Theaterstücke wie »Tristan e Isotta« oder »Romeo e Giulietta«, und Tizia wurde für ihre Schönheit ebenso gepriesen wie für ihre Eleganz. In einer in Bari angesiedelten Geschichte von einem Fischermädchen, das zwischen zwei Männern stand, aber auch in der Verfilmung der »Kameliendame« war sie bereits der große Star. Und mit der Rolle der Lucrezia Borgia, die sie 1923 übernahm, erreichte sie endgültig den Rang einer Francesca Bertini, Lyda Borelli oder Pina Menichelli – anderen großen italienischen Stummfilmstars ihrer Zeit. Viele dieser Diven hatten wie später Tizia einen reichen Unternehmer oder Adeligen geheiratet, als ihr Stern zu sinken begann. Tizias Karriere hingegen schien noch auf dem Zenit zu sein, als sie sich für die Ehe mit Gaetano di Vaira entschied. Wie viel Berechnung wohl dabei war, und wie viel Liebe?

Meisterinnen der Täuschung ...

Stella betrachtete mehrere Fotos von Tizia. Auf manchen nahm sie die Pose der leidenschaftlich Liebenden ein, auf anderen die der tragischen Heldin. Stark geschminkt war sie jedes Mal, der Blick meist entrückt, die Gesten übertrieben. Das Foto, auf dem sie die Finger spreizte, als gelte es, ein Raubtier mit Krallen darzustellen, wirkte einfach nur lächerlich – deutlich berührender und irgendwie traurig hingegen war das, wo sie die Augen fast geschlossen hielt, als wäre sie unendlich müde oder litte an einer schweren Krankheit. Nicht, dass diese Krankheit ihrer Schönheit etwas anhaben konnte. Und ob sie nun mit jeder Faser litt oder sich laszív räkelte – die Kleidung war immer elegant, ob nun schwarz und mit Pelz oder hell und mit Spitzen. Sie sollte ja auch nichts mit den normalen Menschen gemein haben, eine makellose, überirdische Göttin darstellen, unerreichbar und gerade darum von den Massen angebetet. Was damals als Ideal galt, erschien Stella als immer seelenloser, je länger sie die Bilder studierte. Sie erfuhr zwar alles über perfektes

Make-up und die Mode der 20er Jahre, aber Tizias Persönlichkeit, ihren Geheimnissen und Ambivalenzen, all den Ecken und Kanten, die sie gehabt haben mochte, kam sie nicht auf die Spur.

Das Foto neben dem letzten Artikel zeigte sie mit einem schmalen, mit Perlen besetzten Lederband und riesigen Ohrringen. Beides hatte gewiss gefunkelt, doch ihre dunklen Augen wirkten so ... leer. Das Lächeln schien nicht von Herzen zu kommen, sondern mühsam vor dem Spiegel einstudiert worden zu sein. Die stolze Kopfhaltung war kein Ausdruck von Selbstbewusstsein, eher von Furcht, eine zu schnelle Bewegung zu machen. Und die Lippen waren zwar voll und rot, aber wirkten nicht so, als hätten sie je mit Leidenschaft geküsst.

Vielleicht war sie hinter dieser perfekten Fassade eine glückliche Frau gewesen, die Erfüllung in ihrem Beruf fand. Vielleicht war sie aber auch ein zutiefst einsamer Mensch geblieben, dessen Hunger nach Liebe und Sehnsucht nach Freiheit auch die elegantesten Gewänder und der teuerste Schmuck nicht stillen konnten.

12

1923

Als Tizia Tamino wiedersah, war sie bereits ein gefeierter Filmstar. Vittorio Luzzi, so der Name ihres Entdeckers, hatte mit ihr fast ein Dutzend Filme gedreht, und die meisten von ihnen wurden zu Publikumserfolgen. Viele Zeitungen berichteten von ihr, vorzugsweise Frauenmagazine wie *Cordelia, Grazia* oder *Lei-Annabella*. Fotografen baten sie zu Terminen, und im Modehaus Ferrario stand jetzt eine Wachsfigur nach ihrem Vorbild. Junge Mädchen, so hieß es, ahmten bei gesellschaftlichen Anlässen ihre Posen nach und unterwarfen sich einer speziellen Diät, um ihre Figur zu bekommen, war es doch gerade sehr modern, so schlank wie möglich zu sein.

Seit ihrem Ausflug in Mailand war Tizia nie wieder in ihr nach Fisch stinkendes Elternhaus zurückgekehrt, und sie hatte nie wieder Seidenraupen getötet. Seide trug sie jetzt selbst, denn was Vittorio als erstes für sie gemacht hatte, war, sie neu einzukleiden. Zunächst hatte er überlegt, ob ihr ein moderner Kurzhaarschnitt nicht besser stünde, war dann aber zu dem Schluss gekommen, dass ihre langen, kräftigen Haare eine Augenweide waren und ihr außerdem etwas Anachronistisches verliehen. Das unschuldige Mädchen vom Lande könnte sie damit ebenso verkörpern wie die unnahbare Königin längst vergangener Zeiten.

Tizia wusste weder, was anachronistisch bedeutete, noch was Vittorio genau mit ihr vorhatte. Stundenlang hielt er Monologe über Filme und die Welt, die meist vor Verachtung, Sarkasmus und Enttäuschung troffen und ihr nie das Gefühl gaben, er würde aus einem anderen Grund als wegen des Geldes auch nur einen Finger heben. Und dass er sie förderte, trieb diese Verachtung auf die Spitze, war die Leichtigkeit, mit der sie die Kinowelt eroberte, für ihn doch ein Beweis dafür, wie verlogen und oberflächlich dieses Geschäft war.

Je besser sie ihn kennenlernte, desto weniger mochte sie ihn. Aber sie vergaß nie, was sie ihm verdankte, und in seiner Gesellschaft lernte sie rasch, was gute Schauspielerinnen können mussten: ihre wahren Gefühle zu verbergen und zu tun, was andere von ihr verlangten. Lange, bevor die Wachsfigur mit ihrem Antlitz im Modehaus Ferrario stand, war sie selbst zu einer geworden, überirdisch schön, durch und durch unecht und jederzeit wandelbar. Nur im Innersten war da ein Kern, den nicht einmal die heißen Lichter der Lampen in den Filmateliers zum Schmelzen brachten – und auch wenn ihr Gesicht sie nicht spiegelte, waren die Gefühle noch da: Triumph, weil sie nicht länger arm war. Und Trauer, weil sie mit der Armut zugleich Tamino hinter sich gelassen hatte.

Nicht, dass sie sich in den Jahren, die auf ihre Entdeckung folgten, völlig aus den Augen verloren hatten. Nachdem Vittorio mit ihr Probeaufnahmen gemacht hatte, hatte sie tagelang warten müssen, bis der Film entwickelt war und feststand, ob sie als Schauspielerin tatsächlich etwas taugte. Und nachdem sie ein Weile unruhig im Hotelzimmer, das Vittorio gemietet hatte, auf und ab gegangen war, ihrer Nervosität und Unsicherheit aber einfach nicht Herr wurde, schrieb sie Tamino einen Brief. Sie dankte Gott oder vielmehr ihrer Mutter, die darauf bestanden hatte, dass sie schreiben lernte – und hoffte, dass Taminos Eltern genauso streng gewesen waren und die herrschende Schulpflicht ernst genommen hatten. Nach einigen Wochen kam tatsächlich eine Antwort, doch da drehte sie schon ihren ersten Film, und die Ängste und Sorgen, die sie damals auf Papier gebannt hatte, hatten an Macht verloren. Sie schrieb wieder zurück, etwas distanzierter diesmal und nicht von ihren Gefühlen, sondern von dem, was sie nun Tag für Tag erlebte. Auch darauf antwortete er, wünschte ihr Glück und klang so ehrlich und neidlos, dass ihr warm ums Herz wurde. Manchmal vergaß sie ihn über Monate, dann schrieb sie wieder drei Briefe in einer Woche. Er antwortete immer sofort, und obwohl sie sich schwor, Lecco nie wieder zu betreten und es für unwahrscheinlich hielt, ihn jemals wieder anderswo zu sehen – umso mehr, da er nicht mehr in ihre jetzige Welt hineinpasste –, war sie dankbar für diese einzige Verbindung zu ihrer Vergangenheit.

Wenn sie auch nicht in die Stadt ihrer Kindheit zurückkehrte, freute sie sich doch, als sie 1923 zu einem kurzen Aufenthalt im Hotel d'Este nach Cernobbio am westlichen Seearm des Comer Sees reisten. Vittorio wollte dort im kommenden Frühjahr einen Film drehen, boten sich die prächtigen Gartenanlagen doch bestens dafür an, und sie begleitete ihn, als er sich einen Überblick über die Räumlichkeiten machte. Nicht, dass er sich je darum kümmerte, wie es ihr ging, was sie fühlte und dachte, doch er betrachtete sie als seinen Star, überwachte jeden ihrer Schritte und ließ sie nie länger als ein, zwei Tage allein in Mailand zurück. Etwas gelangweilt saß Tizia gerade am Toilettentisch, zupfte sich die Augenbrauen und zog stattdessen einen langen, schmalen Strich, als es an der Tür klopfte.

Sobald sie »Herein!« rief, sah sie zunächst nur Beine und ein riesiges Paket, das sie an das erinnerte, welches sie damals nach Mailand gebracht hatte. Vage erinnerte sie sich daran, es einer Modehändlerin überreicht zu haben, doch sie hatte nie erfahren, ob die Proben den Ansprüchen genügt hatten und das Hochzeitskleid tatsächlich aus Vaira-Seide genäht worden war.

»Mit den besten Empfehlungen von Gaetano di Vaira für Tizia Massina.«

Der Name, der einst bei ihr für Furcht gesorgt hatte, zauberte mittlerweile ein Schmunzeln auf Tizias Lippen, war Gaetano di

Vaira doch einer ihrer hartnäckigsten Verehrer, der sie regelmäßig mit Kleidern, Seidenschals und Handschuhen überhäufte.

Als der Bote das Paket abstellte, schrie sie auf.

»*Tamino!*«

Sie musterte ihn und schrie dann ein zweites Mal auf, legte die Hand vor den Mund, diesmal erschrocken. Anders als sie hatte er sich kaum verändert, war immer noch der etwas schlaksige, groß gewachsene junge Mann mit den weichen Locken, den blitzenden Zähnen und den gefühlvollen Augen. Doch sein Gesicht war von blauen Flecken und Kratzern verunstaltet.

»Eine Schlägerei im Wirtshaus …«, sagte er grinsend, »ich bin dazwischengeraten, ohne dass ich es wollte …«

Später fragte sie sich, ob es ein böses Omen war, dass er bei ihrem ersten Wiedersehen gleich von Schlägen sprach. Doch in diesem Augenblick zählte es nicht – nichts zählte, weder das edle Zimmer noch ihre gezupften Augenbrauen oder ihre sensationelle Karriere. Die Wachsfigur in ihr schmolz dahin, und zurück blieb die Tizia von einst, das Mädchen, das mit seinem Schicksal haderte, sich langsam, aber sicher zu verblühen wähnte, aber zugleich diesen Hunger hatte, diese Gier nach Leben und Glück. In den letzten Jahren hatte sie geglaubt, dass dieses Verlangen gesättigt war, doch jetzt, als sie auf Tamino zulief, ihn umarmte, so wie sie in den letzten Jahren nie jemanden umarmt hatte, merkte sie, dass die größte Sehnsucht unerfüllt geblieben war.

Einsam, ich bin ja so schrecklich einsam … »Tamino!«

Sie stammelte wieder und wieder seinen Namen, dann sagten sie nichts mehr, sondern küssten sich, inniglich und leidenschaftlich wie einst. Der Geschmack seiner Lippen war ihr so vertraut, als wären die zurückliegenden Jahre nur ein kurzer Traum gewesen und als stünde sie immer noch auf dem Felsvorsprung, blickte auf den See hinab und fröstelte im Abendwind.

Als sie sich atemlos lösten, sah sie an seiner Miene, dass auch er daran dachte. »Wollen wir einen Spaziergang machen? Ich fürchte nur, man erlaubt einem wie mir nicht, den Park zu betreten. Schon vorhin hat mich der Hoteldirektor misstrauisch angesehen ...«

»Ein Spaziergang, wie langweilig!«, rief sie und machte eine wegwerfende Geste. »Ich bitte den Chauffeur, dass er mit uns eine kleine Rundfahrt unternimmt, vielleicht nach Como.«

Tamino lächelte etwas spöttisch, was ihm – so, wie er gleich darauf die Stirn verzog – Schmerzen zu bereiten schien. Jäh wurde ihr bewusst, dass sicherlich auch sein Bauch und seine Brust von blauen Flecken überzogen waren.

»Tamino! Geht es dir auch gut?«, rief sie besorgt.

»Die Prügelei war eigentlich ein Glück. Mir wurde ein Backenzahn ausgeschlagen, der schon seit langem schmerzte, so habe ich mir den Zahnarzt erspart. Genau genommen haben mir die Männer also einen Gefallen getan.«

»Ach, Tamino!«, rief sie kopfschüttelnd.

Er lächelte. »Ich bin ein Straßenköter, ich stecke das schon weg ... und wenn du dich traust, mit mir gesehen zu werden, dann fahre ich mir dir überall hin, gerne auch nach Como.«

Sie musste daran denken, was Vittorio einst zu ihr gesagt hat. Damals bei der ersten Begegnung war *sie* noch der Straßenköter gewesen ...

Aber jetzt nicht mehr, sagte sie sich schnell. Jetzt war sie die berühmte Tizia Massina, die sich in Seide kleidete, die von ihrem einstigen Arbeitgeber reich beschenkt wurde und im schönsten Hotel der Welt mit Rosenbouquets überschüttet wurde. Wenn sie Tamino jetzt küsste, wenn sie jetzt mit ihm auf den See herabblickte, würde sie nicht denken: Wir haben ja doch keine Zukunft.

Und ob sie eine hatten! Sie wusste zwar nicht, wie diese aussehen würde, dafür wusste sie aber ganz genau, was sie vom heutigen Tag erwartete. Sie würden Zeit miteinander verbringen, miteinander reden, Kaffee trinken und Mandelkuchen essen, sie würden

den Fahrtwind genießen und den Blick auf die weißen Berge, würden lachen und scherzen. Und danach, wenn sie wieder in ihr Hotelzimmer zurückkamen, würden sie sich küssen, bis sie keine Luft mehr bekamen, und sich lieben, als wäre dies der letzte Tag in ihrem Leben.

Als sie erwachte, war Tamino bereits gegangen. Trotz ihrer Enttäuschung darüber seufzte Tizia wohlig und strich über das glatte Bettlaken. Immer wieder war es ein neuer Triumph, die Seide zu spüren und sich zu sagen, dass sie sich nie wieder mit den kratzenden Wolldecken von einst zudecken musste. Heute verstärkte das lustvolle Pochen in ihrem Körper diesen Triumph. Sie zog sich das Laken über das Gesicht, kicherte und gab sich den Erinnerungen an letzte Nacht hin.

An die Küsse, leidenschaftlicher als zuvor. An die Gier, die sich nicht mit diesen Küssen begnügte. Wie sie sich die Kleider vom Leib gerissen hatten, als wären es nur lästige Hüllen. Endlich hatte sie seine nackte Haut gespürt, sich an ihm gerieben, seinen Duft eingeatmet, ihm ihren Körper geöffnet, warm und feucht. Gegen Morgengrauen hatten sie sich ein zweites Mal geliebt, langsamer, behutsamer, und diesmal hatte sie nicht das Gefühl, seine Berührungen würden Funken sprühen lassen, sondern Schicht für Schicht ihr Herz freilegen, das in den Jahren hinter einer Mauer aus Einsamkeit, Angst und Verstellung gefangen war. Sie war das Mädchen von einst, nur stärker, hoffnungsvoller und ... sehr viel reicher.

Als Filmdiva hatte sie genug Geld verdient, um mit Tamino ein behagliches Leben führen zu können. Sie würden sich wieder lieben, sie würden heiraten, sie würden ...

Sie wälzte sich noch zwischen den seidenen Bettlaken, als es klopfte. Überzeugt davon, dass Tamino zurückgekehrt war, sprang sie auf, streifte sich nur den Morgenmantel über, der ebenfalls aus

Seide war, und hastete zur Tür. Als sie sie aufriss, schwand das Lächeln von ihren Lippen. Es war nicht Tamino, sondern Vittorio. Schnell band sie den Seidenmantel zu.

»Ich bin noch nicht fertig ... ich werde ...« Sie wandte sich ab, wollte nicht, dass er ihre rosigen Backen sah, das zerwühlte Bett. Doch als sie die Tür zuschlagen wollte, stellte er einen Fuß in den Spalt. Und dann war er schon im Zimmer und riss ihren Arm so heftig zurück, dass sich das Band ihres Morgenmantels öffnete.

»Du tust mir weh«, schrie sie, »bist du verrückt geworden?«

Vittorio lachte. Lachte, wie sie ihn noch nie hatte lachen hören. Für gewöhnlich war er griesgrämig, machte selbst in Augenblicken des größten Erfolgs noch zynische Bemerkungen. Immer gab es etwas, was ihn verärgerte. Immer war da jemand, über den er schimpfte. Nun hätte man glauben können, dass er sich prächtig amüsierte, wenn seine Augen nicht abgrundtief böse gefunkelt hätten.

»Ich dachte, du wärst noch ein Blümchen ... aber wie es scheint, ist die Rose längst erblüht.«

Er gab ihre Hand wieder frei, doch obwohl sie den Morgenmantel nun wieder zubinden konnte, fühlte sie sich nackt.

»Bitte geh!«, sagte sie tonlos.

Das Lachen riss abrupt ab. »Du denkst, du kannst mich einfach so wegschicken? Du denkst, ich wäre dein Lakai? Du denkst, du kannst mich hintergehen?«

»Ich habe dich nicht hintergangen. Ich habe ...«

»Einen jungen Mann getroffen – das hast du. Der Chauffeur hat mir von eurer Spritzfahrt erzählt.«

Seine Zunge stieß schwer gegen die Zähne. Erst jetzt ging ihr auf, dass er getrunken haben musste – viel getrunken.

Sie unterdrückte ihr Beben. »Was ich in meiner Freizeit tue ...«

Er packte sie erneut. »Du *hast* keine Freizeit. Du bist Tizia Massina. Ich habe dich zu dem gemacht, was du bist, und deswegen gehörst du mir, niemandem sonst.«

Er presste sie gegen die Wand, und sie roch seinen säuerlichen Atem. Immer näher kroch sein Gesicht an ihres heran.

»Hör mir zu, meine Liebe. Du bist meine Erfindung. Ich habe dich aus der Gosse gefischt. Wenn ich will, kann ich dich jederzeit wieder dorthin zurückstoßen.«

Obwohl Angst und Ekel übermächtig wurden, schluckte sie beides herunter. »Es gibt so viele Regisseure, die Filme mit mir machen würden«, hielt sie ihm entgegen.

Wieder lachte er auf, dass Speicheltröpfchen sie trafen. »Hör auf zu träumen! Wenn ich dich vernichten will, schaffe ich das mühelos. Ich muss nur erzählen, dass du unzuverlässig, divenhaft und verschwendungssüchtig bist, dann wird keiner mehr mit dir arbeiten wollen.«

»Aber ich bin doch gar nicht ...«

»Mein Gott, in diesem Geschäft ist nicht wichtig, was man ist, sondern was man zu sein scheint, hast du das immer noch nicht begriffen? Das Filmgeschäft kriselt. Eine Filmfirma nach der anderen geht bankrott. Viele ziehen nach Berlin, versuchen dort ihr Glück zu machen, kehren aber als Gescheiterte zurück. Ohne mich bist du gar nichts.«

»Ich arbeite für dich, aber ich bin nicht deine Sklavin ...«

»So? Was bist du denn sonst? Ich habe dich eingekleidet, ich habe dir in Mailand ein Apartment gemietet, ich habe dein Geld angelegt. Denkst du, du kriegst auch nur einen Centesimo zu sehen, wenn du es dir mit mir verscherzt?«

Sein Griff wurde etwas lockerer, und als er sich mit der Hand über den Mund wischte, nutzte sie die Gelegenheit, sich loszureißen. »Was ... was willst du dann von mir?«, rief sie.

Sein Ärger schwand und wich einem widerlichen, gierigen Blick. Dieser ließ ihn noch roher, noch brutaler erscheinen. »Damals ... nach der Sache mit Caterina Sponati ... da habe ich mir geschworen, mich künftig zurückzuhalten ... Ich dachte, dass du noch ein

Kind wärst ... ein verträumtes, leichtgläubiges Kind. Aber mittlerweile bist auch du nichts anderes als eine läufige Hündin, und ich werde nicht zulassen, dass dich ein anderer Köter bespringt ...«

Er machte einen Satz auf sie zu, und Tizia wehrte sich nicht. Ihr Körper fühlte sich ganz taub an.

Caterina Sponati. Den Filmstar, für den sie damals eingesprungen war. Auch sie war Vittorios Entdeckung gewesen. Und schwanger geworden.

»*Du* warst das«, sagte sie tonlos. »*Du* hast sie damals verführt, geschwängert und fallengelassen, weil sie nicht bereit war, das Kind wegzumachen ...«

Ein höhnisches Lächeln verzerrte sein Gesicht. »Ich werde nicht zuschauen, wie du mit Fremden herumhurst ... wobei es mir eigentlich sogar gefällt, dass du keine scheue Jungfrau mehr bist. Die haben mir noch nie viel Spaß bereitet.«

Seine Hände fuhren ihr über die Haare, über das Gesicht, den Hals, die Brust. Kurz fühlte sie nichts, nur Kälte, doch als er sie küsste und der Seidenmantel zu Boden fiel, erwachte Ekel in ihr. Nicht, dass dieser stark genug war, um sich in eine gnädige Ohnmacht zu flüchten oder Vittorio von sich zu stoßen. Und nicht, dass er die nüchterne Stimme in ihr übertönte.

Vittorio war ein Schwein, aber er war ein erfahrener Regisseur und ein gewiefter Geschäftsmann, und sie hatte in den letzten Jahren viel von ihm gelernt. Nicht nur, wie man sich vor der Kamera bewegte, sondern dass der vermeintlich kometenhafte Aufstieg mancher Schauspielerin am Ende nur dem Verglühen einer Sternschnuppe gleichkam. Sie war auf dem Weg zum Ruhm, aber sie konnte sich noch nicht darauf ausruhen. Sie wurde vom Publikum verehrt, aber dieses war ebenso wankelmütig wie vergesslich. Wenn sie nicht weiterhin Filme drehte, würde man ihre Wachsfigur einschmelzen.

Er ergriff ihre nackten Brüste, drückte sie schmerzhaft fest und saugte ihre Brustwarzen so heftig, dass sie seine Zähne spüren konnte. Aber sie hatte keine Kraft, sich zu wehren, spottete lediglich: »Und wenn du mich schwängerst, was dann? Du kannst dir nicht erlauben, noch einmal einen Film in den Sand zu setzen!«

Vittorios Stimme war so kalt wie ihre. »Ach, ich habe aus meinen Fehlern gelernt.«

Er packte sie am Nacken, drückte sie auf die Knie, öffnete seine Hose.

»Falls dein brünstiger Kater dir nicht beigebracht hat, auf wie viel verschiedene Arten man Männern Lust verschaffen kann, hole ich das gerne nach.«

Als Vittorio gegangen war, blieb Tizia eine Weile wie starr auf dem Boden sitzen. Bei jeder unbedachten Regung würde ihr Ekel nur wachsen, noch nicht einmal die Berührung von Seide würde sie ertragen. Allerdings fror sie irgendwann so sehr, dass ihr die Zähne klapperten. Sie stand auf, wollte sich anziehen. Ihr Blick fiel auf ihr Spiegelbild. Wie glatt und weiß ihre Haut war. Keine Spuren waren da von Kratzern und blauen Flecken, warum auch, sie war ja gefügig gewesen, und die Wunden auf ihrer Seele waren unsichtbar. Sie ertrug ihren Anblick trotzdem nicht, lief ins Bad, ließ sich heißes Wasser einlaufen. Überreich goss sie Badeöl hinein, der durchdringende Duft von Jasmin stieg ihr in die Nase. Doch so süß er auch war, er konnte sie nicht vergessen lassen, wie Vittorio gerochen hatte, nach Schweiß, nach Branntwein, nach …

Gerade noch rechtzeitig beugte sie sich über die Toilette. Sie übergab sich, bis ihr Magen leer war, und weinte, bis sie keine Tränen mehr hatte.

Als sie endlich stark genug war, aufzustehen und sich in die Wanne gleiten zu lassen, war das Wasser nur mehr lauwarm. Ein Zittern überkam sie, aber sie achtete nicht darauf.

Hitze ist gefährlich … sie tötet die Seidenraupen … nicht die Kälte …

Die Kälte war ihr willkommen, vertrieb sie doch ihren Ekel, die Angst, die Selbstverachtung. Zurück blieben nur nüchterne Gedanken.

Du bist immer noch ein Nichts – so wie damals in der Fabrik. Du schuftest, damit andere reich werden. Du kannst immer noch nicht darüber bestimmen, wen du liebst.

Sie erhob sich, ließ das Wasser abperlen, hüllte sich in ein weiches Handtuch.

Eine Weile spülte sie ihren Mund mit Listerine, um den bitteren Geschmack zu vertreiben, dann ging sie in den begehbaren Schrank und betrachtete ihre Schätze.

Kleider, Schmuck, Kopftücher, Schals, Unterwäsche aus indischer Seide, Strumpfbänder aus Amerika – alles ganz modern, das meiste hatte Vittorio für sie gekauft.

Tizia streifte das Handtuch ab und blieb nackt.

Du bist noch keine Tizia Massina, aber ich mache dich zu einer ...

Wieder starrte sie in den Spiegel, betrachtete jedoch nicht ihren Körper, sondern ihr Gesicht, das bleich und verängstigt war. Sie nahm eine Puderquaste, puderte sich ab, zog ihre Augenbrauen nach, dann ihre Lippen. Während ihr Gesicht langsam zu einer Maske wurde, dachte sie: Ich bin Tizia Massina, aber ich habe keine Lust, Tizia Massina zu bleiben ...

Ich werde mich nie wieder ekeln, nie wieder Angst haben, nie wieder abhängig sein, zumindest nicht von Vittorio ...

Nicht, dass sie glaubte, als Filmstar ohne ihn überleben zu können. Aber als sie erneut zum Kleiderschrank trat und ihr Blick auf ein kleines Fläschchen fiel, verzogen sich ihre geschminkten Lippen zu einem breiten Lächeln.

Crêpe de Chine. Seit kurzem ihr Lieblingsparfüm. Ein weiteres Geschenk ihres treuen Verehrers Gaetano di Vaira. Bis jetzt hatte sie der Gedanke an ihn lediglich amüsiert, weil er doch nicht ahnen konnte, dass der von ihm bewunderte Filmstar einst in seiner Seidenraupenzucht gearbeitet und für ihn so viele Tiere getötet hatte. Jetzt wurden ihre Augen ganz schmal. Sie nahm das Parfüm, trug es auf, und der Duft vertrieb endgültig die Erinnerungen an Vittorio.

Ich habe keine Lust, Tizia Massina zu bleiben. Ich mache mich zu einer neuen Tizia. Zu Tizia di Vaira.

Vittorio ahnte nichts von ihren Plänen, ermutigte sie vielmehr sogar dazu, mehr Zeit mit Gaetano zu verbringen. Viele italienische Adelige und Industrielle investierten in Film-Firmen, und er hoffte, dass sie auch ihn dazu bewegen könnte. Auf die Idee, dass sie auf eine Heirat aus war, kam er erst gar nicht.

Dank Gaetano konnte sie verhindern, dass er noch einmal zudringlich wurde.

»Wenn du mich noch einmal berührst«, warnte sie, »zerkratze ich mir mein Gesicht. Dann kannst du keine einzige Lira mehr von Gaetano di Vaira erwarten, geschweige denn, einen neuen Film mit mir drehen.«

Drohend hob er die Hand, aber er schlug sie nicht. »Wenn ich dich wollte, würde ich dich einfach nehmen. Aber im Grunde bist du ein kalter Fisch. Jede Straßenhure hat mehr Herz als du.«

Ich habe ein Herz, dachte Tizia, aber von nun an werde ich es noch besser verstecken als je zuvor … nur vor einem nicht.

So nüchtern sie jeden weiteren Schritt plante, so gerne spielte sie dann und wann doch mit der Gefahr. Obwohl sie Vittoria versicherte, Tamino nie wiederzusehen, traf sie ihn in den nächsten Monaten, nachdem sie wieder nach Mailand zurückgekehrt war, heimlich.

Sie liebten sich jedes Mal, aber nie war es mehr so erfüllend und wunderschön wie beim ersten Mal. Stets war da die Angst, Vittorio könnte ihr auf die Schliche kommen. Stets musste sie sich auf die Lippen beißen, um nicht zu verraten, was sie plante. Doch nicht nur, dass sie ein Geheimnis hatte – sie wurde die vage Ahnung nicht los, dass auch Tamino ihr etwas verschwieg. Er kam ihr magerer vor, rastloser, angespannter. Mehrmals lag es ihr auf den Lippen, ihn danach zu fragen, aber dann sagte sie sich, dass hinter seine Mauer zu blicken auch bedeutete, ihr eigenes Inneres preiszugeben, und das wollte sie nicht. Also begnügte sie sich damit, froh darüber zu sein, dass er nicht wieder verprügelt wurde.

Verglichen mit Tamino und Vittorio war es ein leichtes, Gaetano etwas vorzumachen. Vielleicht lag das daran, dass die anderen beiden sie noch als verletzliches Mädchen gekannt hatten, während Gaetano in ihr nur den großen Leinwandstar sah.

Nach einem längeren Briefwechsel reichte es ihm nicht mehr aus, seine tiefe Verehrung lediglich mit Geschenken zum Ausdruck zu bringen. Er führte sie in die Latteria aus, zum Tennis oder auf den Golfplatz, und sie stellte sich dabei höchst ungeschickt an, lachte wie die feinen Damen und erklärte, dass sie als Frau nicht für diesen Sport gemacht sei – obwohl sie insgeheim dachte, dass niemand so steif sein konnte wie er. Alles, was Gaetano di Vaira tat, fiel so gesetzt, nahezu vorsichtig aus, als hätte er ständig Angst um seine Pomadenfrisur und seine elegante Kleidung. Manchmal erinnerte er Tizia an eine Seidenraupe im Kokon, die in so tiefem Schlaf versunken war, dass sie nicht einmal mehr vom Leben träumte. Dann wieder dachte sie, dass er einem geschlüpften Schmetterling glich – und zu überzüchtet war, um noch fliegen zu können.

Allerdings musste tief in ihm eine Sehnsucht wohnen, sonst wäre er nicht empfänglich für ihr kokettes Lachen, ihren unschuldigen Augenaufschlag, ihre Bewunderung. Laut und gierig wurde diese Sehnsucht allerdings nie, sondern sie versteckte sich stets hinter einer ausgesuchten Höflichkeit. Früh stellte Tizia fest, dass ihm gutes Benehmen über alles ging, und obwohl ihr sein formvollendetes Auftreten gefiel und sie nie Angst haben musste, er könnte zudringlich werden, wurde sie mit der Zeit ungeduldig. Es genügte ihr nicht mehr, gemeinsam mit ihm Kaffee zu trinken, und immer nur über allgemeine Themen zu sprechen – ein wenig Politik, ein wenig Klatsch, die neuesten Filme, nie aber über seine verstorbene Frau Maddalena oder seinen Sohn Aurelio. Am meisten sorgte sie sich, dass er sie nie in seinen Palazzo einlud, dass er ihre Treffen immer nur an Orten ansetzte, wo sie von möglichst vielen Leuten gesehen wurden, ohne je in verfängliche Situationen zu geraten. Nach einigen Monaten begann der Verdacht an ihr zu nagen, dass er sich nur mit ihr schmückte, um sich – wie viele seinesgleichen – den Anstrich von Glamour zu geben, nicht aber, weil er ihr tatsächlich verfallen war.

Und wenn sie doch dazu verdammt war, Tizia Massina zu bleiben? Wenn sie nicht mit einer Francesca Bertini mithalten konnte, die zur Countess Cartier geworden war, oder einer Lyda Borelli, die nach der Heirat Countess Cini hieß?

Bei einer Fuchsjagd im Herbst, einem der liebsten Freizeitvergnügen der Herren, setzte sie alles auf eine Karte. Sie hatten die klassischen Villen und Gärten mit ihren Lorbeerbüschen und Blumenbeeten, Teichen und breiten Alleen hinter sich gelassen und gingen immer tiefer in den Wald hinein, der den See umkränzte. Rote Eichen und gelbe Buchen schüttelten ihr Laub ab, nackte, dornige Sträucher und entfärbte Brombeerranken schienen nach ihr zu greifen. Als sie eine Lichtung erreichten, tat sie so, als würde sie ausrutschen und fallen, und tatsächlich reichte Gaetano ihr sofort den Arm. Tizia stützte sich auf ihn und presste ihren Körper dicht an seinen heran.

»Ich fürchte, ich kann nicht mehr auftreten«, keuchte sie mit schwacher Stimme.

Aus schwarzen Augen, die sie immer an längst verglommene Kohlestücke erinnerte, starrte er sie an. Bereitwillig, aber wortlos hob er sie hoch, trug sie jedoch so steif, als wäre sie eine Trophäe. Er wirkte nicht angestrengt dabei, aber auch nicht im Geringsten zärtlich, gar fürsorglich, und als sie ihren Arm um seinen Hals schlang, schien seine Haut so kalt zu sein, als würde kein Blut darunter fließen.

Mit Seide waren er und seine Vorfahren reich geworden ... und Seide schien seine Seele zu umhüllen. Weich und glatt, aber kalt. Edel und teuer, aber aus den Hüllen von toten Raupen gemacht.

Eigentlich hatte sie aufs Ganze gehen wollen, sich vorbeugen und ihn küssen, aber plötzlich stieg ein so großer Abscheu in ihr auf, dass sie es nicht konnte. Lieber hätte sie eine Nacht mit Vittorio verbracht, als sich weiterhin an diesen kalten Mann zu schmiegen.

Kaum hatte er sie wieder auf den Boden gestellt, erklärte sie, keine Schmerzen mehr zu haben, ergriff nicht einmal mehr seinen Arm, den er ihr anbot.

Der Winter kam, und Gaetano schickte Blumensträuße und Briefe, in denen er sich nach ihrem Befinden erkundigte. Einmal war sie in seinem Stadthaus in Como eingeladen, doch er behandelte sie nicht vertraulicher als die anderen Damen, die sie ihrerseits halb neugierig, halb pikiert betrachteten. Sie fühlte sich einsam und fehl am Platz, schrieb Tamino sehnsüchtige Briefe und war glücklich, als sie ihn wenig später wiedersah. Hinterher war sie jedoch noch einsamer als zuvor: Sie hatten sich zwar leidenschaftlich geliebt, aber sie hatte ihm nur ihren Körper geöffnet, nicht ihre Seele. Weder ahnte er, was sie plante, noch wusste sie, was er trieb, und die Brücke, die ihre beiden Welten verband – aus Lust, aber aus Verzweiflung gebaut –, schien schmal zu sein wie nie.

Im Frühling begannen die Dreharbeiten zum neuen Film in der Villa d'Este. Gaetano schickte Tizia neue Geschenke, so auch eine neue Flasche *Crêpe de Chine* und die Einladung zu einer Gartenparty in seinem Palazzo. Im durchdringend duftenden Garten des Luxushotels vergaß Tizia, dass sie sich vor seiner kalten Haut geekelt hatte, und machte sich neue Hoffnung.

Dies ist meine letzte Chance, dachte sie. Entweder erobere ich sein Herz, oder ich suche mir einen neuen Verehrer.

Schon Tage zuvor hatte sie überlegt, welches Kleid sie tragen könnte und – was fast noch wichtiger war – welche Frisur. Sie überlegte sich, Perlen in die Strähnen zu flechten oder einen Schal wie einen Turban um den Kopf zu wickeln, aber beides erschien ihr nicht extravagant genug. Schließlich entschied sie, mit Monica zu sprechen, dem Mädchen, das ihr seit einigen Monaten ihre Haare frisierte – nicht nur am Filmset, sondern auch für private Anlässe. In ihrem Apartment in Mailand ging sie ein und aus.

»Ich muss heute so schön sein wie nie zuvor«, erklärte Tizia.

Monica grinste spöttisch. Ihr Gesicht erinnerte mit dem spitzen Kinn und den schrägen Augen an das eines Raubvogels. »Ich verstehe«, feixte sie, »Sie werden wieder einmal Herrenbesuch empfangen.«

Monica war nicht gerade bekannt dafür, ein Blatt vor den Mund zu nehmen: Sie tratschte hingebungsvoll und machte gerne bissige Bemerkungen über andere Berühmtheiten. Doch nie hatten ihre Worte so despektierlich wie heute geklungen. Herrenbesuch ... das klang ja so, als würde Gaetano heimlich zu ihr schleichen!

Tizia entschied, nicht darauf einzugehen. »Ich brauche eine Frisur, mit der man ein Königreich gewinnt.«

»Ich dachte, es geht um das Herz eines Mannes?«

Ob in Gaetanos Brust überhaupt eines schlug?

Ehe sie etwas sagen konnte, fuhr Monica fort: »Nun, dieses Herz haben Sie doch längst erobert. Er liebt Sie genauso wie Sie ihn.«

Tizia fuhr irritiert hoch.

»Oh, Signorina, mir machen Sie nichts vor. Ich weiß ja, dass Sie sich nur heimlich treffen, aber als ihre Friseurin bin ich doch fast wie ein Beichtvater. Mir können Sie alles sagen.«

Tizia fühlte ihre Wangen heiß werden. Sie konnte nur hoffen, dass sie genug Make-up trug, um die Röte zu verbergen.

Monica sprach nicht von Gaetano, ging ihr auf, sie sprach von Tamino ... Sie wusste um ihr Geheimnis!

Als Monica ihre Haare kämmen wollte, hob Tizia abwehrend die Hand. »Lass das. Ich habe Kopfschmerzen.«

»Soll ich Ihnen ein Aspirin bringen?«

»Ich will einfach nur ein wenig allein sein …«

Als Monica gegangen war, hatte Tizia zwar keine Kopfschmerzen, sondern Bauchweh.

Warum nur hatte sie sich dazu hinreißen lassen, Tamino weiterhin zu sehen? Warum folgte ihr Herz nicht den Weisungen ihres Verstands? Wie konnte sie Monica mundtot machen, ehe das ganze Filmset von ihrer heimlichen Liebe erfuhr und mit ihm Vittorio oder am Ende gar Gaetano?

Sie saß wie erstarrt vor dem Spiegel, als Vittorio klopfte. »Bist du immer noch nicht fertig? Wir drehen doch gleich!«, rief er gereizt.

Tizia blickte hoch und verbarg ihre Gefühle: den Ekel vor ihm, die Angst um die Zukunft, die Sehnsucht nach Tamino, das schlechte Gewissen wegen Monica.

»Du musst dafür sorgen, dass Monica entlassen wird …«, sagte sie mit kalter Stimme. »Sie ist eine Diebin … ich habe sie heute erwischt, wie sie ein Diadem mitgehen lassen wollte.«

Vittorios Gesichtsausdruck wurde noch gereizter. »Und wer soll dir jetzt die Haare machen?«

»Das wird doch kein Problem sein – in diesem Hotel gibt es genügend Dienstmädchen. Eines davon wird gewiss in der Lage sein, einer Dame die Haare hochzustecken.«

Vittorio gab ein unwilliges Brummen von sich, ehe er wieder ging.

Tizia atmete hörbar aus. Erst jetzt ließ sie Zweifel zu. Konnte ihr hier tatsächlich jemand eine Frisur machen, um ein Königreich zu gewinnen? Und wollte sie überhaupt ein Königreich, wenn sie nicht mit Tamino dort leben konnte?

Allerdings, falls sie eine Königin war, konnte sie dafür sorgen, dass sich das Reich jedem öffnete, den sie wollte – auch Tamino.

Gaetano schien ein Mann zu sein, der so steif und selbstbeherrscht durchs Leben ging, dass er auf ihr Lachen angewiesen war, um überhaupt ein wenig Leichtigkeit und Fröhlichkeit in seine Tage zu bringen. Mit diesem Urteil lag Tizia nicht ganz falsch – aber es war nicht das, was letztlich zu seinem Antrag führte.

Nein, in dem Augenblick als sich im hektischen Tanz ihre Frisur löste, als sie spürte, wie ihr Strähne um Strähne auf die Schultern fiel und die Pfauenfeder langsam Richtung Boden segelte, erkannte sie jäh, was er von einer Ehefrau erwartete. Nicht, dass sie sich schutzsuchend an ihn schmiegte, wie sie es während der Jagd getan hatte; nicht, dass sie sich schwach und trostbedürftig gab – sondern dass sie genauso wie er selbst über jede Lebenslage die Kontrolle behielt.

Als sich ihre Frisur löste, war Tizia kurz zutiefst erschrocken. Sie hörte das hämische Lachen der Umstehenden, spürte die tadelnden Blicke der Matronen. Der Tanz war in ihren Augen zügellos gewesen, kein Wunder, dass Gott sie für diese Sünde bestrafte, sie vor der ganzen Gesellschaft bloßstellte ...

Röte stieg ihr in die Wangen, gefolgt vom Drang zu fliehen und der Hoffnung, dass Gaetano sich schützend vor sie stellen möge, sie vielleicht wegführte. Doch dann las sie in seinem Blick diese leise Irritation und wusste: Er wird dich niemals retten. Du musst es selbst tun.

Sie legte den Kopf in den Nacken, lachte laut und schallend, ergriff die Pfauenfeder und kitzelte damit sein Kinn.

»Gottlob, welche Erleichterung!«, rief sie. »Ich befürchtete, es würde nicht funktionieren. In einer Filmszene, die ich kürzlich drehte, löste sich im entscheidenden Moment die Frisur der Heldin. Ich dachte, es wäre reizvoll, wenn mir das auch im wirklichen Leben einmal gelänge ...«

Wieder las sie kurz Irritation in seinen Augen und dachte, dass das die dümmste Ausrede war, die ihr hätte einfallen können. Wenn er sie jetzt fragte, auf welchen Film sie anspielte, wäre sie endgültig blamiert, ungeachtet, dass ihr selbstbewusstes Lachen zumindest den Spott der Umstehenden gedrosselt hatte.

Doch dann zog er sie an sich, sie tanzten weiter Foxtrott und er starrte sie zwar noch verwirrt, aber zugleich hingerissen an.

»Sie sind eine außergewöhnliche Frau ...«, murmelte er.

Nein, dachte sie, ich bin keine außergewöhnliche Frau, die suchst du nicht. Ich bin genauso berechnend wie du, und das ist es, was du spürst, das ist es, was einen, der für die Zahlen und Bilanzen lebt, anzieht, umso mehr – weil ich es besser tarnen kann als du.

Sie lächelte ihn an. »Wie schade, dass ich bald auf Ihre Gesellschaft verzichten muss.«

»Aber ...«

»Die Dreharbeiten im Hotel d'Este dauern nur mehr ein paar Tage, dann geht es zurück nach Mailand. Den nächsten Film werde ich in Rom drehen. Sie waren sicher schon dort, aber für mich ist es mein erster Besuch. Vielleicht können sie mir von der Ewigen Stadt erzählen ...«

Es folgte ein langes Schweigen. Obwohl er ein formvollendeter Tänzer war, trat er ihr mehrmals auf die Zehen. Unwillkürlich schweifte ihr Blick suchend zu Bérénice, doch das Mädchen, dessen Anblick im Laufe des Abends so tröstlich gewesen war, das sich als noch ängstlicher und hilfloser erwiesen und ihr gerade darum die Kraft gegeben hatte, den vielen abschätzigen Blicken standzuhalten, war verschwunden.

»Mit Rom kann mein Palazzo natürlich nicht mithalten«, sagte Gaetano.

»Sagen Sie das nicht! Dies hier ist ein besonderer Ort, wie aus dem Märchen.«

»Vor allem ist es ein einsamer Ort ... mein Sohn ist sehr einsam ...«

Bislang hatte er Aurelio kaum je erwähnt. Das eine oder andere Mal hatte sie ihn zwar gesehen, heute Abend sogar ein paar Worte mit ihm gewechselt, aber sie wusste nicht viel mehr von ihm, als dass er ein schüchterner Junge war, dessen trauriger Blick sie an den Verlust der eigenen Mutter erinnerte.

»Man nennt mich eine Diva ...«, sagte sie mit rauer Stimme. »Aber auch Götter sind manchmal einsam ... Wie gerne würde ich vom Himmel steigen, wenn ich nur einen Ort wüsste, wo ich Mensch sein darf.«

Kurz dachte sie, sie hätte zu dick aufgetragen, eine Sprache gewählt, die er nicht verstand. Allerdings hatte er ja offenbar eine Vorliebe für jene melodramatischen Filme, in denen sie mitspielte.

»Ich würde es nicht wagen, Sie vom Himmel zur Erde zurückzuholen«, sagte er heiser. »Aber wenn es in meiner Macht stünde, ein Stückchen Erde zum Himmel zu machen, wäre ich glücklich, wenn Sie dort mit mir leben würden.«

Ihre Mundwinkel zitterten leicht, als sie sich darum bemühte, das triumphierende Lächeln zu verbergen und überrascht zu wirken. Sie wusste, sie hatte gewonnen.

Tamino sah sie erst einige Tage später wieder, als sich die Nachricht über ihre Verlobung längst verbreitet hatte. Sie hätte es ihm gerne persönlich gesagt oder redete sich das zumindest ein. In Wahrheit hatte sie große Angst davor und war insgeheim erleichtert, dass ihr diese Pflicht abgenommen wurde. Vittorios Verblüffung angesichts der Neuigkeit hatte sie hingegen in vollen Zügen genossen, obwohl er sich das Entsetzen, sein wichtigstes Zugpferd zu verlieren, nicht anmerken lassen wollte. Er sagte lediglich: »Du sorgst aber dafür, dass er weiterhin Geld in die Filmbranche investiert.«

Sie wiederum lächelte und erklärte kühl: »Wenn du jemals wieder eine Schauspielerin nötigst, mit dir zu schlafen, werde ich Gaetanos Vermögen nutzen, dich zu vernichten.«

Und ihr Lächeln wurde noch breiter, als ihm die Züge kurz entglitten ...

Tamino zeigte mehr Beherrschung als Vittorio, und ihn konnte sie nicht anlächeln, ihn noch nicht einmal ansehen. Sie starrte stattdessen auf die Pfauenfeder, die auf ihrem Toilettentisch lag.

»Pfauen«, murmelte sie, »sie täuschen mit ihrer Schönheit ... aber in Wahrheit sind sie grässliche Kreaturen, sonst würden sie nicht so schrecklich kreischen.«

»Du hast mich auch getäuscht«, sagte er tonlos. »Ich dachte, du wolltest mit mir zusammen sein, stattdessen ...«

Tizia sprang auf, eilte auf ihn zu. »Ich habe doch nicht dich getäuscht! Ich ... ich täusche *ihn*! Du glaubst doch nicht, dass ich Gaetano liebe! Das alles habe ich doch nur für dich ... für uns getan!«

Er sah sie verwirrt an. »Was redest du denn da?«

»Es ist unmöglich, dass wir beide heiraten ... das wusstest du doch ... und ich wusste es auch. Aber jetzt ... jetzt kann ich dafür sorgen, dass du eine Stelle im Palazzo bekommst.«

»Als Packer?«

»Du kannst doch lesen und schreiben, bist ziemlich klug. Du könntest als Verwalter oder Ähnliches arbeiten, auf jeden Fall ein besseres Leben als jetzt führen und ...«

»Und dafür wirst du zur Hure?«

»Nein. Zur Ehefrau.« Ihre Stimme wurde eisig, und bestürzt nahm er sie in die Arme.

»Ach Tizia, ich liebe dich so sehr ... aber du kannst doch unmöglich diesen Mann heiraten, ausgerechnet ihn. Was weißt du eigentlich über Gaetano?«

Sie versteifte sich. »Fast nichts«, gab sie zu, um eisig fortzufahren: »Aber im Grunde weiß ich auch nicht viel über dich.«

Er sah sie lange an, ließ sie los, ging unruhig auf und ab. Sein Blick ruhte auf der Pfauenfeder, als er zu erzählen begann, ihr anvertraute, was er ihr in den letzten Monaten, ja schon in den Jahren zuvor stets verschwiegen hatte. Er erzählte ihr Dinge über Gaetano, die sie niemals auch nur geahnt hatte.

Sie lauschte zunehmend fassungslos. Nachdem er geendet hatte, schwieg sie.

»Gedenkst du immer noch, ihn zu heiraten?«, fragte er in die bleierne Stille.

»Das, was du gesagt hast, wird mich nicht davon abbringen, im Gegenteil ... Überlege doch mal, welche Möglichkeiten wir hätten!«

Er hob den Blick, und sie las etwas in seiner Miene, was sie oft nicht hatte deuten können, was sie nun aber deutlich erkannte: Härte. Unnachgiebige, rücksichtslose Härte. Mit einem neuerlichen Liebesschwur hätte er ihren Willen ins Wanken gebracht, mit Entsetzen über ihr berechnendes Vorgehen ebenso. Aber jetzt fühlte sie, wie er ungeachtet seiner Empörung ganz nüchtern überlegte, welche Vorteile ihm die Heirat tatsächlich bringen würde.

»Du meinst ...«, setzte er an.

Sie nickte nur vielsagend.

Er strich gedankenlos über die Pfauenfeder, trat dann zu ihr, um auch ihr Haar zu berühren.

»Menschen zu täuschen ist nicht leicht ...«

»Ich verstelle mich seit Jahren.«

»Aber das ist eine fremde Welt ...«

»Ich werde eine Vertraute an meiner Seite haben.«

Sie erzählte ihm von Bérénice, dankbar, von der Frage ablenken zu können, ob sie stark genug für ihre künftige Rolle war. Als sie die Geschichte beendet hatte, lächelte Tamino sogar.

»Du hast das Mädchen gerettet«, sagte er.

Tizia schüttelte den Kopf. »Nein, sie hat sich selbst gerettet. Sie hätte nicht zugelassen, dass ihr Vater sie totschlug.« Sie machte eine Pause. »Als ich sie kennenlernte, erinnerte sie mich an das

Mädchen, das ich einst war. Aber ich habe mich in ihr getäuscht, so sehr getäuscht. Bérénice weiß es zwar nicht, aber sie ist viel stärker, als ich es jemals sein könnte.«

Nie würde Bérénice für den eigenen Vorteil lügen und betrügen, fügte sie in Gedanken hinzu, nie zur Hure werden, weil ihre Sehnsucht nach einem besseren Leben sie verführbar macht, nie würde sie sich von einem Mann wie Vittorio auf die Knie drücken lassen, sondern ihm ins Gesicht spucken, wenn er es versuchte.

13

Stella blieb bis spät abends in der Bibliothek. In der Dunkelheit verschmolzen See und Berge zu einer grauen Einheit. Die Bäume waren schwarz wie der Turm, und wenn dieser tagsüber einen Eindruck von Größe und Erhabenheit vermittelte, war sein Anblick jetzt einfach nur bedrohlich.

Stella schüttelte den Kopf. Was war nur mit ihr los? Noch vor einer Woche war sie so glücklich und dankbar gewesen, hier arbeiten zu dürfen, und jetzt begleitete sie das Unbehagen auf jedem Schritt!

Genau, wie sich für Tizia, über deren Liebesheirat in der Presse so ausführlich berichtet wurde, der Traum in einen Albtraum verwandelt hatte ...

Ob auch sie manche Stunde in der Bibliothek verbracht hatte? Ob sie mehr über die Familie herausfinden wollte, in die sie eingeheiratet hatte, oder lediglich nach interessanten Büchern gesucht hatte? Vorausgesetzt, sie vertrieb sich die Zeit überhaupt gerne mit Lesen.

Ungeachtet ihres späteren Schicksals fragte sich Stella unwillkürlich, wie Tizia sich in den ersten Wochen als Signora di Vaira gefühlt hatte. Gaetanos Familie und Freunde hatten vielleicht eine ähnliche Meinung von Schauspielern wie Flavia, und wenn das Dienstpersonal auch nur annähernd so arrogant wie Fabrizio gewesen war, hatte sie durch Blicke und Gesten sicher deutlich zu spüren bekommen, was man von ihr hielt.

Fabrizio ... ob er davon wusste, dass sie ihre Arbeit an der Chronik ihren »Beziehungen« verdankte?

Stella verließ die Bibliothek. Über ihrer Beschäftigung mit Tizia hatte sie kurz Ablenkung gefunden, aber jetzt wusste sie, dass sie keine Ruhe finden würde, wenn sie die Sache nicht klärte. Sobald sie ihr Apartment erreicht hatte, griff sie nach ihrem iPhone – diesmal nicht, um Tante Patrizia anzurufen, sondern Conrad Ahrens, ihren Doktorvater, der ihr die Stelle vermittelt hatte.

Zwei Mal hatte sie mit ihm darüber gesprochen – einmal nur flüchtig am Telefon, als er ihr grundsätzliches Interesse erfragt und ihr die künftige Aufgabe grob skizziert hatte, das andere Mal bei einer Tasse Kaffee, als er ihr eine Mappe mit ein paar Unterlagen und Fotos überreicht hatte. Als sie wissen wollte, warum die di Vairas bei der Suche nach einer Historikerin ausgerechnet auf ihn zugekommen waren, erwähnte er ein internationales Forschungsprojekt in Rom, bei dem er für ein Jahr mitgearbeitet hätte.

Conrad meldete sich schon nach zweimaligem Läuten. Im Hintergrund ließen sich Stimmengemurmel, Schritte und das Klappern von Geschirr vernehmen. Sie musste ihn entweder bei einem Empfang oder im Restaurant erwischt haben, was Stella nicht daran hinderte, unumwunden zu fragen: »Wer ist eigentlich wegen dieser Familienchronik auf dich zugekommen? Flavia di Vaira persönlich?«

Langes Schweigen folgte. Zu hören war nur eine männliche Stimme, die nach der Beschaffenheit des *bistecca fiorentina* fragte – ob es *medio*, *rosso* oder *ben cotto* zubereitet werden sollte. Die Ironie des Schicksals wollte es, dass sie Conrad ausgerechnet in einem italienischen Restaurant erreichte – was sie deutlich daran erinnerte, das sie bis auf das Panino am Vormittag heute noch nichts gegessen hatte.

»Stella?«, rief er. »Bist du das? Geht es dir gut, kommst du voran?«

»Ich möchte nur wissen, wer dich auf diese Familienchronik angesprochen hat.«

So harsch hatte sie noch nie mit Conrad gesprochen. Erst seit ihrem zweiten Doktorat war sie mit ihm per Du, was nichts daran änderte, dass er eine Autorität für sie darstellte. Er war ein wenig verschroben, unglaublich mürrisch zu Sekretärinnen und Studierenden, aber sein Wissen schien umfangreicher als Wikipedia zu sein. Es genügte, nebenbei einen Namen fallen zu lassen, um ganze Vorträge zu hören zu bekommen. Immer sprach er mit einem Stirnrunzeln, als hätte er schlimme Kopfschmerzen, jedoch stets mit funkelndem Blick und wild gestikulierend, und so sehr er von seinen Studenten einforderte, sich an die Fakten zu halten, so phantasievoll konnte er selbst seine Geschichten ausschmücken. Wenn er über die Hinrichtung von Pompeius, Cäsars Ermordung oder Catos Aufruf zur Zerstörung Karthagos sprach, hatte man das Gefühl, es beträfe seine nächsten Familienangehörigen. Die Wut, die Trauer und die Empörung, die in seiner Stimme mitschwangen, klangen immer echt.

»Stella, ich verstehe kein Wort. Was sagst du?«

Sie atmete tief durch. »Diese Familienchronik, an der ich schreibe … gab es so etwas wie eine Stellenausschreibung, die du zufällig gelesen hast? Oder hat dich jemand konkret gefragt, ob du irgendwen kennst, der für diese Aufgabe geeignet ist?«

Er schien lange nachzudenken. »So richtig offiziell war es nicht. Ein italienischer Kollege hat diesen Artikel von dir gelesen, du weißt schon, in dieser Fachzeitschrift für die Renaissance. Er meinte, du könntest die Richtige für die Aufgabe sein.«

»Dann hast du mich gar nicht selber vorgeschlagen?« Ein Frösteln überlief Stellas Rücken.

»Nein, ich wurde lediglich gefragt, ob ich dich kenne und den Kontakt herstellen könnte.«

»Und warum hast du mir das nicht gleich gesagt?«, fragte sie schrill.

»Das habe ich doch.«

Stella schwieg betreten. Bei ihrem damaligen Gespräch war sie so begeistert über ihre künftige Aufgabe gewesen, dass sie nicht nachgebohrt hatte, warum ausgerechnet sie damit betraut werden sollte.

»Dieser italienische Kollege – in welchem Verhältnis steht er zu den di Vairas?«

»In keinem, soweit ich weiß. Ich glaube, er ist der Freund eines Freundes … ach, das ist alles ein bisschen kompliziert, scheint über drei Ecken zu gehen.«

»Kennst du den Namen dieses Freundes?«

»Sag, kann das nicht bis morgen warten, ich bin gerade beim Essen, und …«

»Bitte!«

Conrad ahnte wohl, dass er sich nicht eher dem *bistecca fiorentina* widmen konnte, bis er ihre Fragen beantwortet hatte. »Warte einen Augenblick.«

Wenig später hörte sie ein Rascheln. Conrad machte dem Klischee vom technikfeindlichen Geisteswissenschaftler alle Ehre: Weder hatte er ein Smartphone noch einen digitalen Kalender, sondern ein Notizbüchlein, dessen Einträge so chaotisch waren, dass nur er etwas damit anfangen konnte.

»Ich hab's. Der Kollege, von dem ich sprach, heißt Sandro Rivelli – und der wiederum handelte im Auftrag eines gewissen Ambrosio Sivori. Bist du jetzt zufrieden? Ist alles in Ordnung bei dir?«

Die Hand, mit der sie ihr iPhone ans Ohr presste, wurde gefühllos.

»Alles klar«, sagte sie matt, »vielen Dank …«

Im Hintergrund wurde jemand lautstark begrüßt, man hörte das Klirren von Weingläsern, dann hatte Conrad aufgelegt.

Ambrosio Sivori.

Nein, sie kannte den Namen nicht. Nein, nichts bestätigte ihren zunächst vagen Verdacht, dass sich dahinter ihr unbekannter Vater verbergen könnte. Aber irgendetwas brachte dieser Name zum

Klingeln, wenn es auch umso schwerer zu fassen war, je intensiver sie darüber nachdachte.

Etwas zu essen und ein Bad – das war jetzt genau das Richtige, um ihre müden Gedanken wieder auf Touren zu bringen. Wobei die umgekehrte Reihenfolge wohl ratsamer wäre. Seit dem Telefonat mit Conrad war ihr die Kehle wie zugeschnürt, und sie konnte an Essen gar nicht denken, während sie am ganzen Leib fröstelte.

Bald hatte sie die Badewanne eingelassen – das erste Mal, dass sie sich diesen Luxus gönnte, während sie bis dahin immer nur unter die Dusche gegangen war. In einem Regal fand sie Badesalz, das nach Rosenblüten und Lavendel duftete. Es machte zwar keinen Schaum, aber als sie untertauchte, prickelte es auf ihrer Haut, als würde sie in Champagner baden.

Ambrosio Sivori.

Kurzerhand tauchte sie mit dem Kopf unter und blieb im warmen Wasser liegen, bis ihr die Luft ausging und sie prustend wieder hochfuhr. Auch in ihrem Gesicht kribbelte es jetzt. Die Kette mit dem Ring hatte sich um ihr Kinn gedreht, und als sie versuchte, den Knoten zu lösen, fiel ihr Blick auf die Inschrift des Ringes – *Ama et fac quod vis.*

Der erste und der letzte Buchstabe trafen sich beinahe, und *Vis* und *Am* bildeten fast ein Wort.

Stella richtete sich noch weiter auf. Wasser lief ihr ins Gesicht, doch kurz war sie so verwirrt, dass sie nicht daran dachte, die nassen Strähnen zurückzustreichen.

Vis Am. Oder *Am Siv.*

Ambrosio Sivori.

Versteckten sich in dem lateinischen Zitat seine Initialen?

Einmal mehr mahnte eine vernünftige Stimmte, sich in keine hanebüchenen Hypothesen zu versteigen. Doch je länger sie den Ring betrachtete, desto hartnäckiger verfestigte sich ihr Verdacht.

Selbst wenn sie keine Ahnung hatte, wer er genau war und warum er ausgerechnet jetzt auf diese verquere Weise versuchte, Kontakt zu ihr herzustellen – es war zumindest *möglich*, dass Ambrosio Sivori ihr Vater war. Vielleicht hatte er von Tante Patrizia erfahren, dass sie keinen ordentlichen Job hatte, hatte ein schlechtes Gewissen bekommen und nachgeholfen. Damit war aber noch nicht geklärt, in welcher Verbindung er zu den di Vairas stand. Und wie er es geschafft hatte, auf eine so reiche Familie Druck auszuüben, damit diese seine unbekannte Tochter anstellten …

Wenig später hatte sie sich abgetrocknet, ein T-Shirt und eine Hose angezogen. Leise ging sie nach unten in die Küche, um sich etwas zu essen zu holen. Nicht, dass ihr Hunger besonders groß war. Und nicht, dass sie sich wohl dabei fühlte, durch den finsteren Palazzo zu gehen. Sie hoffte, dass sie Matteo nicht über den Weg laufen würde – mit den noch feuchten Haaren und einem Gesicht, als würde sie von einem Geist verfolgt werden –, aber so totenstill wie es war, war er wahrscheinlich mit seinem Geschäftspartner zurück nach Mailand gefahren.

Stella stolperte in der Halle fast über die eigenen Füße, hielt kurz inne, versuchte sich zu orientieren. Sie hatte die Küche noch nie betreten, wusste nur, dass sie sich neben dem Speisesaal befand. Bevor sie sie erreichte, hörte sie Stimmengemurmel. Zwei Frauen sprachen miteinander, und obwohl Stella alles Recht der Welt hatte, hier zu sein, fühlte sie sich ertappt. Rasch versteckte sie sich im Schatten einer Vitrine. Die Stimmen kamen näher, verharrten vor der Küche.

Clara und Ester.

»Ich bitte dich, halte dich da raus!«, mahnte Clara eindringlich.

Das Klackern der Stilettos begleitete Esters Worte. »Ach, Mama, ich bin kein kleines Kind mehr. Ich weiß genau, was ich tue.«

Das Klackern verstummte, als Clara ihre Tochter an den Schultern packte und sie zwang stehenzubleiben. »Ich will nicht, dass du dich in etwas verrennst!«

»Ich verrenne mich doch nicht!« Ester lachte. »Hast du dir überlegt, um was für ein Vermögen es sich handelt?«

Obwohl Stella nicht in Claras Miene lesen konnte, war sie sicher, dass sie entrüstet den Kopf schüttelte oder die Augen zusammenkniff. »Keines, auf das du irgendeinen Anspruch hast.«

»Das werden wir ja sehen.« Ester klang trotzig und triumphierend zugleich.

Stella lugte an der Vitrine vorbei. Eben beugte sich Ester vor, küsste ihre Mutter flüchtig auf die Wangen und löste ihre Hände aus den ihren. Das Klappern der Stilettos klang kurz wie die Salven eines Maschinengewehrs, dann hatte sie die Halle durchquert und den Palazzo durch den Haupteingang verlassen. Clara schien ihr ein wenig ratlos nachzublicken.

Sie hatte immer etwas steif gewirkt, gegenüber Stella gar feindselig, doch jetzt war sie einfach nur eine besorgte Mutter.

Stella hielt den Atem an. Was hatte das denn nun schon wieder zu bedeuten? Von welchem Vermögen war hier die Rede gewesen? Und wo sollte sich Ester raushalten?

Anders als vorher packte sie keine fiebrige Aufregung, nur Müdigkeit, eine regelrechte Erschöpfung. Am liebsten wollte Stella sich sofort ins Bett legen, die Decke über den Kopf ziehen …

Sobald auch Clara gegangen war, holte sie sich ein Päckchen gesalzene Pistazien und Crostini aus der Küche und huschte wieder nach oben. Wie ferngesteuert ging sie die Treppe hinauf, doch als sie im obersten Stockwerk angekommen war, wusste sie, dass sie weder etwas essen noch schlafen konnte. Sie musste sich mit etwas beschäftigen, was nicht mit ihrem Leben zu tun hatte, nicht mit … *Ambrosio Sivori*.

Über die Balustrade ging sie zur Bibliothek.

14

1924–25

Tizia weinte.

Sie weinte zum ersten Mal seit ihrer Hochzeit mit Gaetano, zum ersten Mal, seit Vittorio zudringlich geworden war. Über Monate hatte sich der bittere Fluss aufgestaut und nahm nun kein Ende, obwohl sie sich sagte, dass es eigentlich keinen Grund dafür gab. In ihrem Leben hatte sie Schrecklicheres ertragen müssen als versnobte Adelige und eingebildete Amerikanerinnen, die über sie die Nase rümpften, sich lustig machten und – selbst, wenn sie ihren Spott nicht offen zeigten – heimlich über sie lästerten.

Oft genug war es auf einem der Feste vorgekommen, dass Tizia an einem Grüppchen Frauen vorbeiging und das Wort *attrice* aufschnappte – Schauspielerin. Nicht weniger Verachtung lag in den Stimmen, wenn von ihr als *ragazza di Lecco* gesprochen wurde – das Mädchen aus Lecco. In einem Zeitungsartikel war sie einmal so bezeichnet worden, doch was dort Beweis für einen kometenhaften Aufstieg war, klang aus den Mündern der alten Matronen so, als wäre sie eine Hure.

Das Schlimmste war, dachte sie nun unter Tränen, dass sie im Grunde wirklich eine war. Eine Hure, eine Betrügerin, eine Lügnerin, eine Ehebrecherin …

Sie hatte gedacht, dass sich alles zum Guten wenden würde, wenn sie erst einmal verheiratet, nicht mehr arm und nicht mehr von Vittorio abhängig wäre, wenn die anstrengenden Dreharbeiten der Vergangenheit angehörten und sie mit Tamino vereint war. Diesen hatte Gaetano tatsächlich als Verwalter eingestellt, nachdem sie ihm erklärt hatte, er hätte bislang beim Film gearbeitet und wäre ihr in all den Jahren stets zuvorkommend, loyal und lebensklug begegnet. Doch der Triumph darüber, so schnell zum Ziel gekommen zu sein, währte nicht lange. So nüchtern sie berechnet hatte, wie sie seine Frau werden konnte, so wenig hatte sie bedacht, was dies tatsächlich bedeutete.

Sie musste mehr schauspielern als jemals zuvor, und diesmal ging diese Aufgabe nicht nur mit Versagensängsten, sondern mit Schuldgefühlen einher.

Gaetano hatte eine Frau verdient, die ihn liebte, Aurelio eine Mutter, die für ihn da war ... Doch sie ... sie war nur eine Hure, eine Betrügerin, ein Mädchen aus der Gosse ... ein Mädchen, das im Übrigen schrecklich ungebildet war, wie sich heute herausgestellt hatte.

Tizia erhob sich und ging zum Toilettentisch, tränkte dort Watte mit kühlem Wasser und legte sich zwei Bäusche auf die Augen. Nicht, dass sie dadurch aufhörte zu weinen, aber die Kälte ließ etwas in ihr erstarren und sie ganz nüchtern auf die Ereignisse des letzten Tages blicken, auf Gespräche, die sich immer anfühlten, als müsste sie über einen Berg Glasscherben gehen, ohne dass man ihr die blutigen Fußsohlen ansehen durfte.

Anlass für die Tränen war ein süßliches Lächeln gewesen, gefolgt von der Frage, welcher Lektüre sie sich gerade widmete und was sie von Giunio und Giovan Battista Bazzoni hielte.

Unmöglich hätte sie zugeben können, dass sie noch nie ein ganzes Buch gelesen und keine Ahnung hatte, wer diese Bazzonis waren.

Sie hatte hilflos die Schultern gezuckt, doch diese alte Schabracke – den Namen würde sie aus dem Gedächtnis merzen, das süßliche Lächeln aber nie vergessen können – hatte nicht nachgelassen, brachte das Gespräch auf Giuditta Pasta, eine Opernsängerin, die im 19. Jahrhundert die Villa Usuelli bewohnt hatte, und schloss mit der Frage: »Welches ist denn Ihre Lieblingsoper?«

Doch Tizia konnte wieder nur die Schultern zucken, lächeln und all die Häme ertragen, die ihr entgegengeschleudert wurde. Oh, wenn sie es doch wenigstens schweigend getan hätte! Doch in ihrer Erleichterung, dass das Gesprächsthema erneut gewechselt wurde und man nicht länger über Kunst sprach, sondern über die italienische Kolonie Libyen, hatte sie gedankenlos verkündet: »Oh, ich wollte immer schon mal nach Amerika.«

Das süßliche Lächeln ihres Gegenübers schwand. »Aber, aber! Libyen liegt doch nicht in Amerika, sondern in Afrika! Und wer möchte freiwillig dorthin reisen, wo es dort nur Wüste und Wilde gibt?«

In diesem Moment hielt man sie wohl selber für eine Wilde.

Tizia nahm den Wattebausch von den Augen. Sie waren nicht mehr geschwollen, aber gerötet – so wie einst, wenn sie stundenlang im Scheinwerferlicht gestanden hatte. Auch dort hatte sie sich nie wohlgefühlt, doch das Gezeter und Gebrülle der Filmleute schien ihr jetzt ungleich leichter zu ertragen zu sein als das intrigante Zischeln in dieser Schlangengrube. Egal, wohin ihr Weg sie führte – ob sie andere Damen an ihrem *jour fixe* besuchte, die Privatstrände von Grandhotels, Latterias oder – wie man sie im Moment vorzugsweise nannte – Tea-rooms, immer spritzte ihr Gift entgegen, immer wurde sie taxiert, befragt, verspottet.

Nach ihrem Libyen-Fauxpas hatte sie noch rote Wangen gehabt, als eine der Damen sie vermeintlich mitleidig musterte, um dann einer anderen zuzuraunen: »Erinnerst du dich an die Geschichten von Pelusina? Eine berühmte Balleteuse im 18. Jahrhundert, in die sich der Marquis Bartolomeo Calderara unsterblich verliebte. Die Mailänder Gesellschaft hat sie natürlich nie akzeptiert.«

Tizia vernahm betreten die eigentliche Botschaft dieser Worte: Und wir – wir werden dich auch nie akzeptieren.

Selbst wenn die Damen Klatsch weitertrugen, der nichts mit ihr zu tun hatte – etwa über die Tochter von König Viktor Emanuel III., die gerüchteweise wegen Anorexia behandelt wurde –, tönte ein leiser Vorwurf mit: Kein Wunder, dass die jungen Mädchen immer dünner werden wollen, wenn sie sich eine *attrice* wie Ihresgleichen zum Vorbild nehmen.

Neue Tränen stiegen ihr hoch.

Ich leide nicht an Anorexia, ich weiß nicht einmal, was das ist, und ich habe niemals eine Prinzessin aufgefordert, mir zu gleichen!, hätte sie am liebsten geschrien. Doch sie wusste: Selbst wenn sie sich nicht nur vor ihrem Spiegelbild, sondern auch von den hämischen Damen gerechtfertigt hätte, man hätte es ja doch nur gegen sie ausgelegt.

Tizia seufzte. Sie hatte die Seidenraupen immer wegen ihres frühen Todes bedauert, jetzt erwachte erstmals die Sehnsucht, sich wie diese in einen Kokon einzuspinnen, nichts mehr zu hören, nichts mehr zu fühlen von der Welt, kein modisches Kleid aus Gaetanos Manufaktur anlegen und hinuntergehen zu müssen, sich dem Lästern, den Blicken, der Häme auszusetzen.

Aber ihr blieb nichts anderes übrig. Unmöglich konnte sie sich für den heutigen Ball entschuldigen lassen. Bérénice hatte bereits die Kleidung herausgelegt – ein schillerndes, langes grünes Kleid, dessen Schleier man über den Kopf wand. Irgendjemand wird mich dafür verachten, dass ich der neuesten Mode hinterherlaufe. Und täte ich es nicht, würde jemand anderer sagen, seht sie euch an, nicht einmal modisch kleiden kann sie sich.

Wieder presste sie den Wattebausch auf die Augen, wieder musste sie an die Seidenraupen denken.

Die meisten fühlen nichts … der Tod kommt im Schlaf … nur ganz wenige winden sich.

Würde sie sich winden, wenn sie langsam erstickte? Würde sie im Todeskampf an Vittorio und Gaetano denken oder an Tamino?

Gerade, als neue Tränen aufstiegen, hörte sie, wie sich Schritte näherten, und noch ehe sie rufen konnte, dass sie allein sein wollte, öffnete sich die Tür. Obwohl sie nicht sehen konnte, wer den Raum betrat, versuchte sie zu lächeln.

Bérénice. Es konnte nur Bérénice sein. Wahrscheinlich war sie gekommen, um sie zu frisieren und zu schminken. Tizia wurde ganz schlecht, wenn sie nur an den Ball, das geplante Feuerwerk und die Gespräche mit den Gästen dachte.

Fast lautlos trat Bérénice zu ihr.

»Bitte, ich brauche etwas frische Luft ...«, murmelte Tizia.

Als Bérénice die Fensterläden aufstieß, nahm sie die Watte vom Gesicht. Sie wagte keinen weiteren Blick in den Spiegel, sondern sah hinaus auf den See, der grau und aufgewühlt wie das Meer war.

Auch Bérénice starrte nach draußen, und trotz des trüben Wetters machte sie einen glücklichen Eindruck. »Dort hinten sehe ich ein Stück blauen Himmel«, sagte sie. »Bestimmt klart es bald auf, und dem Feuerwerk steht nichts im Wege.«

Ihre Augen leuchteten. Tizia wandte sich rasch ab.

»Ich fürchte, meine Augen haben sich entzündet ...«

Bérénice hastete auf sie zu. »Ich werde sofort Tücher in Kamille tränken und sie ...«

»Ach, Bérénice, es ist nicht so schlimm.«

Tizia betrachtete ihr Spiegelbild. Die Augen waren immer noch rot, aber nicht geschwollen.

»Ich kann auch Augentropfen holen!«, rief Bérénice eifrig.

»Warte! Setz dich ein wenig zu mir.«

Bérénice zögerte wie immer eine Weile, ehe sie sich am äußersten Rand eines Stuhles niederließ.

»Fühlst du dich wohl?«, fragte Tizia unvermittelt, »geht es dir gut? Gibt es irgendjemanden, der dich schlecht behandelt?«

Bérénice' Stirn kräuselte sich, und dieses kleine, herzförmige Gesicht, das meist so kindlich wirkte, strahlte plötzlich die Würde einer alten, weisen Frau aus. »Die anderen sind mir egal. Ich höre gar nicht, was sie über mich sagen oder denken. Ich bin glücklich, solange Sie glücklich sind!«

Tizia lächelte, und diesmal kam es von Herzen. Bérénice war die Einzige, bei der sie sich nicht für ihre Lügen schämte. Mehr noch, in ihrer Gegenwart kam sie sich nicht wie eine Betrügerin und Ehebrecherin vor, sondern fühlte sich wie eine starke, selbstbewusste Frau, eine Königin, eine Fee, ein Engel.

»Das grüne Kleid ist wunderschön«, sagte Bérénice.

Als Tizia ihrem Blick folgte, überkam sie zum ersten Mal keine Übelkeit, wenn sie an den Abend dachte.

»Aber jetzt hole ich die Augentropfen ...«

Tizia starrte ihr nach.

Ich bin glücklich, solange Sie es sind ...

In ihr selbst steckte immer noch das Mädchen aus Lecco, aber Bérénice, diese entschlossene, sture Bérénice, war nicht mehr das Mädchen aus Santa Maria Rezzonico.

Dieser Gedanke machte sie mutig ... und ein wenig neidisch.

In der Nacht nach dem Feuerwerk schlich sich Tizia zu Tamino, obwohl sie das noch nie gewagt hatte. Einmal war er in ihr Zimmer gekommen und hatte sie geküsst, ein anderes Mal waren sie gemeinsam mit dem Boot nach Bellagio gefahren, um sich – wenn auch nicht berühren, so doch in Ruhe betrachten zu können. Sobald er jetzt öffnete und die Türe hinter ihr zuzog, fiel sie ihm in die Arme.

»Hast du den entsetzten Blick dieser bösartigen, alten Vettel gesehen?«, rief Tizia. Ein Lachen stieg die Kehle hoch, genauer gesagt, ein hysterisches Glucksen. So oder so war es köstlich, an den Augenblick zu denken, als Contessa Eugenia di Contarini ihre Perücke verloren hatte.

Ehe Tamino etwas sagen konnte, umschlang sie seinen Nacken,

küsste ihn im Überschwang der Gefühle und drängte ihn zum Bett. Sie liebten sich heftig, kurz, fast schmerzhaft, und hinterher fühlte sie sich vollkommen erschöpft. Die Erinnerung an die beschämte Eugenia kam ihr jetzt nicht mehr ganz so lustig vor.

Heute wurde die Alte bloßgestellt ... morgen wieder ich.

Doch jetzt war es Tamino, der auflachte und der Ereignisse des Abends gedachte. »Bérénice hat das unglaublich geschickt hinbekommen. Ich hätte ihr nicht zugetraut, so durchtrieben zu sein.«

Tizia legte ihre Wange auf seine nackte Brust. Sie war von einem dünnen Haarflaum bedeckt, während die von Gaetano nackt und weiß war ... und immer kalt. Schauder überliefen sie. »Bérénice ist nicht durchtrieben ...«, murmelte sie, »sie ist mir treu ergeben ...«

»Ich habe nie ein Geschöpf wie sie gesehen ... so arglos, mädchenhaft und leichtgläubig ... und zugleich so voller Feuer und Stärke ...«

Tizia richtete sich auf. Sie hatte noch nie beobachtet, dass Tamino mit Bérénice gesprochen hatte. Mehrmals hatte er zwar beteuert, dass er froh darüber war, eine Vertraute an Tizias Seite zu wissen, doch die Bewunderung, die jetzt durch seine Stimme klang, wurde sicher nicht nur von seiner Erleichterung genährt.

Feuer und Stärke ... habe ich das auch? Oder vermisst er es an mir?

»Sie kann für das kämpfen, woran sie glaubt«, fügte er hinzu.

Tizias Augen begannen zu brennen, als sie an heute Nachmittag und an die kühlenden Wattebäusche dachte.

Ich kann nicht kämpfen, ich kann nur weinen ... und Tamino ... er kämpft für seine Ziele, nicht für ... uns.

Wortlos setzte sie sich auf und begann, sich anzukleiden. Tamino sah ihr zwar mit deutlichem Bedauern zu, machte aber keine Anstalten, sie davon abzuhalten.

»Können wir ... können wir die ganze Sache nicht beschleunigen?«, fragte sie unvermittelt.

»Was meinst du?«

»Das Leben an Gaetanos Seite – es ... es ist schwerer als gedacht.«

»Ach Tizia, ich habe von Anfang an gezweifelt, ob es richtig ist ...«

Sie presste ihre Hand auf seinen Mund. »Sprich es nicht aus! Ich muss mit meinen Zweifeln selber fertig werden. Ich wollte ja nur wissen ...«

»Wir dürfen nichts überstürzen! Alles muss genau geplant sein. Aber ... aber wenn du unglücklich bist, wenn du es nicht erträgst ...«

Tizia schüttelte den Kopf.

Feuer und Stärke. Wenn es das war, was Tamino an anderen Menschen faszinierte, dann würde sie ihn nicht enttäuschen. Sie beugte sich vor und küsste ihn auf die Lippen.

Als sie das Zimmer verließ, wirkte sein Blick wie weggetreten. Dachte er an sie? Oder an Bérénice? An seine Ziele ... für die sie vielleicht nur Mittel zum Zweck war?

Als Tizia nach oben schlich und ängstlich darauf bedacht war, kein Geräusch zu machen, tröstete sie nicht einmal die Erinnerung an Eugenia di Contarinis entsetztes Gesicht, als ihr fast kahler Kopf den spöttischen Blicken der Gäste ausgesetzt war.

Die letzten Tage des Sommers versuchte Tizia zu genießen. Auch wenn ihr das Leben im Palazzo di Vaira oft nur schwer erträglich war – hier war sie zumindest in Taminos Nähe, hier fühlte sie sich wenigstens manchmal frei. Sie wagte es zwar kein weiteres Mal, sich auf sein Zimmer zu schleichen, unternahm aber mehrere Wanderungen, um ihn heimlich zu treffen – einmal auf den Monte Grona, den Hausberg von Menaggio, ein anderes Mal zu den Klippen in der Nähe der Villa Serbelloni. Von dort, so hieß es, hätte eine gewisse Isotta Borgomanero einst ihre Verehrer in die Tiefe gestürzt.

»Liebe kann tödlich sein«, murmelte sie, als sie in die Tiefe starrte.

»Liebe kann lebendig sein«, sagte Tamino, zog sie an sich, und sie vergaß ihre Zweifel.

Es war einer der letzten schönen Tage, ehe der Herbst kam, die Garderobe in Koffer gepackt wurde und sie zum Stadthaus der di Vairas in Como aufbrachen.

Bérénice entging ihre Niedergeschlagenheit nicht, und um zu verbergen, dass es der Abschied von Tamino war, der ihr zusetzte – er musste im Winter diverse Renovierungsarbeiten und Reparaturen überwachen –, erwähnte sie den Fluch, der gerüchteweise über den di Vairas lastete. Bérénice war derart besorgt, dass Tizia prompt das schlechte Gewissen plagte, und fortan sprach sie nicht mehr über den Fluch, sondern beklagte die Finsternis im Stadthaus.

Bereits kurz nach Mittag erreichte die schräg einfallende Sonne die Räume nicht mehr. Bérénice drehte sämtliche Lampen auf, entzündete Kerzen und ahnte nicht, dass Tizia eigentlich ganz glücklich war, sich in den düsteren Räumen zu verkriechen. Oft legte sie sich hin und zog die Vorhänge ihres Himmelbetts zu. Später trat sie ans Fenster und blickte auf die Holzkohlenfeuer, die man auf den Bürgersteigen entzündet hatte. Der Geruch nach Essen, Abfall und verschüttetem Wein lag in der Luft; in den Kohlepfannen flackerten Zweige und Scheite, und darüber wurde in kleinen Töpfen Pasta gekocht. Bebend vor Kälte, aber zugleich laut schwatzend standen Menschen darum und warteten, bis die Pasta fertig war.

Halb neidisch, halb sehnsüchtig blickte Tizia auf sie herunter. Diese Menschen waren nicht verstrickt in Lügen und Betrug ... Sie waren bereits glücklich, wenn sie Arbeit fanden, genug zu essen bekamen und zwischendurch ihre grölenden Lieder singen konnten.

Dann verkroch sich Tizia wieder in ihrem Bett, und falls sie noch Stimmen oder Gelächter hörte, hielt sie sich die Ohren zu.

Kaum jemals wurde sie in ihrem Himmelbett gestört. Gaetano arbeitete mehr als je zuvor und hatte häufig Besuch von Geschäftspartnern – meist dunkel gekleidete Herren, von denen er ihr kaum etwas erzählte und nach denen sie nie von sich aus fragte. Manchmal kam er in den Nächten in ihr Bett; es war zu dunkel, um in seinem Gesicht zu lesen, aber sie ahnte, dass nicht mehr Rührung wie einst in seinem Blick stand, sondern eher Besitzerstolz.

Was besitzt er denn außer einem Schmetterling, der nicht fliegen kann?, dachte Tizia, ertrug jedoch seine Berührungen, wie sie sie immer ertragen hatte: lautlos, steif, mit geschlossenen Augen und zusammengekniffenen Lippen. Gaetano schien es nicht zu stören.

Als der Februar kam, die Sonne wärmer wurde und in der Luft verheißungsvoller Frühlingsduft hing, verließ sie eines Tages das Bett, um mit Mann und Stiefsohn einen Ausflug zu machen. Mit einer Drahtseilbahn fuhren sie von Borgo Sant'Agostino, einer Vorstadt von Como, nach Brunate-Kum, wo sie einen Spaziergang zur Fontana Pissarottino machten und einen herrlichen Ausblick auf den See und die Anhöhen genossen, auf Kastanienwälder, malerische Dörfer und herrschaftliche Landhäuser. Heftiger Wind zerrte an ihren Haaren, und zum ersten Mal seit Monaten konnte Tizia wieder lachen.

Auch Gaetanos Frisur geriet in Mitleidenschaft, und als er lächelte, schien es von Herzen zu kommen. »Wenn du den Wind so sehr magst, solltest du lernen, Auto zu fahren.«

Tizia hatte schon Frauen gesehen, die selbst am Lenkrad saßen, meist grotesk bekleidet mit einem langen Mantel, einem hohen Kragen und einer Brille. Dennoch stimmte sie zu.

»Nimmst du mich mit?«, fragte Aurelio und drückte sich unwillkürlich an sie.

Tizia war verwundert, dass er ihre Nähe suchte. Der Junge war immer irgendwie da, wie ein guter Geist – wohlwollend, aber unbemerkt. Sie mochte ihn, weil er leise und zurückhaltend war und ihr ganz ohne Feindseligkeit und Verachtung begegnete, aber sie war zu sehr in ihrem Lügengespinst gefangen, um ihm Zuneigung zu zeigen.

»Wohin willst du denn mit mir fahren?«, fragte sie.

»Das ist mir egal ... Hauptsache ganz weit weg.«

»Warum willst du denn ganz weit weg?«

Aurelios Augen wurden groß wie nie. »Hast du denn nicht davon gehört? Von ... von diesem Fluch?«

Unbehaglich sah sie ihn an.

»Alle Bediensteten sprechen davon ...«, fuhr er fort.

Gaetano war ein wenig beiseite getreten und starrte auf den See. Er schien die Worte seines Sohnes nicht gehört zu haben.

»Das ist eine dumme Geschichte, verschwende bloß keinen Gedanken daran«, murmelte Tizia hastig und hoffte, dass ihm das Beben in ihrer Stimme entging.

»Aber trotzdem will ich ganz weit fort ... damit ich kein Latein mehr lernen muss.«

Tizia musste lachen. »Auch anderswo bekommen Kinder Lateinunterricht.«

»Aber ob sie auch so dumm sind wie ich?«

»Du bist bestimmt nicht dumm!«

»All diese Zitate – ich kann mir die einfach nicht merken! *Carpe diem* ist ja noch leicht, aber es gibt so viele andere Sätze zu lernen. *Cessante causa cessat effectus* oder *Discite iustitiam moniti et non temnere divos!*«

Tizia hatte keine Ahnung, was das alles hieß.

»Mr. Everdeen hat gesagt, ich soll Eselsbrücken bilden«, murmelte Aurelio verzagt.

»Esels – was?«

»Wenn ich aus den jeweils ersten Buchstaben Namen bilden würde, dann wäre es leichter, mir die Zitate zu merken.«

Tizia hatte keine Ahnung, was er damit meinte, aber plötzlich umschlang sie seine Schultern und zog ihn an sich heran. »Wenn ich tatsächlich Autofahren lerne, nehme ich dich mit auf große Fahrt«, versprach sie.

Ein scheues Lächeln huschte über Aurelios Gesicht, und kurz hatte Tizia dasselbe geborgene Gefühl, wie wenn sie mit Bérénice zusammen war. Sich selber konnte sie zwar nicht glücklich machen, aber diese beiden schon.

Als sie jedoch zurück ins Stadthaus kam, war es nicht Bérénice, die sie als Erstes zu sich rief, sondern ein paar andere Dienstmädchen, dann die Köchin und schließlich den Chauffeur. Jeden Einzelnen befragte sie nach dem Fluch, und obwohl ihr keiner sagen konnte, wie genau dieser lautete und was dessen Folgen waren, so hatte doch schon jeder davon gehört, dass ein Schatten auf der Familie di Vaira lag, nachdem ihr Stammvater im Mittelalter die Isola Comacina dem Feind ausgeliefert hatte.

Aurelio hatte recht gehabt. Jeder kannte die Legende.

An diesem Abend blickte Tizia nicht auf die Straße, um dem regen Treiben dort unten zuzusehen. Sie fröstelte zu sehr, um sich auch nur in die Nähe des Fensters zu wagen. Dankbar dafür, dass im Haus kürzlich eine Zentralheizung eingebaut worden war, ließ sie Bérénice diese auf die höchste Stufe drehen.

15

Drei Tage waren vergangen, und Stella hatte in dieser Zeit versucht, wieder zur täglichen Routine zurückzukehren. Nicht, dass es ihr sonderlich leichtgefallen wäre. Nach einer unruhigen Nacht stand sie kurz davor, Flavia auf Ambrosio Sivori anzusprechen. Sie wollte wissen, in welcher Beziehung diese zu ihm stand und welches Interesse er daran haben könnte, sich für ihre – Stellas – Anstellung einzusetzen. Stattdessen hatte sie einen Ausflug nach Bellagio gemacht, und nach einem herrlichen Frühstück und dem stärksten Espresso, den sie je getrunken hatte, sah die Welt schon anders aus.

Sie war hier, um einen Job zu erledigen, und das würde sie – ganz gleich, warum sie diesen Job bekommen hatte – so professionell wie möglich tun. Falls Ambrosio wirklich ihr Vater war und den Kontakt zu ihr suchte, musste er den ersten Schritt unternehmen, nicht sie. Und falls er nicht mit ihr verwandt war, war es nicht an ihr, seine Motive zu ergründen. Genauso hielt sie es mit dem Kontakt zu Matteo. Als sie von Bellagio zurückkehrte, lief sie ihm über den Weg, und obwohl er lächelte und ein paar scherzende Bemerkungen über ihr Turmabenteuer machte, wirkte er unpersönlicher als sonst und ging mit keinem Wort auf den Kuss ein. Insgeheim war sie verletzt, sagte sich dann aber trotzig, dass – wenn er den Kuss als Ausrutscher abtat – sie es genauso halten konnte.

In den nächsten zwei Tagen arbeitete sie intensiv an der Chronik und widmete sich ausschließlich der Familiengeschichte im 16. und 17. Jahrhundert. Erst am dritten Tag erwachte sie mit einem Gefühl von Beklemmung. Sie konnte sich nicht daran erinnern, was sie geträumt hatte, war aber sicher, dass es nichts Angenehmes gewesen war. Sie ahnte, heute würde auch noch so konzentriertes Arbeiten sie nicht davon abhalten, wieder ins Grübeln zu geraten, und deswegen entschied sie, nach Como zu fahren und im *Archivio storico* zu recherchieren. Für das 17. Jahrhundert gab es hier in der Bibliothek kaum Quellen über die Familie di Vaira – vielleicht würde sie dort fündiger werden.

Auf der Suche nach Fabrizio lief sie Clara über den Weg. Vielleicht war es nur eine Täuschung, aber als sie sie grüßte, blickte Clara schnell weg und schien sichtlich schuldbewusst. Kurz reizte es Stella nachzubohren, aber sie unterließ es und erklärte nur, was sie vorhatte und dass Fabrizio sie doch sicher nach Bellagio zum Hafen bringen konnte.

»Ich fürchte, das ist nicht möglich. Fabrizio ist mit Signora di Vaira unterwegs – sie werden erst gegen Abend zurück sein. Sie sind allerdings mit dem Auto gefahren, das heißt, das Motorboot ist da. Wenn sie wollen, können Sie damit bis Cadenabbia fahren und dort ins Schiff nach Como einsteigen.«

Sie sprach mit weiterhin gesenktem Blick, als verberge sie etwas.

»Aber ich habe keinen Bootsführerschein.«

»Ach, das ist hier auf dem See kein Problem ... Motorboote bis vierzig PS dürfen ohne Führerschein gefahren werden. Ich zeige Ihnen, wie das Boot funktioniert, und in Cadenabbia haben wir eine Bootsanlegestelle gemietet, die finden Sie ganz leicht.«

Mit jedem Wort klang sie eifriger, so dass Stella sich nicht des Verdachts erwehren konnte, sie wäre ganz froh sie los zu sein – und sei es nur für einen Tag. Aber dann hielt sie sich an ihren Vorsatz, nicht zu viel in ihr Verhalten hineinzuinterpretieren. Wenn Clara ein Problem mit ihr hatte, dann musste sie damit klarkommen, nicht Stella.

Die Bootsfahrt war belebend. Es war zwar ein windiger Tag, aber der Himmel war ebenso strahlend blau wie der See, und als Stella erst einmal verstanden hatte, wie man das Tempo regulierte und das Bott lenkte, machte es ihr richtig Spaß. Sie kreiste mehrmals über den See, anstatt Cadenabbia direkt anzusteuern, und fuhr dicht an der Villa Balbianello vorbei, wohin gerade ein Boot mit mehreren Touristen unterwegs war, die ihr zuwinkten. Das Triumphgefühl des ersten Tages kehrte zurück, als sie sich ungläubig wieder und wieder gesagt hatte, was für ein Glück es war, in so einem alten Palazzo leben und arbeiten zu dürfen.

Leider ging es nicht so reibungslos weiter. Zwar fand sie die Bootsanlegestelle und bestieg pünktlich das Schiff nach Como, doch wegen technischer Probleme musste es an einer Zwischenstation am südwestlichen Ende des Sees anlegen, und als sie endlich in ein neues Schiff umsteigen konnte und sie Como erreichte, war sie um fast eine Stunde verspätet. Unruhig blickte sie auf die Uhr. Halb zwölf. Das Archiv machte doch so eine lange Mittagspause! Sie beschleunigte ihren Schritt, hatte keinen Blick für Comos Reize – weder für den Dom, der ganz aus dem weißen Mussomarmor errichtet worden war, die kleinen, engen und oft dunklen Gassen oder die romanische Kirche San Fidele, die sich gleich gegenüber des Archivs in der Via Vittorio Emanuele befand und an die ein Spielplatz grenzte, von dem der Lärm spielender und lachender Kinder tönte.

Stella betrat den Innenhof des gelben Gebäudes mit den prächtigen weißen Säulen. Das Archiv befand sich im gleichen Gebäude wie die Stadtverwaltung, weswegen mehrere Polizisten vor dem breiten Tor auf und ab gingen. Sie sahen ihr interessiert nach, als sie verschiedene Eingänge ansteuerte und nach dem Schild »Protocollo« Ausschau hielt, aber bloß »Ufficio Casa«, »Economato«, »Patrimonio« und »Cassa« fand. Wieder warf sie einen hektischen Blick auf die Uhr. Viertel vor zwölf. Sie würde bestenfalls eine knappe Stunde arbeiten können. Ein weiteres Mal ging sie im Kreis, entdeckte am Ende eines verborgenen Ganges schließlich doch die richtige Tür. Allerdings hing ein Zettel daran: *Chiuso per restauri.* Wegen Restaurierung geschlossen.

Was für ein Pech!

Obwohl sie wusste, dass es zwecklos war, trat sie in ihrer Wut mehrmals gegen die Tür. Es war nicht das erste Mal, dass sie so etwas erlebte. Während ihrer Auslandssemester in Perugia stand sie zigmal vor unerwartet geschlossenen Museen oder Archiven, deren Öffnungszeiten der täglich wechselnden Laune der Mitarbeiter unterworfen waren. Dennoch ärgerte sie sich, hatte sie doch erst vor zwei Wochen hier angerufen und nichts von geplanten Renovierungsarbeiten erfahren.

Frustriert trat sie zurück in den Innenhof, wo die Polizisten sie aufmunternd angrinsten, als wüssten sie um ihr Pech. Was jetzt? Einfach Como genießen, einen Imbiss auf dem Palazzo Cavour nehmen oder das Seidenmuseum besichtigen? Aber das hatte ja auch nur bis zwölf Uhr geöffnet. Gedankenverloren ging sie weiter, passierte einige Querstraßen und bewunderte prächtige Fassaden und Innenhöfe mit Säulen und marmornen Statuen, bevor ein Schild ihre Aufmerksamkeit auf sich zog. *Libreria d'antiquariato.* Ihr Herzschlag beschleunigte sich. Antiquariate waren wahre Schatzkammern für Historiker, wo sich oft Ausgaben von Büchern finden ließen, die lange vergriffen waren.

Als sie es betrat, stieg ihr der vertraute Geruch von alten Büchern in die Nase – nach Staub und vergilbtem Papier. Hinter dem Tresen stand eine ältere Dame, die sie ein wenig an Flavia erinnerte, weil sie stark geschminkt war und leuchtend pinke Fingernägel hatte, jedoch elegant und keineswegs billig wirkte.

»Kann ich Ihnen helfen?«

Wenig später hatte Stella ihr Anliegen geschildert. Die Antiquarin war hoch erfreut, jemanden vor sich zu haben, der sich ernsthaft für die Geschichte des Sees und seine berühmten Familien interessierte, nicht nur Touristen, die ein paar Postkarten von Como suchten. Sie zog sie in den hinteren Teil des Ladens, wo mehrere Büchertürme standen, die fast so hoch wie sie waren und so wackelig, dass Stella fürchtete, schon ein Niesen könnte sie zum Einsturz bringen. Die Signora ging entschlossen daran vorbei zu einem Regal und zog mehrere Bücher hervor – einen Band mit Ansichtskarten aus dem frühen 20. Jahrhundert, Biographien mehrerer Familien, in denen offenbar die di Vairas Erwähnung fanden, sowie eine mehrbändige Reihe über die Kirchengeschichte der Region, die alle di Vairas aufführte, die je zum Priester geweiht worden waren und manchmal sogar die höheren Würden eines Bischofs oder Kardinals erlangt hatten. Zuletzt reichte ihr die Dame ein Buch über die Seidenproduktion in Norditalien.

»Meine Großmutter hat selbst in der Manufaktur von Gaetano di Vaira gearbeitet. Wenn ich es recht im Kopf habe, bis zum Jahr 1925. Sie hat oft davon erzählt.«

Stella blickte interessiert hoch. Auch wenn sie nach Como gekommen war, um sich der Renaissance zu widmen, konnte sie diesen Hinweis nicht ignorieren. 1925 – das Jahr, in dem Gaetano gestorben war.

»Sie hat nie verkraftet, dass sie entlassen worden ist«, fuhr die Signora fort.

»Entlassen?«, fragte Stella verwundert.

»Na ja, Sie wissen ja ... scheinbar geriet die Firma in finanzielle Schwierigkeiten. Kein Wunder bei der großen Konkurrenz – vor allem aus China.«

Stella nickte, obwohl sie sich in Wahrheit bis jetzt vor allem für Gaetanos Privatleben interessiert hatte, weniger dafür, wie er das Familienunternehmen geführt hatte.

»Wie auch immer«, fuhr die Frau fort, »meine Großmutter hat später hier in Como eine Anstellung als Zimmermädchen gefunden.

Sobald sich die Manufaktur nicht mehr im Besitz der di Vairas befand, hätte sie ohnehin nicht mehr dort arbeiten wollen.«

Stella blickte sie verwundert an. »Der Besitzer hat gewechselt?«

»Nach Gaetanos Tod gab es schließlich keine direkten Erben.«

»Ja, aber Flavio di Vaira, ein Vetter ... Er hat doch alles geerbt.«

Die Signora schüttelte nahezu empört den Kopf. »Vielleicht den Palazzo, aber ganz sicher nicht die Manufaktur.«

»Und wer hat die übernommen?«

»Ich weiß nicht genau. Nur, dass es jemand war, der nichts mit den di Vairas zu tun hatte. Vielleicht ein ausländischer Investor. Eine Zeitlang haben die Amerikaner hier viel aufgekauft.«

In der nächsten Stunde arbeitete sich Stella durch diverse Bücher, bekam aber keinen Hinweis auf den neuen Besitzer der Seidenmanufaktur. Mehrmals wurde erwähnt, dass die di Vairas in diesem Geschäft tonangebend gewesen waren, doch von einer Krise war nie die Rede – abgesehen von Schwierigkeiten Ende des 19. Jahrhunderts und während des Ersten Weltkriegs. Je länger sie suchte, desto mehr beschäftigte sie eine andere Frage: Wenn sich der Reichtum der Familie der Seidenproduktion verdankte – wie konnte der Vetter von Gaetano, Flavio, den Besitz dann ganz ohne diese halten? Und von was lebte Flavia heute? Selbst wenn sie die Manufaktur teuer verkauft hatten – Stella konnte sich nicht vorstellen, dass sie über den Krieg und die politischen Umbrüche hinweg ihr Vermögen bewahrt hatten. Und die Instandhaltung des Palazzos verschlang sicher eine Menge Geld.

Jetzt fiel ihr auch auf, dass ihr kein einziges Dokument aus der jüngeren Geschichte vorlag, ausgenommen ein Kinderfoto von Flavia und ein Haushaltsbuch aus den Fünfzigern, in dem jedoch keine Kosten aufgeführt wurden, nur Menüpläne.

»Wollen Sie die Bücher kaufen oder lieber noch einmal zurückkommen?«

Stella blickte hoch.

»Es ist jetzt Mittagspause.«

Na klar, 13.00 Uhr. Es wäre zu viel verlangt gewesen, ausgerechnet hier auf eine Ausnahme des üblichen italienischen Tagesablaufs zu treffen. Stella kaufte gedankenverloren zwei Bücher – eines über die Kirchengeschichte und das andere mit den alten Fotografien – und verließ den Laden mit mehr Fragen, als sie hergekommen war. Dass Flavia den Fokus der Chronik auf frühere Zeiten lenken wollte, die Geschichte von Gaetano und vor allem von Tizia weitgehend aussparen wollte, hatte sie bis jetzt immer darauf geschoben, dass sie Tizia aufgrund ihrer Herkunft und ihres Berufs verachtete. Steckte vielleicht etwas anderes dahinter? Wollte sie einfach nicht, dass Stella sich mit dem Verlust des Familienunternehmens beschäftigte?

Obwohl sie wusste, dass Flavia erst am Abend zurückkommen würde, hielt Stella nichts mehr in Como. Hastig ging sie zum Hafen, um dort das erste Schiff zurück nach Cadenabbia zu nehmen.

Diesmal war das Schiff pünktlich, aber die Fahrt verlief deutlich unruhiger, was entweder daran lag, dass Stella, nicht an Deck, sondern im Schiffsbauch Platz genommen hatte, oder aber an dem aufkommenden Sturm. Das flaue Gefühl in ihrem Magen verstärkte sich zunehmend, und der Blick aus dem Fenster konnte sie nicht davon ablenken. Hinter dem trüben Glas waren nur Schemen vom dicht bebauten Seeufer zu erkennen, umso mehr, als erste Regentropfen darauf platschten. Na prima, Stella hatte keine Ahnung, ob das Motorboot ein Dach hatte, das man hochklappen konnte. Der Regen ließ zwar bald wieder nach, aber die Wellen gingen immer höher, und ihre Kronen waren nicht von einem strahlenden Weiß wie bei Sonnenschein, sondern von einem schmutzigen Graugrün, als würde der Wind den Bodensatz des Sees aufwühlen. Dicke Wolken hüllten die Berggipfel ein, und auf der Höhe von Ossucio ließ sich keine der vielen Kapellen mehr erkennen, die zur Wallfahrtskirche der Heiligen Jungfrau auf dem Sacro Monte führten. Kurz stellte sich Stella vor, wie die Franziskanermönche einst dort oben gelebt und bei Wind und Wetter ausgeharrt hatten, eine winzige kleine Welt zu ihren Füßen, die in den Jahren der Einsamkeit wohl immer bedeutungsloser schien.

Sie konnte nicht entscheiden, ob so ein Leben ausschließlich trist war oder nicht vielleicht doch auch seine Vorzüge bot, und war erleichtert, dass der Himmel etwas aufklarte, als sie Cadenabbia erreichten. Auf der Suche nach einem Café, um einen kleinen Imbiss zu sich zu nehmen, geriet Stella in eine typische Touristenfalle in der Nähe der Villa Carlotta. Der Toast war nicht nur überteuert, sondern so trocken, dass sie zwei Oranginas brauchte, um ihn herunterzuspülen. Danach beeilte sie sich, zum Boot zu kommen, und war erleichtert, als es sofort ansprang, wenngleich der Wellengang immer noch so stark war, dass sie befürchtete, der Toast würde ihr gleich wieder hochkommen. Schon nach wenigen Minuten war ihr Gesicht nass von der Gischt und vom neuerlichen Nieseln, und obwohl sie die Kapuze ihrer Jacke hochzog und sich den vorsorglich mitgebrachten Schal zwei Mal um den Hals schlang, begann sie zu frieren. Das Ufer vor ihr glich einem grauen Niemandsland, hinter ihr schienen die Wolken drohend ihre Fäuste zu ballen. Als das Boot immer heftiger schlingerte, fiel ihr auf, dass keine einzige Fähre mehr unterwegs war.

Hatte es eine Unwetterwarnung gegeben, die ihr entgangen war? Unsinn, dort hinten fuhr auch ein Boot, und sie musste ohnehin nur mehr einen halben Kilometer hinter sich bringen, wenn überhaupt.

Bevor sie sich dem Ufer jedoch näherte, ertönte plötzlich ein Fauchen, als würde unter dem Boot ein Ungeheuer schwimmen und zum Angriff ansetzen.

Stella, mach dich nicht verrückt!, ermahnte sie sich.

Und doch, da war es wieder! Dieses Fauchen kam nicht vom See, sondern vom ... Boot. Sein jähes Ruckeln ging Stella durch Mark und Bein. Spätestens jetzt war sie wahrscheinlich ganz grün im Gesicht. Verzweifelt hielt sie das Lenkrad fest, spürte das Ruckeln und Dröhnen noch deutlicher, wagte jedoch nicht, es loszulassen.

Als es endlich nachließ, war sie so erleichtert, dass ihr erst spät aufging, was das bedeutete: Der Motor war ausgegangen. Entweder hatte sie etwas falsch gemacht, der Treibstofftank war leer oder das Boot schlichtweg beschädigt. So oder so trieb sie hilflos auf dem See.

Ihr Magen schien sich schmerzhaft zu verknoten, und sie wusste nicht, was größer war – ihre Übelkeit oder die Panik.

Beruhige dich! Es ist nicht so, dass du allein auf dem Meer treibst! Es ist kein Gewitter im Anmarsch, und der Regen hat wieder aufgehört.

Zumindest konnte man dieses Nieseln nicht als Regen bezeichnen. Und ja, der Sturm wehte zwar ziemlich heftig, aber das hier war ein stabiles Boot, keine Nussschale.

Sie umklammerte das Lenkrad so fest, dass es schmerzte, sagte sich dann aber, dass sie damit nichts bewirken würde, zumal sich das Boot jetzt zu drehen begann. Verzweifelt blickte sie zum Ufer. Sie war zu weit davon entfernt, um zu schreien, ganz abgesehen davon, dass dieses Stück bis auf den Palazzo unbewohnt war. Zurück nach Cadenabbia konnte sie erst recht nicht. Die Wolken dort wurden immer schwärzer. Und bis die Dämmerung einsetzte, dauerte es noch Stunden ...

Stella atmete tief durch. Zugegeben, sie war in eine etwas brenzlige Situation geraten, befand sich aber nicht in Lebensgefahr. In einem Film würde spätestens in fünfzehn Minuten ein gutaussehender Retter auftauchen, vorzugsweise George Clooney. Sie seufzte. Aber die Villa Oleandra in Laglio, wo er lebte, war etliche Kilometer entfernt, außerdem war der ja jetzt verheiratet.

Besser sie verließ sich auf sich selbst. Mehrmals versuchte sie, den Motor wieder zu starten, und sagte sich dabei laut vor, was Clara ihr erklärt hatte: »Beim Starten muss die Schaltung auf ›neutral‹ stehen, weil sonst der Propeller sofort mitdreht. Das kleine Boot würde ruckartig anspringen, und Sie würden über Bord fallen, wenn Sie Pech hätten. Außerdem könnte passieren, dass das Boot sofort starke Fahrt aufnimmt.«

Wieder atmete sie tief durch, legte die Schlaufe der Notausschaltung an und zog den Handstartgriff.

Das Geräusch, das nun ertönte, klang nicht mehr wie ein Fauchen, sondern so kläglich, als würde jemand jammern: Bitte nicht, bitte nicht!

So kam sie nicht weiter.

Ein Ruder, irgendwo musste es doch ein Ruder geben!

Als Stella aufstand, wackelte das Boot so stark, dass sie schnell wieder zurück auf den hellen Ledersitz sank und das Lenkrad umklammerte.

Sie versuchte, sich abzulenken, diesmal nicht mit Gedanken an George Clooney, sondern an die di Vairas ... Gaetano und Aurelio ... sie waren auch während einer Bootsfahrt ertrunken ... ob es wegen eines Sturms gekentert war? An einem Tag wie diesem?

Ein Fluch hatte auf ihnen gelastet ... der gleiche Fluch, der vielleicht Grund für all die Missgeschicke war, die ihr passierten ...

Unsinn, es gab keinen Fluch, und die Boote waren heutzutage stabiler als einst. Auszuschließen, dass jemand es manipuliert hatte, war es natürlich nicht – und verglichen damit war die Vorstellung, verflucht zu sein, fast tröstlicher.

Egal. Das Ruder. Stella wagte es, das Lenkrad wieder loszulassen und sich umzudrehen. Sie entdeckte schließlich auf der Seite ein Holzruder. Es war nicht sehr groß, aber besser als nichts, und sie konnte auf dem Sitz dorthin rutschen und es aus der Verankerung lösen, ohne aufstehen zu müssen. Es war so feucht, dass sie es aus Angst, es könnte ihr aus den Händen gleiten, noch fester umklammerte als das Lenkrad. Ihre Finger wurden ebenso taub wie rot, als sie zu rudern begann. Die ersten Versuche bewirkten nichts weiter, als dass sich das Boot noch stärker drehte, während sie dem Ufer kein Stück näher kam. Der Schweiß brach ihr aus, was immerhin ein Vorteil war, redete sie sich ein. So würde sie wenigstens nicht erfrieren.

Während sie verzweifelt weiterruderte, verdrängte sie jeden Gedanken an Gaetano und Aurelio und stellte sich vor, dass ihre Tante Patrizia mit ihr im Boot saß und mit ihrem üblichen Sarkasmus Kommentare abgab.

Hab ich dir nicht immer gesagt, dass du zu viel sitzt und ins Fitnessstudio gehen sollst? Yoga wäre auch was für dich, das steigert die Beweglichkeit.

Stella war mittlerweile schweißüberströmt. Immerhin, wenn sie mit beiden Händen ruderte, gelang es ihr, das Boot tatsächlich Richtung Ufer zu steuern. Nicht, dass es schnell voranging und nicht, dass sie sich sicher sein konnte, den Palazzo anzusteuern und nicht etwa Bellagio. Aber das war nicht so wichtig, Hauptsache, sie erreichte wieder festen Boden unter den Füßen.

Ruder, rudern, rudern …

Über sich hörte sie einen Hubschrauber.

Mach dir keine Hoffnungen, dass dich jemand rettet, sagte Tante Patrizias Stimme, das sind nur reiche Mailänder auf dem Weg nach Sankt Moritz.

Was wiederum bedeutete, dass es keine Sturmwarnung gegeben hatte.

Irgendwann begnügte sich die Stimme in ihrem Kopf mit einem schlichten: Mach schon, mach schon, nun mach schon!

Verbissen starrte sie aufs Wasser, blickte nur alle zehn Ruderschläge hoch, und dann endlich kam der Palazzo in Sicht. Im Schatten der hohen Pinien, Eichen und Kastanienbäume war das Wasser fast schwarz.

Sie spürte ihre Hände kaum noch. Als sie nach weiteren zehn Ruderschlägen hochblickte und nur mehr etwa dreißig Meter vom Grundstück entfernt war, sah sie, dass jemand auf der Treppe stand, die zum Eingang hochführte. Matteo! Es war Matteo!

Stella sprang auf, und obwohl das Boot wieder heftig wankte, hinderte sie das nicht daran, das Ruder zu schwenken. Schon wollte sie den Mund öffnen und laut um Hilfe schreien, doch dann erkannte sie, dass Matteo nicht allein war, sondern eine Frau bei ihm stand, den Arm um ihn legte und sich an ihn schmiegte. Immer näher kamen sich ihre Gesichter, gleich würden sie sich küssen.

Stella ließ das Ruder sinken, ihre Lippen wurden taub wie die Hände.

Sieh es doch mal so, ertönte wieder Tante Patrizias nüchterne Stimme, jetzt kennst du immerhin den Grund für Esters seltsame Andeutungen. Dahinter steckt kein wie auch immer geartetes Mysterium, sondern schlicht und einfach Eifersucht.

16

1925

Den ganzen Winter über hatte Tizia sich daran festgehalten, dass im Frühling alles besser werden würde. Dann wäre sie mit Tamino vereint, und die Schwermut würde nicht länger einen Schatten auf ihr Leben werfen. Doch als sie wieder in den Palazzo übersiedelte, ging ihr auf, dass sie keineswegs mit Tamino vereint war, nur in dessen Nähe lebte, und dass sie ihn zwar sehen konnte, sogar dann und wann ein Wort mit ihm wechseln, es aber eine zu große Gefahr bedeutete, ihn zu küssen oder zu umarmen. Nicht nur, dass der Plan, den er ausgeheckt hatte, damit sofort zum Scheitern verurteilt wäre. Ihr eigenes Leben wäre für immer zerstört. Erst kürzlich war ein aufsehenerregender Fall durch die Presse gegangen, weil eine Frau, die ihren Mann betrogen hatte, mit der Höchststrafe bedacht worden war – zwei Jahren Gefängnis –, warf man ihr doch vor, besonders perfide vorgegangen zu sein.

Wahrscheinlich war sie nicht halb so perfide wie ich, dachte Tizia.

Früher war es ihr immer gelungen, jeden Gedanken an die Gefahr zu verdrängen – heute saß sie ihr in allen Knochen, so wie der Winterfrost in den Kellerräumen des Palazzos. Häufiger als früher ging sie ziellos durch den Garten, und eines Tages belauschte sie den Gärtner und einen der Diener, der gerade dabei war, die Pfauen zu füttern.

Hastig versteckte sich Tizia im Schatten einer Statue.

»Gefräßige Tiere sind das, zu nichts nutze ...«, erklärte der Diener widerwillig.

»Welchen Nutzen haben denn dann Blumen?«

»Blumen bringen zumindest kein Unglück. Pfauen schon. Wenn sie vor einem ein Rad schlagen, so heißt es, sei man verflucht ...«

Der Gärtner grinste schief. »Verflucht sind doch die di Vairas, du musst also keine Angst vor den Pfauen haben.«

»Seit ich von diesem Fluch gehört habe, verstehe ich erst recht nicht, wie man sich diese Teufelstiere halten kann.« Er dämpfte seine Stimme etwas, ehe er fortfuhr. »Scheinbar hat es immer den Erstgeborenen getroffen. Sie starben als Kinder, spätestens als junge Männer. Nie ist einer älter als dreißig geworden.«

»Gaetano di Vaira ist zweiunddreißig.«

»Eben, deshalb wird es ja Zeit.«

Tizia wandte sich ab, ehe die Männer sie entdeckten, und eilte zum Palazzo. Die Pfauen schienen sie zu sehen, kreischten ihr etwas nach ... zumindest klang es so in ihren Ohren.

Betrügerin ... Ehebrecherin ... *attrice* ... Mädchen aus Lecco ...

Die Schreie wurden immer lauter und sie immer kopfloser, und sobald sie den Palazzo erreicht hatte, lief sie unversehens zu Taminos Zimmer.

Er war da, wenngleich erschrocken, sie zu sehen. »Was machst du hier? Du solltest doch nicht ...«

Tizia drängte sich an ihm vorbei, und sobald er die Tür schloss, zog sie ihn an sich und küsste ihn. Den ganzen Winter über hatte sie sich nach solch einem Kuss verzehrt. Er schmeckte nach Frühling, nach Sonne und nach dem türkis funkelnden See. Die Pfauenschreie verstummten, oder zumindest hörte sie sie nicht mehr.

»Tizia, du solltest wirklich nicht ...«

»Ich liebe dich, ich habe immer nur dich geliebt, ich ertrage es einfach nicht ...«

»Still!«

Sie öffnete den Mund, wollte fortfahren, ihm vorschlagen, sofort die Sachen zu packen und zu fliehen, aber dann ertönte ein zweites Mal – und diesmal noch mahnender –: »Still!«

Verspätet ging ihr auf, dass er angestrengt lauschte – nicht darauf, was sie zu sagen hatte, sondern auf das Geräusch vor seinem Zimmer.

Schritte. Draußen waren Schritte zu hören. Sie schienen erst näher zu kommen, dann zu verweilen, um sich schließlich wieder zu entfernen.

Tamino deutete auf den Wandschrank. Erst als Tizia sich in dessen Schatten verkrochen hatte, wagte er es, die Tür einen Spaltbreit zu öffnen und nach draußen zu lugen.

Tizia fühlte sich schäbig wie nie und zugleich voller Trotz.

Einst galt ich als eine der schönsten Schauspielerinnen der Welt, dachte sie, kaum jemanden gab es, der mich nicht beneidete und bewunderte, und jetzt muss ich mich in einem Schrank verstecken? Und warum laufe ich vor dem Gekreische der Pfauen davon, anstatt selbst mein schönstes Rad zu schlagen?

Tamino schloss die Tür. »Es war Bérénice …«

Jeder Trotz erstarb. Entsetzt riss Tizia die Augen auf. »Hat sie … wird sie …?«

Er zuckte die Schultern. »Keine Ahnung, was sie hier wollte. Ich hatte den Eindruck, sie würde mir in den letzten Wochen ausweichen.«

»Hat sie dich früher schon mal hier besucht?« Nicht nur Panik klang durch ihre Stimme, auch ein wenig Eifersucht. Sie hatte es nie verwunden, wie freundlich, ja voller Hochachtung Tamino von Bérénice sprach, und ihr war das Leuchten in Bérénice' Augen nicht entgangen, wenn sein Name fiel. Nun gut, seit ein paar Tagen leuchteten ihre Augen nicht mehr – da hatte Tizia sie schließlich vor Tamino gewarnt, doch offenbar war es ihr nicht gelungen, sie dauerhaft von ihm fernzuhalten.

»Und wenn sie uns gesehen hat?«, rief sie voller Angst.

Tamino ging zu ihr und packte sie an den Schultern. »Tizia, hör mir zu! Beruhige dich, du bist ja völlig von Sinnen. Atme tief durch, und dann geh auf dein Zimmer. Sobald du die Beherrschung wiedergefunden hast, redest du mit Bérénice. Finde heraus, ob sie etwas gehört hat, was nicht für ihre Ohren bestimmt war. Ich glaube aber, dass wir nichts zu befürchten haben. Du ... du musst stark sein, Tizia, hörst du?«

Eine Weile konnte sie nichts anderes tun, als wortlos zu nicken, dann presste sie hervor: »Ich muss dich sehen ... regelmäßig ... sonst ertrage ich es nicht ...«

Tamino schüttelte den Kopf. »Das ist viel zu gefährlich, das haben wir ja gerade gesehen. Niemand darf Verdacht schöpfen, niemand darf herausfinden, was wir planen. Wir ... wir können uns schreiben, aber du musst mir versprechen, dass du hinterher jede Nachricht gleich wieder verbrennst, ja?«

Er küsste sie wieder, diesmal aber nur flüchtig, und diesmal schmeckte sein Kuss auch nicht nach Frühling, sondern nach Einsamkeit.

Bevor Tizia es wagte, mit Bérénice zu reden, trank sie sich Mut an. Der scharfe Grappa, auf den sie für gewöhnlich verzichtete, brannte in der Kehle und verursachte Bauchschmerzen, die fast noch schlimmer waren als das Unbehagen. Als sich auch noch Übelkeit hinzugesellte, läutete sie nach Bérénice, und wie immer kam diese auf leisen Sohlen, mit gesenktem Blick, aber straffem Rücken.

Tizia atmete hörbar aus. Da war kein misstrauischer Blick, kein Zögern vor den Antworten, keine versteckte Feindseligkeit. Da war nur Bérénice, wie sie sie kannte, das ihr vollkommen ergebene, dienstbeflissene Mädchen.

Tizia beruhigte sich und schrieb einen Brief an Tamino.

»Auch wenn wir kurz befürchtet haben, dass Bérénice tatsächlich die ganze Wahrheit über uns erahnen könnte, musst Du Dir keine Sorgen machen. Ich habe mit ihr gesprochen, und ich bin mir sicher: Sie weiß nichts, sie hat keine Ahnung. Ach, Bérénice ist ein so gutes Mädchen. Sie ist unfähig, in die Herzen der Menschen zu schauen, und denkt wirklich von mir, dass ich eine gute Ehefrau und Mutter sei.«

Später nahm sie einen weiteren Schluck Grappa – diesmal nicht, um ihrer Ängste Herr zu werden, sondern ihres Grauens vor Gaetano. An diesem Abend kam er zu ihr ins Zimmer, merkwürdig erregt, wie sie ihn selten gesehen hatte, und voller Triumph, weil er offenbar ein erfolgreiches Geschäft abgeschlossen hatte. Das änderte nichts daran, dass seine Haut weiß und kalt war, und als er auf ihr lag und sie sich zwang, seine unbeholfenen Küsse zu erwidern, dachte sie zum ersten Mal: Er ist ja wie eine Raupe ... seine Gefräßigkeit ist kein Zeichen von Lebendigkeit, sondern des nahen Todes ...

Trotz seiner Hochstimmung entging ihm ihre Anspannung nicht.

»Du machst dir doch keine Gedanken über diesen Fluch?«, fragte er unvermittelt. Er hatte seinen Morgenmantel angezogen, eine Zigarette angezündet und saß auf einem Stuhl neben ihrem Bett. Nie wäre er auf die Idee gekommen, bei ihr im Bett zu rauchen, wie es Tamino früher getan hatte.

Tizia starrte ihn entgeistert an. Sie war sich nicht darüber im Klaren gewesen, dass auch er von diesem Fluch wusste.

»Das ist doch nur eine dumme Schauergeschichte ...«, murmelte sie.

»Morgen habe ich etwas Zeit ... wir könnten eine Autofahrt machen ...«

Obwohl ihr das Autofahren nicht so viel wie ihm bedeutete, gefiel ihr die Vorstellung, aufs Gas zu treten und den Sorgen und Gedanken davonzufahren ...

Nicht, dass diese Sorgen und Gedanken nicht in den nächsten

Tagen auf sie warteten, wann immer sie in den Palazzo zurückkehrte. Und nicht, dass da stets der leise Zweifel blieb, ob Bérénice nicht doch mehr ahnte, als sie zeigte.

Denn ganz gleich, was sie Tamino geschrieben hatte – mit der Zeit wuchsen Zweifel in ihr.

Etwas an Bérénice war verändert. Sie wirkte angespannt, gleich einem Raubtier kurz vor dem Sprung, und wenn Tizia sie heimlich beobachtete, musste sie daran denken, wie sie einst vor ihrem Vater gestanden hatte, bereit zu kämpfen, gar zu töten. Stark genug dazu wäre sie nicht gewesen, aber ausreichend wendig und gewitzt, um seinem Schlag auszuweichen und ihm selber genau dann einen zu versetzen, wenn er nicht damit rechnete. Und wendig war sie auch jetzt. Auf jede Frage gab sie rasch eine Antwort, aber ihr Blick wich ihr aus.

Und dann entdeckte Tizia sie eines Nachmittags vor dem Stammbaum neben der Bibliothek. Tizia war manchmal hier, nicht, um zu lesen, sondern um gedankenverloren den Globus kreisen zu lassen, und ähnlich versunken musterte Bérénice nun den Stammbaum. Erst als Tizia ganz nah zu ihr trat, zuckte sie zusammen und blickte auf.

Der Blick ... er war nicht schuldbewusst, als sei sie ertappt worden, sondern ... nahezu vorwurfsvoll.

Sie weiß es.

Sie weiß, was wir vorhaben.

Hinterher konnte sich Tizia nicht mehr erinnern, wie sie in ihr Zimmer gekommen war und wie sie Bérénice davon abgehalten hatte, ihr zu folgen. In jedem Fall zog sie ihre Schmuckschatulle auf und begann, ihren gesamten Schmuck einzupacken – Ringe, Armbänder und Ketten aus Diamanten, Opalen oder Jade, aber auch ihre Stirnbänder mit Pfauenfedern, Perlenketten aus dicken, geschliffenen Glassteinen und Diademe aus Strasssteinen.

Danach zumindest hatte ihr Zittern etwas nachgelassen. Sie rief nach einem Dienstmädchen – ausdrücklich nicht nach Bérénice –, ließ sich von diesem einen weiteren Grappa servieren und verlangte dann, dass man ein Zimmer in der Villa d'Este für sie buchen möge. Erst als sie es aussprach, wurde ihr bewusst, was sie vorhatte.

Das Mädchen blickte sie fragend an. »Ich glaube, das ist nicht möglich ...«

Tizia stand kalter Schweiß auf der Stirn. »Was heißt – nicht möglich? Ich bin keine Gefangene hier, ich kann gehen, wohin ich will, und ...«

»Aber in der Villa d'Este wird doch ein Film gedreht.«

Tizias Gedanken kamen kurz ins Stocken. Richtig, davon hatte sie in der Zeitung gelesen. Im Hotel wurde ein noch bedeutenderer Film gedreht als der von Vittorio, in dem sie damals mitgespielt hatte. Der amerikanische Regisseur hieß Hitchcock, Alfred Hitchcock.

Plötzlich überkam sie Sehnsucht nach dem einst so verhassten, gleißenden Licht der vielen Lampen. All ihre Sorgen würden unter diesem Licht klein und nichtig werden. Sie würde eine Rolle spielen, eine andere sein, deren Gesten und Mimik übernehmen. Sie müsste an nichts denken – nicht an Vittorio, nicht an Gaetano, nicht an ...

»Dann sagen Sie dem Chauffeur, er soll meinen Fiat vorfahren ...«

Gaetano hatte sein Versprechen vom Winter wahrgemacht und ihr ein Auto geschenkt, und obwohl sie bis jetzt nur selten allein gefahren war, reichten ihre Fahrkünste gewiss aus, um bis nach Mailand zu kommen. Wie es dort weitergehen sollte, wusste sie nicht, aber sie war sich sicher: Wenn sie heute den Palazzo verließ, würde sie nicht mehr zurückkehren und trotz aller Schuldgefühle – Tamino und ein wenig auch Aurelio gegenüber – erfüllte dieser Gedanke sie vor allem mit Erleichterung.

Sobald das Mädchen den Raum verlassen hatte, packte Tizia zusätzlich zu dem Schmuck auch ihre Wäsche und ein paar Kleider ein. Sie war noch nicht fertig, als jemand die Tür aufriss.

Vor Schreck ließ sie eine Bluse fallen. Es war Tamino.

»Ich ... ich fahre nach Mailand ...«, erklärte sie, als er fragend auf den Koffer starrte.

Tamino schloss die Tür hinter sich. Er schien sofort zu spüren, dass es um mehr als nur einen Ausflug ging. »Was willst du denn in Mailand?«

Tizia starrte ihn schulterzuckend an.

»Von welchem Geld willst du leben?«, fragte er.

Sie räusperte sich. »Wenn wir ... wenn wir den Schmuck verkaufen, habe ich ... haben wir fürs Erste genug Geld, um uns durchzubringen. Du musst sofort kündigen ... irgendwie werden wir schon überleben ... ich könnte wieder als Schauspielerin arbeiten. Oder in einem Modehaus ... Früher bin ich ja auch nicht verhungert, nicht einmal nach dem Tod meiner Mutter ...«

Taminos Entsetzten stand ihm ins Gesicht geschrieben. »Tizia, was redest du denn da? Du hast es gehasst, arm zu sein. Du hast so viel auf dich genommen ... Gaetano geheiratet ... ihm deine Liebe vorgespielt ... Das alles hast du doch nicht für ein bisschen Schmuck gemacht, der dir ein, zwei Jahre das Überleben sichert!«

Tizias Hände begannen wieder zu zittern. Sie sank vor ihrem Toilettentisch nieder, betrachtete ihr schneeweißes Gesicht im Spiegel. Ihre Haare waren ganz zerzaust ... Bérénice hatte sie nicht gekämmt ... Bérénice, dieses starke Mädchen, das sie nicht einfach im Stich lassen ... nein, ohne das sie nicht leben konnte.

»Ich ertrage es nicht mehr ... all die Lügen ... all die Geheimnisse ... Ich bin kein Schmetterling, ich bin eine Raupe ...«

Mit den Worten kamen ihr die Tränen.

Tamino trat zu ihr, legte seine Hände auf ihre Schultern. »Tizia, was ist nur los mit dir? Du warst doch so entschlossen! Es war schließlich deine Idee, Gaetano zu heiraten, damit wir ...«

Das Bild vor ihren Augen verschwamm, doch selbst wenn sie klar hätte sehen können, hätte ihr aus dem Spiegel nicht Tizia di Vaira entgegengeblickt, sondern Tizia Massina, die in einer armseligen Bude lebte, wo es nach Fisch stank. Und die nicht stark war wie Bérénice, die den fauligen Fisch einfach in den See kippte.

»Ich ... ich habe das Gefühl, ich verliere den Verstand. Ich will nicht mehr alle täuschen, alle betrügen, allen etwas vormachen ...«

»Ich weiß, es ist nicht leicht ... aber es ist doch alles vorbereitet ... du musst nur noch ein bisschen ausharren ... dann geht unser Plan auf ...«

Er begann, ihr über Schultern und Nacken zu streicheln, und sie spürte, wie sich die Anspannung löste.

»Nicht mehr lange ...«, murmelte Tamino, »nicht mehr lange ... und dann haben wir alles erreicht, was wir wollten.«

Tizias Tränen waren versiegt, und sie hatte sich so weit gefasst, dass sie nickte. Insgeheim aber dachte sie: Was *du* wolltest ... Ich selbst will doch einfach nur mit dir zusammen sein.

17

Stella betrachtete Ester, die Matteo eben noch besitzergreifender an sich zog und einen Kuss auf seine Lippen drückte. Kurz stand sie so erstarrt, dass sie nicht bemerkte, wie sich das Boot gefährlich der Mauer näherte. Erst als ein Knirschen ertönte, zuckte sie zusammen und beugte sich vor, um sich mit aller Kraft von der Mauer abzustoßen. In den nächsten Minuten hatte sie keinen Blick mehr für Ester und Matteo übrig. Sie ruderte zur Bootsanlegestelle, griff dort nach einem Tau und zog das Boot dicht genug heran, um auszusteigen. Als sie das Tau festgemacht hatte und sich den Schweiß von der Stirn wischte, stand Matteo allein vor der Tür. Entweder hatte Ester sich mit dem Kuss verabschiedet, oder er hatte sie zurückgewiesen.

So oder so konnte Stella jetzt ihre Feindseligkeit verstehen. Ging diese aber auch weit genug, um einen Blumentopf auf sie zu werfen? Um ihr mit dem Chaos in der Bibliothek Angst zu machen? Um das Boot zu manipulieren?

Nun, die Sache mit dem Boot konnte nur Zufall sein, denn schließlich hatte sie ganz spontan beschlossen, nach Como zu fahren. Dennoch blieb die Frage, wie weit Ester gehen würde, um sie zu vertreiben ...

Damals im Turm ... Ester könnte beobachtet haben, wie sie dorthin ging, und die Tür hinter ihr zugeworfen haben. Allerdings hatte sie da doch noch keinen Grund gehabt, eifersüchtig zu sein, schließlich hatte Ester sie doch erst später dabei ertappt, wie sie Matteo sehnsüchtig nachgeschaut hatte. Allein die Tatsache, dass sie eine junge, ganz attraktive Frau war, die hier arbeitete, konnte doch nicht Anlass gewesen sein, so viel verbrecherische Energie zu entwickeln – umso mehr, als sich Ester wahrscheinlich für die Prinzessin und Stella nur für das Aschenputtel hielt.

Und da war noch dieses merkwürdige Gespräch von Ester und Clara gewesen, dass sie belauscht hatte und in dessen Verlauf die Mutter die Tochter eindringlich darum gebeten hatte, sich herauszuhalten ...

»Signorina, um Himmels willen!«

Stella hob den Blick und sah, dass Fabrizio auf sie zugelaufen kam. Er musste wohl gerade erst aus dem Auto gestiegen sein, denn er trug die Kappe, die er immer aufsetzte, wenn er als Chauffeur seine Dienste tat. Wegen des Laufschritts verrutschte sie, und bei der Vorstellung, dass sie ihm vom Kopf fallen würde, konnte sie sich nur mühsam ein Grinsen verkneifen.

»Ich wusste nicht, dass Sie das Boot nehmen würden ...«

»Clara hat gemeint, das wäre am einfachsten, um nach Cadenabbia zu kommen.«

»Aber der Tank ist doch fast leer.«

»Ja, das habe ich dann auch bemerkt«, sagte Stella mit schiefem Lächeln. »Clara war sich darüber offenbar nicht im Klaren ... und ich habe dummerweise nicht darauf geachtet.«

Vielleicht hatte es Clara sehr wohl gewusst ... vielleicht wollte sie Stella ja loswerden, um die Beziehung ihrer Tochter nicht zu gefährden ...

Unsinn! Am ersten Abend, als sie ihr bereits so reserviert begegnet war, hatte sie ja nicht ahnen können, dass sie sich mit Matteo so gut verstehen würde. Und ein leerer Tank reichte bestimmt nicht aus, sie zu vertreiben!

Fabrizio nahm ihr das Ruder ab, das sie – wie sie jetzt erst bemerkte – immer noch fest umklammert hielt. »Wie lange mussten Sie denn rudern?«

Seine Sorge schien ehrlich zu sein, ja, er wirkte regelrecht entrüstet.

»Nur die letzten hundert Meter«, sagte sie schnell, »auf diese Weise bleibt mir die heutige Sporteinheit erspart.«

Rückblickend schien ihr das kleine Abenteuer nicht mehr so gefährlich, sondern vielmehr erheiternd. »Wirklich, es war nicht so schlimm!«

»Sie machen einen ziemlich durchgefrorenen Eindruck ...«

Trotz des dünnen Schweißfilms zitterte sie tatsächlich. Na prima, dachte sie, da fährt man nach Bella Italia, um sich zum zweiten Mal innerhalb einer Woche fast zu Tode zu frieren.

»Dann beeile ich mich besser, ins Warme zu kommen.«

Von Matteo war nichts zu sehen, doch jetzt entdeckte Stella Flavia, die sich unbemerkt genähert hatte. Sie trug über dem streng frisierten Haar einen schwarzen Hut, dessen Form Stella unwillkürlich an den zersprungenen Blumentopf erinnerte. Schwarz war auch der Nerzmantel, und umso deutlicher hoben sich die vielen goldenen Ringe davon ab. Stella konnte nicht entscheiden, ob sie der Inbegriff der eleganten italienischen Signora war oder eher deren Karikatur.

»Sie waren in Como?«, fragte Flavia.

Irrte sich Stella, oder geriet das Lächeln etwas schmallippig?

»Ich wollte im *Archivio storico* recherchieren.«

Flavias Lächeln verschwand schlagartig, und ihre Miene verzog sich zu einem Ausdruck von ... ja, was war es eigentlich? Entsetzen, Empörung, Angst?

»Warum das denn?«, stieß sie aus.

»Ich dachte, ich finde noch ein paar brauchbare Quellen, und ...«

»Sie haben doch hier alles, was Sie brauchen!«

»Ja, aber um ein komplettes Bild der Familiengeschichte ...«

»Die Quellen, die ich Ihnen zur Verfügung gestellt habe, müssen dafür reichen. Alles andere ist unwichtig.«

Stella sah sie verwirrt an. Sie war Historikerin, folglich gewohnt, einer Sache auf den Grund zu gehen und alle Fakten zu überprüfen! Wenn es nur darum ging, das vorhandene Material zu sichten und zusammenzufassen, hätte sie auch einen Journalisten beauftragen können.

Es sei denn, die Anstellung war nur ein Vorwand gewesen, um sie in den Palazzo zu locken ...

Ein Vorwand von Ambrosio Sivori.

»Ich dachte wirklich, dass ...«

»Es ist schon gut. Aber künftig können Sie sich diese Ausflüge gerne sparen.«

Es klang fast so, als dürfte sie den Palazzo nicht mehr ohne Flavias Erlaubnis verlassen. In Stella keimte Protest auf, aber der erstarb gleich darauf. Wenn Flavia einfach nur streng und arrogant gewesen wäre, hätte sie sich wahrscheinlich auf eine Auseinandersetzung eingelassen, doch plötzlich wirkte die alte Dame inmitten des regennassen Gartens klein und zerbrechlich.

»Wie Sie wünschen«, sagte Stella knapp.

Als sie kurz darauf den Palazzo betrat, war immer noch nichts von Matteo zu sehen. Für einen Moment war sie enttäuscht, dann überwog die Erleichterung. Nach allem, was heute passiert war, konnte sie gerne auf eine Begegnung mit ihm verzichten, umso mehr, da ihr sowieso der Mut gefehlt hätte, nach Ester und seinem Verhältnis zu ihr zu fragen.

Ein heißes Bad und eine Tasse Tee später fühlte sich Stella gestärkt genug, um wieder in die Bibliothek zu gehen. Sie war sich nicht sicher, welchem Thema sie sich widmen wollte – der Frage, in wessen Besitz die Manufaktur nach Gaetanos Tod übergegangen war oder nicht lieber doch dem an Syphilis Erkrankten di Vaira. Als sie am Stammbaum vorbeiging, blieb ihr Blick an dessen Namen hängen. Achille, richtig. Wobei er – laut Stammbaum – Achille Quirino geheißen hatte, genau wie der Stammvater. Mindestens alle zwei bis drei Generationen tauchte der Name »Achille« auf. Achille Quirino war 1769 gestorben, im Alter von 48. Er hatte ja auch das Glück gehabt, nicht als erster, sondern als dritter Sohn seines Vaters geboren zu werden ... wobei an Syphilis zu sterben oder – was damals ebenso häufig vorkam – an einer Quecksilberbehandlung, mit der man die Krankheit behandelte, ihn wahrscheinlich auch manchmal an einen Fluch hatte denken lassen. Sein älterer Bruder war auf jeden Fall schon mit fünfundzwanzig Jahren gestorben.

Stella stutzte. Ihr Blick ging zurück zu Achille, dann zu seinem Bruder. Erst war es nur ein vager Verdacht, doch als sie eine weitere Lampe anknipste, sich vorbeugte und den Stammbaum noch einmal ganz gründlich in Augenschein nahm, weiteten sich überrascht ihre Augen.

Das war doch nicht möglich!

Flüchtig erinnerte sie sich, dass sie schon einmal den Stammbaum betrachtet und irgendetwas sie irritiert hatte, doch erst jetzt erkannte sie, was es war. Sie streckte die Hand aus, berührte die Mauer. Zuerst ging ihre Hand zu den Sterbedaten von Achilles älterem Bruder, dann weiter zu denen von Flavio – nicht Flavias Vater, sondern einer seiner Vorfahren, der im 16. Jahrhundert gelebt hatte. Ihr Verdacht verstärkte sich und wurde spätestens, nachdem sie zwei weitere Daten prüfend abgetastet hatte, zur Gewissheit.

Auf den ersten Blick war es nicht zu sehen, doch wenn man es genauer in Augenschein nahm ...

Nicht nur, dass die Todesdaten der Erstgeborenen in einer anderen Schrift geschrieben worden waren – etwas schwungvoller nämlich –, zugleich ließ sich eine Erhöhung an der Wand feststellen, so, als habe man ein Stück vom ursprünglichen Fresko abgeschabt und mich hellerem Gips ausgebessert.

Aber wer sollte so etwas tun?

Der Fluch, der alle männlichen Erben jung sterben ließ ...

Stellas Blick ging zum Ende des Stammbaums. Der Name von

Aurelio, Gaetanos Sohn, war sehr blass geschrieben und in einer ebenfalls anderen Schrift. Kein Wunder, hatte man dessen Lebensdaten doch erst zum Schluss ergänzt, während der restliche Stammbaum ihres Wissens nach während des 19. Jahrhunderts angefertigt worden war. Und nur wenig später hatte irgendjemand die Sterbedaten von den Erstgeborenen di Vairas überschrieben … vielleicht sogar verfälscht.

Dass sie in keiner der Quelle auf ein Sterbedatum gestoßen war, das sich eklatant von dem auf dem Stammbaum unterschied, hatte nichts zu bedeuten, weil sie das nie gezielt überprüft hatte. Es war durchaus möglich, dass der Stammbaum eine einzige große Lüge war. Und was für den Stammbaum galt, galt dann erst recht für den Fluch.

Stella trat zurück. Vielleicht gab es gar keine jahrhundertealte Legende von einem Fluch, vielleicht war diese erst viel später in die Welt gesetzt worden – Anfang des 20. Jahrhunderts –, und zwar von der gleichen Person, die die Daten am Stammbaum hatte ausbessern lassen, um diesen Fluch zu untermauern.

Quirino, Ettore, Flavio, Aurelio …

Sie wollte sich gerade abwenden, als ihr noch etwas auffiel. Vorhin war ihre Erkenntnis ganz langsam gereift, diese hier traf sie jedoch wie ein Schlag.

Ihre Hand ging zum Ring an ihrem Hals, und der Fluch und dass er womöglich nur eine Erfindung war, wurde bedeutungslos.

Ama et fac quod vis.

Lieber Himmel! Hinter diesem lateinischen Spruch versteckten sich nicht etwa die Initialen von Ambrosio Sivori, wie sie kurz vermutet hatte, sondern von jemand ganz anderem.

18

1925

Bérénice trat von der Tür zurück. Sie hatte genug gehört, und außerdem würde Tamino Tizias Zimmer bald wieder verlassen, nun, da er erreicht hatte, was er wollte und sie zum Bleiben überreden konnte.

Immer wieder echoten Taminos Sätze in Bérénice' Ohren:

»Tizia, was redest du denn da? Du hast so viel auf dich genommen ... Gaetano geheiratet ... ihm deine Liebe vorgespielt ...«

»Ich weiß, es ist nicht leicht ... aber es ist doch alles vorbereitet ... du musst nur noch ein bisschen ausharren ... dann geht unser Plan auf ...«

»Nicht mehr lange ... und dann haben wir alles erreicht, was wir wollten.«

Und Tizia hatte genickt.

Tizia, die – wie Bérénice vor einigen Wochen entdeckt hatte – eine Ehebrecherin war. Deren Liebe zu Gaetano nur eine Lüge war und deren Freundlichkeit, deren engelsgleiches Lachen, deren Erhabenheit über den Dreck und die Niederungen der Welt man ebensowenig trauen konnte. Die allerdings auch nicht ganz ohne Skrupel war, wie sich jetzt zeigte. Schließlich war sie eben fast zusammengebrochen, und als kaum stabiler erwies sich Bérénice' Urteil über sie.

Womöglich hatte sie sich nicht nur einmal, sondern zweimal in ihr getäuscht. Das erste Mal, als sie sie für den reinsten Charakter auf Erden gehalten hatte. Und das zweite Mal, als sie das Gegenteilig annahm.

Vielleicht war sie nicht rücksichtslos ... nur eine Getriebene ... von Tamino. Wie Wachs formte er sie ... formte sie zu einer ... Mörderin.

Nein, nein, nein!

Noch wollte sie das nicht einmal denken. Erst brauchte sie Gewissheit.

Wie betäubt schlich Bérénice davon. Vorhin, als sie vor dem Stammbaum gestanden hatte, war ihr etwas aufgefallen. Doch weil Tizia sie gestört hatte, hatte sie keine Zeit gehabt, es zu überprüfen. Nun führte kein Weg mehr daran vorbei.

Als sie die Treppe hochging, fühlte sie ein Zentnergewicht auf ihren Schultern lasten.

Dass Tizia nicht durch und durch verdorben war, sondern vielmehr ein Opfer von ihrer Liebe zu Tamino, tröstete sie wenig. Wenn sie mit ihren Vermutungen richtig lag und der Plan auf ihn zurückging, war er der Bösewicht, und das schmerzte sie fast noch mehr. Ihre Seele fühlte sich an wie einst ihre Hände, wenn sie stundenlang Fisch ausgenommen und eingesalzen hatte und diese rot und rissig wurden und brannten.

Als sie die beiden zum ersten Mal ertappt hatte, hatte sie sich noch einzureden versucht, alles missverstanden zu haben. Sie hatte sich so verhalten, als sei nichts passiert und hatte irgendwie Tag für Tag hinter sich gebracht. Doch insgeheim hatte sie auf eine Gelegenheit gewartet, die beiden noch einmal zu belauschen, und jetzt wusste sie, dass alles noch schlimmer war als befürchtet.

Nicht nur, dass die beiden ein Paar waren, das sich heimlich liebte. Nein, sie verfolgten einen Plan, sie hatten scheinbar vor, für immer zusammen zu sein – koste es, was es wolle.

Der Stammbaum ... der Fluch ... der *vermeintliche* Fluch.

Bérénice hatte das oberste Stockwerk erreicht, trat auf die Balustrade, beugte sich vor und berührte die Wand. Für das Auge war es kaum sichtbar – aber es war durchaus zu erfühlen, dass an etlichen Stellen die ursprüngliche Farbschicht abgekratzt und übermalt worden war. Sie wusste nicht, welches Material man für diesen Zweck verwendet hatte und wie man dergleichen zustande brachte, doch auf welche Art und Weise auch immer waren die Sterbedaten von etlichen Familienmitgliedern verändert worden. Von männlichen Familienmitgliedern. Von den Erstgeborenen. Um den Anschein zu erwecken, dass sie allesamt jung gestorben waren.

Gaetano war der Erstgeborene seines Vaters.

Und Aurelio wiederum dessen erstgeborener Sohn.

Bérénice zuckte zurück. Sie fühlte sich nicht länger wie ihre Hände beim Einsalzen der Fische, sondern wie taub.

Ein Kind ... Aurelio ist ja noch ein Kind ...

Ihre Brüder und ihr Vater – sie prügelten wehrlose Kinder. Hätte sie ihre Faustschläge einst nicht überlebt, hätten sie sie wohl in den See geworfen und weitergemacht, und wenn die Nachbarn sie heimlich beobachtet hätten, hätten diese aus Angst geschwiegen. Wahrscheinlich hätte auch ihre eigene Mutter geschwiegen.

Aber ich ... ich schweige nicht!

Erschrocken schrie sie auf, als sie wie von weither eine Stimme vernahm.

»Na, kleine Bérénice, machst du dir immer noch Gedanken wegen des Fluchs?«

Bérénice drehte sich um und sah, dass Bruder Ettore auf der Treppe stand. Die letzten Stufen stieg er ganz langsam hoch – sie war nicht sicher, ob wegen Schmerzen im Rücken, die ihr nie aufgefallen waren, oder weil er ihr Zeit geben wollte, sich zu sammeln.

Allerdings, selbst wenn sie alle Zeit der Welt gehabt hätte, so bliebe sie doch weiterhin in einem dunklen Traum gefangen. Nie würde sie daraus erwachen. Nie vergessen, dass sie von Lügnern und Betrügern und ... Mördern umgeben war.

Nun, Bruder Ettore war keiner von ihnen, und kurz überlegte sie, ihm ihren Verdacht mitzuteilen. Sie tat es nur nicht, weil sein Lächeln so arglos war und sie es nicht schaffte, seinen Glauben an das Gute zu erschüttern.

Stattdessen wandte sie sich wieder dem Stammbaum zu.

»Ist jemals einer aus der Familie di Vaira glücklich geworden?«

Ihre Stimme zitterte. Die eigentliche Frage konnte sie nicht aussprechen. Ist das wirklich alles eine Lüge ... oder vielmehr: ein Alibi? Ein Alibi für einen Mord? Einen Mord, der noch nicht stattgefunden hat. Einen Mord, den sie verhindern musste.

»Glück ist flüchtig wie ein Regenbogen«, murmelte Bruder Ettore, »er verblasst, kaum, dass wir ihn erkennen.«

»Ist Unglück auch so flüchtig?«

»Wer immer dieses Unglück über die di Vairas beschworen hat – was dahinter steckte waren Rachsucht, wirtschaftliche Interessen und Bösartigkeit. Wenn wir daran glauben, dann lassen wir diesen Gefühlen das letzte Wort. Aber das dürfen wir nicht. Das Motiv unseres Handelns sollte immer nur die Liebe sein. Die Liebe ist stärker als jeder Fluch.«

Bérénice stiegen die Tränen auf.

Aber meine Liebe zu Tizia, meine Liebe zu Tamino ... sie ist zu meinem Fluch geworden.

Sie blickte starr auf den Stammbaum, um die Tränen zu verbergen, und Bruder Ettore, der wohl dachte, dass sie immer noch mit dem Schicksal der Erstgeborenen haderte, trat zu ihr.

»Gottes Wille ist uns nicht immer einsichtig. In jedem Fall haben wir keine Macht darüber – zumindest keine Macht, jemanden zu verfluchen. Lieben – das ist das Einzige, was wir können. Ein großer Heiliger, Bischof Augustinus von Hippo, hat einmal gesagt: Liebe, und mach, was du willst! *Ama et fac quod vis.*«

Bérénice gelang es, die Tränen zu schlucken, ehe sie sich ihm zuwandte.

»Ein schöner Spruch.«

Ja, dachte sie, ein schöner Spruch, aber er stimmt nicht. Tamino und Tizia liebten sich, doch deswegen war ihnen gewiss nicht erlaubt zu tun, was sie wollten. Selbstsüchtig waren sie, mitleidlos! Tizia vielleicht nicht im gleichen Maße wie Tamino, doch das änderte nichts daran, dass sie sich ihm am Ende fügte.

Tizia selbst hatte damals im Garten Bérénice gegenüber den Fluch erwähnt, von dem bis dahin niemand wusste. Und sie, Bérénice, war so voller Sorge gewesen, dass sie ständig darüber gesprochen hatte. Im Verlaufe des Winters hatte sich die Geschichte unter der ganzen Dienerschaft herumgesprochen – und im gleichen Winter hatte Tamino Zeit genug gehabt, den Stammbaum zu verändern. Im Frühling schließlich hatte Bérénice vermeintlich durchschaut, wie sich der Fluch auswirkte und auch das in Umlauf gebracht.

Falls nun Gaetano und Aurelio sterben sollten, würde es jeder auf den Fluch schieben ... keiner würde auf die Idee kommen, dass Tizia und Tamino dahintersteckten ... Tizia würde das Vermögen erben, den Palazzo, die Manufaktur, sie würden gemeinsam hier leben ...

Natürlich, die Polizei würde den Fall untersuchen, aber Tizia und Tamino würden die schreckliche Tat als Unfall tarnen, und weil niemand daran zweifeln würde, kämen keine unliebsamen Fragen auf.

Schweigen senkte sich über sie, und in dieser Stille klang das ferne Schreien der Pfauen besonders laut.

Laut und Hässlich. Die Stimme des Teufels ...

»Ich ... ich muss nun wieder ...«

Ohne einen Gruß ließ sie Bruder Ettore stehen, ohne ein Lächeln, um sich für seinen Trost zu bedanken. Sie straffte die Schultern, als sie seinen nachdenklichen Blick auf sich ruhen fühlte. Erst als die Tür zum Seitentrakt zufiel, ließ sie sie wieder hängen, doch das konnte ihrer Entschlossenheit keinen Abbruch tun.

Verfluchte Pfauen! Ich werde mich von euren schillernden Schwanzfedern nicht mehr blenden lassen! Ich werde euch nie wieder schön finden! Und ich werde Tizia und Tamino aufhalten!

19

Stella saß in der Bibliothek und starrte fassungslos auf die Geburtsurkunde, die vor ihr auf dem Schreibtisch lag. Obwohl sie das, was sie las, bereits vermutet hatte, war es doch ein Schock.

Die Geburtsurkunde war die des kleinen Aurelio. Als sein Vater wurde Gaetano di Vaira angegeben, als seine Mutter Maddalena. Und es wurden sämtliche Vornamen aufgezählt, die man ihm gegeben hatte, um seine Vorfahren zu ehren: Aurelio Ettore Flavio Quirino di Vaira. Woraus sich – wie beim Spruch *Ama et fac quod vis* – die Initialen AEFQV ergaben.

Vielleicht hätte sie das ganze als Zufall abtun können – aber nicht nachdem sie gehört hatte, dass sie ihre Anstellung Beziehungen verdankte, dass ihr nämlich dieser Ambrosio Sivori die Stelle verschafft hatte. Und nicht nachdem sie entdeckt hatte, dass man den Stammbaum gefälscht hatte.

Wenn sie all das bedachte, war es ein Leichtes, sich in die These zu versteigen, dass Aurelio damals überlebt hatte. Dass Ambrosio womöglich sein Sohn war und sie seine Enkeltochter. Und dass sie nur deswegen hier war.

Stella rieb sich die Schläfen. Zu oft hatte sie sich in den letzten Tagen gesagt, dass sich eine ernstzunehmende Wissenschaftlerin nicht irgendwelchen Vermutungen hingeben durfte. Aber sie war nicht nur Historikerin, sondern auch eine junge Frau, die das Rätsel ihrer Herkunft zwar nie wirklich belastet hatte, dieses ihr aber stets ein diffuses Unbehagen bereitet hatte – ein Gefühl, dass sie nicht zuletzt zur Wahl des Studienfachs veranlasst hatte.

Was sollte sie nun tun?

Wie ferngesteuert stand sie auf und ging die Möglichkeiten durch. Sie könnte Conrad oder Tante Patrizia anrufen, ihnen die Sachlage schildern, sich einen Rat geben lassen. Sie könnte einfach abreisen, das ganze sich setzen lassen, später Ambrosio Sivori suchen. Oder sie könnte mit Flavia oder mit Clara sprechen.

Obwohl sie sich für keine Vorgehensweise entscheiden konnte, verließ sie die Bibliothek und ging langsam die Treppe hinunter. Mit jeder Stufe, die sie nahm, tauchte eine neue Frage auf. Ungeachtet, was es für sie selbst bedeutete, wenn ihre These stimmte – wie war es dazu gekommen, dass Aurelio noch lebte? Hatte Bérénice damit zu tun? Warum waren die letzten Seiten ihres Tagebuchs verschwunden? Wollte jemand verhindern, dass sie die Wahrheit herausfand?

»Stella!«

Die Stimme kam wie von weither, ihr Kopf schien in Watte gepackt. »Stella! Was ist denn los?«

Sie zuckte zusammen, blickte hoch, merkte erst jetzt, dass ihre Hand das Geländer umkrampfte. Kurz hatte sie keine Ahnung, wie sie hierhergekommen war. Sie hatte das Erdgeschoss erreicht, die Halle durchquert, war im anderen Flügel einen Stock hochgegangen und nun offenbar dabei, Matteos Apartment zu erreichen.

Er stand in der geöffneten Tür und sah sie verwirrt an. Offenbar hatte er mittlerweile mehr als einmal ihren Namen gerufen.

»Du siehst so aus, als hättest du ein Gespenst gesehen. Treibt Tizia wieder mal ihr Unwesen?«

Nein, dachte sie, nein, diesmal ist es ihr Stiefsohn …

Aber sie brachte kein Wort hervor, konnte ihn nur stumm anstarren.

»Ich will ja nicht unhöflich sein, aber so wie du sieht man aus, wenn man jahrzehntelang in einen Turm gesperrt war.«

»Was … wie …?«, presste sie hervor.

»Ich habe übrigens gehört, was dir während der Bootsfahrt passiert ist. Blöde Sache, ohne Sprit auf dem See festzusitzen. Wenn ich jetzt gemein wäre, könnte ich zwar sagen, Frauen und Technik, aber das erspare ich dir lieber.«

Ihre Gedanken bewegten sich wie in Zeitlupe. Richtig, die Bootsfahrt ... Diese schien Ewigkeiten her zu sein, dabei war sie erst vor wenigen Stunden aus Como zurückgekehrt. Immer noch konnte sie nichts sagen, obwohl Matteo jetzt auf sie zutrat, ihr erst freundschaftlich über die Schultern strich und sie schließlich an sich zog.

»Was hast du denn? Ich fange gleich an, mir Sorgen zu machen.«

Die Wärme seines Körpers durchdrang sie. Sie legte unwillkürlich ihren Kopf auf seine Brust und schloss die Augen. Sein Pulli war weich, sein Deodorant roch so gut, sie merkte kaum, wie er sie mit sich in sein Apartment zog.

»Erzählst du mir ...«, setzte er an, aber bevor er seine Frage zu Ende bringen konnte, perlten die Worte wie von selbst über ihre Lippen. Dass sie ihren italienischen Vater nicht kannte, was Ester zu ihr gesagt und Conrad angedeutet hatte, dass Ambrosio Sivori hinter ihrer Anstellung steckte, dass Aurelio vielleicht noch lebte, die Sache mit dem Ring.

Alles passte irgendwie zusammen und doch wieder nicht.

Matteo zog sie zu einem braunen Ledersofa. Anders als in ihrem hellen Apartment überwogen hier die Erdtöne, doch das machte es nicht minder geschmackvoll. In einem Kamin brannte Feuer und spendete behagliche Wärme. Noch tröstlicher als diese war es, dass sein Blick zwar neugierig, anteilnehmend und etwas verwirrt war, aber nicht spöttisch. Er unterbrach sie kein einziges Mal.

»Bin ich verrückt?«, fragte sie, nachdem sie geendet hatte.

Jetzt erschien doch wieder ein sarkastisches Lächeln auf seinen Lippen. »Wenn, dann wärst du nicht die erste, die hier im Palazzo den Verstand verloren hat ... denk an Tizia.« Er hob entschuldigend die Hände. »Ich weiß, ich weiß, das ist nicht lustig. Lass mich lieber mal nachdenken ... Ambrosio Sivori ...«, er sprach den Namen mehrmals aus, schüttelte dann aber den Kopf. »Tut mir leid, ich kenne niemanden, der so heißt, und ich bin mir sicher, dass ich diesen Namen noch nie gehört habe.«

»Du denkst also, es ist völliger Unsinn, was ich ...«

»Das habe ich nicht gesagt. Du weißt doch – ich bin nicht hier aufgewachsen, lebe erst seit kurzem in Mailand und komme nur sporadisch hierher. Und du kennst meine Großmutter. Sie ist nicht gerade der Inbegriff der herzlichen Oma, die den Enkel auf den Schoß nimmt und ihm sämtliche Familienskandale anvertraut. Wenn du willst, könnte ich sie aber gerne auf Ambrosio Sivori ansprechen.«

Stella zuckte die Schultern. »Ich glaube, es ist meine Aufgabe, den Kontakt mit ihm herzustellen. Nach dem, was Ester angedeutet hat, ist es ja auch mein gutes Recht, ihn damit zu konfrontieren.«

Matteo runzelte die Stirne. »Ich verstehe nicht, warum Ester sich überhaupt einmischen musste.«

Obwohl Stella selbst die Sprache auf sie gebracht hatte, fühlte es sich wie eine kalte Dusche an, dass er ihren Namen aussprach. Ganz deutlich stieg das Bild vor ihr auf, wie diese blondhaarige Schönheit ihn zu küssen versucht hatte. Abrupt stand sie auf und wandte sich zur Tür. »Ich ... ich sollte jetzt besser gehen.«

»Warte doch! Was hast du auf einmal?«

Sie starrte ihn herausfordernd an. Na was wohl, dachte sie. Wir haben uns geküsst, aber dann musste ich feststellen, dass du eine Freundin hast.

Sie brachte es jedoch nicht fertig, diese Worte laut auszusprechen.

»Hat Ester noch mehr angedeutet?«, fragte er. »Hat sie dich beleidigt? Du darfst sie nicht unbedingt ernst nehmen, sie ...«

»Ich habe euch gesehen.« Stella versuchte, möglichst gleichgültig zu klingen.

Matteo schaute sie verwirrt an, ehe ihm ein Licht aufging. Er stand auf, ging auf sie zu. »Ach so ... das ... ich ... ich war mal kurz mit ihr zusammen, aber das war nichts Ernstes, zumindest nicht für mich. Wenn es nach ihr geht, dann sollten wir wieder an alte Zeiten anknüpfen, aber ...«

Er hob etwas hilflos die Arme, und sie spürte plötzlich, dass er ehrlich zu ihr war. Ganz dicht stand er vor ihr, nahm wieder ihre Schultern, zog sie an sich, und diesmal wirkten seine Berührungen alles andere als freundschaftlich. Die gleiche Spannung lag in der Luft wie damals im Weinkeller.

Eine Affäre mit Matteo di Vaira ist das Letzte, was du jetzt brauchen kannst, mahnte sie eine Stimme der Vernunft.

Ich brauche vor allem etwas, was mich vom Grübeln abhält, sagte eine andere.

Wenn er nur nicht so gut aussehen würde ... wenn er sie nicht so besorgt ansehen würde, zugleich fordernd und begehrend ...

Matteo beugte sich vor und küsste sie. Diesmal war es viel vertrauter als im Weinkeller, viel selbstverständlicher. Bald fanden Zungen und Lippen einen gemeinsamen Rhythmus.

Als sie sich atemlos voneinander lösten, sich anstarrten, musste Stella kurz an Aurelio denken. Wenn sie tatsächlich mit ihm verwandt war, dann auch mit Matteo. Aber dann sagte sie sich, dass die Verwandtschaft weder besonders eng noch tatsächlich nachgewiesen war. Und das Letzte, an das sie in diesem Augenblick denken wollte, waren Gaetano, Tizia, Ambrosio, Flavia ...

Sie küssten sich wieder, ehe sie auf den Teppich vor dem Kamin sanken.

20

1925

Bérénice ging eine Weile vor Gaetanos Zimmer auf und ab. Von Attilio hatte sie erfahren, dass er wieder einmal Geschäftspartner empfing, und obwohl sie am liebsten sofort hineingestürmt wäre, beherrschte sie sich. Sie durfte Gaetano nicht verärgern, brauchte vielmehr seine ganze Aufmerksamkeit und sein Wohlwollen, um … ja was eigentlich?

Mit welchen Worten sollte sie nur die Wahrheit enthüllen?

Ihre Frau plant, Sie und Ihren Sohn umzubringen. Die Heirat war nur eine Farce, sie hat Ihnen ihre Liebe nur vorgespielt, und der Fluch ist eine Lüge, damit die Menschen leichter akzeptieren, dass Aurelios und Ihr Tod wie ein tragischer Unfall erscheinen werden.

Nein, so konnte sie es nicht sagen, Gaetano würde ihr auf keinen Fall glauben. Besser, sie erzählte ihm die Wahrheit häppchenweise. Eine Möglichkeit wäre, dass sie gar nicht von Tizia sprach, sondern zunächst von Tamino. Wenn sie dafür sorgte, dass er entlassen würde und den Palazzo nicht mehr betreten konnte, würde Tizia bald zu ihm fliehen, und ihr Plan wäre vereitelt. Allerdings wären die beiden dann glücklich vereint, und sie wusste nicht, ob sie damit leben konnte, dass sie keine gerechte Strafe für ihren finsteren Plan erhalten würden.

Ganz deutlich stieg das Bild der beiden vor ihr auf, wie sie sich küssten, wie Tizia durch seine weichen Locken fuhr, seine strahlenden Zähne aufblitzten, er sie anlächelte. Die Wut, die in ihr aufstieg, war so gewaltig, dass sie sich die Fingernägel in die Daumenballen trieb, bis sie bluteten.

Sie atmete tief durch. Nein, die beiden durften nicht zusammen sein.

Bérénice trat zur Tür, presste ihr Ohr ganz dicht heran und vernahm Stimmen, viele Stimmen. Erst drangen nur Wortfetzen zu ihr durch, dann ganze Sätze, und als sich Bérénice der Zusammenhang erschloss, vergaß sie Tizia und Tamino. Das, was die beiden planten, mochte ein Verbrechen sein. Aber das, was da hinter der Tür beschlossen wurde, war nicht minder verabscheuenswürdig.

Entlassen ... alle entlassen ... sobald erst einmal die Mailänder Modenschau vorbei war, würde Gaetano keine Kleider mehr fabrizieren, sondern Uniformen und Fallschirme ...

Bérénice rauschte der Kopf. Gaetanos Geschäfte waren nichts, wofür sie sich je interessiert hatte. Sie wusste, dass er ein gewiefter Geschäftsmann war, der das Unternehmen durch schwierige Zeiten gebracht hatte, doch nun musste sie erkennen, dass er nicht nur viel Geschick besaß, sondern auch Kälte und Härte.

Weitere Wortfetzen erreichten sie. »Gewerkschaften ... Macht verloren ... diese verfluchten Sozialisten ... aber jetzt haben sie nichts mehr zu sagen ... nichts gegen Entlassungen unternehmen ... die Macht in diesem Land gehört uns ...«

Sie konnte nicht anders, als leise die Tür zu öffnen und durch den Spalt zu lugen. Gaetano war aufgestanden und gab eben einem Mann die Hand. Seine Haare wirkten schwarz wie nie, und genauso dunkel waren die Uniformen, die die Männer trugen. Schon einmal hatte sie sie gesehen, die merkwürdigen Knüppel an ihren Gürteln wahrgenommen, die Parole, die sie sich zum Abschied zuriefen, aber erst jetzt erkannte sie, wer sie waren.

Die Köchin hatte erst vor einigen Wochen über sie geschimpft. »Gottloses Pack! Sie bringen Unheil über Italien!«

Der Chauffeur, der gerade Kaffee getrunken hatte, wandte halbherzig ein: »Wenn Gott etwas gegen sie hat, hätte er verhindern müssen, dass Mussolini die Macht ergreift. Aber das hat er nicht. Und unser König erst recht nicht.«

»Unser König hatte Angst vor Unruhen.«

»Angst ist ein schlechter Ratgeber ... er hätte vor allem vor Mussolini Angst haben müssen.«

Es war nicht das erste Mal, dass Bérénice diesen Namen hörte. Manche sprachen von ihm wie vom Heiland, andere wie vom Teufel. Genauso wie die Faschisten, die er anführte, für manche Retter waren und für andere gottloses Pack ...

Pack, mit dem Gaetano zusammenarbeitete. Und mit denen er gemeinsam Massenentlassungen plante.

Sie öffnete die Tür noch weiter, um mehr zu sehen, als sich plötzlich eine Hand auf ihre Schulter legte und sie wegzog. Bérénice zuckte zusammen, fühlte sich ertappt. Als sie sich umdrehte, rang sie fieberhaft nach einer Ausrede, warum sie hier war. Nein, nein, sie wollte nicht lauschen, nur fragen, ob Signore di Vaira noch etwa brauchte, und ...

Sie kam nicht mehr dazu, eine Entschuldigung hervorzubringen. Ehe sie überhaupt erkannte, wer sie überrascht hatte, sauste etwas Dunkles auf ihren Kopf herab, traf sie an der Schläfe, und ehe der Schmerz ihr Hirn erreichte, schien ein Licht zu explodieren. Kaum war es in Funken zerstoben, blieb nur mehr Schwärze.

Als Bérénice erwachte, glaubte sie zu schweben. Weit draußen auf dem See schien sie zu treiben ... das Rauschen der Wellen war zu hören, die sanfte Brise fuhr ihr durch die Haare, eine Möwe umkreiste sie, Sonne kitzelte sie ... sie musste auf einem der Segelboote mit den weißen Segeln liegen, auf denen sie sich so oft Tamino vorgestellt hatte.

Aber nein! An Tamino wollte sie nicht denken! Und sie lag gar nicht auf dem Segelboot und trieb noch weniger auf dem See. Da war kein Wasser, keine Sonne, keine Möwe. Nur Holz, hartes Holz. Und sie lag nicht, sondern saß darauf, mit festgebundenen Händen und Füßen. Als sie an den Fesseln zog, schnitten sie tief in ihr Fleisch, und mit diesem Schmerz kamen auch die Erinnerungen zurück.

Sie schrie auf.

»Hier hört dich niemand ...«

Bérénice presste die Augen wieder zusammen. Sie hatte verstanden, was die Stimme sagte. Aber nicht, wem diese Stimme gehörte. Fest stand nur, dass ein Mann zu ihr sprach.

Der Mut, die Augen erneut zu öffnen, fehlte ihr. Zu groß war die Angst vor dem Licht und dem Schmerz, zu groß die Angst vor demjenigen, der sie zusammengeschlagen, hierhergebracht und gefesselt hatte.

Als sie nach einer Weile doch vorsichtig die Lider hob, betrachtete sie den Raum. Die Wände waren bogenförmig, der Holzboden von einer dicken Schmutzschicht überzogen, zwischen den Holzbalken auf der Decke hatte manche Spinne ihr Netz geflochten. Schwer von Staub und Moder war die Luft, und sie konnte kaum atmen. Der Sessel, an den sie gefesselt war, war nicht der einzige Einrichtungsgegenstand. Da gab es zwei Truhen aus schwerem, dunklen Nussbaum, die mit kunstvollen Schnitzereien versehen, jedoch völlig verstaubt waren, und einen Tisch auf dünnen Beinen. Vorhänge gab es keine, aber das Licht war dennoch trübe, waren die Fenster doch lange nicht geputzt worden und darum ganz trüb.

Von weither ertönte das Schreien der Pfauen. Es kam von ... unten. Sie schienen um den alten Turm herum zu stolzieren, den Turm, den sie renovieren hatte lassen wollen, damit Tizia den Palazzo verließ, der Turm, in dessen oberstem Zimmer sie nun gefangen war.

Bérénice wagte es immer noch nicht, den Mann anzusehen, aber sie presste anklagend hervor: »Ich weiß, was ihr vorhabt ... ihr habt den Fluch nur erfunden, um von euch als möglichen Tätern abzulenken.«

Die Worte stießen auf Schweigen, und als sie schließlich doch in Richtung des Angreifers spähte, erkannte sie, dass es gar nicht Tamino war.

»Warum wolltest du ausgerechnet mit Gaetano sprechen?«, fragte der Mann. »Wolltest du ihm etwa deinen Verdacht anvertrauen? Mit ihm über deine dunklen Ahnungen reden?«

»Aber ... aber ...«, stammelte sie hilflos.

Er trat langsam näher, beugte sich über sie. »Es ist alles ganz anders, als du denkst, kleine Bérénice.«

Ihre Kehle wurde ganz trocken. »Der Fluch ... er ist eine Lüge ...«

»Gewiss. Aber du glaubst doch nicht ernsthaft, Tizia und Tamino hätten sie in die Welt gesetzt und trachteten Gaetano und Aurelio nach dem Leben?«

Wenn sie ehrlich war, hatte sie genau das gedacht, doch nun schwieg sie.

»Wenn du versprichst, nicht zu fliehen, werde ich die Fesseln lösen, zumindest die an den Händen.«

Sie konnte nichts anderes tun, als zu nicken. Erst als der Mann die Fessel mit einem kleinen Messer durchschnitten hatte, konnte sie wieder den Mund aufmachen.

»Warum ...?«, setzte sie an.

Er schüttelte den Kopf: »Bevor du etwas sagst, will ich dir eine Geschichte erzählen. Die Geschichte von einem jungen, mutigen Mann, der entschlossen gegen das Böse kämpfte. Diese Geschichte hat sich vor etlichen Jahren zugetragen, aber der Mann ist in seinem Herzen immer noch der gleiche geblieben. Er ist ein Held. Ich fürchte, ich bin keiner. Aber dazu kommen wir später. Jetzt erzähle ich dir erst mal die Geschichte dieses Mannes.«

Noch ehe der andere fortfuhr, wusste Bérénice, wen er mit seinem Helden meinte. Tamino.

Und sie begriff auch: Sie hatte sich einst in Tizia getäuscht, als sie ihr nur Gutes zutraute. Aber sie hatte sich auch in Tamino getäuscht, als sie von ihm nur das Schlechteste annahm.

Dritter Teil

TAMINO

21

Stella räkelte sich wohlig im Bett. Als sie die Augen aufschlug, wusste sie kurz nicht, wo sie sich befand, aber sie fühlte sich warm, entspannt, ausgeruht. Und dazu noch dieser Geruch ... nach frischem Kaffee, knusprigen Cornettos ... Woher genau der Geruch kam, wusste sie nicht, auch nicht, warum sich die Bettwäsche so fremd anfühlte ... nicht weiß war wie ihre, sondern dunkelgrün ...

Erst als sie hochfuhr, stellte sie fest, dass sie gar nicht in ihrem Bett lag, sondern in dem von ... Matteo. Der steckte seinen Kopf durch die Tür: »Ich mache uns schnell Frühstück, ja? Leider muss ich danach sofort los.«

Er lächelte sie an, ehe er wieder in die kleine Küche seines Apartments verschwand, machte jedoch keine Anstalten, sie zu küssen. Kurz war sie enttäuscht, aber dann ließ sie sich zurück in die Kissen fallen und gab sich den Erinnerungen an die letzte Nacht hin, wie sie sich erst stürmisch vor dem Kamin, später langsamer und behutsamer im Bett geliebt hatten, wie sie in seinen Armen eingeschlafen war und sich geborgen wie nie gefühlt hatte. Und dass er jetzt Frühstück machte, war doch auch ein Zeichen dafür, dass diese Nacht mehr zu bedeuten hatte als den bloßen Auftakt einer flüchtigen Affäre.

Stella streifte sich ihr T-Shirt über, bevor Matteo mit einem Tablett zurückkam. Es befanden sich nicht nur ein Milchkaffee und Cornetto darauf, sondern auch ein Schälchen Ananas und Marmelade. »Das hier«, erklärte er mit bedauerndem Blick auf das Cornetto, »würde Clara in den Wahnsinn treiben ... Es ist nicht frisch, sondern aus der Packung, und ich habe es in der Mikrowelle aufgebacken. Ich hoffe, du verzeihst mir die Unarten der italienischen Lebenskultur.«

»Vielleicht kannst du mich mit einem Kuss milde stimmen.«

Sie errötete, die kokette Stimme war ihr selbst fremd, aber er beugte sich vor und küsste sie tatsächlich, nicht nur flüchtig, sondern lange und leidenschaftlich. Stella war ganz atemlos, als er sich von ihr löste. »Aber nun muss ich wirklich los, ich habe einen wichtigen Termin. Ciao, mach's gut.«

In seiner Stimme lag ehrliches Bedauern, aber sie fühlte wieder Enttäuschung in sich hochsteigen, als er sich zum Gehen wandte, ohne zu erklären, was diese Nacht für ihn bedeutete. Auf der Türschwelle blieb er noch einmal stehen. »Was ... was wirst du denn nun eigentlich tun? Ich meine, wegen des Rings, den du trägst ... und deiner Vermutungen bezüglich Aurelio ... und Ambrosio Sivori ...«

Stella nahm einen Schluck Kaffee. Er schmeckte köstlich, aber nach der Erwähnung von Ambrosio Sivori auch etwas bitter. »Ich ... ich muss noch darüber nachdenken ...«

»Mach's gut.«

Solange er hier gewesen war, hatte sie sich in seinem Apartment wohlgefühlt, jetzt kam sie sich plötzlich fehl am Platz vor. Sein Frühstück stehenlassen wollte sie allerdings auch nicht, und so verschlang sie alles hastig, ohne es richtig zu genießen. Danach trug sie das Tablett zurück in die Küche. Sie war schlicht und praktikabel eingerichtet – wie die typische Küche eines Junggesellen. Ob hier am Herd auch Ester gelehnt, die Haare zu einem lässigen Knoten hochgesteckt und ihn verliebt angeschaut hat?

Stella beeilte sich, die Küche zu verlassen, und zog ihre restliche Kleidung an. Ehe sie die Tür öffnete, lauschte sie nach draußen, und erst als sie nichts hörte, huschte sie hinaus.

Wie ein Dieb in der Nacht ...

Egal, sie wollte sich ihre Laune nicht verderben lassen, weder von Überlegungen, wohin das alles führte, noch von Gedanken an Ambrosio Sivori ...

In ihrem Zimmer zog sie sich wieder aus, ging unter die Dusche und genoss den warmen Wasserstrahl auf ihrer nackten Haut. Ganz deutlich meinte sie Matteos Liebkosungen erneut zu spüren, und als sie sich später in ein weiches Handtuch einhüllte, lächelte sie breit. Ihre letzte Beziehung lag zwei Jahre zurück, und seitdem hatte sie sich ausschließlich auf ihre Arbeit konzentriert. Jetzt schien ein tief in ihr schlummerndes Ich erneut zum Leben zu erwachen, wie eine Katze zu schnurren, jeden Gedanken an die Arbeit zu verdrängen. Sie betrachtete sich im Spiegel.

Ihre Augen glänzten, die Züge waren weicher als sonst, nur die Haare standen wild nach allen Seiten ab. Weiterhin lächelnd kämmte sie sich und schaltete den Föhn ein.

Was dann folgte, ging so schnell, dass sie hinterher nicht wusste, in welcher Reihenfolge das alles passiert war. Da war ein sirrendes Geräusch, ein Funken, ein leichter Schmerz in ihrem Arm. Sie ließ den Föhn fallen, und noch ehe er auf den Boden krachte, wurde es im Bad schlagartig finster. Ihr erster Gedanke fiel ganz nüchtern aus: ein Kurzschluss, na super.

Erst später erkannte sie, dass sie in ihre Hausschuhe geschlüpft war, als sie aus der Dusche gestiegen war. Wenn sie mit nackten Füßen auf dem feuchten Boden gestanden hätte, hätte der Stromschlag womöglich weit schlimmere Folgen gehabt als nur eine leicht schmerzende Hand.

Wie betäubt verließ Stella das Bad. Auch im Schlafzimmer funktionierte das Licht nicht, aber das war im Moment ihr geringstes Problem.

Konnte es sein, dass ein einzelner Mensch so viel Pech hatte?

Mit noch nassen Haaren lief Stella nach unten. Sie war entschlossen, die erstbeste Person zur Rede zu stellen, der sie begegnete. Dass der Zufall Clara auserkoren hatte, kam ihr ganz gelegen. Diese war gerade dabei, den Boden der Halle feucht zu wischen, und obwohl Stella kurz erstaunt war, dass ausgerechnet Clara diese Aufgabe erledigte, verschwendete sie keinen weiteren Gedanken daran.

»Wer ... wer steckt dahinter?«, fuhr Stella sie wütend an. »Sie selbst oder Ihre Tochter?«

Clara zuckte zusammen und stellte den Wischmop zur Seite. Obwohl ihr Blick flackerte, war ihre Stimme erstaunlich fest. »Wovon reden Sie?«

Stella atmete tief durch, aus ihren Haaren tropfte es feucht. »Ich weiß, dass mich jemand vertreiben will. Dass der Blumentopf auf mich gestoßen ... ich im Turm eingeschlossen ... der Tank des Boots leer gemacht wurde ... dahinter steckt doch ein System. Und jetzt hat mich ein Stromschlag getroffen.«

Claras Miene wurde betroffen, und kurz war Stella überzeugt davon, dass sie ehrlich erschrocken war und nichts mit all den Unglücksfällen zu tun hatte. Doch dann entgegnete sie herablassend: »Das ist doch verrückt! Welchen Grund sollte jemand haben, Sie zu verjagen?«

»Am Abend meiner Ankunft habe ich gehört, wie Sie mit Signora di Vaira über mich gesprochen haben«, rief Stella anklagend. »Sie waren dagegen, dass ich hier arbeite.«

»Aber deswegen würde ich doch nie ...«, setzte Clara an, biss sich aber auf die Lippen, ehe sie den Satz zu Ende brachte. »Ich habe mit all diesen Dingen nichts zu tun, das schwöre ich!«

Stella war sich nicht sicher, was sie davon halten sollte. »Können Sie auch schwören, dass Ihre Tochter ebenfalls nichts damit zu tun hat?«

Clara lachte auf. »Warum sollte denn Ester Sie vertreiben wollen?«

»Ich weiß, dass Ester und Matteo ein Paar waren. Vielleicht hat sie sich hier schon als Hausherrin gesehen, und mich empfindet sie als lästigen Eindringling.«

Claras Lächeln war nicht mehr so verkrampft, wurde nahezu gütig. Sie schien fast erleichtert zu sein, dass Stella schnöde Eifersucht als Motiv benannte: »Ester hat sich doch seinerzeit selbst von Matteo getrennt.«

Stella lauschte verwirrt, wollte schon einwenden, dass Ester ihn erst kürzlich zu küssen versucht hatte, doch da fuhr Clara schon fort: »Ich weiß nicht, was Sie und Matteo verbindet … aber wenn Sie sich Hoffnungen machen, dann kann ich nur einen Rat geben: Lassen Sie besser Ihre Finger von ihm. Nicht alles, was Gold ist, glänzt … eine Beziehung hält so etwas auf Dauer nicht aus …«

»So etwas?«, fragte Stella.

Clara machte einen Schritt auf sie zu. »Sie haben ganz nasse Haare, und hier ist es so kühl, Sie werden noch krank. Ich werde den Elektriker anrufen, damit der Schaden baldmöglichst behoben wird. So ein Kurzschluss kommt in einem alten Haus wie diesem immer mal wieder vor. Wickeln Sie sich wenigstens ein Handtuch um den Kopf.« Sie klang ehrlich besorgt, und Stella war sich wieder nicht sicher, was sie davon halten sollte. Ohne Zweifel verbarg Clara etwas vor ihr, aber feindselig schien sie nicht mehr zu sein. Ehe Stella etwas sagen konnte, ertönte eine Stimme von oben. »Signora Pella? Was ist denn los?«

Flavia.

Claras Miene veränderte sich erneut. Erschrocken umklammerte sie Stellas Unterarm so fest, dass diese fast aufschrie. »Bitte … bitte sagen Sie ihr nichts von all den Vorfällen …«

Ebenso abrupt, wie sie sie gepackt hatte, ließ Clara sie wieder los und rief nach oben. »Es ist alles in Ordnung. Anscheinend gab es ein kleines technisches Problem. Aber es ist nichts Schlimmes, ich kümmere mich schon darum.«

Ein kleines technisches Problem! Stella tat immer noch die Hand weh!

Als Clara ihr allerdings einen beschwörenden, ja regelrecht flehentlichen Blick zuwarf, verkniff sie sich jedes weitere Wort. Sie ahnte plötzlich: Wenn sie mehr herausfinden wollte, genügte es nicht, Fragen zu stellen. Sie hatte eine viel bessere Idee.

Obwohl es ihr schwerfiel, versuchte Stella, zur Tagesordnung zurückzukehren. Nach ihrem Gespräch mit Clara föhnte sie sich in einem der Gästezimmer und zog sich später in die Bibliothek zurück. Anstatt zu arbeiten, beobachtete sie vom Fenster aus, ob jemand den Palazzo verließ. Zwei Stunden wartete sie vergebens, doch als sie schon ihre Geduld zu verlieren begann, sah sie, wie sich Fabrizio und Clara in Richtung Bootsanlegestelle begaben. Anscheinend war der Benzintank wieder aufgefüllt worden. Fabrizio redete heftig gestikulierend auf Clara ein, was ungewöhnlich genug war, doch als Stella das Fenster öffnete und sich hinausbeugte, konnte sie nichts verstehen und auch nicht in Claras Miene lesen.

Sie entschied, keine weiteren Mutmaßungen anzustellen, wartete nach der Abfahrt des Boots weitere fünfzehn Minuten und schlich sich dann hinaus. Nicht, dass sie große Angst haben musste, ertappt zu werden, denn Flavia stand sicher nicht vor dem Zimmer ihrer Haushälterin Wache, und Matteo war in Mailand. Dennoch klopfte ihr das Herz bis zum Hals.

Ihre größte Angst war, dass die Tür abgesperrt war, doch als sie Claras Klinke heruntërdrückte, ließ sie sich öffnen. Der vertraute Geruch nach Melisse und Zitrone hüllte sie ein, den sie flüchtig an Clara wahrgenommen hatte und der eher an einen beruhigenden Tee erinnerte als an ein Parfüm. Ihr Herzklopfen konnte er jedoch nicht beschwichtigen.

Die Räume unterschieden sich deutlich von Matteos und ihren

eigenen. Die Möbel machten weder einen eleganten noch sonderlich gepflegten Eindruck und passten nicht zusammen, so, als hätte Clara nach und nach all jene Stücke übernommen, für die man sonst keinen Gebrauch mehr hatte. Es waren insgesamt drei Räume, wobei der dritte eine Art Rumpelkammer war, in der Unmengen alter Kleidung, Putzsachen und Stöße von Zeitungen gesammelt wurden. Im Schlafzimmer wiederum standen nur ein Bett und ein Schrank, und dass der steinerne Boden nicht einmal von einem Teppich bedeckt wurde und die Gardinen weiß waren, machte den Raum nicht gerade gemütlicher. Stella ging auf, dass sie noch nie etwas von Claras Mann beziehungsweise Esters Vater gehört hatte. Entweder war der bereits gestorben, oder Clara hatte ihre Tochter allein großgezogen. Das Bett sah aus, als würde es quietschen, und die Laken wiesen etliche Flicken auf.

Merkwürdig, dass eine so langjährige, treue Dienerin so ärmlich hausen musste ...

Im Wohnraum gab es wenigstens Holzdielen, doch auch hier vermisste Stella einen Teppich. Obwohl das Zimmer auf den ersten Blick aufgeräumt wirkte, entdeckte sie doch hier und da Zeichen, dass es schon länger nicht mehr gründlich geputzt worden war. Auf dem Glastisch waren noch Spuren einer Kaffeetasse zu sehen, ein Regal war verstaubt, von einem Blumenstock waren ein paar bräunlich verfärbte Blätter gefallen.

Stella atmete tief durch, ehe sie begann, Schublade für Schublade aufzuziehen. Sie kam sich vor wie eine Diebin, ließ aber nicht locker, sondern sagte sich, dass sie ein Recht auf die Wahrheit habe. Die meisten Fächer waren vollgestopft mit alten Rechnungen, Kreuzworträtseln und Zeitschriften.

Nachdem sie fünf Schubladen durchsucht hatte, musste sie sich eingestehen, dass sie womöglich nicht das Erhoffte finden würde – weder Dokumente, die neue Rückschlüsse zur Familiengeschichte der di Vairas zuließen, noch die fehlenden Seiten aus Bérénice'

Tagebuch oder einen Hinweis auf Ambrosio Sivoris Verbindungen zur Familie di Vaira.

Stella warf einen Blick auf die Uhr, die über dem rostbraunen Sofa hing. Ihr lautes Ticken erleichterte die Suche nicht gerade – was, wenn Clara und Fabrizio schon bald zurückkehrten?

Doch egal, sie würde erst wieder gehen, nachdem sie alle Schubladen durchstöbert hatte. In einer befand sich lediglich Wäsche, eine andere quoll über von allen möglichen Gegenständen – Kerzenständer, Glühbirnen und Lichterketten für Weihnachten. Wie hier wohl Weihnachten gefeiert wurde?

Unmöglich konnte Stella sich vorstellen, dass die kleine Familie friedlich vereint mit dem Personal unter dem Weihnachtsbaum saß. Da war es schon wahrscheinlicher, dass Matteo ins Engadin zum Skilaufen fuhr. Vorausgesetzt, er konnte Skilaufen. Es gab so vieles, was sie nicht über ihn wusste …

Die nächste Schublade war leer. Na großartig!

Stella unterdrückte ein Seufzen und wandte sich dem Bücherregal zu. Sie entdeckte ein mehrbändiges Lexikon, ein paar Romane mit kitschigen Titeln, in denen entweder von Sternen, der Abendröte oder einem Wasserfall die Rede war und die eine romantische Ader an Clara vermuten ließen, schließlich ein paar geschichtliche Werke – unter anderem einige über den Comer See. Stella überflog die Bucheinbände nur flüchtig und wandte sich wieder ab. Wo sollte sie noch suchen? Etwa doch in der Rumpelkammer?

Sie hatte schon ein paar Schritte in diese Richtung gemacht, ehe sie innehielt. Später wusste sie nicht, was genau sie dazu bewogen hatte – ein treffsicherer Instinkt oder aber reiner Zufall –, in jedem Fall zog sie eines der Bücher heraus. Der Einband war etwas brüchig, die Seiten gelblich. Als ihr der Staub in die Nase stieg, musste sie niesen. Wie erstarrt stand sie danach eine Weile, lauschte, ob auch niemand sie gehört hatte, und vertiefte sich dann in das Buch.

Es ging um die Geschichte des italienischen Faschismus, und

Gaetanos Name fiel ihr sofort auf, war der doch mehrmals unterstrichen worden. Ein ganzes Unterkapitel war der faschistischen Bewegung in Norditalien gewidmet, und mehr als nur einmal wurden er und seine Seidenmanufaktur erwähnt.

Neben seinem Name waren auch etliche andere Begriffe wie »Associazione i Fabbricanti di Seterie«, »Fasci di Combattimenti« oder die »Partito Nazionale Fascista« hervorgehoben.

Nachdenklich blätterte Stella Seite für Seite um. Auch wenn sie nicht das Gewünschte gefunden hatte, wusste sie nun deutlich mehr über Gaetano di Vaira. In keiner anderen Quelle war von seiner Verbindung zu den Faschisten die Rede gewesen. Doch falls das stimmte, was hier stand, war er nicht einfach nur ein gewiefter Geschäftsmann, sondern ein Verbrecher gewesen.

22

1923–1925

Annarita weinte. Sie weinte auf eine Weise, die sich tiefer in Taminos Herz schnitt als lautes Geheule oder ein Strom an Tränen – auf eine lautlose, erstickte Art. Ihre Schultern bebten kaum, ihre Lippen waren schmal wie ein Strich, und als er zu ihr trat, wischte sie sich verstohlen über Nase, als hätte sie nur Schnupfen.

»Arbeite weiter«, flüsterte sie ihm zu. »Sonst entlässt er dich auch noch!«

Tamino stellte den Korb mit Rohseide ab. »Das wagt er nicht. Er hat viel zu große Angst vor einem Streik. Denk dir, gerade eben streikt die Landarbeiterschaft, weil ihre Arbeitsverträge willkürlich gebrochen und die Löhne herabgesetzt wurden. Wir ... wir könnten das auch, wenn wir uns nur richtig organisieren ... ich habe Kontakte, und ...«

Annaritas Lippen verzogen sich zu einem freudlosen Lächeln. »Hör auf zu träumen, Tamino! Du glaubst doch nicht, dass ihr Sozialisten jemals wieder etwas zu sagen haben werdet. Sie werden einen nach dem anderen von euch mundtot machen.«

»Trotzdem ... ich kann nicht zulassen, dass du deine Arbeit verlierst. Deine Kinder ...«

»Leonora wird bald heiraten, und mein kleiner Antonio ist letztes Jahr gestorben. Es sind also nicht mehr sechs, sondern nur noch vier, die ich durchfüttern muss.« Sie erhob sich. Obwohl sie noch keine vierzig war, glich sie einer Greisin, so faltig und gebeugt, wie sie war, und so tot, wie ihre Augen schienen. Als er sie davongehen sah, hatte Tamino bei jedem Schritt Angst, sie würde zusammenbrechen. Wahrscheinlich litt sie an Hunger, schrecklichem Hunger.

Tamino rannte ihr nach und holte ein Stück Brot aus der Tasche. »Nimm wenigstens das, wenn du auch sonst keine Hilfe annehmen willst.«

Immerhin, Annarita blieb stehen und sah ihn traurig an. »Du bist ein guter Junge, Tamino, aber du hast zu viel Flausen im Kopf ... Versprich mir, dass du dich nicht mit den Faschisten anlegst. Diesen Kampf kannst du nur verlieren.« Ganz langsam führte sie das Brot zum Mund, um dann umso schneller und gieriger die Bissen herunterzuschlingen. »Hast du eigentlich wieder einmal etwas von Tizia gehört? Stimmt es, dass sie ein berühmter Filmstar ist?«

Tamino verzog schmerzlich das Gesicht. »Ja ... ja, wir schreiben uns manchmal ...«

Viel zu selten, fügte er in Gedanken hinzu, und immer viel zu kurz.

Tizia schrieb nicht, welchen Preis sie für ihren Aufstieg zu zahlen hatte. Und er nicht, wie aussichtslos der Kampf der Sozialdemokraten geworden war.

»Sie hat es verdient«, murmelte Annarita. »Sie war immer so schön ...«

Unwillkürlich ballte Tamino die Hand zur Faust. »Was man sich verdient, hat nichts mit Schönheit zu tun, sondern mit Gerechtigkeit ... mit Menschenwürde ... mit ...«

Annarita verschlang das restliche Brot. »Wie ich schon sagte, du hast nur Flausen im Kopf.«

Sie ging, nein, wankte davon, während Tamino ihr ohnmächtig nachsah. Er wusste ja selbst, dass er ihr nicht helfen konnte, nicht, nachdem all seinen Verbündeten nach und nach gekündigt worden waren. Jedes Mal wurde dieselbe Ausrede benutzt: Die Konkurrenz aus China sei stark, ausländische Zwirnereien würden billiger arbeiten, die Nachfrage nach Naturseide ginge wegen der Einführung der Kunstseide ständig zurück.

Wenn es junge Männer traf, bestand wenigstens die Aussicht, dass diese anderswo Arbeit finden konnten. Frauen wie Annarita blieb hingegen nur das Elend. Und sie war gewiss nicht die Letzte, die dieses Schicksal erlitt. Tamino war sich sicher, was Gaetano di Vaira plante: Nach und nach würde er die Frauen entlassen und durch Kriegsheimkehrer ersetzen, hatten die Faschisten doch vollmundig versprochen, dass alle Veteranen Arbeit finden würden. Frauen gehörten ohnehin an den Herd. Und wenn sie niemanden hatten, der sie ernährte – nun, das war ihr Problem.

»Was stehst du da rum?«

Der fassförmige Aufseher, der vorhin Annarita entlassen hatte, trat auf ihn zu. Andrea war weder sonderlich klug noch tüchtig, aber groß genug, um die Frauen in Angst und Schrecken zu versetzen. Tamino war einer der wenigen Männer, die er nicht um eine Kopfeslänge überragte, doch selbst wenn er nur ein Zwerg gewesen wäre, wäre er jetzt nicht zurückgewichen.

»Ich habe ein Recht auf eine Pause«, erklärte er trotzig.

»Soso, und wer gibt dir dieses Recht?«, fragte Andrea gedehnt.

»Die Associazione i Fabbricanti di Seterie in Como.«

Andreas Lachen klang wie das Quietschen eines Schweins.

»Es gibt Vorschriften, die die Arbeitsverhältnisse genau regeln«, beharrte Tamino. »Darin ist auch festgehalten, dass Kinderarbeit verboten ist. Ich weiß genau, dass Gaetano dutzendweise Kinder einstellt, vor allem für die Blätterernte.«

Ja, wenn sie nützlich waren, mussten sich Frauen und Kinder zu Tode schuften. Doch wenn sie nicht mehr gebraucht wurden, jagte man sie zum Teufel.

»So, so, aber siehst du hier irgendjemanden von deiner Associazione?«

Tamino straffte die Schultern. »Man kann sie benachrichtigen – auch darüber, dass der Lohn ständig gedrückt wird. Das Argument, dass die Kokonproduktion auf dem niedrigsten Stand seit Jahren ist, ist eine Lüge. In den letzten Jahren ist sie vielmehr um fünfzig Prozent gestiegen, nur wir spüren davon nichts.«

»Klar doch, du willst mehr Geld. Am Ende wollen sie immer alle mehr Geld, das sie dann versaufen können.«

»Nein, ich will kein Geld, ich will, dass du Annarita wieder anstellst.«

Andrea lachte wieder, aber zu Taminos Erstaunen klang es nicht spöttisch, sondern freudlos. »Du denkst, das war meine Entscheidung?«

»Nein«, sagte Tamino schnell, »ich weiß, du hast den Befehl von ganz oben bekommen. Aber Andrea ...« Er legte seine Hand auf die Schulter des anderen. »Wir sind doch keine Sklaven, wir müssen uns nicht alles bieten lassen. Wenn wir uns zusammentun, wenn wir streiken ...«

Andrea schlug die Hand weg. »Ich werde nie streiken. Und ich werde mich nie einer Gewerkschaft anschließen. Begreifst du denn nicht? Eure Tage sind gezählt!« Er beugte sich dicht über ihn. »Nur Lebensmüde prahlen heutzutage damit, Sozialisten zu sein.«

Nun war es an Tamino zurückzuzucken. »Ich bin nicht lebensmüde. Ich bin wach wie nie, hungrig wie nie, und ich werde nicht aufhören ...«

»Dann bist du selber schuld.«

Andrea ging, ohne ihn noch einmal aufzufordern, die Arbeit wieder aufzunehmen. Tamino war nicht sicher, ob er aus Mitleid, Solidarität oder Gleichgültigkeit darauf verzichtete. Oder um ihn nur in Sicherheit zu wiegen, weil er wusste, was bevorstand. Bösartig war er auf jeden Fall nicht, höchstens berechnend ... und ein wenig ängstlich.

Gerade die Angst konnte man ihm nicht verdenken. Tamino

selbst fühlte Unbehagen, als er am Abend die Manufaktur verließ. Nichts zog ihn nach Hause, und er nahm jenen kleinen Weg, auf dem er einst Tizia nachgegangen war, doch die Erinnerungen an sie versiegten, als er die Männer sah.

Sie waren zu viert, alle mit Knüppeln bewaffnet, wahrscheinlich auch mit Messern. Leuten wie ihm war es streng verboten, Waffen ohne Waffenschein zu tragen, aber diesen Teufeln gelang es irgendwie, sich über die Vorschriften hinwegzusetzen. Sie machten, was sie wollten. Sie standen über dem Gesetz.

Vier gegen einen. Wenn sie ihn töten wollten, würde ihnen das mühelos gelingen. Tamino überlegte kurz, wegzulaufen, aber diese Schande wollte er dann doch nicht auf sich nehmen.

Er blickte auf den Jüngsten, der rötliche Haare und ein weißes, kindliches Gesicht hatte. »Du solltest nicht schwarz tragen, das macht dich noch blasser«, spottete er.

Der Blasse blieb ausdruckslos, die anderen grinsten. »Vier gegen einen«, sinnierte Tamino laut. »Ist das nicht eine Verschwendung? Werdet ihr nicht anderswo gebraucht? Ich habe gehört, dass euresgleichen schon über ganze Dörfer hergefallen sind, nur weil aufrührerische Arbeiter dort gelebt haben ...«

In diesen Dörfern hatten sie gemordet und geschlagen, hatten ihren Opfern systematisch Rizinusöl eingeflößt und Gebäude niedergebrannt.

Er bekam keine Antwort. Einer der Männer, offenbar der Anführer, nickte nur.

Der Weg war schmal – er könnte versuchen, einen in den See zu stoßen, er könnte selber springen. Wenn er ertrank, würde sein letzter Gedanke Tizia gelten ...

Sein Kopf wurde ganz leer, als der erste Faustschlag ihn traf.

Das Erste, was er wahrnahm, als er wieder zu sich kam, war der Geruch von Weihrauch. So durchdringend stieg er ihm in die Nase, dass er Angst hatte zu niesen. Er war sich sicher, dass sein Kopf dabei zerplatzen würde. Eine Weile konzentrierte er sich darauf, regelmäßig zu atmen, und erst als er sich an den Weihrauchgeruch gewöhnt und der Juckreiz nachgelassen hatte, öffnete er langsam die Augen. Bei einem gelang es, das andere war so zugeschwollen, dass er nur Schemen wahrnahm. Von Kerzen, Kandelabern, Heiligenstatuen ...

»Haben die Faschisten es nicht geschafft, mich fertigzumachen? Müssen den Rest etwa die Pfaffen erledigen?«, knurrte Tamino. Bei jedem Wort schmeckte er Blut. Er war nicht sicher, ob seine Lippen geplatzt waren oder er das Blut erbrochen hatte. Mit der Zungenspitze tastete er die Mundhöhle ab. Wie es aussah, hatte er keine Zähne verloren – das war mehr, als er hatte erhoffen können.

»Hier tut dir niemand was, hier bist du sicher ...«

Eine der Heiligenstatuen war nicht aus Holz, sondern höchst lebendig. Genauer gesagt war es kein Heiliger, der sich über ihn beugte, sondern ein Mönch. Sein Gesicht war zwar gütig, aber Tamino wollte sich davon nicht täuschen lassen.

Die Pfaffen hatte er schon vor den Faschisten gehasst, obwohl seine Mutter ihm immer eingeredet hatte, dass es das Wichtigste im Leben war, Gott zu ehren. Jeden Sonntag hatte sie ihn zur Kirche geschleppt, aber als sie während eines Hochwassers Hab und Gut verloren hatten, hatte keiner der Priester ihnen geholfen, ihnen nur erklärt, dass sie nun noch mehr beten müssten. Tamino hatte nicht gebetet, sondern Tag und Nacht gearbeitet, und als seine Familie endlich wieder genug zu essen hatte, wusste er für alle Zeiten, dass der eigenen Hände Arbeit mehr zu trauen war als einem fernen Gott.

Unter Ächzen setzte sich Tamino auf. »Warum bin ich hier?«

»Die eigentliche Frage ist wohl, warum du noch lebst«, sagte der Mönch. »Wenn ein anderer die Männer gestört hätte, hätten sie wahrscheinlich auch ihn grün und blau geprügelt. Aber an mich wagten sie sich nicht zu vergreifen. Also haben sie dich liegenlassen, bevor sie mit dir fertig waren.«

Als er aufstehen wollte, war der Schmerz so gewaltig, dass Tamino sich kurz wünschte, die Faschisten hätten ihr Werk vollendet.

Der Mönch drückte ihn zurück. »Bleib liegen, du kannst doch nicht aufstehen.«

»Seid wann seid ihr Pfaffen erpicht darauf, dass das gemeine Volk die Kirche vollblutet?«

Der andere seufzte. »Ich bin nicht dein Feind, ich fühle wie du ... ich weiß doch, was du für die Arbeiterschaft tust ...«

Aber ich tue ja gar nichts, dachte Tamino, ich lasse mich nur zusammenschlagen, aber erreicht habe ich nichts.

Der Mönch erhob sich und versteckte seine Hände unter dem Skapulier.

»Ich kümmere mich seit Jahren um Kriegswitwen«, murmelte er, »ich weiß um die vielen Entlassungen ... und um die Kinderarbeit ... ob du es glaubst oder nicht, ich arbeite eng mit einer Gewerkschaft zusammen. Gemeinsam haben wir versucht, die Kinder zumindest regelmäßig auf Erholung zu schicken. All das ist jetzt natürlich ... erschwert. Oh, dieses gottlose Pack.«

Tamino versuchte zu grinsen, was ihm nur unter Schmerzen gelang. »Ich bin auch gottlos.«

»Nein, das glaube ich nicht. Gott wohnt in deinem Herzen. Das Herz meines Bruders hingegen ist aus Stein.«

Kurz erschien es Tamino verführerisch, aus Stein zu sein – dann müsste er nicht diese Schmerzen ertragen. Was wiederum sein Herz anbelangte, so wohnte nur Tizia dort. Wenn ich wieder gesund werde ... dann begnüge ich mich nicht länger mit Briefen, sondern werde sie endlich wiedersehen, koste es, was es wolle!

Am liebsten wäre er sofort zu ihr geeilt, aber der Mönch hatte wohl recht, und es würde Tage – wenn nicht gar Wochen – dauern, bis daran auch nur zu denken war.

»Wenn ich nicht bei der Arbeit erscheine, werde ich meine Stelle verlieren ... Darauf zielen diese Schweine ab ...«

Der Mönch schüttelte den Kopf. »Deine Stelle ist dir sicher, dafür werde ich sorgen ... und auch dafür, dass dir so etwas nicht wieder passiert.«

»Haben Sie nicht eben gesagt, die Faschisten seien gottlos? Mit welchen Drohungen wollen Sie sie denn einschüchtern, wenn nicht damit, dass sie die Rache des Allmächtigen treffen wird?«

»Ich habe andere Mittel und Wege, auf Gaetano di Vaira einzuwirken ...«

Verspätet verstand Tamino die Worte des Geistlichen.

Gaetano di Vaira ... das Herz meines Bruders ... aus Stein.

Eine Ahnung erwachte in ihm, wen er da vor sich hatte, ebenso eine vage Erinnerung daran, dass andere über ihn gesprochen, ihn als großen Wohltäter gepriesen hatten. Bis zu diesem Zeitpunkt hatte er ihnen nicht geglaubt, aber jetzt wusste er, dass der Mönch tatsächlich über ein großes Herz verfügte, sonst hätte er ihn nicht vor den Schlägern bewahrt.

»Sie sind ein di Vaira.«

»Ich bin Bruder Ettore, das ist das Einzige, was zählt.«

»Nun, so ganz verleugnen Sie Ihre Familie wohl nicht, sonst hätten sie ja keine Möglichkeit, auf Gaetano einzuwirken.«

»Wenn es der Sache dient, bin ich bereit zu lügen, zu betrügen und Meineide zu schwören, meinen Bruder zu umschmeicheln und notfalls zu verraten. ... Er ... er ist einer von ihnen ... er unterstützt sie seit Jahren, und ich kann nichts dagegen machen. Unsere Familiengeschichte strotzt vor Wohltätern, die einen Teil des Vermögens für mildtätige Zwecke gespendet haben. Gaetano aber überhäuft diese ... Dreckskerle mit Geld.«

Bruder Ettores Gesicht war jäh verzerrt, als litte er ebenso unter Schmerzen wie Tamino, doch bald fand er die Fassung wieder. »Jetzt verbinde ich erst mal deine Wunden. Und dann sorge ich dafür, dass du etwas zu essen bekommst und ein Dach über den Kopf, bis du wieder bei Kräften bist.«

»Ich komme auch allein zurecht.«

»Daran zweifle ich nicht ...« Bruder Ettores Stimme klang plötzlich unendlich traurig. »Aber gönnen Sie es mir, dass ich den Schandtaten meines Bruders nicht ohnmächtig gegenüberstehe, sondern sie zumindest ein wenig gutmachen kann.«

Erst einige Monate später konnte Tamino nachfühlen, was wirklich in Bruder Ettore vorging. Dann nämlich war er ähnlich zerrissen wie dieser.

Bei Bruder Ettore waren es Loyalität zur eigenen Familie, die Empörung über die Taten seines Bruders und nicht zuletzt der Wunsch nach Gerechtigkeit, die ihn innerlich zerrissen. Und auch in Taminos Brust gab es zwei Seelen: Die eine wollte dafür kämpfen, dass die Gewerkschaft gestärkt, gerechte Löhne bezahlt und gute Arbeitsbedingungen zugesichert wurden. Die andere war einfach nur glücklich, wieder mit Tizia vereint zu sein.

Nachdem er dem Tod nur knapp entkommen war und seine Verletzungen geheilt waren – das hieß: Spuren von den Wunden waren immer noch zu sehen, aber wenigstens schmerzten sie nicht mehr so –, suchte er Mittel und Wege, Tizia wiederzusehen. Als er im Frühling zufällig erfuhr, dass sie sich in der Villa d'Este aufhielt, überlegte er wochenlang, wie er sie dort treffen könnte. Am Ende kam ihm ein Zufall zu Hilfe, wurde doch ausgerechnet er mit einem Paket zu ihr geschickt.

Bruder Ettore hatte tatsächlich dafür gesorgt, dass er seine Arbeit behielt, und da er sich in den kommenden Wochen als ebenso unauffällig wie fleißig erwies, hatte Andrea nicht gezögert, ihn für diese Aufgabe auszuwählen.

O wunderschöne, überirdische Tizia! O lebenshungriges, melancholisches, einsames Mädchen hinter der Fassade!

Beides zog ihn an, beides stürzte ihn in einen Rausch. Die erste Begegnung nach so vielen Jahren und die Liebesnacht, die dieser folgte, waren wie ein Traum. Wochenlang erwachte er nicht daraus – weder, als er sie belog, was die wahren Ursachen seiner Verletzungen anbelangte, noch, als er ihr verschwieg, wie er in der nächsten Zeit heimlich mit Bruder Ettore einen Streik vorbereitete. Zwei Leben schien er zu leben, die nichts miteinander zu tun hatten. Optimistisch waren beide, glaubte er doch in seinem Enthusiasmus, er könnte beides bekommen: Tizia und Gerechtigkeit.

Umso bitterer war das Erwachen, als er eines Tages die Zeitung aufschlug und von der Verlobung Tizia Massinas mit Gaetano di Vaira erfuhr. Er stand in der Kammer, die er mit weiteren Arbeitern teilte, und einer von diesen – Guillermo – fuhr erschrocken aus dem Bett hoch: »Was schreist du denn so?«

Guillermo kratzte sich am Kopf, er kratzte sich immer am Kopf, vielleicht, weil er Läuse hatte, vielleicht nur aus Gewohnheit. Tamino hatte die Zeitung fallen lassen und kämpfte gegen den Drang, darauf herumzutreten.

»Ich sage ja immer, man soll nicht so viel Zeitung lesen«, knurrte Guillermo, »selten steht etwas Schönes drin ...«

Doch, dachte Tamino, es ist etwas Schönes. Zumindest werden es alle dafür halten, für das perfekte Märchen.

Die berühmte Schauspielerin ... der reiche Witwer ... welch ein wunderschönes Paar!

Jeder würde sagen, dass Gaetano perfekt zu ihr passte. So einen Mann brauchte sie, keinen wie Tamino. Verglichen mit Gaetano war er nichts weiter als ein Straßenköter.

Aber sah sie denn nicht, dass Gaetano der Hund war?

Als er bei ihr war und sie zur Rede stellte, sprachen sie nicht über Hunde, sondern über Pfauen. Eine Feder lag auf dem Tisch, mit der sie sich offenbar geschmückt hatte. Er fuhr darüber, hoffte, dass alles nur ein Missverständnis wäre. Gleich würde sie sagen, dass diese Hochzeit mit Gaetano nur ein Hirngespinst von ein paar Gesellschaftsjournalisten wäre.

Doch stattdessen murmelte sie: »Pfauen ... Sie täuschen mit ihrer Schönheit ... Aber in Wahrheit sind sie grässliche Kreaturen, sonst würden sie nicht so schrecklich kreischen.«

Da erst wusste er, dass es stimmte. »Du hast mich auch getäuscht«, sagte er tonlos. »Ich dachte, du wolltest mit mir zusammen sein, stattdessen ...«

Tizia sprang auf und eilte auf ihn zu. »Ich habe doch nicht dich getäuscht! Ich ... Ich täusche *ihn*! Du glaubst doch nicht, dass ich Gaetano liebe. Das alles habe ich doch nur für dich ... für uns getan.«

Eben war er noch zornig gewesen, doch nun sah er sie verwirrt an. »Was redest du denn da?«

»Es ist unmöglich, dass wir beide heiraten ... das wusstest du ... und ich wusste es auch. Aber jetzt ... jetzt kann ich dafür sorgen, dass du eine Stelle im Palazzo bekommst.«

»Als Packer?«

»Du kannst doch lesen und schreiben, bist ziemlich klug. Du könntest als Verwalter oder ähnliches arbeiten, auf jeden Fall ein besseres Leben als jetzt führen und ...«

»Und dafür wirst du zur Hure?«

»Nein. Zur Ehefrau.« Ihre Stimme wurde eisig, trotzdem erwachte sein Mitleid. Ganz gleich, wie vornehm und elegant sie war – in ihrem Herzen, das spürte er, war sie noch das kleine Mädchen von einst, und dieses wollte er so gerne beschützen. Dieses Mädchen durfte nicht in der Kälte der Welt erfrieren oder – was noch schlimmer war – in ihrer Gleichgültigkeit ersticken wie Seidenraupen. Er eilte auf sie zu und nahm sie in den Arm.

»Ach Tizia, ich liebe dich so sehr ... aber du kannst doch unmöglich diesen Mann heiraten, ausgerechnet ihn. Was weißt du eigentlich über Gaetano?«

Sie versteifte sich. »Fast nichts. Aber im Grunde weiß ich auch nicht viel über dich.«

Er sah sie lange an, ließ sie los, begann, auf und ab zu gehen. Sein Blick ruhte auf der Pfauenfeder, als er zu erzählen begann, ihr anvertraute, was er ihr in den letzten Monaten, ja, schon in den Jahren zuvor immer verschwiegen hatte.

»Du hast doch ebenfalls für ihn gearbeitet«, sagte er, als sie ihn ungläubig ansah, »du musst doch wissen, wie es in seinen Manufakturen zugeht.«

»Anderswo ist es auch nicht besser.«

Er schüttelte den Kopf. »Gewiss, Industrielle sind häufig Ausbeuter. Aber er ... Er ist viel schlimmer. Ja, er hat sein Unternehmen sicher durch alle Krisen geführt, aber zu welchem Preis? Er beutet Frauen und Kinder aus, er lässt Statistiken fälschen, er drückt den Lohn, er hat die Nachtarbeit durchgesetzt, obwohl die verboten ist. Frauen, die heiraten wollten, hat er bedroht, um nicht auf ihre Arbeitsleistung verzichten zu müssen. Doch nun, da er sie nicht mehr brauchen kann, setzt er sie kaltherzig vor die Tür. Er schreckt vor nichts zurück, vor gar nichts ...«

»Es gibt doch Gesetze ...«

»Sag mal, bist du blind? Weißt du nicht, was in unserem Land vor sich geht? Liest du denn keine Zeitungen?«

Erst als er geendet hatte, merkte er, dass er geschrien hatte. Ihre Lippen wurden ganz schmal. Nun war sie doch wieder das kleine Mädchen, allerdings ein sehr trotziges.

»Er hat die Faschisten von Anfang an unterstützt«, erklärte er, »hier in der Region ist er einer ihrer treuesten Verbündeten. Wenn sie die Macht endgültig ergreifen – und ich fürchte, das ist nicht mehr zu verhindern –, dann Gnade uns Gott!«

»Ich dachte, du glaubst nicht an Gott.« Sie wollte wohl spöttisch klingen, war aber dennoch blass geworden.

»Es gibt Gerüchte, dass Gaetano das Unternehmen ganz neu

ausrichten will«, fuhr Tamino fort. »Die Seide, die künftig hergestellt wird, soll für Ballons und Uniformen dienen. Und er verfolgt noch einen weiteren Plan: Alle Frauen sollen entlassen und durch Kriegsheimkehrer ersetzt werden. Die Faschisten wollen sich damit rühmen, dass es keine Arbeitslosen mehr gibt, und sind dafür bereit, die Witwen in Not und Elend zu stürzen. Ich weiß nicht, ob er ein Teufel ist oder nur eigennützig, aber in jedem Fall ist er kein guter Mann.«

»Ja glaubst du, ich heirate ihn, weil ich ihn für einen guten Mann halte?«

Sie versuchte zu lachen, aber heraus kam nur ein Keuchen. Für lange Zeit war es der einzige Ton. Es dauerte eine Weile, bis er in das Schweigen hinein sagte: »Gedenkst du immer noch, ihn zu heiraten?«

Und in Gedanken fügte er hinzu: Weil dich noch nie interessiert hat, ob jemand gut oder gerecht ist, Hauptsache, er ist reich? Weil deine Sehnsucht vor allem schönen Kleidern gilt, teurem Schmuck ... und prächtigen Pfauenfedern?

»Das, was du gesagt hast, wird mich nicht davon abbringen«, sagte sie leise. »Im Gegenteil ... Überleg doch mal, welche Möglichkeiten wir hätten!«

Er hob den Blick, fühlte sich einen Moment lang noch mehr zerrissen als zuvor, und dann, auf eine eigentümliche Art, doch wieder ganz. Vielleicht gab es durchaus eine Möglichkeit, beides auszuleben – die Sehnsucht nach Tizia. *Und* die Sehnsucht nach Gerechtigkeit.

»Du meinst ...«, setzte er an.

Sie nickte vielsagend.

Erst strich er gedankenlos über die Pfauenfeder, dann über ihr Haar.

Er könnte als Verwalter arbeiten, hatte sie gesagt. Und als solcher hätte er Zugang zu allen Unterlagen. Er könnte mehr erreichen, als nur laut zu wettern und dabei Gefahr zu laufen, von den Faschisten zusammengeschlagen oder gar ermordet zu werden. Er könnte im Verborgenen arbeiten – Wissen sammeln, Pläne vereiteln, der Presse vertrauliches Material zuschanzen. Ob er damit tatsächlich Gaetanos Position bei den Faschisten schwächen konnte, wusste er nicht, aber einen Versuch war es wert, zumal er als Verwalter ständig in Tizias Nähe leben würde.

Er betrachtete sie. Sie wirkte zerbrechlich wie nie.

»Menschen zu täuschen ist nicht leicht …«, murmelte er.

»Ich verstelle mich seit Jahren.«

»Aber das ist eine fremde Welt …«

»Ich werde eine Vertraute an meiner Seite haben …«

Sie erzählte ihm von einem jungen Mädchen namens Bérénice, offenbar ihre neue Zofe, die aus einfachsten Verhältnissen stammte, und als sie die Geschichte beendet hatte, lächelte Tamino. Dass sie sich für diese Bérénice eingesetzt hatte, war doch der beste Beweis, dass es ihr nicht nur um Reichtum ging! Dass sie das Elend nicht vergessen hatte, sondern auch einen Beitrag leisten wollte, es abzuwenden!

»Du hast sie gerettet«, sagte er ergriffen.

Tizia schüttelte den Kopf. »Nein«, murmelte sie, »sie hat sich selbst gerettet. Sie hätte nicht zugelassen, dass ihr Vater sie totschlägt.« Sie machte eine Pause. »Als ich sie kennenlernte, erinnerte sie mich an das Mädchen, das ich einst war. Aber ich habe mich in ihr getäuscht, so sehr getäuscht. Bérénice weiß es zwar nicht, aber sie ist viel stärker, als ich es jemals sein könnte.«

Er wollte widersprechen, aber plötzlich erwachten neue Sorgen um sie. Was, wenn sie dem Leben im Palazzo di Vaira nicht gewachsen war? Oder wenn er es nicht war? Und selbst wenn er es wäre – war das nicht vielmehr ein Zeichen von Rücksichtslosigkeit als von Stärke?

Er konnte Tizia doch nicht seinem schlimmsten Feind ausliefern.

Allein die Vorstellung, wie sie in Gaetanos Armen liegen würde, war ihm unerträglich!

Und doch – nicht er, sondern sie selbst lieferte sich Gaetano aus. Sie war bereit, seine Berührungen zu ertragen, hatte sich freiwillig dieses Schicksal erwählt, weil sie verführbar war, berechnend oder beides. Und er war das wohl auch. Anstatt ihr die Heirat auszureden, küsste er sie.

Bruder Ettore macht doch dasselbe, dachte er, gute Miene zum bösen Spiel. Er versteckt seine wahren Gefühle vor seinem Bruder ... und das muss Tizia nun auch gelingen und ihm erst recht!

Trotz seines schlechten Gewissens tröstete er sich, dass es nicht für lange war, nur für ein paar Monate oder schlimmstenfalls zwei, drei Jahre. Solange musste Tizia zum Pfau werden, der mit seiner Schönheit blendete. Er verdrängte die Frage, ob sie unter dem glitzernden Gefieder überhaupt noch spüren würde, wenn er sie streichelte.

In den Monaten, die folgten, packten Tamino immer wieder Zweifel. Ihm entging nicht, dass Tizia sich veränderte, dass sie nicht nur dünner wurde, sondern regelrecht zerbrechlich, dass ihre Stimme oft schrill klang und dann wieder verzagt.

Mehr als einmal dachte er daran, die Farce zu beenden, mit ihr den Palazzo, den Comer See, nein, selbst Italien zu verlassen und irgendwo ein neues Leben zu beginnen.

Was ihn davon abhielt, war nicht nur der Wunsch nach Gerechtigkeit, nicht die Menschen in der Manufaktur, nicht Bruder Ettore, mit dem er sich häufig austauschte, der um seine Pläne wusste, vielleicht auch um seine Liebschaft zu Tizia, auch wenn er es nie offen aussprach.

Nein, es war Bérénice, die all seine Zweifel wieder vertrieb. In ihrer unverbrüchlichen Treue zu Tizia war sie in gewisser Weise sein Vorbild. Nie schien ihr Wille, der Herrin das Leben so schön wie möglich zu machen, zu wanken, und er wusste: Solange Tizia sich auf sie verlassen konnte, würde sie nicht zusammenbrechen, und solange er einen Menschen vor Augen hatte, der sich verbissen für das einsetzte, was ihm wichtig war, konnte er sich nicht wie ein Dieb in der Nacht davonstehlen.

Dann kam der Tag, als Bérénice sie beinahe ertappt hätte, und obwohl Tizia ihm später versicherte, dass die Zofe keinen Verdacht geschöpft hatte, sprach sich wenig später bis zu ihm herum, dass Tizia offenbar verreisen wollte.

Er wagte es, ihr Zimmer zu betreten, fand sie tatsächlich vor einem gepackten Koffer und mit geröteten Augen vor, die verrieten, wie bitterlich sie geweint haben musste.

»Ich ... ich fahre nach Mailand ...«, erklärte Tizia, als er fragend auf den Koffer starrte.

Er fühlte sich zerrissen wie schon seit Jahren nicht. Wie sehr er sie so weit wie nur möglich von Gaetano fortwünschte! Und wie groß die Panik war, die ihn zugleich befiel! Sie durfte doch nicht einfach gehen, nicht jetzt, wo die Massenentlassungen bevorstanden, nicht jetzt, da die Faschisten die Macht ergriffen hatten. Zumindest die Mailänder Modenschau galt es abzuhalten, da Gaetano im Mittelpunkt der Aufmerksamkeit stehen würde und sich keine schlechte Presse erlauben konnte.

Tamino schluckte schwer. Er versuchte, seine Gefühle nicht zu zeigen, und fragte ganz ruhig: »Was willst du denn in Mailand?«

Tizia zuckte die Schultern. Er schloss die Tür hinter sich.

»Von welchem Geld willst du leben?«

Sie räusperte sich. »Wenn wir ... wenn wir den Schmuck verkaufen, habe ich ... haben wir fürs Erste genug Geld, um uns durchzubringen. Du musst sofort kündigen ... Irgendwie werden wir schon überleben ... Ich könnte wieder als Schauspielerin arbeiten. Oder in einem Modehaus ... Früher bin ich ja auch nicht verhungert, nicht einmal nach dem Tod meiner Mutter ...«

Tamino sah sie entsetzt an. »Tizia, was redest du denn da? Du hast es gehasst, arm zu sein. Du hast so viel auf dich genommen ... Gaetano geheiratet ... Ihm deine Liebe vorgespielt ... Das alles hast du doch nicht für ein bisschen Schmuck gemacht, der dir ein, zwei Jahre das Überleben sichert!«

Tizias Hände begannen, wieder zu zittern. Sie sank vor ihrem Toilettentisch nieder. Ihre Haare waren ja ganz zerzaust ... Bérénice hatte sie scheinbar nicht gekämmt ...

»Ich ertrage es nicht mehr ... all die Lügen ... all die Geheimnisse ... Ich bin kein Schmetterling, ich bin eine Raupe ...«

Mit den Worten kamen ihr bittere Tränen.

Tamino trat zu ihr, legte seine Hände auf ihre Schultern. In ihm war so viel Sorge, schlechtes Gewissen und zugleich ... Zorn. Der gleiche Zorn, den er damals verspürt hatte, als er sie nach ihrer Verlobung zur Rede gestellt hatte. Machtlos hatte er damals ihre Entscheidung hinnehmen müssen. Es konnte doch nicht sein, dass er ebenso machtlos dabei zuschauen musste, wie sie diese Entscheidung wieder verwarf!

»Tizia, was ist nur los mit dir? Du warst doch so entschlossen! Es war schließlich deine Idee, Gaetano zu heiraten, damit wir ...«

»Ich ... ich habe das Gefühl, ich verliere den Verstand. Ich will nicht mehr alle täuschen, alle betrügen, allen etwas vormachen ...«

»Ich weiß, es ist nicht leicht ... aber es ist doch vorbereitet ... du musst nur noch ein bisschen ausharren ... dann geht unser Plan auf ...«

Nein, dachte er, und gestand es sich ehrlich wie nie ein: Nein, der Plan geht nicht auf. Gaetano ist niemals zu Fall zu bringen und die Faschisten noch weniger. Ich habe den Traum eines Kindes geträumt, als ich glaubte, ich könnte die Gesetze der Welt ausheben.

Und dennoch ... In den letzten Monaten hatte er viel erreicht: Hatte Geld für arbeitslose Frauen abgezwackt, hatte Sozialisten rechtzeitig vor Razzien warnen können, hatte hier und da Knüppel vor Gaetanos Beine geworfen, indem er Geschäftsbriefe vernichtete.

Er begann, Tizia über Schultern und Nacken zu streicheln, und spürte, wie sich ihre Anspannung löste. Auch wenn er selbst nicht daran glaubte – seine Worte waren ihr ein Trost.

»Nicht mehr lange ...«, murmelte Tamino, »nicht mehr lange ... und dann haben wir alles erreicht, was wir wollten.«

Nein, berichtigte er sich wieder ... Ich habe es nicht erreicht, nicht alles zumindest, nur ein wenig, fast zu wenig, um Tizias Glück dafür zu opfern, und dennoch: Ich kann nicht aufgeben, nicht jetzt. Zumindest gegen die geplanten Massenentlassungen muss ich etwas tun, muss Gerüchte darüber verbreiten, muss die öffentliche Empörung anheizen.

Aber das sagte er nicht laut. Tizia hatte sich im Grunde nie für seinen Kampf interessiert.

Eine Weile blieb sie schweigend sitzen, dann gab sie sich einen Ruck und erhob sich energisch. »Es tut mir leid«, sagte sie, »es tut mir leid, dass ich die Fassung verloren habe. Das wird nie wieder vorkommen ...«

»Du musst dich nicht entschuldigen, ich will doch nur, dass es dir gutgeht.«

Sie sah ihn nachdenklich an, und zum ersten Mal witterte er nicht das kleine Mädchen in ihr, nur eine zerstörte Frau. »Ob es mir gutgeht, zählt nicht«, sagte sie. »Ich weiß doch ... du fühlst dich den Menschen verpflichtet. Und ich wiederum bin Bérénice verpflichtet. Ich kann sie nicht einfach zurücklassen, das hat sie nicht verdient.«

Ihre Worte verhießen Wärme, ihr Blick aber blieb kalt.

Er wusste nichts mehr zu sagen, nickte, wandte sich zur Tür. Ehe er den Raum verließ, fragte sie unverhofft: »Hast du eigentlich mitbekommen, dass immer noch ständig von diesem Fluch geredet wird? Das Personal ist von dieser Geschichte regelrecht besessen. Ich glaube, sie machen sich Sorgen um Gaetano und Aurelio, weil alle männlichen Erben einen frühen Tod starben.«

Tamino zuckte die Schultern. Im Winter, als er viel Zeit allein hier verbracht hatte, war er manchmal vor dem Stammbaum stehengeblieben. Damals hatte er sich jedoch nicht mit den Lebensdaten beschäftigt, sondern sich geärgert. Eine so alte Familie, die – glaubte man Bruder Ettore – jede Menge Wohltäter hervorgebracht hatte, und ausgerechnet Gaetano fühlte sich ihrer Tradition nicht verpflichtet!

»Eine merkwürdige Geschichte«, murmelte er, »ich weiß nicht, warum sie so plötzlich in aller Munde war. Wenn der Fluch seit Jahrhunderten auf der Familie lastet, dann müsste doch jeder davon wissen.«

»Nun, das liegt an Bérénice. Seit ich ihr damals davon erzählt habe, geht es ihr nicht mehr aus dem Kopf.« Ein schiefes Lächeln erschien auf ihren Lippen, und zum ersten Mal fiel ihm auf, wie hohl ihre Wangen waren.

Ein vager Verdacht keimte in ihm auf. »Das heißt, Bérénice hat die Geschichte in die Welt gesetzt ... oder vielmehr ungewollt du, als du ihr davon erzählt hast ... Aber wer hat eigentlich mit dir darüber gesprochen?«

Tizias Lächeln wurde noch schiefer. »Nun, wer ist wohl Experte unserer Familiengeschichte? Gaetano ganz sicher nicht, und Aurelio klagt schon, wenn er die englischen Könige lernen muss. Es war mein Schwager, der Mönch, der es mal erwähnt hat. Ich frage mich, ob wirklich Gaetano und Aurelio verflucht sind oder nicht vielmehr ... wir.« Rasch schüttelte sie den Kopf. »Aber keine Angst, ich ... ich werde nicht wieder meine Fassung verlieren, ich ertrage es schon ...«

Tamino nickte noch einmal, um dann unauffällig hinaus in den Gang zu treten. Anstatt zurück in sein Zimmer zu gehen, zog es ihn hoch zur Empore, um sich erneut den Stammbaum zu betrachten. Unwillkürlich beugte er sich vor und berührte die Wand.

Mein Schwager, der Mönch, hat es mal erwähnt ...

Tamino wurde eiskalt. Würde Bruder Ettore wirklich so weit gehen ...?

Gönnen Sie es mir, dass ich den Schandtaten meines Bruders nicht ohnmächtig gegenüberstehe, sondern sie zumindest ein wenig wiedergutmachen kann.

Tamino schüttelte den Kopf. Das konnte nicht sein – Bruder Ettore war ein Mann Gottes und als solcher dem Guten verpflichtet. Allerdings, der Gott der Bibel konnte grausam und rachsüchtig sein, konnte die Übeltäter ebenso bestrafen wie ihre Kinder und Kindeskinder ...

Tamino trat vom Stammbaum zurück. Er wollte keine weiteren Mutmaßungen anstellen, solange er nicht mehr Beweise hatte, aber er musste unbedingt mit Bruder Ettore sprechen.

23

Stella ließ das Buch sinken.

Gaetano hatte also die weiblichen Mitarbeiterinnen entlassen – unter den Faschisten eine weitverbreitete Praxis, sollten doch die Frauen zurück an Heim und Herd gedrängt werden und die Männer dadurch wieder Arbeit finden. Hinzu kamen jede Menge Gesetzeswidrigkeiten wie Kinder- und schlechtbezahlte Nachtarbeit und eine Neuausrichtung seines Unternehmens: Anstatt für die Modeindustrie zu produzieren, wollte er stärker mit der Rüstungsindustrie zusammenarbeiten – Ballonseide wurde schließlich für den Ausbau der Luftschifffahrt gebraucht.

Stella dachte nach. Sie war keine Expertin, was die Anfänge des Faschismus in Italien betraf, aber wenn sie sich nicht täuschte, war das Jahr 1925 ein ganz zentrales gewesen. Sie schlug das Buch wieder auf und las nach.

Schon 1919 hatte Mussolini in Mailand den ersten »Fascio italiano di combattimente« – den italienischen Kämpferverein – gegründet. Bald folgten ähnliche Vereine in anderen Städten. Ursprünglich waren auch viele Sozialisten Mitglieder der »Fasci« gewesen, aber als es 1920 zum großen Arbeiterstreik kam, stellten sich die Faschisten auf die Seite der Unternehmer. Damals begannen viele Industrielle und Großgrundbesitzer, die faschistische Bewegung zu unterstützen – nicht zuletzt auch, weil die Faschisten die Entwicklung vom »Agrarstaat« zum »Industriestaat« propagierten –, und zeitgleich stattete das Militär, das mit ihnen sympathisierte, sie mit Waffen aus. 1922 kam es zum sogenannten »Marsch auf Rom«, und Mussolini wurde vom König zum Ministerpräsidenten ernannt, aber erst 1925 erhielt er die absolute Macht.

Richtig ... die sogenannte »Matteotti-Krise«. Giacomo Matteotti war ein sozialistischer Abgeordneter gewesen, der der Nationalen Faschistischen Partei dunkle Machenschaften vorwarf. Während des Wahlkampfs verschwand er am 10. Juni 1924 spurlos und wurde zwei Monate später ermordet aufgefunden. Mussolini übernahm Anfang 1925 in einer Kampfrede vor dem Parlament zwar die politische Verantwortung für den Mord, weigerte sich aber, zurückzutreten und setzte danach nicht länger auf Zusammenarbeit mit den demokratischen Kräften, sondern auf eine rücksichtslose Unterdrückung der Opposition, eine »Diktatur mit offenem Visier«. Der König nahm das – ob aus Angst oder Opportunismus – hin.

Gaetano di Vaira war sicher nicht der einzige Industrielle gewesen, der damals – ob aus echter Überzeugung oder Opportunismus – eine enge Zusammenarbeit anstrebte. Ob dieses Engagement damit zu tun hatte, dass die Seidenmanufaktur nach seinem Tod den Besitzer wechselte? War es möglich, dass sie – als Resultat seiner Verquickung mit den Faschisten – nach seinem Tod direkt einem Parteibonzen in die Hände fiel?

Aber auch seinen Tod konnte man in einem neuen Licht betrachten. Der Bootsunfall könnte ein Attentat gewesen sein, hatte Gaetano sich mit seinem rücksichtslosen Vorgehen gegen die Arbeiterschaft doch sicher auch Feinde geschaffen. Feinde, die es allerdings nur auf ihn abgesehen hatten, nicht auf Aurelio. Ein Grund, warum sie diesen vielleicht verschont hatten?

Stella stellte das Buch zurück in das Regal, studierte die Titel von anderen, fand aber keine weitere Lektüre über das 20. Jahrhundert oder konkret den Faschismus. Die Uhr schien noch lauter zu ticken und mahnte daran, dass sie nun seit fast einer Stunde hier suchte. Obwohl sie fest entschlossen war, auch die Rumpelkammer zu durchstöbern, ging sie schnell zum Fenster, um sich zu vergewissern, dass Clara und Fabrizio noch nicht zurückkamen. Erst als sie sich abwandte, fiel ihr ein Tischchen neben dem Sofa auf. Eine Blumenvase stand dort auf einem runden Spitzentischtuch, und daneben lagen mehrere Büchlein, die ein wenig an Bérénice' Tagebuch erinnerten. Hoffnungsvoll nahm Stella eines an sich und öffnete es, stellte aber bald enttäuscht fest, dass es nur ein Adressbuch war, in dem diverse Namen und Telefonnummern vermerkt waren, jedoch kein interessantes Dokument aus der Vergangenheit.

Sie wollte es schon wieder zurücklegen, als sie einer jähen Eingebung folgte und zum Buchstaben S blätterte. Leider nur zwei Einträge, jedoch nicht der Name Sivori. Sie schloss das Buch, öffnete erneut, blätterte diesmal zum Buchstaben A.

Alessia, Allegra, Assicurazione generali ... und dann ganz unten, kleiner geschrieben als die anderen Namen ... Ambrosio.

Stellas Hände wurden schweißnass. Natürlich konnte das auch ein anderer Ambrosio sein, aber sie war dennoch überzeugt, dass es sich bei diesem nur um Ambrosio Sivori handeln konnte. Nicht, dass sie nicht schon längst dessen Adresse und Rufnummer hätte ausfindig machen können, aber bis jetzt hatte sie das gescheut. Doch nun, da sie die Telefonnummer schwarz auf weiß las, konnte sie sie nicht einfach ignorieren, das Adressbuch zurücklegen und so tun, als hätte sie nie darin gelesen.

Ich rufe ihn später an, dachte sie noch, ahnte aber instinktiv, dass sie es dann vielleicht nicht mehr wagen würde. Wahrscheinlich würde sie den Mut verlieren, wenn sie erst in ihr Zimmer zurückging. Als sie aber unwillkürlich nach Claras Telefon griff – einem altmodischen Modell mit Drehscheibe –, wusste sie, dass nun kein Weg mehr daran vorbeiführte, sich der Wahrheit zu stellen.

Es dauerte lange, bis sie die Nummer gewählt hatte. Sie presste den Hörer so fest ans Ohr, dass es schmerzte. Nach fünfmaligem Läuten wollte sie schon aufgeben, halb erleichtert, halb enttäuscht, als sich plötzlich eine energische Stimme meldete. »Pronto?«

Stella schluckte schwer, aber brachte kein Wort hervor.

»Hier ist Sivori, wer spricht denn da?«

Sie räusperte sich.

»Hallo?«, kam es.

»Ich bin es, Stella ...«, brachte sie hervor. »Stella Vogt.«

Es blieb lange still, nicht mal ein Atmen oder Keuchen ließ sich vernehmen.

Stella hatte keine Ahnung, was sie sagen sollte, und bereute, sich nicht gründlicher auf dieses Telefonat vorbereitet zu haben.

»Sie sind Ambrosio Sivori, nicht wahr? Ich ... ich habe gehört ... dass Sie für meine Einstellung gesorgt haben ... deswegen wollte ich wissen ...«, sie räusperte sich wieder. Wie zum Teufel sollte sie fortfahren?

Deshalb wollte ich wissen, ob ich Ihre Tochter bin? Ob Sie mit Aurelio di Vaira verwandt sind? Ob und wie dieser damals überlebt hatte?

Plötzlich erschien ihr alles so lächerlich, dass sie am liebsten wieder aufgelegt hätte.

»Stella Vogt ...«, wiederholte der Mann am anderen Ende der Leitung ihren Namen. Er klang leiser, kleinlauter als vorher.

»Sie ... Sie wissen, wer ich bin?«

»Ich denke schon ...« Sie war nicht sicher, ob Unbehagen, Überraschung oder einfach nur Gleichgültigkeit durch die Stimme klang. »Aber bevor Sie weiterreden ...«, fuhr der Mann hastig fort, »muss ich Ihnen sagen, dass hier wohl eine Verwechslung vorliegt ... Ich bin nicht Ambrosio Sivori, sondern Camillo Sivori – Ambrosios Cousin.«

Stella atmete hörbar aus und umkrampfte den Hörer nicht mehr ganz so fest. »Kann ich ... kann ich mit ihm sprechen?«

»Leider nein. Er ist auf Geschäftsreise. Aber vielleicht kann ich Ihnen ja weiterhelfen?«

Am nächsten Tag verließ Stella frühmorgens den Palazzo. Am liebsten hätte sie den Ausflug heimlich gemacht, doch da es nach Bellagio zu Fuß zu weit war, bat sie Fabrizio, sie mit dem Motorboot dorthin zu bringen. Dort wollte sie ein paar Geschenke für Freunde besorgen, erklärte sie. Sie habe gehört, dass es in einem Spezialitätengeschäft die besten Cantucci Italiens gebe. Ihre Stimme klang künstlich, doch Fabrizio sagte nichts, und erstmals war sie dankbar für seine ausdruckslose Miene.

»Wann darf ich die Signorina wieder abholen?«

»Ich rufe Sie an.«

Als sie wenig später dem Boot nachsah, kam sie sich wie eine Betrügerin vor, auch wenn sie sich einredete, dass es ihr gutes Recht war, Fabrizio ihre wahren Pläne zu verschweigen.

In der nächsten Stunde wurde sie von praktischen Dingen abgelenkt: Sie fuhr mit dem Schiff nach Menaggio und machte sich dort auf die Suche nach der Autovermietung, wo sie gestern Abend angerufen und einen Wagen reserviert hatte. Sie verlief sich mehrmals, landete immer wieder in einer der schmalen Gassen, die zu einem Krankenhaus und einem Kinderspielplatz führte. Als sie zwei kleine Mädchen beobachtete, die laut lachend schaukelten, versetzte es ihr einen Stich.

Nein, Camillo Sivori hatte nicht bestätigt, dass sie Ambrosios Tochter sein könnte, aber er hatte nicht gezögert, ein Treffen vorzuschlagen. Die Sivoris lebten in Bergamo, und auf halber Strecke dorthin befand sich ein großes Einkaufszentrum namens Fuentes. Stella hinterfragte nicht, warum er einen so anonymen Ort, nicht etwa ein hübsches Café vorschlug – vor allem zählte, dass er bereit war, mit ihr zu reden.

Beim dritten Anlauf fand sie die Autovermietung doch noch, und wenig später saß sie endlich in einem kleinen Fiat. Schon als sie die Villa Gaeta passierte, begann es zu regnen, und das prächtige Gebäude wurde von einem grauen Schleier verschluckt.

Wehmütig dachte sie an Tante Patrizia. »In der Villa Gaeta wurde ein James-Bond-Film gedreht«, hatte die ihr vor der Abfahrt gesagt. »Ich glaube ›Casino Royale‹. Du musst sie dir unbedingt mal anschauen.«

»Wenn ich sie mir anschaue, dann nur, weil die Villa ein typisches Beispiel für den Empire-Stil ist«, hatte Stella entgegnet, »als sie 1920 errichtet worden ist, war der gerade modern.«

»Streberin.«

Stellas Kehle wurde eng. Nachdem sie mit Camillo Sivori das Treffen vereinbart hatte, hatte sie überlegt, ihre Tante anzurufen, doch wie schon in den letzten Tagen hatte sie sich dagegen entschieden. Wenn Patrizia mit ihrer schroffen Art die Sache als Unsinn abtäte oder den Verdacht zwar bestätigte, jedoch dringend davon abriet, den Kontakt zu forcieren, würde sie ihren Mut verlieren. Und jetzt musste sie sich auf die kurvenreiche Straße mit den vielen Tunneln konzentrieren, so dass ans Telefonieren nicht zu denken war.

Als sie Dongo passierte – den Ort, wo seinerzeit Benito Mussolini im April 1945 von kommunistischen Partisanen erkannt und aufgegriffen worden war – musste sie wieder an Gaetano denken, besser gesagt an Tizia. Mussolinis Frau Clara, eine kritiklose Verehrerin und neunundzwanzig Jahre jünger als ihr Mann, schlug die Möglichkeit der Flucht aus und ging, quasi als italienische Variante von Eva Braun, mit ihm in den Tod, nachdem sie zuvor wahrscheinlich von Partisanen vergewaltigt worden war.

»Und du, Tizia? Was wusstest du von den Machenschaften deines Mannes? War es dir egal, warst du davon angewidert oder hast du insgeheim auch mit den Faschisten sympathisiert?«

Erst als der Satz verklungen war, merkte sie, dass sie ihn laut ausgesprochen hatte.

Na super, ging es ihr durch den Kopf, jetzt rede ich schon mit den Geistern der Vergangenheit, als wären die Geister der Gegenwart nicht schlimm genug …

Camillo Sivori hatte jedoch gar nichts von einem Geist, wie sie eine halbe Stunde später feststellte. Er war wohl Mitte bis Ende vierzig und durchaus attraktiv, sah aber wegen des grauen Drei-Tage-Barts nicht unbedingt jünger aus. Er überragte Stella um einen halben Kopf, und seine breiten Schultern und sehnigen Arme verrieten, dass er gern Sport trieb. Der Bauch, der sich langsam zu runden begann, war jedoch ein Beweis, dass manchmal der Schweinehund obsiegte. Der Schnurrbart – nicht ganz so grau wie die restlichen Barthaare – wirkte altmodisch, das Lächeln darunter jedoch echt. Als er ihren Namen rief, war Stella völlig verschwitzt, war sie mittlerweile doch schon mehrmals durch das Einkaufszentrum gegangen – vorbei an Karussells, wo Kinder auf Elefanten oder Kutschen fuhren, einem großen Supermarkt und mehreren Boutiquen. Nach dem Café, das Camillo ihr genannt hatte, hatte sie vergebens Ausschau gehalten.

»Es tut mir leid!«, rief sie ihm zu. »Ich bin viel zu spät. Aber mein Navi hat mich im Stich gelassen.«

Camillo lächelte noch breiter, und die Angst vor der Begegnung verflog. »So ist die Technik, nicht wahr? Macht immer nur Ärger. Du musst dich nicht entschuldigen, wir sind hier in Italien, nicht in Deutschland, da legt man auf Pünktlichkeit nicht so großen Wert ... Ich darf doch du sagen ... wenn es stimmt, was du sagst, dann sind wir ja so etwas wie ... verwandt.«

Die Erleichterung, ihn endlich getroffen zu haben, verschwand schlagartig. Das gestrige Telefonat mit Camillo war reichlich kurz ausgefallen. Sobald sie ihn mit der Vermutung konfrontiert hatte, Ambrosios Tochter zu sein, hatte er ihr das heutige Treffen vorgeschlagen und damit ihre Hoffnung genährt, spätestens dann Klarheit zu bekommen. Nun aber stellte sich heraus, dass er ihr keine Gewissheit geben konnte – vielmehr selber neugierig war und mehr erfahren wollte.

»Ich ... ja ... natürlich ...«, stammelte sie.

»Gott, was habe ich getan?« So dramatisch wie seine Worte fielen seine Gesten aus, war er doch einer jener Italiener, die nicht nur mit Worten, sondern auch mit Händen und Füßen redeten. Er griff sich an die Brust »Ich wollte um Himmels willen keinen wunden Punkt berühren! Ach, wie gerne würde ich dir weiterhelfen!«

»Du weißt es also nicht«, stellte sie ganz nüchtern fest. »Ich meine, warum Ambrosio mir die Anstellung im Palazzo di Vaira verschafft hat ... warum ich diese Familienchronik verfassen soll ... warum ich diesen Ring trage ... mit Aurelio di Vairas Initialen ... warum Aurelio damals ...«

Je länger sie sprach, desto unsinniger erschienen ihr die eigenen Worte, zumal Camillo ihr mit einem Ausdruck wachsender Verwirrung lauschte. Während sie hilflos auf der Unterlippe kaute und das Gefühl hatte, dass sämtliches Blut daraus geschwunden war, fand er die Fassung jedoch schnell wieder, kämpfte um ein Lächeln und nahm sie liebevoll am Arm. »Wie wär's, wenn wir uns erst einmal setzen, einen starken *caffé* trinken und alles in Ruhe besprechen?«

Wie ferngesteuert brachte sie die nächsten Schritte hinter sich. Sie merkte kaum, wie sie eine Segafredo-Bar erreichten. Die runden Tische waren mit roten Plastiktischtüchern bedeckt, Zuckerkörnchen lagen darauf verstreut. Nach knapp zwei Wochen im Palazzo war das ein regelrecht trostloser Anblick, doch Stella setzte sich wie benommen an einen der Tische. Während Camillo Kaffee bestellte, wischte sie den Zucker weg, doch auch danach zitterten ihre Hände so stark, dass sie nicht einmal die Espressotasse ruhig halten konnte.

Camillo redete auf sie ein, als würde er es nicht bemerken, was wohl weniger ein Zeichen von Gleichgültigkeit als von Überforderung war. »Mistwetter da draußen, nicht wahr? So viel wie in diesem Frühling hat es lange nicht geregnet. Trotzdem konntest du sicher ein paar schöne Ausflüge machen, oder? Warst du in Varenna, der ›Stadt der Liebenden‹? Ich weiß gar nicht, warum man sie so nennt, ich meine, es ist ja nicht so, dass Romeo und Julia dort gelebt hätten!« Er strich sich nervös über den Schnurrbart, lachte etwas künstlich, wurde aber rasch wieder ernst. »Tut mir leid, wenn ich dummes Zeug rede ... Aber dein Anruf gestern ... er ... er kam aus heiterem Himmel. Leider konnte ich Ambrosio nicht erreichen – das würde die Sache einfacher machen.«

Stella atmete tief durch. »Wo ist er denn?«, fragte sie knapp.

»Leider nicht in Italien. Er ist Inhaber einer Firma, die Farbstoffe und Pigmente für Textilien herstellt, und hat häufig in der Schweiz oder in Deutschland zu tun, wo die CIBA oder die BASF sitzen.«

Stella beugte sich vor. Das Letzte, über das sie reden wollte, war Geschäftliches. »Könnte er denn tatsächlich mein Vater sein?«

Camillo lachte wieder etwas künstlich. »*Pater semper incertus est*, so heißt es doch, oder?«

»Du hast also keine Ahnung ...«

»Lass uns doch lieber mit dem beginnen, was ich sicher weiß ... oder vielmehr, was du weißt, dann sind wir schon ein bisschen schlauer. Aber versprich mir, nicht vom Stuhl zu kippen. Du siehst nämlich danach aus.« Er lachte wieder, wurde aber schnell ernst. »Schlechter Scherz, ich mache immer schlechte Scherze, vor allem, wenn ich nervös bin.«

Stella atmete tief durch. »Das ist schon in Ordnung. Ich vermute seit einer Weile, dass Ambrosio mein Vater sein könnte. Ich ... ich trage seinen Ring, zumindest glaube ich, dass es sein Ring ist.« Sie zog die Kette aus dem Pulli. »Die Initialen von Aurelio di Vaira sind darin eingraviert ... Was mich zur nächsten Frage führt: Ist ... ist Ambrosio sein Sohn? Hat Aurelio di Vaira damals wirklich überlebt?«

Camillo starrte auf die rote Tischdecke, kippte den Espresso wie einen hochprozentigen Schnaps hinunter und kratzte sich nachdenklich am Kopf. Erst dann konnte er ihr wieder ins Gesicht sehen. »Hat dir denn deine Mutter nie gesagt, wer dein Vater ist?«

»Sie ist leider gestorben, als ich ein kleines Kind war, deswegen konnte ich sie nie nach meinem Vater fragen. Das Einzige, was ich von ihm habe, ist dieser Ring ... ein Ring mit Aurelio di Vairas Initialen.«

Camillo stütze seinen Kopf kurz auf die Hände. Sie hörte, wie er schwer schluckte, doch als er sie wieder ansah, war seine Miene ausdruckslos. »Aurelio ... richtig ...«

»Weißt du etwas über ihn?«

Er kratzte sich wieder am Kopf. »Ach, die ferne Vergangenheit ... ich fürchte, da reicht ein *caffé* nicht, um die Erinnerungen zu wecken, ich fürchte, ich brauche noch einen. Darf ich dir auch noch etwas bestellen?«

Stella schüttelte den Kopf und wartete ungeduldig, dass er mit einer weiteren Tasse zurückkehrte. Er kippte sie so schnell hinunter wie die erste, ehe er zu einer gestenreichen Erklärung ansetzte. In der Familie Sivori gab es tatsächlich einen Aurelio. Und ja, er könnte nicht ausschließen, dass dieser identisch mit Aurelio di Vaira wäre. Später hieß er auf jeden Fall Aurelio Sivori, und wenn er es richtig im Kopf hatte, sei dieser bei Zieheltern aufgewachsen. Diese Zieheltern wiederum waren seine leiblichen Großeltern. »Also richtig blutsverwandt sind Ambrosio und ich nicht. Meine Mutter Lidia, die Tochter von Aurelios Zieheltern, war so etwas wie Aurelios ... ja was eigentlich? Seine Stiefschwester, seine Adoptivschwester?« Fragend hob er beide Hände.

Stella zuckte die Schultern. »Das ist nicht so wichtig.«

»Stimmt auch wieder. Für Aurelio war Lidia immer wie eine Schwester. Und für Ambrosio – Aurelios Sohn – waren meine Großeltern immer Onkel und Tante. Ich wiederum bin sein Cousin ... wobei er um einiges älter ist und mich eigentlich eher wie seinen Neffen behandelt. Ich arbeite in seinem Unternehmen, musst du wissen.«

Er wollte mehr darüber erzählen, doch Stella fiel ihm erneut ins Wort. »Mein Doktorvater hat mir bestätigt, dass Ambrosio mir die

Stelle im Palazzo verschafft hat. Falls ich seine Tochter bin, wusste er also um meine Existenz, aber er hat all die Jahre keinen Kontakt zu mir aufgenommen. Und jetzt ... jetzt ist er auf Geschäftsreise und unerreichbar, und das, obwohl er doch weiß, dass ich hier bin.«

Camillo duckte unwillkürlich seinen Kopf und hob beide Hände zu einer entschuldigenden Geste. »Lass uns doch erst mal bei Aurelio bleiben, da müssen wir uns nicht in Mutmaßungen versteigen. Er ist erst vor einigen Jahren gestorben, und ich kannte ihn gut. Als ich klein war, hat er mir oft von früher erzählt, aber immer nur vom Krieg, nie von seiner Kindheit oder von seinen Eltern. Wenn ich mich recht erinnere, hat meine Mutter mal angedeutet, dass es da ein großes Geheimnis gibt, aber zugegeben: Es hat mich nie wirklich interessiert ...«

Stella zuckte zusammen, als eine Lautsprecherstimme Seidenstrümpfe zum Sonderrabatt anpries.

»Mal angenommen, meine Theorie ist nicht vollkommen abwegig: Ambrosio ist mein Vater, und Aurelio Sivori in Wahrheit Aurelio di Vaira. Warum haben sich die di Vairas darauf eingelassen, dass ich diese Familienchronik verfasse?« Ehe Camillo etwas sagen konnte, gab sie sich selbst die Antwort: »Flavia könnte wissen, dass Aurelio damals überlebt hat«, sinnierte sie, »Und auch, dass darum er – und nach seinem Tod eigentlich Ambrosio – der wahre Besitzer des Palazzos ist. Und weil er sein Erbe nicht einfordert, ist sie ihm einen Gefallen schuldig, oder?«

Camillo zuckte unbehaglich die Schultern.

»Deswegen blieb ihr gar nichts anderes übrig, als mich einzustellen, als er diese Bitte an sie herantrug«, fuhr Stella rasch fort. »Doch ich verstehe nicht ... Er ... er hätte mich doch einfach kontaktieren können ... Er hätte keinen Vorwand suchen müssen, mich in den Palazzo zu locken ... Er hätte doch einfach nach dem Telefon greifen und ...«

Unwillkürlich beugte sich Camillo vor und legte seine Hand auf ihre, um sie zu beruhigen. Erst jetzt fiel ihr auf, dass er glühend rot war.

»Stella ...«, setzte er an.

»Na ja, einen Grund kann ich mir denken«, sagte sie und entzog ihm die Hand. »Vielleicht war er sich nicht sicher, wie ich dazu stehe, dass er seine Herkunft verschweigt. Vielleicht wollte er herausfinden, wer ich eigentlich bin ... oder er wollte mir zwar helfen, aber nichts mit mir zu tun haben ...«

Helfen wobei? Dass sie ihren Beruf ausüben konnte? Aber das würde bedeuten, dass er um ihre berufliche Misere wusste, dass womöglich keine andere als Tante Patrizia ihn darauf aufmerksam gemacht und ihn bedrängt hatte, nach all den Jahren seinen Vaterpflichten nachzukommen!

Stella umklammerte die Espressotasse so fest, dass sie Angst hatte, sie würde gleich zerbrechen. Die Tasse blieb heil, aber ihr Innerstes schien nur mehr aus Scherben zu bestehen. Falls Tante Patrizia all die Jahre gewusst hatte, wer ihr Vater war, es ihr aber verschwiegen hatte, dann war das ein unverzeihlicher ... Betrug ... ein Verrat ...

»Die Sache ist ja auch etwas delikat ...« Camillos Stimme kam wie aus weiter Ferne. »Wenn es ums Erben geht, sind schon manche intakte Familien zerbrochen. Wie soll dann erst ...«

Stella blickte hoch. Nun, da Camillo ein »Erbe« erwähnte, kam ihr ein vager Verdacht.

»Hat Ambrosio Kinder?«, fragte sie. »Ich meine, abgesehen von mir?«

Camillo schüttelte den Kopf.

»Ich verstehe ...«, murmelte sie, doch eigentlich verstand sie nichts. Ihre Gedanken glichen einer Horde wilder Pferde, die in sämtliche Richtungen losgaloppierten.

»Willst du mir nicht noch mehr von dir erzählen?«, fragte Camillo. »Und von deiner Mutter? Wie hieß sie eigentlich?«

»Bianca.«

Sie hatte den Namen kaum ausgesprochen, als sie die Espressotasse so heftig auf die Untertasse stellte, dass der Löffel erzitterte. Ein Tropfen Kaffee spritzte auf das rote Tischtuch, doch sie achtete nicht darauf, sondern sprang auf. Eben hatte sie eine Ahnung überkommen, die, sollte sie sich als begründet herausstellen, noch schrecklicher war als alles andere. Der Betrug von Tante Patrizia, die Vernachlässigung durch ihren Vaters ... all das war nichts gemessen an diesem Verdacht.

Der Blumentopf, das Boot, der Stromschlag ...

Falls sie jemand wirklich vertreiben wollte, hatte das womöglich nicht mit einem Geheimnis der Familie di Vaira zu tun, sondern mit dem Geheimnis ihrer Herkunft. Und wenn sie nicht als Historikerin, sondern als Ambrosios Tochter Ziel dieser Attentate war, dann gab es nur einen, der ein eindeutiges Motiv hatte.

Wenn es ums Erben geht ...

»Stella ... Stella, wo willst du denn hin?«

Verspätet merkte sie, dass sie einfach losgerannt war. Mit noch röterem Gesicht kam ihr Camillo nachgehetzt. »Bitte, setz dich wieder! Du kannst jetzt noch nicht gehen. Ich ... ich muss dir noch etwas sagen ... ich war nicht ganz ehrlich ... ich will ...«

»Ich muss sofort los!«

»Aber Stella, ich habe doch noch gar nicht ...«

Die Lautsprecherstimme, die die Seidenstrumpfhosen anpries, schmerzte in ihrem Kopf, und als sie sich abrupt von Camillo losriss, rannte sie noch schneller.

»Stella! Warte!«

Sie blieb nicht stehen, drehte sich noch nicht einmal um, um zu sehen, ob Camillo ihr folgte. Wenig später saß sie im Wagen, ohne genau zu wissen, wie sie dorthin gekommen war. Sie startete den Motor und fuhr los, ehe Camillo sie einholen konnte.

Der Regen prasselte auf die Windschutzscheibe. Bei der Ausfahrt nahm Stella beinahe wieder die falsche Richtung, und obwohl sie es irgendwie doch auf die Straße zurück Richtung Dongo und Gravedona schaffte, kam sie nicht sehr weit. Ihre Hände zitterten so stark, dass sie kaum noch das Lenkrad festhalten konnte. Sie fuhr in eine tiefe Pfütze an den Rand, atmete tief durch.

Keine Panik, keine Panik!, beschwor sie sich immer wieder, doch sie konnte nicht verhindern, dass das Gedankenkarussell erneut in Gang geriet.

Entschlossen zog sie einen Notizblock aus ihrer Tasche. Was bei einer Doktorarbeit half, schien auch jetzt nicht verkehrt zu sein – nämlich das Wichtigste schwarz auf weiß festzuhalten und es auf seine Stichhaltigkeit hin zu überprüfen.

Claras Feindseligkeit richtete sich gar nicht gegen sie. Sie war wütend, dass Ambrosio Sivori nicht mit offenen Karten spielte – da sie mit ihm in Kontakt stand, wusste sie wahrscheinlich alles über die verwandtschaftlichen Beziehungen. Nun gut, dass Stella ihr Erbe einfordern könnte, machte ihr gewiss Angst – aber ob das ein ausreichendes Motiv war, sie mit allen Mitteln zu vertreiben?

Da war Flavia di Vaira schon ungleich mehr betroffen. Doch wenn sie hätte verhindern wollen, dass sie je den Palazzo betrat, hätte sie Ambrosios Bitte schlichtweg eine Abfuhr erteilen können. Es sei denn, er hatte ein Druckmittel gegen sie in der Hand ... aber welches?

Abgesehen von Flavia gab es einen weiteren, für den sie als potentielle Erbin eine Bedrohung darstellte. Matteo. Flavia war alt, fühlte sich Aurelios Nachkommen gegenüber schuldig – was immer damals in den 20er Jahren auch passiert war –, aber Matteo ...

Und wenn er hinter allem steckte? Wenn er nur darum so freundlich und charmant gewesen war, um sie in Sicherheit zu wiegen? Wenn hinter den Annäherungsversuchen nur Berechnung stand, weil er herausfinden wollte, was sie wusste, um sie dann ... ja was eigentlich?

Um sie zu vertreiben.

Um sie aus dem Weg zu schaffen.

Stella ließ den Notizblock sinken. Das war einfach nur verrückt. Auch wenn hier in der Nähe James-Bond-Filme gedreht wurden – in ihrem eigenen Leben gab es doch keine Bösewichter, die Frauen im Piranhabecken versenkten!

Nun, von einem Piranhabecken konnte keine Rede sein. Aber von einem Blumentopf, der auf sie hinabgedonnert war. Dass Matteo neben ihr stand, hatte nicht unbedingt etwas zu bedeuten. Er konnte jemand anderen beauftragt haben, die Tat auszuführen. Allerdings hätte er sie dann nicht zur Seite gerissen. Es sei denn, er hatte im letzten Augenblick Skrupel bekommen. So wie damals, als sie im Turm eingesperrt war. Wobei sie dort über kurz oder lang ja doch gefunden worden wäre. Und auch, wenn man heimlich den Benzintank leerte, brachte man niemanden dadurch in Lebensgefahr. Etwas anders sah das mit der defekten Stromleitung aus ...

Ich war in seinem Apartment. Er hätte genug Zeit gehabt, um in mein Badezimmer zu gehen, dort etwas zu manipulieren und ...

Nein, nein, nein!

Sie sah sein Lächeln, seine dunklen, blitzenden Augen, seine weichen Locken so deutlich vor sich, glaubte sogar, noch seine zärtlichen Berührungen zu fühlen! Unmöglich, dass er ihr etwas Böses wollte!

Doch auch, wenn ihr Herz sich eindringlich gegen jeden Verdacht wehrte – mit ihrem Verstand sah es schon anders aus. Dieser war immerhin nüchtern genug, um Beweise für ihre These einzufordern. Sie musste zurück zum Palazzo fahren, mit Matteo reden, Flavia, Clara, mit wem auch immer. Und erst danach würde ihr das Herz brechen.

Der Palazzo war wie ausgestorben. Nicht, dass in diesen Räumlichkeiten je Leben geherrscht hätte, und doch wurde Stella nun förmlich von einer Grabesruhe empfangen, als hätten die Bewohner den Palazzo nicht einfach nur verlassen, sondern wären von hier geflohen. Oder in einen hundertjährigen Schlaf gefallen.

Unsinn! Die Phantasie spielte ihr einmal mehr einen Streich!

Stella suchte in der Küche, in dem Salon, klopfte an verschiedenen Türen, bekam tatsächlich keine Antwort. Aber das hatte noch nichts zu bedeuten. Matteo war unter der Woche meistens in Mailand, Fabrizio und Flavia waren schon öfter unterwegs gewesen – was auch immer sie dann erledigten –, und Clara hatte gewiss auch manchmal auswärts zu tun.

Die Erklärung war befriedigend – die Aussicht, zu warten und weiter zu grübeln, nicht.

Sie überlegte kurz, in Matteos Apartment zu gehen und dort wie in Claras Räumlichkeiten herumzuschnüffeln, vielleicht irgendwelche Beweise zu finden, aber sie brachte es nicht über sich. Nicht nur, dass sie sich scheute, ihn zu hintergehen – vor allem die Furcht, tatsächlich etwas zu entdecken, hielt sie davon ab.

Ähnliche Skrupel befielen sie bei Flavias Räumlichkeiten. Blieb nur noch Fabrizio. Wobei sie nicht einmal sicher war, ob er im Palazzo überhaupt ein eigenes Zimmer hatte. Doch auch wenn er nicht unter dem gleichen Dach wohnte wie seine Arbeitgeber, gab es doch sicher einen Raum, in den auch er sich manchmal zurückziehen konnte.

Als sie durch den leeren Palazzo ging, wuchs ihre Beklemmung, obwohl sie sich entschlossen einredete, dass es dafür keinen Grund gab. Nicht zum ersten Mal war sie erstaunt, dass sie neben Clara und Fabrizio nie auf weiteres Personal gestoßen war. Hatte sie sich bis jetzt einreden können, dass sie sich ja meist in der Bibliothek aufhielt und darum nicht beurteilen konnte, wer tagsüber ein und aus ging, war sie sich plötzlich sicher: Es gab dieses Personal überhaupt nicht, zumindest kam niemand regelmäßig.

Als wäre der Palazzo tatsächlich ein Dornröschenschloss … hinter einer Hecke verborgen, die niemand überwinden darf ... und der Prinz, der es schließlich doch schafft, küsst Dornröschen nicht wach, sondern ist mit der bösen Fee verbündet und sorgt für ihren Tod ...

Tante Patrizia würde jetzt trocken sagen, dass man als Romanautorin mehr Geld verdiente als als Historikerin und dass sie sich doch einmal daran versuchen sollte, und mit der nüchternen Stimme der Tante im Ohr verdrängte Stella den Gedanken an Matteo oder daran, dass auch Patrizia sie hintergangen hatte. Schließlich entdeckte sie im Gang hinter der Küche ein kleines Büro.

Der Raum war niedrig, so dass Stella vermutete, man hätte eine einstige Vorratskammer umgebaut. Obwohl die Wände weiß waren und nicht verschimmelt, roch die Luft modrig. Vielleicht stammte der staubige Geruch vom alten Teppich, vielleicht von den Möbeln. Diese waren allesamt Antiquitäten, doch was auf den ersten Blick prächtig aussah, entpuppte sich auf den zweiten als verschlissen: Der Bezug des Louis-seize-Stuhls war gerissen, so dass das gelbliche Futter durchschimmerte, vom Holz eines Sekretärs blätterte der Lack ab, bei den Griffen einer Schublade in Form eines Löwenkopfes fehlten die Ohren.

So wie es aussah, wurde an dem Schreibtisch nicht oft gearbeitet. Nirgendwo entdeckte Stella Unterlagen – nur im hinteren Bereich des Raums ein Bücherregal mit etlichen Ordnern. Sie waren allesamt verstaubt, und sie wappnete sich schon gegen den unweigerlichen Niesreiz, wenn sie einen davon herausziehen und durchstöbern würde. Doch ehe sie zum Regal trat, blieb ihr Blick an einem Zettel hängen, der offenbar auf dem Tisch gelegen und den ein Windstoß auf den Boden geweht hatte. Sie bückte sich, überflog ihn und stellte fest, dass es eine E-Mail war. Vielleicht hatte Fabrizio oder Matteo sie für Flavia ausgedruckt, machte diese doch nicht den Eindruck, regelmäßig vor dem Computer zu sitzen.

Im nächsten Augenblick war Stella egal, wer hier die elektronische Korrespondenz überwachte. Ihr Blick fiel auf den Absender der Mail: Sivori.Ca@yahoo.it

Camillo! Es konnte nur Camillo sein!

Stella vertiefte sich in den Text, doch die wenigen Sätze deuteten mehr an, als dass sie Klarheit schenkten. Sie konnte Camillo förmlich vor sich sehen, wie er sich unbehaglich über den Bart strich, als er die Zeilen verfasste. Von einer ersten Rate war die Rede, auf die in wenigen Wochen die zweite folgen würde.

Wofür bezahlte Camillo die di Vairas? Und warum hatte er das bei ihrem Gespräch mit keiner Silbe angedeutet?

Stella ließ die E-Mail sinken. Es könnte sich um ihr Gehalt handeln, schließlich hatte Ambrosio für ihre Einstellung gesorgt. Allerdings überschritt die angegebene Summe bei weitem ihren Verdienst ... und sie konnte sich nicht vorstellen, dass Flavia ihr einen Teil des Gehalts unterschlug, zumal dieses bereits sehr großzügig ausfiel und außerdem Kost und Logis bereitgestellt wurden. Wenn der Betrag wiederum eine Art »Bestechungsgeld« war, damit Flavia sie überhaupt einstellte, hatte sie jetzt einen schriftlichen Beweis, dass Camillo mehr darüber wusste, als er vorhin zugegeben hatte. Allerdings war auch für diesen Zweck die Summe viel zu hoch. Warum sollten die Sivoris ein kleines Vermögen ausgeben, damit sie hier arbeitete? Das ergab doch alles keinen Sinn!

Wegen der stickigen Luft fiel es ihr immer schwerer zu atmen, und dass sie bis jetzt nichts außer dem Espresso zu sich genommen hatte, machte es ihr nicht leichter, gegen den Schwindel anzukämpfen.

Stella legte die E-Mail auf den Schreibtisch, trat zum Fenster und öffnete es. Sie lehnte sich weit hinaus und atmete tief die frische Luft ein. Es hatte zwar zu regnen aufgehört, aber vom Fenstersims tropfte es, und sie konnte förmlich spüren, wie sich ihr Haar zu kräuseln begann.

Sie schloss die Augen, öffnete sie wieder – und dann sah sie es. Dort oben ... im Turmzimmer ... da bewegte sich doch etwas!

Sie kniff die Augen zusammen, versuchte, mehr zu erkennen, doch das Licht war zu diesig. Einen kurzen Moment hätte sie schwören können, die Kontur einer Gestalt zu erkennen, doch schon im nächsten Augenblick war sie sich dessen nicht mehr so sicher. Keine Täuschung war allerdings, dass das Fenster nicht geschlossen, sondern nur gekippt war. Irgendjemand war dort oben ... oder hatte sich zumindest kürzlich dort aufgehalten.

Und das bedeutete, dass die Tür, die sie beim letzten Mal verschlossen vorgefunden hatte, heute vielleicht offen war.

Ehe Stella den Turm betrat, vergewisserte sie sich, dass sie ihr iPhone dabei hatte und dieses aufgeladen war. Außerdem suchte sie nach einem Stückchen Holz, das sie sicherheitshalber in den Türspalt steckte. Mehrfach prüfte sie, ob es hielt, ehe sie sich auf den Weg nach oben machte. Es war nicht so finster wie beim letzten Mal, aber kälter; jeder Schritt hallte von der Wand wider. Als sie endlich die Zwischentür erreichte, war diese zwar wie beim letzten Mal geschlossen, aber als Stella zur Klinke griff und sie hinunterdrückte, gab sie nach. Stella atmete tief durch; die Klinke war so eiskalt, dass ihre Haut am Metall festzukleben schien, als sie sie wieder losließ.

Angespannt spähte sie hinter die Tür, doch da waren nur Stufen. Klar, bis zum Turmzimmer war es wahrscheinlich noch ein Stück. Sie überlegte, wie sie die Türe offen halten könnte, hatte sie doch kein Holzstück mehr. Schließlich zog sie ihre Jacke aus und steckte sie in den Türspalt – mit dem Erfolg, dass sie bei den nächsten Schritten entsetzlich zu frieren begann. Die Stufen waren schief und wiesen etliche Risse auf.

Wie oft bist du hier hochgegangen, Tizia?, dachte sie. Oder hast du das Turmzimmer jahrelang nicht verlassen?

Durch eine kleine Fensterluke konnte sie hinaus auf den See blicken, doch sie war zu schmal, um auch einen Blick auf die Isola

Comacina zu erhaschen. Bald konzentrierte sie sich erneut auf die Stufen vor ihr und erreichte schließlich eine weitere Tür – diesmal aus schwerem Eichenholz.

Wieder hielt sie instinktiv den Atem an, als sie die Klinke herunterdrückte, wieder öffnete sie sich sofort. Sie stieß die Tür mit Schwung auf – in der Hoffnung, denjenigen zu erschrecken, der sich womöglich im Turmzimmer befand –, doch das Krachen der Tür, als sie sie gegen die Wand stieß, blieb das einzige Geräusch. Da war kein erschrockener Aufschrei, keine hastigen Schritte, nur ein leeres Zimmer, sah man mal vom wenigen Mobiliar ab. Dieses glich dem des Büros, antik, aber verschlissen: Auf dem Himmelbett lagen noch ein paar Laken, glattgestrichen, aber irgendwie schmuddelig.

Wer hatte hier zuletzt geschlafen? Etwa Tizia?

Stella scheute sich, zu nahe zum Bett heranzutreten, und ging stattdessen zu den Fenstern mit den normannischen Bögen, den Fresken, die darüber auf der Wand gemalt waren, und der kleinen Bank davor. Das Kissen, das darauf lag, war rissig und durchgesessen. Stella öffnete das Fenster, beugte sich nach draußen und entdeckte das Fenstersims, von dem der Blumentopf gerutscht und fast auf sie gefallen war. Wenn man sich auf die Bank kniete, dann konnte man sich leicht vorbeugen, beobachten, was dort unten vor sich ging, und einen Blumentopf herunterschubsen ...

Sie trat wieder zurück, entdeckte erst in diesem Augenblick, dass das, was sie vorhin für eine Bank gehalten hatte, in Wahrheit ein Regal war. Als sie in die Knie ging, sah sie etliche Bücher darin und holte sie neugierig heraus. Zu ihrer Enttäuschung waren es größtenteils Romane von Alessandro Manzoni, der wie Tizia aus Lecco stammte und dessen »Nonne von Monza« sie vor Jahren einmal gelesen hatte. Enttäuscht ließ sie die Bücher wieder sinken. Nichts, was Rückschlüsse auf Tizia zuließ ... zumindest fast nichts. Denn als sie die Bücher zurückstellte, stieß sie im hintersten Winkel auf ein paar Seiten. Nachdem sie sie vorgeholt hatte, konnte sie ganz deutlich die Schrift erkennen.

Eine vertraute Schrift.

Die gleiche Schrift wie aus Bérénice' Tagebuch.

Noch bevor sie auch nur ein Wort entziffert hatte, war sie überzeugt, dass es sich um die letzten Seiten handeln musste. Wer hatte sie aus dem Tagebuch gerissen und hier versteckt? Und vor allem: Wann war das geschehen, schon vor Jahrzehnten oder erst, nachdem sie mit ihrer Arbeit an der Familienchronik begonnen hatte?

Stella las die erste Zeile.

Gefangen, ich bin hier gefangen.

Wie merkwürdig! Es war doch Tizia, die hier gelebt hatte, nicht Bérénice. Hatte sie die Herrin in ihr selbst gewähltes Exil begleitet und hier mit ihr gewohnt?

Sie versuchte weiterzulesen, was gar nicht so einfach war. Das Papier war voller Flecken, als wäre es feucht geworden. Vielleicht hatte Bérénice beim Verfassen der Zeilen geweint, vielleicht hatte das Papier aber auch einfach nur die Feuchtigkeit der Mauer aufgenommen.

Was soll ich nur tun?, schrieb sie.

Stella konnte ihre Verzweiflung förmlich spüren, doch ehe sie auch den Rest entzifferte, zuckte sie zusammen. Schritte. Da waren ganz eindeutig Schritte zu hören. Erst in weiter Ferne, dann kamen sie näher. Jemand stieg den Turm hinauf, und sie hatte keine Möglichkeit zu entkommen, sondern saß hier oben in der Falle ...

Stella sprang auf und lief zur Tür. Doch es war weder Fabrizio noch Clara, Flavia oder Matteo. Im Gesicht ihres Gegenübers breitete sich mindestens so große Überraschung aus wie in ihrem.

24

1925

Bérénice starrte Bruder Ettore an. Gerade hatte er die lange Geschichte über Tamino Carnezzi beendet. Als sie erkannt hatte, wer hinter allem steckte, hatten die Kopfschmerzen kurz nachgelassen, jetzt kehrten sie zurück.

»*Sie* ... *Sie* stecken hinter der Geschichte von dem Fluch ...«, presste sie hervor. »*Sie* haben all die Gerüchte in die Welt gesetzt, *Sie* haben den Stammbaum übermalen lassen ...«

Obwohl sie ihn nicht ansah, glaubte sie zu spüren, wie er flüchtig lächelte. Seine Stimme klang nicht schuldbewusst, sondern vergnügt, als er ihren Verdacht bestätigte. »Zunächst war das nur als Warnung gedacht ... Vielleicht war ich naiv, aber ich hoffte, Gaetano in Angst und Schrecken zu versetzen, ihn dran zu gemahnen, dass es eine Macht gibt, die so viel größer ist als die der gottlosen Schurken, mit denen er sich eingelassen hat ... Ich hätte es besser wissen müssen ... Auch du, kleine Bérénice, scheinst mir zu gut für diese Welt zu sein. Du hast ja keine Ahnung, wie viel Bosheit es gibt.«

Bérénice konnte nicht anders, als die Augen zu öffnen und ihn anzufunkeln. »Mein Vater hat mich als Kind mehrmals halb totgeprügelt. Ich weiß, wie dreckig diese Welt ist. Ich weiß, wie schlimm fauler Fisch stinkt.«

Bruder Ettore nickte nachdenklich. Er hatte heute seine Kapuze über den Kopf gezogen, und dieser Anblick erinnerte sie plötzlich an eine Raupe im Kokon.

»Nun, Menschen verlieren jede Mäßigung, wenn sie Gott leugnen«, fuhr er fort. »Sie fühlen sich allmächtig wie er. Auch Gaetano glaubt, tun und lassen zu können, was immer er will, nur weil er die Faschisten hinter sich weiß. Er denkt, dass für ihn keine Gebote und Gesetze gelten, schon gar nicht die der Gnade und Barmherzigkeit. Dabei ist er nicht einmal durch und durch verkommen. Wahrscheinlich redet er sich ein, nur seine Pflicht zu tun und auf diese Weise das Unternehmen zu bewahren. Er kommt nicht einmal auf die Idee, dass er unserer Familie nicht hilft, sondern sie verrät, wenn er zum rücksichtslosen Ausbeuter wird. Weil er keinen Sinn für Moral hat. Weil er nie etwas anderes als die Buchhaltung, Bilanzen und Geschäftsbriefe gelesen hat. Tizia mag seinem Leben mehr Leichtigkeit gegeben haben, aber ganz gewiss nicht mehr Tiefe.«

Bei Tizias Erwähnung zuckte Bérénice zusammen. Schuldgefühle kamen in ihr hoch, weil sie ihr und vor allem auch Tamino das Schlechteste unterstellt hatte – doch sie wollte nicht zeigen, wie sehr sie sich für ihr falsches Urteil schämte.

Mit vermeintlich fester Stimme sagte sie: »Und jetzt ... jetzt werden Sie den Fluch wahrmachen ... jetzt werden Sie Gaetano töten. Aber wie wollen Sie das tun? Werden Sie ihn zusammenschlagen wie mich? Und ihn dann vergiften?«

Bruder Ettore lachte freundlich. »Ach, Bérénice ... du magst dich vor stinkendem Fisch ekeln ... aber viel schlimmer als fauler Fisch sind Menschen, die diesen essen und gar nicht merken, wie verdorben er ist.«

»Und diese Menschen verabscheuen Sie.«

»Eigentlich habe ich mich nie davor gescheut, in den Abgrund zu schauen. Ich hatte weder Scheu vor Kranken noch vor Armen und auch nicht vor Verbrechern ...«

Vage Erinnerungen stiegen in Bérénice hoch – an den ersten Abend hier im Palazzo und wie ihr Tizia damals von der Erzbruderschaft erzählt hatte, der Ettore di Vaira angehörte. Auch wenn sich

Brüder wie er mittlerweile vor allem der Wohltätigkeit widmeten, war ihre ursprüngliche Aufgabe gewesen, zum Tode Verurteilte zur Hinrichtung zu begleiten.

»Ein Verbrecher …«, stieß sie aus, »Sie haben einen Verbrecher beauftragt, Gaetano zu töten! Auf diese Weise bleiben Ihre eigenen Hände sauber.«

»Warum reden wir so abfällig von Verbrechern? Christus selbst wurde mit Verbrechern gekreuzigt und galt den Römern als solcher! Das hat mich gelehrt, nie auf jemanden herabzusehen und ihn zu verurteilen …«

»Aber Sie verurteilen Ihren Bruder zum Tode! Sie haben heimtückisch …«

»Seine Taten verurteilen ihn, nicht ich«, fiel er ihr hart ins Wort. »Ich erzähle dir etwas über diesen vermeintlichen Verbrecher, der für mich die traurige Pflicht erledigen wird. Er ist ein Mann wie Tamino, hat sich der Arbeiterbewegung angeschlossen und die bittere Rache der Faschisten erfahren. Bei ihm gingen sie besonders perfide vor. Anstatt ihn zu ermorden oder zu verprügeln, wie sie es vorzugsweise tun, haben sie ihm einen Mord angehängt. Er soll seine Frau erwürgt haben – in Wahrheit sind sie es selber gewesen. Besagter ›Verbrecher‹ wird mir dabei helfen, weil er mir etwas schuldig ist. Ich habe ihm vor seiner Hinrichtung zur Flucht verholfen.«

Er sprach so eifrig, dass seine Kapuze etwas verrutschte. In seinen Augen las Bérénice ein Glühen, das sie einerseits anwiderte, andererseits aber auch etwas in ihr zum Leuchten brachte. Nicht alles, was er sagte, stieß sie ab. Tief in ihrem Inneren erwachte eine Befriedigung darüber, dass es jemanden gab, der Mittel und Wege fand, die Welt nach seinem Willen zu gestalten. Und dennoch, es war nicht nur Hunger nach Gerechtigkeit, der ihn antrieb, auch Hass … Hass auf Gaetano …

»Sie waren immer schon neidisch auf Ihren Bruder«, stellte sie fest. »Schon als Kind, als er der Erbe war und Sie nur der kleine

Bruder. Damit Sie ihm das Unternehmen nicht streitig machen würden, mussten Sie eine kirchliche Laufbahn einschlagen, ob Sie nun wollten oder nicht. Meine Mutter hat mal erzählt, dass das so bei den Reichen ist. Wären Sie Gott ergeben, wie Sie behaupten, würden Sie sich darauf verlassen, dass er selber Gaetanos Strafe übernimmt.«

Bruder Ettorios Augen wurden ganz schmal, aber er widersprach nicht. »Ich habe dich unterschätzt, Bérénice, als ich dich für ein liebes, dummes Mädchen gehalten habe. Aber dass du mir auf die Schliche gekommen bist, wird dir nichts nützen …«

Sie lächelte schräg, fühlte sich fast ein wenig wie an dem Tag, als sie vor ihrem Vater gestanden hatte und es ihr gleichgültig gewesen war, ob er sie erschlug. »Wollen Sie mich auch töten … oder vielmehr töten lassen?«

»Welch ein Frevel wäre das! Nie würde ich diese Schuld auf mich laden! Nein, du wirst erst mal schlafen, und wenn alles vorüber ist …«

»Wie wollen Sie verhindern, dass ich allen die Wahrheit erzähle?«

Ganz dicht rückte er an sie heran. Ein eigentümlicher Geruch ging von ihm aus – nach Weihrauch, aber auch nach Moder. Nie hatte sie eine Ähnlichkeit zwischen ihm und Gaetano wahrgenommen, doch jetzt fiel ihr auf, dass Ettore dieselbe blasse, schlaffe Haut hatte.

Beide sind sie im Grunde wie tot …

Bérénice zerrte unwillkürlich mit den Füßen an den Fesseln, doch schon packte Bruder Ettore sie und drückte sie fest auf den Stuhl. Leblos hin oder her – er war erstaunlich kräftig.

»Du wirst nichts verraten«, zischte er, »ich weiß es … ich weiß von Tizia und Tamino … und ich weiß auch, dass du deiner Herrin treu ergeben bist. Wenn alles vorbei ist, werden die beiden tun, was ich verlange. Ich will ihnen nichts Schlechtes, denn Tamino ist ein guter Mensch. Ich werde ihnen sogar genug Geld geben, damit sie fern von hier ein neues Leben beginnen können. Falls du aber auf die Idee kommen solltest, mich anzuklagen, schiebe ich ihnen die Tat in die Schuhe. Wer hätte ein besseres Motiv als sie? Und wem glaubt man eher – einem Mönch, oder einer Schauspielerin und einem Sozialisten?«

Bérénice hatte sich zunächst weiter gegen die Fesseln gewehrt, doch schließlich erstarrte sie und sank zurück. Tief in ihrem Herzen hegte sie immer noch Groll gegen Tizia und Tamino, weil sie ein heimliches Paar waren, und sie würde sich nie wieder von Tizias Eleganz und Schönheit blenden lassen, nie wieder wie ein kleines, verliebtes Mädchen bewundernd zu Tamino aufschauen. Doch nun, da sie wusste, wer in Wahrheit den finsteren Plan geschmiedet hatte, erschien ihr ihr Vergehen als lässliche Sünde. Und ja, Bruder Ettore hatte recht: Sie würde lieber sterben, als zulassen, dass die beiden zu Unrecht einer finsteren Verschwörung oder sogar des Mordes angeklagt wurden.

»Und Aurelio?«, hauchte sie.

»Mach dir keine Sorgen ... Er ist ein guter Junge, ich würde ihm nie etwas antun ... Aber er ist zu gut für diese Welt und darum in einem Kloster viel besser aufgehoben. Er wird Priester werden und darin seine Erfüllung finden, da bin ich mir sicher. Das Unternehmen und der Palazzo wiederum werden viel Geld einbringen – Geld, das die Not von vielen Menschen lindern wird. Auch wenn die Geschichte mit dem Fluch eine Lüge war – Quirino di Vaira hat sich den Besitz einst durch einen Verrat angeeignet. Es ist gut und richtig, wenn die Familie diesen Besitz wieder ... loslässt.«

Bérénice wollte noch etwas sagen, aber plötzlich packte Ettore sie am Kinn und drückte ihren Kopf nach hinten.

»Und jetzt, kleine Bérénice, schlaf einfach ... wehr dich nicht ...«

Er setzte ihr ein kleines, rötlich-braunes Fläschchen an die Lippen. Sein Inhalt schmeckte scharf wie Weingeist, und als sie es unfreiwillig schluckte, kratzte er wie Rauch in ihrer Kehle.

»Du kannst Tizia gerne begleiten, wo immer diese auch den Rest ihres Lebens verbringt. Du kannst ihr dienen, das Leben ihr widmen ... Das war doch das, was du wolltest.«

Sie hustete, würgte. Bruder Ettore machte keine Anstalten, ihre Hände erneut zu fesseln, aber sie fühlte, dass das nicht notwendig war, um sie außer Gefecht zu setzen. Die Kopfschmerzen vergingen, sämtliche Glieder wurden schlaff und taub. Nur ihre Gedanken regten sich noch.

Nein, dachte sie, es ging mir nicht darum, ihr zu dienen ... Ich wollte Schönheit, Sauberkeit und helles Lachen statt dumpfes Geschrei ... Ich wollte das Gute ...

Sie hatte nicht gewusst, dass Verblendung, Rachsucht und Hass noch schlimmer als fauler Fisch stanken.

Nachdem Bruder Ettore das Turmzimmer verlassen und den Riegel vorgeschoben hatte, verhallten seine Schritte. Sie war eingesperrt – was allerdings keinen Unterschied machte, da sie sich ohnehin kaum bewegen konnte, sondern stattdessen hilflos hinnehmen musste, wie ihre Lider immer schwerer wurden. Bruder Ettore hatte das braune Fläschchen vorhin fallen lassen, und als Bérénice es mit der Zehenspitze anstieß, drehte es sich im Kreis. Dennoch konnte sie lesen, was darauf stand: Somnal. Wenn sie sich richtig erinnerte, war das ein Schlafmittel. Auch Tizia hatte es einmal genommen und davon geschwärmt, dass es sechs bis acht Stunden Schlaf schenkte. Was bedeutete, dass Bruder Ettore das Attentat auf Gaetano in den nächsten Stunden geplant hatte.

Wie ... wo ...

Nein, sie wollte nicht daran denken, sie wollte einfach nur wach bleiben! Obwohl sie ihr wie gelähmt schienen, brachte es Bérénice zustande, die Hand zum Mund zu führen. Sie steckte einen Finger so tief hinein, bis sie würgen musste, doch sie hatte zu wenig im Magen, um sich zu erbrechen.

Eine Feder, dachte sie, ich bräuchte eine Feder, um mich damit am Gaumen zu kitzeln. Eine Pfauenfeder ...

Nun, es musste auch ohne gehen. Immer tiefer steckte sie den Finger in den Mund, versuchte sich etwas Ekelhaftes vorzustellen, stinkenden Fisch, angebrannte Polenta, eine Schlange, die von einem Pfau gefressen wurde.

Am Ende konnte sie nichts von alledem vor ihrem inneren Auge heraufbeschwören – wen sie jedoch ganz deutlich vor sich sah, war Tamino, nachdem er von Gaetanos Schergen halb totgeprügelt wurde. Anstelle von Ekel überkam sie Mitleid. Tränen stiegen hoch, und mit ihnen verstärkte sich das Würgen, bis sie endlich das Schlafmittel herausgespien hatte.

Danach war ihr fast noch elender zumute als zuvor. Ihr Kopf schien riesengroß zu werden, ihr Gesicht anzuschwellen, die Kehle brannte, als hätte sie Feuer geschluckt, ganz zu schweigen davon, dass sie ihre Augen weiterhin kaum offen halten konnte. Doch der Gedanke an das bevorstehende Unheil gab ihr Kraft, sich zu bücken, an den Fußfesseln zu zerren, sie zu lösen, danach sogar schwankend aufzustehen.

Der See, der eben noch den strahlend blauen Himmel widergespiegelt hatte, hatte sich verdunkelt, als würden die mächtigen Berge wachsen und ihn dicken Mauern gleich einschließen. Die satten Wiesen färbten sich grau, der aufziehende Wind knickte die Knospen der vielen Blumen. Nur in das Turmzimmer fielen durch die hohen, bogenförmigen Fenster ein paar rötliche Sonnenstrahlen. Trotz des matten Glases blendeten sie Bérénice, doch während sie vergebens an der Türe klopfte, trommelte, schließlich so heftig schlug, dass ihr die Handflächen brannten, wurde auch das bronzene Licht immer trüber.

Kraftlos sank Bérénice auf die Knie. Anstatt weiter vergeblich an die Tür zu hämmern oder zu rütteln, trat sie zum Fenster und vernahm das Kreischen der Pfauen.

Wenn ich hier noch tagelang gefangen bin und um Hilfe schreie, wird meine Stimme auch so klingen ... so durchdringend ... so hässlich ...

Doch auch wenn es hässlich war – das Kreischen der Vögel könnte ihr auch von Nutzen sein.

Mit zitternden Händen kämpfte Bérénice darum, das Fenster zu öffnen. Es klemmte, und schon schien ihre Kraft zu versiegen, doch dann dachte sie wieder an Tamino, drückte mit aller Macht gegen den Widerstand. Wenig später traf sie die frische Luft wie ein Schlag. Sie fror, aber zugleich verging das dumpfe Gefühl im Kopf.

Zunge und Lippen gehorchten ihr zwar kaum mehr, und als sie den Mund aufmachte, kam nur ein Krächzen heraus. Aber es gab ja jemand anderes, der für sie schreien konnte. Suchend blickte sie sich nach einem Stein um, doch der Raum war fast gänzlich leer, und sie konnte unmöglich den ganzen Stuhl herunterwerfen – damit würde sie den Pfau erschlagen, ganz abgesehen davon, dass sie nicht stark genug war, das schwere Möbelstück hochzuwuchten. Sie tastete ihre Brust ab und stieß in der Tasche ihres Kleides auf etwas Festes ... das kleine Büchlein, das sie stets mit sich trug ... das sie als Tagebuch benutzte ... und das schwer genug war, um es auf den Pfau zu werfen.

Ehe sie es tat, öffnete sie das Büchlein jedoch und riss die letzten Seiten heraus. Für den Fall, dass sie danach das Bewusstsein verlieren würde, musste sie schriftlich festhalten, was Bruder Ettore plante. Mit zittrigen Händen schrieb sie ein paar Sätze auf, die seinen finsteren Plan entlarvten. Weder war sie sich sicher, dass sie sich verständlich ausdrückte, noch dass man ihre krakelige Schrift lesen konnte, doch fürs Erste musste es genügen.

Sie beugte sich aus dem Fenster und sah den Pfau dort unten herumstolzieren. Ehe sie das Büchlein auf ihn zielte, versuchte sie erneut zu schreien, doch wieder kam nur ein Krächzen über ihre Lippen. Kaum hatte sie das Büchlein heruntergeworfen, übermannte sie Schwindel. Sie sah nicht, ob sie das Tier getroffen hatte, aber wenige Augenblicke später hörte sie ein Kreischen, das ebenso laut wie empört klang.

Die Stille, die folgte, war bleiern. Der Schlaf übermannte sie, trug sie auf seinen dunklen Schwingen davon.

Irgendwann fuhr sie ruckartig hoch. Ihre Schulter schmerzte, da sie zu Boden gefallen war, als sie das Bewusstsein verlor, und in ihrem Mund schmeckte es bitter. Zumindest fühlte sich die Kehle nicht mehr so wund an. Und da war auch keine Stille mehr, sondern ... Schritte, ein Quietschen. Jemand kam näher, zog den Riegel zur Seite.

Übelkeit stieg in ihr hoch. Was war, wenn Bruder Ettore zurückkehrte?

Aber es war nicht er, der wenig später ihren Namen stammelte, sondern ... Tizia.

Gott sei Dank, konnte sie noch denken, Gott sei Dank, dann versank sie wieder in tiefer Dunkelheit.

Das Erste, was sie wahrnahm, als sie wieder erwachte, war der vertraute Geruch nach Crêpe de Chine. Als nächstes das weiche Kissen, auf dem sie lag. Es fühlte sich gut an, glatt, kühl, es musste aus Seide sein ...

Erst nach einer Weile dämmerte ihr, dass sie nicht auf einem Kissen, sondern auf Tizias Schoß ruhte. Die Herrin strich ihr über die Haare, die sich aus dem Knoten gelöst hatten, und als Bérénice ruckartig hochfuhr, blieben etliche Strähnen an den kleinen Perlen hängen, mit denen Tizias Kleid bestickt war. Ihre Kopfhaut schmerzte, und das Parfüm roch plötzlich nicht mehr gut, sondern faulig.

»Bruder Ettore ... Gaetano ... wir müssen ...«

Tizia lächelte seltsam verklärt. Sie war Bérénice immer wie ein

Engel erschienen, doch heute glich ihr Antlitz dem einer Madonna, weltentrückt und von einem tiefen Glauben getragen, den andere auch als Wahnsinn abtun könnten.

»Pssst ... leg dich wieder zurück ... schlafe ...«

Panik kroch Bérénice' Kehle hoch. Auch Bruder Ettore hatte ihr befohlen zu schlafen, doch das konnte sie nicht, das durfte sie nicht ...

»Bruder Ettore!«, setzte sie wieder an.

»Ich weiß es ...«

Das madonnenhafte Lächeln wurde breiter. Kurz glaubte Bérénice, sie wäre allwissend wie die Mutter Gottes, doch dann fiel ihr Blick auf die Seiten, die sie aus dem Tagebuch gerissen und vollgeschrieben hatte. Tizia musste sie gelesen haben und saß trotzdem noch seelenruhig da.

»Mehrere Parteien haben einen Anlauf unternommen, um ein Gesetz zu erlassen, das die Ehescheidung regelt«, setzte sie ganz ohne Hast zu reden an.

Spätestens jetzt war sich Bérénice sicher, dass Tizia den Verstand verloren haben musste.

»Leider hat sich die Kirche durchgesetzt, das Gesetz wurde nicht verabschiedet«, fuhr Tizia fort. »Deswegen ist eine Scheidung auch weiterhin nicht möglich. Warum auch?, fragten die Priester. In Italien wären doch alle Ehemänner glücklich und die Ehefrauen treu ...« Ihre Lippen wurden schmal. »Aber ich war nicht treu ... Ich bin es von Anfang an nicht gewesen ... und ob Gaetano jemals glücklich war? Nun ja, ich glaube, er war so glücklich wie ich, wenn ich mir die Pfauen ansehe, voller Stolz, ein solch exotisches Geschöpf zu besitzen, dessen Anblick Zerstreuung schenkt, aber nicht mehr. Er hat mich nie eingeweiht in das, was er dachte, fühlte, und schon gar nicht in seine Geschäfte. Weißt du, dass wir nie über seine Frau gesprochen haben? Ich glaube, er hat nicht wirklich um sie getrauert. Und um mich würde er auch nicht trauern.«

Sie lachte auf, doch es klang nicht glockenhell wie sonst, und in ihren Augenwinkeln standen Tränen.

»Bruder Ettore ... er hat einen Mann beauftragt ...«, setzte Bérénice erneut an.

»Ein merkwürdiger Zufall, nicht wahr? Ausgerechnet ein Priester greift ein und wird zu meinem Helfer – ein Vertreter jener Zunft, die mir eine Scheidung unmöglich macht. Als Witwe werde ich frei sein ... reich ... mit Tamino vereint ...«

»Bruder Ettore wird Ihnen die Tat unterstellen, wenn Sie nicht fliehen!«

»Oh, ich fliehe gerne. Genau genommen werde ich nicht fliehen ... sondern fliegen. Ja, ich werde meine Flügel weit ausspannen und keiner der überzüchteten Schmetterlinge sein, die am Boden sitzen bleiben. Mir ist es gleich, wo ich lebe ... glücklicher als hier werde ich allemal sein. Tamino wiederum wird endlich seinen Kampf für die Arbeiter vergessen. Ich kann mir gut vorstellen, dass wir in Neapel leben werden, der Heimat seiner Vorfahren. Hat er dir je erzählt, dass er seine Großmutter Lidia dort früher einmal besucht hat?«

Bérénice' Geist war zu benebelt, um sich zu erinnern. Einer Sache war sie sich jedoch sicher: Tizia war entweder zu herzlos, zu verrückt oder einfach nur zu verzweifelt, um einzugreifen. Sie würde den Mord an Gaetano nicht verhindern.

Bérénice richtete sich auf. Ihre Kopfhaut kribbelte, als kröche dort Ungeziefer, und die Haut spannte sich über dem Gesicht, als wäre sie zu eng, um ihre Knochen zu bedecken. Eben noch hatte sie sich schwer, wie gelähmt gefühlt, jetzt schmerzten ihr alle Glieder. Dennoch gelang es ihr, aufzustehen und zum Fenster zu gehen, und obwohl die Sicht wegen der milchig weißen Scheiben verschwommen war, konnte sie in der Ferne den Bootssteg sehen. Eben hatte ein Boot angelegt – eines der länglichen Ruderboote, die stets den See befuhren, mit zwei Bänken an den Seiten, auf denen weiche

Kissen lagen, und einem Gerüst, an dem man entweder ein paar Lampions hängen oder über das man bei Regen einen Schirm spannen konnte. Jetzt war es zu hell für Lampions, obwohl die Sonne sich hinter dunklen Wolken verborgen hatte. Der Gondoliere stand an der Spitze des Bootes, ein langes Ruder in der Hand, mit dem man das Boot nicht nur weitertreiben, sondern auch die Richtung bestimmen konnte. Manchmal gab es noch einen zweiten Ruderer, der ganz hinten saß, doch bei diesem Boot war das nicht der Fall.

Natürlich, der Mörder darf ja keine Zeugen haben ...

Gaetano ließ sich regelmäßig mit dem Boot nach Bellagio bringen, legte manchmal sogar noch weitere Strecken über den See zurück, und nicht selten hörte man von Unfällen, die sich auf diesen Routen zutrugen. Niemand würde an Mord denken, jeder nur an den Fluch.

Bérénice wandte sich um und sah Tizia immer noch seelenruhig auf dem Boden sitzen. Kurz regte sich eine erneute Empörung in ihr, aber sie brachte kein Wort über die Lippen. Und als sie sich wieder umdrehte und sah, wie Gaetano das Boot bestieg, fühlte auch sie einen eigentümlichen Frieden.

Es war Unrecht, aber keines, für das sie die Verantwortung trug. Bruder Ettore befleckte seine Seele und die des Mannes, den er zum Mörder seines Bruders auserkoren hatte, aber sie hatte mit der Sache nichts zu tun. Und selbst wenn, so traf es bestimmt nicht den Falschen. Gaetano plante die Entlassung aller Frauen in der Manufaktur, hatte Schläger auf Tamino gehetzt, und Tamino hätte sterben können, wenn Bruder Ettore ihn nicht gerettet hätte ...

War es möglich, dass nicht etwa Tizia verrückt war, sondern sie selbst, weil sie so lange brauchte, um zu begreifen, dass das, was geschehen würde, nichts Böses war?

Eben noch hatte sie überlegt, wie sie zur Tür gelangen könnte, doch nun ...

»Es wird gut«, murmelte Tizia, »alles wird gut ...«

Das Gefühl des Friedens hielt an – nicht einmal das neuerliche Kreischen des Pfaus konnte es stören. Ein anderes Geräusch jedoch tat das umso heftiger.

»Papa!«

Es war Aurelio, der da nach seinem Vater rief. Er kam über den Rasen gelaufen, erreichte den Pfad, lief auf den Bootsanlegesteg zu. Gaetano hatte schon Platz genommen, erhob sich nun aber wieder. Obwohl Bérénice den Wortwechsel zwischen Vater und Sohn nicht hören konnte, ahnte sie, was Aurelio wollte. Nun, da der Abend nahte, erhoffte er sich ein vorzeitiges Ende seines Unterrichts, um stattdessen einen Ausflug mit seinem Vater zu machen. Vielleicht hatte Gaetano ihm den schon seit längerem versprochen, und heute war die Zeit gekommen, ihn einzufordern.

Schick ihn zurück!, flehte Bérénice stumm. Sag ihm, dass er lernen muss, dass du heute etwas allein erledigen musst!

Doch was immer Gaetano in Bellagio vorhatte – Aurelio schien ihn nicht dabei zu stören. Zwar konnte sie nicht sehen, wie er nickte, doch als Aurelio wenig später ins Boot kletterte, wies Gaetano ihn nicht zurück, sondern setzte sich neben ihn.

»Aurelio!«, schrie Bérénice. »Mein Gott, Aurelio sitzt auch im Boot! Er fährt mit! Er kann doch nicht ... er darf doch nicht ...«

Sie fuhr herum.

Tizia saß immer noch reglos da, und – was noch schlimmer war – sie lächelte immer noch ihr Madonnenlächeln.

»Tu das nicht!«

Bérénice hatte sich zur Tür gewandt, um sie zu öffnen, und kurz glaubte sie, sie habe sich verhört. Schlimm genug, dass Tizia nicht panisch aufgesprungen war, als sie ihr das von Aurelio erzählte. Aber dass ihre verklärte Miene plötzlich starr, nein, eisig wurde, verursachte in ihr noch größeres Entsetzen.

»Du wirst doch nicht zulassen, dass Aurelio ...«

Sie brachte den Satz nicht zu Ende, und erst verspätet ging ihr auf, dass sie Tizia geduzt hatte. Nicht, dass sie das peinlich berührte. Tizia war nicht länger das schöne Geschöpf, das über den schmutzigen Alltag erhaben war, sauber wie die Sterne, farbenprächtig wie ein Regenbogen, schillernd wie eine Pfauenfeder. Nein, Tizia war nichts anderes als eine Lügnerin. Ihre Kleider mochten edel sein – ihre Gefühle waren es nicht.

»Du wirst doch nicht zulassen, dass Aurelio etwas geschieht!«, schrie Bérénice.

»Er ist ein Kind, der Mann wird ihm schon nichts tun.«

»Er kann sich nicht erlauben, einen Zeugen zu haben.«

»Dann wird er eben seine Tat verschieben müssen.«

»Und wenn nicht? Wir müssen ...«

Tizia sprang auf. Ihr Griff war fest, als sie sie packte – fest und grob. Sie hatte mehr Kraft, als einer Frau, die sich ihre Tage mit Autofahren und Tanzen vertrieb, zuzutrauen war.

»Wir müssen gar nichts!«, zischte Tizia. »Endlich habe ich die Chance, dass alles gut wird, und die lasse ich mir nicht zerstören, schon gar nicht von dir. Ich will nie wieder arm sein, und vor allem will ich nie wieder lügen müssen.«

»Es geht hier nicht mehr um dich!«

»Doch! Du bist meine Zofe, ich habe dich gerettet, du tust, was ich von dir verlange! Und jetzt verlange ich, dass du gar nichts tust.«

Ihr Gesicht rückte ganz nahe an ihres heran, und Bérénice sah, dass sie dort, wo eigentlich die Augenbrauen wuchsen, ganz kahl war. Sie hatte sie ausgezupft, und den Strich, der sie für gewöhnlich darüber zog, war verblasst, ebenso wie der Lippenstift an ihren Lippen.

Sie ist nicht schöner als ich, ging es ihr durch den Kopf, sie ist nicht stärker als ich, und wenn überhaupt, so hat sie mich nicht aus Mitleid gerettet, sondern aus Selbstsucht, wollte sie doch ein

Mädchen um sich haben, das sie an sie selbst erinnerte und ihr stets vor Augen hielt, was sie errungen hat.

Bérénice versuchte, ihr den Arm zu entziehen, aber Tizia hielt sie unerbittlich fest.

»Ich bin ein Mädchen aus Lecco«, zischte Tizia, »ich bin gewöhnt, hart zu arbeiten. Du magst für gewöhnlich kräftiger sein, aber hier und heute nicht ...«

Obwohl Bérénice weiterhin gegen sie ankämpfte, wusste sie, dass Tizia recht hatte. Das Schlafmittel, das sie unfreiwillig zu sich genommen hatte, verschaffte Tizia einen Vorteil. Und selbst wenn es ihr doch noch gelang, sich zu befreien, war es wohl zu spät: Das Boot mit Gaetano und Aurelio an Bord entfernte sich immer weiter vom Ufer.

25

Ester erstarrte, als sie Stella erblickte. Sie schien genauso erschrocken wie sie zu sein – was Stellas Gewissheit, dass die Attentate auf ihre Kappe gingen, augenblicklich ins Wanken geraten ließ. Sicher, Ester hatte ein Motiv – nicht nur Eifersucht, sondern den Wunsch, Matteos Erbe zu beschützen. Und doch, je länger sie sich gegenüberstanden, desto deutlicher spürte Stella, dass sie nicht in Gefahr war. Ester sah nicht so aus, als würde sie sie nach einem wüsten Kampf die Treppe hinunterstoßen wollen, und sie hatte auch keine Waffe, um sie zu bedrohen.

»Was machst *du* denn hier?«, fragte sie lediglich fassungslos.

»Das gleiche könnte ich dich fragen«, gab Stella zurück. »Du hast vorher hier aufgesperrt, oder? Woher hast du denn den Schlüssel?«

»Na, meine Mutter hat doch einen. Ich bin nur kurz runtergegangen. Der Handy-Empfang ist hier oben so schlecht. Und ich wollte Matteo doch gleich Bescheid sagen ...«

Sie brach ab, als ginge ihr verspätet auf, wen sie vor sich hatte.

»Bescheid sagen«, wiederholte Stella gedehnt.

Ester zuckte nur die Schultern, aber Stella ahnte, was sie meinte. Ester hatte etwas Wichtiges herausgefunden – und sie hätte schwören können, dass es mit den fehlenden Seiten von Bérénice' Tagebuch zu tun hatte. Das wiederum bedeutete, dass sie heute nicht zum ersten Mal Nachforschungen angestellt hatte, um die Vergangenheit zu enträtseln.

»Du ... du hast dieses Chaos in der Bibliothek angerichtet.«

Falls Ester deswegen ein schlechtes Gewissen hatte, ließ sie es sich nicht anmerken. »Eigentlich wollte ich alles wieder aufräumen, aber ich hatte nicht mehr genug Zeit, weil du aufgetaucht bist. Ich wollte eben einen schriftlichen Beweis haben, bevor ich mit Matteo rede.«

»Einen Beweis wofür?«

»Nun, dass Aurelio damals überlebt hat.«

Ihre Stimme klang triumphierend, doch ehe Stella etwas sagen konnte, ging Esters Blick zu den Tagebuchseiten, die sie noch in den Händen hielt. »Du hast sie also auch schon entdeckt. Na klar, du bist die Expertin. So abwegig war es ja nicht, anzunehmen, dass sie hier oben versteckt sind, vor allem wenn man bedenkt, dass Bérénice hier auch kurze Zeit gefangen war. Hättest du je vermutet, dass dieser Mönch, wie heißt er noch, Bruder Ettore, hinter allem steckt? Steht alles hier auf den letzten Seiten des Tagebuchs. Tja, die katholische Kirche und ihre Abgründe ...«

Stella runzelte die Stirne. Sie wollte nicht offen zugeben, dass sie die Seiten noch nicht entziffert und darum keine Ahnung hatte, was wirklich passiert war. Und fast noch mehr als die Geheimnisse der Vergangenheit interessierte sie, warum Ester die Nachforschungen angestellt hatte. Scheinbar hatte sie das alles für Matteo getan, nur was genau wollte sie ihm beweisen? Dass er den Palazzo verlieren könnte? Dass sie die wahre Erbin war? Aber wenn sie diesen Beweis erst erbringen musste, würde sie doch nicht schon vorher Attentate auf sie verüben. Außerdem wusste Ester zwar, dass Ambrosio Sivori ihr die Anstellung verschafft hatte, schien aber nicht zu ahnen, warum er das getan hatte.

Stella hatte nicht vor, ihr zu sagen, dass sie Ambrosios Tochter war – zumindest nicht, solange Ester mehr über die Vergangenheit wusste als sie.

»Wie hast du es eigentlich herausgefunden?«, fragte Ester.

»Was?«

»Nun, die Sache mit Aurelio und den Sivoris ... Ich kam ja nur auf die richtige Spur, weil ich ein Telefonat meiner Mutter belauscht habe. Sie selber wäre wohl nie damit rausgerückt«

Stella dachte fieberhaft nach ... Die E-Mail, die sie im Büro gefunden hatte, der Verweis auf die Rate ... Was hatte das alles zu bedeuten? Hatte sie die E-Mail vielleicht falsch verstanden? Bezahlten etwa die di Vairas die Sivoris, damit sie dicht hielten?

Aber nein, in der E-Mail stand ausdrücklich, dass Camillo Sivori das Geld überweisen würde!

»Nach diesem Hinweis war es relativ einfach, die richtigen Schlüsse zu ziehen«, fuhr Ester fort. »Aber wie bist du denn nun drauf gekommen?«

Stella wurde der Mund trocken. Kurz überlegte sie, offen zuzugeben, dass sie immer noch so gut wie gar nichts begriff, doch stattdessen fragte sie: »Was genau nützt es dir denn, dass du alles herausgefunden hast? Und was bringt es Matteo?«

Ester lachte so heftig, dass ihre blonde Mähne erzitterte. »Ja, was wohl?«

Stella sah sie verwirrt an.

»Gott, in deiner Welt zählt Geld nicht, oder? Aber es geht hier um ein Vermögen!«

Stella hatte das Gefühl, ein riesiges Puzzle vor sich zu haben, dessen Teile nicht zueinander passten und dessen fertiges Bild sie nicht einmal ansatzweise erahnen konnte. Von welchem Vermögen redete sie? Von dem der di Vairas? Aber um dieses zu schützen, müsste sie alles daran setzen, dass das Geheimnis verborgen blieb, nicht, dass es vor aller Welt aufgedeckt wurde!

»Meine Mutter ist wie du«, sagte Ester spöttisch. »Der ist Geld auch nicht so wichtig. Außerdem behauptet sie immer, dass es Matteos Sache sei und mich das gar nichts anginge. Aber Matteo hat doch ein Recht zu erfahren ...«

Stella konnte sich nicht länger beherrschen. »Ja, was denn?«, platzte es aus ihr heraus. »Von welchem Geld, zum Teufel, redest du?«

»Von welchem Geld ich rede? Du weißt doch auch, dass die Sivoris ... oder weißt du das etwa nicht?«

»Ich weiß vor allem nicht, wer diese Attentate auf mich verübt hat!«

Ester starrte sie fragend an, und ihre Verblüffung schien echt zu sein, als sie fragte: »Welche Attentate?«

»Na, die Sache mit dem Blumentopf, der Stromleitung, dem Boot ... Natürlich kann das alles nur Zufall sein, aber vielleicht steckt ja mehr dahinter, und ...«

Als sie fortfahren wollte, brachte sie nur gestammelte Worte hervor. Erst, nachdem sie ein paarmal tief durchgeatmet hatte, schaffte sie es, alles der Reihe nach zu erzählen. .

Ester lauschte mit wachsender Anspannung. »O mein Gott!«, rief sie, als Stella geendet hatte.

Sie war deutlich blasser geworden, was Stella nicht verstand. Unmöglich, dass Ester sich um sie solche Sorgen machte. Doch schon im nächsten Augenblick erkannte sie, dass diese Sorgen einem anderen galten.

»Ist dir denn nie durch den Kopf gegangen, dass diese Attentate nicht auf dich, sondern auf Matteo abzielten?«

Stella starrte sie fassungslos an. Deutlich hörte sie, wie ein Auto vorgefahren kam, doch während Stella wie gelähmt dastand, stürzte Ester zum Fenster.

»Ist es Matteo?«, fragte Stella.

Ester nickt. »Ja ... Aber da kommt noch jemand.«

Endlich konnte sich Stella aus der Starre lösen, und sie stürzte zum Fenster. Aus dem zweiten Auto stieg ein Mann, der ihr nur allzu bekannt vorkam. Camillo Sivori.

»Mein Gott!«, rief Ester wieder.

Obwohl Stella immer noch nicht begriff, woher Esters Panik rührte, ließ sie sich von ihr anstecken.

Die Attentate ...

Ist dir denn nie durch den Kopf gegangen, dass diese Attentate nicht auf dich, sondern auf Matteo abzielten?

Nun, es war zumindest nicht auszuschließen. Als der Blumentopf vom Turm fiel, stand er neben ihr. Es war viel wahrscheinlicher, dass er an ihrer Stelle das Boot genommen hätte. Und was den Nachmittag anbelangte, da sie in den Turm gesperrt war – vielleicht hatte er nicht sie gerettet, sondern sie ihn. Er war schließlich allein in den Weinkeller gegangen; ihre Hilferufe könnten den Attentäter abgehalten haben, ihm dorthin zu folgen. Blieb noch die Stromleitung. Zum Kurzschluss war es in ihrem Badezimmer gekommen, nicht in seinem ... Ob doch alles nur Zufall war?

Ester beugte sich aus dem Fenster. »Matteo!«, schrie sie. »Matteo!«

Er blieb kurz stehen, drehte sich um, konnte aber nicht erkennen, woher die Stimme kam und ging auf den Palazzo zu.

»Matteo!«, schrie Ester wieder und fuchtelte wild mit den Armen, doch mittlerweile hatte er die Tür erreicht und betrat den Palazzo. Auch Camillo hatte Ester nicht gehört. Kurz war er beim Auto stehengeblieben, dann folgte er Matteo langsam.

»Wir ... wir müssen ihn aufhalten!«, schrie Ester.

»Du glaubst, Camillo Sivori steckt hinter allem? Aber warum sollte er Matteo denn töten wollen?«

»Ja, warum wohl? Weil die Sivoris stinkreich sind?«

Stella starrte sie nur fragend an. »Sie haben diese Farbenfirma ...«, stammelt sie.

»Nicht einfach nur eine Farbenfirma ... Es ist das größte Chemiewerk in Norditalien.«

Erstmals fügten sich mehrere Puzzleteile zusammen.

Als Ester von Geld sprach, ging es gar nicht um das Vermögen der di Vairas, auf das sie möglicherweise Anspruch hatte. Sondern um das der Sivoris.

»Denkst du wirklich, Camillo ist bereit ...«

»Ambrosio hat keine leiblichen Kinder. An wen fällt sein Vermögen wohl, wenn er stirbt? So wie die Dinge jetzt liegen an Camillo. Aber nicht, wenn man beweisen kann, dass Aurelio di Vaira damals überlebt hat. Matteos Großvater war immerhin dessen Cousin!«

Ester hatte all ihre Recherchen nicht etwa angestellt, um Matteos Erbe zu bewahren, sondern um ihm eins zu beschaffen! Und Camillo galt zwar als Ambrosios Cousin, arbeitete in dem Unternehmen und war wohl immer davon ausgegangen, ihn zu beerben, aber er war nicht blutsverwandt. Was ihm ein klares Motiv gab, Matteo aus dem Weg räumen zu wollen.

Allerdings gab es dann noch sie ... Ambrosios Tochter ... von der Ester nichts wusste ... von der vielleicht auch Camillo Sivori nichts gewusst hatte. Bis sie ihn gestern angerufen und auf sich aufmerksam gemacht hatte. Danach war er äußerst geschickt vorgegangen ... hatte sie in dieses unscheinbare Einkaufszentrum gelockt, um gar nicht erst den Anschein zu erwecken, er könnte stinkreich sein ... hatte ihr vorgelogen, dass Ambrosio auf Geschäftsreise war ...

Vielleicht hatte er die Hoffnung, dass sie von selber aufgeben und zurück nach Deutschland kehren würde. Falls nicht ... nun ... dann würde er wohl ebenso wenig Skrupel haben, *sie* zu beseitigen, wie er es bei Matteo hatte. Vielleicht war er hierhergekommen, um sie beide zusammen ...?

Ester zog ihr iPhone hervor, drückte mehrmals auf ein paar Tasten und schrie schließlich verzweifelt: »Verdammt, verdammt, verdammt!«

Richtig, vorhin hatte sie ja erwähnt, hier oben keinen Empfang zu haben.

Ungeduldig warf sie das Handy in die Ecke und stürzte die Treppe hinunter. Stella eilte ihr nach. Den einzigen Vorteil, den sie gegenüber Camillo hatten, war, dass sie zu zweit waren – und dass sie ihn überraschen konnten.

26

1925

Es war ein stummes, fast lautloses Ringen. Kein Schrei kam den beiden Frauen über die Lippen, nicht einmal ein Stöhnen – zumindest konnte sich Bérénice hinterher an keinen Laut mehr erinnern, den sie oder Tizia von sich gegeben hätten, als sie sich ihrem Griff zu entwinden versuchte und Tizia sie unbarmherzig festhielt. Irgendwann gingen beide zu Boden und kämpften dort weiter. Einmal rollte Bérénice auf Tizia, einmal war es umgekehrt, doch Tizias Griff lockerte sich dabei nicht.

Bérénice konnte keinen Blick mehr aus dem Fenster erhaschen und starrte stattdessen auf Tizias fehlende Augenbrauen.

Hässlich, hässlich, im Grunde ist sie hässlich …

Und in jedem Fall war sie stärker. Je länger sie rangen, desto mehr schien es Bérénice, von einer Schlange erdrückt zu werden. Alle Luft presste diese aus ihren Lungen, alles Blut aus den Gliedern. Es war viel schwerer, sich gegen diese Schlange zu wehren als gegen die Faustschläge ihres Vaters. Denen konnte sie ausweichen, Tizia aber schien überall zu sein, in jede Faser ihres Körpers zu dringen, sie mit ihrem Gift zu lähmen, selbst ihre Gedanken zum Stillstehen zu zwingen.

Egal … eigentlich kann mir alles egal sein … Gaetano … Aurelio … was zählen sie schon für mich?

Doch dann sah sie einmal mehr Taminos Gesicht vor sich, so wie an jenem Abend, als sie ihn kennengelernt hatte, er lässig an seiner Zigarette sog und sie sich vorstellte, wie er auf einem Segelboot stand. Sie dachte an das Kribbeln in ihrem Bauch, für das sie sich damals noch geschämt hatte und das ihr – ähnlich wie diese Ahnung von Glückseligkeit – wie ein Verrat gegenüber Tizia erschienen war. Diese hatte sie doch aus dem Elend befreit, nicht Tamino.

Aber plötzlich ging ihr auf, dass sie sich selber befreit hatte, dass sie – auch wenn Tizia damals nicht in Santa Maria Rezzonico aufgetaucht wäre – Mittel und Wege gefunden hätte, dem Vater zu entkommen, zumal sie es schließlich schon einmal geschafft hatte.

Was wiederum Tamino anbelangte, würde er es nicht ertragen, dass Tizia Aurelios Tod mitverschuldete!

Dieser Gedanke gab ihr neue Kraft – vor allem aber den Willen, diese Kraft geschickt zu nutzen. Erst jetzt bemerkte sie, dass sie bei ihrer Gegenwehr noch gezögert, sich von der Angst hatte leiten lassen, Tizias Körper sei aus Glas und sie könnte zerbrechen.

Immer noch gab sie keinen Ton von sich, als sie ihr Knie anzog und es Tizia in den Bauch rammte. Zum ersten Mal lockerte sich der Griff ihrer Hände, doch nur, um nun anstelle der Hände ihren Hals zu umfassen.

»Gib endlich auf!«, keuchte sie, »ich bin stärker als du.«

Das Bild vor Bérénice' Augen wurde trübe, doch weder ergab sie sich der aufsteigenden Panik noch der Ohnmacht.

Vielleicht bist du hier und heute tatsächlich stärker als ich, dachte sie, aber ich bin immer noch listiger.

Der Contessa Eugenia war sie schließlich auch nicht mit körperlicher Kraft beigekommen, sondern mit ihren geschickten, unauffälligen Händen, desgleichen mit ihrer Geduld, hatte sie doch den richtigen Moment abgewartet, um zuzuschlagen.

Sie hielt still, völlig still, als hätte sie aufgegeben, und ließ die Hand zu Boden sinken, anstatt noch länger an Tizias Griff zu rütteln. Verblüfft starrte Tizia sie an, woraufhin Bérénice ihre Stimme verstellte und ebenso verzweifelt wie flehentlich bettelte: »Bitte ... bitte ... töte mich nicht ...«

Die Bestürzung, auf die sie vergebens gezählt hatte, als vorhin Aurelio das Boot bestiegen hatte, breitete sich jetzt in Tizias Miene aus. »Aber ich würde dich doch niemals töten! Niemand steht mir so nah wie du!«

So widersinnig die Worte in diesem Augenblick klangen – Bérénice glaubte ihr. Ja, in den letzten Monaten war sie ihr wohl manchmal ein größerer Trost gewesen als Tamino.

Sie rührte sich immer noch nicht, blickte Tizia nur hilfesuchend an, und endlich ließ diese sie los, erhob sich, starrte auf sie herab. Noch schien sie Bérénice nicht zu trauen, denn sie hob den Fuß, um notfalls auf sie zu treten, doch Bérénice lag weiterhin bewegungslos da.

»Ich ... ich werde dich hier einsperren müssen. Aber keine Angst ... wenn alles vorbei ist, werde ich dich befreien ... du wirst ein gutes Leben haben, das verspreche ich dir ...«

Jene Fürsorge, die gänzlich gefehlt hatte, als es um Aurelios Schicksal gegangen war, lag wieder in ihrer Stimme. Beinahe machte Bérénice den Fehler, ihre Hände zu Fäusten zu ballen, aber sie beherrschte sich.

Tizia wagte es nicht, ihr den Rücken zuzuwenden, als sie langsam zur Tür trat. Ein Schritt, zwei Schritte, jetzt hatte sie die Tür erreicht.

Warte, warte, warte!

Tizia drehte sich zur Seite, tastete nach der Klinke.

Warte, warte warte!

Tizia öffnete die Tür, wollte hinaushuschen. Erst jetzt sprang Bérénice hoch, doch anstatt Tizia am Arm zu packen, wie diese erwartete, blieb sie gebückt, bekam den Saum ihres Kleides zu fassen und riss daran. Danach musste Bérénice nichts anderes tun, als zurückzuweichen, denn kaum ging Tizia auf sie los, stolperte sie über den Stoff. Die wenigen Augenblicke, die sie brauchte, um das Gleichgewicht wiederzufinden, genügten Bérénice, um an ihr vorbeizuhuschen, über die Türschwelle zu stolpern, die Tür zu schließen und den Riegel vorzuschieben.

Sie eilte so schnell nach unten, dass sie nicht mehr hörte, was Tizia ihr nachschrie – ob Verwünschungen oder die Bitte, sie freizulassen. Tizia zählte nicht.

Zu spät ... hoffentlich komme ich nicht zu spät ...

Bérénice raffte ihr Kleid, nahm die letzten Schritte, stieß die Eingangstür auf. Gott sei Dank war sie nicht verschlossen. Dahinter wartete allerdings ein anderes Hindernis, das fast ebenso groß wie die Tür, wenn auch nicht ganz so breit war. Ein Mann stellte sich ihr in den Weg und packte sie an den Schultern.

»Lass mich!«, schrie Bérénice.

Einzig bestrebt, das Boot aufzuhalten, merkte sie gar nicht, auf wen sie einschrie. Erst als er mehrmals ihren Namen nannte und sie schließlich schüttelte, kam sie zur Besinnung.

Tamino ... Tamino war zum Turm gekommen. Vielleicht hatte er etwas gehört oder hinter dem Fenster eine Bewegung wahrgenommen.

»Was um Himmels willen hast du in dem baufälligen Turm zu tun?«, fragte er. »Es ist gefährlich, ihn zu betreten, du kannst doch nicht ...«

»Gaetano ... Ettore ... töten ... Aurelio ...«

Ihre Worte ergaben zwar keinen Sinn, doch ihr Blick schien Bände zu sprechen. Tamino wurde blass und ließ sie los.

»Wir ... wir müssen sie retten ...«, stieß Bérénice aus.

Sie lief weiter, und diesmal hielt er sie nicht auf, sondern folgte ihr. Als sie den Bootsanlegesteg erreichte, fand sie dort ein kleines Ruderboot. Zutiefst erleichtert – am schlimmsten wäre es gewesen, hilflos am Ufer zu stehen –, sprang sie hinein. Sie versuchte, möglichst breitbeinig zu stehen zu kommen, so dass sie trotz des heftigen Schaukelns nicht wankte – etwas, was sie von ihrem Vater und ihren Brüdern gelernt hatte.

Erst, als Tamino ihr ins Boot gefolgt war und die Ruder gepackt hatte, fragte er, was passiert war.

Wieder brachte sie nur wirre Worte hervor, diesmal ergänzt um Tizias Namen, und wieder war es vor allem ihr Gesichtsausdruck, der Tamino vermittelte, in welcher Gefahr sich Gaetano und Aurelio befanden. Er stellte keine Fragen mehr, nicht zuletzt, weil nun auch er in der Ferne das Boot gesehen hatte. Anders als vorhin war über das Gerüst die Regenabdeckung gespannt – vielleicht eine Veranlassung von Gaetano, weil die Sonne wieder durch die Wolken brach, vielleicht eine Maßnahme des Attentäters, um unbeobachtet zu sein. Bérénice selbst spürte weder die Wärme noch die frische Brise, die von den schneebedeckten Bergen herunterwehte. Gebannt starrte sie auf das Boot, und während aus weiter Ferne nichts zu erkennen war, glaubte sie, hinter dem Stoff Schatten auszumachen. Diese Schatten saßen nicht einfach nur still, nein, sie bewegten sich wild!

Da war eine große Gestalt, eine etwas kleinere, und schließlich eine winzige, die offenbar auf dem Boden kauerte.

Aurelio lebte noch!

Kurz war Bérénice beruhigt, doch als sie noch näherkamen, sich das Boot drehte und sie einen ersten Blick hineinwerfen konnten, erschrak sie. Der Attentäter hatte Gaetano mittlerweile überwältigen können und drückte die Hände um seinen Hals, wie vorhin Tizia es bei ihr getan hatte. Vielleicht wollte er ihn erwürgen, vielleicht einfach nur dafür sorgen, dass er das Bewusstsein verlor und er ihn in den See werfen konnte.

Bérénice unterdrückte mit Mühe einen Schrei, und Tamino ruderte immer kräftiger, schien förmlich auf das Wasser einzuschlagen, und wie die Ärmel seines weißes Hemds über seinen Ellbogen rutschten, glich er jenem Bild, das sie sich einst von ihm gemacht hatte. Nur der Schweiß auf seiner Stirn und das weiterhin blasse Gesicht verhießen nicht die Freiheit, die dieses immer vermittelt hatte, sondern Gefahr.

Diese Gefahr schien in Gaetano ungeahnte Kräfte freizusetzen. Hatte Bérénice zunächst geglaubt, er hätte seinen Widerstand bereits aufgegeben, merkte sie nun, dass er sich verbittert wehrte und es ihm schließlich sogar gelang, die Hände des anderen von seinem Hals zu ziehen. Als der Attentäter ihn wieder zu packen versuchte, bekam er nur die schwarzen Haare zu fassen. Wahrscheinlich riss er sie ihm büschelweise aus, doch das hielt Gaetano nicht davon ab, in den Bauch des anderen zu boxen. Nicht, dass er damit viel Schaden anrichten konnte. Einem gestählten Mann, der wahrscheinlich schwere körperliche Arbeit gewohnt war, konnte ein Geschäftsmann, der seine Tage hinter dem Schreibtisch verbrachte, nicht viel anhaben. Eine Atempause war gleichwohl gewonnen.

»Schneller, rudere schneller!«

Die dunklen Locken fielen Tamino ins Gesicht, er ächzte bei jedem Ruderschlag, und das Boot schlingerte, als Bérénice bis zum Bug vorkletterte.

»Setz dich wieder! Nicht, dass du ins Wasser fällst.«

»Ich falle nicht ...«

Und selbst wenn ... ich bin eine Fischertochter, ich kann schwimmen, wie oft haben mich meine Brüder in den See geworfen, ich wäre längst ertrunken, wenn ich nicht hätte schwimmen können.

Aber Aurelio konnte wahrscheinlich nicht schwimmen. Er kauerte in der hintersten Ecke des Boots, klammerte sich mit beiden Händen an die Bank, seinen Blick starr auf die beiden Kämpfenden gerichtet.

»Aurelio!«

Der Knabe hörte sie ebenso wenig wie die beiden Männer. Als sie der Barke endlich so nahe gekommen waren, dass sie hinüberspringen konnte, zögerte Bérénice nicht länger und machte einen Satz in das Boot.

»Aurelio ...« Kaum dass sie festen Stand fand, zog sie den Knaben an sich, doch obwohl er sich zunächst noch wehrte – sich an die Bank festzuklammern, schenkte ihm wohl mehr Sicherheit als an sie –, erlahmte sein Widerstand bald, als sie entschlossen seine Hände ergriff.

»Ruhig, ganz ruhig«, redete sie auf ihn ein, »wir werden dich retten ...«

»Vater ...«

»Wir werden auch ihn retten. Aber jetzt rüber mit dir ins andere Boot!«

Endlich lösten sich die kleinen Hände vom Holz des Bootes. Sie waren so zart und weiß wie die eines Mädchens. Bérénice überreichte ihn Tamino, und der nahm ihn in die Arme, drückte ihn an sich und vermochte es, mit der warmen Berührung den Jungen zumindest ein wenig zu beruhigen.

In dem Augenblick, als auch Bérénice zurück ins Ruderboot springen wollte, wurde das Gerangel hinter ihr wilder. Das Gerüst bebte, ein Lampion fiel in den See und segelte auf den grünlichen Wellen davon.

Als nächstes fällt einer der beiden ins Wasser, ging es ihr durch den Kopf. Doch sie vernahm kein Klatschen, nur ein dumpfes Poltern. Einer der beiden Männer war gefallen – jedoch nicht über Bord, sondern auf den Boden der Barke. Die Arme und Beine wirkten unnatürlich verrenkt, Blut trat aus der Brust, die Augen waren weit aufgerissen und leer. Noch klebte Schweiß auf der Stirn, aber Bérénice wusste plötzlich, dass es der letzte war, der jemals auf der Haut verkrusten würde.

Bérénice schlug sich die Hand vor den Mund.

Der Tote war nicht Gaetano, sondern der von Bruder Ettore beauftragte Attentäter. Gaetano selbst stand breitbeinig über ihm.

Seine Haare glichen einem schwarzen Heiligenschein, sein Gesicht war gerötet wie nie. Rot war auch die Klinge des Dolchs, den er in den Händen hielt. Er wirkte erschöpft, aber zugleich triumphierend.

»In diesen Tagen gehe ich doch nicht ohne Waffe aus dem Haus!«

Obwohl das Bild vor ihr eine so eindeutige Botschaft sprach, stand Bérénice wie starr und brauchte eine Weile, um zu begreifen, dass nicht Gaetano im Zweikampf unterlegen war, sondern der andere. Langsam breitete sich um den Leichnam eine Blutlache aus. Das Boot schwankte, und schnell setzte sie sich auf die Bank, wenngleich sie dem leeren Blick des Toten damit erst recht ausgeliefert war. Gaetano wandte sich ab, fuhr sich mit den Händen durchs Haar. Diese zitterten zwar, aber die Haare klebten sofort wieder am Kopf wie ein Helm. Sein Triumphgefühl schien geschwunden zu sein, doch er machte den befriedigten Gesichtsausdruck eines Geschäftsmannes, der bei einem Vertragsabschluss ein glückliches Händchen bewiesen hatte.

Du wirst keine unruhigen Träume haben, weil du den Mann getötet hast …, ging es Bérénice durch den Kopf, schließlich kannst du sagen, du hast aus Notwehr gehandelt.

Und du wird keine unruhigen Träume haben, weil du mit den Faschisten paktierst und fast die ganze Belegschaft entlassen willst … schließlich kannst du sagen, dass du das Geschäft deiner Väter sicher durch alle Krisen lenken musst.

Bérénice drehte sich um und erkannte erst jetzt, dass Tamino davongerudert war, noch ehe der Attentäter zu Fall kam. Zwanzig Meter entfernt hatte er zu rudern aufgehört, doch als sie ihm jetzt entschlossen zunickte, beeilte er sich, Aurelio ans Ufer zu bringen. Eine Weile war das Klatschen der Ruder der einzige Laut, der zu ihnen drang, und während Gaetano zunächst taub dafür zu sein schien, wich seine Befriedigung plötzlich Ärger.

»Nun los!«, herrschte er Bérénice an. »Worauf wartest du denn noch?«

Er deutete Richtung Ufer, und obwohl er eben kräftig genug gewesen war, einen Mann zu töten, sah er es wohl als ihre Pflicht an, dem anderen Boot möglichst schnell nachzurudern. Das übliche höfliche Lächeln, das er ihr bis jetzt immer geschenkt hatte, blieb aus.

Gedankenverloren griff Bérénice zum Ruder am Ende des Bootes, irgendwie fast erleichtert, dass ihr ein anderer sagte, was zu tun war. Doch noch ehe sie es ins Wasser senkte, schnaubte Gaetano: »Nicht, dass dieser Hund es wagt, sich an meinem Sohn zu vergreifen!«

Sie erstarrte wieder.

»Aber Tamino Carnezzi …«, setzte sie an, »als er erfahren hat, was dieser Mann plante … er wollte Sie retten … auch wenn Sie es allein geschafft haben, er war bereit …«

»Ach, Bérénice …« Verächtlich blickte er auf sie herab. »Mädchen wie du lassen sich das Blaue vom Himmel vorlügen, nicht wahr? Nun, ich will dir einen guten Rat geben, und wenn du klug bist, beherzigst du ihn. Vor Männern wie ihm solltest du dich besser in Acht nehmen.«

»Aber er wollte wirklich …«

»Ein abgefeimter Betrüger ist er, nichts weiter!«

Nicht länger zitterte er. Alle Erregung entlud sich in der knappen Rede, und mit jedem Wort wuchs Bérénice' Entsetzen.

»Mein Bruder Ettore hat mich erst heute noch vor ihm gewarnt und mir die Wahrheit erzählt«, fuhr Gaetano fort, »ich hätte ihn eigentlich erkennen sollen, als ich ihn als Verwalter einstellte, wissen, dass er derjenige war, der früher in meiner Manufaktur für Unruhe gesorgt hatte. Doch er hat es sehr geschickt angestellt, sich erst einen neuen Namen zugelegt – Carnezzi statt Sivori –, und später dafür gesorgt, dass er für Tizia arbeiten kann, und sich nach und

nach ihr Vertrauen erschlichen. Ein Sozialist ist er, ein Aufrührer …
wahrscheinlich steckt er mit dem da unter einer Decke.« Gaetano
trat mit dem Fuß gegen den Toten. »Aber den da werden nun die
Würmer fressen, und Carnezzi bekommt auch seine gerechte Strafe. Verschweig einfach, dass du irgendetwas mit ihm zu schaffen
hattest. Ich selbst drücke gern ein Auge zu, Tizia hat dich schließlich gerne.« Wieder teilte er einen Tritt aus, und diesmal traf er nur
das Holz. »Nun los, jetzt ruder schon weiter!«
Tizia hat dich gerne.
Nein, Tizia hatte sich selber gerne. Und war zu allem bereit,
wenn es darum ging, ihr eigenes Leben zu retten oder ihre Ziele
zu erreichen. Sie hätte Aurelios Tod in Kauf genommen, und wahrscheinlich würde sie auch Taminos Verhaftung hinnehmen, wenn
nur ihre eigene Zukunft gesichert bliebe. Gewiss, die steten Lügen
überforderten sie, und ihr Wunsch, Gaetano möge sterben, kam
von Herzen, aber da dieser Plan nicht aufgegangen und eine Flucht
mit Tamino unmöglich war, würde sie Mittel und Wege finden, ihr
Leben erträglich zu gestalten.
Bruder Ettore wiederum hatte Tamino kaltherzig verraten, um
den Schaden für sich abzuwenden, falls sein Plan nicht aufging.
»Nun rudere endlich!« Gaetano machte einen Schritt auf sie zu,
und hätte nicht der Tote zwischen ihnen gelegen, wäre er vielleicht
auf sie zugetreten, hätte sie gepackt und ihr das Ruder entrissen. So
starrte er sie nur wütend an und machte eine ungeduldige Geste.
Früher wäre Bérénice zusammengezuckt, war er doch groß, größer als sie, beinahe so groß wie ihr Vater und ihre Brüder. Doch in
diesem Augenblick dachte sie nur an Tizias Worte, nachdem diese
sie vor Alfredo gerettet hatte.
*Ich habe nie daran geglaubt, dass Blicke töten können. Aber in diesem Augenblick hätte ich mich nicht gewundert, wenn dieser grobe,
riesige Mann allein kraft deines stummen Befehls zu Staub zerfallen
wäre …*

»Herrgott, Mädchen, taugst du denn zu gar nichts?«

Da packte Bérénice das Ruder fester, hob es hoch und schlug zu.

Ihr Stoß war nicht besonders kräftig, doch dass sie Gaetano überraschte, gereichte ihr zum Vorteil. Er wankte, suchte vergebens, das Gleichgewicht wiederzuerlangen, und als sie ein zweites Mal auf ihn einschlug, fiel er ins Wasser. Der Grünton der Fluten schien sich eine Nuance dunkler zu verfärben, als sie über seinen schwarzen Haaren zusammenschlugen.

Bérénice starrte entsetzt auf den See.

Das ... das wollte ich doch nicht ... Wenn er wieder auftaucht, werde ich ihn retten ... Ich werde sagen, dass es ein Unfall war, ein Missgeschick ...

Doch als sein Kopf tatsächlich prustend die Wasseroberfläche zerriss und ihm die dunklen Haare im Gesicht klebten, da ergriff wieder dieses harte, entschlossene Wesen von ihr Besitz. Ihre Gestalt und ihr Antlitz mochten ihrer Mutter gleichen, die duftende Kerzen gezogen hatte, doch Bérénice war nicht aus Wachs wie diese, sondern aus Stein wie ihre Brüder. Diese scherten sich nicht, wenn sie staubig wurden, und sie scherte sich in diesem Augenblick nicht darum, eine Todsünde auf sich zu laden, um Tamino zu schützen und seinen Kampf um Gerechtigkeit zu einem Sieg zu führen.

Wieder und wieder schlug sie mit dem Ruder auf Gaetanos Kopf ein. Erneut versank er, erneut kämpfte er sich aus den Fluten hervor. Und sie drosch weiter auf ihn ein. Nicht, dass es ihr kein Grauen bereitete. Nicht, dass dieses gurgelnde Geräusch, dass er beim letzten Mal ausstieß, nicht für ewig in ihr nachhallen würde. Aber Grauen hatte es ihr auch einst bereitet, tote Fische auszunehmen oder noch lebenden den Kopf abzuhacken, und doch hatte sie in ihren Träumen nur deren Gestank verfolgt, nie das schlechte Gewissen. Nachdem Gaetano endgültig im See versunken war, warf sie das Ruder hinterher. Das Holz war noch blutig, aber das grünliche Wasser wusch rasch die verräterischen Spuren ab.

Der erste Gedanke nach der grausamen Tat war ein ganz nüchterner.

Wie komme ich ohne Ruder bloß ans Ufer?

Der Gedanke beunruhigte sie nicht lang, dann zog sie ihr Kleid aus, sprang in die Fluten und begann zu schwimmen. Das Wasser war kalt, belebte ihren Körper jedoch, anstatt ihn erstarren zu lassen. Während der ersten Schwimmstöße hatte sie noch Angst, Gaetano würde aus der Tiefe nach ihr greifen und sie hinunterziehen, doch als sie immer weiter vom nunmehr herrenlosen Boot wegschwamm, wusste sie: Selbst wenn er sie packte, würde sie so lange nach ihm treten, bis sie sich aus seinem Griff befreit hatte. Sie war stärker als Tizia. Sie war stärker als er.

27

»Eine Waffe!«, rief Ester, »wir brauchen eine Waffe!«

»Pssst, nicht so laut.«

Auf Zehenspitzen waren die beiden Frauen Richtung Palazzo geschlichen, bei jedem Knirschen der Kieselsteine unter ihren Schritten zusammengezuckt. Nun waren sie leise eingetreten, und Esters Stimme hallte von den Wänden wider, während weder von Camillo noch von Matteo etwas zu hören war.

»Zumindest brauchen wir etwas, womit wir ihn notfalls niederschlagen können ...«, flüsterte Ester.

Stella sah sich suchend um, entdeckte aber weder einen Schirmständer noch einen Schürhaken, noch nicht mal ein schweres Buch.

»Da!« Ester zeigte auf eine kostbare Vase.

»Bist du verrückt? Das ist eine Qianlong-Vase aus antikem chinesischen Porzellan!«

Ester verdrehte die Augen, woraufhin Stella schließlich doch nickte und die Vase an sich nahm. Ester war zwar größer, aber wenn schon jemand diese Kostbarkeit auf irgendjemandes Kopf zertrümmern sollte, dann stand das in gewisser Weise ihr zu.

»Wohin ...«, setzte Stella an.

Ester deutete mit dem Kinn Richtung Ostflügel, wo sich Matteos Apartment befand.

Wieder schlichen sie auf Zehenspitzen weiter. Stellas Hände wurden schweißnass, so dass sie Angst hatte, die Vase könnte ihr aus den Händen fallen und das Klirren Camillo auf sie aufmerksam machen. Noch größer war ihre Furcht, etwas zu hören, das auf einen Kampf hindeutete. Auch Ester schien die Panik kaum mehr bezwingen zu können und beschleunigte den Schritt. »Nun mach schon ...«

»Pssst!«

Endlich hatten sie Matteos Apartment erreicht, und Ester presste ihr Ohr an die geschlossenen Türen.

»Stimmen ...«, flüsterte sie, »die beiden reden ...«

Stella entspannte sich etwas. Das konnte nur bedeuten, dass Camillo Matteo nicht einfach hinterrücks überwältigen, sondern ihn wohl erst mal in Sicherheit wiegen wollte.

»Bis jetzt hat er doch immer versucht, die Attentate wie einen Unfall aussehen zu lasen«, gab Stella zu bedenken, »vielleicht hat er das auch jetzt vor. Und wenn wir doch die Polizei ...«

»Bist du verrückt! Matteo ist in Gefahr, da warte ich doch nicht in Ruhe ab, bis die Polizei da ist!«

Wieder wurde ihre Stimme bedrohlich laut, aber anscheinend hatte sie drinnen niemand gehört.

Sie warfen sich einen Blick zu, nickten. Dann riss Ester mit einem Ruck die Tür auf, stürmte hinein, und Stella folgte ihr auf den Fuß. Sie nahm sich keine Zeit, sich umzuschauen – ihr Tunnelblick war einzig auf Camillo gerichtet. Eben hatte er noch auf dem Sofa gegenüber von Matteo gesessen, aber als Ester hineinstürmte, sprang er auf und sah sie fragend an. Stella hingegen schien er nicht zu bemerken, und sie nutzte die Chance. Sie atmete tief durch, machte einen Satz auf ihn zu, hob die Vase und ließ sie auf den Kopf niederdonnern. Unwillkürlich schloss sie die Augen dabei. Sie war sich nicht sicher, was sie größere Überwindung kostete – die Vase zu zerstören oder einem Menschen den Schädel einzuhauen.

Nun, zumindest die Vase blieb heil – während man von Camillo nicht das gleiche behaupten konnte. Sie hatte ihn auf den Hinterkopf getroffen, und er sackte prompt auf das Sofa. Eine Weile waren sein Ächzen und das laute Rauschen ihres eigenen Bluts die einzigen Geräusche, die zu ihr durchdrangen.

»Seid ihr verrückt geworden?«, rief Matteo, »er wollte doch nur ...«

»Dich töten wollte er!«, schrie Ester und klang völlig hysterisch. »Und wir haben dich gerettet!«

Die Vase schien plötzlich tonnenschwer zu werden. Stella stellte sich ab, ohne Camillo aus den Augen zu lassen. »Die Polizei ...«, murmelte sie tonlos, »wir müssen die Polizei rufen ...«

Matteo starrte sie verständnislos an, aber während er vergebens um Fassung rang, Ester weiterhin hysterisch herumschrie und Stella sich kaum auf den Beinen halten konnte, ertönte hinter ihnen plötzlich eine Stimme. »Ich denke nicht, dass das notwendig ist.«

Stella fuhr herum. Die Stimme war wohltönend und tief und gehörte einem älteren Mann mit elegantem Anzug, grau melierten Schläfen, gefurchten Wangen und wachem Blick. Er blickte zu Stella, zur Vase, zu Camillo, dann wieder zurück zu ihr.

Ganz kurz versank sie im Blick seiner braunen Augen.

Ambrosio Sivori.

Er schien aufgewühlt zu sein, wobei sie nicht sicher war, ob wegen Camillos Zustand oder dem Zusammentreffen mit ihr. Ehe er etwas sagen konnte, ertönte wieder ein Ächzen aus Camillos Mund, und zu Stellas Überraschung umspielte plötzlich die Andeutung eines Lächelns Ambrosios Lippen.

»Er hat mich zwar hintergangen«, sagte er, »aber nach allem, was ich getan habe, habe ich das auch verdient. Er hingegen hat nicht verdient, dass du ihm ein zweites Mal die Vase auf den Schädel donnerst.«

Er machte einen Schritt auf sie zu, und verspätet ging Stella auf, dass Ambrosio Camillo offenbar begleitet, zunächst aber im Auto gewartet hatte.

Das wiederum konnte nur bedeuten, dass Camillo nicht hier war, um Matteo aus dem Weg zu räumen, und so betroffen, wie Ester aussah, schien auch ihr das langsam aufzugehen.

Stella konnte sich nicht aus der Starre lösen. Die erste Begegnung mit dem Mann, den sie für ihren Vater hielt, war Überforderung genug – die Möglichkeit, dass sie einen Unschuldigen niedergeschlagen hatte, machte es nicht besser.

Doch anders als sie fand Matteo schnell seine Fassung wieder. »Einen Lappen! Wir brauchen einen kühlen Lappen für den Armen!«

Wenig später legte Matteo einen feuchten Waschlappen auf Camillos Hinterkopf. Aus dessen Ächzen wurde ein Stöhnen, und obwohl sein Gesicht noch weiß wie die Wand war, schlug er die Augen auf.

Stella wusste vor lauter Verlegenheit gar nicht, wohin sie schauen sollte. Ester war ein paar Schritte zurückgewichen und begnügte sich damit, sich gegen das Fensterbrett zu lehnen. Wahrscheinlich beglückwünschte sie sich insgeheim, dass nicht sie es gewesen ist, die die Vase auf Camillos Kopf gedonnert hatte. Und als wäre das nicht genug, erklärte sie auf Matteos wiederholte Frage, was das alles sollte: »Sie hat mir das alles doch überhaupt erst eingeredet.« Und dabei deutete sie mit ihrem Zeigefinger anklagend auf Stella.

Na, vielen Dank auch, du Verräterin!

»Aber du warst doch selbst davon überzeugt, dass Matteo in Gefahr ist!«, schrie Stella empört. »Ich wäre nie selber auf diese Idee gekommen!«

In gewisser Weise war sie durchaus erleichtert, mit Ester zu streiten, anstatt Ambrosio genauer zu betrachten, nach Ähnlichkeiten zu suchen und einen stichhaltigen Beweis zu finden, dass er tatsächlich ihr Vater war.

»Diese Geschichte mit den Attentaten – die stammte von dir!«, rief Ester.

»Ja, aber dass Matteo für Camillo eine Bedrohung darstellt und darum er das Ziel von diesen Attentaten sein könnte, darauf hast du mich gebracht!«

»Schluss jetzt!«, schaltete sich Matteo ein. »Kann mir einer mal von Anfang an erklären, was genau hier los ist?«

Stella starrte erst auf die Hände, dann auf die stilisierten Lotusranken der Qianlong-Vase, während Ester lediglich ihre blonde Mähne zurückwarf.

Stella funkelte sie wütend an. Du kannst ihm ruhig mal erzählen, dass du die Bibliothek verwüstet hast ... dass du auf das Vermögen der Sivoris genauso scharf bist wie auf Matteo ... dass du ebenso zickig wie hysterisch bist.

Doch sie brachte kein Wort hervor, und wer schließlich zu reden begann, war Camillo.

»Du hast ordentlich Kraft in den Händen, alle Achtung«, sagte er mit einem Stöhnen und rieb sich die Schläfen. »Ich habe sicher eine mittlere Gehirnerschütterung.«

Ambrosios Mundwinkel zuckten. »Camillo neigt zu Übertreibungen«, spottete er, wurde aber rasch wieder ernst. »Er hätte mir gleich sagen sollen, dass du angerufen hast.«

Trotz der Schmerzen richtete sich Camillo auf und sah seinen Cousin wütend an. »Und du hättest mir gleich von ihrer Existenz erzählen sollen! Und dass du ihr eine Anstellung im Palazzo di Vaira beschafft hast!«

Ambrosio hob entschuldigend die Hände. »Ich weiß, ich weiß, das war ein großer Fehler. Und dass ich dir damals verschwiegen habe, dass Bianca dich sehen wollte, erst recht.«

»Ein großer Fehler, pah!«, knurrte Camillo, »ein *unverzeihlicher* Fehler, das ist es! Und dass du nach all den Jahren nichts daraus gelernt hast, vielmehr eigenmächtig ...«

»Ich wollte doch nur ...«, setzte Ambrosio hilflos an.

Stella blickte von einem zum anderen, und ihre Verwirrung wuchs. »Eigenmächtig?«, fragte sie.

»Nun, ich habe tatsächlich dafür gesorgt, dass Flavia di Vaira dich einstellt«, sagte Ambrosio, »aber das weißt du ja mittlerweile.

Camillo hingegen hatte keine Ahnung, dass deine Tante mich kontaktiert hat.«

»Tante Patrizia?« Was für eine dämliche Frage, als ob sie mehr Tanten hätte!

»Camillo wusste auch nicht, dass ...«

»Ich denke, wir sollten uns alle erst mal setzen«, warf Matteo ein, dem wohl nicht entgangen war, dass Stella am ganzen Körper zitterte.

Alle nahmen sie auf dem Sofa Platz, nur Ester blieb ans Fenster gelehnt stehen. Schweigen senkte sich über sie, schienen doch sowohl Camillo als auch Ambrosio zu zögern, die Wahrheit auszusprechen. Doch Stella hatte diese aufgrund ihrer Andeutungen längst selbst erahnt.

»Nicht du bist mein Vater«, wandte sie sich an Ambrosio. »Sondern ...« Sie blickte zu Camillo herüber. »Sondern du.«

Er zuckte entschuldigend die Schultern. »Ich hätte es dir gerne schon vorhin im Fuentes gesagt, aber du bist ja so schnell abgehauen ...«

Abgehauen, weil sie glaubte, Matteo könnte hinter den Attentaten stecken ...

Gab es eigentlich irgendetwas, worin sie richtig gelegen hatte?

»Ich verstehe es einfach nicht ...«, setzte sie stammelnd an.

Ambrosio beugte sich vor. »Camillo erfuhr durch deinen Anruf ganz unvermutet von deiner Existenz und dass du hier im Palazzo di Vaira arbeitest. Er hat mir leider nicht davon erzählt, sonst hätte ich die Angelegenheit gleich aufklären können. Stattdessen wollte er dich kennenlernen, erst mal herausfinden, ob sich sein Verdacht bestätigte – dass du nämlich Biancas Tochter bist ... und seine.«

»Das heißt, du hast ohne sein Wissen dafür gesorgt, dass ich hier arbeite?«, fragte Stella.

Ambrosio nickte »Ich habe selber erst kürzlich von deiner Existenz erfahren. Zugegeben, ich war schuld daran, dass Bianca und

Camillo sich damals trennten, aber ich hatte ja keine Ahnung, dass Bianca schwanger war ...«

»Aber dann hat Tante Patrizia dich kontaktiert«, stellte Stella fest. »Warum erst jetzt?«

»Sie ist doch kürzlich umgezogen, nicht wahr? Nun, beim Einpacken ist sie auf alte Briefe von Bianca gestoßen und damit erstmals auf den Namen Sivori. Als sie mich anrief ... oh, ich weiß, ich hätte Camillo am besten sofort einweihen sollen, aber ich hatte solche Angst. Ich wollte keine alten Wunden aufreißen ...« Er wirkte ehrlich bekümmert.

»Deswegen die Sache mit der Familienchronik«, murmelte Stella nachdenklich.

»Ich dachte, es wäre besser, nicht gleich mit der Tür ins Haus zu fallen, sondern lieber abzuwarten, bis du selber die richtigen Schlüsse ziehst. Ich wollte auch wissen, was für ein Mensch du bist ...«

»Und wenn sich herausgestellt hätte, dass ich ein zickiges Monster bin, das Unschuldige mit Vasen niederschlägt«, warf Stella sarkastisch ein, »hättest du meinem Vater die Begegnung mit mir erspart.«

Ambrosio hob entschuldigend die Hände. »Es soll nicht so klingen, als hättest du dich erst als würdig erweisen müssen. Ich war nur nicht sicher, was es für dich bedeuten würde, wenn du die Wahrheit über deine Herkunft erfährst und ob du überhaupt Interesse daran haben würdest ... und als ich gehört habe, dass du Historikerin bist, da hielt ich es für eine gute Gelegenheit ...«

»Ich verstehe. Und Flavia di Vaira hat das Spiel ebenso wie Fabrizio mitgemacht – nur Clara war dagegen, dass man mir die Wahrheit verheimlicht.«

»Ich wäre es auch gewesen, wenn ich davon gewusst hätte!«, rief Camillo.

Er suchte ihren Blick, und obwohl die vielen Enthüllungen sie immer noch schockierten, wurde ihr plötzlich ganz warm ums Herz.

Er hat tatsächlich meine Augen ..., ging es ihr durch den Kopf, und kurz konnte sie ihn ganz deutlich als jungen Mann vor sich sehen.

So viele Fragen lagen ihr auf den Lippen – wie er ihre Mutter kennengelernt hatte, was damals zur Trennung führte, warum er nichts von Biancas Schwangerschaft wusste, doch ehe sie etwas sagen konnte, schaltete sich Matteo ein: »Ich begreife immer noch nicht, warum du Camillo mit der Vase niedergeschlagen hast!«

»Das würde mich allerdings auch mal interessieren«, sagte Camillo mit Nachdruck und rieb sich wieder die Schläfen.

»Aber das war doch nur ...«, setzte Stella an. Sie warf Ester einen hilfesuchenden Blick zu, aber von dieser war natürlich keine Hilfe zu erwarten.

»Nun, die Attentate ...«, presste sie hervor.

Matteo starrte sie verwirrt an. »Attentate? Etwa auf mich?«

»Na ja, vielleicht waren es auch nur Zufälle, aber in dieser Häufigkeit ... plötzlich schien alles so klar zu sein.«

»Was schien klar zu sein?«, fragte Ambrosio. »Erzähl uns doch in Ruhe, was geschehen ist!«

In Ruhe! Als ob das so einfach wäre!

Allerdings war sie es Camillo und auch Matteo schuldig, die eigenen Fragen erst mal hintan zu stellen, und sie begann zu erzählen. Sogar Ester war bereit, ein paar Sätze beizusteuern und davon zu berichten, wie sie eine Verbindung zwischen den Sivoris und den di Vairas hergestellt hatte.

Als endlich alles gesagt war, senkte sich wieder Schweigen über die Runde.

Ambrosio brach es, indem er sich an Matteo wandte: »Dass Sie erst heute von alldem erfahren, tut mir leid. Ich habe seit vielen Jahren Kontakt mit Flavia ... aber wir haben vereinbart, dass unser Abkommen ein Geheimnis bleibt. Ich glaube, es wäre ihr sehr unangenehm, wenn alles ans Licht käme, vor allem Ihnen gegenüber.«

Ein Abkommen?

Richtig, diese ominöse E-Mail ... die Zahlungen der Sivoris an die di Vairas ...

Ehe Ambrosio fortfuhr, schaltete sich Camillo ein. »Ich kann mir nicht vorstellen, dass es irgendjemand auf Matteo oder dich abgesehen hat. Ich zumindest bin kein Meuchelmörder und neige auch nicht dazu, mich heimlich anzuschleichen und jemanden mit Vasen zu erschlagen ...«

Stella wand sich verlegen. »Aber wie kam es dann zu all diesen Vorfällen?«

Hinter ihnen ertönte ein Räuspern. »Ich glaube, das kann ich erklären«, sagte Clara.

28

1925

Als Bérénice zum Ufer schwamm und an einem kleinen, steinernen Strand, der zum Anwesen führte, an Land ging, zitterte sie am ganzen Leib. Allerdings hatte sie in manchem Winter ihrer Kindheit mehr gefroren. Sie würde sich von der Kälte ebenso wenig lähmen wie vom Grauen überwältigen lassen, sie würde sich nur nüchterne Gedanken gestatten.

Aurelio … wir müssen uns um Aurelio kümmern …, war der erste dieser Gedanken. Unmöglich konnte sie den Jungen Bruder Ettore überlassen, der das zarte Kind, das sich nach Sonne sehnte, ins Kloster stecken würde. Unmöglich auch, ihn Tizias Obhut anzuvertrauen, nachdem diese bereit gewesen war, seinen Tod in Kauf zu nehmen.

Tamino schien das ähnlich zu sehen. Als er mit Aurelio an der Hand auf sie zutrat und kurz seinen Blick über ihr nasses Kleid gleiten ließ, zeigte er weder Sorgen, Verwirrung noch Entsetzen. Anstatt zu fragen, was passiert war und wo Gaetano steckte, sagte er nur ruhig: »Wir müssen ihn von hier fortbringen.«

Erst später ging ihr auf, dass er beobachtet haben musste, wie sie Gaetano getötet hatte. Doch er machte ihr keine Vorwürfe, sondern legte nur grimmige Entschlossenheit an den Tag.

»Aber … aber wohin?«, fragte sie.

»Warte hier!«

Sie verweilte etwas unschlüssig neben Aurelio. Der war schreckensbleich und wie in einem dunklen Traum gefangen. Er zeigte keine Regung, sagte kein Wort und starrte auf den Boden. Dass Tamino Richtung Palazzo verschwand, schien er gar nicht zu bemerken, ebenso wenig, dass Bérénice ihm tröstend die Hand reichen wollte. Sie ließ sie wieder sinken, unterdrückte das Bedürfnis, ihn an sich zu ziehen. Nicht das schlechte Gewissen, weil sie seinen Vater getötet hatte, hielt sie davon ab, nur ein weiterer nüchterner Gedanke: Er würde nass werden und wie sie frieren.

»Es wird gut«, murmelte sie, »es wird alles wieder gut …«

Sie hatte keine Ahnung, wie das geschehen sollte, aber sie wusste: Sie konnte es schaffen, weil sie es wollte. Und sie wollte es, weil sie sich nach ihrer Tat zwar nicht schuldig, aber dem Jungen gegenüber verpflichtet fühlte. Mit gleicher Energie und Ausschließlichkeit, mit denen sie sich bis jetzt in Tizias Dienste gestellt hatte, würde sie künftig für ihn sorgen, komme was wolle.

Wenig später kehrte Tamino mit einem trockenen Kleid wieder, das sie sich im Schatten einer Hecke überzog, außerdem einem wärmenden Cape, das sie sich dankbar um die Schultern schlang. Vor allem aber brachte er Geld mit, das er ihr nun in die Hand drückte.

»Du fährst mit Aurelio nach Bellagio«, befahl er knapp, »dort gehst du in ein Hotel – such dir ein kleines, nicht so bekanntes, nicht etwa die Villa Serbelloni. Gib dort einen falschem Namen an und Aurelio als deinen Sohn aus. Du bleibst dort, bis ich alles erledigt habe …«

»Was … und wie …?«, setzte sie an. Trotz der trockenen Kleidung zitterte sie immer noch.

»Wie es scheint hat niemand im Palazzo gesehen, was passiert ist. Alle denken, dass Gaetano mit Aurelio aufgebrochen sei, und es werden etliche Stunde vergehen, bis sie sich fragen, warum er nicht zurückkehrt. Ich … ich werde den Leichnam des Mannes verschwinden lassen, das Blut abwaschen … Wenn irgendwann das leere Boot angetrieben wird, werden alle an einen schlimmen Unfall denken ...«

Und an den Fluch, dachte Bérénice. Erst recht, wenn Gaetanos Leichnam angetrieben wird. Jeder wird annehmen, dass auch Aurelio ertrunken ist und dass der See seinen kleinen Körper nicht wieder preisgegeben hat.

Tamino raunte ihr die Worte ins Ohr, damit Aurelio sie nicht verstand, doch der war weiterhin so weggetreten, dass er ohnehin nicht wahrnahm, was um ihn geschah. Verspätet zog Bérénice ihn an sich, doch obwohl er sich nicht wehrte, schien ihn ihre Umarmung auch nicht zu trösten.

»Hat er ... hat er gesehen ...«

»Nein«, fiel Tamino ihr ins Wort.

»Und Tizia?«, fragte sie.

»Bis jetzt konnte sie sich anscheinend nicht aus dem Turmzimmer befreien. Ich ... ich kümmere mich darum, aber jetzt beeil dich. Du schaffst es doch, mit dem kleinen Boot nach Bellagio zu rudern, oder?«

Sie nickte. Langsam legte sich das Zittern, doch zugleich kam die Erschöpfung. Sie wusste, sie würde die Kräfte aufbringen, weil sie es musste, aber sie konnte sich nicht länger damit begnügen, dass Tamino sich so nüchtern und abgebrüht gab.

»Ich ... ich musste es tun ...«, presste sie hervor, »er hat von deiner Vergangenheit erfahren ...«

»Ich verstehe.« Seine Lippen formten die Worte tonlos, und er senkte kurz die Augen. Auch wenn jeder Vorwurf ausblieb, fürchtete sie plötzlich, dass künftig die gleiche tiefe Kluft zwischen ihnen stehen würde wie zwischen ihm und Tizia.

Sie nahm das Geld und ging zum Boot.

»Steig ein!«, flüsterte sie Aurelio zu, und dieser wehrte sich nicht, obwohl er zu zittern begann. Sobald er saß, wollte sie ihm folgen, doch da lief Tamino zu ihr, nahm sie am Arm und half ihr hinein. Der Griff seiner Hand war warm und kräftig, und endlich blickte er ihr in die Augen. Was immer er bisher durchgemacht hatte – er hatte sich sein unbekümmertes, knabenhaftes Wesen bewahren können. Jetzt wirkte er um viele Jahre gealtert, beschwert von einer unsichtbaren Last – doch diese, das wusste sie plötzlich, rührte nicht von dem Mord her, sondern von den Gedanken an … Tizia.

»Du bist sehr mutig, Bérénice …«, sagte er heiser. Er hielt sie länger als notwendig, nahm schließlich ihre Hand und drückte sie. »Du bist die mutigste Frau, die ich kenne.«

Er fügte nichts mehr hinzu, aber sie fühlte, dass ihm dasselbe durch den Kopf ging wie ihr: Es gab keine Schönheit ohne Hässlichkeit, keinen Wohlgeruch ohne Gestank, keine schillernden Pfauenfedern ohne Gekreisch, und sie – sie war nicht nur das liebe Mädchen, das sich bedingungslos seiner Herrin unterwarf, sondern eine Frau, die tötete, wenn es sein musste. Und er war fortan nicht mehr nur der junge Mann, der dieses Kribbeln im Magen auslöste, sondern ein Verbündeter, der mit ihr ein Geheimnis hüten würde.

Nun, sie war stark genug, um mit diesem Geheimnis zu leben, und er war es auch.

Die Abenddämmerung hatte sich über den See gesenkt, als sie Bellagio erreichten. Der Himmel stand in einem dunklen Violett, der Dunst zog graue Fäden über das Wasser. Dennoch waren der Hafen und die kleinen Gässchen voller Leben. Die Gondoliere lagen wie so oft im Streit um die Liegeplätze und kämpften um jeden Fahrgast, und als Bérénice einfach anlegte, brüllten sie sie empört an. Bérénice sagte nichts, sah sie nur stumm an, und etwas lag in ihrem Blick, was sie augenblicklich verstummen ließ. Stumm blieb auch Aurelio, gleichwohl er sich aus dem Boot helfen, an der Hand nehmen und durch die Gassen ziehen ließ. Sie kamen an einem Markt vorbei, wo alte Frauen saßen, ihre schütteren Haare mit dunklen Haarnetzen bedeckt, und ihre Waren feilboten – Öl, Wein,

Feigen, Mais oder Orangen, außerdem kleine Heiligenbilder und Madonnenstatuen, selbstgehäkelte und geklöppelte Decken und duftende Wachskerzen. Der Geruch von Letzteren ließ Bérénice an ihre Mutter denken, doch die Erinnerung verursachte ihr keinen Schmerz wie sonst, sondern nur neue Entschlossenheit.

Aurelio darf sich nicht so einsam und verlassen fühlen wie ich damals ...

Noch war sie sich allerdings nicht sicher, wie sie zu dem Jungen durchdringen konnte. Er schien mehr Marionette als Mensch zu sein, und sie befürchtete, die Fäden würden reißen, wenn sie ihn losließe. So hielt sie ihn weiter an der Hand, bis sie eine kleine Pension entdeckte, in der sie ein Zimmer mietete. Das Fenster ging hinaus zu dem Glockenturm von San Giovanni, und das Läuten im Viertelstundentakt ging ihr durch Mark und Bein. Aurelio hingegen schien es nicht zu hören. Sie drückte ihn hinunter auf eines der Betten, deckte ihn zu, setzte sich auf die Kante und fuhr ihm mit der Hand durch die Haare. Erstmals hob er den Blick und sah sie fragend an. Seine Augen waren dunkel und leer wie die Gaetanos, doch plötzlich glänzten sie feucht.

»Dieser Mann ... er hat Papa umgebracht ... und du daraufhin ihn ...«

Bérénice lauschte erleichtert. Wenn er sich die Vorkommnisse auf diese Weise erklärte, wollte sie künftig daran festhalten.

»Ja, so war es«, sagte sie schnell. Kein Zittern lag in ihrer Stimme. *Jemand, der töten kann, kann auch lügen.*

»Bruder Ettore ... der Mann hat gesagt, dass Bruder Ettore ihn beauftragt hat ...«, stammelte Aurelio.

Bérénice war nicht sonderlich überrascht. Der Mönch, der sich als Gottes rächende Faust sah, wollte natürlich, dass Gaetano wusste, warum er starb. Das machte für sie die Sache leichter, denn auf diese Weise würde der Knabe verstehen, warum sie nicht zurück in den Palazzo kehren konnten.

»Warum hat er das getan?«, fragte Aurelio. »Er ist doch ein Priester!«

»Auch Priester werden manchmal vom Teufel verführt ... aber hier bist du in Sicherheit vor ihm.« Sie ließ es unausgesprochen, ob sie den Teufel oder Ettore meinte.

Aurelio starrte eine Weile vor sich hin. Sie erwartete, dass er nach Tizia fragen würde und zu ihr wollte, doch es war nicht ihr Name, der fiel, als er wieder zu sprechen begann, sondern der seiner Mutter Maddalena. »Sie ist auch gestorben ... aber anders als Papa ist sie lange krank gewesen. Ihre Bettlaken waren oft voller Blut, und keiner hat mir je gesagt, woher das Blut kam ... Weißt ... weißt du es?«

»Nein, ich weiß es nicht.«

»Es war so viel Blut. Ich konnte mir nicht vorstellen, dass ein Mensch so viel Blut hat.«

In den Adern des Jungen musste nur wenig fließen, so bleich wie er war. Bérénice zog ihn an sich, versuchte den starren Körper zu wärmen, fühlte erleichtert, wie das Zittern allmählich nachließ.

»Mr. Everdeen ...«, stammelte er, »er hat mir eine Lateinaufgabe gegeben ... er wird sich wundern, warum ich sie nicht gemacht habe ...«

»Du wirst dich nie wieder in seinem Unterricht langweilen müssen.«

»Jetzt habe ich niemanden mehr.«

»Doch«, sagte sie, »du hast mich, und du hast Tamino.«

Sie wusste nicht, wie es weitergehen würde, wie sie gemeinsam die Verantwortung für das Kind übernehmen konnten, wie ihr künftiges Leben aussah. Doch fürs erste genügte es, dass Aurelio zu weinen begann, aus dem starren, wie schlafwandlerischen Geschöpf ein verzagtes, trauriges Kind wurde und sie ihm immer wieder tröstend über die Locken strich.

Als Tamino den Turm betrat, war es fast dunkel. Er hatte die Dämmerung abgewartet, um mit einem weiteren Boot hinauszurudern, die Leiche des Attentäters in den See zu werfen und die Blutspuren zu entfernen. Danach hatte er der herrenlosen Barke einen Tritt gegeben, zugesehen, wie sie sich mehrmals um die eigene Achse drehte, und war wieder zurück ans Ufer gekehrt. Auf dem Weg in seine Wohnung traf er nur zwei Dienstmädchen, doch die beachteten ihn kaum, hatte er doch vorhin darauf geachtet, sich jeden verräterischen Blutfleck abzuwaschen. Er zog sich um, packte seine Habseligkeiten, nahm sich dann aber die Zeit, in der Küche sein Abendbrot zu verspeisen und sich umzuhören.

Wie jeden Tag wurde viel getratscht, doch niemand schien etwas von den Vorkommnissen bemerkt zu haben. Alle erwarteten die baldige Rückkehr des Herrn, um das Abendessen im großen Speisesaal aufzutragen. Tizia wiederum wurde in ihrem Zimmer vermutet.

Als Tamino sich wenig später vom Tisch erhob, ging er auf direktem Weg zum Turm. Ein Pfau lief ihm über den Weg und starrte ihn aus seinen kleinen Augen an.

Du hast wahrscheinlich alles gesehen, dachte er, aber du kannst mich nicht verraten, du kannst nur grässlich kreischen.

Im Turmzimmer war es heller, als er es erwartet hatte. Durch das Fenster fiel schräg die Abendsonne herein, und in ihrem blutigen Licht tanzte der Staub, der in jeder Ecke und jedem Winkel lag.

Tizia saß auf dem Boden, das Gesicht zwischen den Knien, und glich mehr einer Statue als einem Menschen.

Wann ... wann ist ihr Herz zu Stein geworden?, dachte er. Oder war es das immer schon gewesen?

Sein eigenes schmerzte wie nie, als sie fragte: »Sind sie tot?«

Ihre Stimme war nicht entsetzt, sondern tonlos. Erst als sie den Kopf hob, erkannte sie, dass er es war, der den Raum betreten hatte, nicht etwa Bérénice, mit der sie offenbar gerechnet hatte. Sie zuckte zusammen und sprang auf. Der Saum ihres Kleides war zerrissen, und sie verfing sich darin, als sie auf ihn zustürzte. Doch sie fand ihr Gleichgewicht rasch wieder und wollte ihm in die Arme fallen.

»Ach, Tamino, du weißt, was passiert ist, nicht wahr? Bérénice hat dir alles erzählt! Aber du musst mir glauben ... es war Ettores Plan ... Ich hatte nichts damit zu tun ... Ist er ... ist der Plan aufgegangen?«

Er löste sich unwirsch aus ihrem Griff. Ihre Haare standen wirr nach allen Seiten, ihre Schminke war verwischt. Nicht, dass er ganz tief in sich nicht auch Schuldgefühle und Mitleid empfand, aber am lautesten war die Empörung. Über sich selbst, weil er ihren Reizen erlegen war, anstatt zu durchschauen, wie selbstsüchtig sie war. Vor allem aber über sie.

»Du hast zugelassen, dass Aurelio in das Boot steigt! Du warst bereit, ihn sterben zu lassen!«

Kurz klammerte sie sich wie eine Ertrinkende an ihn, dann erschlafften ihre Beine. Sie konnte sich nicht aufrecht halten, sondern sackte zu Boden.

»Es war Bruder Ettores Plan ...«, wiederholte sie.

»Aber du hast nicht versucht, ihn zu verhindern.«

»Doch nur deinetwegen nicht! Du wolltest doch Gerechtigkeit! Gaetano hat den Tod verdient.«

»Aber nicht Aurelio ... und dir ging es nie um Gerechtigkeit, immer nur um Reichtum.«

»Weil das Leben unerträglich ist, wenn man kein Geld hat!«, schrie sie. »Weil ich keine Seidenraupen töten will, sondern Seide tragen.«

»Nun, du trägst Seide. Aber dein Kleid ist zerrissen, und mich hast du auch verloren ...«

Bis jetzt war er sich nicht sicher gewesen, was er ihr sagen wollte, wenn er sie fand, und was er sich von ihr erhoffte. Wenn sie beteuert hätte, wie schrecklich leid ihr alles täte, wie durcheinander sie war und wie tief sie alles bereute, hätte er sich die Mühe gemacht, hinter dem hysterischen, zerstörten Geschöpf das Mädchen zu suchen, in das er sich einst verliebt hatte. So aber war es ein Leichtes, sich von ihr abzuwenden.

Tizia war keinesfalls so kraftlos, wie es den Anschein hatte. Sie sprang auf, hastete ihm nach, hielt ihn wieder fest.

»Du kannst nicht einfach gehen!«

»Doch, ich kann. Du wirst mich nicht wiedersehen.« Er machte eine kurze Pause. »Gaetano ist tot, so wie du es gewünscht hast. Aurelio lebt noch, Bérénice hat ihn gerettet. Doch auch ihn wirst du nicht wiedersehen. Alle anderen sollen denken, dass er wie sein Vater gestorben ist – und das kommt dir doch sicher ganz gelegen. Nun bist du die alleinige Erbin, kannst dir neue Seidenkleider machen lassen und noch mehr Pfauen halten. Dazu brauchst du weder mich noch Bérénice ...«

»Du ... du gehst zu ihr? Aber ihr könnt doch nicht ... ich kann doch nicht ... Wo ist sie? Sie kann mich nicht einfach verlassen! Ohne mich wäre sie nichts!«

»Nein«, fiel er ihr hart ins Wort. »Ohne sie bist du nichts. Oder vielmehr, du bist etwas – ein Pfau. Schön, aber nutzlos.«

Mit einem Kreischen hob sie ihre Hand und schlug ihm ins Gesicht. Er hätte sich wehren können, die Hand rechtzeitig packen, aber er tat es nicht, genoss das laute Klatschen, das Brennen auf seiner Haut. Er hatte diese Ohrfeige verdient, weil er damals zugelassen hatte, dass Tizia Gaetano heiratete, weil er nicht rechtzeitig gesehen hatte, was diese Ehe sie kostete.

Doch ganz gleich, wie schuldig er sich fühlte – er liebte sie nicht mehr, er war sich nicht einmal mehr sicher, ob er sie jemals geliebt, jemals wirklich gekannt hatte. Eine Feder war sie, die in vielen Nuancen, aber in keiner bestimmten Farbe schillerte.

An Bérénice war nichts Schillerndes. Er hatte sie kaum je mit einer anderen Kleidung gesehen als ihrem schlichten braunen Wollkleid. Nie war sie geschminkt, ihre Haare stets aufgesteckt. Doch wenn er an sie dachte, erwachte eine Sehnsucht in ihm, die auch Tizia seinerzeit dazu bewogen hatte, sie als ihre Zofe einzustellen – Sehnsucht nach etwas Echtem, Klarem, Ehrlichem.

Noch mehrmals schlug Tizia auf ihn ein, noch mehrmals ließ Tamino es über sich ergehen. Irgendwann schlug sie sich die Hände vor das Gesicht und brach in Tränen aus. Nicht, dass ihn jener Laut nicht quälte, aber er konnte sein Innerstes nicht mehr berühren. So musste sich Bérénice gefühlt haben, als sie Gaetano ins Wasser stieß und mit dem Ruder auf ihn einschlug: voller Widerwillen vor dem eigenen Tun, aber dem Wissen um dessen Notwendigkeit.

Und sie war doch eine gute Schauspielerin.

Als Tizia sich – nachdem sie sich geschminkt hatte – im Spiegel betrachtete, wusste sie plötzlich, dass sie dieses Stück zu Ende spielen würde und dass sie dafür keine Anweisungen von Vittorio mehr brauchte. Irgendwo tief in ihr lagen Schmerz, Verzweiflung, Entsetzen, aber ihr Äußeres war wieder das einer Diva – makellos und weltentrückt. Sie hatte sich nicht zu stark geschminkt, nur die Augenbrauen nachgezogen, die Nase gepudert, etwas Lippenstift aufgetragen, der die Lippen voller machte, und etwas Rouge, das die Wangenknochen hervortreten ließ.

So sah eine trauernde Witwe aus, deren Schmerz sie wie eine dunkle Aura umgab, wenngleich nicht auf verstörende, laute Weise, sondern wie ein wohldosierter Duft. Auf das *Crêpe de Chine* verzichtete sie hingegen. Sie würde es nie mehr tragen – ebenso wenig, wie ihr Bérénice jemals wieder die Haare aufstecken würde. Ein Friseur hatte sie ihr vorhin kinnlang geschnitten, und sie kämmte sie nun streng hinter die Ohren, so dass ihre Frisur der eines Mannes glich.

Ich bin keine liebende Frau mehr. Ich bin nicht mehr das Mädchen aus Lecco, ich bin nicht mehr Taminos Geliebte, ich bin nicht mehr Bérénice' Retterin.

Ich bin nur noch Tizia di Vaira.

Nach einem letzten prüfenden Blick in den Spiegel erhob sie sich und ging langsam zur Tür. Jeder Schritt schien Teil eines Tanzes zu sein, eines Totentanzes, wenn es auch nicht Gaetanos Grab war, auf dem sie tanzte, wie die anderen dachten, sondern das ihrer Liebe zu Tamino.

Denk nicht nach, fühle nichts, eine Schauspielerin hat keinen eigenen Willen, sondern gehorcht nur dem Regisseur.

Sie verließ ihr Zimmer, schritt die Treppe herab und fühlte schon von weitem die Blicke der Dienstboten auf sich; sie nahm in ihnen Verstörtheit wahr, Anteilnahme. Gaetano war gefürchtet und respektiert worden, jedoch nie geliebt, aber sie, die nie eine strenge Herrin gewesen war, hatte sich ihre Sympathie errungen – und jetzt ihr Mitleid.

Anders als gestern wagte es niemand mehr, ihr falsche Hoffnungen zu machen. Dass man die beiden noch finden würde, dass es nichts zu bedeuten hätte, dass die leere Barke angetrieben worden war ... Die ganze Nacht hatten die Männer vergebens den See abgesucht, und nun konnte keiner mehr diese Lüge aufrechterhalten.

Sie nahm Stufe für Stufe. Das Klackern ihrer Absätze blieb lange das einzige Geräusch. Erst, als sie unten angekommen war, vernahm sie ein ersticktes Stöhnen.

Tizia blieb stehen und starrte auf Bruder Ettore herab, der zusammengesunken auf einem Stuhl saß. Seine raue Kutte hob sich deutlich von dem seidigen Bezug ab. Nie war er ihr so klein vorgekommen. Obwohl er ihre Schritte längst gehört haben musste, hob er erst jetzt den Blick. Ihre Augen trafen sich, und das Entsetzen, das sie in seinen las, war nicht gespielt. Jemand musste ihm berichtet haben, dass Aurelio mit im Boot gesessen hatte und nun wie sein Vater vermisst wurde.

Ein schmales Lächeln huschte über ihre Lippen. Die Schadenfreude war das erste Gefühl, das sie heute zuließ.

Du hast auch nicht bekommen, was du wolltest, dachte sie, du wirst auch den Rest deines Lebens mit der Schuld leben und dich fragen müssen, was von dir übrigbleibt, wenn die Dämonen dich erst mal zerfleischt haben ...

Sie selber konnte die Dämonen bannen, indem sie den Rücken straffte.

»Lasst uns allein!«, befahl sie. Ihre Stimme war dunkel, rau und heiser. In den Filmen, in denen sie mitgespielt hatte, war ihre Stimme bedeutungslos gewesen und Gesten und Miene die einzigen Ausdrucksmittel, doch jetzt war sie ihr wichtigstes Instrument. Wenn sie zu laut und zu schrill sprach, würde sie ihr Ziel vielleicht nicht erreichen. Aber als sie sich nun vor Bruder Ettore aufbaute, war sie die vollendete Schauspielerin.

»Du wolltest Gott spielen und den Frevler meucheln«, sagte sie, »stattdessen hast du dich als Teufel entpuppt, der ein unschuldiges Kind opfert!«

Seine Augen waren bereits so vor Schrecken geweitet, dass sie nicht wusste, ob sein Entsetzen noch größer werden konnte. Er fragte nicht, woher sie von seinem Plan wusste, konnte sich jedoch denken, dass Bérénice ihr alles erzählt hatte. Was er sich nicht denken konnte, war, was wirklich geschehen war – und wenn es nach ihr ging, würde er das auch nie erfahren.

»Ich ... ich wollte doch nicht ...«

»Was ich weiß, bleibt unser Geheimnis«, fiel sie ihm ins Wort, »zumindest wenn du tust, was ich von dir verlange.«

Er erhob sich, wirkte immer noch kleiner als sie, vielleicht, weil er seinen Kopf einzog. »Was soll ich denn tun?«

»Im Grunde gar nichts. Zieh dich in dein Kloster zurück, bete, sei wohltätig, es ist mir egal. Nur komm nie auf die Idee, jemandem von meiner Beziehung zu Tamino Carnezzi zu erzählen, oder einen Teil von Gaetanos Erbe einzufordern. Ich bin die Erbin seines Vermögens, sonst niemand.«

Sie fand nicht den geringsten Widerspruch in seiner Miene, ehe er sich abwandte und die Hände über der Brust verschränkte. Keinen Augenblick länger schien er es im Palazzo auszuhalten, doch als er das Portal erreicht hatte, blieb er noch einmal stehen.

»Bleib nicht hier ...«, murmelte er, »dieser Ort wird dich nicht glücklich machen ... er ist verflucht.«

»Du hast den Fluch erfunden.«

»Vielleicht hast du recht: Ich habe Gott gespielt und bin zum Teufel geworden. Doch wer den Teufel einlädt zu verweilen, der bringt ihn nicht so leicht dazu, wieder freiwillig zu gehen.«

Mit diesen Worten verließ er den Palazzo. Es war das letzte Mal, dass sie ihn sah. Später erfuhr sie, dass er sich in eine Eremitage in den Bergen zurückgezogen hatte, wo der Nebel oft so dicht hing, dass man den See im Tal nicht sehen konnte.

Eine Woche später fand eine Trauerfeier statt. Obwohl man weder Gaetanos noch Aurelios Leichnam gefunden hatte, kamen alle Gäste in Schwarz. Tizia hatte sich wieder selbst geschminkt und frisiert, eine neue Zofe hatte ihr jedoch dabei geholfen, sich anzukleiden. Sie sah wunderschön aus, und selbst die verächtlichste Matrone blickte sie voller Mitleid und zugleich Bewunderung für ihre aufrechte Haltung an. Einen Monat später wurde der Leichnam von Gaetano in der Nähe der Villa Carlotta an Land angespült. Tizia bekam ihn nicht zu sehen, entnahm dem Tuscheln der Dienstboten nur, dass er grässlich aufgeschwemmt wäre. Ein Arzt stellte den Totenschein aus und schrieb einen ausführlichen Obduktionsbericht, in dem erklärt wurde, dass Gaetano ertrunken sei. Erneut kamen Trauergäste in den Palazzo, jedoch nicht so zahlreich wie bei der ersten Feier. Diesmal zählte auch Flavio di Vaira zu den Gästen, der erst kürzlich von einer Afrika-Reise zurückgekehrt war. Er hatte seinem Vetter Gaetano nicht nahegestanden, und in seinem Gesicht konnte Tizia keine Trauer erkennen, nur Wut.

»Wie konntest du nur?«, zischte er.

Tizia zuckte nicht mit den Wimpern, obwohl sie ganz genau wusste, worauf er anspielte. Erst vor einigen Tagen hatte sie Tamino Gaetanos Manufakturen vermacht. Er trug wieder seinen richtigen Namen – Sivori –, und auch Aurelio, so erklärte er, würde künftig so heißen, damit niemand eine Verbindung zu den di Vairas herstellen konnte. Wie Bérénice jetzt hieß, verriet er nicht – als sie sich beim Notar begegneten, erwähnte er sie mit keinem Wort.

»Jetzt kannst du für gute Arbeitsbedingungen und einen gerechten Lohn sorgen«, sagte sie, »du kannst frei schalten und walten, ganz wie du willst.«

Sie wagte ein Lächeln, doch Tamino erwiderte es nicht. »Ich würde dein Geschenk ablehnen, aber ich muss in Aurelios Sinne handeln. Es ist sein Erbe, und ich werde es für ihn bewahren.«

Er sah sie an wie eine Fremde, und sie konnte es ihm nicht verdenken: Sie war auch sich selber fremd, wie ein leerer Kokon ...

Dieser Gedanke erschreckte sie nicht, sondern sorgte eher für Erleichterung. Aus einem Kokon konnte man schließlich Seide spinnen. Und sie konnte im Palazzo ein wunderschönes Leben führen. Was scherten sie Tamino, Aurelio, Bérénice?

Auch Flavios Vorwürfe und Drohungen ließ sie über sich ergehen. Als sie zurück zum Palazzo kam, fröstelte sie. Es begann zu regnen, aber sie schaffte es nicht, über die Schwelle zu treten.

Ja, ich werde ein wunderschönes Leben haben ... und ein einsames.

Die Pfauen stakten auf dem feuchten Rasen.

Ihr seid meine letzten Freunde, ging es ihr durch den Kopf, doch als sie näher trat, waren die Blicke der Vögel so kalt wie ihrer, wenn sie in den Spiegel starrte.

Tizia blieb lange im Regen stehen und betrachtete sie. Einer der Vögel pickte nach etwas, vielleicht einem Wurm, vielleicht einer Raupe – eine Raupe, aus der ein wunderschöner Schmetterling hätte werden können, wenn man ihr nur etwas mehr Zeit gelassen hätte ...

Sie zitterte immer heftiger.

»Signora! Ihre Haare werden ja ganz nass.«

Das Mädchen, das sie kürzlich als Zofe eingestellt hatte, kam auf sie zugelaufen. Antonella hieß sie, und ihre Hände waren ähnlich geschickt wie die von Bérénice, wenngleich Tizia glaubte, dass sie nicht ebenso treu ergeben war. Ihr Blick war listig, irgendwie verschlagen, und sie war auf Klatsch aus. Wahrscheinlich würde sie allen anderen erzählen, dass ihre Herrin den Verstand verloren hatte, wie sie so steif im Regen stand.

Tizia weigerte sich weiterhin, ihr ins Innere zu folgen, und deutete auf den Turm. »Sorg dafür, dass das Turmzimmer passend eingerichtet wird, ich werde künftig dort leben.«

Überraschung spiegelte sich in den listigen Augen. »Dort oben? Aber der Weg dorthin ist so weit, und die Treppe ist ...«

»Tu einfach, was ich dir sage.«

Ihre Stimme klang bedrohlich tief, und Antonella wagte nicht, ihr noch einmal zu widersprechen, zog ihr nur das Cape über den Kopf.

»Ich glaube, ich werde meine Haare noch kürzer schneiden lassen«, entschied Tizia.

Antonella nickte und wollte zurück zum Palazzo gehen, doch Tizia erteilte ihr einen neuen Befehl.

»Ich will die Pfauen nicht mehr haben!«

Antonella sah sie fragend an. »Was soll denn mit ihnen geschehen? Wollen Sie sie verschenken oder in einem anderen Gehege unterbringen?«

Tizia starrte hoch zum Turm.

Ich werde ein schrecklich langweiliges Leben haben ... und ein einsames ... Bald wird sich herumsprechen, dass ich verrückt geworden bin. Niemand wird sich wundern, habe ich doch Mann und

Kind verloren. Man wird mich nicht mehr *attrice* nennen oder das Mädchen aus Lecco, nur die unglückliche Wahnsinnige, die Opfer eines Jahrhunderte alten Fluchs wurde …

»Nein«, sagte sie, »sorg dafür, dass man die Pfauen tötet.«

29

»Ich glaube, das kann ich erklären«, wiederholte Clara. Zunächst war sie an der Schwelle von Matteos Apartment stehengeblieben, als wagte sie nicht, es ohne seine Aufforderung zu betreten. Doch als alle herumfuhren und sie fragend anstarrten, trat sie ein.

Der Blick, den sie ihrer Tochter zuwarf, war missbilligend, doch als sie Camillo sah, war sie entsetzt.

»Mein Gott, Sie bluten ja!«

Camillo grinste. »Endlich mal einer, der Mitleid mit mir hat!«

»Mir tut es ja auch leid, dass ich …«, setzte Stella an. Aber da hatte sich Clara schon von Camillo abgewandt und Ambrosio Sivori entdeckt. »Signore Sivori!«, stieß sie überrascht aus.

»Ich weiß«, sagte der schnell, »eigentlich hatten wir die Abmachung getroffen, dass ich mich hier nicht blicken lasse. Ich hoffe, Signora di Vaira ist nicht im Haus.«

»Sie wird bald zurückkehren …« In Claras Miene stand jenes Unbehagen, das Stella früher als Feindseligkeit gedeutet hatte. In Wahrheit war sie wohl nur ständig auf der Hut, dass jemand ihr Geheimnis entdecken könnte. Eine vage Ahnung, was es damit auf sich hatte, stieg in ihr hoch.

»Nun«, sagte Ambrosio, »die Zeit reicht gewiss, zumindest das Wichtigste zu erklären … Signore di Vaira ist nicht im Bilde und Stella auch nicht …«

Clara seufzte. »Aber ich will nicht, dass Flavia davon erfährt … ich meine, davon, dass Sie es jetzt wissen …«

»Was denn wissen?«, fragte Matteo.

Clara seufzte wieder. Obwohl sie nur zögernd anfing, kamen die Worte danach umso schneller über ihre Lippen: »Nun, dass die di Vairas völlig verarmt sind. Dass Signora di Vaira den Palazzo niemals halten könnte, wenn sie nicht von Signore Sivori großzügig unterstützt würde ...«

Stella begriff, was es mit der E-Mail auf sich hatte – und der versprochenen Zahlung. Fabrizio war wahrscheinlich auch eingeweiht und Camillo offenbar derjenige, der die Zahlungen abwickelte.

»Mutter, du hast mir nie ...«, setzte Ester an.

»Still!«, fuhr Clara ihrer Tochter scharf ins Wort und wandte sich an Matteo. »Vielleicht haben Sie es geahnt, wie es um den Palazzo steht – aber ihre Großmutter würde natürlich nie zugegeben, wie schlimm die Lage wirklich ist.«

Matteo wiegte unbehaglich den Kopf. »Sie hat es immer abgelehnt, wenn ich ihr angeboten habe, ihr bei der Buchhaltung zu helfen. Natürlich habe ich mich gewundert, dass kaum Personal hier arbeitet.«

»Wir machen das meiste selbst ... möglichst so, dass es niemand merkt. Ich, Fabrizio, auch Signora di Vaira.«

Clara runzelte die Stirn. »Bis vor kurzem hatten wir noch einen Gärtner und zwei Hausangestellte, aber wir mussten sie entlassen ...«

»Wenn ich gewusst hätte, wie prekär die Situation ist ...«, setzte Ambrosio an.

»Flavia di Vaira fiel es schwer genug, Hilfe von Ihnen anzunehmen ... Unmöglich könnte sie sich dazu überwinden, um mehr zu bitten.«

Und natürlich, setzte Stella in Gedanken hinzu, hatte sie nicht ablehnen können, als Ambrosio sie darum gebeten hatte, sie einzustellen.

Clara wandte sich an sie. »Ich wollte nicht, dass Sie hier arbeiten. Zum einen, weil ich es nicht für richtig hielt, Ihnen falsche

Tatsachen vorzuspiegeln und Sie nicht über die wahren Hintergründe aufzuklären. Zum anderen wollte ich vermeiden, dass eine Außenstehende herausfindet, wie es um uns steht. Während Ihrer Recherchen sind Sie sicherlich darauf gestoßen, dass Tizia di Vaira nach Gaetanos Tod die Seidenmanufaktur Tamino vermacht hat. Es war zum Wohl der Belegschaft und von Aurelio, den Tamino gemeinsam mit Bérénice großgezogen hat. Tamino Carnezzi – oder vielmehr Sivori, wie sein wahrer Name war – hat sie gewinnbringend weitergeführt und es zu großem Reichtum gebracht. Und diesen hat erst Aurelio, später dessen Sohn Ambrosio geerbt. Dass die di Vairas aufgrund des Verlustes der Manufaktur völlig verarmt sind, ließ Aurelio keine Ruhe. Er hat begonnen, die Familie zu unterstützen, und Ambrosio hat dies fortgeführt. So konnten die di Vairas zumindest den Palazzo halten.«

Stella nickte nachdenklich. Tamino und Bérénice waren also ein Paar gewesen ... und sie hatten Aurelio gemeinsam großgezogen ...

Sie würde noch viele Recherchen anstellen müssen, um alles genau zu ergründen. Doch jetzt hatte ein anderes Thema Vorrang.

»Die Anschläge ...«, murmelte sie. »Sie haben gesagt, Sie können sie erklären.«

»Anschläge, was für ein Wort!«, stieß Clara aus. »Nun, wenn Sie es so wollen, ist der Palazzo selbst der Täter.« Clara seufzte wieder. »Auch in den Jahren, als wir uns deutlich mehr Angestellte leisten konnten, ging es eher darum, den schönen Schein zu wahren. Die Hecken wurden zurechtgestutzt, der Rasen gemäht und alles sauber gehalten. Aber an Renovierungen wurde immer gespart. Mehr als einmal hat ein Elektriker festgestellt, dass die Stromleitung fast schon kriminell ist, aber wir konnten es uns nicht leisten, sie erneuern zu lassen. Ich hatte immer Angst, dass einmal etwas passieren würde – Gott sei Dank kamen Sie bei dem Kurzschluss glimpflich davon. Und dass der Tank des Boots nicht gefüllt war, lag schlichtweg daran, dass kurzfristig kein Geld dafür da war.

Signora di Vaira wollte Matteo nicht darum bitten, und ich habe schlichtweg vergessen, darauf zu achten. Und was den Blumentopf anbelangt ... nun, ehrlich gesagt wundert es mich, dass nicht der ganze Turm über Ihnen eingestürzt ist. Bei jedem Sturm lösen sich Ziegel und Balken, ich nehme an, ein Teil der Fensterbank vom Turmzimmer ist beschädigt, so dass ein Windstoß genügte. Die Eingangstür müsste längst erneuert werden, nicht nur wegen des veralteten Schließmechanismus, sondern weil das Holz völlig morsch ist, und das Turmzimmer selbst ...« Anklagend wandte sie sich an ihre Tochter. »Dass du dir einfach den Schlüssel genommen hast! Weißt du überhaupt, in welcher Gefahr ...«

Ester senkte erst schuldbewusst den Kopf, schoss dann aber umso aggressiver zurück: »Warum hast du mir denn nicht die Wahrheit gesagt? Ich meine, du hast mal angedeutet, dass es mit den Finanzen nicht zum Besten steht, aber dass du dich hier heimlich zu Tode schuftest, damit die Alte allen vorgaukeln kann, dass ...«

»Nicht in diesem Ton, bitte!«

»Sie nutzt dich doch nur aus. Du könntest längst in Rente gehen! Stattdessen musst du hier rund um die Uhr schuften.«

»Nun übertreib mal nicht.«

»Genau«, sprang Matteo Clara bei. »Gib's doch zu, Ester: Als wir uns kennengelernt haben, hast du noch gedacht, ich sei der ganz große Fang. Was für eine Enttäuschung war es für dich, als du erfahren musstest, welch profanem Job ich nachgehe.«

»Matteo, ich wollte nie ...«, sagte Ester flehentlich.

»Wir müssen das hier nicht ausbreiten. Aber du warst durchaus enttäuscht, dass ich nicht in der Milliardärsliga mitspiele ...«

Ester schwieg verstockt, doch Stella konnte sich ihren Teil denken. Darum hatte sich Ester also von Matteo getrennt. Aber als sie dann auf die Verbindung zur Familie Sivori stieß, war sie der Sache auf den Grund gegangen und hatte herausgefunden, dass Aurelio damals überlebt hatte. Und dass dessen Sohn Ambrosio keine Kinder hatte. Und wenn sie die ganze Wahrheit ans Licht brachte, so war wohl ihre Hoffnung, würde Matteo ihn beerben können.

»Ich habe dir immer gesagt, dass du dich da raushalten sollst«, sagte Clara. »Und dass eine Beziehung, die auf Berechnung gründet, keine Zukunft hat. Genauso wenig wie eine Beziehung, die auf Lügen gebaut ist.« Clara wandte sich an Stella. »Es tut mir leid, dass ich so unfreundlich zu Ihnen war. Aber all diese Geheimnisse ... ich fand es ungerecht, Ihnen gegenüber nicht mit offenen Karten spielen zu können, Ihnen nicht von Anfang an sagen zu können, dass Sie mit den Sivoris verwandt sind und dass die Familie di Vaira verarmt ist ... Und als ich dann merkte, dass Sie und Matteo ...«

»Aber ich habe dich nie belogen!«, rief Matteo schnell, und sein Blick war so flehentlich auf Stella gerichtet, dass sie ihm glaubte. »Vielleicht hältst du mich jetzt für oberflächlich und gleichgültig, weil ich mich nie wirklich für den Palazzo interessiert habe und nicht hinterfragt habe, wie es wirklich darum steht. Aber wenn ich geahnt hätte, was es mit allem auf sich hatte ... ich meine, die Sache mit deinem Vater ...«

Schwindel überkam Stella. Sie war nicht sicher, was ihn auslöste – die vielen Menschen im Raum und die vielen Blicke, die auf ihr ruhten, oder dass sie Camillo zu Unrecht verdächtigt und ihn attackiert hatte, obwohl er doch ihr Vater war ... Wahrscheinlich war es alles zusammen – in jedem Fall sah sie plötzlich nur mehr kleine Sternchen vor ihren Augen.

»Ich glaube ... ich denke ...«, setzte sie an.

»Du bist ja ganz blass«, sagte Camillo und klang besorgt.

»Ich glaube, ich brauch ein wenig frische Luft«, presste sie hervor und stürzte hinaus.

Stella ging an der Bootsanlegestelle auf und ab. Kurz war das Bedürfnis groß, einfach ins Boot zu springen und loszufahren, aber dann rief sie sich in Erinnerung, wie ihr Ausflug beim letzten Mal geendet war, und sie hatte keine Lust auf eine weitere Ruderpartie. So begnügte sie sich damit, sich auf den Steg zu setzen und ins Wasser zu schauen. Die Oberfläche des Sees war glatt und grau. Sie betrachtete ihr Spiegelbild. Ihre Haare waren zerzaust, sie wirkte dünner als sonst, aber zumindest die Blässe war ihr nicht anzusehen.

»Stella ...«

Ambrosio und Camillo waren ihr gefolgt. Camillo bot auf seinen unsicheren Beinen einen so mitleiderregenden Anblick, dass sie erneut das schlechte Gewissen überkam.

»Es tut mir leid!«, rief sie, »ich habe mich da in etwas hineingesteigert, mich vielleicht zu lange mit der Familiengeschichte der di Vairas beschäftigt ... Wenn ich es richtig verstanden habe, steckte ein Mönch hinter Gaetanos Ermordung.«

»Na ja, in so alten Gemäuern wie diesen ist es ja irgendwie naheliegend, hinter jeder Ecke einen Meuchelmörder zu wittern.«

»Trotzdem ... ich ...«

»Du kanntest mich nicht, du wusstest nichts von mir. Genauso wenig wie ich von deiner Existenz auch nur ahnte.«

»Aber das haben wir ja nun hinter uns«, schaltete sich Ambrosio ein. »Ich glaube, ich bin dir, Stella, ja eigentlich euch beiden eine Erklärung schuldig.«

Camillo nahm auf einer Bank Platz, und Stella setzte sich neben ihn, obwohl sie darauf achtete, etwas Abstand zu lassen. Nun war es Ambrosio, der auf und ab ging. »Wahrscheinlich weißt du ja schon, in welchem verwandtschaftlichen Verhältnis Camillo und ich stehen.«

Stella nickte langsam. »Du bist Aurelios Sohn, und der wurde wiederum von Zieheltern aufgezogen: Tamino und Bérénice. Diese Zieheltern hatten ein leibliches Kind – Lidia Sivori, Camillos Mutter.«

»Lidia war wie eine Schwester für Aurelio, und Camillo wie ein

Bruder für mich, oder eigentlich eher wie ein Neffe, da Lidia erst spät Mutter geworden ist. Leider ist Lidia schon vor einigen Jahren gestorben.«

Stella nickte wieder, diesmal wie betäubt.

»Du und meine Mutter ...«, wandte sie sich an Camillo, »hast du wirklich nicht gewusst, dass sie damals schwanger war?

So schuldbewusst sie ihm gegenüber auch war – tief in ihr drinnen regte sich Groll. »Auch wenn du nichts von mir gewusst hast ... wie konntest du dich einfach von ihr trennen?«, fügte sie erbost hinzu.

Camillo rutschte auf der Bank hin und her. »Von *einfach* kann hier nicht die Rede sein ...«, murmelte er.

Das Schweigen, das folgte, war so bleiern wie der Himmel.

Ambrosio unterbrach es mit einem Räuspern. »Besser, ich erkläre es dir ... aber es ist eine längere Geschichte.«

Stella lächelte schwach. »Ich bin Historikerin, ich glaube, ich kann lange Geschichten vertragen. Aber vielleicht setzt du dich zu uns.«

Ambrosio trat zögernd zur Bank, blieb aber stehen, als er zu sprechen begann.

»Wie du weißt, habe ich keine eigene Familie«, begann er, »ich bin mir nicht sicher, woran es lag, ich denke mal an der vielen Arbeit. Ich war quasi mit meiner Firma verheiratet, war sehr ehrgeizig, pflichtversessen ... und die gleichen Ansprüche stellte ich auch an Camillo.«

Camillo hob die Brauen. »Früher hat er mich wie einen Sklaven gehalten«, warf er spöttisch ein. »Ich musste eine Eisenkette um den Hals tragen ...«

»So schlimm war es natürlich nicht«, sagte Ambrosio und hob entschuldigend die Hand. »Aber viel Freizeit hatte er tatsächlich nicht ...«

»Immerhin genug, um deine Mutter kennenzulernen ...«

Es war Camillo, der nun fortfuhr. Die beiden hatten sich in Lugano kennengelernt: Bianca hatte in einem Hotel gearbeitet, und Camillo war dort Gast gewesen. Er hatte miterlebt, wie sie sich mit einem anderen Gast anlegte, der ständig etwas zu mäkeln hatte. Die Pasta wäre zu al dente, das Fleisch zu durchgebraten, der Zitronenpudding zu süß. Bianca wurde immer gereizter, und schließlich war ihr Camillo zu Hilfe gekommen. Der andere Gast wurde beinahe tätlich, doch am Ende wurde nicht er, sondern Camillo hinauskomplimentiert und Bianca gekündigt. Sonderlich verzweifelt war sie nicht darüber, und als Camillo einen gemeinsamen Ausflug zur Ablenkung vorschlug, stimmte sie sofort zu. Aus diesem Ausflug wurde ein einmonatiger Aufenthalt in Süditalien. Sie bereisten Calabrien, Apulien, Sizilien und hatten die beste Zeit ihres Lebens.

»Und ich hatte meine schlimmste«, warf Ambrosio ein. »Camillo ist mehr oder weniger spurlos verschwunden, hat mir erst nach Wochen eine Postkarte geschickt …«

»Weil ich ja wusste, dass du mir die Reise verbieten würdest!« Als du endlich herausgefunden hast, wo ich steckte, hast du mich sofort zurückbeordert und von einer Krise in der Firma geredet.«

»Es gab wirklich eine Krise.«

»Tja, die hatten Bianca und ich auch.«

Etwas leiser fuhr er fort, erzählte von einem großen Streit, von Biancas Enttäuschung, weil er ihren Freiheitsdrang nicht teilte, sondern sich Ambrosio fügte und sie sich wiederum nicht vorstellen konnte, dauerhaft in Bergamo zu leben. Am Ende taten sie den gemeinsamen Sommer als kurzen, wunderschönen Traum ab, und ein jeder ging wieder seine eigenen Wege.

»Und als sie zurück nach Deutschland kam«, murmelte Stella, »hat sie herausgefunden, dass sie schwanger ist.«

Camillo verzog schmerzlich das Gesicht, Ambrosio aber nickte.

»Ich wusste davon nichts, ich schwöre es! Wenn es so gewesen wäre, dann hätte ich nie …« Er brach ab.

»Dann hättest du nie ... *was?*«

»Bianca hat einen Brief geschrieben«, murmelte Ambrosio.

Stella blickte zwischen ihm und Camillo hin und her. »Verstehe«, murmelte sie. »Aber in diesem Brief stand nichts davon, dass sie schwanger war – nur, dass sie Camillo wiedersehen wollte. Und du hast diesen Brief abgefangen, damit Camillo nicht wieder von seiner Arbeit abgehalten wird, und Bianca war zu stolz, um sich jemals wieder an ihn zu wenden.«

»Heute weiß ich, dass es ein Fehler war, umso mehr, nachdem mich vor einigen Wochen deine Tante Patrizia kontaktiert hat. Sie hat während ihres Umzugs eine Abschrift von besagtem Brief gefunden, und daraus ging erstmals der Name des Mannes hervor, von dem sie damals schwanger geworden ist. Sie hat mich kontaktiert, und den Rest der Geschichte kennst du.«

Camillo verzog sein Gesicht noch schmerzlicher, und zum ersten Mal streifte Stella eine flüchtige Ahnung, wie er wohl als junger Mann ausgesehen hatte, noch nicht so rundlich, sondern voller Elan und Abenteuerlust, ein Schlitzohr, das das Leben zu genießen wusste und sich zugleich doch für seinen Onkel und das Familienunternehmen verantwortlich fühlte.

Wahrscheinlich, mutmaßte Stella, hatte das Unternehmen für die Sivoris einen ungleich wichtigeren Stellenwert als bei anderen Familien. Aufgrund der besonderen Geschichte hatte Aurelio seinem Sohn eingebläut, dass er sich seines Erbes würdig erweisen musste.

Stella starrte auf den See. Der graue Himmel lichtete sich, die Sonnenstrahlen färbten das Wasser moosgrün, und eine leichte Windbrise kräuselte die Oberfläche. Die Villa Balbianello auf dem gegenüberliegenden Ufer erstrahlte wie Gold, und die Isola Comacina ragte wie ein grüner Hügel aus dem Wasser. Silbrig rauschten die Blätter der Olivenbäume im Wind, dahinter blitzte die weiße Fassade der Kirche San Giovanni Battista auf, die neben den Ruinen der Basilika Sant'Eufemia errichtet worden war.

Auch wenn der Fluch der di Vairas offenbar eine Erfindung war, eine Art Alibi für einen Mord, fragte sich Stella kurz, ob der Palazzo nicht doch verwunschen war. So viele Lügen ... so viele Missverständnisse ... so viele Versäumnisse ...

»Auch wenn es so spät ist«, murmelte Camillo, »ich ... ich bin so unendlich froh, dich kennenzulernen ... und ich hoffe, du bist es auch. Ich weiß, dass es seine Zeit brauchen wird.« Er klopfte sich gegen den Kopf. »Auch wenn ich erst mal wieder klar denken kann und nicht länger das Gefühl habe, jeden Augenblick umzukippen.«

»Du solltest dich wirklich hinlegen!«, mahnte Ambrosio.

Camillo hob vorwurfsvoll den Zeigefinder. »Hast du mich nicht lange genug von meiner Tochter ferngehalten?«

»Aber er hat recht«, sagte Stella. »Wir haben doch Zeit ... ich nehme an, ich werde die Familienchronik fertigschreiben, und sei es nur, um für Flavia den Schein zu wahren ... und wenn ich erst einmal fertig bin ...«

Unwillkürlich griff sie sich an den Hals. »Es war mehr als nur ein Traum«, murmelte sie.

»Was meinst du?«

»Nun, du sagtest, ihr hättet eure Beziehung nach dem Sommer als einen kurzen Traum abgetan. Aber wenn es so wäre, hättest du ihr den Ring nicht geschenkt. Der Ring gehörte Aurelio, nicht wahr?«

»Ambrosio hat ihn mir zum achtzehnten Geburtstag geschenkt. Aber ich fand es komisch, als unverheirateter Mann einen Ring zu tragen.«

»Und deswegen hast du ihn einfach bedenkenlos verschenkt?«, fragte Ambrosio nicht ohne vorwurfsvollen Unterton.

»Nicht bedenkenlos.« Er seufzte. »Bianca hat mich einmal nach dem Ring gefragt. Ich zeigte ihr die Inschrift, und ihr hat das Augustinus-Zitat so gut gefallen. Ich hatte bis dahin kaum je einen Gedanken daran verschwendet, aber sie sagte, dass das unser Motto sei. *Ama et fac quod vis* ... Nach unserem Streit bin ich abgereist, ohne mich von ihr zu verabschieden. Aber ich habe ihr den Ring unter das Kissen gelegt ... anscheinend hat sie ihn gefunden und fortan wie einen Schatz gehütet ...«

Seine Stimme klang unendlich traurig, und Stella fiel es plötzlich ganz leicht, zu tun, was sie bislang vermieden hatte. Sie legte ihren Arm um seine Schultern und drückte ihn an sich.

Nachdem Camillo und Ambrosio abgefahren waren, ging Stella wieder zum See. Sie bückte sich, nahm einen Kieselstein und warf ihn mit Schwung ins Wasser, woraufhin ihr Spiegelbild in viele Kreise verlief. Ein wenig fühlte sie sich selbst so: Als würde sie in einem Karussell sitzen, sich alles drehen und die Bilder viel zu kurz vor ihr auftauchen, um sie fassen zu können.

Bilder von ihrer Mutter ...

Kurz, ganz kurz, war es nicht ihr Spiegelbild, auf das sie starrte, sondern das von Bianca. Die Haare waren etwas länger und heller, auf der Nase saßen ein paar Sommersprossen, und die Augen blitzten.

»Denk nicht daran, was du verloren, sondern was du bekommen hast«, raunte das Spiegelbild ihr zu. »Ich konnte mich nicht mehr mit Camillo aussprechen ... aber du ... du hast nun einen Vater, eine Familie ...«

Stella seufzte, und das Karussell drehte sich etwas langsamer.

»Na, du?«

Stella fuhr zusammen, als Matteo auf sie zutrat.

»Ziemlich starker Tobak, das alles«, sagte er leise.

Stella konnte nur stumm nicken.

»Willst du noch ein wenig allein sein?«

Diesmal schüttelte sie den Kopf.

»Ich wollte dir noch sagen ... das mit Ester und mir ... das war nie etwas Ernstes, zumindest nicht von meiner Seite aus ... und ich glaube, von ihr auch nicht, wenn sie nicht auf die Idee gekommen wäre, sich einen reichen Erben zu angeln ...«, er grinste schwach. »Auf jeden Fall ... das mit uns ... das ist für mich viel mehr als eine flüchtige Affäre. Auch wenn ich verstehe, dass alles zur Unzeit kommt, dass du jetzt mit so vielem fertig werden musst ...«

Sie konnte immer noch nichts sagen, dazu war der Mund zu trocken. Aber sie konnte ihn an sich ziehen, ihn küssen.

Ehe sie den Kuss richtig genießen konnte, die Nähe, die Wärme, ließ ein Geräusch sie zusammenschrecken. Ein Auto kam vorgefahren.

Matteo löste sich seufzend von ihr. »Fabrizio und meine Großmutter«, sagte er. »Vorhin habe ich mit Clara vereinbart, weiterhin Stillschweigen zu wahren. Großmutter soll nicht wissen, dass ich weiß, dass sie ... Gott, klingt das kompliziert! Wie auch immer, ich werde sie nicht darauf ansprechen, dass der Palazzo verarmt ist und sie sich nur mit dem Geld der Sivoris über Wasser hält. Und du tust das auch nicht, oder?«

Stella zögerte, fühlte sich kurz bei dem Gedanken, schon wieder zu lügen, unwohl, aber dann dachte sie, dass auch Matteo nie erfahren durfte, dass sie ihn eine kurze Zeit verdächtigt hatte, die Anschläge auf sie ausgeübt zu haben.

»Von mir erfährt sie kein Sterbenswort«, sagte sie, »ich werde weiter an der Familienchronik schreiben, denke aber, ich kann nicht darauf verzichten, ein neues Kapitel hinzuzufügen. Es muss darin ja gar nicht um die *attrice* gehen ... aber um Bérénice, die tapfere Zofe, und Tamino, den treuen Verwalter, die gemeinsam den Erben retteten und großzogen.«

30

1930

Tizia starrte auf den winterlichen See. In den letzten Tagen hatte sich die Oberfläche kaum je gekräuselt, ganz so, als sei sie gefroren, doch jetzt durchschnitten so viele Schiffe und Boote die Fluten, dass die Wellen schaumgekrönt bis zum Ufer tanzten. Die Hotels schlossen am 1. Dezember, weswegen das Personal nach Como oder Mailand heimreiste. Das Geplapper drang zwar nicht bis hinauf zu Tizias Turmzimmer, doch sie konnte sich gut vorstellen, wie gut gelaunt die jungen Männer mit ihren Schnurrbärten, Segeltuchkoffern und braun oder gelb gestrichenen Holztruhen und die jungen Frauen waren – entweder Zimmermädchen, die nun ihre weißen Häubchen abnahmen, oder Spül- und Putzmädchen, die sich ihre stets roten Hände rieben und warmhauchten.

Sie freuten sich auf ihre Familien ... auf ihr Zuhause ... auf einen ruhigen Winter ...

Selbst als das Licht trüber wurde und kaum mehr Boote den See überquerten, stand Tizia immer noch wie erstarrt am Fenster. Als Kind hatte sie den Winter gehasst, weil sie immer gefroren hatte, doch im Turmzimmer war es behaglich. Nicht sie, sondern die Zypressen schüttelten sich vor Kälte, ein Platanenblatt wirbelte in die Wellen, die letzte Kamelienblüte fiel ab. Anderen mochte der Anblick des grauen Sees, der tiefhängenden Wolken, welche die Gipfel der Berge zu bedecken schienen, und der schwarzen Bäume im Winternebel trostlos erscheinen – für sie war er einfach nur ehrlich.

Das türkis funkelnde Wasser im Frühling und die vielen duftenden Gärten erschienen ihr wie eine geschminkte Schauspielerin, doch jetzt im Winter hatte der See sein Make-up genauso abgewaschen wie sie. Die Villen waren mit dunklen Balken verschlossen, und die kleinen Läden verrammelt, durch die Arkaden pfiff der Wind, und die vielen Gässchen von Bellagio waren wahrscheinlich menschenleer. Der Himmel hing über den schmalen Dächern wie schmutzige Wäsche und troff, der Geruch nach nassem Lorbeer und faulendem Laub lag in der Luft.

Nein, der Comer See war im Winter kein lieblicher Ort, sondern ein kalter und grauer, aber zugleich ein stolzer und unbeugsamer. Die kahlen Gärten würden sich nicht unter Schnee verstecken, die Fluten nicht unter Eis.

Unwillkürlich stellte sich Tizia vor, wie es Bruder Ettore in seiner Eremitage erging. Dort pfiff wohl selbst im Sommer der Wind – wie bedrohlich musste erst jetzt sein Lied klingen! Doch Bruder Ettore nahm die Kälte vielleicht gar nicht wahr, weil er ganz in seinen Gebeten versunken war, und falls doch, so hieß er sie als Buße willkommen. Und wenn sie seiner noch so schadenfroh gedachte – trotz allem hatte er seinen Gott, konnte seine Sünden bekennen, um Barmherzigkeit flehen und darauf hoffen, dass einer da war, der ihm diese erwies.

Was hingegen besaß sie, das als ewig gelten konnte?

Gewiss nicht ihre Schönheit, die war am Verblühen. Und auch nicht die Sehnsucht nach Reichtum, die war gestillt. Ansonsten gab es nichts, was lebendig war, nicht einmal die Erinnerung an Tamino. Die Liebe, die sie für ihn empfunden hatte, war nicht stark genug gewesen, um ihre Dämonen zu bezwingen, und sobald seine für sie erloschen war, gab es keinen Grund, das eigene Flämmchen zu nähren. Wehmut und Schuld waren das Einzige, was sie fühlte, wenn sie an ihn dachte, kein Schmerz.

Nein, sie hatte nichts mehr ... fast nichts. Eine Sache gab es, die sie erfreute, die ihrem Leben Sinn gab, die die Schwermut bannte. Gerade eben wollte sie vom Fenster wegtreten und dieser liebgewonnen Beschäftigung nachgehen, als es an der Tür klopfte.

Antonella stand auf der Schwelle, die Zofe mit den Katzenaugen, die sich in den letzten Jahren doch nicht als das berechnende, tratschsüchtige Mädchen erwiesen hatte, für das sie es zunächst gehalten hatte. Antonella war in ihren Diensten geblieben, obwohl sie an ihrer Seite wie eine Gefangene lebte, und sie berichtete selbst dann nicht vom neuesten Klatsch, wenn Tizia begierig danach fragte. Meist begegneten sie sich schweigend, doch heute sagte Antonella, nachdem sie ein Tablett mit Suppe und Brot abgestellt hatte: »Sie müssen etwas essen, Signora, Sie dürfen nicht noch magerer werden ...«

»Ach, liebe, gute Antonella. Hab keine Angst, ich werde weder verhungern noch zerbrechen.«

Antonella zuckte die Schultern. »Flavio di Vaira ist wieder hier ...«

Auch dieser Name erzeugte nur ein müdes Lächeln auf Tizias Lippen, obwohl sie sich denken konnte, was es zu bedeuten hatte. Flavio konnte kaum ertragen, dass sie die Manufakturen Tamino vermacht hatte, und versuchte jetzt, wenigstens den Palazzo zu retten, indem er sie entmündigen ließ. Mehrmals hatte er bereits einen Nervenarzt zu ihr geschickt, und dieser hatte sie ausführlich befragt.

»Warum ... warum wehren Sie sich nicht gegen ihn?«

Tizia lachte trocken. »Was kann er mir denn schon antun? Mir den Palazzo nehmen? Soll er doch! Hier im Turm wird er ja doch nicht leben wollen, er wird ihn mir also nicht streitig machen. Weißt du, früher hat man Verrückte ins Kloster gesperrt, aber hier ist es deutlich behaglicher ... nein, ich habe keine Lust, gegen Flavio zu kämpfen ...«

Antonella nickte verdrossen und wandte sich ab. Anstatt gleich wieder zu gehen wie sonst, verharrte sie jedoch vor der Tür.

»Was hast du noch?«, fragte Tizia.

Antonellas Augen wurden ganz schmal, als sie sich ihr wieder zuwandte. Tizia fühlte ganz deutlich, wie sie mit sich rang, ob sie ihr die Neuigkeit anvertrauen sollte.

»Hast du etwas über Tamino Sivori herausgefunden?«, fragte Tizia nun und versuchte, angelegentlich zu klingen, als wäre nicht jede Faser von ihr zum Zerreißen gespannt.

Vor einigen Jahren hatte sie Antonella darauf angesetzt, mehr über Tamino und Bérénice zu erfahren, doch das Einzige, was sie damals berichten konnte, war, dass Tamino sich als verantwortungsvoller Geschäftsmann erwies. Bérénice hatte sie mit keinem Wort erwähnt.

Heute aber stieß sie knapp hervor: »Ein Kind ...«

Aus Tizia wurde wieder die vollendete Schauspielerin. Sie zuckte nicht mit den Wimpern, als sie Antonellas Blick erwiderte. Selbst ihre Stimme zitterte nicht.

»Ein Kind«, wiederholte sie. »Du meinst, Tamino ... und Bérénice ... sie haben ein Kind bekommen?«

Antonella nickte widerstrebend. »Es ist ein Mädchen.«

»Weißt du, wie es heißt?«, fragte Tizia vermeintlich gleichmütig.

»Lidia. Sie ... sie ist erst einige Monate alt ...«

»Lidia ... so hieß auch Taminos Großmutter ...«

Eine stille Trauer überkam sie, doch der große Schmerz blieb aus. Schließlich war auch der Winter nicht gekränkt, wenn anderswo die Sonnenstrahlen Blumen hervorlockten. Sein Nebel war grau, still und schwer.

»Du kannst jetzt gehen.«

»Aber ...«

»Wirklich! Mach dir keine Sorgen. Geh jetzt.«

Nachdem Antonellas Schritte verklungen waren, kaute Tizia gedankenverloren an einem Stück Brot. Die Bissen wurden in ihrem Mund eher größer als kleiner, sie konnte sich nicht erinnern, wann ihr das letzte Mal etwas geschmeckt hatte. Ihr fehlte jeglicher Appetit, musste sie doch, selbst wenn ihr der Magen knurrte, immer an die gefräßigen Seidenraupen denken, die nicht genug von den Maulbeerbaumblättern bekommen konnten, aber denen die Stärke, die sie daraus zogen, nichts nutzte.

Sie selbst musste nicht stark sein, sie musste nicht schön sein ...

Verspätet setzte sich Tizia an den Schreibtisch, nahm eines der vielen Bücher, das dort lag, und versenkte sich in die Lektüre.

Meist las sie mehrere Bücher zugleich, von Alessandro Manzoni, Giovanni Berchet, Giuseppe Giusti, Carlo Dossi, Giuosué Carducci ...

Wann genau sie das Lesen für sich entdeckt hatte, wusste sie nicht mehr. Es war wohl nicht lange, nachdem sie die Pfauen hatte töten lassen. Obwohl sie schon damals im Turm gelebt hatte, hatte sie ihn des Öfteren verlassen, und einmal hatte sie dabei Aurelios altes Schulzimmer betreten. Beim Anblick seiner Hefte hatte sie sich elend wie nie gefühlt, und um sich abzulenken, hatte sie ein Buch aufgeschlagen und sich darin vertieft. Das Lesen fiel ihr anfangs nicht leicht, aber sie hatte Zeit genug, sich zu verbessern, und irgendwann las sie mühelos, ja, fraß sich durch die Seiten, wie die Raupen durch die Maulbeerbaumblätter. Nicht immer verstand sie alles, was sie in den Lehrbüchern las, suchte sich darum Hilfe von Mr. Everdeen, den sie weiter beschäftigte, und ließ sich von ihm unterrichten. Er machte sie auch mit dem Globus und dem Atlas vertraut, der Sammlung von Mineralien und Fossilien.

Anfangs lehrte er noch im Schulzimmer, später machte sie aus dem Turmzimmer eine Bibliothek und bat ihn zu sich hinauf. Ob es daran lag, dass sie eine Frau war oder ihm der Treppenaufstieg zu mühselig war – irgendwann kündigte er und suchte eine neue Anstellung, doch da brauchte sie ihn schon nicht mehr. Die Bücher hatten längst keine sieben Siegel mehr für sie, sondern sprachen in verständlichen Worten zu ihr, wurden zu ihren Freunden, ihren

Liebhabern. Kürzlich hatte sie die Romane italienischer Autoren für sich entdeckt und versank fast noch mehr darin als in den wissenschaftlichen Büchern, konnte sie doch auf diese Weise in Schicksale eintauchen, die nichts mit ihrem eigenen zu tun hatten.

Ja, ihr Leben war einsam, aber leer war es nicht. Sie war nicht als Raupe gestorben, sondern ein pergamentbrauner Schmetterling geworden, zu unscheinbar, als dass ihn jemand beachtete, zu genügsam, um die blühenden Blumen zu umkreisen, aber sehr wohl fähig, die Flügel aufzuspannen und zu fliegen.

Tamino fröstelte, während er über den Büchern saß. Sein Rücken und sein Nacken schmerzten, und seine Hände waren eigentlich immer kalt. Er sagte oft spöttisch, dass er nicht für eine Arbeit im Sitzen gemacht sei und als Packer wesentlich mehr getaugt hatte, und obwohl Bérénice ihm entgegenhielt, dass er gute Arbeit als Verwalter der di Vairas geleistet hatte und erst recht jetzt, da er umsichtig die Manufakturen führte, musste auch sie zugeben, dass er sich in den letzten Jahren verändert hatte. Er war hagerer geworden, blasser, und seine Augen leuchteten nicht mehr so oft strahlend auf.

Manchmal lag ihm auf den Lippen zu sagen, wie gut er nun verstand, warum Gaetano so leblos gewirkt hatte und dass man unter der Last der Verantwortung wohl zwangsläufig so würde, aber er verkniff es sich, Bérénice gegenüber Gaetanos oder Tizias Namen in den Mund zu nehmen. An die beiden denken musste er gleichwohl, und vieles konnte er nun besser verstehen – gerade in diesen Tagen.

Ob Gaetano das Gleiche gefühlt hatte wie er? Ob er voller Sorgen über den Büchern gesessen, verzweifelt nach einem Ausweg gesucht hatte mit dem Gefühl, die ganze Welt hätte sich gegen ihn verschworen?

Die Seidenindustrie hatte schon im letzten Jahrhundert mehrere Rückschläge erlitten, doch diese waren nicht vergleichbar mit der

Krise, in die die Erfindung der Kunstseide in den 20er Jahren sie gestürzt hatte. Erst fand diese Kunstseide kaum Abnehmer – jetzt jedoch wurde nicht nur sämtliche Sport- und Badekleidung daraus produziert, sondern auch die Arbeitskleidung. Viele etablierte Modegeschäfte – die wichtigsten Abnehmer seiner Seide – befanden sich in Schwierigkeiten, während die Firmen, die sich auf die Herstellung synthetischer Stoffe spezialisiert hatten, zum Beispiel Snia Viscoa in Mailand, florierten. Um die Manufaktur zu retten, musste er neue Wege gehen. Und er wusste ganz genau, wohin diese führten, wollte es aber noch nicht wahrhaben.

»Du bist ja immer noch hier.«

Tamino lächelte schmerzlich, als er die Stimme vernahm, streckte sich erst ein wenig und drehte sich dann um. Bérénice trug Lidia auf dem Arm. Sie war ein Baby, das viel schlief und wenig weinte – zumindest, wenn sie in der Nähe der Mutter war.

Wer konnte das der Kleinen nachsehen? Auch er fühlte sich in Bérénice' Gegenwart immer gleich besser, wenngleich er bis heute nicht sagen konnte, woran das lag. Auch nach all den Jahren und der Geburt ihres Kindes wirkte sie mädchenhaft und zart und weckte in ihm das Bedürfnis, sie gegen die böse Welt zu beschützen. Doch wenn man sie genau betrachtete, wenn man in dem Blick ihrer dunklen Augen versank, dann erkannte man etwas, das zugleich Angst und Mut machte: etwas ebenso Bedingungsloses wie Starkes.

Weder die Erinnerungen an Tizia, das Wissen um ihren Mord an Gaetano noch das Geheimnis um Aurelios Existenz, das sie gemeinsam hüteten, konnte der Gewissheit etwas anhaben, dass er bei ihr geborgen war wie nirgendwo sonst, dass Bérénice – selbst wenn sie bis zu den Knien im Dreck stünde – nicht schmutzig werden würde, dass auch das dunkelste Geheimnis keinen Schatten auf sie werfen konnte.

Als sie zu ihm trat, gab Lidia das leise Glucksen von sich, das er so liebte. »Was macht dir Sorgen?«, fragte sie.

Sie legte ihre Hand auf seine Schultern, und plötzlich verloren die Zukunftsängste an Macht und wurden von glücklichen Erinnerungen besiegt – an jene Tage in Bellagio, als sie gemeinsam den verstörten Aurelio getröstet hatten, ganz behutsam, aber selbstverständlich in die Rolle seiner Eltern hineingewachsen waren. Ebenso selbstverständlich war es, als sie sich zum ersten Mal küssten. Es fühlte sich ganz anders an als der erste Kuss mit Tizia. Am ganzen Leib gebebt hatte er damals, das Leben wie die Liebe als großes Abenteuer betrachtet, sich nach ihr genauso schmerzlich verzehrt wie nach einem besseren Leben. Mit Aufbruch, Veränderung, selbst Kampf schien diese Liebe einherzugehen, während er in Bérénice' Armen nicht diese fast schmerzhafte Erregung fand, dafür aber Frieden und Vertrautheit. Tizia war er damals auf dem Spaziergang nachgegangen – Bérénice aber schubste ihm das Schicksal förmlich in die Arme. Er war an sie gebunden, auch wenn er es nicht gewollt hätte, aber er wollte es ja, wollte es mit Haut und Haaren, war erleichtert, sich bei ihr nicht durch eine Dornenhecke schlagen zu müssen, um hinter der eleganten Diva das geliebte Mädchen zu finden, sondern immer in offene Augen zu schauen, die ihm nichts vorspielten, die der Kunst der Verstellung nicht mächtig waren.

Auch er konnte sich jetzt nicht verstellen. »Ich fürchte … ich fürchte, es gibt keinen anderen Weg«, murmelte er.

Wie so oft wusste sie sofort, was er meinte. »Die Faschisten?«, fragte sie knapp.

Er nickte.

Längst hatten sie das Land ganz in ihrer Macht. Bis jetzt hatte er geglaubt, er müsste nichts mit ihnen zu tun haben, solange er sich ganz auf die Mode konzentrierte, aber mittlerweile wusste er, dass er nicht länger nur auf die Produktion edler Seide setzen durfte. Noch zukunftsreicher als die Produktion von Stoffen war deren Färbung, konnten schließlich nicht nur Seide, sondern auch Farben mittlerweile künstlich hergestellt werden. Und um in diesem Bereich zu reüssieren, durfte er sich nicht nur auf die Bekleidungsindustrie konzentrieren, sondern musste mit dem Militär zusammenarbeiten, das Uniformen in großen Mengen orderte. Wenn er erst einmal Geschäftsbeziehungen in diese Richtung geknüpft hatte, könnte er auch auf Abnehmer seiner Seidenprodukte hoffen – nicht in Form schöner Kleider oder feiner Unterwäsche, sondern der schwarzen Seidenhüte, die die Faschistinnen und ihr Nachwuchs, die »Töchter der Wölfin«, trugen.

Bérénice war nicht schockiert. »Nun, alle anderen Möglichkeiten hast du ja ausgereizt, nicht wahr?«, sagte sie ruhig.

Er nickte. In den letzten Jahren hatte er viel experimentieren lassen, kamen doch – nicht zuletzt nach der Erfindung des Reißverschlusses – unkonventionelle Kleidungsstücke in Mode, so das sogenannte »Surprise-dress«, das man in ganz unterschiedlichen Varianten – leger wie elegant –, tragen konnte. Doch damit machte er nicht genügend Geld, um das Personal weiter zu beschäftigen, um alle laufenden Kredite zurückzuzahlen.

»Ich ... ich habe Tizia damals so verachtet ...«, brach es aus ihm hervor. »Nicht nur, weil sie Aurelios Leben aufs Spiel gesetzt hatte ... auch, weil sie fliehen wollte, meist nur an sich dachte ... Jetzt würde ich am liebsten auch fliehen und alles hinschmeißen ...«

Der Druck ihrer Hand wurde fester. »Aber das wirst du nicht«, sagte sie. »Weil du die Verantwortung trägst – für Aurelio und Lidia, für deine Mitarbeiter ...«

»Trage ich nicht auch Verantwortung gegenüber meinen Idealen?«, rief er verzweifelt.

»Nun, die brauchen kein Dach über den Kopf, nichts anzuziehen und nichts zu essen ...«

Aber wenn man sie nicht mit Taten nährt, verhungern sie, dachte er. Er sagte es nicht laut, wusste er doch, dass Bérénice diesen Hungertod in Kauf genommen hätte – genauso wie sie bereit gewesen war, Gaetano zu töten, um ihn zu schützen. Er hatte nie erlebt, dass sie deswegen Albträume hatte. Er hingegen würde sie haben, wenn er mit den Faschisten paktierte, und konnte nur hoffen, dass sie an seiner Seite lag, wenn er davon erwachte, und sich an ihn schmiegte.

»Gib sie mir.«

Wieder ertönte das Glucksen, als er etwas unbeholfen den Säugling an sich nahm. Die Lider seiner kleinen Tochter öffneten sich, ihre blauen Augen starrten ihn etwas misstrauisch an, aber sie schrie nicht. Sie roch nach Milch, nach Bérénice, nach Unschuld.

Er lächelte. Und zugleich dachte er: Es tut mir leid.

Er war sich nicht sicher, bei wem er sich entschuldigte. Bei dem Tamino, der er einst gewesen war, oder bei Tizia, über die er sich in seiner eigenen Rechtschaffenheit so empört hatte, obwohl er nun wusste, wie leicht es war, schuldig zu werden.

Epilog

Die kleinen Teelichter, die im Garten verteilt waren, flackerten und glichen in der Dämmerung einem rotgoldenen Meer; die wenigen Kerzen, die oben im Turmzimmer entzündet worden waren, schienen ihnen zuzuwinken. Es wirkte romantisch, aber nicht kitschig, gediegen, aber nicht steif. Die Kieselsteine knirschten unter den Schritten der vielen Gäste, die in der großen Halle in Empfang genommen und mit Häppchen bewirtet wurden. Jedes einzelne war eine Köstlichkeit: Crostini mit Birne, Gorgonzola und Honig, Jakobsmuschel auf Rote Beete, Fenchel- und Wildfleischsalami auf geröstetem Schwarzbrot, Puteninvoltini mit Ricotta-Spinatfüllung oder Misultin auf Zitronen-Karottengemüse.

Stella war sicher, dass das Catering sündhaft teuer gewesen war, aber Ambrosio hatte erklärt, nicht an Kosten sparen zu wollen. Am liebsten hätte er auch ihr ein Cocktailkleid von einem namhaften Designer verpasst, aber Stella war zu stolz, das anzunehmen: »Du hast dich verpflichtet, die di Vairas zu unterstützen, und auch, dass du meine Anstellung finanzierst, ist dein gutes Recht. Aber ich brauche keine teuren Geschenke.«

»Damit ich gar nicht erst in Versuchung komme zu denken, du könntest mir mein unverzeihliches Verhalten von damals nachsehen?«

»Dass ich meinen Vater kennenlernen durfte, ist Wiedergutmachung genug. Aber genau das ist er eben – mein Vater. So wie du mein Onkel bist – nicht der reiche Gönner.«

Ambrosio nickte etwas bekümmert, während Camillo, der Zeuge

ihres Wortwechsels war, grinste: »Diesen Sturschädel hast du von deiner Mutter.«

»Man kann es auch Stolz nennen.«

Stella war nicht sicher, wie langlebig sich ihr Stolz erwiesen hätte, wenn nun – nach Abschluss der Familienchronik – lediglich eine Stelle in der Frankfurter Stadtbibliothek oder, was noch schlimmer war, in einem Café auf sie gewartet hätte. Kaum vorzustellen, wie Bruno höhnen würde, wenn sie nach ihrem mehrmonatigen Italienaufenthalt immer noch keinen richtigen Milchschaum zustande brachte. Aber Stella würde ab Herbst für eine große Ausstellung arbeiten, die auf dem Dach des Mailänder Doms geplant war. Ambrosio schwor ebenso wie Camillo beharrlich, nichts damit zu tun zu haben, und obwohl sie beiden nicht so recht traute, fand sie doch keinen Beweis, dass sie heimlich ihre Beziehungen hatten spielen lassen. Letztlich hatte sie sich entschlossen, die Gelegenheit zu nutzen, um ihr Können unter Beweis zu stellen. Falls sie die Stelle erneut nur dank persönlicher Kontakte bekam – ob es die ihrer neuen Verwandtschaft oder ihres Doktorvaters waren –, dann wollte sie sich dieser Empfehlungen als würdig erweisen.

Ambrosio und Camillo hielten sich beim Empfang im Hintergrund. Viele Gäste waren zwar nur aufgrund der Einladung gekommen, die Ambrosio unter der Hand ausgesprochen hatte, doch sie überließen es Flavia, sie formvollendet zu begrüßen. Diese hatte sich entweder nicht nehmen lassen, ein Kleidergeschenk anzunehmen, oder einfach in den alten Schätzen des Palazzos gegraben – in jedem Fall hatte Stella sie noch nie so elegant gesehen. Die taubengraue Seide ihres Kleides schimmerte silbrig und bildete einen großartigen Kontrast zu den grünen Saphir-Ohrringen. Vielleicht hatte diese auch Tizia einst getragen.

Verglichen mit der Hausherrin kam sich Stella in ihrem gelben Sommerkleid fast ein bisschen schäbig vor, obwohl selbst Tante Patrizia, mit der sie vor dem Empfang geskypt hatte, ihr den Segen dafür gegeben hatte. Nicht, das sie ihr Komplimente gemacht hatte, aber die Bemerkung »Die richtige Figur hast du ja dafür, und Gott sei Dank zeigst du endlich mal deine Beine!« waren als hohe Auszeichnung zu werten.

Sie hatten in den letzten Wochen oft telefoniert, und Stella hatte nicht auf Vorwürfe verzichtet, warum Patrizia sie nicht sofort eingeweiht hatte, nachdem sie Biancas Brief gefunden hatte. Wie erwartet konnte sie mit nicht viel Schuldbewusstsein rechnen, und selbst wenn dieses vorhanden war, verbarg Patrizia es gut unter der gewohnt schnodderigen Art.

»Ich fand nunmal, dass dein Vater den ersten Schritt machen sollte, nicht du. Falls er sich während deines Aufenthalts nie gemeldet hätte, dann wäre er ein Trottel gewesen und hätte nicht verdient, dass du von ihm weißt.«

»Ich bin kein kleines Kind mehr, das man vor Enttäuschungen schützen muss.«

»Ach, Frauenherzen können auch im hohen Alter brechen«, hatte Patrizia erwidert, war Nachfragen aber nebulös ausgewichen.

Nicht gebrochen schien in jedem Fall Esters Herz, obwohl sie ihre Beziehung zu Matteo nicht hatte wiederbeleben können. Sie hatte es sich nicht nehmen lassen, an diesem Abend ebenfalls hier aufzutauchen, trug ein atemberaubend kurzes pinkfarbenes Kleid mit Fransen und goldene Highheels, mit denen man jemanden hätte erstechen können.

Das schien auch Camillo durch den Kopf zu gehen, als er sich mit einem Glas Champagner zu ihr gesellte. »Stell dir vor, du hättest mit einem von Esters Schuhen statt der Vase auf mich eingedroschen. Dann hätte ich jetzt ein Loch im Kopf.«

Stella grinste. In den ersten Wochen nach den Ereignissen hatte sie Camillo kaum in die Augen schauen können, aber mittlerweile mochte sie ihn von Herzen – nicht zuletzt für seinen Humor und sein typisch italienisches Pathos. Ambrosio gegenüber fühlte sie sich immer etwas angespannt, aber ihr Vater machte es ihr leicht, Vertrauen zu fassen, mit ihm zu lästern, aber auch, ihm ihr Innerstes anzuvertrauen. Auch seinetwegen war sie froh, künftig in Mailand zu arbeiten und ihn regelmäßig zu sehen.

»Ob sie wohl auf der Suche nach einem neuen reichen Bräutigam ist?«, lästerte Camillo eben.

Ester warf eben einmal mehr ihre lockige Mähne zurück und flirtete unverhohlen mit mehreren jungen Männern gleichzeitig.

Stella lächelte. »Es sei ihr gegönnt. Sie war in den letzten Wochen immer nett zu mir.«

Immerhin war sie eine gute Verliererin, die ihre und Matteos Beziehung nicht zu boykottieren versuchte.

Matteo kam gerade näher, umarmte sie von hinten, und Stella schmiegte sich an ihn.

»Ich konnte es ihr nicht ausreden ...«

»Was denn?«, fragte Stella erschrocken.

»Großmutter will unbedingt eine Rede halten.«

»Meinetwegen! Ich wollte nur verhindern, dass ich aus der Chronik vorlesen muss.«

»Nun, ich fürchte, die Rede ist genau dafür als Einleitung gedacht, dann bist du an der Reihe.«

Stella seufzte, aber ergab sich ihrem Schicksal.

Sie drehte sich zu Matteo um. Eigentlich hatte sie gerade sagen wollen, dass seine Großmutter sicher nicht begeistert war, wenn sie sich vor allen Gästen küssten, aber dann dachte sie, wie glücklich sie die letzten Wochen mit ihm gewesen war. Sie hatten so viel Zeit miteinander verbracht, sich besser kennengelernt, ernste Gespräche ebenso geführt wie miteinander herumgealbert. Ihre Vertrautheit war gewachsen, das Band enger geworden, und auch wenn dieser Gedanke ebenso absurd war wie der an einen Fluch, so hatte sie doch das Gefühl, das Schicksal hätte sie zueinander geführt und auf diese Weise dafür gesorgt, dass die beiden Familien trotz der Ereignisse von einst durch mehr verbunden waren als nur das schnöde Geld.

Stella wurde blind für Ester, die einmal mehr ihren Kopf in den Nacken warf, für Fabrizio, der steif wie ein Zinnsoldat am Treppenaufgang stand, für Ambrosio, der mit einem Geschäftsmann sprach, während Camillo sich an den Canapés erfreute. Blind schließlich auch für Clara, die sich in den letzten Wochen so oft bei ihr bedankt hatte, weil sie den Schein wahrte, und für Flavia, die hoheitsvoll mal in die eine, mal in die andere Richtung nickte.

Sie zog Matteo an sich und küsste ihn lange und innig.

1932

In all den Jahren hatte Bérénice keine Pfauen mehr gesehen, doch als sie endgültig von Lecco nach Bergamo übersiedelten – dem Ort, wo Tamino in den letzten Jahren ein neues, auf Farbproduktion und Färben spezialisiertes Unternehmen gegründet hatte –, kamen sie an einer prächtigen Villa vorbei, und in deren Garten erblickte sie eines der Tiere. Schon bevor sie ihn entdeckte, hatte Bérénice an Tizia denken müssen, als sie vorhin einen Blick auf Bellagio erhaschen konnte, doch erst jetzt ließ sie diese Erinnerungen zu.

»Halt mal an!«, sagte sie zu Tamino.

Er hatte den Pfau noch nicht gesehen, fuhr aber ganz dicht an den schmiedeeisernen Zaun heran. Trotz des Motorenlärms kam der Pfau näher und schlug ein Rad. Die zweieinhalbjährige Lidia kreischte vor Vergnügen, während der Pfau selber stumm blieb.

»Schöner Vogel!«, rief Lidia. »Schöner Vogel!«

Die Federn schillerten in allen Farben des Regenbogens, und Bérénice stimmte ihr von Herzen zu. Nach den damaligen Ereignissen hatte sie Pfauen insgeheim für böse Tiere gehalten, für Betrüger, die mit ihrem prachtvollen Gefieder täuschten, doch heute dachte sie nur, dass die unterschiedlichen Nuancen ihres Gefieders viel über diese Welt verrieten: dass es nämlich nicht nur eine Wahrheit gab, sondern viele, je nachdem, aus welcher Richtung das Licht darauf fiel.

Nicht nur, dass sich hinter Schönheit Hässlichkeit verstecken konnte – auch, was schön und was hässlich, was gut und was falsch, was erstrebens- und was verdammenswert war, lag oft im Auge des Betrachters.

Lidia begann, unruhig zu werden, und sie ließ sie aus dem Auto klettern. Während Aurelio darauf achtete, dass die Kleine nicht auf die Straße lief, versank Bérénice im Anblick des Pfaus.

Gaetano war ein skrupelloser Geschäftsmann gewesen, aber am Ende hatte er den körperlich überlegenen Attentäter vielleicht nur deshalb überwältigen können, weil der Gedanke an Aurelio ihm Kraft gab.

Tamino war Idealist, aber Aurelio zuliebe verriet er seine Ideale und machte nun Geschäfte mit den Faschisten.

Tizia war bereit gewesen, nicht nur Gaetanos, sondern auch Aurelios Tod in Kauf zu nehmen, aber was sie dazu getrieben hatte, war nicht zuletzt ihre Liebe zu Tamino – eine Liebe, die sie auch dazu bewog, ihm das Unternehmen zu überlassen.

Und sie selbst, Bérénice, das sanfte Mädchen, die vermeintlich friedfertige Frau und liebende Familienmutter, war eine Mörderin.

Der Pfau starrte sie an, und der Blick seiner kleinen Augen war nicht bösartig oder eingebildet, eher lauernd, als wollte er fragen: Hast du endlich begriffen, dass ich niemanden täuschen will, sondern aufzeigen, wie viele Farben das Leben hat und dass es nicht nur Schwarz oder Weiß gibt?

Als sie sich endlich abwandte, hielt Tamino Lidia auf dem Arm, und Aurelio trat zu ihr.

»Unsere Pfauen waren auch schön«, sagte er leise.

In den letzten Jahren war er deutlich in die Höhe geschossen. Aus dem blassen Kind war ein schlaksiger Jugendlicher geworden, und jetzt war er auf dem besten Weg, ein Mann zu werden. Seine Stimme war dunkel, die Wangen mit einem dünnen Flaum bedeckt, und seine schwarzen Haare trug er nun kurz. Sie erinnerten an seinen Vater, während er die sanften Züge wohl von seiner Mutter Maddalena hatte. Er war nicht mehr so ängstlich wie einst, aber immer noch verträumt, und manchmal machte sich Bérénice Sorgen um ihn und fragte sich, wie er in den Zeiten, in denen sie lebten und die so roh und gewalttätig waren, durchkommen sollte.

»Sie hat die Pfauen geliebt ...«, fügte er nachdenklich hinzu.

Bérénice zuckte zusammen. Aurelio hatte kaum je von der Vergangenheit gesprochen – als ahnte er, dass sie ein Geheimnis hüteten und dass es besser war, nicht daran zu rütteln. Nie hatte er Heimweh nach dem Palazzo di Vaira bekundet, nie gefordert, er wollte Tizia wieder sehen, nie gefragt, ob nicht nur sein Onkel Ettore, sondern auch sie etwas mit dem Mord an seinem Vater zu tun hatte. Beim Anblick des Pfaus, der sie weniger aufwühlte, als vielmehr einen gewissen Frieden schenkte, hatte Bérénice jedoch plötzlich das Bedürfnis, über Tizia zu reden. Was sie getan hatte und was damals wirklich geschehen war, durfte Aurelio nie erfahren, aber seine Kindheit sollte kein Thema bleiben, das man am liebsten totschwieg.

»Ja, Tizia hat die Pfauen geliebt«, sagte sie.

»Einer hat einmal eine ganze Schlange verschlungen.« Aurelio lächelte flüchtig.

»An dem Tag, als sie sich mit deinem Vater verlobt hat, habe ich ihr eine Pfauenfeder ins Haar geflochten«, erzählte Bérénice.

»Ich weiß. Und als sie tanzten, hat sich ihre Frisur aufgelöst.«

»Das hast du gesehen? Ich dachte, du wärst schon im Bett gewesen.«

»Ich habe mich noch einmal in den Garten gestohlen.«

Er grinste ihr verschwörerisch zu, doch sein Lächeln verschwand plötzlich. »Weißt du ... weiß du, wie es ihr geht?«, fragte er.

Der Pfau stakte wieder zurück Richtung der Villa. Die Versuchung, von Tizia abzulenken, war groß, doch Bérénice senkte ihren Blick und erklärte ruhig: »Tamino hat einmal mit ihrer Zofe gesprochen und erfahren, dass sie sehr zurückgezogen lebt. Offenbar liest sie sehr viele Bücher. Das ... das hat sie damals nicht getan.«

»Sie hat mich immer getröstet, wenn ich mich bei ihr über Mr. Everdeen beklagte. Und über den langweiligen Lateinunterricht. Einmal habe ich ihr erzählt, welchen Rat mir Mr. Everdeen gegeben hat, damit ich mir lateinische Sinnsprüche besser merke.«

Seit er nicht mehr Aurelio di Vaira, sondern Aurelio Sivori war, hatte er keinen Privatlehrer mehr, sondern besuchte eine öffentliche Schule. Er schlug sich im Unterricht ganz gut, und Latein war eines der Fächer, wo er die besten Noten ergatterte.

»Welcher Rat war das denn?«, fragte Bérénice.

»Nun, man kann aus den Initialen von lateinischen Zitaten Eselsbrücken machen. Tizia hat nicht gewusst, was Eselsbrücken sind, sie hat sich über das Wort köstlich amüsiert. Später haben wir uns gemeinsam ein paar solcher Eselsbrücken ausgedacht. *Pacta sunt servanda* – Pfauen schreien schrill, *Gaudeamus igitur iuvenes dum sumus* – Gaetano ist immer der Strenge. *Militem aut monachum facit desperatio* – Massina, *attrice*, Mutter, Filmstar, Diva. Und ein Zitat vom Heiligen Augustinus konnte ich mir merken, indem ich an die Initialen meines Namens dachte. Aurelio Ettore Flavio Quirino di Vaira ...«

Sein nachdenkliches Gesicht verriet, dass er mit den Gedanken ganz weit weg war, aber bald fand er die Fassung wieder. »Jetzt heiße ich natürlich nicht mehr so ...«

»Welches Zitat war das denn?«

»*Ama et fac quod vis*. Liebe, und mach, was du willst.«

Seine Stimme klang plötzlich traurig, und Bérénice umfasste

seine Schultern und zog ihn an sich. »Dass du ein di Vaira bist, muss ein Geheimnis bleiben, du weißt warum. Aber du darfst nicht vergessen, wer du bist. Vielleicht gibt es irgendwann die Möglichkeit ...«

Sie brach ab, und obwohl Aurelio nichts mehr sagte, nahm sie sich fest vor, auf das Thema zurückzukommen. Sie entschied, ihm etwas zu schenken, was an seine Herkunft erinnerte – ein sichtbares Zeichen, das er stets bei sich trug, vielleicht ein Schmuckstück, in dem sein echter Name eingraviert war.

Lidia lachte, und bei ihrem Anblick ging Bérénice das Herz auf.

Liebe, und mach, was du willst ...